总主编／潘鲁生　邱运华
执行总主编／王锦强

主　编／赵　屹
副主编／莫秀秀

民间文艺研究论丛
2019 年选佳作

民间工艺

ANNUAL SELECTIONS OF PAPERS ON
FOLK LITERATURE AND ART STUDIES 2019:
FOLK ARTS AND CRAFTS

社会科学文献出版社
SOCIAL SCIENCES ACADEMIC PRESS (CHINA)

总　序

新时代民间文艺创作实践和学术研究具有多样性特点，传统的创作的主题、手段和呈现方式已经大大改变。而创作实践的变化，必然带来理论的改变。在这个背景下，系统思考民间文艺理论，就显得十分紧迫。因此，我们每年将整理上年度我国在民间工艺、民俗文化和民间文学方面的研究成果，将其奉献给学术界，以便大家共同思考。

一

"民间文艺"在当下社会是一门显学，这对于一个学科来说，是一件很幸运的事情。之所以说"在当下社会"，是因为进入21世纪以来，社会各界都清晰地认识到中国文化建设和发展的基础，离不开传统文化。而传统文化，除了诗书礼义之学、唐诗宋词等，其他的大多都归属于民间文化。离开了民间文化，所谓传统文化，就所剩无几了。毕竟五千多年来，老百姓坚守千百年形成的日常生活方式，不间断传承民族的生活习俗、生存和生产技艺，创造生产工具和生活用具，鼎力拱卫中华民族世代认同的传统价值观，维护传统审美风尚和艺术趣味，将这些民间文化凝聚为世代相传的民间文艺。中华美学里有一个命题叫作"由艺进道"，可以很恰当地指称这个关系。在新的历史时期，作为传统文化中的重要组成部分，民间文艺也成为当下社会关注的热点。

21世纪之初，中国民协倡导中国民间文化遗产抢救工程，全社会对文化遗产的高度认同，已经预示着一个新的文化高潮的到来。这一文化高潮与20世纪八九十年代的"文化热"具有完全不同的性质。20世纪80年代曾经发生以回归和批判为指向的文化热潮，在文化界和思想界产生了巨大影响，它裹挟着形形色色的西学思潮，成为80年代启蒙或曰"新启蒙"运动的重要推手。我们可以在当下日渐沉寂的一批思想家、文学家的名字里体味那个时代的思想和艺术。到了90年代，则转入了文化反思阶段，有的学者称为"文化保守主义"时代。这个时代诞生了属于我们自己的文化思想，对于21世纪的文化走向来说，也许这个十年更具有研究价值。不止是主题转向问题，而是那个"退场""出场"的口号，实际上把文化独立于其他元素的命题再次提出来，并得到学术圈内外的认同。这是历史给予学术界的机遇。笔者认为，90年代留下来的众多遗产中，一个是民族文化主体地位凸显，另一个是文化研究（不局限于伯明翰学派意义上的文化研究）独立领域形成，对21世纪学术（包括民间文艺的学术研究和创作实践）研究的影响力最为巨大。在这个背景下，我们来看进入21世纪以来将近20年的学术进展，就能够深刻感受到，一个全民族高度认同的对传统文化的抢救、保护、发掘、利用和研究的局面，是民间文艺成为显学的背景。这是它的幸运。

但是，这也潜含着作为一门学科的民间文艺的不幸。相对全社会普遍关注的这一局面，民间文艺学科体制的格局就过于狭窄。学科体制主要存在于高等教育、科学研究领域，自新中国成立以来，民间文艺的学科地位就分别设置在中国语言文学学科（包括汉语言文学和各民族语言文学）和艺术学科两个学科中，受到学科体制的限制，没有得到整合。知识体系、课程设置、学位点设置、人才培养和科研评价体系等，长期以来分而设之，缺乏整体设计。改革开放以来，随着学位制度体系规范化，民间文艺学科的两翼——民间文学和民间工艺美术各自都得到长足发展。例如，以北京师范大学、北京大学、复旦大学、中央民族大学、中山大学、山东大学、四川大学和辽宁大学等为代表的高等院校系统，以中国社会科学院和各省市自治区为代表的科学院系统，是民间文学学科的代表；以中国艺术研究院、中央工艺美术学院、中央美术学院、中国美术学院和省市自治区所属美术学院、工艺美术学院和师范大学美术学院为主体，是民间工艺美术学科的主体。这两个系统彼此长期独立运行，缺乏相应的融合。这一局面的存在，实际上说明了民间文艺学科建设存在缺陷。

民间文艺作为一门学科，长期以文艺学、民族学、社会学等学科为支撑。进入20世纪90年代以后，西方文化学的影响越来越大，而民间文艺界也越发清晰地认识到民间文艺作为文化生存的特殊形态的重要意义。钟敬文先生因此提出民俗文化研究作为两者的超越，成立了北京师范大学民俗文化研究基地，并被列入了校"985"项目建设重点基地。后来，中国语言文学学科的二级学科序列里就不再有"民间文学"了。民间工艺美术学科的命运随着也发生巨大变化，标志之一是中央工艺美术学院整体并入清华大学，新中国成立初期以传承民族民间工艺为使命的中央工艺美术学院，结束了它50年的办学历史。

二

民间文艺这个术语具有某种暗示性、导向性，使用这个术语，自然就进入另一个传统的"文学艺术"话语体系进行观察、思考、判断，这是20世纪90年代之前中国民间文艺学科的语境。但有些国家学术界并不使用"民间文艺"这个术语，而是使用"民间创作"（如俄罗斯学术界使用"фольклор"这个词，意思是"民间创作"）来涵盖民间文艺这个术语下的领域。

在20世纪这个更为宏大的背景下，民间文学已经不仅仅是"文学"了，学术界逐渐在民间文学文本存在的时间和空间上发现了更为广阔的世界，民间文学的话语体系发生了以下变化：民间文学日渐脱离"文学作品"的范围，越来越多地成为民族、民间和民俗文化的主要载体，成为民俗文化和民族、区域文化的研究对象；民间文学的"文学性"再一次被弱化，研究民间文学的艺术技巧和艺术手法等，不再作为学界的主要领域；田野调查与民间文学文本的生成关系更为紧密化，与此相应，民间文学的文本性也不再独立为作品，而与相关"传承人""口述者""语境"等密切联系。这些新叙事文本的产生，意味着作为传统学科体制下的"民间文学"已经超越了"文学"范围；它从独立的文学作品，变成了文化研究的文本材料构成诸元素之一。

几乎与此同时，文学研究领域也产生了文化研究走向。经典文学作品研究，逐渐"漫出"内容/形式研究，走出内容/形式二元对举的研究范式，超越所谓"内部研究"与"外部研究"的范式，走向两者融合。在 20 世纪的最后 20 年到 21 世纪的最初 10 多年，单一"内部研究"或"外部研究"的大师们，例如，社会学文学研究、历史主义研究和意识形态研究，以及新批评、形式主义批评，都没有成为主流，而那些以两者相融合的学派，例如新历史主义、女权主义批评、伯明翰学派，却领一时风骚。不能不承认，对于整个学术研究来说，简单以作品为中心的研究范式被文化文本性研究范式超越，是一种研究理念的进步；它更为缜密而宽阔，也更贴近民间文学作为人类文化财富之表征的实质（以当下的学术思维力来看）。

但是，是否就可以或者断然放弃对民间文学作品的艺术特征和艺术模式的研究呢？我以为应十分谨慎。就民间故事而言，华北地区与华南地区的故事既有相同的叙述方式，也存在各自的艺术特点；与其他艺术门类结缘的歌谣、戏曲就更是各擅胜场，叙述方式和艺术特点更鲜明，在叙事学研究方面，大有文章可做。例如，湖北省各地区的叙事长诗，与云南省各地区、各民族的叙事长诗相比，两者在艺术表现方面都各有特色，不能一概而论；在类型学研究和语言学研究方面，也各领风骚。因此，断然取消民间文学的艺术研究，未必是可取的学术思维方向。当然，在民间文学里面有更为丰富的研究领域，这在新的学术思想启迪下被凸显出来，例如，与传承区域文化习俗和传承人的个性相关联的史诗传唱艺术，较之于史诗文本单一研究维度而言，就丰富很多；在民间小戏领域，从传统的文本研究理路（"内容的"或"形式的"），到拓展出的文本演唱、方言、接受者和改编方式等综合研究，两相结合，形成民间小戏研究的新格局，如此等等。

三

由单一文本"内容/形式"二元对举研究范式过渡到文化研究范式，在民间美术和民间工艺领域显得具有更大的合法性。

民间美术和民间工艺领域的实用性作品多是批量制作，如木版年画，同一模版的年画可以印制数千幅，甚至可能更多；泥塑、陶瓷、刺绣等门类作品也是如此，它的任何创新若是分布到 1000 件作品上，就显得重复，成为模式化的符号。单独看一个作品,与前人的作品相比,它的新颖性或许显得很突出,可是与其自身序列相比,就不是这样了。如此看来,民间文艺领域的确存在"同一个作品的复数文本"现象。这一现象的合法性明显区别于文人创作作品的"单一文本属性"。换言之,在职业作家、艺术家创作领域,倘若出现相似(不说雷同或相同)的两部作品,那么,其中一部作品的合法性就会受到质疑;而在民间文艺领域,出现两篇差异在5%的民间故事文本则是极其正常的,出现两幅差异率在5%以内的木版年画、泥塑或陶瓷作品,也极其正常。这是民间创作的基本特点之一。

我觉得,应从三个方面来看待这一现象。

一是民间创作是与区域文化紧密结合的,表现了特定区域文化。民间艺术更多地根植于特定区域民众的日常生活和民间风俗,反映和呈现这一生活和风俗,因此,我们把特定种类民间艺术称为"某一区域"的艺术。例如,年画有杨柳青年画、朱仙镇年画、桃花坞年画;刺绣艺术分有苏绣、潮绣、湘绣、蜀绣、汴绣等;木作家具艺术有广作、苏作,如此等,均与区域密切相关。区域文化既可能体现在主题、题材趣味方面,也可能体现在技法、色彩、材料等方面。比如,相同的主题在相邻区域流传过程中会出现关联性变异,区域其他文化元素会参与主题流传过程之中,主题原型"A"从而演变为"A+"或"A-"。这个增加或减少的元素,就是区域文化元素所致。与此相比,民间创作的个人趣味、爱好等因素,则退到相对次要的位置,不再凸显。

二是民间创作是群体性质的创作,具有群体创作者认同的相对一致性。每一个艺术种类都是独立的群体,与其他艺术种类区别开,在本种类内部对话、交流、影响和比较。例如,剪纸有剪纸的艺术世界,刺绣有刺绣的世界,木雕、石雕、漆艺、陶瓷、泥塑等,各自有独立的艺术空间,每一个空间都有自身的艺术标准和评价方式,自然也都有自己的艺术史。在这里,民间创作本身的特征更加明显:民间创作是在有原型的基础上予以创作,而不是虚构创作。他们的创作是有"本"的创作,不是向隅虚构。因而,他们的创作严格来说是改造和重构。在这个意义上,还需要注意:民间文艺家是以群体的规模进行创作,而非个体独立创作,这使得创作群体的文化多样性、差异性表现得更为鲜明。

三是民间创作是在前辈创作基础上的再创作，具有传承性。特定民间艺术种类都是在继承前辈的过程中前行，在继承和创新、旧与新的辩证关系中发展。民间创作的本质是在传承基础上创新，而非在"无"的基础上创作，这就意味着在这一过程中，对原型的模仿和改造是核心元素。例如，在浙江青瓷的创作中，当代艺术家必然在前人上釉、着色、绘制等技术环节的基础上来制作新的瓷器，从明、清、民国到现在，青瓷的艺术风格方可保持一惯性。当代传唱艺术家在对"格萨尔"的传唱中，在对前辈艺术家模仿中寻求自己的风格，而他们现行的风格也将作为传统，影响和制约后代艺术家。总之，在原有内容和形式的基础上从事创作是民间文艺创作的基本规律，也是它区别于文人创作的基本特征。

民间创作还存在更多与日常生活、日常民俗密切相关的现象，与"文学艺术"研究对象区别更大。

学术界超越作品中心论，进入文化研究和综合研究的趋势，对于一般文学研究来说，属于学术发展趋势而呈现的方法论的变化，而对于民间创作来说，则似乎原本就是其本质。

四

超越作品中心论，拓展了民间创作研究新领域，使之回到了田野和现场，使一些社会学、人类学的社会科学方法焕发了生机。在相当程度上，方法论的变化体现了对本质认识的改变。倡导田野性质，是民间创作研究引进人类学和社会学的表现之一，它从发生学角度很准确地抓住了民间创作的本质，相对于作品中心论研究范式，它更具有前沿性。

"田野"观念的引进，乃是对民间创作性质的重新认识。"五四新文化运动"之初推出民歌收集整理运动，由北京大学率先发起，嗣后各大中小学校开展得风生水起。毛泽东在延安时期回忆，他在湖南学校教书时就有发动学生假期回家收集民歌之举。延安"鲁艺"时期，毛泽东大力倡导民间文学，号召文学家、艺术家到人民中去，运用民间文学形式表现新民主主义内容，成功地赋予五四传统以崭新的面貌，这一先进传统一直延续到20世纪50年代新民歌运动。此后，民间文艺研究多以文本研究为主体，表现为把民间文学"文学化"，寻找其中的"文学性"的研究旨趣。当然，也有先觉者超越这一旨趣，拓展为风俗、区域文化研究。如何进行民间美术和民间工艺的研究，在20世纪50年代也发生过激烈争论，侧重点一直在"平民意识""民族精神""装饰""设计"之间摇摆，最终走向工艺美术创作成为一种实用的倾向。但工艺美术与民间工艺之间最大的差异是前者偏向设计、制作、生产和市场，在这个意义上，工艺美术偏向作品中心；后者是田野、区域文化、传承和原型，强调民间创作生存于日常民俗生活的具体语境中。田野性的现场感、传承人、区域文化差异、时间和空间等，在作品中心论时期多多少少被忽略、轻视。而在当下强调田野的民间创作研究理念下，上述因素都是文本构建过程中的必需要素。

"田野"观念引进民间创作研究，破解了作品中心观念，重新把民间创作放进了具体生活语境之中，使之再语境化，避免民间创作研究脱离文化语境和日常生活流程。但是，田野性并非民间创作本身，而是一种研究方法；在后工业化和城市化趋势越来越严重的时代，呼吁民间创作本身回归日常生活现场、民间创作如何"在（being）民间"，是另一个课题。

在"民间文艺"总名目下，以"民间工艺""民俗文化""民间文学"为专题，编选三卷年度论文集，是中国民间文艺家协会（简称"民协"）强调学术立会、引领学术研究服务社会（首先是服务民间创作和研究领域）诸项工作的一个体现，如何把这项工作做得更为得体，必须依靠学术界和创作界的大力支持。

让我们民间文艺界全体同仁共同努力，营建一个"百花齐放、百家争鸣"的良好氛围，为繁荣和发展社会主义文化作出应有的贡献。

邱运华

2018年7月28日初稿、8月3日修改

北京市丰台区万芳园

序 言

《2019民间文艺研究论丛年选佳作·民间工艺》是2019年度关于民间工艺研究的重要文献汇编，主要汇集了本年度学界及民间文艺界关于民间工艺保护与发展、传承传播、学科建设、创意转化、乡村振兴、工艺村落保护与发展等方面的最新研究成果。

民间工艺历史悠久，在人们的社会生活中发挥了巨大的作用。而由民间工艺所创造出的庞大而丰富的民间物质文化体系及相关知识体系，已成为传统文化的重要组成部分，在我国历史文化中占有重要的地位。进入21世纪以来，受城镇化、商业化、市场化等因素影响，人们的生活方式及民间工艺赖以生存的生态环境都发生了很大改变，民间工艺的发展出现窘境，有些工艺品类已经消亡，而有些工艺品类正处于濒危的状态。近年来，中共中央办公厅、国务院办公厅印发了《关于实施中华优秀传统文化传承发展工程的意见》，民间工艺的保护与发展在社会各界的共同努力下取得了重要成就，民间工艺呈现了良性发展态势。但是如果我们用冷静的、科学的眼光来审视，民间工艺的发展还存在诸多问题。鉴于此，《民间文艺研究论丛年选佳作·民间工艺》每年选取民间工艺在各学科领域中的最新研究成果，为民间工艺的保护与发展把脉诊断，旨在为民间工艺的发展创新提供理论指导与经验借鉴。

2019年度，民间工艺研究专家、非物质文化遗产研究专家、艺术理论家等相关领域专家学者借助各种学科视角，在注重民间工艺基础理论研究的基础上，对应用实践研究也不断地展开探索，取得了重要的学术成就，为当下民间工艺的发展提供了强有力的学术支撑。本册入选的学术文献皆来自学术界、民间文艺界的重要学术期刊，在业界具有较强的权威性和代表性。本年度，民间工艺研究出现了新的学术取向和研究特点。

第一，民艺的学科建设问题是本年度学术界高度关注的热点，学者们从概念与内涵、研究范畴、发展历程、价值取向、研究方法等方面对民艺的基础理论内容进行了充分而广泛的探讨。如中国艺术研究院邓福星教授在《民艺的"名"与"实"》中阐述了"民间美术""民艺""手工艺"概念的发展演变及其内涵，他认为这三个概念的内涵大体上是同一的，但在不同的社会背景和条件下概念取向的侧重点不同。相对而言，"民间美术"偏重于对象的审美价值，"民艺"偏重于对象的功能性，"手工艺"则侧重对象在制作过程中个体参与的感受及原创的价值与意义，这三个概念在学科发展史上都起到了一定的作用。"民艺"是演进中的民众工艺，在演变中不断发生变异，我们要用现代发展的眼光去看待它。中国民协主席潘鲁生教授在《工艺美术与生活价值的回归》一文中从当代工艺美术在不同阶段的角色担当到最终回归生活的发展历程，揭示出工艺美术的生活价值。山东工艺美术学院唐家路教授的《民艺，回归民众日常生活》一文，指出民艺是生活的艺术，与民众生活密切相连，它有自身独立的价值功能、审美标准、审美趣味和发展规律，着重强调了民艺的实用特征和本元文化特征。此外，还有南京大学徐艺乙教授的《关于民间美术的调研工作》等。学者们从学科建设的角度对民艺基础理论进行深入研究，使民艺的学科体系不断完善。

第二，部分研究成果是国家及省级重点科研项目的阶段性成果，具有较强的前瞻性、针对性和时效性，成果的应用实践可操作性强。如本册入选的有国家社科基金重大项目"丝绸之路经济带沿线国家文化产业合作共赢模式及路径研究"，国家社科基金重大项目"中国特色文化艺术智库研究"，文化部文化艺术研究项目、教育部哲学社会科学研究重大课题攻关项目"非物质文化遗产美学研究"，国家社科基金重点项目"中华工匠制度体系及其影响研究"，国家社科基金艺术学项目"基于消费需求导向的传统工艺当代传承路径研究"，教育部人文社会科学研究青年基金项目"以沈绍安家族为中心的近代福州漆器研究"，教育部规划基金课题"大城市濒危工艺美术传承与保护机制研究"，云南省哲学社会科学艺术规划项目"政策网络视角下云南公共文化治理体系研究"，福州市社会科学规划重大项目"福州市推动文化创意产业高质量发展研究"等科研项目的阶段性成果，这些成果针对目前民间工艺所面临的具体现实问题，能够及时提供理论指导和实践参照，现实意义较强，学术价值高。

第三，研究范围广泛，既有对工艺技法、工艺审美及造物思想方面的研究，又有工艺传承体系、工艺传播路径的研究。如在工艺技法研究方面，北京服装学院王薇的《发绣技法"金刀劈发"真实性考辨》一文，对金刀劈发这一古代发绣技法的真实性从文献典籍、手工艺者的技术习惯、元清两代经典发绣作品、现代发绣作品以及金刀劈发技艺的使用工具等方面进行论证，证实了这一古老技法存在的可能性，让我们看到了年轻学者为传统工艺技法的保护发展而做出的学术思考与努力。在工艺审美研究方面，如湖南工业大学张宗登在《"雅"的审美范式与价值重构——兼论民间手工艺的价值评判》中认为民间手工艺雅化审美范式具有物质、行为、审美三种形态，它对民间手工艺的发展起到了规范与引导作用，并认为雅化价值体系的建构在手工艺品的"美"与"善"中得以实现。在造物思想研究方面，汕头大学陈彦青的《聚合：中国传统拼缝衣饰的造物意识》一文从百结衣、百衲衣、水田衣、百家衣、炮衣等拼缝衣饰中总结出在这些衣饰背后虽有造物逻辑的一致性，但其背后的生产及使用逻辑极具差异，不同衣饰的造物逻辑应成为关注重点。在工艺传承体系研究方面，如江苏师范大学朱怡芳的《伦理规训的五种手工艺传习体系》一文从能者的代理属性着手，结合社会学和伦理学理论，探究了五种手工艺传习体系中伦理实践的方式和特点，她认为，不能片面地强调形式化的技艺和知识传承，而应重视手工艺传习过程中伦理规训对社会发展的内在价值。北京联合大学艺术学院谢崇桥、北京师范大学李亚妮的《传统工艺核心技艺的本质与师徒传承》一文认为核心技艺的传承是传统工艺传承发展的关键。核心技艺并非简单的"技能""技巧""技术"，而是以难以传授的艺术因素为主要成分，艺术性是核心技艺不同于一般技术的本质，其传承既与师傅的传授相关，也与徒弟的领悟紧密相连。

此外，针对如何使工艺资源进行创造性转化、创新性发展，如何使民间工艺在乡村振兴中更好地发挥作用，以及乡村振兴背景下如何保护与发展传统村落等一系列前沿问题，学者们分别从设计学、美术学、艺术学、社会学、经济学、文化人类学、传播学等学科领域进行深度思考，并通过与国外项目合作或介绍国外工艺保护与发展的成功案例来积极探索当下我国民间工艺的发展出路，大大丰富了民间工艺的研究内容，同时也为民间工艺的保护、发展、创新提供了有力的参照。

从这些优秀的学术文献中，我们看到了当代学人及民间文艺工作者致力于民间工艺研究的多层次性、时代性、前瞻性和创新性。同时，我们希望通过本论丛呈现不同研究者对民间工艺的关注，包括问题意识、研究方法及思辨方式等，集中再现2019年度民间工艺研究的学术取向。

最后，需要特别声明的是，本册在遴选学术文献时虽做了较为缜密的内容规划，尝试全面呈现各领域的研究成果，但无奈篇幅有限，只能选取代表性篇目，不能全部收录，还敬请谅解。

赵　屹

目录
contents

民艺的"名"与"实" ·· 邓福星 / 001
工艺美术与生活价值的回归 ·· 潘鲁生 / 011
民艺,回归民众日常生活 ·· 唐家路 / 021
关于民间美术的调研工作 ·· 徐艺乙 / 032
手艺作为回"故乡"的"任务" ·· 杭　间 / 049
传统工艺的当前形势与振兴问题 ···································· 邱春林 / 055
传统农耕器具续论
　　——以湖南地区为例 ·· 陈　剑 / 062
聚合:中国传统拼缝衣饰的造物意识 ································ 陈彦青 / 077
发绣技法"金刀劈发"真实性考辨 ·································· 王　薇 / 090
论传统技艺知识的模糊性
　　——以闽西客家大木作"过白"技法的实践为例 ················ 欧玄子 / 104
"匠心"精神的基本要素 ·· 李东风 / 120
"雅"的审美范式与价值重构
　　——兼论民间手工艺的价值评判 ································ 张宗登 / 130
"特别是通过正规和非正规教育"
　　——传统工艺传承自或然臻于必然之道 ·························· 华觉明 / 141
"蒲公英行动"
　　——乡村儿童民间美术教育探索之路 ···························· 苏　欢 / 153
秩序与生存:杨家埠木版年画行业习俗的人类学研究 ·············· 荣树云 / 163

亚洲四国乡村传统手工艺集群化发展策略的比较研究 ………… 唐璐璐 / 174
日本对工艺"传统"的认识 ………………………………………… 钟朝芳 / 187
论传统手工艺类非物质文化遗产的创新性保护 …… 季中扬　陈　宇 / 195
另一种生活技术论：非物质文化遗产的日常生活
　　逻辑 …………………………………………… 韩顺法　刘　倩 / 207
当代玉雕"手工"与"机工"相关问题研究 ……………………… 吕志会 / 222
民间艺术的当代变迁
　　——以手工艺为中心 ………………………………………… 徐赣丽 / 232
乡土传统与体制嵌入：管窑手工制陶业的文化变迁 ……………… 宋国彬 / 249
三维技术下荆州"榫卯木雕"的保护与应用研究 … 赵　婧　余静贵 / 255
传统手工艺村落的跨学科研究
　　——以第一期"代代相生，以纸为媒——传统手工造纸
　　　村落振兴计划"国际学术工作坊为例 …… 孙艺菱　谢亚平 / 264
传统手工艺作坊发轫与传承选择
　　——以福州沈绍安家族为例 ………………………………… 翁宜汐 / 272
民间漆工的聚落与传承
　　——改革开放40年来福州漆村演进 ……… 张培枫　涂明谦 / 285
伦理规训的五种手工艺传习体系 ………………………………… 朱怡芳 / 297
传统工艺核心技艺的本质与师徒传承 …………… 谢崇桥　李亚妮 / 308
从传承模式谈传统手工艺保护机制的建立 ……………………… 臧小戈 / 324
运河输送视野下"海上丝绸之路"手工艺传播
　　路径 …………………………………………… 徐　宾　许大海 / 340
从文化产业的角度看陶瓷唐卡 …………………………………… 李　贝 / 362
传统手工艺的现代转化 …………………………………………… 吴　南 / 372
乡村振兴与非物质文化遗产的创造性转化
　　——以傩雕工艺为例 ………………………… 黄朝斌　顾　琛 / 383
乡村振兴背景下云南传统村落保护与发展研究 …… 林　艺　李　健 / 394
南疆乡村民族手工艺扶贫可持续发展问题调查
　　——以墨玉县阔依其乡羌古村为例 ………………………… 张　超 / 403

民艺的"名"与"实"

邓福星　中国艺术研究院

《民艺》杂志命题约写一篇梳理民艺概念的文章，我想，这应该是关于民艺的称谓与所指，或者说概念与内涵亦即名与实关系的问题。在思考过程中，自然联想到民艺在当下现实生活中急剧演变的状况，便一并写出，以就教于读者。

民艺之"名"："民间美术"、"民艺"和"手工艺"

20世纪80年代，中国美术界曾出现一股"民间美术热"。1980年，中央美术学院创办了"年画、连环画系"，后更名为"民间美术系"，这是历史上第一次在高等院校设立民间美术的科系。1983年，全国民间美术学术研讨会在贵州召开，会后出版了学术论文集。接着，相继成立了中国工艺美术学会民间工艺委员会和中国民间美术学会，时任文化部社文司司长的焦勇夫兼任中国民间美术学会会长。在这一时期，民间美术方面的展览接连不断。第一类是民间绘画即所谓农民画，作为民间美术的代表性门类频频展出。至1988年，文化部在全国范围命名了45个民间画乡，足见民间绘画发展之多和所受到的政府重视。第二类是民间工艺美术作品，如陶艺、漆艺、蜡染、根雕等的展览。第三类是带有前卫意识的民间美术作品展，其中，北京吕胜中的《招魂》剪纸作品展、贵州廖志惠的瓢绘艺术展最具有代表性并产生了较大影响。第一届民间美术博览会也在这一时期开创，连续数年展出。在稍后的时间里，民间美术又进入美术史论家关注的视野。王朝闻先生总主编的14卷本《中国民间美术全集》、笔者主编的"中国民间美术基础理论丛书"以及多种关于民间美术的著述相继出版。在这一时期,"民间美术"是一个使用频率相当高的概念。

图1 1984年10月在山西临汾召开的中国工艺美术学会民间工艺美术专业委员会第一届年会主席台（图片由孙建君提供）

追溯"民间美术"概念的源头，可能要从1918年北京大学发起歌谣采集运动。这是近代中国民俗学的发端，也是中国民间文学、民间文化以及民间手工艺等学科的肇始。在1949年以后的几十年里，民间文学、民间音乐、民间舞蹈、民间手工艺等成为人们熟知的概念，民间美术概念也顺理成章衍生而出。不过，民间美术却迟至20世纪80年代才掀起热潮，其中自有原因。新时期之始，改革开放以来，美术思潮极为活跃，民间艺术一度被视为美术家从中汲取营养的宝贵资源而备受关注，从而得到广泛开发。再有，自20世纪40年代在解放区倡导的文艺民族化、大众化的文艺政策，此时期再度给力，促成了20世纪80年代"民间美术热潮"的涌动。于是，这股持续了将近10年的潮流，使"民间美术"这个概念广为传播，扬名一时。

还在民间美术炽热之时，"民艺"这个概念已经时有所见。记得台湾一家民艺刊物《汉声》曾约笔者写过大陆民艺学研究状况的文章。大约在民间美术热降温以后，"民艺"使用的频率悄然上升。有文章记述，1988年，张道一先生著文《民艺学发想》提到"民艺"的概念，并对柳宗悦所谓

"民艺"的概念进行辨析。这可能是最早或较早使用"民艺"一词的记载。柳宗悦是20世纪上半叶日本民艺运动的发起者,也是著名的民艺学家,他所谓"民众工艺"的理念和实践影响颇大,为中国民艺界所关注。徐艺乙先生自20世纪80年代末开始,陆续译介了柳氏的《工艺文化》《工艺之道》等几部代表性著作。这些在客观上促进了源自柳氏的"民艺"概念舶入国内并得到传播。还有一种意见,认为"民艺"就是"民间工艺"或"民间手工艺"的缩写,这也不是没有可能,因为,"民间""工艺""手工艺"这些概念,人所熟知,它们的内涵也很贴近所指的对象。其实更大可能是,上述两说同为"民艺"概念的源头。进入20世纪90年代以后,一度热衷于民间美术活动的美术家渐次退出。在概念的使用上,"民间美术"与"民艺"的使用率呈彼此消长之势。使用"民间美术"概念的人渐少,讲说"民艺"的人多起来。

图2　1991年,《中国民间美术全集》编委会成员与总主编王朝闻合影
由左到右依次为张晓凌、潘鲁生、孙建君、王朝闻、邓福星、陈绶祥、吕品田
(图片由孙建君提供)

"手工艺"不是一个新词语,它已经被使用了多年,但在多数情况下是用于行业乃至商业中,而在美学、艺术学词汇中出现不多。那么,近二三十年以来,这个"低调"的词语缘何又被置于学科的聚光灯之下呢?这须

要从中国"文革"后改革开放说起。社会和经济的迅猛发展,急需设计,同时,设计也因此获得前所未有的广阔发展空间。于是,设计开始借助高科技和机器生产,转化为大批量产品,以应社会需求。设计,这个原本为手工艺所包含的一个程序就这样被现代科技所绑架,并从手工艺中分离出来。结果是,设计作为独立的行业和学科,融入工业文明的行列,走进时代发展的前沿。此时,相对投入产业化的设计而言,"手工艺"不得不重新认识自我,确定归属。正是随着当代工业设计的蒸蒸日上,手工艺被叫响,尤其引发业内关注,此中意味深长。实际上,与其说是"手工艺"概念向所指内涵的复归,不如说是民艺本身出于对"手工艺"的眷恋而对这一概念的刻意重申与强调。近些年"手工艺"被叫响,是对产业化设计的日益壮大趋势做出的回应。

粗略地说,上述三个概念的内涵大体上是同一的,只是由于在不同的社会背景和条件之下,也由于参与主体的差异,形成三个概念取向的侧重点。"民间美术",往往偏重于对象的审美价值,较多地关注于对象的外在形式,以至较多地关注于其中接近纯艺术一类的对象;"民艺",比较偏重于对象的功能性,关注其同大众生活的密切关系以及在应用过程中所体现

图3 1991年 潘鲁生(中)、孙建君(左)在《中国民间美术全集》编撰讨论会上与钟敬文先生(右)在一起(图片由孙建君提供)

的价值;"手工艺",则比较侧重对象在制作过程中,个体参与的感受以及原创的价值与意义。这些都是相对而言,也都有例外。每一个概念都有其产生、使用和传播的缘由,在学科发展史上,各自都起到了一定的作用,无须论其优劣。从目前看,"民艺"的使用频率有所增加。其实,即使三者在一个较长时期里混用也无大妨害,与其为了厘清、统一概念而讨论不休,倒不如交由历史顺其自然地去做选择。

民艺之"实":演进中的民众工艺

庄子说:"名者实之宾也。"宾,从属、受动的意思。"实"比"名"更重要,更根本。"名"因"实"而产生,也随"实"的改变而改变,"民艺"的一些概念之所以显得似有不确以致引发异议,根本的原因是民艺本身正在发生急剧而深刻的变化,我们对它的认识往往滞后于现实。中国改革开放以后,由农业经济跨入工业时代以及信息时代,经济空前发展,人民生活水平提高,从而使人们的生产、生活的方式和理念,社会环境和生存空间,民众素质以及人们的价值观、审美观,等等,都发生了重大的变化,从而导致了现实中民艺的演变,民艺的演变突出表现在以下几个方面。

首先,民艺的一部分正走向衰微和消亡。衰微,就是有减无增,趋于衰落、稀少。所谓消亡,指已经完成了自身的历史使命,在民众现实的生活中不复存在。传统民居就是处于有减无增的状况。在一些经济发达地区,农民的新居基本都是整齐划一的"洋房",即使在较贫困地区,农民建房也都是钢筋水泥的现代建筑,已经不再建造老房子。当年徽商、晋商以及盐商留下来的宅居,每坍塌一间便少一间,没有谁再以相近的材料建造相近样式的居室了。当代再没有那样的工匠那么精心地雕刻那些精美的石雕、砖雕和木雕了,居室的装修以及室内陈设也已经现代化了。一些有香火的寺庙道观仍有佛像、神像和供品,极少数地区还保留着家族供奉的祠堂,农村一些地区的土葬习俗还沿用一些丧葬用品。但是,随着全社会的移风易俗,有些供品、祭品在减少,其中还增加了"现代特色"。从总体看,祭祀一类的民艺在趋于衰微。那些同农耕经济联系紧密的农具、日常家什,已经或正在退出民众的现实生活,如耧、犁、连盖、耙、锄、镐、筢、杈

图4 潘鲁生主编的《中国民间美术全集（1）祭祀编·神像卷》封面
（图片由孙建君提供）

等农具，石磨、石碾、碌碡、米碓、木杵、风车、撮箕等农家用具，马车、花轿、独轮车等交通工具，升、斗量具，还有大量的渔具、猎具、木工、铁匠、纺织、印染等各种行业的专用工具，民间百姓家用的油灯、马灯、烛台等照明器具，瓷枕、绣花枕顶、手炉、暖炉、虎子等床上用品，以及民间的旧式炊具、饮食具、酒具、烟具、女红用具，等等，这些大多数已经不再使用，而被不断翻新的农机、家电、塑料制品等新式器具取代了。原有的大多看不到了，只有极少的部分在一些边远不发达地区还在使用。偏重于观赏的民间木版年画，曾经覆盖全国农村的一个画种，也退出了历史舞台而进入博物馆。写到这里，我不禁记起1979年读研时去苏州参加一个民间木版年画座谈会的情景。与会者几乎全体众口一词，满怀激情地要求上级多关心民间传统艺术，批评木版年画作者不安心本职工作，造成木版年画近些年每况愈下。当时，在场的南京艺术学院美术史教授刘汝醴先生力排众议，他说，每种艺术都有自己的发展规律，艺术的兴盛衰亡，不是以个人的好恶和长官意志能左右了的。曾几何时，这个有几百年光辉历史的画种，竟应了刘先生的谶语，并没有因抢救而活过来，这便是事物的发展规律。当前社会进入新的时代，民艺中有不在少数的品类也是如此。

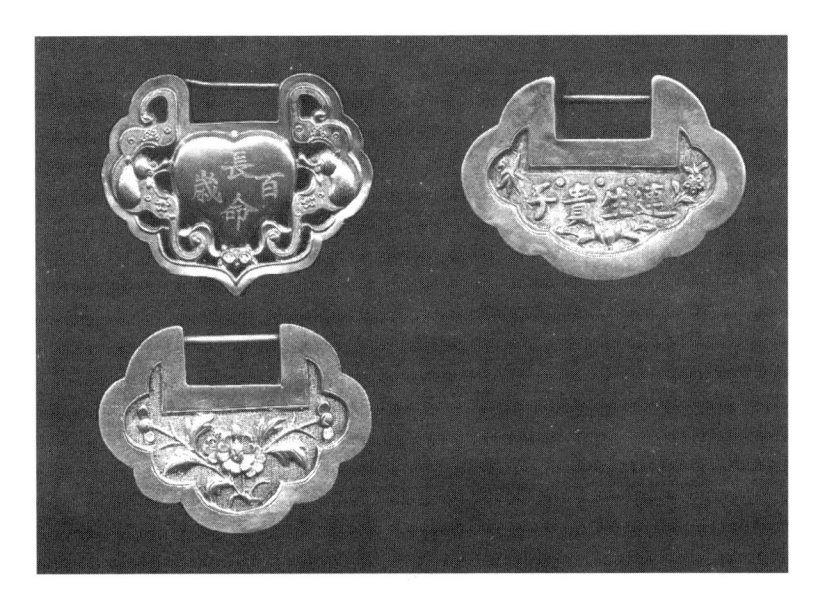

图 5　银锁（山西）（图片由孙建君提供）

其次，民艺的一部分发生了变异。变异，是说在某些方面的改变，造成对自身原有特征、性质的背离。这种变异集中表现在以下三个方面。第一，审美趣味的变异。有些传统的民艺品类，在绘制或形体塑造上因采用"学院派"的理念和表现方法，结果与传统民艺的艺术风貌形成不同程度的差异。比如，某些漆画、瓷绘的图形有时采用西方绘画的造型手法及色彩理念，某些印染、织物以及服装上的图案采用现代设计的构成和西方抽象绘画的表现方法，于是，这些品类同传统民艺迥然不同。有些陶艺、木雕由于运用西方强调体量感的雕塑方法，结果也不再像传统的民艺，把它们归入"学院派"雕塑倒也合适。第二，采用现代新型材质和技艺引发的变异。这方面的变异在民间玩具、游艺品类中尤显突出。历史悠久的传统玩具基本都是用泥、布、竹、木、纸、秫秸一类的廉价材料制作的，那些泥

图 6　吕品田在去山西丁村考察拍摄的路上（图片由孙建君提供）

做的大阿福、泥泥狗、布老虎、布娃娃、麻猴、竹笛、木刀、小木车等玩具，世世代代，不知给多少人留下了童年欢乐的记忆。现代的玩具，更多的是用塑料、金属、胶木等新型材料制成的。除娃娃、小动物之外，还有汽车、火车、飞机、奥特曼、蜘蛛侠、机器人，等等。材质和制作工艺的改变，也引发形态、性能等方面都发生很大变化。这些新式玩具小到掌中把玩，大到可以乘坐，进出其中，自动的，遥控的，声光齐备，花样百出。风筝的制作已不局限于竹扎、纸糊的材料和技艺，以金属丝、塑膜一类可以做出几米大的风筝，以汽车助跑起放。重庆自贡市元宵灯节的灯会，更是精彩纷呈，各种造型的彩灯之多不可胜数。灯会分明是以焊接、扎绑、电机、照明等综合材料制作的彩灯环境艺术大展。第三，人工含量缩减导致的变异。机械的应用和科技含量的增加使某些品类中手工含量越来越少，以至于完全脱离了手工的制作，成为全部的工业产品。比如木艺，当年木工的全部工具——锛、凿、斧、锯等全放在一个工具箱里，做活儿离不开这个工具箱。如今，工具箱不需要了，电锯、电刨、雕刻机等代替了木工的劳作。小时候见过卖糕点的店员熟练地用纸包裹点心，上面放一张红纸，上有木版印刷的广告词，再用纸绳系好，结一个手提的绳套。这在当时属于十分体面的礼品包装，全部是手工完成的。但是，商业包装在今天已经成为一种行业，也形成一套专门的学问，而且，大多已经不靠手工了。工业陶瓷、家具、服装、鞋、帽等都由原来的手工艺制作发展为机器生产，直到完全取代了手工艺。比如，还有一类很费工费时的雕刻（包括浮雕、圆雕），当改用模板及合成材料浇注后，既减少了工时，又节省了有机材料或更贵重的原料。与机械化相关的是大批量生产。节省成本和批量生产恰恰适应现代产业、商业和社会的需求。在这种"严峻"的形势下，手工艺何为？这是一个大题目。上一节提到近些年"手工艺"一词屡被强调，正是起因于此。"此中有真意"，当年莫里斯和稍后的柳宗悦都遇到了同样的问题，如何应对，绝不仅限于学理讨论。

图 7 提线木偶头与掌中木偶头（福建省漳州市）（图片由孙建君提供）

最后，民艺的作者群和接受对象也在悄然变化。以往的民艺作者主要是广大农村和城镇的民间工匠，俗称手艺人、师傅。技艺的承传，靠作坊和家族在生产过程中，师傅带徒弟，口传心授，陈陈相因。一般说来，师傅和徒弟的文化程度不高，他们把全部精力投入本行业制品的制造，追求本行手艺的精益求精。旧时代的交通、通信都不发达，信息封闭，这些手艺人终其一生，心无旁骛地坚守着本行业制品的生产和技艺的传承，知识技能比较单一，视野不够开阔，观念相对保守。从接受层面来看，这些制品适于广大农村和城镇市民生产和生活的需要。同样，在技艺交流、商品流通都不发达的情况下，生产和供给受到限制，大多是地域性的。在农耕经济社会里，这种长期形成的供求模式格局相对稳定，很难有大的改变。总之，以往民艺的制作者和接受者以及二者形成的关系，形成了几个关键词，就是封闭、保守和稳定。与之相比，当今的情况发生了明显的变化。民艺作者的文化水平有了普遍的提高，作坊或工厂的职工的文化水平，应是一代高过一代的。即使在家庭的承传中，子女的文化水平通常是高于父辈的。近些年来，还有越来越多从专业院校毕业的年轻一代投身于民艺的一些行业。交通的发达，信息的快速流通，扩大了当今民艺作者的视野，促进了他们创造观念的不断更新。当论及当今民艺作者群体时，已经不能在他们与精英艺术的作者之间划出泾渭分明的界限了。再看当今民艺的接受者，同上述的民艺作者群一样，总体上文化水平都提高了，这是城乡差别逐渐缩小的结果。随着农民生活水平的提高，生活环境的改善，民艺的接受者亦是消费者需求物品的内容有所变化，质量要求提高，或者数量要求增多。如果进一步追问，他们需要更多和更急迫的是哪些呢？是传统型的还是"变异"了的？回答应该是不言而喻的。民艺的作者和接受者的变化，和上述民艺部分的衰亡与变异现象，是从不同的侧面反映出的同一问题。进入历史新的时代，民艺面临转机，也许，它所遭遇的侵蚀和挤压，正在把它推向一个新的发展空间。

[原载《民艺》2019年第1期，第6~10页。]

工艺美术与生活价值的回归

潘鲁生　中国民间文艺家协会　山东工艺美术学院

工艺美术是中华民族源远流长的造物文脉，比之于文字典籍和习俗传统，更大程度上以物质形态融会了一个民族的创造力。衣食住用，智慧匠心，塑造了生活的艺术。一段时期以来，作为农耕文明积淀生成的经验智慧，传统工艺美术在工业化、城市化等现代化急剧转型过程中受到了冲击，发生不同程度改变，是存续、复兴，还是走向边缘化甚至被取代湮没，根本还在于生活的基础、文化的土壤和内在创造力的培育与发展。我国当代工艺美术的发展历程凸显的正是一种回归生活的历程。改革开放以来，工艺美术从中华人民共和国成立初期以外贸为主，转向民族文化传统、生活

图1　第十一届全国运动会会徽、吉祥物、奖牌、圣火台（山东工艺美术学院设计团队）

内涵的再发现；从经济创汇，向文化保护传承以及学科建设深化拓展；从专业教育、行业领域进一步延伸到大众文化、创意产业乃至更广阔的生活领域，经历的正是一种生活价值回归的历程，是回到生活本身、创造生活之美、续写匠心文脉的发展历程。

一 回归生活

20世纪50年代至80年代，工艺美术曾两度承担出口换汇重任。由于投入小、见效快，具有鲜明的民族文化特色，形成了以出口为导向的发展机制。据统计，1952年我国工艺美术出口值3322万元，1972年出口近8亿元，1981年突破15亿元。"刺绣剪纸换拖拉机"，工艺美术成为国民经济恢复发展的一个重要抓手。应该说，外贸领域的工艺美术产品主要趋向于特种工艺品，大多是造型考究、精工细作的摆设品，延续传统题材，体现工艺匠作，在跨文化传播中主要作为传统文化形态的观赏品，与生活日用存在一定距离；同时，统购统销的生产和销售机制也使工艺美术生产者适应市场的能力相对较弱。"工艺品实用化和日用品工艺化"成为发展的潜在要求。

图2 庆祝香港回归纪念铜像 永远盛开的紫荆花（常沙娜主持设计）

随着改革开放，国门打开，西方文化艺术译介等形成热潮，思想文化更趋活跃，"寻根"意识和文化潮流兴起，从本土现实和传统出发重新认识工艺美术的生活基础和文化内涵，成为一种必然。这一时期，在对工艺美术的返乡寻根调查中,我们深切感受到,随着经济发展、生活改善,精工典雅的工艺美术以新的面貌回归日常生活。城乡生活里,节日的工艺装饰、自己裁剪的服装、打制的家具,还有"家庭三大件儿"里的电视机、自行车往往要添上手绣的布罩、编织的座套,这些具有"实用、经济、美观"特点的手工艺,朴素新颖,富有时代气息。它们往往不是传统样式的复刻,充满了那个时代人们对美的追求,成为一种时代生活的印记。工艺美术发展显然不只是一种经济生产行为,更是一种社会文化现象,包括人们怎样认识"物"的价值,如何营造生活之美。

进入20世纪90年代,经济改革进一步深化,工艺美术企业改制,不少生产要素回流到农村,村民利用农闲时间发展工艺美术生产,涌现了不少专业村、专业户,工艺美术作为一种农村副业形成了富有特色的"农村文化产业"发展形态。在调研中我们看到,山东临沂发展柳编工艺,开展杞柳种植和编织,临沂、郯城、莒南、河东4个县区、13个乡镇,形成了100多个生产专业村,柳编工艺生产成为名副其实的区域支柱型产业。其意义不仅在于乡村副业生产的发展,也意味着工艺美术资源重新回归乡村的文化母体,包括对于天然材质的发现、利用以及重建生活传统的紧密联系,"天有时、地有气、材有美、工有巧"等造物传统再次被激活,工艺美术获得了深厚的文化土壤和广阔的应用空间。再如福建仙游县,早在明清时期就形成了古典家具"仙作"的独特风格,在工艺企业乡村回流过程中形成一批工艺品生产专业村、专业街,成为国内乃至东南亚地区最大的木雕、古典家具生产基地。这也是传统工艺的文化信息被激活,木雕、家具的生产和销售意味着一种生活方式和生活美学的传播与接受。与此同时,城市生活里,装潢设计、环境设计、产品设计、服装设计等逐步发展,传统工艺的样式或技艺为现代设计所吸收,小到生活日用、居家陈设、首饰服装,大到公共空间、建筑环境、仪式庆典,工艺美术设计融入其中,成为具有自身文化内涵的现代工艺美术形态,也是当代社会生活中体现造物之美的新时尚。在这一时期的调研中,我们看到,民间石雕工艺已由生活实用转向现代园林石雕艺术品,乡村的织花土布由过去的被面床单转向现代家纺、服装,传统的盘扣、服饰绦子衍生了"中国结"等挂件、摆件装饰品,还有年画、风筝等转型为礼品、旅游纪念品，工艺美术在生活的土壤中发展变化，得到传承与创新。一方面，转化无处不在，涉及工艺品的体量形式、功能用途、材质用料、语言符号和技艺本身；另一方面，传统工艺的文化认同与凝聚在加强，不变的恰恰是内在的文化创造力，是我们民族自古以来对美的认同和追求。生活、时代就像涌动奔腾的河流，传统工艺要有传承和发展，不能固步自封，不能刻舟求剑，需要不断传承、不断吸收、不断认识和发现，从而实现"创造性转化与创新性发展"。

图 3　现代紫砂壶（何晓佑设计）

图 4　神鸟出林（汪寅仙作）

应该说，工艺美术构建的是一种生活方式，是一种可感知、可体验、可实践的艺术化的生活方式，只有回归生活，才有演进更新的基础和动力，才能形成自然而然的演化和发展。回归生活，也在于面向生活的需要，并切实激发起乡村、城镇广大人民群众的创造性，也只有形成这样的氛围和机制，才有工艺美术的市场，有对于工艺造物的认同和持续提升的潜力，才能满足民众高质量的生活追求。

二　传承文脉

工艺美术文脉的传承不仅需要普遍的、文化生态意义上的修复与保护，也需要教育领域、制度建设层面的创新实践。改革开放40多年来，工艺美术在生活中的意义、对于民族文化传承的价值不断被认识和发现，对于工艺美术所面临的全球化、工业化、市场化的影响，有关保护与传承也提升到立法层次，并在高等艺术教育、文化传承与交流等领域深化发展。

回顾这一历程可以看到，在制度建设方面，1997年，我国发布《传统工艺美术保护条例》，对保护传统工艺美术的原则、认证制度、保护措施、法律责任等做出规定，实施传统工艺美术保护，各地相应建立健全地方保护条例，工艺美术保护与发展由此提升到立法层面。特别是面对生活形态发展演变的影响，我国吸收国际经验，在立法层面加强了保护实践。2003年联合国教科文组织发布《保护非物质文化遗产公约》，将传统手工艺纳入文化保护范畴，传统工艺美术作为一种活态的、不断生成的文化表现形式，其传承主体、表现形式、文化空间以及所生成的持续的文化认同感也因此需要进一步关注并采取切实措施加以保护和落实。我国于2006年、2011年，先后出台法律、法规，对包括传统技艺、传统美术在内的"非物质文化遗产"做出界定，对代表性项目名录、传承与传播等做出规定。据统计，2006年，我国首批国家级非物质文化遗产名录共计518项，含工艺美术类140项。正是为应对人们生产方式、生活方式、消费观念和生活观念的改变，部分传统工艺美术品类在工业化及市场化自主选择中受到的冲击以及面临资源流失和发展边缘的困境，进一步健全了传统手工技艺的保护与发展机制。应该说，传统工艺美术作为一种经验传承、作为一种"活"的文化，具有自身的脆弱性，健全相关保护制度，突破了以往文物的、静态意义上的收藏和保护，更加重视技艺、审美等文化链的活态延续，具有重要意义。

与此同时，专业教育领域也经历了一系列的坚守与革新，在高等艺术教育方面，"工艺美术"曾一度被二级学科"艺术设计"取代，随着学科建设自觉度的提升，2011年"工艺美术"再次被提升为"设计学"一级学科下的二级学科。从设计视野出发，突出了工艺美术的学科优势和审美价值，传承工艺美术所蕴含的造物智慧、文化传统、生态理念和工艺思想，并不断融入新材料、新工艺和新的生活理念，在高等教育人才培养过程中构建具有传承与创新活力的发展机制，从而推动现代设计从物质生产向文化建构深化、从产品功能向人文情感拓展。工艺美术教育因此不仅是文化传承的重要载体，也是创意产业的重要文化资源，包括传统造型体系、造物思想、思维方式、审美格调等，与当代设计之间具有内在联系，工艺美术教育作为普遍的文化认知和专业基础也有望成为国民教育的组成部分。

图5 2018上合组织青岛峰会国宴用瓷
（山东工艺美术学院团队设计　深圳职业技术学院团队设计）

在文化交流领域，一系列工艺美术展览突破已有观念，突出工艺美术内在文化传统、生活理念的发现与交流。如"全国工艺美术大展""全国工艺美术作品展"等重大展览，不仅在于巧夺天工的工艺展示，更在于促进人们了解生活之美的历程，认识具有情感温度、象征意义的人与物的关系。与此同时，一系列工艺美术主题的图书、纪录片、公益活动举办，保护民艺传统，传播工艺文化，推动发现和发挥集人文、精工和生态特性于一体的工艺美术价值。在我们主持的"手艺农村""工艺扶贫"等不少实践项目中，都把工艺美术内在的生活传统、文化创造力与当代民生改善结合在一起，以期改善物质的生活品质，并进一步寻找民艺的创造力、凝聚力的生长点，发展有工艺传承、人文底蕴、情感温度的幸福生活。

三　续写匠心

当前，在坚定文化自信、传承中华优秀传统文化的思想指引下，工艺美术的发展自觉进一步深化。从《诗经》"如切如磋，如琢如磨"到今天拓展到工业制造和各行各业精益求精的工匠精神，从民族民间的工艺造物到今天乡愁的寻觅与寄托，工艺美术的价值在国民精神、思想、情感的意义上得到认识和重视，多样化良品美器的工艺美术成为建构文化记忆、复兴文化创造力的重要载体，在更广泛的生活领域形成辐射作用。

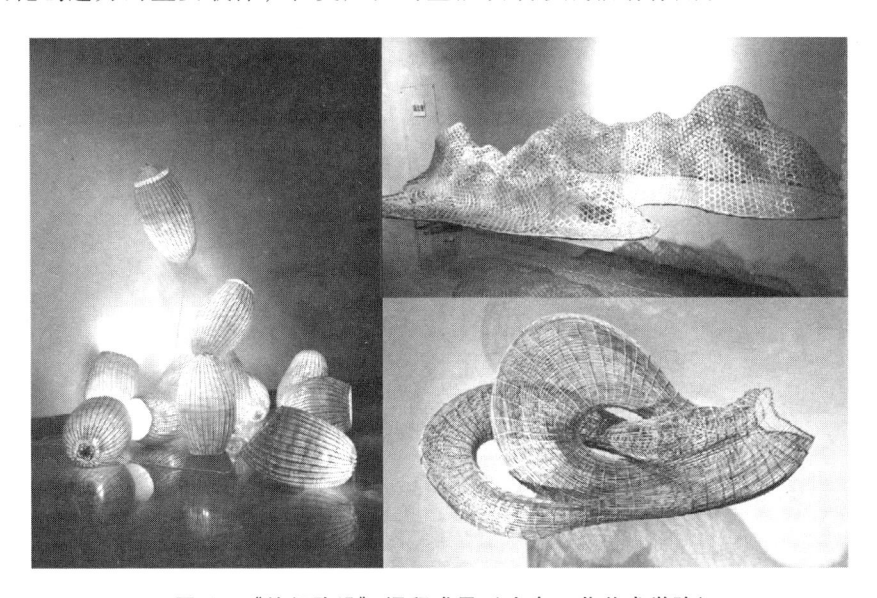

图6　《编织陈设》课程成果（山东工艺美术学院）

图 7　2018 上合组织青岛峰会国宴用瓷
（山东工艺美术学院团队设计　深圳职业技术学院团队设计）

图 8　2018 上合组织青岛峰会国宴用瓷
（山东工艺美术学院团队设计　深圳职业技术学院团队设计）

在"艺术也是一种生产力""审美也是一种终极关怀""文化也是一种

资源"的当今社会，工艺美术已成为创意产业、时尚产业、设计产业、旅游产业不可忽视的重要文化资源，作为显著的文化标识，成为这些产业的重要组成部分。比如产品设计制造中，将传统造纸、陶瓷、木雕、珐琅、竹编、刺绣、金工等传统工艺中的纹饰、技艺和材质等，拓展成不同层次的日用品、创意品、奢侈品或艺术品，提升了产品的经济附加值和文化标识度，复兴了现代生活中的传统美学。又如在公共景观塑造及旅游、休闲、时尚等服务产业发展中，通过发挥传统工艺美术可展示、可参观、可赏鉴、可教育的景观价值和体验价值，设计建设城市商业综合体、博物馆、街区景观、主题酒店、特色商店、餐馆、画廊以及乡村田园综合体、民宿、乡土博物馆等，突出了传统工艺美术选材与制作的原创性、图案造型的象征性、工艺制作的体验性、工艺材质的温度感、场所文化的关联度以及环境空间的历史维度，增加了旅游体验产业的生活价值。此外，作为一种包含独特思维感受和审美体验造物形态，工艺美术也不再局限于传统元素的存在，不断积淀和吸收创新动能，包括不断融入新材料、新工艺、新需求来创意生活品质，不断探索将传统民艺形式与现代语言紧密结合，将艺术与工艺设计有机联系，进一步诠释古典、乡土、传统的当代意义，实现多元化发展。比如剪纸、年画、皮影、刺绣等传统工艺美术，在传承中不断创新和发展，融入生活仪式和节庆实践活动，增强了民众的文化认同感。比如艺术与工艺设计结合，形成了重观念、重审美、重个性、重收藏的当代工艺创作，传达手工智慧所蕴含的审美意识、视觉经验和观念趋向。事实证明，当知识、信息、文化等成为更重要的驱动力，工艺美术等传统生产方式、文化形态不是在机器生产、机械美学的冲击下被取代，而是在创意和产业机制方面迎来了新的复兴与重建，融合传统与时尚等不同文化信息并在新的产业机制和传播途径中，在日常化的审美与应用中，增进了文化的凝聚力与创造力。比如"互联网＋"打通了生产价值链和消费价值链，山东滨州博兴县湾头村在2006年诞生了第一批网店，村民们开始在淘宝网上销售传统草编产品；2016年湾头村草编电子商务从业人员达2000多人，建立草编工艺品网店500多家，年销售额过百万元的网店有30余家，成为闻名全国的"淘宝村"。以"移动互联网＋社交＋大数据"为依托，加速了城乡之间工艺资源的交流转换，一批批传统手工艺人正在经历着信息时代的思维转型，更具有对传统工艺的认同、设计创新能力、团队合作意识、互联网操作经验和国际化视野，让工艺美术焕发新的生机。

如果说人是"文化的存在、社会的存在、历史的存在、传统的存在"，那么工艺美术作为亘古不息的造物文脉，创造了可以感知的价值和美，其内涵和意义也需要不断认识和深化。改革开放40多年，工艺美术的变迁，透现的正是社会文明的发展进程；工艺美术回归生活的历程，也体现出对于文化传统、生活品质、产业动力、人文境界的认识把握。进入新时代，文化自信的提升、知识经济的发展、互联网电子商务、人工智能等新技术的革新所带来的新型社会需求，加之艺术鉴赏理念和大众消费观念的提升，都为传统工艺美术发展提供了更为肥沃的土壤，中华优秀传统的工艺造物，心手相连，将是我们对美追求与创造的不竭动力。

［原载《民艺》2019年第1期，第47~51页。］

民艺，回归民众日常生活

唐家路　山东工艺美术学院

"士大夫是常要夺取民间的东西的，将竹枝词改成文言，将'小家碧玉'作为姨太太，但一沾着他们的手，这东西也就跟着他们灭亡。他们将它从俗众中提出，罩上玻璃罩，做起紫檀架子来……雅是雅了，但多数人看不懂，不要看，还觉得自己不配看了。"[①] 鲁迅先生在20世纪30年代曾经就民间的俗的艺术和经"士大夫"改造的艺术进行比较，并做出形象尖刻的批评。其实，这不仅仅是艺术的雅与俗的对比，而是隐含了对艺术的审美价值取向乃至艺术功能的分析。当然，现在来看，"士大夫"早已不复存在，民间的俗的艺术似乎还在。这民间的俗的艺术自然也包含了我们传统的民艺。

图1　山东菏泽虎头鞋（图片由作者拍摄）

---

① 鲁迅：《鲁迅杂文全集》，群言出版社，2016，第192页。

改革开放是近年来的热词。毋庸置疑，40多年是各行各业的繁荣时期，包括民艺在内的传统文化在近十几年来也受到了前所未有的礼遇，特别是目前在传统文化复兴的大背景下，无论是非物质文化遗产还是传统民艺，引起了从专家学者到普通民众的高度青睐，尤其是某些非物质文化遗产项目，已经让人难以分清物质与非物质、传统与非传统、民间与非民间，似乎到了漫无边界的境地。而与此对应的同属于联合国教科文组织项目的农业文化遗产保护却是异常的冷落。要知道，农业文化遗产保护其中要义之一，不仅关乎每一个人的食品安全，同样也是传统文化的重要内容，而且是与生活相关的民生问题。此不赘言。

历史上的民艺创造始终围绕民众的生产与生活，换句话说，民艺是生活的艺术，是以用为本的艺术，甚至就是民众生活本身。从接受群体而非文化话语权的角度来看，民艺才是历史上传统文化艺术的主流或主体。上层艺术，或曰宫廷艺术、文人艺术、精英艺术、经典艺术，它们只为少数人所拥有，否则何以成为精英。历史上各类典籍文献记录的文化与艺术之所以成为经典，原因之一与书写者有关，而民间艺术作为芸芸众生的文化创造才是历史的主流，当然，这一主流是一种体量，而非文化的高下，而文化如何判定高下？一个简单的事实，一幅门神年画和一幅宫廷画师的院体画谁拥有更多的读者？传统社会，一个地域的一幅年画门神"印刷发行"数十万张不足为怪。而当下，民间的创造不仅显得缺乏，以民艺之名的创作理念也越来越雅化、越来越纯艺术化，许多的创作离日常生活、物质生活越来越远，离普通百姓越来越远，特别是离农民越来越远。虽然几十年来的发展使中国的社会结构产生了巨大变化，但农民仍是中国社会的重要阶层，乡村仍是中国社会的主要图景。我们强调民艺的精神功能或精神价值，我们从不排斥民艺带给人们的精神享受和审美熏陶，民艺自始就为民众的精神生活带来了巨大的恩惠，并因此而生，由此而荣。但远离了生活，特别是远离了普通民众物质生活的民艺还能走多远？即使那么多的高校手工艺创作乃至艺术设计，有多少不是为艺术而艺术？有多少是为普通民众而做？特别是为农民而做？民艺是民间文化、俗文化的载体，是普通民众的艺术，当高雅、艺术化成为一种时尚，成为一种价值追求，民艺对普通民众的价值还有多少？

图 2　山东枣庄陶狮子
（图片由作者拍摄）

图 3　南方竹编提篮
（图片由作者拍摄）

　　有迹象表明，传统民艺正在受到小资文化的追捧，而且很多的民艺创作也在自觉或不自觉地迎合这种小资情调。陈设把玩、收藏升值、文玩猎奇，似乎以前那些粗俗野土的东西不仅会勾起逝去的记忆与情感，同时还是一种文化的标签和身份的象征。历史上民艺的创造主体和接受对象以农民为主，可以这样认为，民艺主要是农民的艺术，当然还有其他手工业者、普通市民等，但主要是民间文化和下层文化的产物，其审美旨趣也反映了民间文化的特征。那种精致的生活方式和纯粹的精神体验，距离以农民为主的社会群体仍有较大的差距。农民群体至少不是近期可以消亡的，而针对他们需求的创作或他们自己针对自己需求的创作何以缺乏？有一个故事似乎可以说明问题。一个专业歌唱家民间采风，为了勾起民间艺人唱酸曲儿的兴趣，煞有介事地唱了一段改编的信天游，听了歌唱家的演唱，这位农民当场"哑"了。这种文化艺术的碰撞恐怕不仅仅是因为民间艺人面对所谓专业艺术的自卑和羞涩。民艺归根结底有自身独立的价值功能、审美标准、审美趣味和发展规律，它可以被不同身份与阶层的人所欣赏，但倘若被其他艺术趣味所左右甚至裹挟，或者为了迎合异样的审美需求而主动改变固有的本色，它也就不再是民间的文化与艺术。

　　民艺蕴藏着丰富的文化内涵，而这些文化内涵与特定的生活方式相关联。进入现当代社会之后，科技的进步和全球一体化进程的加快，使得民间传统的生活方式发生了翻天覆地的改变。看看当下的日常生活，我们的衣食住行，几千年伴随老百姓生活的民艺去了哪里？曾经为我们挡风遮雨的民居只剩下几间民宿，丰富多样的服饰走上了 T 台秀场，室内的陈设器具简单化为新中式，土灶厨炊、锅碗瓢盆被整体厨房所取代。没有人会排斥现代生活方式的便捷与提升，但中国人原本的生活方式似乎远离了自己人，民艺似乎远离了民众的生活。上述这些与民众物质生活息息相关的民间艺术，以及那些曾经抚慰和宣泄民众精神的皮影戏、社火、神像、玩具、剪纸、年画，都已经越来越游离于精神内涵之外，真的成为表面化和形式化的文化象征与文化符号。民艺曾经具有的生活功能与精神价值去向不明。现实的境况是，民间艺术被逐渐抽取丰富深沉的精神内核和刚健质朴的筋骨，只留下空洞虚无的躯壳和软弱无力的皮肉。"画中要有戏，百看才不腻；出口要吉利，才能合人意。"已经没有多少艺人能说清楚、讲得好那些祥禽瑞兽、仙花芝草、人物神祇背后的故事。许多习以为常的事物，仿佛一夜之间便不复存在，随之而去的还有我们祖祖辈辈世代相守的民艺文化内涵。如果脱离了民众生活的基础和内在支撑，抽离了民艺的精神内涵和情感寄托，民间艺术就必然会成为无源之水、无本之木。

图 4　安徽界首刻花陶罐（图片由作者拍摄）

民艺的创作主体是民间艺人，他们创作的最初动机首先是满足自身的需要，当然也有作为副业贴补收入或成为主业演变为职业手工业者以维持生计。从这个意义上讲，民间艺人的主要身份应该是为创造实用价值或者为真实需要而创造的生产者，而不是创造纯粹审美价值的艺术家。过去的民间艺人从来不标榜自己是艺术家，只是日复一日默默无闻地进行生产，

图 5　山东惠民皂户李的二月二庙会（图片由作者拍摄）

作品为民众生活服务，但他们的名字却鲜为人知或流传后世。近年来，这种状况正在悄然改变，特别是新世纪初非物质文化遗产热潮兴起之后，许多项目的传承人在主动或被动地向艺术家身份演变，许多手艺人正在将自己的手工劳作称为"艺术创作"，将自己的作品努力与"民间"拉开距离，某些进过专业院校接受培训的人更是将自己标榜为艺术家，将自己的创作定位于纯艺术。我们无意反对个人的人生和艺术选择，现实是手艺人和艺术家、纯艺术和手工艺虽然有交叉，但仍需厘清本质的差异。正如有人戏言，民间艺术成了高雅艺术，国画艺术成了民间艺术；某些民间艺人正在成为艺术大师，某些国画家正在成为游方艺人。不同文化分层的艺术交流互渗，互相演变是合规律的，不然中国书法艺术怎会申报世界级非物质文化遗产项目名录。但我们所关注的是，民间艺人如果越来越像纯粹艺术家，创作越来越脱离民众生活和民众群体，他们的创作还能称为民间艺术吗？这个问题实在难以回答。

　　回到民艺的原本。民艺不是纯粹的艺术创作，它与民众生活密切相连，是以物质生活与精神生活为主的创造活动，既体现在以物质实用功能为主的造物活动中和以情感价值为主的精神活动中，也离不开丰富的民俗生活。民艺及其文化创造与传统的民间社会生活方式相适应，特定的生活方式是民艺产生、发展和生存的基础，并影响了民艺的创造动机、样式和存在状态。民艺正如鲁迅所说的，是"生产者的艺术"，而不像纯粹艺术那样是"消闲者的艺术"，它不是"为艺术而艺术"，许多情况下是为生活而艺术。

图 6　山东高密扑灰画（齐鲁中国民艺馆藏）（图片由作者拍摄）

图 7　山东周村元宵扮玩（图片由作者拍摄）

张道一先生在论述民间文化和民艺时曾将物质与精神两者之间或综合性的双重形态的文化称为"本元文化",本元文化无论在原始社会时期,还是在文化分化以后的多元化发展时期,都是实际存在的。"本元文化"又可称为"本原文化",它既是人类最初的文化形态,又是在物质文化与精神文化分化以后仍然在人们的生活中发挥作用并一直发展的文化形态。民艺是本元文化发展的最好说明,它"是同广大人民的生活关系最密切的,就其主流来说,多带有实用性,既保持着本原文化的特点,又是本元的。虽然有一部分也带有'纯艺术'的特点,但仍距其实用性分离不远"。① 在这里,张道一先生不仅强调了民艺的实用特征和本元文化特点,更重要的是指出了民艺与民众生活的关系,或者说民艺的生活形态,以及民艺与原始艺术的传承发展关系。

当然,这种生活形态的艺术创造并不仅仅体现在以物质实用功能为主的造物活动中,它同样体现在民众的精神活动中。广布民间的各种游艺、社火、秧歌、傩舞表演,等等,无论其娱玩表演的形式,还是表演的道具,都不妨碍人们将其称为艺术,而在民众看来,或者从历史的起源来看,是人们祈福禳灾、酬神娱神,与天地自然和神灵沟通的渠道和桥梁。而这些表演无论在岁时节日,还是在春播秋收,都是民众生产或生活内容不可或缺的一部分。这正如 M. 巴赫京对西方中世纪狂欢节的分析:"它处在艺术和生活的交界处。实质上,这是生活本身,不过被赋予一种特殊的游戏的形式。……人们不是观看狂欢节,而是生活在其中,而且是所有的人都在其中,因为按其观念它是全民的。在狂欢节进行期间,对于所有的人来说,除了狂欢节的生活以外没有其他生活。"② 显然,人们对这些游艺活动的认识并非只是艺术的、审美的,不管这种看似艺术化的演示是严肃的、庄重的,还是喜庆的、诙谐的,也不管它如何富有审美内涵或令人愉悦,它都是民众节日生活不可缺少的内容。

民艺这种与现实生活的关系,邓福星先生在论述民间美术的性质时称

---

① 张道一:《张道一文集》,安徽教育出版社,1999,第 502～503 页。
② 〔苏联〕莫·卡冈:《艺术形态学》,凌继尧、金亚娜译,生活·读书·新知三联书店,1986,第 210 页。

其为"原发性特质"。他说,"如果说,纯美术在社会上层文化中更近乎纯精神的领域,那么,民间美术则属于基础的,更接近物质生活的下层文化",具有"与现实生活原型更为接近的性质"。"从历时性的发展来看,民间美术还比较多地保留着艺术发生时的某些基本性质。"① 他们的艺术活动,往往同时又是他们生产或生活的内容。民间美术最大限度地秉承了原始艺术的性质和特征,即原始艺术的原发性特征。民艺的创造在很大程度上只是一种不自觉的艺术加工,同原始艺术一样,其实用性的功能或功利性因素常常是主要的。如果说原始先民的石器、陶器、骨器是实用与审美的艺术创造,那么民间的各种餐饮厨炊用具、日常起居用品、生产工具等各种繁杂的用具用品,与原始造物并无质的区别,既是生活的用品,又具有突出的审美因素。从历史的发展来看,民间艺术与原始艺术一样,具有艺术的"复功用性",是审美功能与日常生活功能的统一。

图 8　山东冠县面老虎（图片由作者拍摄）

---

① 潘鲁生主编《中国民间美术全集（1）祭祀编·神像卷》,山东教育出版社、山东友谊出版社,1993,第 7 页。《论中国民间美术》一文,邓福星先生首先发表于《美术史论》1990年第 4 期,后见于潘鲁生主编的《中国民间美术全集（1）祭祀编·神像卷》。此文与《美术史论》中有个别字句改动,本文引用以后者为准。

图 9　山东滨州集市上的柳编（图片由作者拍摄）

邓福星先生还认为："在共时性的社会文化整体结构中，民间美术也保留着一种和现实生活紧密相关的原发性。"① 民间美术这种生活的原发性与现实生活紧密相连，最大限度地贴近人们的生产生活，甚至就是现实生活本身，而与精神性审美功能为主的艺术创造有着较大不同。遍布民间的房屋宅舍、家具陈设、日用器具、生产工具、运输工具，以及服饰穿戴、饮食起居，莫不是为了满足生存需要而进行的物质生产实践活动，而其中所隐含的艺术审美创造又是丰富的。这些审美创造适应了生活的需要，表现了自己的理想和心愿，是一种真诚、质朴、实际的生活创造。而那些可供娱玩陈设、情感表达的刻花蝈蝈葫芦、泥人耍货、戏出年画、剪窗花、绣荷包，其实也是审美多样性的表达，其背后隐含的精神内涵、情感追求是丰富深沉的，并非仅仅是追求艺术美感或形式美感的纯粹审美创造。当然，由实用功能向审美功能的转化，也是人的需要的丰富性使然。总之，"发生

---

① 潘鲁生主编《中国民间美术全集（1）祭祀编·神像卷》，山东教育出版社、山东友谊出版社，1993，第7页。《论中国民间美术》一文，邓福星先生首先发表于《美术史论》1990年第4期，后见于潘鲁生主编的《中国民间美术全集（1）祭祀编·神像卷》。此文与《美术史论》中有个别字句改动，本文引用以后者为准。

学意义的原发性和贴近生活的原发性实质上是统一的。它们表明民间美术是一种包容着很大物质成分内容的文化形态,与单纯的精神性艺术有巨大的差别"。①

当然,民艺和原始艺术虽然在艺术发生的性质特征上有相似之处,毕竟二者是不同的社会背景和社会条件下的创造,艺术创造主体在认识、思维等观念、意识上的差异及心理上的差异也是十分明显的。民艺虽然同样包含了艺术与非审美因素、物质生产活动与精神生产活动相统一的性质,但主体的认识却不像原始艺术起源一样是混沌统一的。无论民艺的物质生产还是精神创造,虽然在内容上贴近于现实及理想化的生活,在形式上淳朴自然,然而,这种不事雕琢的创造是因为民众的真实需求和真情实感形成的,与当下某些无病呻吟、矫揉造作,甚至装腔作势、狐假虎威的所谓的民艺创作相比,远离了生活的理想,冲淡了精神的内涵,即使技法高超,也不过是东施效颦、画虎不成反类犬。

诚然,民艺的发生与发展是以农耕文明为基础的生活方式下的产物,现代化的快速进程正在席卷人们生活的每一个角落,节奏和步伐的不协调导致了民艺传承与现代生活的失调。在这一现代化的进程中,民艺不仅仅是人们对过往的留恋和心灵的补偿,虽然在这种变迁的过程中民众心理的变化与纠结是复杂的。我们也并非为传统的民艺吟唱挽歌,更不能在"城里人"享受现代生活便利的同时让"乡下人"停留在过去男耕女织、日出而作日落而息的生活状态,虽然现实也并非如此。我们提倡的是民艺的大众理念、平等的意识、为生活的创造,民艺的精神和本质不能随意丢弃。只有当人们既可以享受现代社会发展带来的福利,又不再将传统当作花里胡哨的乔装打扮,才能真正站在当下发现传统民艺的价值。

最后,我还想以鲁迅先生的话结尾:"他未经士大夫帮忙时候所做的戏,自然是俗的,甚至于猥下,肮脏,但是泼剌,有生气。待到化为'天女',高贵了,然而从此死板板,矜持得可怜。看一位不死不活的天女或林妹妹,我

---

① 潘鲁生主编《中国民间美术全集(1)祭祀编·神像卷》,山东教育出版社、山东友谊出版社,1993,第8页。

想，大多数人是倒不如看一个漂亮活动的村女的，她和我们接近。"①

那些"和我们接近"的民艺不知道还能存在多久。

[原载《民艺》2019年第1期，第52~57页]

---

① 鲁迅：《鲁迅杂文全集》，群言出版社，2016，第192页。

关于民间美术的调研工作

徐艺乙　南京大学

民间美术的研究工作在我国有将近一百年的历史。在新中国成立以后，更是受到了极大重视。1949年1月解放军进入天津，军政委员会代表最先拜访的，就是三位民间艺人，他们是天津的泥人张、风筝魏、砖雕刘。尔后，同年4月在北平发行的《人民日报》上发表了由该报记者撰写的长篇报道《北平特种手工业恢复与发展中的一些问题》；1953年底，中央人民政府文化部在北京举办了"全国民间美术工艺展览"；之后不久，民间美术的调查、研究、展览、出版等方面的工作在文化、文物、民委、工艺等行业内全面开展起来。20世纪80年代中期，在广大文化、教育工作者和热心人士的努力下，民间美术工作取得了很大的成绩，尤其是在理论的探索和研究方面，更是硕果累累。

图1　徐艺乙（左一）与乌丙安（右三）等在佛山考察（图片由作者提供）

民间美术经过这么多年的研究，学科本身已有了自身的理论和方法。

按照现在的说法，民间美术是非物质文化遗产的重要组成部分。而作为非物质文化遗产的民间美术，和纯粹的民间美术学科是有区别的。在这里值得注意的是，在民间美术的前面加了一个定语——"非物质文化遗产"，这就有了范围和性质的限定，因此，在认识和方法上就要有所区别。

如何去做民间美术的普查和调研工作，有以下几个步骤。

一　如何界定民间美术

什么叫民间美术？大家在读美术文献时，特别是在读一些民间美术的专业文章时，经常会读到"民间美术"的词语，同时也可能会读到"民间工艺美术"或者"农民美术"等词语，在20世纪50年代我们还曾使用过"民间美术工艺"的词语。这些名词从字面来看，在词义和表述方式上是不一样的，但它们所指的对象可以说90%以上都是重合的，只是换了一个名目或说法。所以，民间美术也好，民间工艺美术也好，民间美术工艺也好，首先要注意的是"民间"。这个"民间"应当怎么去看？与"民间"所对应的词是"官方"，这是现在的概念；那么在历史上，与"民间"所对应的一个词则是"宫廷"。

一般情况下，从艺术形态的功能学角度去分析，美术也好、工艺美术也好，大致可以分为四种类型：一是宫廷的，二是宗教的，三是文人士大夫的，四是民间的。这样的四种类型，在一定的前提下是可以单独成立的，如宫廷工艺，民间美术，都是可以单独成立的。但是作为传统的文化遗产，在我们这个非物质文化遗产保护工作的平台上，在非物质文化遗产这个概念的框架内，应当得到重新整合和认识。所以，我们为什么要在"民间美术"一词之前加一个"非物质文化遗产"的定语，这是首先要加以说明的。我们在做很多事情的时候，如果在基本概念这个问题上不了解清楚，就会被一些不了解非物质文化遗产的朋友，或者是一些比较认真的学者所误解。所以我们在做这项工作的时候，可以在"民间美术"这个名词前面加一个定语，即作为非物质文化遗产的民间美术。

作为非物质文化遗产的民间美术，在实际的工作中是以民间的美术为主，把过去曾经是宫廷的、宗教的、文人的美术，都在非物质文化遗产保

图2　2005年徐艺乙在香格里拉松赞林寺考察（图片由作者提供）

护这个平台上整合起来。那么，民间、工艺、美术三者之间是怎样的关系，若是从字面进行解构，它的落脚点又是什么？这个问题如果我们搞清楚了，工作可能就会做得好一些。

从艺术的发生学来说，美术和工艺美术同样，脱胎于人类最早的造物文化。你去看任何一本美术史或者工艺美术史的著作，在史前的部分所利用的材料、所描述的内容基本上都是一致的。这样的造物文化是本源文化，作为民间的生活文化，在长期的历史过程中得以流传和发展，然后因为种种原因分别得到传承，直至现代，美术和工艺美术的区别是很明显的。美术和工艺都起源于造物的文化，造物的文化就其本体来看，主要由两个部分构成，一个部分是工艺，另一个部分是产品，这就是它的主要构成。在过去，研究美术或工艺美术，研究的面都很窄。美术是从工艺美术中分出来的，以工艺美术研究为例，在过去只是研究器物的本体。也就是说，要分析和研究一件东西时，对它是怎样的材料、它有怎样的结构、它采用什么样的工艺制作、它有什么装饰手法等，做重点研究。在面对实物时，我们可以根据上述的规则对它的本体做一个比较全面的分析。例如泉州花灯，它的材料是纸、竹子，或者还有一些料丝；它采用的工艺是彩扎、刻纸和裱糊，还有画绘等；它的装饰有剪纸、绘画；它的造型玲珑、精巧、稳重，点了灯以后金碧辉煌，是一个很美的造型。过去对民间美术的研究多数就只到这一步为止，但是要研究物质文化就要把它扩展开来，要探索为什么做它？由什么人做？准备采用什么材料？准备使用怎样的工艺？在这个东西做成之后，打算怎样去使用？有几种用途？用在什么场合？

我们现在的工作对象是作为非物质文化遗产的民间美术，因此，我们要了解和研究的内容主要有三个方面：第一是为什么要制作，准备采用怎样的材料和工艺；第二是采用这个工艺之后完成的产品或物品的形态；第三是这个东西在生活当中怎样使用。

中国人做事情、做东西都很实在，一般不会做无用功。我们经常会在报纸上看到要求诚信，要求实事求是，这是我们民族的优良传统。在孔子的《论语》中有一句话，"敬神如神在"，换句话说，我不敬神似乎神就不在，是一种非常实用的观念。人们做灯笼是为了元宵节使用，是为了美化我们的环境，作为艺人来讲，也是为了显示手艺。正如上文我们介绍的制作灯笼的材料、工艺、造型和装饰，由这样的灯笼和其他的一些装饰物所构成的某种美的环境。在这样的环境当中，我们每个人都会得到美的享受。所以，作为民间美术也好、民间工艺也好，所要调查、研究的大致内容和我们要做的申报非物质文化遗产文本的内容基本上是相同的，我们不妨就从手工艺入手。

"手工艺"一词同样是一个偏正词组，它的核心名词是工艺。那么，什么叫工艺？对某种材料（或多种材料）采取某种手段（或多种手段）改变它的形态和结构的一个过程，是对工艺的解释。当然，这是经过高度概括或提炼的学术概念。工艺的概念就是这样，若是在前面加一个限定词"手"或者"手工"，那就是"手工工艺"。手工工艺是传统的、完全通过人的手来完成操作的一个过程，这就是传统的手工艺。同样，把"机械"一词放在"工艺"之前，它还是工艺，是和手工工艺相对应的机械工艺。但是，

图 3　云南傣族慢轮制陶技艺传人玉勐在制陶（图片由作者提供）

作为非物质文化遗产的民间美术在工艺的后面还有一项，就是它的结果，因此要加上"及其结果"，这样就比较完整了。手工工艺的结果，就是手工制作的产品或物品，这样的产品或物品也可以分成两大类：一类是具有审美倾向的，另一类是不具有审美倾向的。民间美术或者民间工艺美术当中的绝大部分，都是具有审美倾向的，而且是带有较为明显的审美倾向。作为具有审美倾向的产品或物品又可以分成两种：一种是平面的，另一种是立体的。通常我们把大部分的立体的产品或物品叫作民间手工艺，把大部分的平面产品或物品叫作民间美术。当然，这只是从理论的角度进行推理的结果，这样的推理是从概念出发的，其结论并不是绝对的，特别是在实际工作中，要具体问题具体分析。

这些细节问题明确之后，在工作中有几个环节必须加以注意。第一个是材料，我们在解释"工艺"一词的时候，是说"工艺是对某种材料采取某种手段"，所以材料问题非常重要。如果没有德化本地产的高岭土，就不会有德化窑；宜兴如果没有紫砂泥，也就不会有宜兴的紫砂陶器，这是非常明确的事实。第二个应该注意的是具体的工艺，也就是手段，这个手段是根据材料来决定和实施的，先秦的《考工记》里有句话叫作"因材施艺"。所以我们在普查的时候，要注意物品的材料和对材料进行处理的方法。这样说可能显得概念化，但是在实际生活中，在一件物品上可以使用一种工艺，也可以使用多种工艺。例如泉州花灯，它所采用的工艺手段有刻、扎、糊，还有绘画，至少采用了四种以上的手段。同样还是这个花灯，它的骨架采用的原材料是什么形态的物品——毛竹，毛竹是圆形中空的材料，把它片成竹丝或竹篾才能用来制作花灯，所以就要采用劈或者削这样的工艺手段，改变了毛竹原来的形态才能用作骨架的材料；纸的原有形态是平面的，通过糊、扎、画绘的过程，我们现在看到的就不再是原来的形态。

把原来是立体的、圆形中空的竹子片成竹丝或者竹篾，再把它扎成花灯的结构，这个结构又分不同的层和面；通过糊、绘的工艺手段让花灯有一个立体的造型，结构和形态完全改变了。也就是说，花灯原来的材料是竹、纸或其他，可能是立体的或平面的形态，通过这样的工艺手段和过程完全得到改变。这个工艺完成的过程，实际上就是我们在调查记录时要重点考察的过程。

图 4　2010 年徐艺乙在湖北郧县考古遗址考察（图片由作者提供）

对材料如何进行处理，是中国人在几千年当中通过和自然打交道所得来的经验。例如德化白瓷的瓷塑菊花，那么细小的花丝，通过烧结、焙烘，依然保持着原先雕塑的造型，这就说明它采用的高岭土的材料的成分与其他地方是不一样的。按照一般的检测，它的质地——也就是材料说明上介绍的——材料是比较硬的。这个"比较硬"的结论是由若干元素来支撑的，比例可以通过仪器精细地分析出来。陶瓷是工艺美术行业的叫法，在化工行业就叫硅酸盐，硅酸盐有若干种，陶瓷是其中的一种。这些在申报非物质文化遗产的文本里必须要反映出来。

我们从事这项工作的专业人士，应该比其他人多知道一些。所以，如何去认识民间美术或民间工艺美术，就可以利用这一个通则。当我们面对所有的相关物品时，都可以根据这个通则去进行工作。可以知道一件物品采用了什么样的材料有怎样的结构；根据这样的材料采用了什么样的手段，它的结构和形态是怎样改变的。这是一个由若干工序建构的过程，我们通常把这个过程叫作工艺或传统手工艺。需要注意的是，在这个时候我们还不能把它叫作民间美术或者是民间工艺美术。因为是作为非物质文化遗产的民间美术和民间工艺美术，除了制作工艺的过程之外，还应该包括它最后的结果。也就是说，我们拿了毛竹、麻线、糨糊、彩纸等材料，使用篾刀、刻刀、剪刀等工具，经过绑扎、缠绕，最后做成了这样的一个东西——花灯。在申报非物质文化遗产的文本中，还要反映工艺最后的结果，这是很重要的。例如泉州花灯的资料，本地人把花灯分为坐灯、拉灯、造型灯、水灯，共有四种类别，分别有不同的用途。这四种类别就是泉州花灯工艺的结果和用途。所以在申报文本中还要对工艺的最终的结果——物品进行分析和描述。

实际上，我们在对作为非物质文化遗产的民间工艺美术或民间美术进行调研的时候，都可以根据这样的原则或者公式，在调查过程中去寻找这几个方面的要素。因为民间的艺人日复一日、年复一年的重复操作，他们的手艺已经很娴熟了。你去问他们这个东西是怎么做的，他们会说：这个很简单啊，就这么剪剪扎扎就行了。他们是手艺的持有者，他们有资格能够这样说，而我们却不能这样去理解。特别是我们要把它作为非物质文化遗产去进行记录、保存，让它能够传承的时候，就必须把这些要素完整地记录下来。这些要素包括材料、工艺以及最终的物品或者产品这三个方面，这就是它的基本状态和情况。除了这些要素之外，还有历史和传承人的问题，把这些方面加在一起就完整了。

图 5　徐艺乙在佛山考察（图片由作者提供）

作为非物质文化遗产的民间美术或民间工艺的调研工作涉及多个学科，但是我们在这里先讲的是原理，这样的原理被你掌握之后，当你面对具体的工作对象时，你就可以进行具体的分析，当你看到泉州花灯时可以这样分析，当你看到德化石雕的时候，你还是可以这样分析。在考察民间美术或民间工艺的时候，对工艺手段的调查还应当包括工具。无论你是做民间美术还是在做民间工艺的调研，它的工艺手段都同样被叫作"工艺"，这时候你就要注意，他是直接用手的某一部分，还是使用工具？使用的工具有多少种类？这个问题必须加以注意。工具是什么？工具是我们人的手的功能的延长。在大部分的情况下，工具都是我们身体的某一种功能的延长。比如说我们乘坐的交通工具，就是我们腿的功能的延长，这个问题似乎和我们从事的工作无关。但是，在我们这个行当里头，所有的工具都是我们的手的功能的延长。所以在这个过程当中，民间美术也好、民间工艺美术也好，都要注意手和由手的功能生发出来的手的技巧，这一点非常重要。

手的技巧是什么？民间艺人把它叫作手法，具体地说，在刺绣当中叫作针法，在雕刻当中叫作刻法，尽管说法不一样，但都是手的功能的扩展运用的方法。

这是第一个大的问题，是关于基本概念的问题。

二 如何做民间美术的调研

一般情况下的调研分两种：一种是普查，是全面的、拉网式的，前提就是你事先不知道要普查的地方有多少非物质文化遗产的项目；另一种就是所谓的专项调查，这里的专项只是一个相对的概念，比如说作为非物质文化遗产的民间美术的专项调查，只是相对于我们在整个地区的普查而言，是比较笼统的说法，因为民间美术中有很多的品类，每一品类中又有许多的种类。

作为非物质文化遗产的民间美术的调研，大概可以从九个方面入手。要注意这九个方面并不是科学的分类，只是为了方便工作的简单归类。因为民间美术的科学分类，大家意见比较集中的是分成六大类，即祭祀神像、起居陈设、服饰穿戴、器用工具、民俗装饰、游艺道具。考虑到我们要进行的工作对象是作为非物质文化遗产的民间美术，工作内容是非常具体的，所以把这些内容归纳成以下九个方面。

第一，民俗信仰中的民间美术。这一类的民间美术，都是和民间信仰有关的，民间祭祀活动中的一些木作的或是泥塑的神像，还有版刻的神像，像江浙一带流传的纸马；或者是泉州一带用刻纸所反映的各种说不上名字的神像和在纸上画的神像，都是这一类的；还有就是民间所使用的类似于道教符咒的版画。另外还有供奉的器具和祭祀的礼仪用品，总而言之，这些都是在民族、民间、民俗的祭祀活动中，和民间信仰有关的、带有审美倾向性的一些物品。

第二，建筑陈设中的民间美术。各地区民间的建筑都是不同的，单独的民间建筑，它的布局、样式、本身的造型和建造方式，这些都是我们需要研究的。我曾经在出差的途中注意到德化附近的永春地段，有几栋闽南地区的住宅，非常典型，屋脊是弯的，用红砖砌墙，这样的建筑在台湾也能看到。民间的建筑还包括北方的四合院，包括西南地区的草屋顶的干栏式建筑，包括新疆、西藏、内蒙古等地区各个少数民族的有特色的住宅样式，包括村落周围的桥梁、牌楼、戏台、祠堂以及平民的陵墓建筑等。民间建筑的装饰方式，主要有砖雕、石雕、木雕，还有就是在建筑上面用石灰进行造型的灰塑，在石灰墙上进行的绘画。木作雕刻的窗格在浙江、江西有很多，其他地方也有，并且题材丰富、风格各异。各地区民间使用的家具和由家具等的物品构成的室内陈设的样式也属于调研的范围。

图6　童帽（福建莆田博物馆收藏）（图片由作者提供）

图7　2010年徐艺乙在海南观察绗染工艺技术（图片由作者提供）

第三，衣饰穿戴中的民间美术。在我们960万平方千米的祖国大地上，各个民族的穿着打扮的造型是不一样的，因此要了解他们的日常穿着，出席重大仪式所穿着的衣服，在特定场合下所穿着的衣服，这些服饰的样式各异，都是在当地的文化背景下所产生的，都反映了当地的文化传统。比如泉州附近的惠安女的装束，就是我们本地的同志所要重点注意的。除了衣服之外，鞋、袜、帽子，以及各种各样的首饰和化妆采用的图案，比如说某个地区的小姑娘在某个特定的日子里用哪一种花贴在脸上，要问她为什么这样做，这些都要求进行记录、拍照、录像，然后在此基础上再整理出文本。

图 8　徐艺乙考察广东省中山市消费节工艺品展（图片由作者提供）

第四，生活器用中的民间美术。生活器用主要是指在生活当中所使用的各种器具和用品，如茶具、酒具、烟具、食具、炊具、灯具、卧具、暖具、妆具、文具、女红用品，以及其他生活用品等。各地区所使用的器具和用品是不一样的，它的造型、使用方法都是非常复杂的问题。例如浙江宁波地区的金漆家具，盆、桶等的器具基本上都是采用红漆涂刷的。红漆是什么成分？红漆的主要成分是氧化汞，是汞（Hg）被氧化后的产物，汞（Hg）是学名，通常叫水银。水银氧化之后就是红色的粉末，溶解在生漆当中就是红漆，这就是传统的红漆，不是我们现在所使用的化学合成漆。氧化汞有剧毒，但是用氧化汞为原料的红漆涂刷的盆和桶却无毒，因为生漆干涸之后，化学性能是非常稳定的，氧化汞被生漆固化在里面，虽然在理论上会向外渗透，但也不会渗透得很厉害，基本上不会对人体有危害，用它打水、盛饭是安全的。但是在沿海一带，老鼠、白蚁这些小昆虫在成长的过程中经常喜欢找个硬的东西试试牙齿，当它咬到这种红漆涂刷的桶时，把漆的保护层破坏掉之后，就会咬到氧化汞，氧化汞剧毒，咬破了漆层就中毒死了。动物之间的很多生存信息是互相传通的，后来用红漆所做的金漆家具一般很少再有老鼠去咬它。所以说我们在做调研的时候，总要去问一个为什么？为什么这样去做？特别是一些生活的器具，为什么是这种样式的？无论是它的花纹，或者是它的装饰，或者是它的结构，都不会是平白无故的。要么是为了美观，要么就是具有实用的功能，我们在调研的时候就要问清楚。最好把它的根源挖出来，把它的原因找出来，这就是地方的特色。这些地方特色描述得越翔实，申报的文本就越有价值。

第五，生产劳动中的民间美术。主要是指在造型、结构、质地和装饰上具有形式美感或其他具有审美因素的农业生产的工具、手工业生产的工具、交通运输工具和各类辅助工具，这些都是值得我们注意的手工工具。很多的生产工具本身结构很合理也很美，这样的生产工具在各地有不少。我们在使用工具的时候知道，第一要求是合手，日本的工艺文化的研究者柳宗悦先生提出实用就是美的观点，就是建立在这样的基础上的。各个地方由于物产不同，所使用的工具也不一样。例如泉州一带生活中使用的筷子大多是竹子做的，这是因为南方生产的毛竹比较多，到了木头生产比较多的地方则用乌木，这只是一个比较简单的事例，也有不同的。福建生产的髹漆的筷子在北方地区比较多，因为北方的大部分地区得到竹子不容易，得到木头也不容易，又想延长使用的寿命，所以就在材料上髹漆，这样就可以使用得长一些。在手工工具当中，辅助工具的种类比较多，像过去用来运输的各种各样的车辆，比如各个地区的独轮车，有单人推的、有两个人推的，还有一前一后四个人抬的，各种独轮车的样式都不一样，我们在20世纪80年代末进行过一次调查，独轮车的样式不下200种，这200余种独轮车分布在各个地方。对于地方来讲，这就是当地的特色。另外，在调查工具时，工具的样式、工具的使用，都是大家所要注意的。

第六，传统商业中的民间美术。在传统商业活动中，商品的包装与店面的招幌及其制作工艺和艺术风格都能够反映民间的经济生活，反映一定的社会风俗与审美时尚，具有民间文化的特征。传统的商业不是像现在这样的，它有很多的规矩和规范，去过杭州或者去过北京大栅栏的，都能在那里看到很多传统的店铺。很多老字号的店堂布置也很讲究，要求不一样，制作也不一样。我们在自己本地重点调查的时候，要注意老字号店堂布置的特点，以及要注意它的吆喝、招牌、广告、包装纸，甚至是它的账册和账册装订的样式，商品登记摆放的格式等。还有在交易过程中所使用的一些工具，比如说尺、秤、算盘等物，都是值得注意的。

第七，环境装饰中的民间美术。在所有的民间美术品类当中，环境装饰中的民间美术是最为丰富的，虽然品类很多，但是也就无外乎四种基本的装饰工艺手段，扎、糊、绘、刻，这跟制作泉州花灯所采用的手段是一样的，只不过表现的形式不一样。还有年画、剪纸、春联等，也是极为丰富，样式风格都不一样。春联不是指我们现在所写的春联，而是指写春联用的纸张，过去在泉州、漳州一带生产的专门用来写春联的纸，它的底面上会印上各种各样的吉祥纹样，这在其他地方也有很多，值得注意。

第八，戏曲表演中的民间美术。作为戏曲表演中的民间美术，重点的是戏曲服装和道具以及乐器等物。戏剧服装来源于生活，却比生活中的服装更美。戏剧还有很多的道具，比如苏三起解，无论是京剧还是淮剧，或者是山西的晋剧，戏中的苏三所戴的一个枷是双鱼的造型，这个双鱼枷就很美。因为古代的枷就是木板一块，但是在舞台上却画成双鱼的样式，而且各种各样的都不相同，与之类似的道具有很多，而且都是经过刻意美化过的。还有就是木偶和皮影，木偶的造型加上唱腔就是木偶戏；皮影也是这样，加上唱腔就是皮影戏。多数情况下木偶、皮影都是放在戏曲里面研究的。但是木偶和皮影作为民间美术的道具就不能不去关注，因为戏曲研究所关注的重点是它的唱腔和它的内容，对它的造型则是兼而有之。有的时候木偶、皮影作为民间戏曲可能不具备很大的价值，但是它所使用的木偶和皮影的造型则是全国独一无二的，我们要把它作为民间美术进行研究。

第九，游艺竞技中的民间美术。游艺竞技主要是指民间流传的各种各样的玩具以及游戏的道具，这个比较好理解。在江南地区，用竹子、草、藤编织的玩具比较多；在长江到黄河流域之间，用泥做的玩具比较多；在黄河以北，用兽皮、兽骨和纸做的玩具比较多，这是大体上的情况。还有就是各种各样的游戏道具，比如说小孩子骑的竹马，这可能因为我们掌握的资料不全，只能从清代流传下来的绘画当中看到。但是我相信通过我们的普查，能够充分了解我们本地区的这一类的资源，风筝、空竹都是，带有游艺竞技性质的、具有审美倾向的道具，都是我们的工作对象。

图 9　徐艺乙在郧县考察非遗（图片由作者提供）

图 10　2008 年徐艺乙在澳门大三巴前（图片由作者提供）

我们在做民间美术的调研时要从以上这九个方面入手，再兼顾到其他方面，基本上就可以把作为非物质文化遗产的民间美术一网打尽，这就是我们的第二个大的问题：民间美术的调研怎样入手。

三　普查当中应当注意的问题

我们有很多做非物质文化遗产保护工作的同志，过去都从事群众文艺工作，因为国家的需要，因为专业的原因，投身到非物质文化遗产的保护工作当中，这是一项很光荣的工作，对大家来讲是一种责任，我们必须做好这项工作。一方面我们要尽快地加强学习，另一方面我们要在短时期之内迅速进入角色。

我们必须注意到，在非物质文化遗产的保护工作开展之前虽然所叫的名目不一样，但是传统文化遗产的保护工作已经进行了几十年，甚至于上百年。所以我们在工作中，第一个要注意的是，要利用已有的成果。这就是为什么我们一开篇就要解释什么叫民间美术、民间工艺、农民美术、民间美术工艺。把相关的民间文化的名词特别提出来，是为了说明这些名词加上"作为非物质文化遗产"的定语之后，所指的对象与民间文化的内容大多是重合的。这样，你在利用成果的时候，在选择书目、选择项目名称的时候就不会迷茫，不会浪费时间。因为我们可能在20世纪30年代的书中会看到闽南地区的农民美术如何如何，如果我们不这样去理解，不认为书中所描述的民间美术和我们现在所调研的民间美术有某种关系，是同样的对象，那么我们就会认为农民美术不是我们工作的对象。实际上在20世纪30年代时，有许多工作我们的前辈已经做得很透彻。所以，我们要学会利用已有的成果。最近几年相关的著作出版了不少，《中国民间美术全集》是1994年全部出齐的，是由山东友谊出版社和山东教育出版社两家出版社联合出版的，到了2000年的时候，由人民美术出版社组织六家国内出版社编辑出版了《中国美术分类全集·民间美术全集》，一共是6卷。另外就是在20世纪50年代和20世纪80年代，中国大陆的两次民间美术热潮中，出版了700多种民间美术的书，在这些书当中有100多种是剪纸，几乎各个地区的都有。那么这些书就是我们工作的参考资料，都要好好地去找一找，找出来可以使我们避免走很多的弯路，节省很多的时间。另外，还要注意查找相关的工具书，《中国工艺美术大词典》《中国民间美术大词典》《中国民俗文物大词典》等都需要备在手边，随时备查。特别是其中跟你当地有关的条目，你先去看一看，做好案头工作，然后再去做调研的工作。

第二个要注意的是，我们在进行调查记录的时候，必须注意全面、毫无遗漏地记录。我们在记录的过程中当然可以选择，但是在这个过程中不需要你去辨别什么是精华、什么是糟粕，因为人的认识是有局限性的，特别是时代的局限性难以突破。我们现在认为是糟粕的东西，过一段时间说不定就是宝贝了，这在文物方面的教训尤为深刻。我们的文物商店在过去认为：1840年以前的文物是珍贵文物，坚决不让出口；而1840年以后的文物是一般或无价值的文物，可以出口。现在看来，在出口的1840年以后的文物当中，绝大部分是民俗文物，也是现在非物质文化遗产所保护的对象。鉴于这样的教训，在我们的工作当中，不要简单地去划分什么是精华、什么是糟粕，我们把全部的事物完整地记录下来。如果将来需要进行新的创造或有目的地利用，到那个时候再根据个人的认识水平去确定所需要的部分。但是在调研的时候，一定要强调全面记录。

图 11　2013 年徐艺乙在东盟论坛上发言（图片由作者提供）

第三个要注意的是，我们所进行的非物质文化遗产的工作对象，特别是民间美术和传统手工艺，其中有很多项目是具有一定的经济价值的，或者是具有潜在的经济开发的价值的，如果地方的领导要求你把这些项目作为一个新的经济增长点进行开发，那么希望你在工作的时候，用非常诚恳的态度去跟领导说明情况：我们目前的工作任务是保护，先进行全面的保护，然后再去考虑发展。而不是一边保护一边发展，或者是还没有来得及保护就要去发展；如果没有保护就去发展，这个发展的后果将不堪设想。当然，这样做不是毫无根据，也不是孤立无援的，有国务院《关于加强文化遗产保护的通知》文件为依据，有全国的同行和领导做后盾，我们的工作一定会有效果。

所以，在进行作为非物质文化遗产的民间美术的调研过程当中，这三个方面希望大家重点注意。

[原载《民艺》2019年第1期，第15~23页。]

手艺作为回"故乡"的"任务"

杭 间 中国美术学院

1986年,我在《中国美术报》头版发表过一篇文章《对"工艺美术"的诘难》,文中有两个观点:第一,认为"现代设计"可以取代"工艺美术";第二,预言"工艺"精神所保有的文化价值,比它的具体形态更重要。

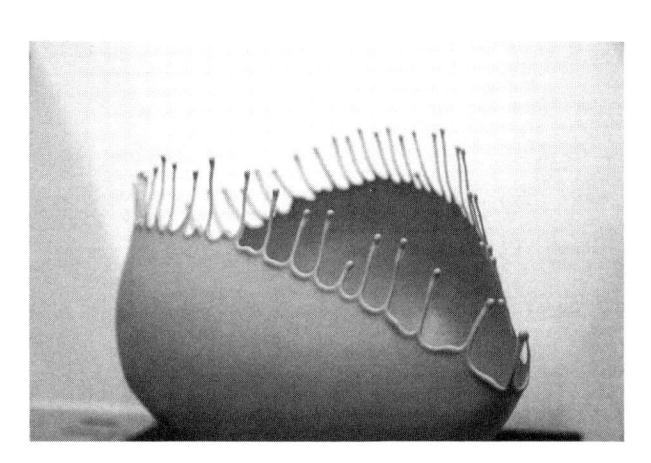

图1 同样是陶瓷创作,这与传统的陶艺在造型上有了极大变化,但依然有手工的参与(卞晓东,独立陶艺家,2019年伦敦Collect大展参展作品"水滴"系列之一)

近些年我从北京到了杭州。在杭州的7年里,更多、更实际地接触到了许多手工艺、工艺美术的生产者,了解到他们的生活、创作,以及产业的种种事情。也因此,我当年书斋里写下的观点,有了务实的落地,这就是从理论到实践的变化。

回看自己33年来关于手艺的研究,我的"检讨"是:那时的我,进入了"现代性"的误区。在 20 世纪 80 年代，中国正处于一种激进、昂扬的状态，因为改革开放，我们的视野投在西方，认为只有欧美那样的国家形态、生活形态和制造形态，才是所谓的"现代"。相比较我们那时的传统工艺，因为新一轮改革开放需要出口创汇，又重新有了复兴的机遇。但我并不看好，因为它仍然是在农耕社会技术和审美基础上的复兴，这时候的传统工艺跟明清时期差别不大。所以当时的我认为"我们的技术是落后的，我们的传统工艺所具有的一些格局、一些文化也是局限的"。

手的功能变化与延伸

其实手艺在欧美国家经历的现代化发展阶段，中国在这 40 年里同样也发生了。虽然现在工艺美术的市场仍有潜力，但难掩从业者的危机感。它太脆弱，社会政治和文化的一点风吹草动，经济的低迷和危机，都会极大地影响它。而且从日常生活的角度，它的实用功能变得越来越不重要，年轻一代的兴趣也越来越弱。那我们的手艺，会有怎样的未来？

思考以后，我梳理了一个手工劳动发展的历史逻辑：

手工劳动——工艺——工艺美术——美术工艺（纯艺术化）——手艺（思想与精神、非物质文化遗产）

我认为在当前的全球化发展态势下，现代技术一定会取代"手工劳动"，但不会取代"工艺美术"。这二者不同。手工劳动永远存在，但已经不是原来的意义，"工艺美术"则是一种物质艺术。今天的工艺美术正在十字路口上分化，并且剧烈和无情，这是中国后现代社会"符号化"消费选择的结果。大众领域消费的是"符号"，而不是一件具体的东西。

从最早的原始时期的手工劳动到先秦诸子时期充满艺术的工艺，再到近现代受现代思潮冲击的工艺美术，它的主要趋势是超越了具体的功能，追求精神，也就是纯艺术化表达。最近我越来越觉得蔡元培先生一代的新文化运动代表人物所使用的"美术工艺"这个词的意味深长，我认为 100 年前他们看到了工艺的前途是"艺术"，是精神，所以他们没有使用"工艺美术"而是"美术工艺"。

所以现在，我希望在理解上回到"美术工艺"的概念。

我们的手艺、我们的工艺美术，未来的样子是状态而不是形态。形态是一个具象的东西，它有局限；状态是一种人的生命样貌，将生命状态与美术工艺联系起来，它能达成许多现代科技所不能做到的状态。因此，它带有原初的根本性，可能会是人类的一种任务。

"任务"一词，是借用德国民俗学家赫尔曼·鲍辛格尔（Hermann Bausinger）的观点——"故乡是一种任务"延展而来，指一种状态。而手艺，就是"故乡"的表达方式，是我们在前进路上所需要的一切，它是终极阶段需要的思想与精神，也就是现在非物质文化遗产所说的一切。

1983年出版的《第三次浪潮》，从未来学的角度给我们描述了人类社会发展的三个阶段，农业社会阶段、工业社会阶段，以及现在以信息化为特征或以服务业为特征的阶段。从技术进化论的角度看，我们今天就处在第三个阶段。现在人和人、物和物、人和服务、人和组织、物和组织的关系不断变化着，今天从事相关工作的现代艺术家的手和技术之间的关系，已不是父辈时期那样一种单纯的关系了。所以这种分化的结果，是"工艺美术"被作为了"人造物"。人们购买手工艺术时，不是因为它有用，而是一种内心的需要。这种满足通过人和物的关系产生，通过把玩达至心灵。因此，这件事物实际上是人欲望的投射。这时候，"人造物"是通过消费实现的具有识别体系的符号，呈现出时代的精神状态。

其实古代时期也如此，从宋徽宗《宣和博古图》中对"礼器"的投射，到李清照《金石录后序》的心路历程，都让人思考生命与工艺之间的本质关系。生活的历史中，工艺美术通过"消费"这个媒介，在物品之间、人和集体之间、世界之间建立起一种主动的关系。工艺美术作为一种事物形态所产生的象征性符号，为你我，以及整个关系的状态产生链接。人与人之间的关系，最终是通过物品自我完成、自我消解来展开的。

一个好的手工艺术家，作品往往比个人的生命长得多，这时物品就是一个中介者，它隐藏了许多时代物质和技术的密码，还传达了它在流通过程中的人和事的丰富信息，同时它又成为创作者的代替符号。所以很多时候，物品的真正意义是一面镜子。但反过来看奢侈品，作为一面镜子，这面镜子却不反映真实情况，反映的是我们的欲望，它作为特殊性的物品更多延伸了"人造物"的意义。

重新认识"工艺美术"

综上所述，工艺美术不是指以功能决定的物品，也不是为分析之便而进行分类之物，而是人类究竟通过何种程序与物产生关联，以及由此而来的人的行为和人际关系系统。"人造物"作为消费者本身的功能化，是不需要个人操控的，它是每个人在消费过程中所达到一种自我实现，拥有满足感以及把玩感。

所以我借用"故乡"这个词讲这种意义的分化。这个词曾经很时髦到甚至庸俗化了，很多人讲我们要"回到故乡"，"我们已经失去故乡"，在世纪末到来时充满了无病呻吟。但仔细想想，故乡是我们每个人对生命跟时间关系的一种思考。从某种意义上说，它的本质是时间的长度，也就是我们梦寐以求的"永恒"。

赫尔曼·鲍辛格尔说："故乡是一个麻烦，一个疑问，但它也是一个答案。"

听许巍的歌曲《故乡》，我们都会产生一种共鸣、安慰，但实际上听者产生的情愫各异，所产生的意义也各异。从故乡的地域概念看，它绝不是某一个具体的地点。鲍辛格尔又说："故乡不是与一个地点相连，而是与一群人相连；故乡表达的是尚未存在但是人所期待的团结，故乡不是一个不可改变的自然现成物，而是任务。""任务"的指出很特别，"人生不满百，常怀千岁忧"，大概说的就是这种"任务"。不过这不是"宿命"，而是人的生命积极状态。

手艺，与故乡相似。

我们可以把手艺看成一个名词，是一门手艺；也可以看成动词，这个人有好手艺；也可以看成一门技艺、一种身份、一种职业、一种文化、一种思想……我们可以把手艺理解为某种形式的内心态度，与记忆牢牢相连；也可以将它看作对生活质量的一种表达，与外部条件相连；可以从普遍的和具体的传统中得到古典范畴的解释；也可以理解为对当代状况的批评和辩驳。但是我们近百年来关于常识性的理解，似乎是一种极为狭义和具体的"手艺"观念，即与直接拥有与某种造物技艺相联系的"手艺"。

从某种意义上说，手艺今天应该成为一个"疑问"。因为在如此狭窄的手艺概念里，我们使用它的目的究竟为何？

另外，我们讲文化、讲传统的古老性、精神性。在这个层面上，因而产生怀旧，增加许多忧愁和文学感，但是它与我们今天作为精神"中介物"的手艺没有什么关系。"把玩"在文博界流行，被视商业或其他东西。

如今很多科幻电影里，有许多人类在面临巨大破坏的情况下，选择何去何从的桥段。若影片设定的这一刻真正到来时，"手艺"的出现，则成为人类本质拯救的象征。这个"中介物"被衬托出人类在废墟上重建的必要，于是，"手艺"在故乡层面上有了更多、更好的意义，手艺与故乡暗合。

图2　在传统工艺的题材里，能发现很多中国的价值观，比如八仙手中拿的物品，就是民间真正的价值观，超越了历史与政治思想文化的限制
（浙江嵊州民间刻纸）

春秋管仲说："玉有'九德'：温润以泽，仁也；邻以理者，智也；坚而不蹙，义也；廉而不刿，行也；鲜而不垢，洁也；折而不挠，勇也；瑕适皆见，精也；藏华光泽并能而不相陵，容也；叩之，其声清团彻远，纯而不杀，辞也。"而《说文解字》里玉有"五德"，孔子曰玉有"十德"。无论玉有几德，从某种意义上说，玉器的佩戴可以看作是中国君子的一个"故乡"，因为他们的美好理想就包含在玉德里。

因此可以认为，中国人的文化传统中间有一个重要媒介，这个媒介就是"把握"的哲学。把握，具有象征性。就像许多美术工艺都在我们"掌握"之间，它连接了身心和手的关系，是手的把握、思想的把握，也是一种透过现象、面向未来的把握。

其实中国有非常多的重要价值观，可以从传统工艺的题材里看到，比如八仙手上拿的物件，代表八个人格，是民间非常有特色的价值观；例如"刘海戏金蟾"这个题材，蕴藏着民间无比丰富复杂的内涵。

因此在今天，我认为艺术化的发展，是重新认识"工艺美术"的必要角度。当年很多人都认为"美"字的结构是羊大为美，但我赞同另外一种考证观点，它的字形表达的是一种巫术，是一种精神状态。所以尽管"美术"这个词是从日本传入，但它是有进步意义的，是欧美文明启蒙与理性的一种产物。

未来，我想工艺美术可能一分为三：①是作为"美术"发展，从中又有两种形式，一是存于博物馆收藏的凝固、静态的形式，二是具有装饰与把玩功能的美术工艺；②从传统的技艺与材料出发，融合现代设计，成为现代生活中的时尚物品；③个别仍以具有实用功能的民间工艺存在。

今天的现实是，工艺美术或美术工艺在纯艺术的道路上，一意孤行走得越来越远，但它依然连接着传统，让我们有一种认同感，这就是非物质文化遗产的要义。

我认为，在"大数据"将科技与生活高度综合化领导世界以后，未来手工艺的终端并不以"物体"为目标，而是凝结为某种启示性的精神力量，会成为一种类似于"圣物"的东西。它不被科技附体，也绝不独立于人之外，而更成为人的生命随行、可感的组成部分。此时，大部分古代社会流行的手艺都渐渐消失，只留下纯粹"艺术"的手艺，作为人的伟大象征物而存在。这就是"状态"，故乡的"任务"。这种任务类似诺亚方舟，使命遥远。

［原载《中华手工》2019年第3期，第119～122页。］

传统工艺的当前形势与振兴问题

邱春林　中国艺术研究院

由文化部、工业和信息化部、财政部制定的《中国传统工艺振兴计划》，2017年3月12日经国务院同意并正式发布。各省、自治区、直辖市政府结合实际情况陆续出台了针对该计划的"实施办法"或"实施意见"。随之，各级非遗保护工作在政策和资金上对传统美术和传统技艺类别有显著倾斜，对这些非遗名录项目的文化创意产业的人才培养力度尤其大。客观上讲，这是1990年传统工艺行业遭遇改制以后二十余年里得到政府政策扶持力度最大、社会各界关注度最高的一次，由此迅速形成了一阵"传统工艺热"。

一　是繁荣？是衰落？还是转型？

在公共媒体和自媒体纷纷关注传统工艺时，从业人员却普遍感到市场没有真正"热"起来。因近三四年来行情不佳，许多企业和大师工作室不得不压缩产能，或者转向做文创产品。2018年，受国际政治不稳定和国际消费市场疲软等影响，传统工艺行业的发展势头在减缓，总体上呈现一个"市场冷、文化热"的局面。

传统工艺的发展现状如何？有人认为处于复兴期，甚至出现了繁荣期；也有观点认为是衰落期，与当前形势不匹配，所以才急需振兴。放在大历史背景下来看这个传统工艺，我个人认为传统工艺目前尚处于一个文化转型期。

在过去的一个世纪里，传统工艺经历过几次大的文化转型。第一次是晚清民初，中国打开国门接受西方科学技术乃至工业化的冲击，在农耕文明中发育成熟的中国传统工艺面对西方和日本工业化生产方式的竞争，大部分服务于民生日用的民间工艺如轻纺、陶瓷、金属工艺等被"洋货"冲击得溃不成军，只有依赖昂贵原材料、具备精湛手工技艺的那些特种工艺如牙雕、景泰蓝、刺绣、雕刻等生存下来，但在文化上以模仿明清宫廷趣味为主，局限于服务海内外古董收藏的需要。第二次发生在1949年以后，中华人民共和国政府对小手工业实行社会主义改造，逐步改变了过去小、散、乱，以个体经营为主的生产方式，利用现代机械技术和管理科学去提升它的生产力，传统工艺为此经历了数十年被工业化改造的过程。在国营和集体企业中，已难觅真正意义上的手工生产了。

20世纪90年代后，中国传统工艺企业被大规模改制，由计划经济向市场经济转变，传统工艺再度回到个体自主性经营为主，恢复纯手工生产的传统上来，这是传统第三次文化转型。不过，在性质上此次转型不同前两次，它由单纯的轻工业正在向文化产业和文化事业（非物质文化遗产）双重社会属性转变。

在当下这个后工业化时代，传统工艺的社会地位已经发生了根本性的变化，它在哪些方面被削弱了重要性？又在哪些方面增加了它的社会权重？

二　传统工艺的重要性：此消彼长

基于三种考虑：一是从社会生产力的角度看，跟大工业化和正在到来的人工智能化相比，传统工艺的生产竞争力在持续下降。无论是衣、食、住、行所需的各类产品，工业生产，加上人工智能都可以解决，而且价格低廉、方便适用、品牌多、花样更新快。传统工艺品既然是纯手工生产，它就很难做到是大众消费的生活必需品，更不是生活廉价商品。

二是从国民经济中的贡献率来看，传统工艺为国民经济所创造的财富占比是不大的，而且以当前中国信息产业的发展速度来看，这种财富占比预计还会持续下降。那么，今天传统工艺究竟在中国GDP中占有多少份额呢？单就工艺美术这一块来说，据不完全统计，连续十余年来年均产值均超过1万亿元人民币。但如果刨去其中宝玉石、红木、贵金属等珍稀原材料的价值，传统工艺产品的文化附加值也不是很大。

改制前，以 1983 年的出口贸易额为最多，当年的从业人员也最多，有 64 万人。改制后，仅 2000 年一年，国内注册工艺美术企业就达 2.5 万家，是 1990 年总数的 5 倍。2000 年之后，传统工艺迎来了发展的黄金期。到了 2004 年，从业人数激增到 258 万人。2010 年达到高峰期的时候，从业人员超过 300 万人，产值突破万亿元就是在 2002 年到 2012 年，我把这段时期称为"黄金十年"。这个黄金十年是很特殊的，因为高端传统工艺几乎靠政府礼品采购在做市场支撑。"八项规定"出台之后，礼品市场一垮，全行业的产值也下降了，大家都感到市场不行了。除礼品采购之外，还包括资本炒作、文化产业的"房地产化"，这一切都形成泡沫，这说明它本该在正常转型的过程中受到了许多"非市场因素"的干扰。

三是从社会文化功能角度看，传统工艺在发展文化创意产业和提供文化服务方面，与大工业化和智能化生产方式相比有其竞争力，要考虑如何扬长避短，尽可能地在工业遗产活化、人文旅游、传统村落保护、乡村振兴、精准扶贫、解决就业、治愈都市焦虑症等方面发挥其独特的社会文化功能。

机器让个人嵌入高度程序化之中，人工智能的目标则要完全取代人工，似乎只有手工劳动才可能让更多人作为创造的主体，享受到创造时的激情。此外，手工生产穿越古今，极容易让人怀想和谐的人际关系，原生态的环境和朴素的生活方式，不论是对大工业化带来的人的异化，还是信息化时代可能带来的社会焦虑都是一股平衡人性的重要力量。

如今，传统工艺的轻工产业身份在弱化，两个新的身份日益凸显：一是创意文化产业；二是非物质文化保护遗产。

20 世纪 90 年代以来，英国率先提出文化创意产业政策，随之北美和西欧国家也兴起了以文化政策为主导的都市再生策略。经过数十年发展，各国越来越趋向于认同，文化产业光靠修复、改造老厂房、老机械、老工具、老街巷、老城镇以及旧村落等物质实体还远远不够，还应该有人在劳动、生活 的文化，即非物质文化。如此，传统工艺备受各文化产业园区的青睐。

好在通过非物质文化遗产保护等工作实践，越来越多的人认同纯手工生产的价值。尤其年轻人加入这一传统领域时几乎都选择纯手工生产，他们高度认同手工劳动的自由、绿色、创造的品格以及具有可持续发展的潜力，他们更有信心让一门"乡愁式"的传统技艺精进为优质技艺，去适应新时代人们对美好生活的需求。

三 产业化的几种思维

传统工艺、大工业化、人工智能化这三种生产方式在现如今处于共处状态，相互间的借用、融合在所难免。从实用角度看这是合情合理的，结果是容易模糊彼此的界限，这给发展传统工艺的文化创意产业带来一定困扰。

有几种发展传统工艺创意产业的思维方式。第一种仍旧是工业化思维。1949年以来对传统工艺的社会主义改造伴随着对它实施工业化、现代化改造。现在很多管理阶层的人仍然沿袭了这种观念，他们把手工生产视为落后的生产方式，想要借助工业产品设计师的力量，抽取传统工艺品的某些造型和装饰符号，并通过机器生产，生产出"貌似"手工艺品的工业产品。

第二种是人工智能化。人工智能生产最突出的长处在于：从打样到生产，都能够实现柔性化，即对消费者个性化需求的快速反应，从设计到制作实现快速、节约型生产。柔性化原本是传统工艺的特长，如今人工智能在这方面表现得更优越。人工智能一旦进步到可以模仿双手的精细化、个性化加工，并且具有巧思，那么，就等于人工智能对传统工艺形成更大的冲击了。

第三种是规模化生产。这是笼罩在传统工艺头上长久不散的紧箍咒。到今天为止，社会上仍然普遍存在做大做强传统工艺的思维。比如有些地方政府会鼓励稍有名头的传承人、大师进产业园区，给土地，让其扩大生产规模；社会游资也会无孔不入，短时间内让某类传统工艺出现投资过热现象。

1949年以来对传统工艺的工业化、现代化改造，称其为经验也好、教训也罢，都在说明一点：急功近利式的做大做强传统工艺，就一定会选择抛弃手工生产方式，上机器流水线，乃至上人工智能。当代大工业化和信息化产业能力如此之强，难道还需要传统工艺去遮蔽自己的本色，也来走这条工业化、信息化的路吗？为此，《中国传统工艺振兴计划》特别指出：传统工艺"是创造性的手工劳动和因材施艺的个性化制作，具有工业化生产不能替代的特性"。

四 反哺与再造传统工艺

传统工艺传承了儒释道的精神。儒家的人际、人伦关系还在当今的师徒关系中体现。佛家的禅修，要求传统工艺者在劳动过程中做到沉心静气。道家尊重自然，追求天人合一的精神理念也仍旧在手艺过程中发挥作用，也仍旧是中国手工艺品的审美底色。这些传统工艺行为背后的价值就是工艺之"道"，是我们进行传统文化教育的一个很重要的思想资源。

毋庸置疑，传统工艺的文化服务能力有待于进一步挖掘。就政府而言，通过长期的遗产保护工作，已经逐步意识到传统工艺可以为社会提供一些文化服务，比如说借助传统工艺可以讲历史故事，可以讲工匠精神；可以借助传统工艺活化大都市工业遗产、传统村落和街区；传统工艺生产还可以做人文观光资源，可以做体验游；等等。

传统工艺生产方式往往就是传统生活方式。艺人们跟天然材料直接接触、节奏缓慢、劳动自主自在，而且技艺有很古老的传承谱系。所以说在当今后工业和信息化时代，传统工艺的生产、生活方式以及文化空间是普通百姓可直接"闯入"的历史，是全体民众可集体怀想的"乡愁"。

日本陶瓷名镇有田镇正在做文化全面性修复改造，企图将它打造成地道的传统陶瓷手工艺名镇，释放其人文观光旅游资源潜力。前店后坊，生产连着展示，生产连着生活，没有大型商超（即"集合了多种商品的商场和超市"），但是商业无处不在。他们的目标很明确，就是想吸引游人到那里去进行文化沉浸式旅游，在漫步、坐下来、聊天中产生商机。

在继承传统的基础上，今天的传统工艺也紧跟时尚美学，生产创意化时尚产品。比如当下在市场上行销得较好的是创意类的茶具、香器、文具、花器。我去景德镇、德化、佛山等地考察时发现，年轻人的生意普遍要比大师做得好，因为年轻人做的产品更具创意时尚性。这种符合当前审美潮流的生活美学，使得传统工艺的生产、生活能够得到更广泛的分享。

政府应该高度关注传统工艺的文化服务潜力，传统工艺这块还有丰富的资源可以挖掘，是政府应该重视的一项文化事业。

五 做大做强，不如做"小而强"

那么，传统工艺生产未来的主流形态是什么？

"黄金十年"带来的一个后遗症是，由于热钱涌入，把很多传统工艺基金项目都运作死了。很多地区在做大之后迅速衰落，像曾经热闹的一些大型工艺美术园区现在都沉寂下来了。为什么？因为靠资本炒作急于求成的"做大"违背了传统工艺的生产规律。那么该怎么吸取教训？

首先，我认为未来传统工艺的生产应该是朝生产与观光体验相结合的、家族式的小微企业方向发展，这才是主流。做大做强有没有？有，极个别领域的。传统工艺的主流形态应该是"小而精"的小微企业，即强调灵活经营、风险可控、纯手工、专出精品。

其次，要做到"小而美"。小而美是在强调文化服务能力，今天的传统工艺应该做到工坊美、产品美，工匠本身也要人格美。比如现在很多传统工艺做的是粉丝经济，这就要求你必须要跟你的消费者能够有效、真诚地沟通，满足他们的文化需求。

最后，要做品牌化，让生产和文化服务并举，做到"小而强"。现在打着"传统工艺"旗号的工作室很多，但大多还是粗放型的。尽管也追求创新，但是许多创新的最初点子是好的，可是不完善的多。在我看来，创新是对的，但是创新是个反复"试错——修正"的过程，只有产品得到市场认可才算真正完成一次创新行为。很多中国式的"创新"，都想一蹴而就，没有经过多次修正的过程，一旦创新的东西在市场上行销不好就被抛弃。如此，也浪费了很多智力资源。

举个例子，宜兴紫砂具有较突出的示范性。每个紫砂工作室都可以走得进去、坐得下来，交得了朋友、聊得了文化。而且紫砂产品因保证纯手工生产、强调艺术创意，且精工精制，所以具备工业化产品所不能比拟的文化附加值。每个紫砂艺人的工作室看着是小的，整个紫砂行业却是强的，各工作室之间已形成共生共荣、良性竞争的关系。

总之，当大工业化和人工智能化成长为最主要的社会生产力的同时，传统工艺硬实力竞争中处于弱势，但文化软实力越来越突出，未来在发展文化创意产业和向全社会提供多彩的文化服务方面定有巨大潜力。振兴这一传统的生产力，应该尊重手工生产方式和规律，以创意为驱动力，会提供差异化的文化产品；以体验为手段，提供优质的文化服务，传递优秀的精神价值。

[原载《中国艺术时空》2019年第4期，第70~73页。]

传统农耕器具续论

——以湖南地区为例

陈 剑 湖南师范大学

作为中国传统稻作文明的发源地之一,湖南地区的农耕文化有着悠久的历史,洞庭湖冲积平原更赋予了湖南"鱼米之乡"的美誉。传统农耕在经由耕种、管理之后,进入了收获、储藏、称量、加工等程序,前期的耕地农具、整地农具、中耕农具具有典型代表意义,[①] 后期的收获、储藏、称量、加工工具也是湖南地区农耕器具的重要组成部分,有的还独具地方特色,成为可供进一步讨论的材料。

一 收获脱粒工具

收获脱粒工具包括用于收割、脱粒、堆垛翻晒、筛选簸扬等过程的镰刀、柴刀、稻桶、打谷机、箩筐、围席、谷耙、推谷板、竹耙、连枷、簸箩、风扇车、筛等工具。以稻谷收获为例,一般先以镰刀将稻穗割下,在稻桶进行脱粒,再进行晾晒,之后便是将晒干的稻谷清洁之后送入仓库进行保存。

刀的创制和使用,可上溯至采集经济时期。原始农业的初期,人们用双手来摘取野生谷物,后来才逐渐使用石片、蚌壳等锐利器物来割取谷物穗茎,再发展加工成有固定形状的石刀和蚌刀,当原始农业产生之后,这种石刀也就成为最早的农业收获用具。铁器时代的收获农具主要是铚和镰,

---

① 陈剑:《传统农耕器具散论:以湖南地区为例》,《民艺》2018年第1期,第49~54页。

图 1　湘黔山区秋收景象（图片采自陈剑、焦成根著：《湖湘民间生活用具》，湖南美术出版社，2012 年，第 37 页）

《毛诗》："命我众人，庤乃钱镈，奄观铚艾。"①《小尔雅·广物》："禾穗谓之颖，截颖谓之铚。"②《说文解字》："铚，获禾短镰也。"③可见铚是专门用来割取禾穗的一种短镰，汉代以后，铁铚逐渐消退，发展出的一种长条形带锯齿刃的收割禾秸的农具即铁镰已成为主要收获农具。《王祯农书》载："镰，刈禾曲刀也。然镰之制不一，有佩镰，有两刃镰，有袴镰，有钩镰，有镰柌之镰，皆古今通用芟器也。"④镰刀的基本形制变化不大，均由带有小锯齿的刀片和木把构成，用以收割庄稼和割草，在湖南民间有着广泛的使用。少数民族地区亦有一些特殊的刀具和讲究的用法，如武陵山区苗族村民使用呈半圆形的草镰，用途主要是割青草喂牛、割老草及灌木作燃料。苗俗切忌以刀比画砍人，亦不准用刀割断捆柴、捆草之绳索；废刀

---

① （汉）毛亨：《毛诗》卷十九《周颂》，（汉）郑玄笺，（唐）陆德明音义《四部丛刊》，影常熟瞿氏铁琴铜剑楼藏宋刊巾箱本，商务印书馆，1919。
② （清）胡承珙：《小尔雅义证》卷八《广物》，求是堂刻本，清道光七年（1827）。
③ （汉）许慎：《说文解字注》卷十四上，（清）段玉裁注，经润楼刻本，清嘉庆二十年（1815）。
④ （元）王祯：《王祯农书》卷十一《农器图谱五》，武英殿聚珍版丛书本，清乾隆三十八年（1773）。

不丢弃，加入新铁新钢重新锻打，意为仍是老刀。苗族插放柴刀有专用的柴刀架，普遍以木制成，中间有一孔，长约7厘米，宽约2厘米。刀架两侧分别有一小圆孔，穿以草绳拴在腰上，便于上山砍柴时使用。

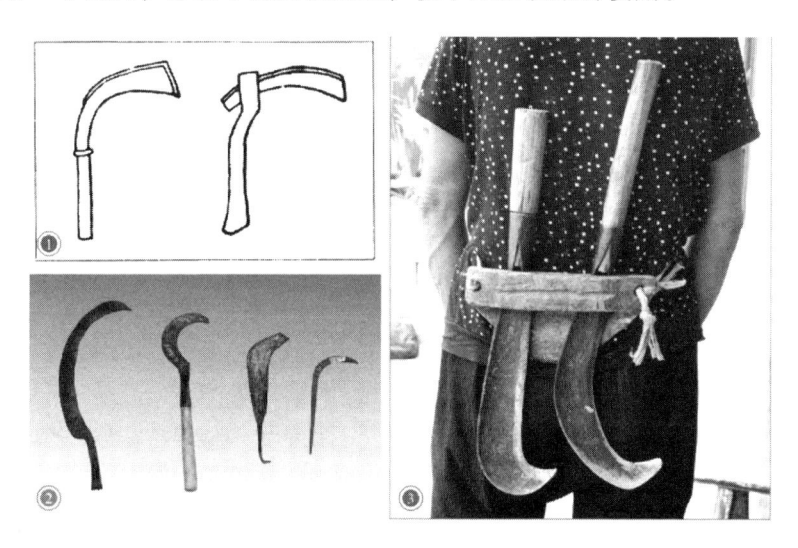

图2　①镰《王祯农书》（图片采自《王祯农民》，清乾隆三十八年武英殿聚珍版丛书本）
　　　②铧镰刀、月亮刀、剥桐籽刀（陈剑摄于湘西州博物馆）
　　　③随身佩戴的柴刀架（谢洋慧摄于安化县大溶溪乡）

脱粒工具主要包括稻桶与稻床、连枷等。

稻桶主要在稻田里使用，又叫稻床，湖南民间多称收割水稻为"扮禾"，因此称稻桶为"扮桶"。其基本形制用四块梯形木板和一块正方形的底部木板构成，形成上口大下部小的倒梯形形状，每块梯形木板厚约半寸，高1米左右。稻桶做好后，要以桐油涂三次以上，使经常浸泡在泥水里的稻桶坚固耐用，有的更是在四周写上诸如"五谷丰登""风调雨顺""丰年有余"等词语，以示吉祥丰收之意。确切说，稻桶本身不能打稻脱粒，另需要在稻桶的一边放上一张与桶边板尺寸相符的"稻桶梯"，即用木头做成略成弓形的梯形架子，架子上横嵌竹条。打稻时，手握稻把高高举起，把稻穗头重重打击在稻桶梯上，稻穗头经过与稻桶梯的竹条撞击，谷粒会纷纷散落到稻桶里。同时，为了防止谷粒向桶外飞扬迸溅，稻桶另外三边要围上一张小型竹簟，竹簟以竹篾纵横交错编成，为适应梯形的稻桶边板，也是下方略小、上边稍大的形制。当稻把打向稻桶梯时，少部分谷粒因与稻桶梯的撞击，发出冲力会向外飞溅，竹簟便起到了类似围挡的作用，把谷粒挡住，并随之滑入稻桶。《王祯农书》载有一种"掼稻簟"："掼，抖擞也。簟，承所遗稻也。农家禾有早晚，次第收获，即欲随手收粮，故用广簟展布，置木器或石于上，各举稻把掼之，子粒随落，积于簟上。非惟免污泥沙，抑且不致耗失，又可晒谷物，或卷作屯，诚为多便。南方农种之家，率皆制此。"① 这便是稻桶的原始形态，明代成书的《天工开物》则载有以木桶击稻脱粒之图文。

图3 ①掼稻簟（图片采自《王祯农书》清乾隆三十八年武英殿聚珍版丛书本）
②打谷桶（焦成根摄于浏阳市古港镇）

在收获的季节里，人民在收割水稻时，将存放在家里的稻桶搬运到田边。搬运时，先以一根竹杠或木杠套进稻桶里面横扛，再将稻桶翻转，扑套在头顶，以肩扛着竹杠或木杠前行。也有将稻桶倒扣，前后分置一人，以肩扛桶边的；年轻力壮者，则将稻桶正放，肩扛桶底边缘的。湖南农村水稻收割，一般是就地将割倒的稻束一把把堆放，并将稻茎朝向稻桶，稻穗头自然散开成扇形，以利于打稻者拿起稻把。稻把的大小也有讲究，一般以刚好双手能捧住打稻为准，放得过少，打稻速度慢，稻把过大，脱粒时谷粒容易夹杂在稻把中不容易打干净。为方便在稻田的移动，其外侧的四角装有把手，底部装上两根平行的木头底杠，由两人拉住把手拖着稻桶

---

① （元）王祯：《王祯农书》卷十四《农器图谱八》，武英殿聚珍版丛书本，清乾隆三十八年（1773）。

在水田里滑行。底板的两根底杠呈前后微翘之状为把手，可以防止平面的桶底被泥浆黏吸住，从而利于稻桶在水田的移动。

连枷是收获时用于脱粒的一种手工农具，主要在场院上使用，由手杆和敲杆构成。手杆，多用约 2 米长的竹竿，将一端尺许处用火烤软后劈去一半，再将留下的一半折弯与手杆平即为柄，称"连枷把"。敲杆，俗称"乐歌扇"，是用约 1 米长的木质较硬的细木棍或木竹棍 5~6 根平列并排成排筏状，用牛皮筋或竹篾、藤条编织连接如板，上端木棍或竹棍用火烤软，旋扭回头，中加一短梗木轴即为敲杆，俗称"连枷拍"。将连枷拍轴套在连枷把折弯处，即成可使用的完整连枷。使用时，操作者将连枷把上下甩动，使连枷拍旋转，拍打敲击晒场上的作物穗头，使之脱粒。连枷打场之前，作物经阳光曝晒，外壳焦脆易于脱粒，故连枷打场多在午饭后进行。湖南民间打场多聚众而作，互相帮工，七八人或十数人结集一起，各执连枷，分列两排面对面地拍打，纵横移动。双方连枷举落整齐一致，你上我下，彼起此落，错落有致，响声雷动，节奏分明。其声似喜庆花炮，若丰收鼓乐，如轻雷滚滚，成为劳动中的一种乐趣，对丰收的喜悦之情也尽在其中了。宋代范成大《秋日田园杂兴》诗曰："新筑场泥镜面平，家家打稻趁霜晴；笑歌声里轻雷动，

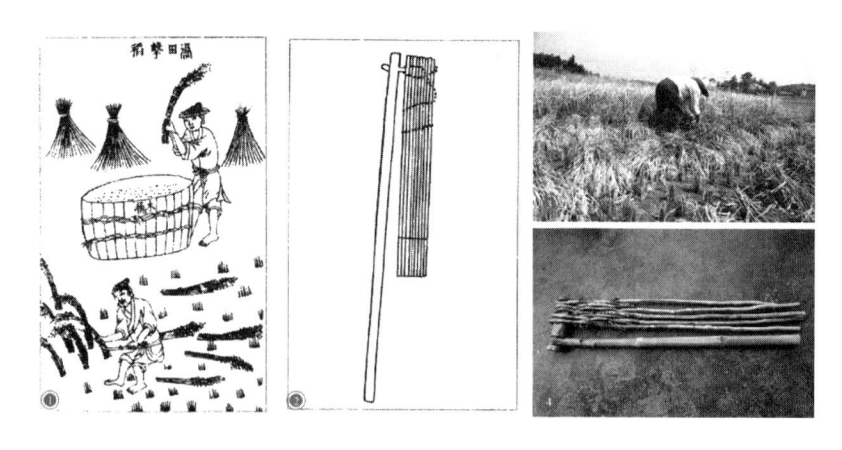

图 4　①湿田击稻《天工开物》明崇祯十年涂绍煃刊本。②连枷（图片采自《王祯农书》，清乾隆三十八年武英殿聚珍版丛书本）
　　　　③稻田收割（陈剑摄于汨罗市界碑村）
　　　　④连枷（谢洋慧摄于安化县青山园村）

一夜连枷响到明。"① 描写的就是农村打场脱粒的繁忙景象。

二 翻晒清理工具

稻谷收割之后要经过晾晒才能入仓保存。由于传统粮食加工用具不能完全解决谷物中泥石与谷米的分离问题，在加工之前预防杂质混入的工作就显得尤为重要。

晒谷一般选择空旷的平地，自然村落多有固定的晒谷场。在水泥没有普及之前，讲究的晒谷场多以三合土夯成，这样即使谷物中混入灰泥，也会在后续的加工程序中去除；普遍行之的办法则是将晒谷场糊以稀牛粪，使其光滑无泥沙。最好的方式便是使用将稻谷和地面隔离的晒簟。晒簟一般以竹篾编织而成，呈长方形，边长3～5米不等，亦有二三丈长的大型晒簟。使用时，晒簟平摊于开阔之地，将谷物平铺于上，在太阳下曝晒，并不时以各种晒谷杷翻晒。晒簟两端另置有卷轴，用完之后卷起藏于避雨处保存。湘籍作家周立波在其小说《山乡巨变》中，描写邓秀梅来到乡政府所在的白垛子大屋看到的场景"方砖面地的这个大厅里，放着两张扮桶，一架水车，还有许多晒簟、箩筐和挡折"②，就是对湖南传统农村生活的描写。

除晒簟外，烘谷箩也是用于烘干谷物的粮食加工用具，多见于湘西、湘西南山区多雨或日照时间较短的地域，用以处理那些未能及时晾晒的谷物。烘谷箩以细篾条编织而成，外形似一口大水缸，分内、外两层。外层上、下均敞口；内层亦用细篾条编织，形如宝瓶，上部封顶，其下端逐渐向外层的下端靠拢，内外两层最后合并为同一敞口。将需要烘干的谷物放于两层间的夹缝中，再将箩谷移至火塘的上方，即可将夹层内的谷物烘干。

风扇车，亦称"扇车"，古称"飏扇"，湖南民间多名之"风车""风谷车"，是一种利用手动产生气流，用以扬弃谷物水稻等农作物籽实中杂质、瘪粒、秸秆屑杂物，以清理籽粒的木制传统农具。风扇车的构造在传统农具中属比较复杂的。其前身为圆鼓形的大木箱，箱中装有4～6片薄木

---

① （清）吴之振：《宋诗钞》卷六十三《范成大石湖诗钞》，清文渊阁四库全书本。
② 周立波：《周立波文集》第三卷《山乡巨变》，上海文艺出版社，1982，第23页。

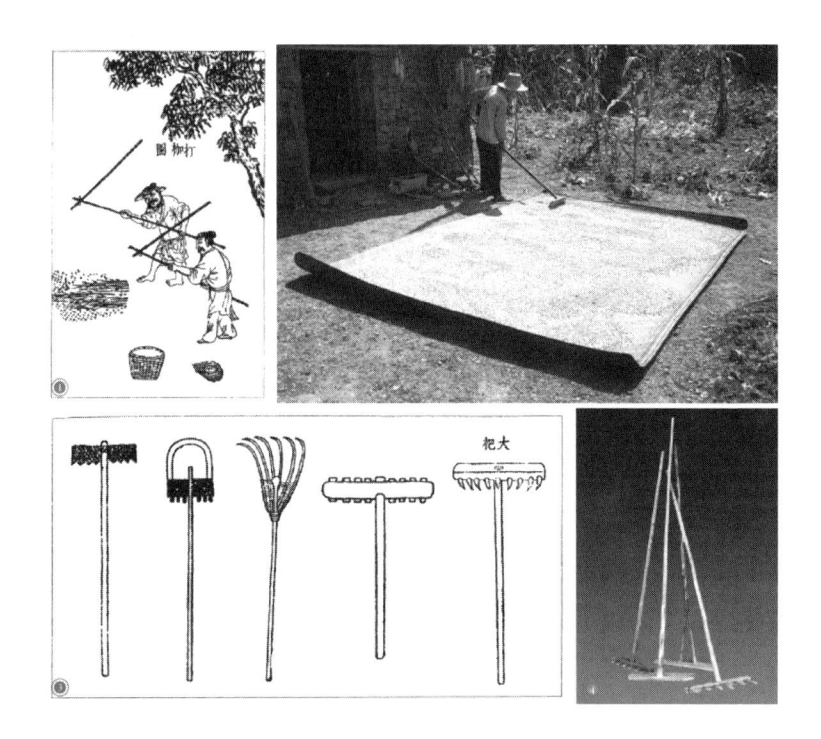

图5 ①打枷图 《天工开物》明崇祯十年涂绍煃刊本
②晒簟（陈剑摄于张家界市柳树脚村） ③小杷、耘杷、竹杷、
谷杷、大杷 《王祯农书》清乾隆三十八年武英殿聚珍版丛书本
④谷杷（陈剑摄于汨罗市碑村）

板制成的风扇轮。手摇风扇轮轴的曲柄，使扇轮转动，转动速度快产生的风也大，反之亦然。顶部为梯形的入料仓，脱粒后或舂碾后的谷物从斗中经狭缝徐徐漏入车中，通过转动风轮所造成的风流，将较轻的杂物吹出车后的出口，较重的籽粒则落在车底。底部分置大小漏斗各一个，正下方的大漏斗供清理之后的饱满籽粒流出，侧面的小漏斗是出瘪粒的，谷壳和杂物则由尾部扇出。

据相关文献记载，风扇车发明于西汉，史游《急就篇》所载"碓磑扇隤舂簸扬"中的"扇"所指即是风扇车。早期的风扇车的风轮箱体为长方形，至迟到宋元时期，圆柱形风轮箱体的风扇车开始出现，由于克服了涡流，使用起来更为轻便。《王祯农书》载："飏扇……扬谷器。其制：中置簨轴，列穿四扇或六扇，用薄板，或糊竹为之。复有立扇、卧扇之别。各

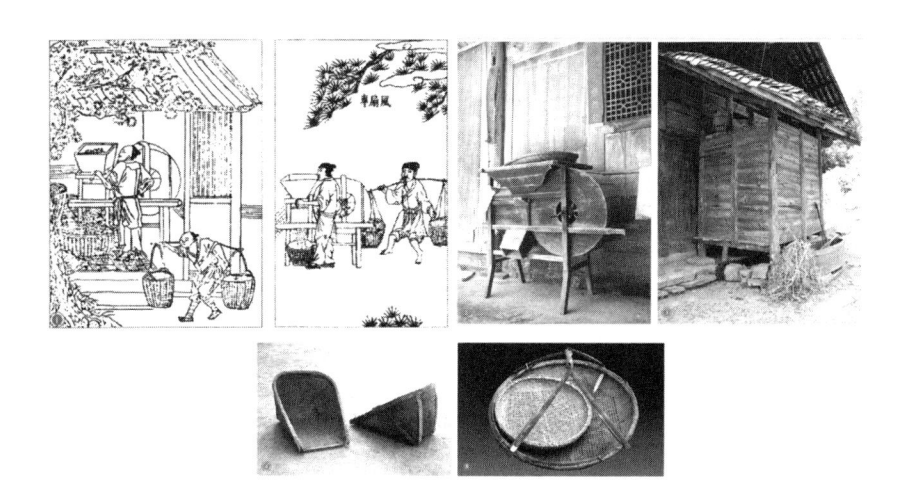

图 6　①风扇车　左《王祯农书》清乾隆三十八年武英殿聚珍版丛书本
右《天工开物》明崇祯十年涂绍煃刊本　②风扇车（陈剑摄于永顺县双凤村）
③粮仓本（陈剑摄于永顺县双凤村）　④　簸箕（陈剑摄于汨罗市界碑村）
⑤ 筛（陈剑摄于岳阳县张英村）

带掉轴，或手转足躧，扇即随转。凡舂碾之际，以糠米贮之高槛，槛底通作扁缝，下泻均细如箪，即将机轴掉转扇之。糠粃既去，乃得净米。又有异之场圃间用之者，谓之'扇车'。凡揉打麦禾等稼，穰籺相杂，亦须用此风扇。比之枕掷、箕簸，其功多倍。"① 可知宋元时期风车已发展为立式、卧式、手转、足踏几种形式。宋应星《天工开物》中则绘有了闭合式的风扇车，从中可见，在装有轮轴、扇叶板和曲柄摇手的右边，是一个特制的圆形风腔，曲柄摇手的周围圆形空洞，就是进风口，左边有长方形风道，来自漏斗的稻谷通过斗阀穿过风道，饱满结实的谷粒落入出粮口，而糠粃杂物则沿风道随风一起飘出风口。至今，风扇车仍是湖南各地农村的主要扬谷农具。

除风扇车外，簸箕、筛子等也是传统的小型净粮工具。簸箕的三面有边，一面敞口，整个外形为梯形，使用时盛入粮食，上下簸动，扬去糠粃、草籽、尘土等杂物。筛子则是用篾片或荆条编成底上有孔网的浅筐，四边加固而成，筛口的边缘多缠有竹篾，以便于抓拿。主要用于筛掉粮食中粃

---

① （元）王祯：《王祯农书》卷十五《农器图谱九》，武英殿聚珍版丛书本，清乾隆三十八年（1773）。

稗小粒，亦可用于筛掉饲草中的灰土。

图 7　斛桶、斗桶（焦成根摄于浏阳市古港镇）

三　储藏加工工具

储藏用具包括用于存放各种粮食的仓、柜、桶等。称量用具则主要是斛、斗、升，以及钩子秤、盘秤、戥子等。

秤是用以测定物体质量的衡器。文献记载，早在春秋时期的楚国，已经开始制造木衡和铜环权，表明湖南是最早使用注重小型衡器的地域之一。这种衡器经过历史演化，其衡杆的重臂缩短、力臂加长，逐步成为今天的杆秤。杆秤是以带有星点和锥度的木杆或金属杆为主体，并配有秤砣即砝码、砣绳和秤盘或秤钩，利用杠杆原理通过秤砣与砣绳在秤杆上移动以保持平衡达到测定质量目的的小型衡器。按照不同的使用范围和称量刻度的大小，可以分为钩子秤、盘子秤和戥子三种。

从体量上来说，钩子秤是杆秤中最大的。钩子秤的秤杆以打磨光滑的硬质木制成，长约 1 米，直径 1.5 厘米至 4 厘米，秤杆上镶嵌以铜丝或铝丝作为刻度，并设两道提绳和一个铁制秤钩，秤砣为铁制半圆锥形，砣绳自秤砣顶端小孔穿过。按照刻度的不同，分为公斤秤和市斤秤，最大称量可达 100 公斤至 150 公斤，当然也有更大称量度的杆秤。盘子秤又称盘秤，较钩子秤要小得多，按照盘子形状的不同，大致有方盘、圆盘、畚箕盘等区别。盘子秤秤杆一般不超过 60 厘米，刻度以市斤计，称量亦在 15 市斤以内。戥子则属于微型衡器，精确度极高，一般称以"钱"为单位的贵重物品和药品。戥子秤杆以硬木或金属制成，长约 20 厘米，由于秤杆纤细易断，专门配有由两片木板制成的盒子。

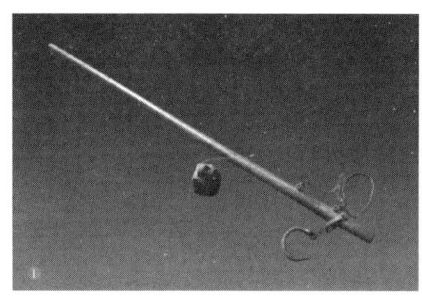

图 8　①钩子秤（陈剑摄于汨罗市界碑村）　②盘子秤（陈剑摄于汨罗市界碑村）

加工用具主要包括加工谷物的砻、磨、碾、碓、臼、锤等，以及加工其他农产品的用具，如油榨机、丝刨、擦床等。

图 9　碓（郑世华摄于湘西地区）

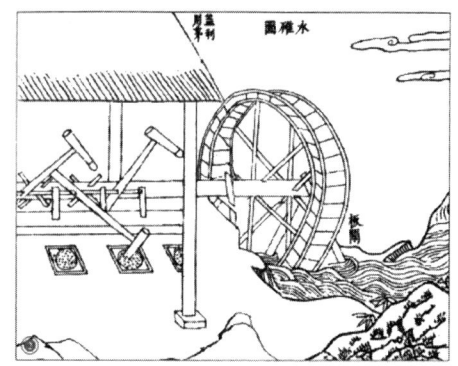

图 10　①杵臼　《王祯农书》清乾隆三十八年武英殿聚珍版丛书本
　　　　②水碓　《天工开物》明崇祯十年涂绍煃刊本

砻是使稻谷脱壳、制成糙米的粮食加工的农具。《农政全书·农器》载："砻，礧谷器，所以去谷壳也。……编竹作围，内贮泥土，状如小磨，仍以竹木排为密齿，破谷不致损米。就用拐木，窍贯砻上，掉轴以绳悬檩上。众力运肘以转之，日可破行四十余斛。"① 砻在形制上均制上下两扇，状如石磨，砻盘的工作面排有密齿用于破壳取米。根据材质的不同，砻有木砻、土砻之别，一般多以木为骨、以土为肉、以竹片为皮。在湖南民间，由于砻的主要构成部分是土，又俗称"土砻"。土砻呈上小下大的圆柱状，自上而下由砻擘手、砻担、砻磨、砻斗、砻心、砻盘、砻桶、砻座等部分组成，其结构看似简单，在打造过程中却需要万分的细致和耐心。一架好的土砻必须要经过三个基本步骤。第一是备木料，截木取材，需要用弯斧破材取坯、修坯，用竹钉把木坯连接，并以竹箍固定，制成砻桶和砻盘；再以硬木制成砻心和砻担，砻担两边各凿上一个安置砻擘手的洞孔。砻心上设置砻担，用以调节土砻的重量和出米量，倘若砻磨过重，需将棕绳略微松开，以便于砻担松绑。第二是选取优质毛竹，破篾制成篾条，沿上下砻磨口绕织成花箍，再截取长约 10 厘米、厚约 1 厘米竹皮，与砂子混合放入锅中热炒，直到竹皮被烤红为止，以作砻钉。有的砻钉制作更为讲究，需选用长在向阳山坡的老黄皮竹，削成篾片后再以开水久煮，而后以慢火

---

① （明）徐光启：《农政全书》卷二十三《农器》，平露堂本，明崇祯十二年（1639）。

烤炒，再经秋阳曝晒，这样的砻钉往往油光锃亮、坚硬如铁，安放在夯土之中长达百年可不腐不烂。第三步是夯土和安装，将约 100 公斤黄土、5 公斤松毛倒入石臼，尽可能捣烂，使其黏实，再置于上下两个花箍之中，并以用木槌夯实、抹平，然后分别从逆时针、顺时针两个方向按纹路将烤红的竹皮嵌入其中，一架土砻便基本完工了。如今，随着机械化碾米机的出现和普及，砻已经完成了它的历史使命，彻底从湖南民间生活中消失了。

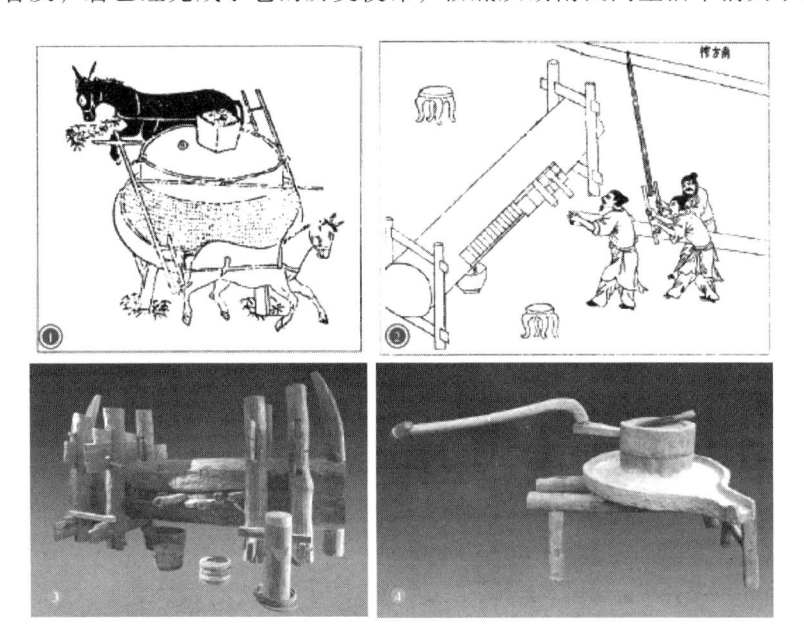

图 11 ①畜力磨 《王祯农书》清乾隆三十八年武英殿聚珍版丛书本
②南方榨 《天工开物》明崇祯十年涂绍煃刊本
③牛角榨（陈剑摄于湘西州博物馆）
④石磨（陈剑摄于保靖县下略村）

稻谷经过土砻的加工，出来的只是还未完全脱壳的糙米，需要进一步以臼、碓进行再加工。最早期的臼就是在地上挖个圆形的坑，然后将谷物倒入，再以粗木棍为杵进行舂打，是所谓"地臼"，《易·系辞下》所说："断木为杵，掘地为臼，杵臼之利，万民以济。"① 这种杵臼在砻没出现之前

---

① 《周易》卷八《系辞下》，（魏）王弼注，（晋）韩康伯注《四部丛刊》，影上海涵芬楼藏宋刊本，商务印书馆，1919。

便已经存在，是古代早期加工粮食的主要用具。随着历史发展，地臼逐渐为木臼所取代，即在原木上挖个圆坑，再倒入粮食用木杵舂打。木臼可以移动，因而更方便于使用，但同时也较易破损，因此再以石头制成石臼取而代之。在长期的历史发展中，经过劳动人民的集体智慧和创造，利用杠杆原理由杵臼发展成为碓，即以一根长杆装在木架上，杆的一端装着碓头，下面置放一石臼，人踩踏杆的另一端，碓头即翘起，脚移开碓头即落下舂打臼中的谷米。现有资料表明，脚踏碓在汉代即已出现，并且发展成为以畜力带动的畜力碓和用水力驱动的水碓，极大地提高了生产力。《王祯农书》："今人造作水轮，轮轴长可数尺，列贯横木，相交如滚枪之制。水激轮转，则轴间横木，间打所排碓梢，一起一落舂之，即连机碓也。"① 不论脚碓还是水碓，在湖南尤其是湘西和湘西南较为偏远的农村都还有零星的在使用。

图12　①土砻（焦成根摄于宁乡市花明楼镇）
②土砻　《天工开物》明崇祯十年涂绍煃刊本

相对于在湖南民间生活中已经消失或即将消失的砻和臼、碓来说，磨

---

① （元）王祯：《王祯农书》卷二十《农器图谱十四》，武英殿聚珍版丛书本，清乾隆三十八年（1773）。

是尚在普遍使用的古老生产生活用具之一。磨是将谷物磨碎的工具，由上下两扇圆柱形的石头构成，又称"石磨"。其上扇凿有磨眼，侧边凿有安装磨杆的孔洞，并安有用以推磨的拐柄，朝下一面錾有排列整齐的磨齿，下扇朝上一面錾有相对应的磨齿，中央以短轴将上扇磨石套合在一起。两扇相合时，上下磨脐儿和磨齿相吻合，构成"磨膛"。下扇磨石固定在砖石垛砌的圆形石板上，称作"磨盘"。推拉拐柄时，上扇磨石绕轴旋转，将谷物由磨眼注入磨膛，沿着纹理向外运移，在滚动过两层面时被磨碎，形成粉末，磨碎之后则流入磨盘。《王祯农书》载："凡磨，上皆用漏斗盛麦，下之眼中，则利齿旋转，破麦作麸，然后收之筛箩，乃得成面。世间饼饵，自此始矣。"① 磨相传为春秋时期鲁班所发明，在西汉得到迅速发展。石磨的发展分早、中、晚三个时期，从战国到西汉为形成期，最开始叫䃺，至汉代定名为磨，东汉到三国为多样化发展时期，磨齿开始呈辐射型分区等相对固定的形状，西晋至隋唐则是发展成熟期，与今天还在使用的石磨已几无二致了。

除传统的粮食生产外，湖南民间还普遍种植油菜、芝麻、黄豆、花生等油料经济作物，传统榨油用具也是这一传统生产领域所必备的。我国以植物榨油的历史比较早，《博物志》说："积油满万石，则自然生火。武帝泰始中，武库灾，积油所致。"② 积油致引发火灾，可见储存量之大，也可说明至迟在西晋时，我国的植物油加工已达到相当可观的规模。《王祯农书》中将"油榨"列入杵臼门，并对油榨构造及制油方法做了描述。《农政全书》载："油榨，取油具也。用坚大四木，各围可五尺，长可丈余，叠作卧枋于地。其上作槽，其下用厚板嵌作底盘，盘上圆凿小沟，下通槽口，以备贮油于器。"③ 一般来说，榨油机机身用两块整硬木合成，机身中有凹槽，凹槽下有便于流油的河眼。使用时，榨油师傅首先将油菜籽（或芝麻、黄豆、花生等）倒入斜放在灶台上的铁锅之中，并以大火将油菜籽炒到半

---

① （元）王祯：《王祯农书》卷十六《农器图谱十》，武英殿聚珍版丛书本，清乾隆三十八年（1773）。
② （晋）张华：《博物志》卷三，黄氏士礼居刻本，清嘉庆九年（1804）。
③ （明）徐光启：《农政全书》卷二十三《农器》，平露堂本，明崇祯十二年（1639）。

焦状态，再用石磨将籽粒碾破，用碾槽碾成粉状后以蒸桶蒸熟。接着将蒸熟的油菜籽倒在铺好的稻草上，并将其压缩紧成饼状后加上两个铁箍固定，最后被放进草上，并将其压缩紧成饼状后加上两个铁箍固定，最后被放进榨油机的膛内。后由多人合作，用长约两丈、重约200公斤的油锤猛击楔子，使油菜籽不断被挤压，所挤榨出来的油从河眼中缓缓流出，对油料经济作物的加工便完成了。

四　余论

生产生活用具是伴随着劳动人民的生产生活实践而产生并不断改进的，不同的地理文化分布，造就了各地迥异的生产生活用具种类或形式。湖南地处洞庭湖南岸，是我国西部高原地区向东部平原地区的过渡区域，其间散布着高山、河流、丘陵、平原等不同地貌，促使湖南传统农耕器具呈现出丰富的多重文化面貌。传统农耕器具在数千年的发展过程中始终没有脱离人民群众，成为传统物质文明研究不能忽视的重要组成部分。

［原载《民艺》2019年第1期，第113～121页。］

聚合：中国传统拼缝衣饰的造物意识

陈彦青　汕头大学

中国传统的社会生活中，不管是丰裕或困苦，物的生产制造从未缺席，这是生活的必然，也是智慧的表现。而造物最终表现为"物"的状态，并以具体事物呈现了出来。造物的背后，有着这一社会结构背后的生产逻辑，人、事、物围绕着的，是某种群体意识。本文试图探讨的，是某种具体之物各种语境下不同表现的生产逻辑，并由此找到中国传统造物里的某些造物意识。这一探讨之物，即中国传统社会生活中的拼缝衣饰，若具体描述，则有百结衣、百衲衣、水田衣、百家衣以及炮皮等。在这些不同称谓、使用语境也不尽相同的服饰名称背后，是隐藏着某些东西的，若细细考察这些以拼缝的手段制造出来的身上之物，虽也有造物逻辑之间一致联系，但其背后的生产及使用逻辑竟是差异极大。

李渔在《闲情偶寄》中曾有世道之忧，其直接指向的对象，就是这种拼缝衣饰。在他看来，世道移异，很多事物已经背离了它曾经有过的真质状态，变异成为厌弊之物，比如"水田衣"之类的表现，最为典型。在《闲情偶寄》卷七，李渔就痛呼："至于大背情理，可为人心世道之忧者，则零拼碎补之服，俗名呼为'水田衣'者是也。衣之有缝，古人非好为之，不得已也……赞神仙之美者，比曰'天衣无缝'……而今且以一条两条广为数十百条，非止不似天衣，且不使类人间世上，然而愈趋愈下，将肖何物而后已乎？推其原始，亦非有意为之，盖由缝衣之奸匠，明为裁剪，暗作穿窬，逐段窃取而藏之，无由出脱，创为此制，以售其奸。不料人情厌常喜怪，不惟不攻其弊，且群然则而效之，毁成片者为零星小块，全帛何罪，使受寸磔之刑？缝碎裂者为百衲僧衣，女子何辜，忽现出家之相？风俗好尚之迁移，常有关于气数。此制不昉于今，而昉于崇祯末年。"①

李渔本意批判，但此话语中透露出明清女子好尚水田衣的现实，也点明了其取仿僧衣百衲的事实。然中国传统上使用拼缝的手段制造衣饰虽和僧衣有形式上的逻辑，但拼缝的手段本为制衣基础，在早期更是有名词用以类喻专以拼缝的手段制造的衣饰，比如百结衣。虞世南《北堂书钞》引王隐《晋书》："董威辇忽见洛阳，止宿白社中，得残碎缯，辄结以为衣，号曰百结。"② 可见其正是李渔所言不得已而为之物，与后来女子好尚之水田衣，取用动机完全不同。

从中国传统历史中出现的这些以拼缝手段制作的衣饰来看，各有"事"之对应：百结衣生于人生困顿之境，也为物之于人之初态，而在某处，却成为符号；百衲衣或谓水田衣本为出家人生活态度的表现，最后成为僧家律令的代言；后世流行之水田衣由僧衣出发，却在时代的作用下转化成为女子时尚之物，其意所指，却已不似从前；百家衣形式由自百衲、水田，却是集聚百家、纳福祈祥的生命之服；炮皮之物，异于前面诸服，可谓天人之间关系的表现，社火礼炮上覆盖的拼缝的炮衣，是人世间关系的聚合，也是主动性的典型表现。考察不同类型的拼缝衣饰，当然不可能仅仅落在色彩、材料、技巧上，其造物的逻辑，或许更应该成为关注的重点。

一　弃物的聚合：从百结衣到粪扫衣

从百结衣到粪扫衣，这是弃用、无用之物的聚合再生。

百结衣之出现，想必年代久远，《晋书》所谓董威辇以残碎缯辄结衣，不过是以人名物的传统使然。作为晋朝隐逸高士代表人物的董威辇，碎缯百结以做衣这样的行为已经成为其高清自洁的符号化表现，百结衣已然被称为隐逸的服饰符号。董威辇的百结衣，当是其主动追求的表现。

但作为符号的百结衣，毕竟有着自己本来的存在价值，或谓生于困顿。

---

① （清）李渔：《闲情偶寄》《声容部　治服第三　衣衫》，王连海注释，山东画报出版社，2003，第163页。
② 转引自缪良云主编《中国衣经》类别篇，中国文化出版社，2000，第169页。

残碎绢缯之物，从某种意义上来说也可以被等同于无用、遗弃之物，而百结为衣，对于人们而言，实际上就是一种废物的再利用，既是勤俭节约，也是对天生万物必有资用的敬畏。这样的造物利用手段，可以看到人与物之间最初的关系状态。衣服破了，打个补丁，罐子破了，或粘或铆，在物质并不丰裕的时代，物与人之间的关系是最为密切的，不管是以何种手段生产获取的"物"，都在生活的需求下表现出了其资用最为本质的状态，是容不得浪费与挥霍的。百结衣之用，是将废弃无用之物以技巧进行有用转换的实实在在的蔽寒之服。在人类的早期发展过程中对于物质的直接而又极致的利用，这样的造物手段，想必是相当丰富的，拼缝之物不过是其中的典型罢了。日本的"裂织"与此理同。

对于"百结"一词的使用，如今考察，大多于宋前，而多见于晋、唐年间，其时更有"百结裘"一说。中唐白行简《李娃传》中的男主角就有囧途间身上"裘有百结"之说，北宋贺铸的《问内》一诗，描写更是具体："乌绨百结裘，茹茧加弥补。"① 白文、贺诗中的"百结"描写，虽以物状人，却更接近于此物的本初状态。

物虽为物，却有符号转换的新表现。《李娃传》中的男主角，虽曾"裘有百结"，但最终"策科第一"，荣华富贵。这一百结裘，于最后境遇衬托之下，可谓富贵衣了。富贵衣，也是一种符号。

所谓富贵衣，其实就是舞台上打了补丁的破旧衣服之名。"传统戏剧中扮演贫士、乞丐一类人物的衣饰……上缀很多杂色小三尖块、方块和圆块，表示破敝不堪。剧中人穿此衣，预示后必显贵，故称富贵衣。"② 中国的传统戏剧里，这样的人物角色，其实是极多的，休妻的朱买臣，可谓是其中的典型代表了。《李娃传》的百结裘，以前面的贫困潦倒反衬后面的功名荣禄，其本意还是在百结衣的基础层面上的，也即物质之用的本初状态。而"富贵衣"这样的服饰，却是事先张扬的符号了，以贫困潦倒之名，却指向了必将发生的功成名就与富贵荣华。

---

① "百结裘"一条，参见孙晨阳、张珂编著《中国古代服饰辞典》，中华书局，2015，第489页。
② 缪良云主编《中国衣经》类别篇，中国文化出版社，2000，第171页。

图 1　①富贵衣（采自《清宫戏曲文物》）
②百衲衣（采自《女红：中国女性闺房艺术》）

于此，我们可以发现百结衣、百结裘、富贵衣看似一物却又各异的造物意识。百结衣、裘本为一物，最初皆言无用之物的聚合再用，其聚合的手段即为"拼缝"，此为无用之物经由聚合作用之后的"有用"转换，我们可以简单化地称之为废物利用，但背后其实是对物的态度所致，万物皆有其所用之道，无谓废弃。而后的符号转义皆由本义而来，董威辇的百结衣是主动的符号意义赋予，《李娃传》的百结裘则是为后赋义。而富贵衣就是符号的生产，虽看似乞丐之服，却是功名利禄意义上的结果前置。

与百结衣相类而名气更大，此后更成为这种拼缝衣饰代名词的，是后来称为衲衣的"粪扫衣"，也即僧衣一式。"粪"本义为弃物，"扫"又意为净除，粪扫之衣，本义上即为无用遗弃之物纳成之服。唐朝慧琳在《慧琳音义·大宝积经·第二卷》中就有"粪扫衣者，多闻知足上行比丘常服衣也。此比丘高行制贪，不受施利，舍弃轻妙上好衣服，常拾取人间所弃粪扫中破帛，于河涧中浣濯令净，补纳成衣，名粪扫衣，今亦通名纳衣。律文名无畏衣，恶人劫贼所不夺。经中亦名功德衣……"[①] 之说。后所谓之衲衣、百衲衣、水田衣、无畏衣、功德衣等佛家之服，皆由此而来，而"粪扫"此刻所指，却是一种意志的强调。比丘在此，首先是"弃"，弃用轻妙上好衣服，然后是用"弃"，将民间弃用之物纳结为衣。若从衣之本来用处考虑，上好衣服和粪扫衣并无太大区别，对于修行者的比丘而言，这

---

① 徐时仪校注《一切经音义》，《慧琳音义·卷第十一·大宝积经·第二卷·粪扫衣》，上海古籍出版社，2008，第 690 页。

分明是一种态度，事关意志。这些被意志聚合的人间弃物，与同为修行者董威辇的百结衣，并非等同之物，粪扫衣是对修行者比丘修行过程态度的强调，而百结衣在隐逸者那里却是符号本身。

弃用、无用之物的聚合，若从"物"本身而言，是随机且极不确定的，比如碎缯破布之类，作为织物是选择的必备条件，但是哪种形状、纹理、质地或颜色，却并不可控，百结衣与粪扫衣基本材料聚合的基本条件：一是作为织物的材质本身，二是其可利用程度，若面积小不堪用或以至腐烂之地则必不取。这样的条件下，拼缝的图案形式或也根据随机的材料加减，而技术或也更为注重纳补之功吧！

二 聚合的结构与变异：从僧家百衲衣到女子水田衣

从粪扫衣到水田衣，这本为一物僧家服饰，却经历了从弃物聚合之用到变异流行的复杂过程。

从粪扫衣到衲衣、百衲衣、无畏衣、功德衣、水田衣不过都是一衣各名互为通用罢了。而又有称袈裟为衲衣者，或又有离尘服、福田衣之说。明清之际，此物竟然成为世间女子时尚的服饰，以至于李渔也百思不得其解："女子何辜，忽现出家之相？"[①] 而早在唐朝时期，佛家的水田衣就已经成为日常民间生活服饰了，王维《过卢四员外宅看饭僧共题七韵》诗就有"乞饭从香积，裁衣学水田"之句。这其间，想必是有因由的。

我们如今说到百衲衣，多数的情况下是指向佛家的，百衲衣在这里就是符号，它已经脱离了最初称为"粪扫衣"的意志强调，而成为具有身份指向的"符号"了。百衲衣就是粪扫衣的意义生长和符号生成。

"百"为聚合之物数量众多之意，"衲"为聚合手段，可见百衲与百结之意本来相近。但作为僧衣的百衲衣，终究也脱离了最初的态度，成为佛家的一种衣服样式，并落在佛门规定之中，僧伽梨、郁多罗僧、无畏衣、功德衣、水田衣、袈裟、离尘服、福田衣之说，莫不成为佛门仪轨的构成表达。日本僧人潘凤潭所撰《佛门衣服正仪编》言"僧伽梨：条有九种，

---

① （清）李渔：《闲情偶寄》《声容部·治服第三·衣衫》，王连海注释，山东画报出版社，2003，第163页。

量唯三品"①。僧伽梨,正是佛家水田衣之一种。清钱大昕《十驾斋养新录·水田衣》就有"释子以袈裟为水田衣"之说。② 对于服饰,佛教律仪制度中是有严格规定的,僧衣所纳布条的多寡与颜色,都有明确的说法,甚至在缝制的针法上都有明确的要求,比如僧伽梨就指用木兰色、乾陀香色、茜、菩提树色,上三品则分别为二十五条、二十三条和二十一条。③ 僧濬凤潭书中佛教衣服律仪,本为汉传之法,由此可相知鉴。从粪扫衣的修行意志到佛教律仪制度的规定性,百衲衣的制造,成为佛家律仪的具体表现,这样的具体,已经是强行介入的符号制造了。

图2　①南宋　刘松年　补衲图（台北故宫博物馆藏）
　　　②南宋　刘松年（罗汉图1　台北故宫藏）
　　　③南宋　刘松年（罗汉图2　台北故宫藏）

不过,律仪制度虽然有着严格的规定性,对于民间生活世界的百姓来说,却又另有理解。其实,佛家本身,也有松动有趣之处。《敦煌变文·维摩诘经讲经文》中有"巧裁缝,能绣补,刺成盘凤须甘雨;个个能装百衲

---

① 《大日本佛教全书》,佛书刊行所,大正二年版,第216~217页。
② 孙晨阳、张珂编著《中国古代服饰辞典》,中华书局,2015,第603页。
③ 《大日本佛教全书》,佛书刊行所,大正二年版,第216~217页。

衣，师兄收取天宫女"①句，住家菩萨维摩诘的经文下面，有着活泼的生活，这倒有点不大像和尚说的话了。

而水田衣之为民间女眷所用，佛家的百衲衣、水田衣如何就异变成为女子身上的水田衣，李渔的疑问，正是其中的关键。水田衣始为民间所用，或为有唐一朝，而普遍使用，则应由明入清，明清之际的李渔对此已有表述，而清朝翟灏《通俗编·服饰》则说得更为明确："时俗妇女以各色帛寸翦间杂，以为衣，亦谓之水田衣。"在明清各种戏剧小说中，水田衣总是以一种特殊的性别描写被呈现出来。《思凡》中的色空，《琴挑》中的陈妙常，《红楼梦》里的妙玉，虽然皆在空门之中，但描写的重点却在情感之中，水田衣在这些女子身上，不再是宗教律仪的强调，而是反律仪的表现。而《红楼梦》里芳官身上玉色、红青、酡绒三色的水田小夹袄，衬着柳绿汗巾和水红撒花夹裤，②煞是明艳动人，这水田衣，已与佛家无关，活生生的就是民间之服了。

废弃之物的聚合再利用，本来就是民间日常造物的基本状态，民间本来就有百结衣、百结裘的具体表现。但百结衣这样的弃物再聚，是一种初始状态的表现，基本上还是李渔所言不得已的做法，废物利用而已，其本生于困顿。而明清时尚的女子的水田衣，早已不再是"百结衣"这样的弃物聚合了，而具备了审美层面的追求，对于以各色布条纳成的水田衣而言，佛家僧衣的规定与形式本身就有着审美层面的价值判断。

佛家水田衣的制作是有着严格的制度规定的，它已经不再是最初粪扫衣那样的弃物取用状态，从《佛门衣服正仪编》中可以发现，佛家衣服样式是等级的表现，一个僧伽梨就有上中下三品九种拼缝样式，从另一个角度见，佛家拼缝僧衣的样式，为民间的仿制提供了一个基本的样式结构。而对于出家人衣饰的追求，在历代都十分普遍，文人士大夫对道衣的追求可谓典型。水田衣的佛家身份对民间而言是有吸引力的，它的使用，使得平淡的日常生出不一样的感觉来。特别是对于女子而言，出家人的衣饰与生活世界中女性的传统身份之间，其道德伦理指向本来相悖，这样的使用，

---

① 孙晨阳、张珂编著《中国古代服饰辞典》，中华书局，2015，第489页。
② （清）曹雪芹、高鹗：《红楼梦》，人民文学出版社，1964，第811页。

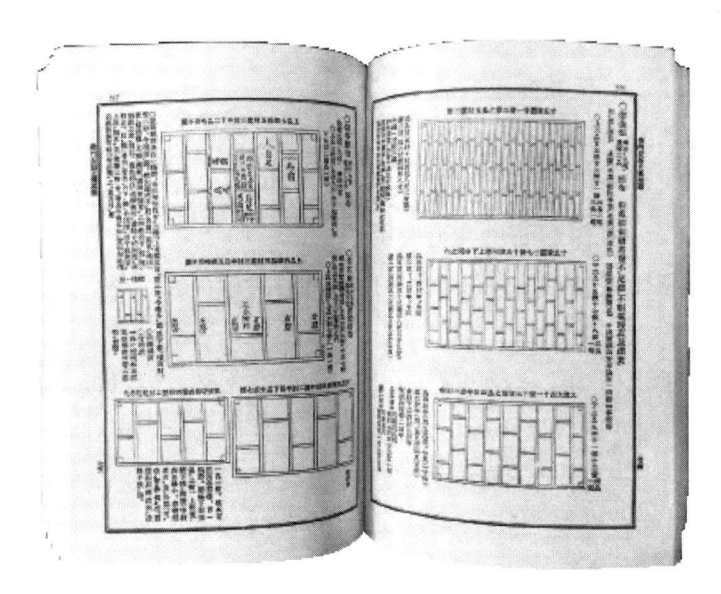

图 3　《大日本佛教全书》书影（陈彦青拍摄）

是异样和暧昧的，但正因如此，其平常之间生出来的异样的魅力，被仿制使用的水田衣因此也就变得合理了。

而其被仿用的另一个造物逻辑，在于色彩的聚合。中国传统颜色等级森严，违规使用后果严重。虽然说在现实生活中，统治阶层对于色彩等级的关注并不是那么严密，只要不涉及黄、紫这种权力色彩，基本上还是比较宽容的。但色彩制度的规定就在那里，并且每朝总是不断强调，色彩的制度性使用于是就成为中国古代民间的一个道德伦理衡量度限。佛家衣提供了一个有异于国家制度的另一种可能，水田衣的样式为女子服饰的色彩聚合提供了结构上的便利，色彩的聚合于是变得多样且多变。对于中国古代民间的色彩使用而言，这是一个制度突破的结构，中国古代社会等级的高低决定了其色彩使用色相上的多寡，我们甚至可以在某人身上色彩使用的多寡程度判断对方的身份等级，水田衣的色彩聚合，为突破色彩等级的限制提供了一种便利，而作为女子之服的水田衣和僧家的水田衣之间的色彩，已经不是一致或仿从的简单表现了，女子水田衣和僧家水田衣的最大区别，就在色彩之上。

三　关系的聚合与聚合的关系：从儿童百家衣到社火炮皮

从百结衣到僧家百衲衣，再到女子水田衣，这些中国传统的拼缝衣饰最终还是落在了蔽体护身的具体表现上。但拼缝衣饰在此外更有另一类变体，身体的保护性作用对其来说并不是重点，如果说百结衣和粪扫衣是弃物利用的聚合，或者僧衣百衲和女子水田衣是聚合的结构表现与变异，那么在此将出现第三组聚合，即儿童百家衣的关系聚合与社火炮皮聚合的关系。这是中国传统造物动机与意识的另一种更为典型的具体表现。

图 4　（南宋）佚名　十六罗汉图局部（日本高台寺藏）

图 5　（唐）卢楞伽　六尊者像局部

童衣与成人服饰的差异是明显的，其规定性并不严苛，儿童天性使然，童衣在多数情况下也显得色彩斑斓，天真跳脱。唐朝《初学记》里就有记古童衣的描述，即所谓的老莱衣、莱衣。王维《送钱少府还蓝田》诗即言"手持平子赋，目送老莱衣"。《初学记》引《孝子传》言"老莱子至孝，奉二亲，行年七十，著五彩斑斓衣，弄雏鸟于亲侧"①。老莱子何人古有疑义，也有认为就是老子的说法，七十而着童衣娱亲，老莱子因此列为二十四孝之一，老莱衣于此以喻童服，也指向孝道，色彩在此，成为童衣最重要的存在表现。五彩斑斓的老莱衣是否就是儿童百家衣，虽难以详确，但其色彩极为丰富却是肯定的了，这一点，和儿童百家衣极为相似。明代《西游补》里也有关于百家衣色彩描写："那些孩童……嚷道：'你这一色百家衣，舍与我罢！你不与我，我到家里去叫娘做一件青萍色、断肠色、绿杨色、比翼色……五色锦色、荔枝色、珊瑚色、鸭头绿色、回文锦色、相思锦色的百家衣，我也不要你的一色百家衣了。'长老闭目沉然不答。"② 色彩，可以说就是古代童服最典型的视觉表现了。而儿童百家衣之制作成因与成衣条件，却更为特殊。

儿童百家衣，是百衲衣、水田衣在使用上的另一种动机变体，也就是明朝之后至民初存在于全国各地的一种童装样式。这是一种集福祈祥的结果，可以说就是一种关系的聚合。其本意是大人为家里出生的孩子，遍求邻里亲戚，获取零碎各色布片，纳成童衣，布片寓意的是邻里亲戚对孩子健康成长的祝福。在儿童百家衣这里，我们可以看到的是这户人家的关系网络，这是一种关系的聚合，由此我们也能发现，儿童的百家衣这种拼缝衣饰，虽然最后表现出来的样式与百衲衣、水田衣相类似，但其制作的动机，却差异巨大。百家衣在这里，是求亲纳福之意，也是一种家族繁衍的隆重宣示。中国民间对于家族延续之重视甚于个人生活，中国传统家庭伦理中的"不孝有三，无后为大"将其放在一切的首位。也因此，承担家族的、生命延续希望的下一代的出生，对于中国传统家庭而言，可谓头等大

---

① （唐）徐坚等：《初学记》卷十七《孝第四·叙事》引《孝子传》，中华书局，1962，第419页。
② （明）董说：《〈西游补〉校注》，李前程校注，昆仑出版社，2011，第93页。

事，凝聚了亲朋好友邻里乡亲祝福的百家衣，也就成为一种关系的印证。将这一人家的世间关系，聚合到这一标识性的百家衣上，这是对"关系"的进一步强调，也试图为新生儿搭建了一个属于他的、将来的生活世界。

图6　织锦百衲童衣　（清）（南京博物院藏）（陈彦青拍摄）

与儿童百家衣反向而行的是那种称为社火炮皮的拼缝聚合物，从其造物逻辑讲，是可以称为"聚合的关系"的。

社火炮皮，也是一种衣饰，却不是人们身上衣，而与神性有关。山西新绛在每年正月十五的乡村社火上，用"炮皮"包裹土炮。作为社火祭拜仪式里重要工具的土炮，对其进行覆盖装饰的就是被称为"炮皮"的拼缝布制之物。炮皮就是聚合的场所，村里的新媳妇们要事先缝制好可以代表自己存在的有着吉祥美好刺绣图案的布片，然后进行整体的拼缝。炮皮的拼缝过程极为特殊，这甚至可以称为一场审美与技巧的比赛。在进行拼缝之前，每一块布片已经是经过女红巧手绣制的了，新绛的炮皮，就是当年村里面那些新娶的媳妇竞技的场所。聚合，是炮皮这一"物"存在的肇始，聚合物之上，个体被有意识地显现，每一个新媳妇都得想方设法通过色彩、图案、技巧的表现，在一个聚合物上显示自己的存在。在这里，个人隐匿是一种羞耻，而自我的强调是自发的，若炮皮这一聚合物指向的是社火仪式性对象的群体，那么这一聚合的个体，则构建了一个被召集的关系，每一个个体必须在这里显示自己的存在，这是某某家的，那是某某家的，在这种对象体认的过程中，集体的关系由此揭示，个体被纳入了一个整体下的网格系统。

图7 ①水田衣（采自清《燕寝怡情篇》） ②《玉簪记·琴挑》内着水田衣的陈妙常
（采自《中国昆曲衣箱》）

图8 ①《状元谱》俞振飞剧照（柴俊为摄 采自《中国昆曲衣箱》）
②水田纹道姑马甲（刘月美绘制 采自《中国昆曲衣箱》）

最后拼制而成的炮皮是集体的结晶，在这张炮皮里有举行社火的村庄系统的具体表现，技、艺表现下的绣片所代表的指向了个人，其"百家衣"般构制的炮皮则成为神圣之物与人的世界的集合物。个体总归是系统构成的关键，这是中国传统社会伦理建构的意识产物，它是集体的指向，但又强调个体的存在，这种存在试图揭示的是聚合的生活世界中人与人关系的现实。

四　结语

从百结衣到粪扫衣，从僧家百衲衣到女子水田衣，从儿童百家衣到社火炮皮，我们可以发现中国历史传统中造物的三种基本逻辑。弃用物的聚合再用背后是对"物"的基本态度，即万物之生，必有其可用之处；聚合的结构与变异是最初的物用转化，结构被规定，则造物行为于此被纳入伦理之中而后又溢出伦理的边界；最后更发现，儿童百家衣揭示的是个人主动性寻求的"关系的聚合"与社火炮皮揭示的集体表达的"聚合的关系"，以聚合意识进行拼缝制造的这些历史中的、生活世界中的衣饰，深刻地呈现了中国传统社会中集体与个体的关系意识。造物逻辑的背后生活世界的复杂，由此可得窥现。

［原载《民艺》2019 年第 1 期，第 81～88 页。］

发绣技法"金刀劈发"真实性考辨

王 薇 北京服装学院服饰艺术与工程学院

发绣起源于我国唐宋时期，是一种以头发绣制的艺术品或工艺品。发绣《东方朔像》据传是现今所知最早的一件存世发绣作品，为南宋皇帝赵构之妃刘安绣制，藏于大英博物馆（这件作品与现存于故宫博物院的一件明代发绣作品有很多雷同之处，二者的关系尚待进一步考证）。中国历代都有重要发绣作品传世，从内容来说，这些作品多以表现宗教信仰题材为主，如元代发绣《观世音像》，清代发绣《水月观音》《达摩渡江图等》等；另外一部分发绣则带有显著的个人情感，如相传东台晾网寺的《发绣佛》、清代刺绣大家沈寿的《谦亭》等。发绣因不追求经济目的而是以表达信仰和个人情怀为主，因而具有极强的私人性和私密性，往往不流通于市场，数量稀少且较少为人所知。目前仅有少量收藏于各大博物馆、收藏机构和私人藏家手中，近几年的拍卖市场偶有出现。

中国古代关于手工艺记载的文字向来匮乏，其中关于针线刺绣的记载就更加少见。而在这极少的记载中，关于发绣的描述却时有出现。这些关于发绣的文字记载多用于佐证孝女贤妇之贞孝以及刺绣名家的高超技巧。例如晚清宣鼎的《夜雨秋灯录》中有一篇描述孝女叶苹香为救其父摆脱冤屈，在佛前发愿，拔发绣制佛像并最终得到神佛庇佑，脱离困境的故事。"东海晾网寺藏有绣佛一帧，绫本，长二丈四尺，横八尺，佛像科头披发，面如满月……其上绣金经全卷，蝇头小楷。絜如列眉，末注嘉靖某甲子，优婆夷女弟子叶苹香盥沐发绣。……公女号苹香，貌温婉，性至孝。闻公陷死地日夜祷于神，得感应……自摘头上发，以金刀薄如稻芒者擘作四缕绣佛像与金经，两载始成，功德满日，而公亦邀天恩以金鸡诏出狱矣。……女自绣佛，目力已竭，双瞳遂盲……"① 这段描写对于发绣的绣制者、绣制目的、艺术特点等方面做了总结。它的写作目的更多是为赞扬古代女子忠孝礼仪的道德标准，但同时却为今天的发绣研究提供了有利资料。

古代文献中关于发绣的文字中时有发绣绝技"金刀劈发"技法的描述。上文中对金刀劈发所用工具描述较为详细："以金刀薄如稻芒者擘作四缕。"同时文中更进一步描述了这种技法损耗精力，对身体带来伤害的事实："女自绣佛，目力已竭，双瞳遂盲……""金刀劈发"是指发绣绣制者使用薄如蝉翼的金刀将头发"劈发为四"剖为更细的发丝，用于刺绣的精绝工艺。

实际上，除了古代小说、话本外，"金刀劈发"发绣技法在绣谱、地方志等古代文献中多有提及。由于这一技法过于精绝玄妙，看似人力所不能，再加上发绣较少为人所知，并且更少有机会能够看到实物，因此这些文字记载的真实性一度成为争论的焦点，在研究中普遍被认为是一种浪漫主义的文学性叙述，对于"金刀劈发"技法的真实性是存在质疑的。

本文观点倾向于认为，"金刀劈发"发绣技法是真实存在的，并从六个方面进行了论证。

一　文献寻绎

在中国历史上鲜有手工艺类书籍流传，而刺绣、发绣隶属于女红类范畴，则文字和记录更加少见。就内容而言，古代文献中此类文字多侧重于对刺绣"艺"的一面的评述，对刺绣"技"的范畴的描述则所涉不多、不详。古人对于发绣的描写文字多是为刺绣名家和绣品的介绍充当一种有趣的补充，借以反映绣制者手艺高超、修养深厚，以及重仁义礼信等素质。此外还有一部分关于发绣的描写是以神话故事和话本小说的形式出现的，也可以与绣谱中所记载的内容做一对比和互证。

古今对发绣有所描述的书籍包括：徐蔚南的《顾绣考》、朱启钤的《女工传征略》《存素堂丝绣录》；清代姜绍书的《韵石斋笔谈》、彭蕴璨的

---

① （清）宣鼎：《夜雨秋灯录》，齐鲁书社，2004，第128~129页。

《画史汇传》、恽珠的《国朝闺秀正始集》《平原县志》（清代卷）、沈复的《浮生六记》；近代明清史专家邓之诚的《骨董琐记》、柴萼的《梵天卢丛录》、清宣鼎小说话本《夜雨秋灯录》、清代王渔洋的《池北偶谈》等。

而比较有趣的是在这为数不多的关于发绣的古代文献文字中，对于"金刀劈发"技艺的描述却屡屡出现，且细节描写较为具体。以下举例说明。

1. 朱启钤在《女工传征略》中记述了宋代孝女周贞观为解丧亲之痛，刺舌血书经文，劈发绣制经文的故事——"宋有孝女周氏法名贞观，六岁而孤……未几母卒痛无以报乃于佛前矢心精进刺舌血书妙法莲花经七万字，手劈发而绣之，历二十三年而竣，遂结跏趺坐而逝。"这段描写较详细地从时间上突出了这一技法的耗时性，"历二十三年而竣"，更描述了这一技法对人的精力的严重损耗："遂结跏趺坐而逝。"

2. 《女红传征略》中同时还有一则清代的刺绣名家王琼劈发绣制的发绣故事："王琼高邮人，进士李炳旦室，通经史，工书画，女工奇巧，尤精发绣，因亲疾发，愿以素绢绣璎珞大士像，拆一发为四，精细入神，宛如绘画不见针迹，观者叹为绝技……"这段记载中，提到了"拆一发为四"的劈发技术，更进一步描述经此技法处理过的发丝所绣作品"精细入神，宛如绘画不见针迹"的艺术特点。

3. 地方志《平原县志》始修于明代，后经过历代补修和延续。其中记载了一位刺绣能手赵氏劈发绣制发绣的事迹：清代邹涛妻赵氏"……承祖父家学，能诵经传，绘白描人物极工，又能劈发为观音像"。

4. 民国柴萼所著的《梵天卢丛录》，是一部专门记载清末史实的笔记体读本。其中有对浙江人叶苹香金刀劈发绣制佛像的记载：叶苹香，"年十四，工刺绣。市巨绫，自摘头上发，以金刃擘作四缕，绣佛与金经，长二丈四尺，横八尺。绣佛趺坐鼍背上，鼍口吐楼阁、台榭、日月、山河，其下则飞鱼、水怪争来朝拜；其上则《金经》全卷蝇头小楷，两载始成……"

其中的细节描述与宣鼎在《夜雨秋灯录》中的"发绣佛"描写记载可互相呼应，更具可信性。

此类文字的存在并不是偶然现象，文字中不仅对绣制者的家庭背景、绣制的艺术特色进行了详细描述，还针对"金刀劈发"的技术的工具、难度、用时，以及对身体视力的伤害等方面都做了阐述，甚至提到观者的态度和反应，可谓描写细腻。再者，这些描述多出自"绣谱"或"地方志"一类的文字中。这类文字具有记录性质，很少使用夸张手法，因而其中所描写的"金刀劈发"技术的可信性较大。

二 手工艺者的技术习惯分析——丝绣的劈丝和发绣的劈发

古籍中所提及的古代的发绣名家皆是于当时享有盛誉的丝绣高手，她们在绣作中非常注重技法与品质，为了获得"和色无迹、均匀熨帖"的刺绣效果，她们往往不计工本和时间的投入，除了追求精湛的针法技艺外，"劈丝"技法也是被普遍应用的重要技法。古代绣谱文字中对刺绣的用丝纤细的程度皆有专门的重点记载。

劈丝就是将一根丝线劈为若干份用于刺绣，一根丝线劈为1/2 称"一绒"，1/16 称"一丝"……用更细的丝线刺绣，会带来更加细腻的光泽变化和更加微妙的色彩过渡。劈丝的细致程度直接影响着绣品的品相和价值，因此劈丝也被视为最能体现绣艺高低的重要标准之一，且这一技法和标准一直沿用至今。

劈丝作绣已成为刺绣中的一种常规的技术手段和审美标准，也是刺绣者衡量技艺高低的重要标准之一。绣制发绣较之普通刺绣具有更加重要的情感意义。中国古人珍惜身体发肤，重孝重生，在这样的意识形态下，"发绣"的绣制更多倾向于精神性的寄托和表达，被寄予更多的情感因素。而当这些丝绣名家为表达宗教情感和个人情感而使用发绣绣制时，未经"劈丝"处理的原发则显得过粗，而不符合她们的工作习惯和对于材质的要求。对于精于刺绣的名家，在绣制中使用"劈丝"技术早已成为她们刺绣工作中的惯性步骤。以较粗的原线或原发绣制的绣品被看作技术低下的粗鄙绣制，这样的作品既不符合她们的审美习惯，也不符合她们的劳作习惯。因此，技艺精湛的古代刺绣高手在绣制发绣时，首先要面对的一个问题是如何处理充满弹性且比丝线粗得多的头发，使其在绣制中熨帖而均匀。头发代替丝线时所存在的材质局限性，以及刺绣者的工作习惯和审美要求，都使得刺绣者对"金刀劈发"技艺有客观的要求。

三 分析元《观世音像》和清《水月观音》两幅发绣上头发的保存状态

由于发绣作品数量稀少，又带有很强的私密性，因此极少有机会得见原作，这也是发绣研究的难点之一。本文所引的元代发绣《观世音像》、清代发绣《水月观音》两幅作品，是现今所能见到的为数不多的发绣原作中的两件。经过对这两件作品的对比研究，可发现清代发绣《水月观音》中"金刀劈发"技法的使用痕迹非常明显。

图 1　元代发绣《观世音像》及局部（图片源自南京博物院数字图像）

《水月观音》绣制于清道光五年，距今约 190 多年，为当时的陕甘总督杨延春之女发愿绣制，藏于四川省文殊院。作品的布局构图极具画意，线条流畅，人物刻画肃穆传神，不同于一般的佛像画，可看出绣制者的艺术品位与追求。

目前，《水月观音》绣品上所使用的发丝已经失去原生头发的弹性，彼此靠近的发丝呈现黏连现象，甚至互相挤压黏连，结成片状。显现出经过技术处理的痕迹。整个作品中 60%～70% 的发丝呈细小片状剥落，露出绣作下面的笔墨痕迹和密集的针孔。而所遗留下的部分，发丝因柔软黏连的原因，而更加牢固地压实残留在绣底绢面之上。整个作品中头发所呈现的细软状态明显是经过处理的，破坏了头发本身原生物理性状。

　　将它与早于其 600 多年使用原发绣制的元代发绣《观世音像》对比分析，前者所使用的发丝经过"劈发"处理的特征更明显。元代发绣《观世音像》出自著名书法家、刺绣家管仲姬之手，作品采用发绣、丝绣相结合的方法制作，观音的头发、眉毛、眼睛等部位使用发绣表现；面部、身体、服饰以丝线绣制。这件作品画幅巨大，用丝用绒不追求劈丝的纤细效果，符合元绣粗犷豪放的审美风格。元代发绣《观世音像》虽早于清代发绣《水月观音》600 余年，但作品中绣制人物眼、眉、头发等部分因使用了未经"金刀劈发"处理的原生头发，因此今日所见发丝极少脱落，且保持着原始性状，呈现弹性鼓起的状态，根根分明，彼此之间并无黏连。

图 2　清代发绣《水月观音》
（图片为作者拍摄）

图 3　清代发绣《水月观音》局部 1（图片为作者拍摄）

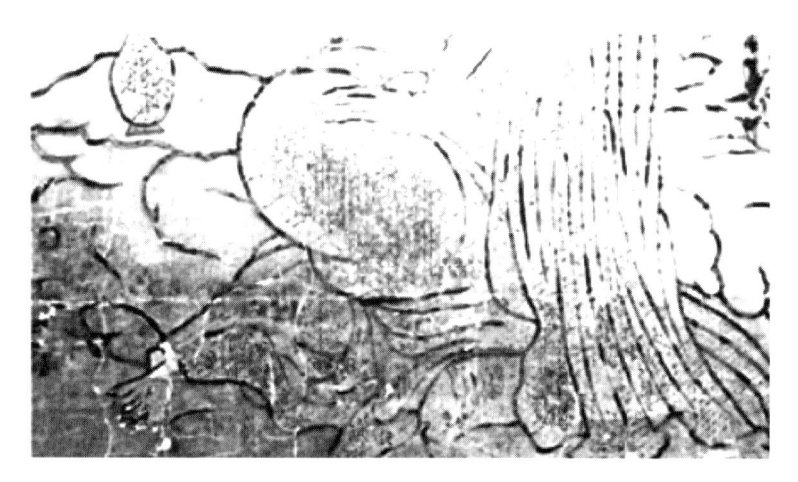

图 4　清代发绣《水月观音》局部 2（图片为作者拍摄）

绣制时间相距 600 余年的两件发绣作品，保存状态却与所经历的时间完全相反。元代的《观世音像》使用原发绣制的部分，至今还保持着头发的原有性状。清代发绣《水月观音》却因使用了"劈发"技艺，破坏了头发的原有物理属性，发丝纤细柔然，画面风格细腻但不易保存，呈小片状黏连损坏脱落。再从针法考究，元代发绣《观世音像》绣制头发部分时使用了较为粗放的"戗针"和"滚针"针法，这是一种针脚较大、固定点相对较少的针法，实际上不够坚固和不利于保存；而与此相对，清代发绣《水月观音》大量使用针脚细腻、牢固耐久的"缠针"针法。即使如此，但因所用的发丝经过了"劈发"的处理，头发角质发生了改变和破坏，而导致其保存程度远不如元代发绣。而在清代发绣《水月观音》这件作品上使用细腻针法绣制的粗线条部分尚有保存，使用较粗针脚的"滚针"绣制的装饰花纹部分，则早已经全数脱落。

四　文献《纂祖英华》所载发绣《弥勒佛像》《倚琴伫月图》与"金刀劈发"技法

《纂祖英华》彩色珂罗版两巨册，厚 11 厘米，重 22 千克（满洲国立博物馆座右宝刊行会，伪康德元年 1935 年），限量 300 部，定价四百大洋。其内容收藏历代缂丝、刺绣珍品，均出自朱启钤所藏的历代刺绣和缂丝名作 280 余件，分为 79 个种类，并附有专家的研究记录，被誉为迄今为止最精美的中国缂丝刺绣出版物，素有"民国第一书"的雅称。

朱启钤先生自幼受到家传和家藏的影响，对锦绣缂丝颇为爱好，不惜巨资丰富藏品，其收藏素有"朱家刺绣甲天下"的美誉。后来在中日战争期间，这批价值连城的缂丝刺绣，因战乱流落，几经辗转、易主，最终流落至当时的伪满洲国政府之手，并成为伪满洲国博物馆（奉天满洲国立博物馆）的重要馆藏。得到这批藏品后，日伪政府十分重视，将其鉴定为国宝，并以此为基础出版了重要文献资料《纂祖英华》。其中关于《弥勒佛像》《倚琴伫月图》这两件发绣藏品的记录和研究资料，为本文关于发绣技法"金刀劈发"的论证提供了重要的依据。

《弥勒佛像》和《倚琴伫月图》两幅均为明代绣作，现藏于辽宁博物院。其中《弥勒佛像》又名《顾绣董书弥勒佛像》，上有董其昌题赞，传为韩希孟所作，高57厘米，宽28厘米，作品中人物眼眉部分以头发绣制而成。《倚琴伫月图》高64.1厘米，宽22.4厘米，全幅以发绣白描人物二人，画轴上有五言句，绣"七襄楼"白文方印。

当日本研究者在众多藏品中发现这两件是使用了头发进行刺绣的作品时，感到非常惊奇，发出"然用发绣以完成绘画之表现者是于世界染织史上全未见及"[①]的感叹。随后，日本研究者使用显微镜观察，发现绣像上的头发仅为成年男子头发的三分之一到四分之一的粗度，这一现象又令他们倍感疑惑。《纂祖英华》对此记载如下："至此发绣之所称为发者其果属发与否颇有疑义，盖细微之白描线一支

图5　明《顾绣董书弥勒佛像》
（图片源自1935年日本座右宝刊会版《纂祖英华》附图）

---

① 《纂祖英华解说》，日本座右剖宝刊行会版，1935，第21页。

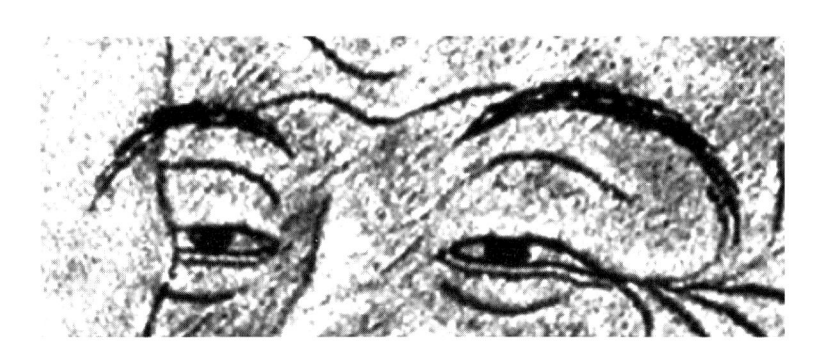

图 6 《顾绣董书弥勒佛像》局部
（图片源自 1935 年日本座右宝刊会版《纂组英华》附图）

用三支乃至四支之毛发且不及男子头发一根之粗，若必强求其类似者只可比作五个蚕茧缫出之五支生丝，但用此生丝若加以如本图之染黑则必被染料成分之侵蚀，决不能保存三百年岁月之久……"很快，日本研究者"满洲奉天医科大学教授医学博士森繁春氏"用显微镜分析作品上的发丝，确定了作品中所用的是细胞组织被破坏了的毛发，并排除了作品中的毛发是兽毛或婴儿毛发的猜测。《纂组英华》对此也有记载："此发一支之粗为 0.3 乃至 0.4 密克伦，并谓其细胞组织也已破坏，关于此点虽难断言，但若果系毛发或即为初生婴儿发，另一方就其黑色考察则又似兽毛等语。虽故老相传有裂发之事，但此图绣用发尺寸较长，非如兽毛之短。故其究为婴儿发、男子发姑可置之不论，然其确系发绣则又毫无可疑者。"

日本研究者对于中国早在唐宋时代就已经产生的发绣艺术知之甚少，更加不了解同时传为神迹的"金刀劈发"技术，因此留下"以人工为如是之精巧实有不可能者"的困惑。而我们苦苦追寻的古代绝技真实与否的答案却随着他们利用现

图 7 明《倚琴伫月图》
（图片源自 1935 年日本座右宝刊会版《纂组英华》附图）

代科学仪器的一系列近距离的观察和研究而呼之欲出。这些研究和记录为"金刀劈发"的分析和证明提供了重要依据，至此我们几乎可以确定"金刀劈发"技法的可信性，可以确认，明绣《弥勒佛像》和《倚琴伫月图》在绣制过程中使用了"金刀劈发"的技术。

五　现代发绣作品《寒山寺》与遗存至今的发雕艺术

（一）《寒山寺》与"发雕"

随着社会的发展，传统生活方式发生了很大的变化，发绣进入了一段消沉、转型和调整期。六七十年代，苏州刺绣研究所的研究人员从古籍上认识了这一特殊的工艺并将它重新介绍和发掘了出来。这一时期，发绣以工艺制品的形式被绣制和销售。在当时的众多发绣制品中，有一件绣制于70年代的发绣双面绣《寒山寺》，运用了特殊的发雕工艺，对于我们研究"金刀劈发"技艺有很大的启示作用。

图 8　《纂组英华》（上海博物院收藏）（图片为作者拍摄）

《寒山寺》是一件小型的发绣台屏，高 27 厘米、宽 33 厘米，绣制年代是在 1977 年或 1978 年前后，由中国第一位刺绣工艺美术大师，现已 90 多岁的李娥英指导，高明明、周春英绣制。这件作品刚被开发和绣制出来，即参加对外交流展示并被销售，目前已经难寻踪迹了。所幸当年的主创人员还都活跃于中国刺绣业界，经过调查走访，本文幸运地收集到发绣《寒

图9 左　现代发绣《寒山寺》（图片原自江苏省工艺美术学会
编撰《苏绣精粹》，外文出版社，1986年版）
　　　右　郭克杰在其微雕摊位前（图片为作者拍摄）

山寺》的作品信息和图像。

发绣《寒山寺》是一件体积很小的发绣台屏，以苏州的名刹寒山寺为题材绣制，用头发以双面绣的技法绣制而成。主创人员李娥英回忆：当时寒山寺门前立一石碑，上面刻着张继的名诗《枫桥夜泊》，因此设计者在石碑处做了一个别出心裁的设计——以发雕的方式表现诗句石碑。当时请了著名的微雕艺人在几根头发丝上刻下了《枫桥夜泊》这首诗，并将这些刻有诗句的头发以粘贴的方式固定在发绣石碑处，发绣加发刻的工艺技法成为整个作品的一个亮点。

这里所出现的新的技艺形式"发雕"在材料和手法上与古代发绣中的"金刀劈发"有非常大的相似之处，可以从技术角度证明"金刀劈发"技法存在和被运用的可能性。

（二）现代没落的发雕技师与发雕技艺

中国的手工艺者在技艺层面素来求奇求精，并为此不惜工本，付出大量劳动和时间。在民间至今残存着的发雕技艺中，这种发雕艺术的神奇效果和制作过程与"金刀劈发"技艺可互作佐证，并可以此推测"金刀劈发"技艺在不惜工本、精益求精的中国工艺美术界是有可能存在和达到的。

发雕工艺师能在毫发上雕刻文字、诗句、图案等内容，因为其技术难度极高，目前几乎处于消亡状态。调研中笔者有幸采访到微雕和发雕艺人郭克杰，这位以追求手工技术的高度为目标的手工艺人拿出他最为骄傲的一件作品——发雕《龙凤呈祥》，作品用一根不到一厘米的头发雕刻出一龙一凤的形象。作品封闭保存在一个透明的微小玻璃管中，需用专门的仪器观看。仪器经过一番调试，便可见发雕龙凤呈祥活灵活现跃然于眼前，令人内心充满震惊并难以置信（只可惜这样的作品无法以常规拍照的方法留取资料）。

发雕艺人郭克杰介绍，发雕艺术对制作者的天赋要求很高，制作者必须具有良好的目力、耐力。其中锻炼目力的方法是盯着天空中一只飞鸟追随着看，直到它从视野里消失，然后再寻另一只。为保持握力，雕刻艺人每天都要举重物练手劲……在正式雕刻时，周围环境必须非常安静，作品须在一鼓作气的工作状态中完成。郭克杰本人即在午夜之后进行创作，状态好的时候，能连续雕刻两个多小时。发雕作品《龙凤呈祥》就是他在午夜连续3个小时雕刻而成的。

发雕工艺制作者的素质要求和工作状态可以用来帮助了解"金刀劈发"技术对实施者的素质要求。一直以来，关于发绣技法"金刀劈发"的描写，由于难度太大，很难为今人想象，因此今天对其真实性存疑，认为这只是一种文字的书写方式。但是只要我们把注意力从对文字描述的想象中转移出来，转向真正的手工艺生产中，就会发现能工巧匠们早已在实践中将很多难以想象的不可能，变成了令人称奇和叹为观止的手工艺术品了，他们的存在是中国工艺美术精绝技艺的活标本。

六　对"金刀劈发"技艺的工具考证

古代文字中关于"金刀劈发"技术的最早描述是在宋代，古籍记载："以金刀薄如蝉翼者拆发为四……"而在更加久远的文字中，韩非子在《显学》篇有"夫婴儿不剃首则腹痛，不揃痤则寖益"的记载，描述了东周时期为初生婴儿剃头的社会风俗。但是在生产工具尚处于青铜时期的东周，人们是用什么工具剃去婴儿娇嫩头皮上纤细柔软的胎发呢？而负责给婴儿剃胎发的人员又需要怎样的技术手艺呢？在对工具和技术进行深入思考和想象的过程中，我们联想到文字记载中的"金刀拆发"技术。既然在青铜时期我们的先祖就已经解决了在婴儿娇嫩的头皮上剔去柔软的胎发的问题，那么一千多年以后，被能工巧匠使用剖开头发的一片锋利的金刀实际上是有可能存在的。

中国古代文献资料中关于婴儿剃胎发的风俗多有记载且历史久远，此处不再一一赘述。这一系列的时间参考和工具考证可以用来佐证"金刀劈发"在工具和技术上的可能性和可信性。

在文献记载中，早在东晋王嘉的《拾遗记》中，就曾记述孙权的赵夫人织绣绝技，用头发剖成细丝，织为罗幔，编织成一种视之如青烟一般的幔帐，在夏日里习习生风，且轻便，携带便利，它作为孙权行军幕帐，可解孙权在行军中备受天气潮湿闷热和蚊虫困扰之苦。

> 权居昭阳宫，倦暑，乃褰紫绡之帷，夫人曰："此不足贵也。"权使夫人指其意思焉。答曰："妾欲穷虑尽思，能使下绡帷而清风自入，视外无有蔽碍，列侍者飘然自凉，若驭风而行也。"权称善。夫人乃片发，以神胶续之。神胶出郁夷国，接弓弩之断弦，百断百续也。乃织为?縠，累月而成，裁为幔，内外视之，飘飘如烟气轻动，而房内自凉。时权常在军旅，每以此幔自随，以为征幕。

这段文字是对早期"金刀劈发"技艺的详细描述。

七　小结

综上所述，本文的观点认为，"金刀劈发"技法为真实存在的可能性极大。

1. 在为数不多的介绍古代发绣的文字文献中，关于"金刀劈发"技术的描述却经常出现，且细节描述清晰可信。

2. 结合几件传世发绣原作的观摩和研究，发现了疑似"金刀劈发"技法运用的痕迹。

3. 刺绣中的"劈丝"工艺及其带来的效果已成为刺绣行业的普遍做法

和审美倾向。在此基础上，同一制作人群制作发绣时运用"金刀劈发"技艺，符合其劳动惯性和审美追求。

4. 就技术层面来说，种种手工艺绝技并不是一直得到顺利的传承和发展的，由于种种原因，甚至有很多手工艺技法呈现倒退和失传的迹象。所以"金刀劈发"的技艺在手工艺的传播过程中因为种种原因而失传是有可能的。

5. 在今天的民间依然有与"金刀劈发"技术异曲同工的民间"发雕"技术遗存，这佐证了"金刀劈发"技术的可能性和可信性。

[原载《南京艺术学院学报》（美术与设计）2019年第1期，第152~157页。]

论传统技艺知识的模糊性

——以闽西客家大木作"过白"技法的实践为例

欧玄子　北京大学社会学系

引　言

"要想富，一匹布"，是笔者在闽西调查当地大木营造技艺时常听见的一句谚语。它被当地人用来指前后进厅之间的过白尺寸，其字面意思就是想要发财，过白得是一匹布的尺寸，即二尺二分到二尺三分。发财和房子的布局之间显然很难存在这样简单的因果关系。然而，它在实际中却被当地人笃信，并在本地工匠的建造过程中得到普遍遵循。对这一俗信到底该作何解？

一　文献回顾

对于这句谚语的解读，可以拆解为两个问题——什么是过白？为何要富就得遵循一匹布的尺寸？

（一）什么是过白？

不论是在多元的南方民居，还是在故宫代表的北方官式建筑中，过白都广泛存在，相关的学术研究中也已有不少积累。1992年王其亨在《风水形势说与古代中国建筑外部空间设计探析》一文中早已做出较为清晰的解释[①]，后

[①] 参见王其亨《风水形势说与古代中国建筑外部空间设计探析》，载王其亨主编《风水理论》，天津大学出版社，1992，第134页。

续有张宇彤对澎湖地方民宅中的"见白"[①]、汤国华对岭南祠堂建筑中的见白[②]、李秋香对闽粤地区围龙屋的"望天白"[③]、程建军对岭南潮汕地区建筑的过白[④]等研究。在这些过白现象面前，张海滨追根溯源，认为过白"起初由江西匠人在实践过程中总结发现并逐渐流传，成为营造风俗中的一种原始风水观念"，后被以杨筠松为代表形势宗所吸收，"以移民传播为基础，以风水观念为媒介，广泛传播至岭南各地，并通过为皇家服务的形势宗风水师廖均倾等，自民间向上影响到了官式建筑的设计"[⑤]。

这些过白定义基本达成的一致之处是："白"为站在后进厅某一位置并距离地面某一个高度往前看，前进厅正脊上沿水平线与后进厅前檐下水平线之间所构成的视窗内的天空光，过白为所见到的天空光线照射到视点位置，可见图1。过白这一动词词组在日常中代指可见的天空面积。然而，在具体的视点位置、距离地面高度这两点上却出现了出入，其实这两点之间存在逻辑关系，可将问题转换为"到底是什么站在哪里以何为视点"。汤国华的解释是站在后进纵轴线的拜桌，离地1.2米高处，因为香炉是人间与天上的联系物，过白是人通过神、佛、祖先与天上对话的空间通道[⑥]；

李秋香的说法似乎更贴合"动态的营造"实际。她认为"在上堂的神橱前，地面上有一块'合石'，地理师站在合石上向外望，上堂前檐口和下堂的屋脊之间应该可以见到一条天光"[⑦]。在民居建造的实际中，许多关键位置的确是由地理师靠人体感知进行操作后确定的，她更明确地说道："那块合石的位置，是由地理师根据主人的生辰八字和流年等确定的，并非到处一样。"[⑧] 因此这个高度，应当是地理师即一个人眼睛的位置。由此观之，

[①] 他将"见白"解释为：由厅神龛的高度（4尺2寸，为定值），自厅内往外看，在庭的檐板与前砖平间需看到天空或其他建筑物。参见张宇彤《澎湖地方传统民宅之营造》，《华中建筑》1997年第1期。

[②] 参见汤国华《岭南祠堂建筑中的"过白"》，《村镇建设》1997年第7期。

[③] 参见李秋香《闽粤围龙屋建筑剖析》，《建筑史论文集》2002年第1期。

[④] 参见程建军《风水解析》，华南理工大学出版社，2014，第299页。

[⑤] 参见张海滨《从"过白"看赣北敞厅——天井式住居类型及谱系流布》，《建筑遗产》2018年第4期。

[⑥] 参见汤国华《岭南祠堂建筑中的"过白"》，《村镇建设》1997年第7期。

[⑦] 李秋香：《闽粤围龙屋建筑剖析》，《建筑史论文集》2002年第1期。

[⑧] 李秋香：《闽粤围龙屋建筑剖析》，《建筑史论文集》2002年第1期。

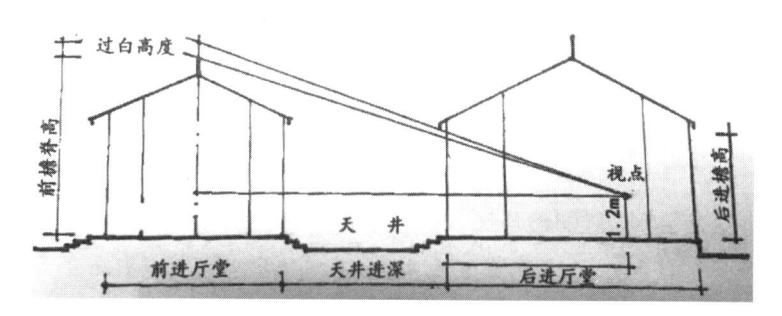

图 1　过白示意

资料来源：程建军：《风水解析》，第 299 页。

之前定义中有些数字看似精准，却恐怕无法贴合变化的情况。值得注意的是，汤国华的"纵轴线"说法是非常精准的，因为建筑轴线事关风水，不过其在面阔方向上的定点却与过白控制的高度计算基本无关。由此，建筑学专业中有关过白的定义可概括为：人站在神龛前往前看，所见前进厅正脊上沿水平线与后进厅前檐下水平线之间构成的视窗内的天空面积。

然而，仅有这种学科内概括性的定义依然不够，还需要结合具体地区的实际建造过程进行考量。就闽西地区而言，这里的正脊上檐水平线与前檐下水平线看似精确其实未必，实际操作的工匠和住房的民众说的是下厅的"栋脊瓦"和上厅的"滴水"。建造中正是这块小小的栋脊瓦大大地给了工匠调整过白至于合适尺寸的便利。滴水，其实是说滴水处，是上厅前檐的实际最低处，它本是古代营造实践中的常用参照点。

因此，本文对闽西地区过白的定义为：人站在神龛前往前看，所见前进厅栋脊瓦上缘水平线与后进厅屋檐滴水处水平线之间构成的视窗内的天空面积。

（二）为何要富就得遵循一匹布的尺寸？

实际上这个问题讨论的是数字与建筑功能实现之间的关系，下文将聚焦于文献的解释框架，而非其具体的论据，来谈论学者们对过白存在理由的阐释。仅以汤国华和王其亨这两位比较早期而解释较全面者的说法为代表。

王其亨将过白定义为"处理组群性建筑空间序列，利用近景建筑或其他景物，形成视线方向上的中景或远景画面的框景、夹景"①。可以看到他是从建筑相互关系的结构角度，强调过白所形成的空间艺术效果。接着他重点解说了过白的关键是景框的构成和观赏点的确定。在第一点中，他强调框景和夹景构成"过白景框"②，若是得当则能达到风水形势说的目标。在第二点中，他将过白的欣赏点泛化为"凡与过白的景框构成直接关联的空间序列上的行进起止点、转折点或交汇点"③，关键在于合宜的视距和视角控制。这样，王其亨的说法可以拆解为三种，二为风水形势说，三为建筑控制说，一为审美艺术说，皆影响深远。直到 2018 年，赵建波、林小莉依然在用 Itti-Koch 算法数据来说明过白是"从势的轮廓感知到形的细节感知的转换点，即从建筑各部轮廓的视觉扫描到具体细部的视觉关注的变化点"④，这实际上是用精细的算法对王其亨的三种说法同时进行了验证。更多的研究偏向于从审美来强调过白的艺术效果，例如党培东认为过白所具有的建筑意义和风水学含义，在中国画里可称为"布白"或"留白"⑤。

汤国华的过白研究，可视为控制建筑物间距的建筑说、强调"阴阳平和"的风水说、控制厅堂地面泛潮的物理说三者的结合⑥，朱瑾、刘晨澍对徽州建筑的构图研究就是延续了汤国华说法中的前两点⑦。

综合王与汤的说法，可归纳为风水说和包含审美、防潮等在内的功能说，现在许多学者如程建军等常将此两类解释框架内所涉可能性并举⑧。对于过白存在后功能的讨论，已然预设了过白的部分合理性，多是用现代科技对人的理解来拆解重构历史早于它的中国古代建筑及其知识体系，因此本文将重点放在王其亨和汤国华都强调的风水说。然而无论是王其亨的风水形势说，还是汤国华的阴阳平和说，都不能对民居建造的具体过白尺寸

---

① 参见王其亨《风水形势说与古代中国建筑外部空间设计探析》，第 134 页。
② 王其亨：《风水形势说与古代中国建筑外部空间设计探析》，第 134 页。
③ 王其亨：《风水形势说与古代中国建筑外部空间设计探析》，第 134 页。
④ 赵建波、林小莉：《基于 Itti-Koch 算法的建筑视觉显著性研究——过白的空间分析》，《天津大学学报》（社会科学版）2018 年第 5 期。
⑤ 党培东：《建筑风水在中国山水画中的应用》，《艺术教育》2018 年第 17 期。
⑥ 汤国华：《岭南祠堂建筑中的"过白"》，《村镇建设》1997 年第 7 期。
⑦ 参见朱瑾、刘晨澍《徽州建筑的对位构图艺术》，《装饰》2006 年第 6 期。
⑧ 参见程建军《风水解析》，华南理工大学出版社，2014，第 299~301 页。

及其区域变化做出回答,其分析都因专业所限以建筑技术为中心聚焦于建成物,或有延伸。

本文将从人类学的视角出发,立足于建造参与者及其背后的知识体系,从工匠的具体营造实践切入,以闽西三明市滕村滕氏宗祠大木工匠运用"要想富,一扣布"的过白谚语之过程为例,在延续以气为本体的理念之上,剖析大木在实现过白时遭遇的三重情境——技艺知识在专业上的复杂性、地方知识系统对技艺知识的编织、工匠根据变化的社会生活进行创造,及其带来的谚语意涵模糊的结果,推进对传统知识理解的多样化。

二 技艺实践中人的主体性

在大木作这门中国传统手工技艺中,简明的书面知识与零碎的谚语等口头知识,与繁复的建造活动形成了对比,而后者在建造过程中不断生成默会知识,其实只有二者结合在建造实践中才能真正理解前者的内涵。由此,这部分将突出工匠在技艺活动中的主体地位,分析这句谚语代表的表征知识在以实践为根本的技艺活动中的地位与性质。

(一)翻译图纸——多元的地方造法

对于最后一级包工并负责具体施工管理与操作的立师傅来说,手上拿到施工图纸的第一件事就是读图,因为多数情况下,招标图纸上的数据呈现的运算逻辑与本地造法中的算法逻辑没什么相干。然而懂得后者才是本地人认同的"好师傅",造出来的房子才是有"讲究"的好房子,而过白就是其中的基本讲究之一。立师傅认为施工图纸"只能看个大概,定个样子",从后来施工的结果看,其中真正取用的精确数据只有面阔、进深和檐高,其他的数字与安排都是他按照地方做法重新计算之后再确定的。

在这份滕家宗祠的施工图纸中,被取用的檐高、进深、面阔三个数字,它们都由上一级的包工头、村里的地理先生维敬与族长文振共同商定。就本文所讨论的过白而言,它们在大木中的控制点落在天子壁[①]、上厅出檐和

[①] 天子壁是闽西当地的说法,位于上厅心间(在当地指房子厅堂的四个中心柱构成的空间)靠后的两根柱子之间,用木板拼成墙面,墙壁上可挂祖容,壁前有案桌。

下厅栋高上。在檐柱既定的腾氏宗祠，与之相关的大木结构确定过程大致为：第一步，根据檐高来算水以确定上厅柱高和间距、檐口高度①；第二步，上厅与下厅之间距离既定，根据所求上厅栋高，结合过白尺寸的需要推算出下厅屋顶的高度范围，进而确定下厅梁柱的高度；第三步，参照既有进深，确定下厅的柱高和间距。

在第一步中根据檐高来算水②，立师傅根据给定的檐高反推出了上厅的栋柱高度，同时其他柱子的位置也确定了下来，因为后大中、后小中不落地，后小小中被定成为天子壁两边所在的柱子，也就是说确定了过白所在天子壁的位置，即过白的起点，直观而言是背靠天子壁，实则是在综合了建筑的类型、柱列落地习惯、分配进深、确定上厅高度等之后综合确定的。

第二步，结合上步所定视觉起点，在符合二尺二的过白要求基础上，计算下厅的高度范围，再用算水计算出下厅柱子的排列。从这一技术过程可知，过白之所以重要，是因为它事关厅堂乃至整栋房屋的高度与整体比例，尤其在面阔进深等条件既定或者难以有较大改动之时（民间建造的常见情况），它成为控制房屋高度的关键因素，同时也影响到了整栋房子的柱网排列。

第三步，推算出下厅的柱高和间距。在闽西当地的屋面装饰中，过白所指的下厅高常落在栋脊瓦的顶点。下厅的高度由下厅面的梁柱高度、梁树的皮（梁柱两端的上顶点）、屋脊的装饰、栋脊瓦的高度叠加而成，因为构件众多，所以其中实现控制的可操作性空间很大。若是调整梁柱高度，整栋房子的其他构件都需要跟着调整，事关建造成本③。通常大木会选择调整栋脊瓦的高度。

---

① 上厅的檐口高度虽与过白的控制点之一相关，但它的确定也与连接厅堂之间的过廊高度相关，过廊的梁架系统亦由大木决定。

② 算水，是当地工匠计算屋面的俗称，具体根据柱子的多少和进深来算每根柱子的高度，这决定了屋面最终呈现出的弯曲度。心间柱子的安排，基本决定了整栋房子柱网的排布。在闽西龙岩，根据当地木工的一般说法，屋面的水最大约为7分，多用于庙宇，民居建筑则多取用3.5~5分，大于5分则太陡，而檐处小于3.5分则水会回流，排水不畅。如果算上软水（有的地方叫弯水），使得屋面相较于均匀变化构成的硬水更具曲线美感。

③ 尤其梁树和栋柱的造价常为整栋房屋最高，因为木材越大越难得，超过一定规格后，木料价格越趋向于几何级增长。

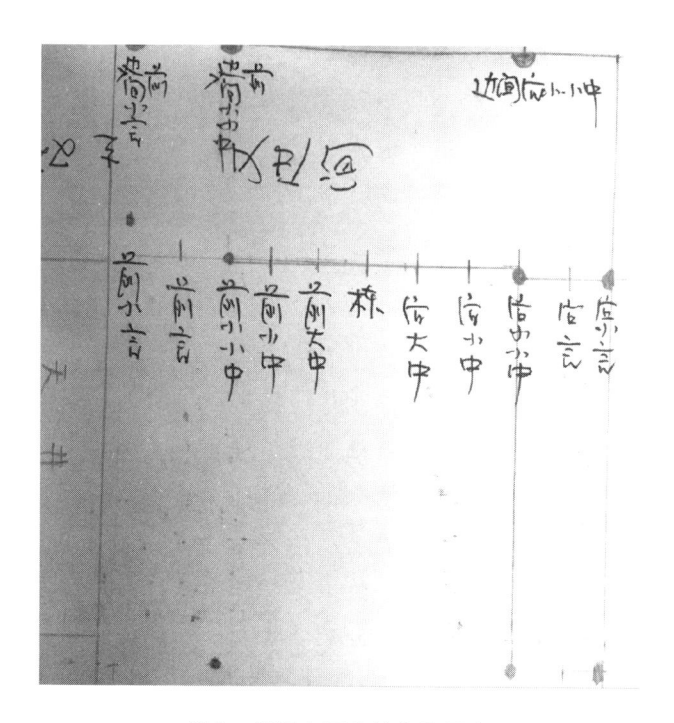

图 2　闽西上厅立柱名称示意

此图为立师傅手绘,笔者拍摄,他言明这些柱子的名称只是他的个人习惯,其他叫法只要工匠个人方便也可。

因此,实现过白,不仅是在高度上的控制,而且是整个进深、面阔与高度等多方面的修整,在考虑梁架成本与效果的基础上几近刻意的对比例追求。算水与控制成本,虽有套地方做法的习惯,但更多地取决于大木师傅个人,这是大木师傅在建造中处于主体地位的体现。正是这些构件搭建起来的空间基本格局,表征出居住者日常的生活秩序,同时也是建筑作为持存物进行社会再生产的场所,无怪乎村民会认为懂得他们能说出乃至不能说出的"讲究"的木工才算得上是好师傅。

(二) 屋面算水——经验性的算数法

若要细究算水的方法,立师傅只说,"一千个师傅,一千种做法。"的确不同的工匠算水方法各异,现将工匠解决问题的途径加以分类整理,下面将列出此次施工所用到或听闻的方法。

1. 计算类。立师傅有比较精确的计算逻辑,并有如"'软水'那样的窍门"或不外传的秘技，通过较为周密而精确的计算过程实现。孙师傅的算水方法与此类似，但是其计算方法没有那么严密，他在确定了最开始、中间和最后的水这三者中的任意两个后，辅之以眼力进行调整。

2. 记忆类。明师傅没有计算过程，但是他心里有些直接记住数字，那是他的师父传给他的，他也不问其缘由。当地老房子的样式有限，高度一般不会超过两层，高度重复性的建筑形态催生了模数化的做法，许多口诀与此相关。这套数字本身也分为很多种，可以供工匠根据实际情况选择，还可以根据工匠的个人意愿增减。

3. 模拟类。这种方法本地匠人叫放大样，常用于计算比较麻烦或者无法计算之处，即用不同材质的材料做成模型，再按比例放大或缩小获取所需数据，最后按比例应用于实际制作之中。年师傅有个师兄，通过修一根竹子，将一端大致固定住，然后弯折中间或另一端至所需屋面大致的样子再固定，并量出和记录下相关的数字，根据倍数放大就可以得到想要的数字。立师傅说有些人用棉线，摆出想要的屋面曲线之后，拉直棉线量数，同样按照倍数推算得出结果。图3为工匠放大样定卷棚数示意。

图3 放大样示意（图片为笔者拍摄）

这三类是工匠求数的常用方法，在实际中多有交叉或变通，它们都会因依赖经验产生模糊之处。在第一类相较最为精确的算法中，在符合当地建造习惯的范围内，使不使用软水、柱子如何落地等更取决于工匠的个人选择。在第二类中，口诀的来源可能是其师父根据自己的建造经验累积而来，亦可能有不知源头的师承，但是数字稍做改动也不会导致屋面出现严重问题①，因此也极具个人性和偶然性。第三类模拟性算法中，得出数字的过程更难抽象化或书面化。归根结底，这种算法及其类似的技艺过程里产生的知识，无论是不同精度的计算方法，还是外人看来莫名其妙的数字口诀，抑或是就取材比比画画，都只需要求出了当前问题的答案将其解决就行，至于如何优化这些解决方法本身，不是这些修建民居建筑的普通工匠们考虑的重点②。

如果我们将木匠日常所使用的文字也视为解决问题的工具，那么就不难理解这部分传统知识的独特之处。除了木工行业内广泛流行的苏州码，立师傅本人也有许多极简而随意的木工标记符号，如作为构件名称"又前小言"而非右前小檐（见图4），齐同而非骑童。它们是彼此能理解的熟人之间为快速直接解决具体问题而作，而这样的情境往往才是乡村木工的工作常态。有意思的是，立师傅自己都觉得自己的算法太过精确而显得呆板拘泥了，太多细致的变化意味着更多的费工。正如阿伦特所言："技艺者把它（工具）设计和发明出来以建构由物质构成的世界，而且这些工具的适用性与精确性是由诸如他希望发明等'客观'目标所决定的，而不是由主观的需要和愿望所决定的。"③

---

① 稍做改动也不会轻易出现屋面问题的原因可能有：1. 当地的民居建筑高度有限，多为一层或两层；2. 木结构作为多处相互支撑的框架结构，在水平上比较稳定；3. 当地所用杉木材料弹性较大。

② 这三种方法在实际操作之中无优劣之分，因为算法不同所带来精度上的区别，可以用工匠的眼力、手上功夫等个人才能通过实际操作来弥补。工匠多年的从业经验和基本功，让他们的感知能达到极为精确的程度。技艺知识的精细，与其说符合工匠职业对精度的天然追求，不如说以解决问题所需精度为止，更重要的是，与在实际操作中所蕴含的诸多默会知识相配合，共同实现制作目标。当然这并不代表传统技艺知识并没有系统性累积和精度要求，只是本文从大多数没有家传系统的民间木工最为平常的建造活动出发，关于这点的讨论暂仅止于此。

③〔美〕汉娜·阿伦特：《人的条件》，竺乾威等译，上海人民出版社，1999，第142页。

图 4 又（右）前小言（檐柱）标识（图片为笔者拍摄）

这样，过白的实现，实际上是对建筑基本结构整体进行反复调整后的结果。多元的地方做法，算水等经验性的计算方法，实际施工中对成本的衡量等都充满了变数，地方惯习通常给出的只是一个控制范围，而真正占据劳动主体的工匠，常以关注问题解决的态度运用和累积自己的实践知识。这种劳动的主体性与知识的个体性，在第一个层次上构成了传统技艺知识的模糊性。

三 地方知识对传统知识的编织

如果说过白的实质是基于面阔、进深、檐高和算水等进行的比例控制，那么坚持取用这些数字的意义是什么？面阔、进深、算水与梁架安排综合决定的过白控制点，在这些数字基础上算出来的平面柱网排布及高度，实际上多吻合压白尺法特别强调的吉利尺寸[①]，即所谓的算白，实际上属于讲求吉凶的压白尺法。这节将回溯到滕氏宗祠确定面阔、进深与檐高的具体过程来加以阐释。

---

① 参见程建军《风水解析》，华南理工大学出版社，2014，第284~286页。

（一）打卦太保——地方权威对风水的编织

滕村内部对于此次扩建存在争议。村里近年来外出经商的人比较多，许多人家都盖了新房子。宗祠是老房子，在新房子的比较下显得特别破败，于是有人建议重修祠堂。又因村子发展还不错，有人认为不能把这么好的风水改了而不赞成重修。村中地理先生分为主张修的维敬和主张不动的家根这两派，家根派认为从忌神煞法来说当年根本不宜动土，但是维敬却说此法在清代官方的风水文献早已经被删除，借此质疑前者依据的权威性，并认为即使按照部分算法的确存在不宜之处，也可以在九星飞宫法等其他算法中"找补"回来。

双方争执不下，于是就去了村里人都信的太保庙①，通过打卦来让太保定夺。打卦用两个牛角类似物，先问问题，然后抛掷，根据角落地的朝向来确定太保的意思，一般三局为定。结果，维敬一派的意见两次即通过，就是说新修祠堂是太保同意了的，接下来村里人便着手找地理先生。

闽西、赣南与粤东同属客家文化区，尤其是赣南所在的江西有风水大师杨筠松，滕村村民自然想到的是去江西请先生。第一个先生看了之后说当年不宜动土，但村民此时已经在太保面前打卦得到了神灵的应允，遂请第二个。第二个江西先生测量的坐朝与族谱记载有出入，大家觉得他水平不行遂又作罢。第三个江西先生由家根派的人请来，严格恪守原来的中轴线，讲求左右对称导致面积扩展太小，村民又不满意。如此再三折腾，加之经费有限，于是宗族理事会决定取用本村地理先生，经在太保庙打卦决议，用维敬。三请风水的故事说明，江西风水为宗的地理行业权威不得不在地方的太保民间信仰和既定的社会事务面前让步。不过，家根派的意见也没有被忽视，最后达成的方案是，在不改变坐朝和水口的基础上进行扩建。

其实维敬的权威，不仅有上文所提及的太保权威，还与他本人在村中的声望有关系。维敬所在房派在村中占据人口和经济上的优势，而他本人

---

① 根据太保庙前的碑刻来看，太保疑为南唐李存勖。村民对确定这位神仙的身份并不大关注，然而一直崇信，庙里香火不断。

在村中德高望重。他的儿子辈和孙子辈有经商成功者，有吃官家饭的（公务员），有三个大学生，被村里人称为"芝兰林立"。村民都认为是他家风水好，维敬自己也这样认为。

这样，维先生及其所用风水理论的得以施行，并非直接用三合派理论说服了反对派理论的结果，而是在借助类似于太保这样的其他权威与个人在社会结构中的权威，在自身所用理论本身也面临竞争性话语的情况下，多方权衡后的结果，是地方社会文化对风水理论的胜利。

（二）坐朝水口——基于风水的营造尺法

维敬认为不改坐朝水口可保宗祠基本风水，何以坐朝如此重要？据滕氏家谱记载，宗祠的坐朝为坤山艮向。坐朝在实际中是房屋在纵轴线及其延伸线上与周围山势的关系，上厅的先天八卦与下厅的后天八卦也与山向呼应。既然要保持朝山不变，那么就是要尽量保持房屋轴线不变，而当地传统民居严格恪守左右对称。面对不规整的地块和扩建的需要，维先生权衡再三，最终定下了申山寅向，即在不改变朝山的基础上移动了七度①。这样保持了坐山水口的风水格局和左右对称的建筑传统，在这些前提下最终尽可能地利用了地块，方定出最终面阔与进深。实际上，此次扩建可利用的地块很大，在宗祠的左边是某一房派的老房子，其房主曾表示若是需要，他可以免费将地让出来给宗祠扩建。很显然，这栋宗祠的扩建对吉利风水的追求远远大于扩大面积的欲望。对水口的坚持，逻辑亦然。

山与水，地理之道。《释名·释宫室第十七》将宅作为择也，意为选吉处而营之。《管氏地理指蒙·管氏本序》有云，人由五土而生，气之用也。气息而死，必归葬于五土，返本还原之道也。不仅如此，宅子本身没有宅气，是由移来的气变化的，人与万物共栖，形碍之物乃至人畜鬼神，都可

---

① 而这个七度，也成为日后上梁时出现家根派挑衅的由头。在上梁的当天，家根派一众人来，站在房子的纵轴线上说宗祠的坐山朝向改变了，不行，坚决不能上梁。族长文振带领其他房派的重要人物过来，才平息了争端。维敬明白本来这次扩建在吉利时间的选择上并不完美，为免村中老人出事，哪怕他不认为是他选择的日子或者扩建本身有问题，村民也会如此归因，他最终放弃在已经定好的当天举行上梁。这样即使整栋房子的大木结构拼装了起来，房子的上梁仪式最终并没有举行，而是在梁树与栋齐同之间垫了一个铜钱，等到适宜的日子把铜钱抽出来，上厅梁树落在栋齐同上，方算落成，而这个日子在一年后。

以因气产生形态变化。① 因此，万物之生以乘天地之气是风水的基本共识。这里的"气"，正如《古本青乌经》文末所说，"内气萌生，外气成形，内外相乘，风水自成"。由外而内，皆有讲求。在大木结构框定的宅内，则以理气为代表，贯通着同样的逻辑。简而言之，风水实际上是理气。通过觅龙、观砂、察水、点穴这地理四科来理气以达到"内乘龙气，外接堂气"的目的。天子壁前的案台，上方供奉着神主牌位，下方则另有偶像，无论外形与名称如何，实则为"穴"之所在，是宅基核心的物质化②，如图 5 所示。因此，风水之谋是为了让人"乘生气"，即气为本体。

图 5　案台下方的气穴偶像

注：此处偶像放置在廊桥心间案台下，并非住房中，因为暂时没有更合适的图片，故放它在此处仅以示意。

图片由笔者拍摄。

---

① 王玉德、王锐编著《宅经》，中华书局，2011，第 73 页。
② 在王其亨有关祠堂的研究中也有类似结论。他说道：住宅内部也强调有一个核心，正堂中，一张条几居中，正墙是祖容，或将祖宗的神主牌位供在条几上；下方，还常供有"地脉龙神"牌位，象征着宅基的核心，即"穴"的所在。徐苏斌（王其亨化名）：《风水说中的心理场因素》，载王其亨主编《风水理论》，天津大学出版社，1992，第 115 页。

由此，聚落选址可理解为寻找蕴藏生气之地。祠堂的本体非仅止于所见建筑物实体，而是气的整与理之场所，而人之生皆需乘其气，无怪乎滕氏祠堂为全村人所重视，甚至旁涉到其他有血缘关系的村子[①]，修建费用平摊，仪式参与者甚众，整个建造过程都在全村人的众目睽睽之下。风水理论中论述方位与各房支人事吉凶对应关系的言语比比皆是，即风水实际直接涉及各房利益分配，可谓牵一发而动全身。

祠堂的本质是，先有气穴构成的吉利位置，后有物质搭建起来的空间以做区隔，而位置确定与空间区隔，复合而成为事关全村民众命运的集体空间。在当地人心中，它的力量，并非一种象征意义上的符号系统，而是以气为本体，可以进行实际操作和更改的实体，即《宅经》所云"夫宅者，乃是阴阳之枢纽、人伦之轨模"[②]。通过气及其所在风水之说，可知"人因宅而立，宅因人得存，人宅相扶，感通天地"[③] 一语，在信者心中不是虚言。进而，木工所掌握的鲁班尺法因此确能定吉凶，尺上所写"财病离义官劫害吉"及其对应的数字不是通过象征符号对人事的心理暗示，而是以理气为手段，对社会生活的操控。

大木建造，从根本上来说是用物质的性质与尺寸，来落实理气，以可见的物质来实现对不可见气之隔与通、流与止，进而切实地影响到人的日常生活，并以吉凶数字的形式表达。古建筑中的数字，多属于这一吉凶的尺寸系统。一匹布的二尺二，也应如是，至于具体以何种方法来确定这个二尺二数字为吉在本文中无须深究。

总之，包括风水在内的传统知识系统，其内部也充斥着竞争性话语，谁成为权威并影响实践是风水知识本身与落地所在社会之文化互动后的结果。这样，风水这一看似比较专业的系统知识，仍处在以"讲究"为代笔的地方知识支配下，被编织进它所遭遇的地方生活世界里，这是传统知识模糊性生成的第二层因素。

[①] 在该祠堂的立屋过程中，可以看到有外村人来，据滕村村民的说法，来的人多是祖上从滕村分出去定居于其他地方的人。
[②] 王玉德、王锐编著《宅经》，中华书局，2011，第9页。
[③] 王玉德、王锐编著《宅经》，中华书局，2011，第9页。

四　流动背景下实践的创造性

"要想富，一匹布"中的一匹布，似乎不言自明地指传统社会中的布匹，意思极为含混。也就说，即使是通过语言表述出来的理想情况本身就充满了暧昧之处，然而，正是这种用语特点给了基于实践的技艺知识进行创新的空间。下文以"立师傅的大匹布"故事为例进行说明。

滕氏宗祠建成后的见白接近80厘米，远超出了传统大匹布约为二尺三即76厘米的上限，这是立师傅个人有意设计的结果。他认为滕村的人，因为经商有钱，在外头的人很多，住在城市里的不少，他们早就习惯了外面的过法，对光线的要求高，因此他得扩大天白。当然这种脱离了惯有取值范围的创新，遭到了不少反对的声音。在起架后，族长和其他几位村里说得上话的人，都过来对立师傅说，其他都挺好，就是上厅的檐口太高了。这里的高，显然不是说檐口的绝对高度太高，而是这个高度打破了他们对老房子的审美惯习①，但最后还是被立师傅的手艺声望压下去了。

徒弟明弦问立师傅，不是说要想一匹布么，这八十厘米过了二尺三，不是一匹布了，会不会就富不起来了。立师傅笑着说，这造出来的当然是一匹布（的尺寸），只是这个一匹是特别大的一匹，在以前要找也肯定能找出这么大的一匹布。这样说来，要想富一匹布暗含的取值范围可以扩展得很大。这样，既没有违背这句谚语的字面意思，也考虑到了时间与人的变化，立师傅不动声色适应了老问题下的新情况，毋庸置疑，这是一种创新的实践。这种创新的实践，是延续一贯"各得其宜"式的问题解决思路，而非意在累积和完善工匠个人的技术知识，因此常被排除在强调沾染了现代性的科学创新定义之外。

---

① 惯习作为布迪厄（Pierre Bourdieu）理论的核心概念之一，是体现行动能动性的关键所在。他受到潘诺夫斯基有关哥特建筑研究的启发，本用来解释学者思维在建筑领域内的影响，带有新康德主义的色彩。后来布迪厄将其视为一种无须通过算计而能在空间中找到得宜的方向和位置的游戏的感觉。他多次阐释了这个概念，认为它是反复灌输和必要适应的产物，其使作为集体历史产物的客观结构可以用持续并带有倾向性的形式，在类似条件长期持续情况下的有机体中再生，可以说惯习是有结构的和促结构化的行为倾向系统。参见 Bourdieu, P., *Outline of a Theory of Practice*: *The Edinburgh Building*, Cambridge University Press, 1977, pp. 89 - 90。

在实际负责建造的工匠看来，能达成一匹布的尺寸，并非机械地落实理想数字，而是直接而敏锐地觉察到他所服务的人及其所处社会的变化，对材料及相关成本、美观及相关装饰、风水及相关知识、筑造及精准便利等多方权衡后，在实践理性指导下解决新问题。这样，在新的社会形势基础上工匠技艺实践的创造性，构成了传统知识模糊性的第三层。

六 总结

对"要想富，一匹布"这句谚语的理解，若仅从"过白达到二尺二可发财"的字面意思进行解读，是其视为真理性断言的做法，谚语将被贬为构不成因果关系的数字游戏。高度聚焦于"二尺二"这一数值精确性，会将建造过程束闭起来，与建造活动所在的生活世界割裂开来，褫夺这句话在当地人心中的理解。

实际上，这句话的意涵是，客家人为追求财富等现世美好生活要素，不仅运用以气为核心概念的风水等传统知识，例如坚持营造尺法中有吉利意味的二尺二，还基于地方既有文化权威和社会结构的博弈对这些知识进行编织重构，例如太保权威对吉利时辰的扭转，并通过工匠之手以常规或变通的方式，回应着现代性在地方生活世界中的渗透，例如立师傅口中大大的一匹布，从而实现与祖先神灵乃至风水说所涉万物的共栖，期盼血缘家族绵续昌盛。它所代表的传统技艺实践知识中的表征部分，因匠人在技艺实践中的主体性地位及其伴随而来的知识的个体性、被落地的地方社会文化编织、工匠个人在实践过程中生发的创新或再解读等此三层情境，都催生了它的模糊性。与其说传统技艺知识在现代科学知识前有暧昧与沉默，不如说它们本就需要基于大量的默会知识，并在实践中等待被多元的地方生活世界编织，进而转化成为地方知识，其中的模糊之处，可能正是讲求无限贴合生活世界的技艺知识追随后者的多样性与流动性，而不断生发演化的空间所在。

[原载《文化遗产》2019年第5期，第71~79页。]

"匠心"精神的基本要素

李东风　西华师范大学

"匠心"是从个体的人到整个民族文化的重要精神，中华民族在人类历史上留下来的人造物没有"匠心"是无法完成的，"匠心"是人文精神的产物。"匠心"已经成为中华民族的精神象征，组成"匠心"的精神要素是传承"匠心"核心。

东方的工匠精神对材料的充分利用和精益求精是其重点。《周礼·考工记》曾记载："百工之事，皆圣人之作也。烁金以为刃，凝土以为器，作车以行陆，作舟行水，此皆圣人之所作也。"从事百工的匠人并不是今天所以为的"下里巴人"，而是多才多艺的"圣人"，他们所从事的手工艺是圣人之作。在中国传统文化中，"圣人"指知行完备、至善之人，这就为"匠心"明确了"至善至美"的内涵。司马光在《资治通鉴》中将人做了分类，以为"才德全尽谓之圣人，才德兼亡谓之愚人，德胜才谓之君子，才胜德谓之小人"。"才德全尽"有物尽其用、精益求精和德才兼备之意。是对手工艺的完美追求，也是人格的自我完善。故基于中国传统文化的"匠心"精神应有以下四个方面的内涵。

其一，"匠心"精神意味着要做到"物尽其用"。《荀子·荣辱》篇云："农以力尽田，贾以察尽财，百工以巧尽械器，士大夫以上至于公侯莫不以仁厚智能尽官职。"大家各司其职、各行其是。但是不管干什么，应把所做之事尽材尽力。即指工匠竭尽全力提升自身的技艺水平，从而在用材施艺方面达到一种炉火纯青的至善境界。从而达到《周礼·仪礼》所说的"天有时，地有气，材有美，工有巧，合此四者，然后可以为良"。王永健先生论述过"匠心"精神要有物尽其用、节约环保的理念。他说："手工艺生产是一种具有人格性的、个性化、艺术化的生产方式，它的产品是富有人文情怀的，蕴含了手艺人的设计和创意，它秉承节约、环保的生产理念，尊重物性和人性，受到人们的普遍青睐。"① 这里所说的节约、环保理念，和苑利先生认为的充分利用材质是一致的，把物性与人性有机统一，达到艺术与技术的完美结合，这就是"匠心"精神的基本构成之一。

图 1　党氏庄园（图片为笔者拍摄）

工匠的工作是在实践中反复总结经验，研究材料的应用，按基本规律办事，不偷工减料、走捷径，物尽其用，将材料的自然美、精湛的技术美与艺术美融合在一起。以陶瓷工艺为例："'物尽其用'的造物思想一直贯穿于中国陶瓷发展史，并日益发展转为'用途乃工艺之本质'的审美自觉化与设计寻常化。"② 因为"物不但象征了各种文化观念和成就，而且也是各种文化观念和成就的具体体现"③。要求匠人要做到对物的理解，将物转变为文化观念和精神象征。就建筑而言，工匠对材料的应用和建筑空间与

---

① 王永健：《手工艺复兴与匠心》，《中国文化报》2018 年 11 月 4 日，第 7 版。
② 齐霞、袁乐辉：《论"物尽其用"思想对景德镇现代陶瓷设计的影响》，《江苏陶瓷》2018 年第 3 期，第 5 页。
③ Berger, A. A., *What Objects Mean: An Introduction to Material Culture*, Walnut Creek: Left Coast Press, 2009（17）.

环境的关系处理，不只是物的体现，更是文化观念的体现。如陕北窑洞聚落的杰出代表"党氏庄园"就是"物尽其用"的具体体现。庄园的窑洞建筑鳞次栉比、错落有致地分布于自然形成的山沟里，将地形利用得极为精妙，没有浪费一点资源。各院落既相对独立，又互相联通，如同迷宫一般。整个庄园功能非常完整，山上有庙宇，沟里有水井，院中有碾磨，自成体系。被称为"村是一座院，院是一山村"。以其规模较大，气势壮观，装饰精微，构思巧妙，散发出黄土高坡传统文化的精神、气质、神韵。

关于"物尽其用"《墨子·节用上》中就记载："凡其为此物也，无不加用而为者，是故用财不费，民德不劳，其兴利多矣。"中国古人反对奇技淫巧，主张"物尽其用"，不能浪费资源，这与当代的资源保护观念完全一致。"物尽其用"是匠心的底线，如此才能"因材施艺"。以玉雕为例，"因材施艺"是玉雕创作的基础，乃重中之重。能巧妙利用材质的肌理美是玉雕中首要的工艺，玉雕的创作没有定型，要因材而为。玉雕艺术需要想象，将形注于玉石之上。每件玉雕作品均需从料性、颜色、形状等出发，最大限度地利用玉料，因料设计，独辟蹊径。

"物尽其用"是"匠心"精神的基础，工匠要有对材质的热爱，充分了解材质，做到因材施艺，不浪费资源。

其二，"匠心"精神意味着要做到"至善至美"。《考工记》曰："知者创物，巧者述之，守之世，谓之工。"自古以来，中国就把手艺人称为"工匠"，"匠心"就是"十年磨一剑"的坚守，就是"以身赴铜水，用血凝剑气"的追求。这是将"心"融入技艺，做到"至善至美"。有了"匠心"精神即使是平常的小事也会认真地对待，尽心尽力。用"心"做事，把追求产品的至善至美放在第一位，看起来极为简单的技术，要做到极致，一丝不苟，绝不因为经济利益而"萝卜快了不洗泥"，这样的人就具有一颗充实、平和的"匠心"。工匠须以自身的特色技艺为基础，做出质量上乘的产品，并大力推广这种产品，使之成为品牌。

"至善至美"提出了匠心要与艺术结合，这样才能达到"美"，"匠心"精神表现在技术与艺术的结合上，将普通的产品做到极致需要技术与艺术的有机结合。由于审美的需求，才会在做工上讲究完美，甚至可以说做工

图 2　玉雕　缠绵（孙根宝作）（图片为孙根宝拍摄）

的过程本身也是美的。如铁匠打铁时的动作和大锤、小锤的声音配合默契，声音悦耳，堪比节奏大师。甚至"弹棉郎"的劳动也被描述得很美，"檀木榔头，杉木梢；金鸡叫，雪花飘"的歌谣就是对弹棉花工匠手艺的一种诠释，也是人们对他们劳动情景最为形象的比喻，画面很美。将普通的劳动升华到艺术，"匠心"反映为艺术品的精神。庖丁练成神技之道的体会是"臣之所好者道也，进乎技矣"，而达到"技近乎道"的境界。"坚持不懈、持之以恒的执着精神是中国古代'工匠精神'的灵魂所在"[①]。追求"至善至美"是"匠心"精神的灵魂，即是对材料的应用、工艺的完善、产品的制作等都做到完美。

匠心独运的中国传统手工艺，追求的是至善至美。"匠心"精神体现在一件件装饰华美的器物上，一个个寻常生活的家什上，一缕缕独特诱人的美味里，一丝丝语音不觉的妙曲中……可谓至善至美、大美不言。能让人惊奇与感动的正是这些散发着指尖温度的手作背后的"匠心"精神，他们

---

① 袁远维扬、王友良：《中国古代"匠心"及其伦理意蕴》，《怀化学院学报》2018 年第 10 期，第 72 页。

毕其一生，刻苦磨炼一项技艺。殚其所精，用心完成每一件手工艺品。极其所虑，只为每一个细节的完美呈现。终其一身，只为把每门手艺中所承载的精神镕铸成永恒的信仰。

图3　剪纸　金猪来财（张晓梅作）（图片为张晓梅拍摄）

"本质上，工匠精神代表了一种为人处世的哲学精神，也是一种献身精神，有一技之长，有自我修养，能够达到不受外部干扰、在自己的天地里追求至善至美的境界。"① 由于"至善至美"的匠心，古代中国曾是世界上最大的原创之国、制造之国、出口之国，丝绸、瓷器、茶叶、漆器、金银器等产品曾是世界各国王公贵族和富裕阶层的宠儿，古代的"中国制造"闻名远近。

"至善至美"是"匠心"的精神信仰，唯其如此，才能达到匠心独运、完美无瑕的境界。

其三，"匠心"精神意味着要做到"精益求精"。"精益"一词在这里主要指以专业的态度，从专业的角度认真对待每一件事、每一项工作、每件产品、每道工序，追求极致、完美的职业态度。老子《道德经·第六十三章》中说道："天下大事，必作于细。"精益强调的是一种理念，是一种人文情怀。认真对待每一个细节，力求做到最好。将所从事的工作做到极致，怀揣敬畏之心，达到"道"的高度。《左传》记载，"六府三事，谓之九功。水火金木土谷，谓之六府。正德、利用、厚生，谓之三事。义而行

---

① 王蕴智：《中国工匠：在天地间追求至善至美》，《大河报》2017年3月6日，第8版。

之，谓之德礼"。技近乎道，在每一个细节上做到炉火纯青，无可挑剔，如果不满意，反复重来。集中所有精力努力做好一件事，全身心地投入，体现一种韧性、耐心和毅力。非常专一地对待术业，形神统一达到"道"的层面，体现出一种内在笃定，不放过任何精微之处，做到精益求精。古谚云："家有良田千顷，不如一技在身。"意思是说，钱财乃身外之物，随时都有可能失去，而如果掌握了一门技术，就可以相伴终身，成为自己安身立命的依靠。所以这一技术尤为重要，不是身外之物，而是自身的本领，与人融为了一体，是"道"，是"天人合一"。

中国传统手工艺匠人，即使看起来极其简单的技艺，也要将其做到最好。故各行各业有自己的"字号"，如"王麻子剪刀""内联升布鞋"等享誉全国的字号。还有极小范围的名号，如小到"张三豆腐""李四蒸馍"。从事该职业的人们总是以有自己的"牌子"为目标，也因自己的职业成就而自豪，具有职业的神圣感、荣誉感和获得感。乡人们也会因认识某某匠人而自感荣幸，并乐于介绍给别人，匠人的口碑由此建立。可以看出"精益求精"也是匠人自我价值的体现，在技艺达到有口皆碑的传颂中感受到自我价值的实现。手工艺实质就是一种人类能动的社会实践，在这个过程中，通过运用工具，巧妙地按照自己的审美和技能加工、改造自然物。其中凝聚了匠人独特的创造力和高超表现力，能够最大限度地彰显人的主观能动性。精益求精的匠心、锐意进取的态度和不断创新的精神，让其中的创造力被成倍数放大，突出自我价值，其中所暗藏的人的价值随之得到提升。尤其是在技术上达到巅峰的匠人，掌握了一种独门绝技，这种获得感和满足感是其他事物所难以给予的。因此，独具匠心也是匠人成就感和人生价值的体现。

"匠心"重在细节创新和突破，并不是停留在原有的基础上做精即可，而是要求更进一步。这个进步、创新，不只是一种技能的提高，更是一种品质，其中的灵魂是细节上的不断创新与完善。匠心的"精益求精"是注重精细，追求完美，力求做到没有缺陷。在细微处出人意料，达到极致。任何一门技术的传承与创新都要讲究精雕细琢、精益求精，只有技术不断改进和完善，并保持创新和发展的生机与活力，才是匠心的真正体现。

"精益求精"是匠心的理念,有了这理念,才会有突破和创新。"文化的精神建构就是文化创新之路,创新是文化发展的内在动力,是永葆文化生机与活力的重要条件。文化发展需要创新,一成不变、故步自封的文化如同一潭死水最终会走向消亡,文化的每一次跨越的背后都必定包含着一次创新。"①

其四,"匠心"精神意味着做到"德才兼备"。要成为一流的匠人,人品重于技术。师傅在收受徒弟时要反复地考验弟子的人品,而后才确定是否真传其技术。人们对手艺师傅十分尊敬,所谓"一日为师,终身为父",因而把拜师学艺看作是一件非常神圣的事情,师傅授予徒弟的不仅是一门手艺、技术,而且让徒弟在获得技艺的同时,培养出真诚、友善、仁爱之心。在这种环境和气氛中进入师门学习手艺,工匠们从一开始就对所从事的职业有一种天然的敬重。出师以后就会十分珍惜这个从业机会,从而坚守自己的职业操守,把师傅所教的手艺发扬光大,唯恐学艺不精、处事不端而有辱师门,丢了自己的谋生之本。例如,给我装饰房子的油漆匠人的行为就具有传统的"匠心",具有职业操守。他每日只做半天活儿,做得很精细,可谓一丝不苟。其间有人来找他做公装工程的油漆活儿,且价格不菲,但是他没有接活儿,一定要把我的活儿干好再说。这就是工匠所具有的品德,"德"是匠心的支柱,没有品德的支撑,匠心无从谈起。古人说:"才者,德之资也;德者,才之帅也。""匠心"精神需要有德性,德是匠心的根基,是匠心的灵魂。康德所说的:"德行就是力量。"能尽心、精心、诚心做好工艺,这股力量就是来自德行的支撑,否则会半途而废,不能精益求精。匠心在"德行"方面体现的是坚守初心的做人准则和全情专注的做事风格,有德行才能"以道驭术"。技术要与"道"相合,否则就会出现"就怕坏人有文化"的现象,若没有道德规范,有了一定的技术就有可能破坏人与人、人与自然、人与社会的关系。要"以道驭术",技术的使用和发展要遵循道德的约束,这个"术"要成为有用的"术",善的"术",就是基本的职业素养,也是职业道德。职业活动过程就是做人的过程,是生成

---

① 刘丽琴:《文化自信:中国特色社会主义语境下的精神建构》,《普洱学院学报》2018年第2期,第23页。

"匠心"精神的平台。做事先做人，做事之道也是做人之道。一个人只有热爱自己的职业才可能尽心尽职，才会具有对职业的敬畏之心。

图 4　剪纸　守望（钱凯作）（图片为钱凯拍摄）

规则是工匠精神的基本支柱，是"匠心"的基本精神，具有职业道德才会有工匠精神。对所从事的职业不偷工减料、简化程序。"匠心"精神要求从事一种职业，就必须遵守相应的职业道德，匠心是职业道德的精髓。以人为尺度，"匠心"是人的本质力量使然，不是外在约束。对职业的热爱、高标准的产品质量观和认真负责的职业态度都是"工匠精神"，但也需要与人性的积极维度相符相合。"人文品格是工匠精神的核心规定性。必须超越有形的物质生产层面，从人文的视角去锚定工匠精神的内涵，提倡人文主义的工匠精神观，才能凸显工匠精神正确、独特的含义。"① 强调了"匠心"精神的人文品格，德行的意义。

"匠心"精神的最高境界是成为"德才兼备"的巨匠，这就需要广阔的胸襟和淡泊名利的释然。"德才兼备"的"匠心"是中华民族文化传承的精神力量，正如习近平总书记指出："中华文明源远流长，蕴育了中华民族的

---

① 赵蒙成：《工匠精神的人文品格》，《当代职业教育》2016 年第 7 期，第 1 页。

图 5　逸秋核雕　太白醉酒（图片为笔者拍摄）

宝贵精神品格，培育了中国人民的崇高价值追求。自强不息、厚德载物的思想，支撑着中华民族生生不息、薪火相传，今天依然是我们推进改革开放和社会主义现代化建设的强大精神力量。"①

图 6　宝鸡寿丰寺壁画（图片为笔者拍摄）

总结"匠心"精神的基本要素可知其核心是一种人文精神，是传承技艺与文化的职业信仰，是人格的健全和完善。是一种高超职业技能和良好人文素养结合下形成的一种精神信念。"匠心"源于一种人文精神的追求，

---

① 《习近平谈治国理政》，外文出版社，2014，第158页。

其对应的是敬业修德、以人为本、精益求精、创新发展。"匠心"是值得在全社会培养的人文精神,要重塑大国"匠心",在全社会形成一种对于"匠心"的追求,服务于当代社会建构和发展。

［原载《民艺》2019 年第 3 期,第 22～25 页。］

"雅"的审美范式与价值重构*
——兼论民间手工艺的价值评判

张宗登 湖南工业大学

一 从"雅俗对立"到"雅俗相依":雅的内涵演变

"雅"最早见于《诗经》,古人将公卿贵族所制作的乐曲歌词称为"雅",是《诗经》中三种诗歌题材之一。据《诗经·大序》载:"故《诗》有六义焉,一曰风,二曰赋,三曰比,四曰兴,五曰雅,六曰颂。"① 《诗经》所收录的诗歌均能作为乐曲歌词进行演奏,"雅"所代表的是周朝贵族使用的乐词。

在中国古典美学范式中,"俗"与"雅"是互相对立的一个审美范畴,二者相反相成。"俗"在先秦时期已经具有多个层面的内涵,它根植于普通民众的思想意识之中,传播广泛,显现于民众的日常言行,具有强大的生命力,属于低等文化的范畴。因此,雅与俗是互相对立的,"雅"产生于对"俗"的背离。人类文明进步越大,文化层次越高,知识修养积累得越丰厚,雅俗的差异就越明显②。雅与文人、士大夫等意识与审美理想是不可分割的,俗与普通民众的风尚习惯紧密相连。从阶层表征来看,一个代表上层贵族阶层的审美理想,一个代表中下层普通民众的审美理念。从审美层次的优劣来看,雅显然处于较高的引导地位,俗则是较低的从属地位,雅

---

* 本文为2019年度湖南省"十三五"教育科学规划项目"湖南中小学研学旅行中的'非遗'课程建设研究"(项目编号:XJK19BJC002)的阶段性成果;2018年度湖南省社会科学成果评审委员会项目(项目编号:XSP18YBZ143)的阶段性成果。

① 周振甫译注《诗经译注》,中华书局,2002,第7页。
② 孙克强:《论文雅》,《社会科学战线》2012年第1期,第134页。

优于俗；从对立关系来看，雅代表的是少数上层，俗代表的是多数下层，二者表现为少与多、寡与众的关系。雅与俗都在不断变化，"雅"在社会发展中不断地演变、发展、升华；"俗"以其本能性、原始性而不断传承，保持着固有的本色。"雅者"不断地创造新的"雅"，而"俗者"不断地追逐雅，当代表普通民众的"俗"与"雅"接近的时候，新的"雅"又产生了，因此"雅"与"俗"之间总存在一道审美上的藩篱。

民间手工艺由普通民众制作，是普通民众为了满足日常生活需要与审美需求而创作的工艺，反映的是普通民众的日常生活、思想感情、审美理念和艺术涵养。根据"雅"与"俗"的审美范式来评判，民间手工艺显然是"俗"的代表，是一种大众性、通俗性、普及性、乡土性的手工技艺。从这个层面来看，民间手工艺与"雅"是很难找到关联的，"雅"是上层贵族的专属，普通民众的创作是很难登上大雅之堂的。那么，究竟从什么时候，作为"俗"的代表——民间手工艺（日常生活用品），开始融入"雅"的审美范畴呢？

"文"的融入打破了民间手工艺作为"俗"的固定范畴，逐渐演变成可以用"雅"进行阐述的"雅化"技艺。也就是说，随着"文"融入"俗"的层级，"雅""俗"之间的固有审美界限消失了，民间手工艺也可以用"古雅""典雅""清雅""和雅""淡雅"等来描述，有时甚至出现"大俗大雅"或"大雅大俗"的现象。宋代学者梅尧臣、黄庭坚、杨万里等从文学的角度先后提出了"以俗为雅"的观点，这是"雅俗互成""雅俗互补""雅俗互依"关系的开始。事实上，"文"与"雅"最初是紧密相连的，雅是文人的雅，文是雅正的文，文雅体现的是文人士大夫阶层的审美，反映的是文人士大夫的思想情感与审美理念。文雅作为审美范式最先描述的是言语文章中文化知识（古人著作、作品）的积累，要求文章风格具有义辞严整、语出经典、依循温柔敦厚的传统诗教，与手工技艺的"雅"没有太大关联。曹丕在《典论·论文》中，将"辞义典雅"[①] 视为不朽文章的标志；刘勰在《文心雕龙·体性》中，强调典雅的文学创作是"镕式经诰，

---

① 俞灏敏：《〈典论·论文〉文本及意义探原》，《温州大学学报》（社会科学版）2008年第6期。

方轨儒门者也"①。刘勰在《文心雕龙·定势》中也说:"模经为式者,自入典雅之懿。"② 也就是说,凡模仿经典来写作的文章,自然具有文雅的特点。以上阐述的"文雅"是跟知识分子诗词、学问相关的"雅",与"俗"还是有明显区别的,即使有相关的艺术创作,也主要是跟文人相关的书法、绘画等,还没有融入民间手工艺层面。直到宋代,文人的审美理想与思想感悟通过民间技艺融入民众的日常用品,"雅"作为审美标准与民间手工艺正式建立起紧密相关的联系。

二 物质、行为、审美:"雅"作为审美范式的三个层次

宋以后,文人们将审美理想与人生感悟融入民间手工艺之中,使庸"俗"的日常生活用品,具备了"雅"的品性,事实上,这是"雅"的内涵拓展与建构的过程。"雅"作为一种评价标准和审美范式,在民间手工艺的评价中建构话语体系,文人士大夫们习惯将自己的主观感悟提升为社会公认的鉴赏标准,借以抬高自己及其所使用物的品级与身价。这种现象在部分文人的学术著作中多有体现,如高濂的《遵生八笺》、文震亨的《长物志》、袁宏道《瓶史》、黄成的《髹饰录》、李渔的《闲情偶寄》等。这些著作都以个性化的方式表达着主观审美感悟,他们通过对日常用品的外观形态、陈设方式的描述,来界定日常用品的"雅"与"俗"。文人士大夫在用"雅"描述和评价日常生活用品的过程中,无形中构建出"雅"的价值尺度与审美范式,这种尺度与范式存在物质、行为、审美三个层面的内涵。

(一) 物质层面的雅——雅器、雅物、雅玩

"雅"作为一种审美范式与评价标准,属于抽象的非物质层面的文化范畴,但"雅"的内涵是通过雅器、雅物、雅玩的物质层面来呈现与表征的。这些物质形态除摆放文人案头的文房四宝、书法、绘画外,还有陶瓷、竹木雕刻、家具陈设等民间手工技艺。"雅"除作为价值尺度用于评判案头玩物外,也作为审美标准用于民间手工艺的鉴赏与判断,成为日常生活中使

---

① (南朝梁)刘勰:《文心雕龙》,浙江古籍出版社,2011,第34页。
② (南朝梁)刘勰:《文心雕龙》,浙江古籍出版社,2011,第34页。

用相当广泛的审美表述。民间手工艺的"雅"的话语表述大多被文人自身所掌控，呈现出以下几个方面的特点。其一是以"古"为"雅"，指器物古典而有韵味则是"雅"的表现，强调"器物"在时空演变中的美；就民间手工艺品而言，"古"是"久""远"的意思，属于时间范畴，"雅"是"正""高"之意，属于空间（心理空间）的范畴。以"古"为"雅"在传统文人的论述中多有提及，如文震亨的《长物志》云："古人制几榻……古雅可爱……今人制作，徒取雕绘文饰，以悦俗眼，而古制荡然，令人慨叹实深。"① 这里提到手工技艺（家具）创作的过程中，"古"与"雅"是互相融合，缺一不可的，而很多手工艺人创作时不求古制，仅"悦俗眼"，这是不符合当时社会的审美风格的。就手工艺品而言，"古雅"的本质是手工艺品所蕴含的"神""气""韵"，以及创作者的"求变""求通""学识""人品"等，要求作品达到返璞归真，感悟并吸收生命的灵气。其二是以"素"为"雅"，即以"朴素""不加修饰的自然属性"作为"雅"的表现形式。"素"在道家传统审美中有着重要地位，《庄子·马蹄》中载"朴素而天下莫能与之争美"，认为纯真原初的素美才是天成之美。宋代文人在民间手工艺中强调以"素"为"雅"，认为"素"是宇宙中的事物，要还原它本来的规律，应尊重"素"的自然属性，同时还要尊重创作者自身的感官上"心觉"的根本需求②。就民间手工艺的创作而言，"素"的工艺创作蕴含着婉而成章、含而不露、应和自然的特性。其三是以"简"为"雅"，在手工技艺创作过程中，通过"量"与"形"的简化，来达到空灵、简洁审美的要求。宋代以来，在绘画、瓷器、家具及诸多其他日用器物上，都渗透浸润着以"简"为"雅"的审美意境。以"简"为"雅"的表现手法体现在两个方面：第一是形式的"简"，通过对日用器物的形态进行抽象提炼，使器物色彩、结构、形式、材质、质感等表现符号具有含蓄和凝练的特点，将物体形态的通俗表现提升为一种高度概括的抽象形式③。第二是合

---

① （明）文震亨：《长物志校注》，陈植校注，杨超伯校订，江苏科学技术出版社，1984，第23页。
② 徐晴：《论素文化对现代包装造型设计的审美要求》，《艺术与设计（理论）》2015年第8期。
③ 谢云峰等：《从深泽直人设计探讨极简主义的本质》，《艺术百家》2009年第7期。

宜的"简",强调器具的功能与形制、结构、色彩、材质等要搭配得宜,强调器物使用的方便与舒适,实现形式美与功能美的统一,给人简雅、和谐、谦虚、平实的精神体验。其四是以"清"为"雅","清"是清净、清洁、清明之意,强调日常手工艺品的创作要清幽淡远、纯洁明澈、超凡脱俗。明代文人徐上瀛在《溪山琴况》云:"弹琴不清,不如弹筝,言失雅也;故清者,大雅之原本,而为声音之主宰。"其中提出了"清"是大雅之本的观点。文震亨、袁宏道等文人也多提到日常生活用品的使用、陈设遵循以"清"为"雅"的审美取向。从根本上说,文人的审美理想融入民间手工技艺的创作层面,并非表面民间手工艺就具有了"雅"的特质,而需要手工创作者内在的心性与审美拥有雅俗的评价标准,摒弃世俗的浮华,崇尚内心的淡泊、宁静、悠远。

(二) 行为层面的雅——雅趣、雅交、雅贿

行为层面的"雅"以物质层面的"雅"为基础,是人们围绕物质层面的"雅"而表现出来的身体表象和生活方式,在民间手工艺领域表现为雅趣、雅交、雅贿等社会行为。从行为主义学者的研究来看,人类的一切行为都以需要、动机、激励等因素为基础,具有自主性、外在性、因果性、目的性等特点①。

"雅趣"是从文人的"雅"文化中衍生出来的行为方式,是日常生活用品在去除实用功能之后,给人带来的怡情感受和艺术思考。从文人士大夫的审美理想来看,"趣"是一种智慧的生活态度,是在生活中的超越俗套、庸常的艺术化观察、理解和表现②。在文人的世俗生活中,"雅趣"是通过赋诗作画、清玩品鉴、谈禅论道、焚香插花、挥毫泼墨、把玩雅器、抚琴对弈、游山玩水等方式来实现的。在文人的社交圈中,具有相似"雅趣"的文人往往生活方式大体一样,这种共同的"雅趣"衍生出一种新的生活范式——"雅交"。"雅交"是具有相同价值观与生活态度的文人聚会交友的一种生活方式。这种生活范式拓宽了文人士大夫的社交网络,促进了文

---

① 张尚仁:《论人的行为及其现代化》,《华中师范大学学报》(社会科学版) 1987 年第 1 期。
② 海慧:《古典文人话语的当代表达》,《社会科学研究》2005 年第 1 期。

人士大夫共同审美理念与生活范式的形成。宋代以后，"雅交"的生活方式逐渐演变成文人士大夫相互扶携、互为寄托的一种生存方式。文人士大夫的"雅交"活动使日常生活中的使用器具融入了人文内涵，呈现出独特的审美价值与人文意蕴。如明代兴盛的竹刻、竹扇、红木家具等日常生活器具成为文人竞相追逐的"雅物"，在民间手工艺领域涌现出金陵、嘉定、宝庆等竹刻流派，以及京作、苏作、广作等家具风格，这无疑促进了民间手工艺的发展。

"雅趣""雅交"等文人的生活方式本身蕴含着淡泊名利、超脱自然、洁身自好等高尚品格与人文情趣，然部分文人雅士在寄情山水的同时，还痴迷于世俗功利，衍生出一种"优雅"的贿赂行为，称为"雅贿"。"雅贿"是行贿者为了讨好附庸风雅的官员，而在贿赂方式上产生的新变种；表现在行贿手法上，雅贿不是直接送真金白银，而是投其所好，摇身变成了官员们喜欢的玉器、瓷器和名人字画等①。"雅贿"行为，是文人"雅"化审美理想的背离与异化，唐宋渐成风气，明清比较流行，历史上的米芾"送石"、胡雪岩求画等均属"雅贿"之列。如明代的画家谢环通过"雅交"与朝中官员保持着良好的关系，逐渐从普通的宫廷画师变为画坛的权威人物，在人才济济的宫廷中处于不败的地位，这种状况的出现难免有艺术品的"雅贿"行为②。从根本上讲，官商勾结、相互取利是导致"雅贿"盛行的直接原因，官员们跟风炫耀、附庸风雅，使"雅"文化呈现出浮躁、功利的社会现象。

（三）审美层面的雅——清雅、文雅、典雅

审美层面的雅包括两个方面的内容：一是审美个体的主观感受，二是审美群体的客观理想。个人审美感受的任意与盲目，在一定程度上促进了艺术创造和审美活动处于相对开放的状态，并在相对开放的审美评价中不断更新，有利于审美范式更加严谨与理性。群体的审美范式是无数个体审

---

① 宗合：《雅贿已无雅可言》，《西安晚报》2015 年 1 月 25 日。
② 崔祖菁：《好雅与附庸风雅——从谢环的案例看明代艺术家交游中的雅贿现象》，《装饰》2016 年第 1 期。

美受的升华，它不局限于个体的主观感受，受历史积淀、群体共识的影响，表现为统一而普遍的尺度或标准，清雅、文雅、典雅等就是对艺术作品审美评价的共性范式。

"清雅"是清新秀雅、端庄敦厚之意，作为"雅"的一个审美层次，其重点在于对"清"的理解。《说文·水部》载："清，也，水之。"段玉裁《说文解字注》云："者，明也。而后明，故云水之（貌）。"也就是说，清是明朗、清洁之意；可以引申为人的品德情操清明、正直、纯洁、清廉。就民间手工艺而言，清雅的手工艺作品与创作者的品性、感悟、修养、审美等主观因素紧密相关。清雅的手工艺作品并非由创作者自身独立完成，需要同时代文人雅士、艺术名人的共同参与。如宋代磁州窑的陶瓷装饰，就呈现出清雅的艺术特征，这跟当时黄庭坚、范宽、夏圭、苏轼、郭熙、马远、米芾、蔡襄等艺术名家的参与密不可分，其中建阳窑窑址出土过一件"陶牌"，上面便印有黄庭坚的书法。民间手工艺是与人直接接触的物品，能触及人的心灵与精神，清雅的意蕴在无形中自然流露。

"文雅"是"雅"审美内涵的另一个方面，既具有人生美学的内涵，也有文艺创作方面的规范性内涵。从人生美学来讲，它要求人们的言谈、举止都应文雅，在个人风范与艺术情怀方面则应文质彬彬、温文尔雅、谦和大方、有度有宜、正而不邪、正位居体、美在其中，有谦谦君子之风。在手工艺品的创作中，"文雅"与温雅、和雅、淳雅的内涵是相通的，要求手工艺作品文质兼善、文质兼仁、文质兼顾、文质兼美，在作品的审美意旨与审美风貌的营构与熔铸上，应追求文道合一、形神兼备。"文雅"的艺术作品是真善美的综合体，要求创作者兼具合内外，同天地，泛爱众生，德配宇宙的品格追求，以高尚的伦理道德思想、文化知识充实自己，积学储宝，研阅穷照，集义养气，洁静灵府，返归于诚，从而才能于真实无妄、光明朗洁中体证生命的奥秘，使精神高雅明洁，而使人生雅化、美化[1]。

"典雅"是指文艺作品有典据，高雅而不浅俗，是"雅"的审美内涵的一个方面。典雅作为一个美学范畴，其内涵是要求艺术作品具有温柔敦厚、

---

[1] 李天道：《"文雅说"的现代美学绎义》，《四川师范大学学报》（社会科学版）2003年第5期。

会通真淳、雅而不腐的文艺创作标准。"温柔敦厚"出自《礼记·经解》,是儒家文人在道德伦理方面对人的规范,其中温指温润,柔指柔和,敦指敦实,厚指厚重;强调艺术创作、与人交往时要保持"温雅"的态度,言语委婉含蓄,展现出中和之美。"典雅"的第二个审美内涵是"会通真淳","会通"同"汇通",表现为"融会贯通";"真淳"即"真情",意为真的感情。这就要求文艺创作者、手工艺人在进行艺术创作时,既要具备"熔式经诰""方轨儒门"的能力,又需要"会通"变化,"曲而真",提倡"师法自然","真善美"统一于"情"进行艺术创作。同时,对从事艺术创作、手工创作的艺人提出了真骨凌霜、高风跨俗的品格要求。"雅而不腐"是"典雅"的第三个审美内涵,"腐"是腐朽、庸俗之意,"雅而不腐"是进行艺术创作时,要高雅而绝俗,在传承中革新,有独创精神和创新意识,进而达到"望今制奇,参古定法"的创作效果。由此可见,典雅作为"雅"化审美范式的内涵之一,在进行艺术创作时,要求创作者所创作的作品具有创新的题材、独创的主题、含蓄的情感、新颖的细节,既"熔铸经典",又要"洞晓情变",从而达到"通变""会通"的创作涵养。

三 民间手工艺"由俗入雅"的伦理缺失

伦理是指人与人之间存在的"应然"关系,随着社会与时代的发展,这种关系会因客观的社会与经济基础的变化而存在一定差异,但总体而言,它是超出个人主观意志偏好而客观存在的。[①] 伦理缺失从本质上讲,是道德的缺失,民间手工艺的伦理缺失主要表现在以下几个方面:一是人文伦理的缺失。在利益的驱使下,手工艺领域假冒名人、大师之作的伪劣产品自古有之。现今,部分从艺者通过伪造经历、头衔、获奖证书以及名人合影,用不正当手段宣传自己,从而提高作品身价的现象,也仍然存在。无论什么领域和产业如果失去了应有的灵魂和精神,就没有"雅"可言,也难以健康发展。二是生态伦理的缺失。生态伦理也称为环境伦理,意指通过规范人们的日常行为,来达到尊重与保护自然的目的,类似于传统道家思想

---

① 宋希仁:《伦理与道德的异同》,《河南师范大学学报》(哲学社会科学版)2007年第5期。

中的"天人合一"。民间手工艺领域的生态伦理问题主要体现在材料的浪费与环境的破坏两个方面。在南方的地区有一种国家级传统工艺叫翻黄竹刻，这种工艺的制作材料是在楠竹内壁1毫米左右竹黄上完成，在材料选取时，需要把竹壁上的10~15毫米竹青和竹肌部分全部去掉，有超过95%的竹材将作为废料去除，这必然造成大量的浪费，与生态伦理是相悖的。从"低碳"的角度看，这有本末倒置之嫌，如果是产业化运作，资源浪费现象将更加严重，即使竹材是一种可再生材料，对环境也会造成较大的破坏。正如中国艺术研究院田青研究员所言：我们的周围存在大量"精华"与"糟粕"共存共生的文化，存在大量的在一个文化体系里被视为"糟粕"而在另一个文化体系里被认为是"精华"的文化，不同时代的价值判断存在明显的差异，我们应该具有符合时代要求的价值判断。① 三是市场伦理的缺失。市场伦理是指在市场经济条件下，人类生活与交往必然蕴含着的某些伦理原则与规范。② 在市场活动中，市场公德是市场行为的前提，它关涉市场制度、市场秩序的合理性，从伦理层面看，守信、自由、平等、公平是最基本的交换正义。民间手工艺出现了一系列畸形的现象，一方面是部分民间艺人抱残守缺，缺乏创新，设计落后，生存困难；另一方面民间手工艺作品价格昂贵，有价无市，令人侧目。很多民间手工艺人的作品动辄数万，缺乏基本的市场伦理与公德。从本质上讲，这是有些人毫无节制地追逐财富，从而使"雅正"的审美逻辑丧失了基本的风骨。

四 从"利己"到"利他"，民间手工艺"雅"的价值重构

事实上，在文艺发展的历史长河中，每当"雅"的伦理缺失沦丧时，也是"雅"的伦理价值重构的开始。这种价值重构并非对传统"雅"的价值体系的简单抛弃，它包含着对"雅"的传统价值的解构、辨析、吸收与重构。

从"雅"最初的审美范式来看，"雅"具有对人的品格、行为进行规范的作用，有称颂赞扬的意味。人的"雅"化是人社会性的体现，从生物学的角

---

① 田青：《非物质文化遗产保护三议》，《文艺研究》2006年第5期。
② 陈桂蓉：《浅议儒家伦理与市场伦理——兼与章建刚同志商榷》，《福州大学学报》（哲学社会科学版）2001年第2期。

度看，人性是由生物性与社会性两个层面构成的。生物性的层面更多体现人"利己"的一面，这是由人的基因决定的，社会性的层面更多强调人"利他"的一面，这是由人的生存环境决定的，"利他"的实现途径有两个，一个是在"利己"的同时，达到"利他"的目的，也就是互惠互利；另一个是通过规范性的举措造就"利他"，也就是伦理道德的约束。"雅"的价值重构，从根本上讲，就是"雅"的伦理重建的过程，需要人们超脱功名利禄、物质环境等世俗杂念的羁绊，以旷达的态度对人对己，以豪迈的情怀为人处世。

民间手工艺中"雅"的价值重构，事实上，就是民间手工艺领域人文生态的重构。从文艺学领域的"人"学命题来看，人文生态就是在尊重肯定人的生命的前提下，遵循人与人、人与社会、人与自然和谐共生的美学原则。也就是在生命与生态美学的范畴中，以人文生态的重建为价值尺度，构建审美语境中"雅"的价值评判体系。在人与自然的关系上，传统儒家思想认为人是自然的产物，人同时也是自然的组成部分；另外，人与自然需和谐相处，不能破坏自然与过度消耗自然。民间手工艺在传承和发展过程中，要有正确的"利义观"，既要注重物质利益，也要关注对生态环境的"义"，用"义"作为道德规范来限制人对"利"的无限追逐。在人与社会的关系上，同样需要保持正确的"利义观"，既"利己"，也"利他"，通过"利他"多为社会做贡献，以义节利，见利思义，促进市场、行业、社会健康发展，进而达到"利己"的结果。"雅"的价值重构，第一步是围绕"人"的生存意义、人格价值、人生境界的探究和追求。作为手工艺术创作者，无论是言谈、举止，还是修养、学识，都需要有一定的伦理规范，以温润柔和、宽厚博大、文雅大度、豁达超脱的态度面对人生、面对社会，追求一种健全充实的人格。在文艺作品、手工艺品的创作方面，要求所创作的作品既要有文雅的形态，又要有温雅的意蕴，要文质兼顾、正而不邪、雅而不俗，超越世俗功利的局限，不断提升作品的精神内涵。第二步是关注"人"的审美特质的变化与文化生存空间的演变，进入新时代，乡村振兴、人员流动、城镇化发展都产生了一定的影响。在信息流通与娱乐传播日新月异的背景下，民众的审美已经发生了较大变化，"雅"的价值范畴也必然会发生一定的变化，这种变化与民众的社会文化生活是一致的。

民间手工艺领域"雅"的价值重构,还需关注民间手工艺文化生态的构建。从生态学的视角看,文化生态强调生态系统的整体性,是人类社会参与、适应、改造自然生态系统的自组织过程。作为人类生活文化的民间手工艺是生态系统的组成部分,是依赖一定生态环境、特定人群与历史的"生态文化",其核心部分是不同民族、地域的原生态的优质文化基因。这种文化基因反映出不同民族、不同地域的审美意蕴、价值取向、生活方式、思维模式和精神信仰,是民族存在、集体意识的精神表达,是维系民族存在的生命底线,是民族发展的源泉,在代代相传的动态演绎中传承。[①] 民间手工艺的文化生态总是在代代传承中不断变化,有其内在相对稳定的文化基因,也有外在不断变化的文化动态,二者共同构成了活态、多样的文化生态特质。民间手工艺"雅"的文化生态的构建,也就是民间手工艺的文化伦理、文化精神、文化价值的构建,民间手工艺品作为物化形态与精神形态的结合体,其最终所要构建的是真、善、美统一于一体的价值体系。

五 结语

民间手工艺从"俗"到"雅"的演变过程,事实上是"雅"的内涵演变与拓展的过程,也是"雅"的审美范式与审美伦理构建的过程。宋代以来,逐渐形成了以物质、行为、审美等三个层次为基础的"雅"化审美范式,对民间手工艺的发展起到了规范与引导作用。

在"雅"的价值体系中,"美"与"善"是一体的,手工艺作品正是借助以情动人、陶冶情操、美化心灵,从而实现雅化价值体系的建构,使艺术创作进入更高的精神境界。艺术创作跟题材、时代、思想、意蕴紧密相连,其审美内涵能激发对生命意义的感悟、理解和追问,并在这个过程中得到一种精神的升华,从而达到人性自由的境界。

[原载《艺术评论》2019 年第 7 期,第 164~173 页。]

---

① 黄永林:《"文化生态"视野下的非物质文化遗产保护》,《文化遗产》2013 年第 5 期。

"特别是通过正规和非正规教育"*

——传统工艺传承自或然臻于必然之道

华觉明　中国科学院自然科学史研究所

一　不确定性——传统工艺传承之虑

自2004年加入联合国教科文组织《保护非物质文化遗产公约》，十几年来我国非遗保护工作取得了众多重大成就。作为非物质文化遗产之一要项的传统工艺已有众多项目列入国家级名录，占总量的1/4强。特别是2017年由国务院发布的《中国传统工艺振兴计划》，标志着发展理念和施政方针的重大提升与转变，因其符合客观规律、体现了全民意志，而为社会各界高度认可，从而强有力地推动了传统工艺的保护、传承与创新、振兴。

与此同时，在实践过程中也显现了一些问题。其中，常被提及和令人困扰的是后继乏人这一有碍传统工艺持续传承、发展的难点。

对于这个问题，因着具体情况的不同，而有各自的看法和估量。

有的认为，如今保护、振兴传统工艺的政策很好，也有执行力度，至少已进入国家级名录的传统工艺其传承是无虞的。

有的认为，诸如云南鹤庆金属工艺那样的手艺，因其与少数民族固守的习俗相契合，又已形成了研发、制作、销售的产业链和拥有相当大的体量，不少年轻人及外地艺术学院的学生慕名入行学艺，其传承应无问题。

有的如苏州工艺美术协会单存德秘书长则认为，传统工艺的传承是一

---

* 引自联合国教科文组织《保护非物质文化遗产公约》（以下简称《公约》）第一章第二条之（三）。

图 1　白荣金、钟少异著《甲胄复原》，大象出版社，2008

个现实的有待重视和切实予以解决的问题。他指出：统称为"苏作"的苏州著名手艺中，除玉雕和核雕，其余行业的从业者年龄都偏大。以苏绣为例，目前虽仍有绣娘近万人，但其中50岁以上的占到60%，40～50岁的约20%，30～40岁的仅10%，30岁以下的只有极少数。原因是：绣娘的待遇低，月工资仅3000元左右；培养一个学徒工，年支出需5万元，三年内难以成才，最后仍不一定留得住。这种情况具有普遍性，如苏州刺绣研究所堪称苏绣的最高学府，很难进得去的，近几年进了大专以上学历的80多人，现留下的仅10人。据此，他认为，传统工艺青黄不接是不争的事实，后继乏人的问题仍相当突出。①

即便是现况较好的云南鹤庆金属工艺，深入当地做田野调查的学者们也认为存在后继乏人的困境。他们指出，许多传统工艺失传的主要原因在于缺少传承人。由于工艺流程发生变化、市场扩大、工匠的视野变得开阔，

---

① 单存德：《关于苏州传统工艺后继人才培养的现状》。承允引用，谨致谢忱。

加之传承内容的改变，技术上不再保密，导致家族传承、师徒传承、雇佣式学徒、艺术学院学生习艺等多种传承方式的并存与消长。① 尽管多种传承方式可扩大工匠的数量，但后继乏人的隐患依然存在。据此，提出了一些解决办法。例如新华村的著名匠师寸发标认为：传承"要靠我们这样的热心人"，要培养后继者的"社会责任感和奉献精神"。

笔者以为，上述两种看法都有各自的根据与理由，但无可否认的是，传统工艺的传承在当今确实具有不确定性，亦即处于或然而非必然的状态。传统工艺传承和振兴的根本，在于其内在的生命力。政府的政策与扶持固然很重要，但不是决定性的。习俗的襄助和市场的拓展也非常重要，且和其生命力的保持与激扬有着密切的关系，但二者都会有变易。习俗随时代而易，市场随景况而变，传承之或然也就会有波动甚至波折。各地采取的一些应对之策，诸如提高艺人的社会地位、给予补贴、扩大从业人员的基数等，都有一定作用也都有其局限，但并不能从根本上解决问题。

所以，从长远来说，我们应当寻找变传承之不确定性为确定性，使之由或然之态臻于必然之境的方法与途径。

为此，我们需要知道，是什么因素激发了手艺人对他所从事的手艺的热爱，从而终生不渝地锚定于该行业，作为其安身立命之所。

二 知之者不如好之者，好之者不如乐之者——手艺人从业之因

常有人问起：什么是做好研究工作的第一要素？笔者的回答是兴趣，"做研究首先得有兴趣，其次得有灵气，再次才是知识储备、理论基础、实践能力、学术素养、敬业精神、团队精神、创新意识，等等"②。

同样的，能不能做一个优秀的手艺人、能不能让一位手艺人锚定在他（她）的手艺上，把这作为其安身立命之所，首先得有兴趣，以及由兴趣升

---

① 文涛：《云南鹤庆甸北白族现代金属工艺发展研究》，博士学位论文，清华大学，2018。张冲：《传统与现代之间：白村手工艺的传承研究》，硕士学位论文，云南民族大学，2014。文中也有类似提法。

② 华觉明：《研究自己的研究工作——研究工作者的首要职责》，《华觉明自选集》下册，大象出版社，2017，第992页。

华的对手艺发自内心的热爱和从中得到的快乐。

试举数例：

（一）中国人民大学档案学院冯乐耘教授，现年90岁。他是江苏扬州人，上小学时曾在老师指导下，用榫卯工艺做成一头竹狮，受到表彰。及长，他当过地下党的交通员，1949年在西南服务团任职；之后，到人大学习档案学并留校任教，"文革"期间还曾到故宫博物院见习文物修复技艺。1994年离休后，他重操少年时的旧业，自置工具、材料，在家建了个小作坊，循鲁班锁暗榫技艺并加以阐发，用几年工夫打造了16件一组的木狮系列。自此一发不可收拾，接连创作了木牛、十二生肖等系列作品。经他带动，在南京的二弟冯群也爱上了这门手艺，常共同切磋，乐在其中。冯先生许多年间默默无闻地在家劳作，无自矜之举，无功利之图，纯粹是自得其乐。然"桃李不言、下自成蹊"①，经专家推荐，2009年，冯氏暗榫造型技艺列入北京昌平区非遗名录，他以耄耋之年成了该技艺的传承人，还上了电视。黄左星、黄左辰两兄弟都是工程师，慕名找到他家拜他为师。昌平木作世家张连华和他合作建立了暗榫研发中心，作品荣获京津冀非遗大展奖项。作为这一技艺的保护单位人大档案学院，现正筹划将其纳入该校优秀传统文化基地。

（二）中国社会科学院考古研究所著名文物修复专家白荣金高级工程师，早年随夏鼐、安志敏等大家和古铜张传人从事考古发掘和文物修复工作，历年出土的金缕玉衣、皮甲、铁甲多数是他亲自清整和复原的。1995年退休后，他仍专注于出土甲胄的保护及制作技艺研究，所撰《甲胄复原》一书于2008年出版，为迄今中国缀结式甲胄的唯一专著，学术界给予很高评价。他的女儿白云燕多年随他习艺，为他整理校改文稿，也已成为文物修复和甲胄制作的专家，《甲胄复原》就是在她协助下得以成就的。2014年，白荣金先生以八旬高龄承接湖北枣阳所出春秋皮甲的清整、复原项目。这批成坨的皮甲遗存是在发掘工地整体取出的，有的长达2米，高近半米。白先生只身应对这些遗物，按工序逐层予以清理，逐件为数以千计的甲片

---

① 见辛弃疾《一剪梅·蒋山呈叶丞相》。

丈量尺寸，绘图、摄影、做记录；根据这些原始资料给甲片分类，判别其所属部位、缀连方式和所用材料；在此基础上制订方案、制作纸质模型以备皮甲（包括人甲和马甲多具）的复原。为完成如此浩大的工作量，白先生黎明即起，直到深夜，整整干了五年。目前，他正在撰写研究报告，将纳入他主编的《甲胄制作》一书。① 白先生质朴厚道，自律极严，从不计较名利得失，赴各地考古队、博物馆修复文物从不住宾馆。他对工作的极端认真、极端负责有口皆碑，堪称工匠精神之典范。国家图书馆记忆工程小组对他的系列访谈，现正进行中。

（三）琥璟明和梁启靖——爱上了冷门学科和绝艺的两位年轻人。琥和梁都是大学生，琥学服装设计，梁学的是航空管理。他俩在校期间不约而同地对甲胄发生了兴趣，走上社会后仍醉心于此，常和甲友们交流切磋。2008年，他们惊喜地读到了白荣金先生的《甲胄复原》一书，未能通释。待到自己动手制作之后，种种疑团遂迎刃而解。2014年，电视剧《海龙屯》开拍，需用甲胄作道具。其时，梁、琥二位在虽属小众却很热火的甲友圈子里已小有名声，剧组便聘请他们为顾问承接甲胄制作，播出后广受好评。2016年，为物色后继人选，白荣金先生委托笔者和梁、琥取得联系。正好笔者有事去梁的所在地南宁；正好文化部非遗司委托笔者作传统工艺振兴措施的研究；又正好《甲胄复原》一书需修订、续编。这样，因缘际会，笔者和梁、琥在南宁相会，晤谈甚洽，在给白先生通报后，得到了他的认可；2017年春，作为传统工艺振兴措施的子项目，甲胄研究会在北京举办了第一期甲胄制作技艺研习班，由白荣金先生主讲和做现场演示，学员有梁、琥等六位；2018年7月，《中国传统工艺全集》修订、续编启动，《甲胄复原》入选为三个预研究项目之一，白荣金续任主编，琥、梁二位作为编委会成员，担负补上南北朝至清代这后半部甲胄史的重任。

（四）杨福喜是北京聚元号弓箭铺第十代传人。这家老字号源自清造办处的弓作，民国时期成为东四弓箭大院十七家弓坊之一。20世纪50年代末，北京原本甚为兴盛的箭院和弓坊均已荡然无存，杨福喜的父亲杨文通

---

① 此书为中国科学院与文化和旅游部合作编撰的30卷本《中国传统工艺全集》的一卷，由《甲胄复原》一书修订并补入唐至清这半部甲胄史而成。

也到北京水利局当了个普通工人。时光荏苒，及至20世纪90年代中叶，杨文通年已古稀，以开出租车为业的杨福喜眼见祖传技艺行将失传，毅然停业，在仅8平方米的一间没窗户的小屋里学艺，家计纯由他的夫人田占华勉力维持。如此默默无闻地干了近十年，他终于掌握了全套弓箭制作技艺，而外界对此并无所知。因缘际会，2002年，中国科学院自然科学史所张柏春研究员经由国家射箭队总教练徐开才，得知北京居然还保存有这么一项传自造办处的正宗技艺。于是，把这作为仪德刚的博士论文题目。2004年，仪的论文发表，广受好评。其时，正值非遗保护工作全面展开，聚元号弓箭技艺被列入第一批国家级名录，由多家媒体报道，杨氏父子上了电视，屡赴各地做现场演示，杨文通还被中国艺术研究院聘为特约研究员，一家人的命运从此改变。曾有几位爱好者慕名拜杨福喜为师，有两位还是大学生，但终因收入菲薄被迫离去。面对这种情况，杨福喜的儿子杨炎毅然辍学以继承父业，如今也已卓然成才。而离去的徒弟，有一位出于爱好，仍在家乡以制作弓箭为业。

图2 倪沈键（左）、吴灵姝（中）与吴元新（右）（图片提供：吴灵姝）

（五）安徽巢湖掇英轩文房用品厂刘靖厂长受从事文房四宝经营的父亲的熏陶，大学期间就师从中国科技大学张秉伦教授，合作复原了粉蜡、洒金等著名笺纸。毕业后自己创业，亲手绘制的多种名笺精致、雅致，由北京荣宝斋代售颇受欢迎。2008年，笺纸入选第二批国家级非遗名录，刘靖被聘为中国艺术研究院的特约研究员，中央美术学院兼职教授，长年为该院授课和做现场演示。他和大学同学们走的是不同的路，最早评上了高级职称。

（六）南京云锦所蔡向阳先生是法律系的高才生。一个偶然的机会，他邂逅了云锦织造技艺，爱莫能舍，毅然放弃了任法官或律师的机会，到云锦研究所从徒工做起。由于天分高、有文化、爱钻研，七年下来当上了该所的技术负责人。其间，他读了在职硕士，之后还要读博士。做一个学者型的手艺人或者擅长某种手艺的学者，这不正是新一代手艺人和学者的一种成长模式吗？

（七）南通蓝印花布博物馆吴元新馆长是干部出身，因爱好这一技艺，经多年学艺、广收民间印花遗存和潜心研究，成为印染领域的著名专家。他的母亲、夫人、女儿、女婿都在这家博物馆工作。女儿吴灵姝学的就是织染专业，大学毕业后回到博物馆任职。女婿倪沈键是学经济的，在银行工作，长年耳濡目染爱上了这门手艺，辞去待遇丰厚的工作也进了博物馆。同样地，因天分高、有文化、爱钻研，如今不仅是印染高手，还致力于纹样创新等开拓性探索。

（八）绣女、硕士、姚建萍刺绣艺术公司设计部主管姚兰女士，出生于1993年，属于90后的新生一代。苏绣是中国四大名绣之一，大名鼎鼎的"苏作"的代表性技艺。世纪交替之际，苏州镇湖区形成了苏绣的文化产业集群，刺绣占当地人均可支配收入的60%，还带动了花线、印花、装潢等行业的发展，形成刺绣设计、加工、销售、服务一体化的专业市场，被命名为国家文化产业示范基地。姚建萍是苏绣的国家级传承人，在这样的背景成长起来，又经过学历深造的姚兰，继承母业并跻身于既拥有高学历又熟谙手艺、能将传统工艺提升到更高层次的新一代传承人之中，自是顺理成章的。

（九）山西绛州新一代剔犀（一名云雕）传承人何鹏飞，是国家级传承人何俊明之子。他生于1986年，7岁即从父习艺，2008年在太原理工大学电脑艺术设计专业毕业，之后，进入其父创办的黄汉云雕工艺厂，和美术学院毕业的妻子一起从事剔犀的研究、设计及厂务管理。他将传统的剔犀纹样提取为独立的审美元素，创制了日常生活使用的剔犀戒指、挂坠等新产品；又按不求满密而求简约的现代审美理念，设计制作了简洁留白的茶具；进而扩展剔犀的应用，凡茶道、香道等用品"无器不髹"。"工艺当随时代"这是指引何鹏飞作做创新尝试的理念。[1]

以上列举的 9 例 16 位手艺人，其成长过程的共同特点是：经由家庭或学校教育或周遭环境的熏陶和引发，对某种手艺有了兴趣；随着对手艺的进一步认知，特别是参与手工操作之后，兴趣升华为爱好；爱好又升华为全身心的投入并乐在其中。八旬之人可以黎明即起，干到深夜；法律毕业的可以去学织锦，银行职员可以改行做蓝印花布；循着不同的途径，服膺于同一法理，他们都以手艺为其安身立命之所。这就是《论语·雍也》所说的："知之者不如好之者，好之者不如乐之者。"

从艺，乐之是第一位的。

乐从何来？从正规和非正规教育来。

这样，我们就找到了一把钥匙，去开传统工艺传承这把锁。

这也是联合国教科文组织《保护非物质文化遗产公约》早就提示于我们的。《公约》第一章第二条之（三）对"保护"作了经典的界定与陈述。

"保护"指确保非物质文化遗产生命力的各种措施，包括这种遗产各个方面的确认、立档、研究、保存、保护[2]、宣传、弘扬、传承（特别是通过正规和非正规教育）和振兴。

从确认到振兴共九个环节，构成了一个完整的有机联系的、以确保包括传统工艺在内的非物质文化遗产生命力为主旨的工作体系，其中最重要的是传承和振兴。传承是为承前亦即继往，振兴是为启后亦即开来。值得注意的是，在这九个环节中，唯有传承由《公约》的起草者特地加了注解，即"特别是通过正规和非正规教育"这句话。

---

[1] 陈岸瑛：《工艺当随时代——山西剔犀传承人何鹏飞的创新尝试》。承允引用，谨致谢忱。
[2] 此处"保护"应译作"维护"。同一段落出现两个具有不同含义的同一词条是悖理的。详见拙文《创新·振兴——传统工艺保护、发展的必由之路》，2012 年世界手工艺论坛论文，载《华觉明自选集》下册，大象出版社，2017，第 975 页。

按《公约》是众多专家经多年调查研究和探讨,参照了一些国家非遗保护的经验而制定的。后继乏人并非中国独有而是传统工艺传承具有普遍性的难点。实践表明,通过正规和非正规教育才是疏解这一困境的良策。所以,这句话是有分量的,不是随意加上的,只是我们先前没有认真研读和引起重视而已。①

三 传统工艺正规和非正规教育的建构和规范化

如果我们确认正规和非正规教育是疏解传统工艺传承困境的良策。那么,接下来要做的就是如何建构这两种教育并使之规范化。

一个时期以来,关于调整我国的教育格局、重视并大力推进技能教育及其相关事项,已经有了较充分的讨论,并较大程度上达成了共识。令人欣喜的是教育部在重视职业技术院校建设之际,又出台了在中小学设立实践课程的重要举措。这些决策不仅会在推进技能教育、提高国民素质、促进就业等方面起到积极作用,而且给传统工艺正规教育的建构提供了大好契机。

笔者的建议是:

(一)由教育部和文化部共同组成手艺教育指导小组,统管高等院校、职业技术学校和中小学的手艺实践课程,特别是中小学手艺教育是一项历久复新的工作,须给予更多的支持与政策倾斜。

(二)延聘有深厚学养、有责任心、有经验、能担当的教育家主持手艺教育的整体设计、工作规划、教学内容和课程安排并付诸实施。

(三)选择若干县、市以三年为期,进行中小学手艺实践课程的试点。在此基础上进一步予以完善、推广到更多地区,期望在二三十年内覆盖大部分国土,成为教育格局之常态。

(四)在此期间,不断吸纳众多艺人、专家学者和管理人员参与此项工作,促进工作模式由粗放向精准的转变。

---

① 同样的例子如关于传统工艺是否必须原汁原味地保存的争论,却没有注意到《公约》关于非物质文化遗产"世代相传,在各社区和群体适应周围环境以及与自然和历史的互动中,被不断地再创造"这一符合历史与现实的论述。笔者在有关论文中曾有述及,此处从略。

据统计，我国中、小学生有 2 亿多。即便概率甚小，长年的正规教育使一部分学生爱上手艺并以此为业，其数也当以每年千百计。

通常理解的手艺的非正规教育，是指家教、家族和师徒间的技艺传授；在当今也可包括短期的研习班、进修班，以及各种文化场所、博物馆、展览会的现场演示与熏陶。

手艺的非正规教育在我国有久远的渊源和深厚的传统。商周时代的百工是由官府统制的，由此形成了"工之子恒为工"的工匠世袭制度，以及与此相适应的技艺传授模式。《礼记·学记》称："良冶之子，必学为裘；良弓之子，必学为箕。"工匠的子弟自幼随父兄学艺，冶氏的孩子要能做鼓风的皮囊，弓人的孩子要能做盛箭的矢箙。世事往往有两面性，工匠世袭自幼即承受人身和超经济的压榨，无择业之自由、不得与士人论婚嫁，这些专制桎梏是违背人性的。另外，却由于世代相继的技艺传授、自幼秉承敬业精神与绝艺，造就了代复一代近乎本能犹自天授的庖丁式大匠，创造了鬼斧神工般的辉煌业绩。

这种家族传授及其后的师徒相承历经数千年流传至今，仍在当今传统工艺的传承、发展中起着很重要的作用。除上文所举例证外，为人们熟知的还有面人汤的汤子博、汤凤国；泥人张的张明山、张玉亭、张景祜、张锠；古铜张及其众多传人高英、赵振茂……紫砂名家顾景舟、蒋蓉、汪寅仙、徐秀棠及其众多传人。前二者属家族传承，后者为师徒传承。

旧时的非正规手艺教育有着皇权专制的时代烙印，诸如"教会徒弟，饿死师傅"，传子不传媳，妇女不得进入工作场地，不得跨越工件、装备等禁忌和陋习。① 而一些有价值的成规和做法仍可供借鉴或继承，例如"物勒工名，以考其诚"，秦《均工律》和唐代对习艺期限及考评、惩戒所作规定等。②

---

① 这是我亲历的因技术保密而失传的实例。1964 年随佛作艺人门殿普师傅用拨蜡法制作自在观音铜像。门通晓自塑像至抛光的所有工序，唯独戗黄——用三种中药材作表面处理获得镀金效果的独门技艺——须求助雍和宫附近的郑氏兄弟。两位郑师傅闭门操作，秘不示人，不久双双谢世，戗黄遂成绝艺，至今五十多年尚未破解。
② 《新唐书》："细镂凡教诸杂作，计其功之众寡与其难易而均平之。功多而难者，限四年，三年成，其次二年，最少四十日。"

图 3 姚建萍（中）与女儿姚兰（左）和姚卓（右）在 2018 年姚建萍刺绣艺术品牌展"破茧"开幕式上（图片提供：姚建萍刺绣艺术品牌馆）

及至当代，观念、人际关系、生产方式、工艺流程及市场的变化，导致技艺传承的方式和内容亦随之而变，以云南鹤庆白族金属工艺为例，已出现家族传承、师徒传承、雇佣式学徒传承、院校授艺等多种模式。即使是传统的师徒传承也有许多改变，例如拜师仪式的式微，徒弟可以挑选师傅，师傅要给徒弟发工钱，工匠的视野变得开阔，技艺不再保密，等等。① 也就是说，手艺的非正规教育同样须与时俱进，形成新的模式和规范。

综上所述，手艺的正规教育和非正规教育都蕴有强大的生命力，都能为手艺行业输送新鲜血液，并且养育代复一代的有更高文化水平、更高学历、更开阔的视野、更具创新意识和开拓能力的手艺人。正规和非正规手艺教育的建构和规范化将提供手艺行业种群延续所需的工匠基数，为传统

---

① 引自文涛的博士学位论文《云南鹤庆甸北白族现代金属工艺发展研究》。承允征引，敬致谢忱。

工艺传承自或然臻于必然提供保障。

四　恪守规范、持之以恒，才能使实现的可能性转化为现实

以上设想至少说明，确保手艺的持续传承是有其实现的可能性的。然而，在当前的格局和世风下，将这种实现的可能性转化为现实有很大难度。笔者以为，如果真想实现这样的转化，必须牢牢把握以下两点。

恪守规范　须由有深厚学养、有责任心、有经验、能担当的教育家主持项目的整体设计、制定和实施切实可行的工作规划、教学内容和课程安排，同时广泛吸收艺人、专家学者、管理人员的经验，在推广过程中予以深化。在此基础上，形成较为完善和有约束力的法规、条例，不得因主管成员的职务变动或其他因素而任意改变。

持之以恒　语曰："十年树木，百年树人。"手艺的正规教育和非正规教育属于百年树人的大计。这样的大计绝不可能一蹴而就，而是需要相当长的时间、精心的筹划与实施方能成就的。当今社会浮躁草率之风甚盛，追求政绩、运动式的急于求成之举比比皆是，这正是作为百年大计的教育事业的大忌。上文提到的三年试点，二三十年逐步推广、覆盖全国大部分地区的设想，也许仍过于乐观，毋宁作更长期的打算来得更实际一些。须知，成事之关键不在于朝夕，而在于静下心来，踏踏实实把事情真正做好。

恪守规范，持之以恒，才能将手艺持续传承的实现可能性变为现实。这是我们殷切的期望。

［原载《民艺》2019 年第 3 期，第 6~10 页。］

"蒲公英行动"

——乡村儿童民间美术教育探索之路

苏 欢　中央美术学院

"蒲公英行动"项目（全称为"'蒲公英行动'少儿美术教育专项课题"）联合教育学者、非物质文化遗产研究专家、艺术家、艺术理论家等专家群体，以乡村教师在社区内培训、在社区内实践的方式解决乡村儿童美术教育问题。同时，"蒲公英行动"通过地域内的民族民间美术教育，使孩子在成长阶段认识、熟悉、尊重、热爱家乡，认同本民族的民族文化，继承家乡的文化记忆。"蒲公英行动"不仅解决了民族地区儿童的文化启蒙和认知问题，也弥补了义务教育中乡村地区的美术教育难题，更让我们看到了少年儿童在非遗认知中的可操作性。

一　非遗传承急需少年力量

通过教育对广大青少年进行非遗知识的普及可实现非遗更大范围的推广，具有普适意义。相对于中青年群体，少年儿童接受能力强、可塑性强，适当参与非物质文化遗产技艺的操作与文化认知，培养其热爱非遗的兴趣，等他们成长起来，便有可能发展为非遗传承人。然而，对少年儿童进行非遗知识或技艺的普及和教育并不等同于培养非遗传承人。非遗传承人是国家非遗保护四级体制内的某项非物质文化遗产的代表性传人，这一群体首先要熟练掌握所传承项目的非遗文化和技能，此外还具有保护、传承、传播非遗的义务。[①] 少年儿童学习非遗并非要求他们达到传承人所具备的传承

---

① 《中华人民共和国非物质文化遗产法》，第四章第三十一条。

要求，而是在课内外学习中对少年儿童进行适当的非遗知识传授，让儿童了解非遗知识，适当参与、实践非遗技艺，培养儿童对非遗的兴趣。简单说，进行少年儿童的非遗教育是在普及非遗知识，也是培养"潜在非遗传承人群"的过程。

联合国教科文组织在《人类口头及非物质文化遗产代表作名录》实施指南中提出"以适当的方式将人类口头及非物质文化遗产学习列入学校的正式课程"。在我国，2005年《国务院关于加强文化遗产保护的通知》[①] 第五部分要求"教育部门要将优秀文化遗产内容和文化遗产保护知识纳入教学计划，编入教材，组织参观学习活动，激发青少年热爱祖国优秀传统文化的热情"。《中华人民共和国非物质文化遗产法》第四章第三十四条"学校应当按照国务院教育主管部门的规定，开展相关的非物质文化遗产教育"。该法对开展非遗教育的规定使非遗的教育传承具有了法律意义，让非遗在年轻一代中的普及成为可能。

鼓励学习非物质文化遗产在义务教育中也有体现。教育部2001年版的《美术课程标准》要求美术教材"要渗透优秀的传统文化"。2011年的"新课标"更加强调这一点，要求美术教材要"特别重视优秀的中国传统美术和民族、民间美术，弘扬优秀民族文化，体现中国特色"。在各版本的初中美术教科书中与非物质文化遗产相关的课例占总课例的8.6%，与非遗相关的图例为1766幅，占总数的19.3%。[②]

学校课堂上的非遗教学不同于对传承人的传承教学，学生能够了解、体验即可达到普及目的。但从普及非遗知识的角度看，目前义务教育中在美术课上普及非遗的教学中存在两个显著问题：第一，美术课上的非遗通常以引例、鉴赏的形式呈现，学生对非遗的实践较少，操作环节转向其他的媒材形式。这一状况的原因一方面受到课时安排的限制，另一方面也与教师对传统非遗技能了解有限相关。第二，现行教材基本以城市生活为编写背景，这让乡村地区的美术教学在实施环节中面临脱离生活、材料不足

---

① 《国务院关于加强文化遗产保护的通知》，国发〔2005〕42号，2005年12月20日。
② 数据来源于华东师范大学颜慧珍硕士学位论文《非物质文化遗产进入中学美术课程与教学的研究》，2016，第42页。

等困难，而当地可纳入美术课程的教学资源却常常被忽略。

图1　材料匮乏是乡村美术课教学中经常遇到的问题，"蒲公英行动"
让苗族的孩子们到田间收集稻草，编制成小动物，用身边的材料上好美术课
（图片由"蒲公英行动"项目提供）

"蒲公英行动"的初衷是通过培训师资、乡村支教等活动改善城乡儿童美术教育不公平问题。由于受到地域、硬件的限制，"蒲公英行动"探索出因地施教的美术课教学方法，即利用当地的文化、物质资源设计美术课。教师们要发掘当地传统文化资源，逐步摸索出将非遗与民间美术资源应用于乡村儿童美术课堂的教学方法。

二　"蒲公英行动"的初始

"蒲公英行动"于2003年7月在湖南湘西启动，针对乡村地区尤其是少数民族地区的乡村教师开展培训活动，主要关注和解决以下三个问题。

（一）解决乡村地区美术教师数量少的问题，促进城乡美术教育的均衡发展

乡村地区美术教师资源严重缺乏，很多乡村小学的美术教师由文化课教师兼任，因此出现了教师"不会上美术课的情况"。贵州榕江县八开镇和平小学的吴平老师说："我们学校现在共有19个老师，都是教语文、数学的，但是每人都要另外上一门音体美课程。我是语文老师，还要上美术课，我不太会画画，也不会教，美术课我有时候带学生去操场上画画，有时候在教室里画个东西让孩子们照着画。""蒲公英行动"对湖南第一师范学院157名农村定向师范生进行的调查显示，有59.87%的师范生表示因"美术技能不足"而无法教授美术课，有50.32%的学生因自己"美术教学方法不足"而不会选择教美术课。①

2014年，云南玉龙县没有一位专职美术教师，剑川县仅在县城有两位美术教师。2005年，湘西自治州有小学2200所，专职小学美术教师人数为190名，平均12所学校中只有一位美术教师。2016年1月的统计数据显示，湘西自治州八县市共有学校1000余所，小学美术教师人数为328名，平均3所学校拥有一名美术教师。虽然湘西地区对美术教育的重视有所改善，但是这328名教师大多分布在城镇学校，并且还包括了某些九年制学校中初中美术教师兼授小学美术课的情况，乡村地区的美术教师资源仍旧缺乏。

解决乡村学校没有美术教师的问题正是"蒲公英行动"启动的最根本目的。2002年，一直关注湘西乡村美术教育的谢丽芳②接到一封陕西省安康市乡村小学教师的来信，信中写道："我们学校的美术老师都到发达的沿海地区发展了，学校里没有人上美术课，我们该怎么办？"正是这个契机，让谢丽芳想到要切实解决这一问题，在时任中国美术家协会少年儿童美术艺委会主任何韵兰老师和美国福特基金会驻中国办事处高级项目官员何进博

---

① 数据来源于"蒲公英行动"2016年3月师资培育项目简报。
② 谢丽芳，1949年生，"蒲公英行动"项目负责人，原湖南妇女儿童活动中心研究员，中国美术家协会少儿美术艺委会副主任、湖南美术家协会副主席、湖南美协少儿美术艺委会主任，长期致力于儿童美术教育实践与研究。

士的帮助下,"蒲公英行动"诞生了,主要解决乡村地区美术教师资源缺乏的问题。

图 2　云南玉龙县白沙小学学生在美术课上学习描绘自己的故事
(图片由"蒲公英行动"项目提供)

(二)解决乡村地区美术课材料匮乏问题,让孩子享有接受美术教育的权利

乡村地区美术教育发展不健全,不仅因为专职教师缺乏,还体现在课程教材的匮乏上。主流的美术教材基本以城市生活为背景而构建,大部分地区使用通用教材,没有校本课程,这就在偏远的乡村学校出现了课程设置与学生生活脱节的情况,无法按照正常的课程内容授课。贵州黔东南自治州施洞小学刘校长说:"国家发的教材在我们这里不适用,我们只是大的方向参照课本,但是材料主题会根据我们的地方情况替换,把我们的文化融合进去。"利用身边的材料上好乡村美术课,这正是"蒲公英行动"倡导的理念。

美国教育学家罗恩菲德把儿童美术能力的发展分为六个阶段,13 岁之前是孩子学习和创意的最佳年龄段;进入 13 岁,也就是孩子步入初中时

（有些乡村地区的孩子入学年龄晚，13岁可能正值五年级、六年级）创造性处于停滞状态，大部分丧失对美术活动的兴趣。乡村学校的儿童在表现能力和创造能力最强的阶段没有接受良好美术教育的机会，这是他们成长的巨大缺憾。对于课业压力较大的高年级学生来说，等有较成熟条件接受美术教育了，已无法对美术课产生童年时的兴趣，那么，在他们的人生学习经历中很有可能缺乏美术实践的经历。如何在乡村地区教师缺乏、材料工具不足的情况下，让乡村儿童接受美术教育，开发艺术创造潜能，这是"蒲公英行动"要解决的问题。

图3 "蒲公英行动"在湘西腊尔山阿拉小学，让那里的苗族孩子在美术课上穿上了自己用废报纸设计制作的苗族服饰
（图片由"蒲公英行动"项目提供）

（三）利用地区民间美术和非物质文化遗产资源，让民族地区儿童树立文化自信和民族自尊

"蒲公英行动"除了解决美术教学资源的问题，还有一个更高的目标就是要让偏远乡村地区的少年儿童树立文化自信。十几年前"蒲公英行动"团队在湘西进行考察时发现，若是哪位同学成绩不佳，孩子们会用"苗苗的"嘲讽，"苗苗的"即是形容愚蠢、呆笨的意思。在他们的眼中，汉族是先进、开化、文明的代名词。清朝廷对湘西苗民的镇压，湘西苗族地区女

性服装上的刺绣图案不是苗族崇拜的蝴蝶妈妈、姜央、鸟、龙，而是在清朝政府强制下，统一改绣极具汉族文化特征的牡丹、莲花、凤凰等纹样，经历几辈人的传承，很多本民族的文化传统随之被摒弃。

民族地区的成年人意识不到自己民族的文化独特性与文化价值，儿童更不以为然，因此民族文化逐渐开始出现断代与失传的问题。若要使民族文化得以传承，改变偏远地区少数民族民众的文化自卑心理是不可回避的问题，学校教育是解决这一问题的有效方法。"蒲公英行动"希望通过让孩子们在美术课上接触、学习当地的民间美术或非遗等传统文化，认识民族文化，从小就能树立热爱民族、尊重多元文化的态度，此行为将为未来几十年的民族文化传承铺下第一块基石。

三 "蒲公英行动"的经验方法

"蒲公英行动"项目自创办至今已走过十三年的历程，探索出一套针对解决以上问题的经验方法。这些经验即是对"蒲公英行动"成立之初要应对的问题的解决方式。这些经验同时对于我们探索在青少年学习中传播普及非遗知识和技艺具有借鉴意义。"蒲公英行动"的具体经验模式可归纳为以下几个方面。

（一）"就地取材，因地施教，文化先行"，美术课上"技艺"与"记忆"的双重学习

"蒲公英行动"解决乡村美术教育资源匮乏问题的直接方法与2011版《美术课程标准》给出的建议基本一致，概括起来就是"就地取材，因地施教，文化先行"。美术教师重要的教学灵感获得就是发现当地可转化成教学资源的非遗与民间美术项目。

以云南省玉龙纳西自治县白沙小学为例，东巴文最早是纳西族写画在木头和石头上的图画象形文字，属于相对原始的象形文字形态，现在已经很少使用。"蒲公英行动"的参与教师带领学生在身边随处可见的石块上面，学习东巴文的图画记录方式，把身边的事物提炼成抽象符号描画在石块上，让孩子对东巴文有寓教于乐的感性认识，并亲身体验了东巴文化。"就地取材，因地施教"既解决了乡村地区美术课材料不易获得的问题，又让学生了解、体验了民族非遗,尤其是学生在与材料的接触过程中,建立起对家乡文化的关注、认识和热爱。

"蒲公英行动"在每次培训过程中至少为老师们安排一天以上的实地考察实践,《田野考察与课程开发》成为"蒲公英行动"独具特色的培训课程。这一课程是让老师们走入乡村,模拟日常教学过程。教师首先要寻找和发现可以引入课堂当地民间美术或非遗资源,尤其要注意对民族节日、民俗生活的考察和运用。简单的田野考察后,老师要把在考察中收集到的民间美术资源进行教学转化,设计出一堂教学课例,通过讨论修订确定方案。最后,培训教师展示课程设计,直接为当地学生上课,反馈教学效果、互相借鉴启发。通过这样一个过程,教师完整地实践、掌握了"蒲公英行动"的课程设计方法。

在推行"就地取材,因地施教,文化先行"方法时,"蒲公英行动"也在向参加培训的老师强调美术课对学生创造力的启发意义,肯定儿童与生俱来的创造力,打破写实性绘画的惯性思维,提高教师的教学素养。思想观念的转变是引导乡村教师开设并上好美术课的第一步,可促进乡村少年儿童发散思维、启发艺术创造力,体验艺术的魅力,而不是让美术课成为简单的"照葫芦画瓢"。

(二)直击乡村,探究性学习,在社区培训中实地解决课程设计问题

"蒲公英行动"每年举办两次活动,活动形式主要是组织乡村教师集中培训,参与培训的教师通过进行现场教学、互相讨论交流课程方案。"蒲公英行动"培训的对象都是来自乡村地区的基层教师,他们有的是县、镇的小学教师,有的是乡村教学点的教师;有的是学校或少年活动中心的专职美术教师,也有学校的兼职美术教师,还包括一些地方教育部门的教研员。

"蒲公英行动"的每一次活动几乎都选择在县级以下的小学举行,参与活动的教师在乡村环境中学习交流。"蒲公英行动"让授课专家学者和参与培训的教师共同走入乡村学校开展活动,全程始终没有脱离乡村环境。在乡村组织培训正是为在乡村环境下设身处地地让教师演练"就地取材、因地施教"的课例开发实践。

"蒲公英行动"的培训过程采取探究性学习的方式,教学方案在培训老师、专家之间经过讨论，与教育专家和艺术家的零距离交流为教师提供了极大帮助。完成《田野考察与课程开发》课程培训，在经历了发现资源到转化为教学内容的演练过程，每位教师都能够拥有一个可以投入实际教学的课例，这一课例是针对培训地区的学生设计的，具有地区文化背景差异的限制，不一定适合教师所在地区，但是，教师可以带着思路与方法回到当地继续进行课程设计，发现文化资源并转化为课程教学。老师们在培训中收获的不仅是教育学知识，更掌握了具有针对性和可操作的方法。特殊的培训环境让教师们在实战和探究中掌握方法，"蒲公英行动"一贯讲求直面问题、解决问题的有效工作模式。

（三）带动多方面群体共同关注乡村美术教育

作为非政府公益组织，"蒲公英行动"的参与者均以志愿者的方式贡献力量。志愿者的身份与文化背景也较为多元，有教育专家、艺术家、非遗研究者、城市和乡村的一线教师、教研员、大学生、媒体工作者、企业职员等，支持机构有地方教育局、学校、儿童活动中心等单位，不同身份的志愿者集结到"蒲公英行动"中，发挥各自优势，使"蒲公英行动"成为师资力量丰厚的综合性团队。尤其是从事教育和非遗研究的专家、具有成功经验的基层教师直接到社区中与培训教师交流，省去了诸多中间环节，让身处最边缘地区的乡村教师能够接触前沿的专业教育理论和课程。

"蒲公英行动"的专家、培训教师、志愿者之间是平等参与的相处方式，授课的专家一改往日居高临下的形象，离开讲台也会坐在培训教师中一同听课，随时解答疑问；在教学实践中有丰富经验的培训教师也会走上讲台分享经验；参与项目的高校大学生既是为培训服务的工作人员，也是教师学习的辅助者，在教学转换环节，大学生志愿者参与讨论并提供参考建议。这种专家、教师、大学生共同学习、亲密交流的培训方式，正是教育平等的体现。

近两年，师范生也加入了"蒲公英行动"的行列，启动了"种子的力量"子课题，向师范学院对农村免费师范生[①]推广"蒲公英行动"的美术教

[①] "农村免费师范生"从农村招收学生进入师范院校定向培养，这些师范生毕业后必须回到自己原在的乡村学校就职。

育方法。"种子的力量"可以让师范生在师范学习期间就能够接受乡村地区美术教学的方法，毕业后可直接运用到教学中，这支新生力量的加入，可以广泛有效地推行"蒲公英行动"经验。

四　结语

"蒲公英行动"让乡村儿童享受到教育平等的权利，让乡村儿童在成长认知的黄金时期，同样享有迸发创造力的机会。"蒲公英行动"在解决教育问题的同时，也在促进文化的活态延续。

在乡村地区，民族民间的活态文化仍然存在，从儿童启蒙教育抓起，让孩子认识、接受本地区的文化传统，在"技艺"实践环节参与艺术体验，在"记忆"接受环节加深对文化传统的理解。那么，当孩子们长大成人，他们还会记忆着哺育他成长的乡土文化，对家乡心怀感情。也许，他们会将这些文化讲述给下一代；也许，他们会触发童年埋下的文化种子，促使他们传承一门非遗，不论哪种可能，都会让民族文化遗产延续下去。

从教育的角度看，孩子需要接受多元的文化知识和创造力启发；从非遗角度看，传统的传承模式在改变。在探索少年儿童的非遗传习问题上应当注意，我们不能让孩子在单一的文化领域故步自封，也不能要求孩子按照传承人的传承标准实践非遗、传承非遗，但是我们可以让孩子在农耕文明消失之前认识、接触、热爱身边的传统文化。

"蒲公英行动"以接地气的方式，扣住生活、扣住民族文化多样性，让生活在乡村的孩子们接触本土的文化资源，了解非遗知识和技艺，对家乡文化心存温情，使得非遗在少年儿童教育阶段得到推及，在解决乡村美术教育问题的同时，让我们看到一条非遗传承的可持续之路，看到了乡村活态文化传承的希望。

［原载《民艺》2019年第2期，第70～73页。］

秩序与生存：杨家埠木版年画行业习俗的人类学研究

荣树云　山东工艺美术学院

任何乡土社会中的人群都不能单个存在，必须在时空中"秩序性"地内嵌于其社会结构、社会制度中。社会结构就像文化的其他部分一般，是人造出来的，是用来从环境里取得满足生活需要的工具。[①] 乡土社会中的"秩序性"是人们为了满足一个群体或民族的日常生活正常运转，形成的一套完整的文化生态系统。乡土社会中的"秩序"使人们内心充满了安全感，生活里大小事情，靠世代流传的"集体经验"就能应付。

乡土社会中的"秩序性"包含了时间、空间、文化的心理认知与地域性知识。因此，乡土社会中的人都会自觉遵循一套有关时间（四季耕作、岁时节庆）、空间（人文与自然景观）、文化（风俗）的秩序。乡土社会中的"文化秩序"是人们根据自身的生产规则来不断建构、维护与延续的，而一个地区商贸文化中的"行业习俗"就是建立在"文化秩序"之上的与该行业的文化利益、经济利益以及宗族观念黏连在一起的对人们的行为起规范作用的社会意识形态，它保证了一个地区、一个行业的持续性存在。本文以杨家埠木版年画的行业习俗为案例，从人类学的视角，分析乡土社会商贸文化中的秩序性和以村落为单位的可持续性发展之间的内在关系。

一　杨家埠木版年画概述

山东省潍坊市寒亭区杨家埠村，以浞河为界分为东、西杨家埠村。其

---

① 费孝通：《乡土中国》，人民出版社，2008，第96页。

中西杨家埠村因民俗旅游业的发展，成为国内有名的 4A 级旅游景区，知名度由此日渐攀升。2005 年以后，又因该村的木版年画与手工风筝被评为国家级非物质文化遗产而闻名大江南北。久而久之，西杨家埠村逐渐被人们口头上称为"杨家埠"，当地人发音为"杨嘎埠"。据 2016 年村委统计，全村共有 420 户，1465 人，除三名从云南嫁过来的彝族妇女外，全系汉族人。目前，村内的可视性标志有四部分：一是北进村口的仿清代门楼牌坊；二是正对门楼牌坊的年画风筝一条街；三是街道两旁的仿明清式二层居民楼；四是杨家埠民俗大观园风景区。

杨家埠村的形成有一定的叙事性，其始祖杨伯达于明朝洪武二年（1399）从四川成都府梓潼县重华乡迁来。明隆庆六年（1572），因水患，多数人迁至浞河以西的高地，姓氏、地理位置（方位）、地貌特征三个因素共同成就了"西杨家埠"的村名。该村东靠浞河与东杨家埠村相望；北邻齐家埠；南与东、西三角埠村接壤；西北与赵家埠相邻。村落呈东西式长方形，东西约 860 米，南北约 500 米，面积约 43 万平方米。

杨家埠村是一个由迁民而迁艺的村庄，因为该村祖先杨伯达从四川迁至此地时，就有画样、刻版、印画等手艺，同时，他还熟悉各式灯笼和纸彩的扎制技艺。定居下边村后，由于连年自然灾害，农业歉收，生活难以维持。为养家糊口，重操旧业，三世同堂，苦心经营。每年十月下旬种完小麦后开始准备印年画。春节前后，又忙着扎制灯笼、印纸彩，迎接新年。出了正月十五，村里人家家户户开始扎风筝；夏天做拉扇。明末清初，西杨家埠村就成为国内有名的手艺村。

紧邻杨家埠村以北 1.5 千米的寒亭镇（今寒亭区）是一个商贸古镇，文化与商业都比较发达。在杨伯达制作年画之前，这里就有生产年画的"画子店"，但不是木版年画，一般都是满足春节祭祀用的、手绘的文武财神、家堂轴子、灶王等。杨伯达一开始也手绘这类年画，但这类年画比较费时，利润较低，买这些画的人大多是家庭比较富裕的地主。后来杨伯达将自己的雕版技术跟当地需求的画样相结合，印制出了半印半绘的神像类年画。由此可知，杨家埠始祖的雕版技术是日后杨家埠年画业发展的先决条件，如果没有先祖的技艺，也许杨家埠年画业没有日后的繁荣，因为这个先决条件从"根"上为杨家埠人注入了"文化自信"的基因，就像当地老百姓所说的"学徒三年，不如祖传"。可以说，那时的杨家埠雕版技艺带给了它的主人丰厚的物质回报。

图1 明代杨家埠老年画作坊——吉兴画店（图片为笔者拍摄）

据资料显示，清光绪年间，西杨家埠年画最高产量达两万令纸（约五千万份）①。杨九经经营的"东大顺"成为西杨家埠最大的画店之一，每年有十二盘案子印画，年产量逾百万张。②"同顺德"每年印制年画50万张，用纸200令。此时，杨家埠村的年画生意越做越大，成为全国三大年画产地（潍县杨家埠、天津杨柳青、苏州桃花坞）之一，并带动了周围30多个村庄的年画生产。清中期，杨家埠村的中心街成为全国年画贩卖的商贸集市，其中，杨柳青、朱仙镇、桃花坞等不同地区的年画商贩也来此销售年画。杨家埠年画市场的繁荣促进了全国年画题材的模仿与发展，如杨家埠的戏曲年画就吸取了杨柳青的题材，当时，杨家埠村以北1.5千米的仓上村就有杨柳青生产戏曲年画的"画店"。河南朱仙镇，山东东昌府、高密、平度、

---

① 潍县木版年画研究所：《潍县木版年画史料拾零》，《文史资料选辑第六辑》，1989，第163页。
② 潍县木版年画研究所：《潍县木版年画史料拾零》，《文史资料选辑第六辑》，1989，第161页。

临沂等地区的老百姓也来杨家埠拜师学艺,杨家埠的年画店也到山东各地区开"画庄"以增加销路。随着杨家埠年画业的日渐繁荣,杨家埠的年画市场也出现了以假乱真、以次充好的年画商贩,使得杨家埠年画业受到一定的冲击。为了规范年画销售市场,杨家埠村成立了"行会"并形成了一系列的行业习俗。

图 2　杨家埠年画——男十忙（图片来源：山东省美术馆）

杨家埠村内的年画店,虽然彼此之间存在竞争关系,但画店之间却很少产生摩擦或纠纷。据考察得知,其原因,一是明清时期,每个画店都有自己相对固定的顾客（商贩）,每到腊月,这些客商直接找到自己的店家,并住在店家,交钱拿货,即使货不够,也是店主帮忙去别的店把货凑齐,这样避免客户流失。二是杨家埠年画业从早期就形成了一套严格的商业运作规范,如年画店在什么时间开始干、怎么干、什么时间止案等都比较明确。三是杨家埠村几个比较大的画店生产的年画有分类,比如专门生产门神灶神的公茂画店、义顺德画店,生产戏曲题材的南恒足、北公义店,还有专门制作家堂轴子的店。

在多年的制售往来中,每个画店都有自己的较为固定的销售地区、客商以及销售年画的种类。寒亭区史志办的谭家正说:"当时杨家埠的年画店,都有自己的销售市场,如东大顺画店主要发关东庄；北公义是发山东西南路,恒足画店是山东东路,四路顾客买货最多的是鱼台客（鱼台是山东的一个县城）每年订货约四十大车。其余是泰安、长清、滕县、平度、辛店、齐河、泊镇以及山西、河北、河南、苏北、东北等远地的画商，每年也要买 4~5 大车。"① 可见杨家埠作为一个手艺村已经形成了一套相对成熟且和谐的以地缘、血缘、业缘为基础的生产模式，这种生产模式中的"秩序性"成为维持村落社会关系的主要因素。乡村社会中的商贸秩序，其实是一种社会关系的适应性策略，也是一种生产性互惠。如人类学家科恩（Yehudi Cohen, 1974）说，每一种适应性策略都源于一种主要的经济活动。② 杨家埠年画行业习俗的形成，就是源于该村年画业生态的可持续性发展。

二 杨家埠年画行业习俗中的秩序建构

建立在血缘、地缘基础上的杨家埠年画业，无论从生产的方式还是规模来说，都已形成一种行业行为而非几个散户的零售行为，为了维持一个乡村的、宗族的文化生态平衡又要维护一个以地缘为单位的商贸行业在全国范围内立于不败之地。因此，在长期的生产、销售、社会交往过程中，逐渐形成了一套利于行业发展的相对稳定的"规范"，这套规范具备一定的社会力量。正如费孝通所说："很难想象一个社会的秩序可以不必靠什么力量就可以维持。"因此，这套"规范"的背后是一种文化秩序生成的力量。

前工业社会，木版年画作为一种先进生产力的代表，在全国遍地开花并形成一种行业。代表了非个人的利益团体，这个团体要健康有序发展，就需要一系列约定性的习俗来规范行业共同体的行为模式。而习俗一般是指某个集体"在长期的生产或生活中逐渐积淀而成的"③，并且得到集体成员认同的一套风俗习惯或惯例。习俗不同于风俗，形成风俗的事件都大而普遍，而习俗可大可小，可普遍也可特殊。《荀子·大略》："政教习俗，相顺而后行。"说明了习俗的传承性、归约性、协力性与实践性。

---

① 采访人物：谭家正，85 岁，采访时间：2015 年 12 月 19 日，采访地点：村委大院传达室。
② 〔美〕康拉德·菲利普·科塔克：《简明文化人类学：人类之镜》，熊茜超、陈诗译，上海社会科学院出版社，2011，第 114 页。
③ 方李莉：《传统与变迁：景德镇新旧民窑业田野考察》，江西人民出版社，2000，第 305 页。

行业习俗一般是指基于特定的地方性知识与生产事务而形成的某种固定的社会活动,这些活动使行业习俗具备一定的"边界",正是这种"边界"与行业的文化利益、经济利益以及宗族观念连接在一起,共同规范着人们的社会行为。正如方李莉所说行业习俗的协力性是"在配合人们的行为以完成社会的任务,而社会的任务是在满足社会中各分子的生活需要"①。传统社会中,杨家埠的年画艺人们就是利用这套世代传承下来的行业习俗,"作为自己的生活指南,解决着生产、劳动以及衣、食、住、行中的一些最基本的事务"②。

首先看一下杨家埠的行业习俗有哪些,它与人们的生产生活发生了哪些交集?由此得出,木版年画在杨家埠人生活中的地位与作用是什么,反观年画行业习俗为我们当下社会手工艺行业的发展带来哪些启示。

表1 杨家埠年画行业习俗一览

序号	日期	名称	行业习俗
1	二月初六	动木日	作坊动木锯材的时间,为新的一年的雕刻年画版做物质准备
2	三月十六	植槐日	印画的主色是"槐黄"和"槐绿",当日集体种植槐树
3	五月十二	拜师节	年满九岁的孩童,由族长带领到"杨氏宗祠"集中拜师祖,行拜师礼
4	六月初六	槐神节	在最古老的老槐树下举行"敬槐神"的仪式
5	七月廿二	财神会	纪念杨氏家族迁西杨家埠的日子
6	八月二十	启行庆典日	种完小麦,开始着手准备印画的材料
7	九月初九	开庄日	凡在外设庄的店东及开庄人均到"杨氏宗祠"集会,由族长带领向老祖宗辞行
8	九月廿六	熬黄日	全村人统一土法熬制黄色颜料的日子
9	十月十二	挂"福"字灯日	挂"福"字灯,以期当年年画业兴旺
10	十一月十五	犒劳案子日	放假,摆宴席,犒赏伙计
11	腊月初八	止案日	撤案子停止印画

---

① 方李莉:《血缘、地缘、业缘的集合体——清末民初景德镇陶瓷行业的社会组织模式》,《中国科技史杂志》2011年第32期,第28~46页。
② 方李莉:《血缘、地缘、业缘的集合体——清末民初景德镇陶瓷行业的社会组织模式》,《中国科技史杂志》2011年第32期,第28~46页。

续表

序号	日期	名称	行业习俗
12	腊月初十	选举子日	选出本村制作、销售年画最佳者为举人
13	腊月十八	留古画日	找出自家一张绘印最佳的年画保留下来，期望有一天显灵，成为"活画"
14	腊月二十	庄会日	在外设庄的杨家埠人纷纷关店闭庄，回家过年
15	腊月廿三	辞灶日	春节习俗，祭灶日

笔者根据艺人口述以及杨家埠村民俗大观园内文献资料整理而成。

通过表1可以看出，一年十二个月中，杨家埠的行业习俗有15个，大部分习俗都集中在"启行庆典日"之后，也就是开始制作年画这个时间节点。从春天万物复苏起，杨家埠人就开始了与年画制作相关的一系列准备活动——植槐。槐树是杨家埠村的标志性景观植物，目前，杨家埠民俗大观园内，就有一棵明代的古槐，它被称为杨家埠的发家之树。因为杨家埠制作年画用的黄色颜料的材料，就是槐树的槐花。与槐树相关的节日还有"熬黄日"和"槐神节"。可以看出，杨家埠人对槐树的感情，并将其升格为"神位"。这说明老百姓对赋予他们生活来源的"物"的一种感激之情，也体现了老百姓对生命的敬畏与"天人合一"思想的表达。除了对"物"的关切之外，还有对年画的制作、生产、传承的具体行为的规范，如"熬黄日"是为了保证印画颜色的质量，选在同一天熬制，以利于统一把关，以免影响杨家埠年画的品牌。"启行庆典日"与"止案日"为了从整体上保证大家的利益，因为年画的时效性很强，制定统一印画的起止时间，有利于商贩按时按量订货，避免市场因无序而造成浪费。年画行业的习俗还体现了对"人"的伦理秩序的重视，如"拜师节""犒劳案子日""开庄日""庄会日""选举子日"，这些习俗日是出于对"人"的关怀，保证了杨家埠画业的健康有序的传承。"拜师节"与"犒劳案子日"不仅关心儿童的技艺传承情况，也顾及画店伙计的工作热情，有"贿赂"之意。"开庄日"与"庄会日"的制定，意在提醒外出做生意的人，在规定的时间内要按时回家，这增强了杨家埠村人的"共同体"意识，形成以集体利益优先的原则，共同发展杨家埠年画业。以至于在年画发展到繁盛时期同一个村庄几乎不存在同行业竞争的情况。而"选举子日"的设定，则是杨家埠人对年画的创新与发展所采取的激励措施。

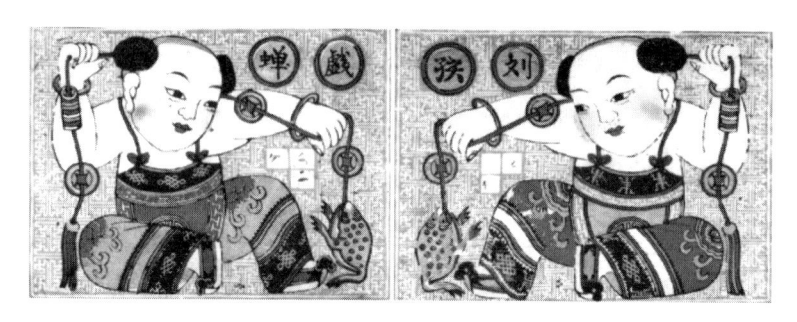

图 3　刘海戏金蟾（图片来源：山东省美术馆）

通过对以上习俗意义的分析可以看出，杨家埠年画行业习俗是建立在地缘、业缘以及血缘关系上的一套完整的集体行动规范。这套规范要求每个"共同体"都"受到一套传统规则和习俗的制约与管理，而某些活动还伴随着复杂的信仰仪式或公开礼仪"①。它塑造了该村相对稳定的、精神"深层"的文化特质以及社会组织秩序。这些习俗的制定不是政治权力的体现，而是完全依靠乡土社会中的人的社会生活与生产需求而产生的，具有一定的封闭性、无意识性。正如涂尔干所说的："把一个源于共有信仰的社会与一个基于合作的社会对立起来，认为只有前者才具有道德性，后者仅仅是一种经济性群体，这种看法是错误的。实际上，合作有其自身内在的道德性。"② 这套行业习俗也是地方性道德价值观的呈现，同时也形成了一种地方感与集体认同。这套知识系统有利于地方社会的凝聚力，增强人们的安全感与幸福感。人类学家威廉·A. 哈维兰（William A. Haviland）说，如果整个社区都在辛勤劳作，那么通常在工作中便会洋溢着喜庆的氛围。③ 这是当代信息社会无论乡村还是城市中的人群渐行渐远的一种宝贵体验，这是一种文化工业社会所没有的集体契约精神。当今社会人们注重个性化凸显，而阿尔都塞在论及文化工业时说，个性化是一种意识形态，它把标

---

① 〔英〕布罗尼斯拉夫·马林诺夫斯基：《西太平洋上的航海者》，张云江译，中国社会科学出版社，2011，第 62 页。
② 〔英〕安东尼·吉登斯：《资本主义与现代社会理论》，郭中华、潘华凌译，上海译文出版社，2013，第 102 页。
③ 〔美〕威廉·A. 哈维兰：《文化人类学：人类的挑战》，陈相超、冯然等译，机械工业出版社，2014，第 183 页。

准化的过程隐蔽了起来。文化生产实际是一个标准化的过程，只不过"每件产品都染上了一种个性的气息"而已。

三 秩序与生存的社会意义

在农耕时代的乡土社会，行业习俗并非少见，从人类学的角度，可以将其看成是具有文化意义的社会事件。通过格尔茨的"深描"就可以观察和分析出一套人们为什么如此做、如此想以及如何解释他们生活于其中的世界。如果把乡土社会的行业习俗看成是一种具有象征意义的活动。那么，行业习俗背后的"秩序"作为一种集体潜意识，像一双看不见的手为乡土社会理出一个合乎道德的"无治而治"的文化传统。乡村手工艺行业习俗中的每个时间节点作为一种社会文化的时空秩序，符合乡土社会手工业的健康持续发展的社会规律，这个规律是几代人在实践的基础上逐渐建构并确立的，以满足社会中各分子的生活需要。从某种意义上说，木版年画行业习俗这种人造的秩序约束着杨家埠人的行为规范，但同时也使这一行业的成功有序运作成为可能，也使秩序与生存成为一种关乎传统的有机组成。贡布里希说："混乱与秩序之间的对照唤醒了我们的知觉。"[1] 其实，从视觉的角度来说，秩序更容易引起人们的关注、舒适、美感，如果从心理学的角度来说，这是一种习惯与规范给人们带来的安全感，从人类学的角度来说，秩序是文化与生存的契合性。

近百年来，随着中国社会结构的变迁，存在于旧的社会结构中的"秩序"必然失去效力，这时人们心理上难免出现紧张、困惑之态。当今社会，经济全球化促使各国"命运共同体"的生成，"礼治"渐行渐远，"法治"成为维持人们行为规范的力量，在这种全球语境中，"礼作为社会公认合式的行为规范"，"礼治"与"法治"将会相辅相成地重构出合乎社会道德的经济秩序来。

---

[1] 〔英〕E. H. 贡布里希：《秩序感——装饰艺术的心理学研究》，杨思梁、徐一维、范景中译，广西美术出版社，2015，第6页。

历史上任何一次"复古"其实都是创新,[①] 是一种文化创新,也是一种文化契合性的找寻过程。在这里重新谈论杨家埠年画业的行业习俗是为了探寻那些曾经对生活在乡土社会中的群体起到极大作用的宝贵的生活哲学,这个生活哲学不仅仅是那些外在的生活策略,也是融进群体的潜意识的或集体无意识的文化内化吸收。

四 秩序与生存的历史价值

文化一直以来都被看作是社会代代相传的黏合剂,通过人类共有的过去将人们联系起来,而不是一个时代创造出一种当时的文化,[②] 杨家埠年画的行业习俗作为一个体现村落社会关系的文化表征,它并不是一个文化实体而是一种文化建构的过程。从这个角度来说,即使当今社会,木版年画业因为印刷技术的兴起而衰落,该行业习俗也随之消逝,但行业习俗作为人们日常生活的行为、实践以及文化符号,它是怎样建构与重构当地文化的契合性,是了解一个村落的文化整体性以及人与文化的关系不可或缺的社会图像。因此,"深描"民间行业习俗的过程就是理解中国社会结构和历史变迁的过程。

从现代化与全球化的角度来看,在人类迎来第四次工业革命和中国快速进入"互联网+"的社会转型过程中,中国迎来了在高科技基础上的手工艺复兴。这样的复兴现象对于中国未来的社会走向,以及对世界的经济发展有什么样的价值和意义?如何通过人类学的视角对一个"社会事件"挖掘、记录以及解释,有可能对当下正在转型中的社会文化创新起到一定的历史参考价值。

乡土社会中行业习俗的关键性场景往往是用仪式来体现的,对于人类来讲,仪式是一个意义体系,它为人类提供了一种行动的策略,并以这样一种方式来塑造行动者,因此,任何传统的手工艺社区都有与手工技艺相

[①] 刘悦笛:《从"生活美学"到"情本哲学"——中国社会科学院哲学所刘悦笛研究员访谈录》,《社会科学家》2018年第2期。
[②] 〔美〕康拉德·菲利普·科塔克:《简明文化人类学:人类之镜》,熊茜超、陈诗译,上海社会科学院出版社,2011,第50页。

关的仪式，而民间行业习俗就是一个个"仪式"组成的"丛"。如杨家埠行业习俗中的拜师节、财神会、开庄日、辞灶日，又如熬黄日、犒劳案子日、止案日等，这些与行业相关的习俗既是一种经济活动也是一种文化活动。

从行业习俗的历史价值来看，近百年来手工艺作为中国传统文化的根基，在近代社会受到挑战。由此，中国社会在迈向现代化的进程中，一直面临两种知识体系的博弈，即传统知识与现代知识、地方文化与全球文化，在手工艺领域这种博弈的过程尤为明显。记录这一发展过程的民族志，就是记录了中国如何从否定传统融入全球化，又是如何从全球化走向在地化的历史变迁过程。因此，可以说，秩序与生存是人类文化变迁的契合性发展机制，而非过度创新。

[原载《民艺》2019年第3期，第30~34页。]

亚洲四国乡村传统手工艺集群化发展策略的比较研究*

唐璐璐　北京外国语大学艺术研究院

作为联合国教科文组织（以下简称"UNESCO"）2003年《保护非物质文化遗产公约》（以下简称"2003年《公约》"）中所规定的非物质文化遗产（以下简称"非遗"）的重要类别[①]，传统手工艺在各国的非遗保护实践中都有重要地位。我国作为签署和实施2003年《公约》最早的国家之一，十分重视传统手工艺的保护与发展。在目前通过的共四批"国家级非物质文化遗产代表性项目"名录中，我国专门设立了"传统技艺"一类，与2003年《公约》所规定的"传统手工艺"可大致对应。有"景德镇手工制瓷技艺""苏州缂丝织造技艺"等项目被列入国家级非遗名录。[②] 由于传统手工艺与人们日常生活紧密联系，而且许多项目具有重要的经济与社会价值，因此一直是政策关注的重点。2017年3月多部门联合出台的《中国传统工艺振兴计划》[③]，2018年6月发布的《文化和旅游部办公厅关于大力振兴贫困地区传统工艺助力精准扶贫的通知》[④]，都进一步突出了传统工艺在

---

* 本文系国家社科基金重大项目"丝绸之路经济带沿线国家文化产业合作共赢模式及路径研究"（项目批准号：17ZDA043）子课题的阶段性研究成果。

① 参见UNESCO官网2003年《公约》《基本文件》（2018年版）第一章第二条，https://ich.unesco.org/doc/src/2003_Convention_Basic_Texts_2018_version-CH.pdf，最后访问日期：2019年4月16日。

② 中国非物质文化遗产网：http://www.ihchina.cn/project，访问日期：2019年4月16日。

③ 中国政府网：https://www.gov.cn/zhengce/content/2017-03/24/content_5180388.htm，访问日期：2019年4月16日。

④ 文化和旅游部官网：https://zwgk.mct.gov.cn/auto255/201807/t20180717_833855.html，访问日期：2019年4月16日。

社会经济结构方面的影响。传统手工艺一方面得到了政策的诸多支持，社会关注度高；另一方面，在保护与发展实践中，也显露出一些问题。

首先，在目前公布的五批共 3068 人的"国家级非物质文化遗产代表性项目代表性传承人"中，共有 518 位"传统技艺"类的国家级非遗传承人，人数较多，约占总人数的 16.9%。但在可查具体出生日期的 326 人中，我们可以发现，传承人主要分布在 50~80 岁年龄段，年龄最小者为 40 岁（见图 1）。① 这一数据一方面反映出传统技艺需要较长时间训练，年龄较大者技艺更为出色；另一方面也说明，重要传承人群体年龄偏大，存在传承的风险。如何让更多人，尤其是年轻人参与到传统手工艺的发展中，这是值得思考的问题之一。

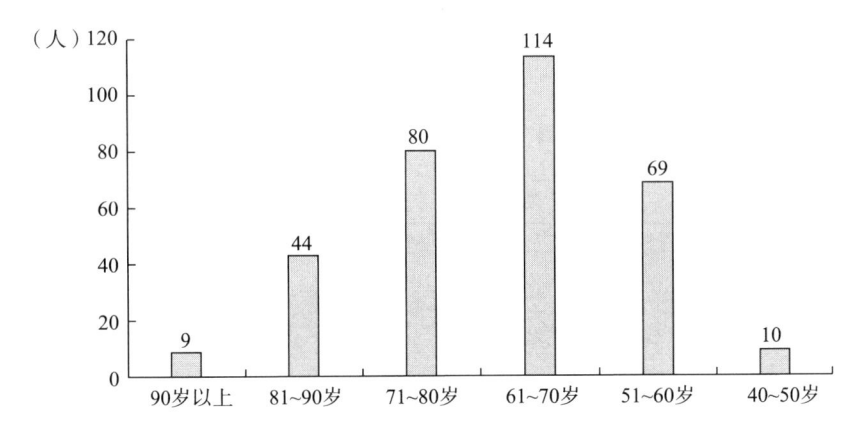

图 1　国家级非遗传承人年龄段分布（可查出生日期部分）

其次，我们经常可以见到的现象是，许多手工艺人的作品，尤其是国家级、省级传承人的作品，被视为重要的"艺术品"，走上了精品化、贵族化的路线。传统工艺与生活的关联性、使用价值被削弱，取而代之的是膜拜价值。本雅明曾指出，艺术品原作具有"光韵"（aura）效应，能使人产生膜拜价值。② 艺术曾作为巫术、神秘主义和宗教神学的工具参与生活实践。虽然艺术逐渐独立，但某种神秘的沉思仍保留在器物（即艺术品原作）

---

① 中国非物质文化遗产网：http://www.ihchina.cn/6/6_1.html，访问日期：2019 年 4 月 16 日。

② 〔德〕瓦尔特·本雅明：《机械复制时代的艺术作品》，王才勇译，中国城市出版社，2002，第 13~14 页。

中。因此，在人与艺术品原作的交流中，也会因为其神秘性、原真性和在地性的体验，产生敬畏感和崇拜感。① 虽然在机械复制时代，突出手工艺品的膜拜价值，对于传统手工艺的振兴具有重要意义。但手工艺品是否等同于艺术品？追溯欧洲中世纪手工艺发展的历史，我们可以知道，手工艺主要由行会发挥主导作用，强调的是集体规范。直到文艺复兴时期，艺术家才逐渐从手工艺群体中脱离出来，个体成为创作的主导，强调的是原创性。② 因此，手工艺品与艺术品有着本质的区别。不否认相当多的手工艺品具有突出的审美价值，体现着精良的工艺与巧妙的匠心。但从传统手工艺的本质来说，它们之所以与人们的生活有千丝万缕的联系，是因为其"物性"③，即实用性。手工艺品除了膜拜价值，更应该与实际生活联系，发挥实用功能。因此，在当代社会，如何真正让传统手工艺与生产、生活密切联系，这是我们值得思考的又一个问题。

在越南、泰国、印度和日本等亚洲国家，传统手工艺的发展实践④既有共性，又体现了不同特点，为我们思考这些问题提供了一些成功的经验和失败的教训。对于我国当前乡村振兴战略背景下，发挥传统手工艺的独特优势，以实现《乡村振兴战略规划（2018－2022年）》所提出的"产业兴旺、生态宜居、乡风文明、治理有效、生活富裕"⑤，具有重要的启示作用。

一　越南：政府主导的手工艺村

越南的传统手工业较为发达，手工艺品远近闻名，是其旅游业发展中的重要资源。到越南旅游的外国游客，大多会选购当地的木器、丝绸、刺绣和陶瓷等手工艺品作为纪念品；同时，越南手工艺品也远销世界160多个

---

① 向勇：《文化产业导论》，北京大学出版社，2016，第29~30页。
② Richard Sennett, *The Craftsman*, London: Penguin Books, 2009, pp. 57, 65–66, 73.
③ 参见刘晓春《从柳宗悦到柳宗理——日本"民艺运动"的现代性及其启示》，《民族艺术》2018年第1期。
④ 以下四国相关资料，主要来源于笔者与文化和旅游部相关机构合作进行的调查。本次调查主要参考了四国政府部门出台的政策文件和相关机构的统计数据，并对文化部门、民间组织相关人员进行了访谈。
⑤ 中国政府网：https://www.gov.cn/zhengce/2018-09/26/content_5325534.htm，访问日期：2019年4月16日。

国家和地区。越南手工艺行业取得如此成就,与其采用了手工艺村这一极具特色的模式来保护和发展传统手工艺是分不开的。手工艺村,就是专门从事一种或多种手工艺品生产的村庄。越南政府于 2006 年 7 月出台的《第 66/2006/ND – CP 号关于发展产业农村的议定》,为手工艺村的发展提供了保障和助力。①

1. 越南手工艺村发展概况

在越南,许多手工艺村拥有几百年甚至上千年的历史,一直是越南传统文化的重要象征。例如首都河内市周边生产瓷器的钵场村,生产丝绸的万福村,生产传统年画的东湖村等,都是著名的手工艺村。数量、种类繁多的手工艺村为保护和振兴越南传统文化,推动越南经济社会发展,调整和优化越南农村地区生产结构做出了巨大贡献。因为与村民的生计直接相关,手工艺村这种集聚生产模式使得特定手工艺品的生产工艺、生产方式得到妥善保护并代代相传;同时,与生产相关的风俗习惯、节庆等也得到了较好传承;随着越南政府对手工艺村进行综合开发,包括大力发展旅游业,手工艺村的寺庙、祠堂、民居等也因历史悠久而成为宝贵的文化遗产。大量国内外游客进入手工艺村,这既为当地村民带来了可观的收入,也促进了越南传统文化的传播。

越南目前约有 5400 个手工艺村,涵盖约 50 类行业,② 这带来的影响是:首先,创造了大量的就业岗位,吸纳了社会闲散劳动力,尤其是贫困落后地区的劳动力。其次,创造了巨大的经济效益,使民众生活水平得到改善和提高。手工艺村内从业人员的平均收入是仅从事农业生产农民收入的 2~3 倍;而一些高附加值的生产行业,收入水平更高。由于经济发展水平较高,手工艺村城镇化进程较快,贫困水平远低于全国平均标准。最后,对于促进农村地区产业结构调整和生产方式优化也有积极影响。手工艺村的快速发展打破了农村地区原有单一的农业生产模式,使多种业态融合成

---

① Decree No. 66/2006/ND – CP of July 7, 2006, on Development of Rural Trades,https://www.ecolex.org/details /legislation/decree-no-662006nd-cp-on-development-of-rural-trades-lex-faoc065919/,访问日期:2019 年 5 月 8 日。

② Vietnamese craft villages to be promoted,https://tgvn.com.vn /vietnamese-craft-villages-to-be-promoted-84201.html,访问日期:2019 年 5 月 8 日。

为可能。先进工艺、技术和现代化设备的投入使用，进一步推动了农村地区工业与服务业的发展，同时也推动了物流、商业和旅游业等行业的兴起。

2. 发展手工艺村的主要措施

尽管手工艺村产生了多方面效益，但其发展也并非一帆风顺，面临诸多挑战。例如，随着越南市场经济体制的确立，融入国际社会的程度不断提高，手工艺行业面临的竞争也日益增加。大多手工艺村能够维持日常经营，但也有一些手工艺村面临经营困难甚至破产的局面。由于保护和振兴手工艺村，推动手工艺村走可持续发展道路对于越南而言，不仅具有十分重要的经济意义，在维护社会稳定方面还有十分重要的政治意义。因此，越南出台了多项措施，以保护和振兴手工艺村的发展模式。

第一，制定总体发展战略规划。越南政府继续调整和优化手工艺村的产业结构。梳理目前已有产业布局，建立越南手工艺村档案，及时掌握各手工艺村发展经营现状。对于落后和过剩产能坚决淘汰，严格按照国内、国际市场的需求安排生产和调整商品线；对有发展前景但面临经营困难的手工艺村进行总体投资并进行政策引导，使这些手工艺村可以维持并得到较好发展；而对于一些实力较为突出的手工艺村则进行重点扶持，通过综合开发提升其优势竞争力，形成品牌效应。如钵场村瓷器的生产和万福村丝绸的生产，不仅得到维护和升级，旅游业也得到大力发展，形成了循环良好的营销生态。

第二，在资金、土地、环境治理等方面予以政策扶持。资金和生产用地短缺一直是普遍困扰越南手工艺村进一步扩大生产和经营规模的难题。为此，越南政府出台了一系列优惠政策扶持手工艺村发展。对于手工艺村向银行贷款，手工艺村各企业更新和升级设备，手工艺村的广告宣传，手工艺村企业出口和参加国内外展会，污水处理费用等方面都提供优惠或资金支持。对于手工艺村租用土地，也提供相应的补贴，并按量、按需优先提供土地。[①] 由于越南90%的手工艺村日常生产对自然环境会产生污染，这与

---

① Decree No. 57/1998/ND‐CP; Decree No. 66/2006/ND‐CP; Nguyen Thi Thu Huong, State Policy on the Environment in Vietnamese Handicraft Villages, *Chinese Business Review*, Vol. 15, 2016（6），pp. 290‐295.

可持续发展的理念是相违背的。因此，政府也帮助各手工艺村对生产地点和场所进行了重新规划。对于原本就属于环境亲善型的产业维持原有生产模式；对于重污染类型的产业则专门建立工业加工区，与居民区隔离开来；此外，地方政府还拿出专项经费，对各手工艺村在生产过程中产生的污染进行综合治理。①

第三，建立稳定的生产原料供应渠道和多元的销售渠道。如果没有稳定的原料供应，一定会在源头上影响手工艺村的正常生产。因此，建立稳定的生产原料供应渠道，对于手工艺村的日常生产而言尤为重要。为了维持原料的供应，主要采取的措施是：一方面，合理利用本地能够提供的原材料，大胆采用新工艺，提高生产率，减少浪费；另一方面，与信誉良好、实力雄厚的原料供应商建立长期合作关系，保障生产原材料的稳定供应。除了原料供应渠道，越南各级政府和职能部门也积极为手工艺村建立稳定、多元的销售渠道。越南党政领导人就曾多次亲自为本国的手工艺品推销，如钵场瓷器就被作为国礼赠送给外国客人。越南政府还积极推行"越南人优先使用越南货"政策②，为越南手工艺品销售打开局面。在政府的组织下，手工艺村除在河内、胡志明市等大城市直接建立销售中心外，在麦德龙、BIC 等大型超市，五星级酒店和机场等人流密集地也广泛建立了销售网点。此外，在互联网发展的当下，也注重通过互联网等新媒体进行广泛宣传，打造覆盖全国且具有一定数量海外销售平台的营销网络。

第四，建立稳定的人才队伍。尽管手工艺村吸收了大量的闲散劳动力，但在人才队伍建设上仍面临一些问题。首先，受过培训且具备较高专业技能的人才数量严重不足；其次，手工艺村人才技能培训多为传统家族式传业，没有系统的培训，这导致难以建立统一的行业标准；最后，传统的技艺传授模式相对冗长，需经过反复的训练，很难吸引年轻一代的兴趣，从而严重制约了手工艺村生产规模的进一步扩大和未来的进一步发展。针对

---

① National State of Environment 2008：Vietnam Craft Village Environment，Ministry of Natural Resources and Environment，https://cem.gov.vn/Portals/0/DULIEU/bao% 20cao/SoE_2008_Eng.pdf，访问日期：2019 年 5 月 8 日。
② 《越南开展"越南人优先使用越南货"活动》，https://vn.mofcom.gov.cn/article/jmxw/201209/20120908360279.shtml，访问日期：2019 年 5 月 8 日。

上述情况，政府在各手工艺村建立培训班，引入互联网教学等现代教学模式。地方政府有意识地引入现代先进工艺并注重建立标准行业规范，在提高生产率的同时还提升了手工艺品的附加值，使从业者的收入得到大幅增加。这在一定程度上吸引了年轻人投入传统手工艺品的生产中，促进了传承。

二 泰国："一乡一品"战略

与越南手工艺村类似，泰国手工艺的发展也是以乡村为单位，突出地方资源特色。泰国于 2002 年开始实施"一乡一品"（One Tambon One Product，简称"OTOP"）战略。这一模式最初源于日本的"一村一品"（One Village One Product）运动。20 世纪 70 年代末，日本开始了造村运动（也称造町运动），以振兴逐渐衰败的农村，促进地方经济发展。"一村一品"运动正是在这一背景下兴起的，最早由日本大分县知事平松守彦于 1979 年提出并在当地实施。这一运动不仅在日本国内迅速得到推广，还传播和影响到其他国家。目前，已有超过 100 个国家以各样的形式开展了"一村一品"运动，其中亚洲和中近东国家超过 30 个。①

如果说，"一村一品"运动的理论雏形及其在日本的早期实践主要集中于微观层次的发展援助；那么在后续发展和对外推广中，特别是在泰国等国的实践，则日益体现了宏观层次的特点。日本学者一直强调"一村一品"是"运动"而非"事业"或"项目"，是因为这两者在参与主体和推进方式上有本质差异。前者是民间自下而上，自发进行的；后者则是政府主导，从上至下推进的。泰国的"一乡一品"则是后者，实施的是首相领衔、中央主导、从上至下的推动方式。但这种改良的项目模式，对亚洲一些国家却更为适用，因为国情更相似，国内市场狭小，民间企业的生存状况并不乐观，传统手工艺的生产主要就是为出口服务的，因此需要政府的积极介入。②

---

① 贺平：《作为区域公共产品的善治经验——对日本"一村一品"运动的案例研究》，《日本问题研究》2015 年第 4 期。
② 贺平：《作为区域公共产品的善治经验——对日本"一村一品"运动的案例研究》《日本问题研究》2015 年第 4 期。

泰国政府推行"一乡一品"主要是鼓励全国各地发展自己的特色产品，促进地方经济发展。政府结合各地特色非遗，支持偏远地区农民通过传统手工艺制造特色产品；再由政府推动销售到国内市场及国际市场，从而改善低收入人群生活。政府会遴选出其中较有经济开发价值和可进行产业化运营的项目，进行重点扶持和培训；引领、教授相关人员管理和销售经验，并且帮助其扩大市场。同时，政府也会在贷款、融资方面对生产者提供支持。

列入"一乡一品"项目的产品种类丰富，主要包括食品、饮料、装饰品、服饰、草药等类别；截至2019年4月，产品数量已超过13万件。① 为推动"一乡一品"战略的实施，泰国政府曾在122个乡试点；同时，还专门成立了工作组，为各乡制订产品开发、营销和出口等方面的具体计划。② 如今，加入"一乡一品"的乡镇主要分布在北部、东北部、中部和南部地区，包括中小企业、合作社、个体等不同的制造商3万余家。③

对于"一乡一品"的具体产品，泰国政府也非常注重树立品牌意识与严控质量标准。各地推出的产品，如果被认定为"OTOP"产品，则可享受在商业推介、包装设计等方面的支持。"OTOP"产品会按照品质、包装等要素，被分为一星到五星不同的等级，定期会评选出四星、五星产品以及冠军产品，而顾客则可以各取所需。严格的规范和标准使得"OTOP"成为放心产品的标志。在"OTOP"模式的推动下，泰国建立了许多本土品牌，深受大众欢迎。如今，许多外国游客在泰国都会购买当地特色产品，而泰国本国消费者也可以通过每年举办的"OTOP"产品展销会，购买到质优价廉的跨地域产品。④

越南的手工艺村和泰国的"一乡一品"战略这两种基于村落的发展模

---

① 参见OTOP网站产品页面，https://www.thaitambon.com/en/product，访问日期：2019年5月8日。
② 卢向虎、秦富：《国外"一村一品"运动对中国发展现代农业的借鉴》，《世界农业》2007年第10期。
③ 参见OTOP网站制造商页面，https://www.thaitambon.com/shop/shop，访问日期：2019年5月8日。
④ 王均文、胡正梁：《国外、省外刺激消费经验借鉴》，《山东经济战略研究》2009年第4期。

式，具有一些共同点：第一，都是由市场机制作用于传统手工艺的保护。当手工艺成为与人们密切相关的生产、生活方式时，就获得了自力更生的能力。第二，都是由政府主导，自上而下推行的。这种模式在一些国情相似的亚洲国家存在合理性，初始阶段需要政府进行总体规划和指导，协助地方利用文化资源进行集中生产，扩大市场，树立品牌意识。但这种自上而下的方式仍存在风险。例如，政府的换届会影响该战略实施的可持续性。因此，在此战略框架下，如何增强民间的内在动力仍是值得思考的问题。

三　印度：因地制宜的集群化计划

印度传统手工艺的发展策略与国情相关。在英国殖民时期，手工艺生产由于工业化的影响遭受重创，大批传统手工艺人失去了赖以生存的根本。1947年印度独立之后，保护和发展传统手工艺行业被列入地方联邦政府①职权，联邦政府则从国家层面起协调辅助作用。作为印度农村除农业之外的第二大行业，印度传统手工业的优、劣势都比较明显。优势是印度拥有大量廉价劳动力，就地取材方便，投入小，手工艺品也具有独特的艺术性。劣势则在于地域分散，组织性差，缺乏资金，从业人员受教育程度不高，市场开拓能力不强等。从事传统手工业的人群大多处于偏远、不发达的农村地区；并且据印度手工艺品发展委员会的数据统计，手工艺从业人员有一半以上来自表列种姓、表列部落②、其他落后的阶层以及人数较少的宗教团体等弱势群体。

鉴于印度传统手工艺行业在促进经济发展和传承印度文化方面所发挥的重要作用，同时考虑到该行业及从业人员的脆弱性，印度将传统手工艺的保护和发展列入国家发展计划并成立专门机构，采取多种措施促进传统手工艺的发展。自2007年以来，印度政府每年投入数亿卢比扶植手工艺行业发展；在财政资金持续投入的同时，还制订了各种专项计划。专项计划的重要特点就是因地制宜，区别施策。根据印度手工业区域分布的特点，

---

① 印度1950年宪法确立了联邦制国家形态：外交、国家安全等事务由中央政府管理；文化、土地等邦内事务由地方邦自治。
② 表列种姓和表列部落是印度的在册种姓和部落，是印度宪法规定的两类弱势群体的总称。

通过财政补贴，鼓励手工艺人自发实现集群化，引进先进生产设备和技术，加大产品设计和开拓能力，增强手工艺产业竞争力。① 其中，两个具有影响力的专项计划是阿姆倍伽尔发展计划和集群化计划。

1. 阿姆倍伽尔手工艺品发展计划

阿姆倍伽尔手工艺品发展计划（Ambedkar Hastashilp Vikas Yojana，简称 AHVY 计划）② 于 2001 年开始实施。阿姆倍伽尔（Ambedkar）为印度贱民阶级领袖、印度宪法之父，倡导禁止对低种姓人的歧视。由于印度手工艺从业者多为弱势群体，以阿姆倍伽尔命名，展现该计划对弱势群体的关注。AHVY 计划主要按照地域划分，最小的规模是以村落为单位。该计划主要通过引入非政府专业机构（民间力量），为手工艺群体提供社会保障、技术、市场及资金支持；将同类传统手工艺人群发展成为管理专业、运营独立的社区企业，建立起以手工艺项目为基础、需求明确、具备持续发展能力的手工艺机构，增强手工艺行业的内生动力。

2. 手工艺集群化计划

印度于 2008～2009 年提出手工艺集群化计划（Mega Cluster），最初主要针对的是手工纺织业，后来逐步扩大到其他手工行业。该计划的重点是根据印度手工行业区域分布的特点，为手工业集群配备先进生产设备、引进尖端技术、开展技术培训、加大产品多样化和市场开拓能力，力图建立品牌，扩大产品市场。集群化计划既针对特定地域，也针对全国范围内被认定为可以形成集群的特定手工艺行业。较早纳入该计划的，如印控查谟－克什米尔地区的巴斯霍赫利披肩及刺绣工艺。2014～2015 年，印度又增设了 3 个手工业集群并拨款 1.83 亿卢比对这 3 个项目进行资助，包括北方邦巴雷利竹藤制品、陶制品等；北方邦勒克瑙的刺绣；古吉拉特邦的喀齐皮革、木雕等。③

---

① 参见印度纺织部手工艺发展委员会手工艺发展专项计划介绍，https://www.handicrafts.nic.in/pdf/Scheme.pdf，访问日期：2019 年 5 月 8 日。
② 参见印度纺织部手工艺发展委员会 AHVY 计划网页，https://www.handicrafts.nic.in/pdf/Scheme.pdf#page = 7，访问日期：2019 年 5 月 8 日。
③ 参见印度纺织部手工艺发展委员会 Mega Cluster 计划网页，http://www.handicrafts.nic.in/pdf/Scheme.pdf#page=139，访问日期：2019 年 5 月 8 日。

虽然 AHVY 计划与集群化计划的侧重点不同，前者注重为弱势手工艺群体提供辅助与服务，后者注重引进先进技术与开拓市场；但两者都鼓励通过规模化生产，促进传统手工艺的发展。值得注意的是，印度的手工艺发展专项计划在政府主导模式的基础上，进一步向前发展，更加注重从内部激活手工艺群体的活力。非政府组织扮演了文化经纪人的角色，成为政府与手工艺群体之间沟通的桥梁。这对于加强手工艺群体的能力建设（capacity building）是有积极影响的。经过多年努力，印度的传统手工艺行业已发展为国民经济的重要组成部分，在增加就业和出口方面发挥着重要作用。

四 日本：面向新生活的文化体验

日本则呈现了传统手工艺规模发展的另一种发展路径。我们知道，日本在 1950 年就颁布了《文化财保护法》，最早开始保护"无形文化财"。就传统手工艺来说，尽管日本采取了各种保护、振兴手段，但传统手工艺行业的整体规模仍不断缩小。据传统工艺产业振兴协会（the Association for the Promotion of Traditional Craft Industries）的数据，2012 年，日本传统手工艺行业总产值降至 1040 亿日元，总值不足 1983 年（5400 亿日元）的 1/5；企业总数从 1979 年的 34043 家减少到 2012 年的 13567 家；从业人数从 1979 年的 288000 人减少到 2012 年的 69635 人。[①] 针对这一状况，日本进一步思考传统手工业在当今社会的意义，寻求面向 21 世纪的传统手工业发展新理念。隶属于日本经济产业省的传统工艺品产业审议会在《21 世纪传统工艺品产业措施走向》报告书中，提出了面向未来发展传统手工艺的新方向：一是将其建设为传统与创新相结合的自主产业；二是积极提倡面向 21 世纪的、使用传统工艺品的新生活方式、生活文化；三是重视消费者，重视事业经营者；四是强化与其他领域的产业合作及新技术、新系统的应用；五是制造业者自身努力与国家等各方支援相结合。[②] 日本东北地区岩手县境内

---

① 参见日本传统工艺产业振兴协会网站，https://kyokai.kougeihin.jp/current‐situation/，访问日期：2019 年 5 月 8 日。
② 参见日本经济产业省网站，https://www.meti.go.jp/report/whitepaper/council19.html，访问日期：2019 年 5 月 8 日。

的盛冈手工艺村，正体现了这种面向新生活、创造生活文化、重视消费者的传统手工艺发展方向。

盛冈手工艺村创建于1986年，以"观赏、触摸、创作"为理念，汇集了盛冈各种民间工艺品、食品等传统器物。如果说越南和泰国的手工艺村是政府主导的；印度的集群化在此基础上，开始注重激发手工艺群体内部的力量；那盛冈手工艺村就体现了更为自觉的一种内生发展模式，因为它主要是由周边市镇、行业协会、企业等自发创立的。这符合2003年《公约》非遗保护范式所期望实现的"自下而上"的保护模式。原来分散在周边的手工作坊，因为规模小，污水、噪声、废气等环境问题得不到有效解决，无法吸引游客；作坊的经营非常困难，当地传统手工艺也面临传承问题。正因存在这些问题，因此民间自发、政府协助创立了盛冈手工艺村，将散布在各地的作坊集中起来，以集中解决相关问题。手工艺村体现了区域内手工艺群体的共同愿望，因此该手工艺村的参与团体之多，在日本全国都是极为少见的。[①]

从盛冈手工艺村的规划来看，已经不再为保护而保护，而是将手工艺与当代人的休闲、旅游等生活方式相联系，注重与周边整体环境的融合，也重视市场的作用。手工艺村与文化旅游相结合，主要包括三个功能区：产品展销区、手工作坊区和古建筑保护区。在产品展销区，销售约4000种当地小作坊生产的各类产品，游客可以直接听工匠说明商品并购买商品。而手工作坊区是盛冈手工艺村的主体，目前有10个行业共14间作坊，聚集了当地一流的工匠。作坊不仅有生产功能，也强调手工活动的体验性。游客不仅可以直接看到匠人的巧手妙心，还可以参与其中体验手工艺的乐趣，在工匠指导下创造自己的作品。例如手工制陶、靛染、制作木艺品等。古建筑保护区则是呈现了当地传统民宅的特色，这些建筑是从其他地方"搬迁"到手工艺村的。[②] 这些设置，不仅使文化遗产集中得到保护，也为游客

[①] 参考岩手官方旅行指南，https://visitiwate.com/zh-cn/article/4739，访问日期：2019年4月16日；《日本建手工作坊园区聚集各类工匠保护传统手工艺》，人民网，https://world.people.com.cn/n1/2016/0121/c1002-28074531.html，访问日期：2019年4月16日。

[②] 参见《日本建手工作坊园区聚集各类工匠保护传统手工艺》，人民网，https://world.people.com.cn/n1/2016/0121/c1002-28074531.html，访问日期：2019年4月16日。

创造了更为丰富和立体的体验。

五 结语

从上文所述四国的传统手工艺发展实践来看，都体现出一种以村落为单位，突出地方特色，集中进行生产的思路。这种集群化发展策略，改变了传统手工艺生产布局分散、组织不便、环境治理等方面存在的问题，可为我国传统手工艺的发展提供参考。就我国国情而言，地理上幅员辽阔，农村人口数量众多；同时，文化资源丰富且特色突出。因此，因地制宜，采取集群化的手工艺生产模式具有多方面的发展优势：第一，有利于进行人员培训，更新观念、技术和设备，使手工艺生产真正与当下人们的生活相连接，而不再只是个人曲高和寡的活动；第二，有利于激活农村经济，提供更多就业、创业的机会，改善民众的生活条件；第三，当手工艺与人们的经济生活密切相关时，也有利于吸引更多的年轻人参与其中，促进传统手工艺的传承；第四，对于手工艺生产中不可避免的环境问题，可以进行集中治理，对环境更为友善，从而保障可持续发展。

我们也应注意，上述四国的集群化发展思路在主体和推进方式上是有差异的。越南、泰国、印度主要是以政府为主导、自上而下推动的；而日本是民间自发、民间主导、政府协助的另一种模式。在基础条件较差、手工艺群体发展意识较弱的初级阶段，手工艺的集群化发展需要政府强有力的政策引导。在资金、土地、税收、人才培训、市场开拓等方面给予支持，帮助手工艺群体更新观念，加强市场经营意识。但要保障手工艺的可持续发展，更重要的是要增强民间的内生动力，努力将手工艺群体自身发展成为管理专业、运营独立的共同体。

[原载《文化遗产》2019年第3期，第39~46页。]

日本对工艺"传统"的认识

钟朝芳　浙江师范大学

日本在明治维新之后，工艺领域出现许多对立现象，如传统化与西方化的对立，手工生产和机械化生产的对立，还有工艺内部的"美术工艺"和"传统工艺"的对立等。① 但后来在很长一段时间里，本是对立双方的界限开始变得模糊，甚至有了趋同与合并的倾向。工艺领域对立现象的消解，引起了日本相关人士的重视，他们担心日本工艺的发展会迷失本来的方向。于是，关于工艺"传统"的探讨一直未曾中断，并不断衍生出丰富的内涵。

一　工艺"传统"的历史描述

日本的"美术""工艺""工业"等概念，都是在明治时期的社会变化中，受欧洲概念分类方法的影响而成立的。② "工艺"这个词是在明治3年《设立工部省的宗旨》中第一次被使用，里面写到"西方各国的开化隆盛，完全是因为铁器的发明、工艺的进步"。③ 工艺研究家前田泰次将"工艺"定义为"人类在生活中为了让生活更加舒适而制造各种用具器物的活动，即制造生活用具的活动便是工艺"。④ 民艺理论家、美学家柳宗悦认为，"一般情况下，工艺和美术是相对的，它们最大不同点在于：美术是为了欣赏而作的作品，而工艺则是为了实用的作品，或者也可以认定二者分别是

---

① 〔日〕隼瀬大輔：《『工芸』における『伝統』に関する一考察》，载《大学美術教育学会美術教育学研究》第49号，2017，第327页。
② 〔日〕佐藤賢司：《工芸概念の再考と工芸教育（Ⅱ）：近代批判を内在させた近代思想としての民藝》，载《上越教育大学研究紀要18》第1号，1998，第379页。
③ 〔日〕铃木健二：《原色現代日本の美術第14卷》，小学館，1980，第131页。
④ 〔日〕前田泰次：《現代の工芸》，岩波书店，1975，第16页。

'看的艺术'和'用的艺术'"。① 上述学者对"工艺"的思想认识既来源于日本传统工艺的历史，也来自西方各国思想的"开化隆盛"。日本大多数工艺品都是采用来自日本各地的土、木、漆、金属、纤维等材料或半成品，运用传统的工艺技术巧妙加工而制成的。在电力、化石燃料等新能源革新之前，主要是通过手工（虽然也有一部分是使用了水力能源）进行制作。日本多数工艺技术都是在江户时代各藩积极支持工艺产业振兴，大力繁荣当地产业的背景下发展起来的。日本学者把近代工艺历史大致分为四个时期。②

第一个时期是幕末至明治初期的"工艺＝工业"时代。佐藤贤司认为，"工艺"和"工业"的概念在当时还处于未分离的状态。此时工艺的发展包含着"殖产兴业"③这样的政治性的国家意志。④ 在这个时期，制造方面还没有出现机械化，生活用品都是通过手工来制造加工。"工艺＝工业"的理念是符合当时的社会发展现状的。

第二个时期是明治初期之后的出口工艺的时代。在这个时期，工艺担当起了国家的经济发展（工业化）和文化发展（西方化）的双重重任。由于当时的国策是获取外国商品，因此日本工艺品也向欧美国家出口。当时出口的工艺品生产较为在意西方人的审美趣味，出现了过度装饰和过分夸张的所谓"日本风格"，这其实是带有西方审美意识的日本工艺品。

第三个时期是大正中期至昭和初期，这个时期是出现个体工艺家的时代，日本工艺分化为"纯粹美术"的工艺和"传统文化"的工艺。⑤ 一些工艺家对明治时期出现的过度装饰和过分夸张的"日本风格"持有怀疑态度，开始重新审视日本工艺的本质特征，并对明治之前的古典作品进行研

---

① 〔日〕柳宗悦：《工艺文化》，徐艺乙译，广西师范大学出版社，2006，第12页。
② 〔日〕金子贤治：《美術史の余白に工芸・アルス・現代美術》，美学出版社，2008，第101页。
③ 殖产兴业是日本在明治维新时期提出的三大政策之一，明治政府实行殖产兴业政策的具体内容就是运用国家政权的力量，以各种政策为杠杆，用国库资金来加速资本原始积累过程，并且以国营军工企业为主导，按照西方的样板，大力扶植日本资本主义的成长。
④ 〔日〕佐藤贤司：《工芸概念の再考と工芸教育（Ⅰ）明治初期の工芸概念形成に関して》，载《上越教育大学研究紀要17》第1号，1997，第426页。
⑤ 〔日〕樋田豊次郎：《工芸家『伝統』の生産者》，美学出版社，2004，第16页。

究，力图复兴"传统"，创作出了不少富有日本民族独特的审美意识和审美情趣的工艺作品。

第四个时期是第二次世界大战以后的工艺细分的时代。在这个时期，西方的科学技术和设计观念迅速涌入日本，冲击了日本传统手工艺的发展。工艺家和匠人们在积极吸取外来艺术思想的同时，进一步探寻本国优秀的传统手工艺存在的价值和意义，工艺得到迅速发展，并细分出四种类别：①传统工艺，②展览工艺（创作工艺），③日常手工艺，④前卫工艺。

综上所述，日本对"工艺"概念的认识，是随着工艺自身现象的发展而不断变化的，其中尽管受西方工艺及其审美意识的影响，但日本学者和工艺家都能认识到传统工艺的重要性，坚守工艺的"传统"，时刻警惕本土工艺被异化。即使是变革，也将"传统"与现实相适应，互生互动，掌握变革的主动权，在向现代工艺多样化的拓宽和发展中，还能保持其风格的鲜明性与传统的本质性。

二 工艺"传统"的理论阐释

根据日本《新选汉和词典》，"传统"是指某个民族、社会、团体经由较长历史孕育、传承下来的信仰、风俗、制度、思想、学问、艺术等。①"传统工艺"这个概念最开始是使用于明治初期政府实行的"殖产兴业"政策和发扬国威等的政治言论之中。当时，机械化、外来文化将日本传统工艺逼入了窘境，在这样的情况下，人们意识到要传承与发展日本的优秀传统文化，有必要振兴传统工艺。因此，在明治初期即战后复兴之际，日本从国家政策的层面指出，"工艺"是"传统"的载体。② 可以说，日本在明治初期就认识到了工艺"传统"的继承在本国文化发展中的重要性。

20世纪20年代，在工艺品的制作逐渐变得机械化的背景下，柳宗悦提出了"民艺"理论，并与富本宪吉、滨田庄司、河井宽次郎等人共同发起了"民艺运动"。柳宗悦的"民艺"理论与其领导的"民艺运动"冲击了近代以来日本崇尚西方的审美观念，使人们重新认识到日常生活用品中所

---

① 〔日〕小林信明：《新選漢和辞典》，小学館，1985。
② 〔日〕樋田豊次郎：《工芸家『伝統』の生産者》，美学出版社，2004，第44页。

蕴含着的独特之美，相当大程度地把日本人的注意力转移到传统文化的价值上。可以说日本当今的手工艺的繁盛，柳宗悦功不可没。他在《工艺文化》一书中，这样阐释"传统"和"工艺"的关系，"传统繁荣的种种形式，产生了民族固有的工艺……与其说是匠人自己的工作，还不如说是通过他们的工作体现了传统"。"工艺文化有可能是我们丢掉的正统文化，原因就是，离开了工艺就没有我们的生活。"① 柳宗悦认为日本工艺承载着浓厚的东方文化。"不管怎样作为东方人的自我认识是极为重要的，一味地崇拜西方反而会招致西方的轻视。"②

樋田丰次郎根据时代的不同，将"传统"的解释分成了五类。③ 第一是"对外的传统"，即第二个时期出现的日本向西方出口的过度装饰、夸张的所谓"日本风格"的工艺品。第二是"回归的传统"（也称"创作的传统"），即第三个时期中具有"忧患意识"的工艺家们通过古典作品的研究，来探寻日本工艺原有的"模样"。第三是"规范的传统"，即在第四个时期（昭和20年代之后），由于《文化财保护法》的出台，具有历史价值的美术品得到了保护，相应的技术也作为非物质文化遗产得到了保护。可以说这是一个设定了标准的时代。第四是"技艺的传统"，也是在第四个阶段（昭和30年之后），随着《文化财保护法》的一部分得到修改，不仅是技术，"创造性"也受到了关注。可以说追求的不仅仅是保护，还注重创新的问题。樋田丰次郎对"传统"的分类与阐释，建构了日本学界对"传统"概念的基本理论。每一个层面都具有不同的内涵，其变化具有对"传统"现实的思想认识。"对外的传统"是传统被外域文化异化出的"日本风格"的观念表述；"回归的传统"是对古典传统意识的理性复归；"规范的传统"和"技艺的传统"是用法律制度对"传统"思想建立了的标准与地位，确立了"传统"概念的思想原则。

其中，与"回归的传统"（也称"创作的传统"）对应的第三个时期，是一个思想转换、观念更新、原则确立的关键时期，也是一个"传统"概

---

① 〔日〕柳宗悦：《工艺文化》，徐艺乙译，广西师范大学出版社，2006，第115、6页。
② 〔日〕水尾比吕志编《柳宗悦随笔集》，岩波文库，1996，163页。
③ 〔日〕樋田豊次郎：《工芸の領分》，美学出版社，2006，第44~46页。

念思想自我批判与觉醒的时期。在当时，人们还没有充分认识到"传统"的现有价值和意义，只是通过工艺家、匠人的眼睛和经验来直观摸索能够作为"传统"标准的规范和价值。对于"对外的传统"持有疑问的工艺家们为了探寻日本工艺的本质特征，通过模仿古典作品或进行材料的化学研究等的一系列的实践活动，并再次解释了各个时代的技法与创意中的"传统"内涵，确立了日本式的"传统"。这个时期的陶艺家富本宪吉就是一个代表，他自我警惕道"不能从花样中制作花样"①。这句话的含义是不能只是按照过去的花样，简单地加以模仿。富本宪吉认为，不能把"传统"当作遗物，而是应该不断地主观地去把握它的本质。② 正是这样对"传统"本质的思想认识与深化，才具有"传统"意识复兴与更新的基础。

还有，隼濑大辅对"传统"也给出了自己的解释，他认为"传统"是指再次认识再次解释并持续至今的"连续性"，由此创造新的"传统"。这样以时代为基础的"传统"便得以形成。他还指出，工艺家和匠人们探索工艺"传统"的价值和意义，就是要一边保持"材料""技艺""用途"的纯粹"传统"，一边还要发展，如美术工艺追求新的表现方向，传统工艺追求技术的确定，产业工艺以"地域文化和地域经济"发展为重。由此，美术工艺保持了工艺独特的表现方式，传统工艺保持了对手工高度的信赖，地区产业守护了产地的商品价值。于是，涉及工艺全方位的大范围的"工艺固有价值"得以确立，并得到认可。③

可见，在对工艺"传统"的认识问题上，日本不论是政府，还是工艺家、匠人、学者，在工艺发展的历史变迁中，经过思想的自我批判，最后对工艺"传统"的本质内涵及其重要作用基本形成了一致的认识，为其后发展日本工艺"传统"，建立具有国家意识的文化保护政策，提供了思想与理论依据。

---

① 〔日〕樋田豊次郎：《工芸の領分》，美学出版社，2006，第108页。
② 〔日〕樋田豊次郎：《工芸の領分》，美学出版社，2006，第111页。
③ 〔日〕隼瀬大輔：《『工芸』における『伝統』に関する一考察》，载《大学美術教育学会美術教育学研究》第49号，2017，第327页。

三　工艺"传统"的传承方式

（一）通过师徒相授的传承。家族制手工艺产品制造的传统是以师傅传给徒弟的方式传承下来的。在日本工匠艺人中有"看着偷学技艺"的说法，就是指技艺的传承不是听详细的讲解，而是仔细观察和认真揣摩师傅的制作手法来学习。林部敬吉在传统产业产地的工艺制作现场进行采访调查，将传承方式"师徒相传"当中的"技艺学习的认知过程"分为了四个阶段，①"观察的阶段"：通过"看"理解基本的原材料和工具；②"模仿的阶段"：徒弟一边模仿师傅的操作，一边练习并学会基本技术、技法；③"修炼的阶段"：徒弟反复练习、体会，努力做出和师傅相同的工艺品；④"创造的阶段"：在制造出和师傅相同的制品的基础上，不断进行尝试，制作出具有自己风格的作品。①

需要指出的是，在以产品制作是为了维持生计的时代，徒弟能够和师傅做出相同的产品就足够了。但在"创造的阶段"就不是仅仅为了生计，而是具有创造性的学习，需要创造出有别于师傅的产品，这是一个具有自主意识的徒弟阶段。如果说师傅的时代是前人的时代，在徒弟的时代里，原材料、技术、技法都有变化和发展，生活方式也在变化。徒弟为了应对时代的变化，有必要对技术、技法进行创新。在许多工房里，从师傅到徒弟的"观察""模仿""修炼""创造"这些相同的过程不断进行着，技术、技法便得以继承和发展。

（二）通过古典研究的传承。明治以来，美术家、工艺家对古画、佛像、工艺品等文物的仿制工作一直未曾间断。如位于日本奈良东大寺内的正仓院，是日本皇室在8世纪中叶所建的一所珍藏皇家宝物的仓库，其对古代文物、国宝以及重要文化遗产的仿制工作，作为文化遗产保护事业的一环已持续开展了多年。还有，登顶日本工艺界巅峰的京都，陶艺家们就是通过对古典作品的研究和模仿来继承从江户时代延续的京烧的烧造技术和图案的"传统"。陶艺家们头脑中始终在思考"什么是京烧"或是"什么是

---

① 〔日〕林部敬吉、雨宮正彦：《伝統工芸の『わざ』の伝承—師弟相伝の新たな可能性》，酒井書店，2007，第133~146页。

日本陶瓷"，为了研究古典，初代三浦竹泉、初代宫永东山等陶艺家都热衷于古代陶瓷艺术品的收藏。不仅如此，京都市立陶瓷器试验场、京都高等工艺学校等研究、教学机构为了确立有日本特色的"传统"，也想方设法地大量收集古代陶瓷艺术品。京都高等工艺学校在1902创立后，首任校长中泽岩太大力开展图案的研究和教育工作。为了更好地沿袭"传统"，该校向初代宫永东山购买了161件古代陶瓷藏品，这批藏品基本上都是能代表"日本特色"的大川内烧（锅岛烧）的印染瓷和青瓷作品。①

木田拓也曾对工艺家的仿制工作进行过深入的探讨，他认为这不是盲目地固守以前的东西，而是打破时间的连续性，向过去的作品寻求规范。有的时候也再现了已经失传了的样式与技法。此外，还体现出了近代工艺家们的顽强意志。② 关于通过模仿来学习、研究技术，木田拓也表示，模仿是慎重地琢磨原材料、技法、表现方式之间的关系，并超越自己原有的知识范畴，进入未知领域的创造性活动。③ 可以说，通过对古典的研究和模仿，这不仅仅是技术的继承，也是工艺家们增加传统的积淀，创作新的有"日本特色"的作品的过程。

四　结论

日本的"传统工艺"是诞生于明治时期的概念。进入工业化社会以后，日本也曾经轻视传统手工技艺，但很快就主张回归传统手工文化，重视自己的"传统"。根据时代、人和立场的不同，他们对工艺的"传统"的理解和关注点各有侧重，比如政府关注的是如何让"传统"成为国粹，怎样用法律制度对"传统"进行认定和保护，学者关注的是使人们重新认识日常生活用品中的"传统"，匠人关注的是技术层面的"传统"的传承，工艺家关注的是在继承"传统"的基础上，怎样将"传统"进行创新和发展，以

---

① 〔日〕森下愛子：《近代の京燒から『伝統』を考える－近代京都の製陶家における古典学習について－》，载《無形文化遺産研究報告》第4号，2010，第42~55页。
② 〔日〕木田拓也：《『伝統工芸』と倣作：草創期の日本伝統工芸展の模索》，载《東京国立近代美術館研究紀要》第15号，2011，第23页。
③ 〔日〕木田拓也：《『伝統工芸』と倣作：草創期の日本伝統工芸展の模索》，载《東京国立近代美術館研究紀要》第15号，2011，第28页。

创造新的"传统"。不管怎样，这些对"传统"的思想认知过程，实际上都是通过对世代相传，通过历史沿传，通过不断创新中，逐渐形成的具有变化与深化特征的"传统"理念，并在各个时代的不同阐释中，探索工艺"传统"思想存在的价值与意义。其中，特别需要指出的是，具有"忧患意识"的日本现代工艺家们一方面努力汲取工艺中的"传统"，另一方面他们又认识到"传统"不是化石，不能在前人所创造的工艺中墨守成规，简单地模仿，而是与时代相结合，汲取西方文化的有益因素，进行新的理解与创新，创造与时代相适应的新的"传统"内涵，以建构具有时代意义的工艺"传统"。

[原载《新美术》2019年第3期，第123～127页。]

论传统手工艺类非物质文化遗产的创新性保护*

季中扬　陈　宇　南京农业大学民俗学研究所

引　言

传统手工艺类非物质文化遗产能否创新，这并非一个新鲜话题，近年来学界对此问题已多有论述。事实上，学界通常立足于手工艺类非遗的生产性保护视角展开研讨，目前学者针对相关话题的讨论主要聚焦于以下三个方面。一是徐艺乙、宋俊华、陈华文等学者对手工艺类非遗创新与其原真性"保护"之间关系的探讨。如徐艺乙认为，包括传统技艺、传统美术等品类在内的非遗，生产性保护原则是按照非遗本身发展的规律来实施的一种保护方式，其目的不是要把非遗的资源发展成产业，而是在于保护。[①] 陈华文则发现，非遗生产性保护是指具有生产性特点的非遗形态通过生产方式或过程这一独特的途径实现传统技艺和产品在原真的、就地的原则下得到保护。[②] 宋俊华曾鲜明地指出，生产性保护是对非遗保护过程中激进派与保守派的折中路线，强调从非遗发生本质即生产中去探索保护方法，是一种符合非遗本质的可持续保护方式。[③] 二是刘德龙、朱以青等学者对手工艺类非遗创新与民众日常生活互动关系的讨论。如刘德龙认为，手工技艺

---

* 本文为2017年度文化部文化艺术研究项目"新农村建设中传统村落文化保护的理论与实践研究"（项目编号：17DH12）、2018年度教育部哲学社会科学研究重大课题攻关项目"非物质文化遗产美学研究"（项目编号：18JZDO19）的阶段性成果。

① 徐艺乙：《传承人在非物质文化遗产生产性保护中的作用》，《贵州社会科学》2012年第12期。

② 陈华文：《论非物质文化遗产生产性保护的几个问题》，《广西民族大学学报》（哲学社会科学版）2010年第5期。

③ 宋俊华：《文化生产与非物质文化遗产生产性保护原则》，《文化遗产》2012年第1期。

是在漫长实践中形成的,它离不开当代社会民众生产生活的现实需要,保护传统与改革创新并重才是生产性保护的真谛。① 朱以青也提出,对手工艺类非遗生产性保护的最好方式就是在生活中保持其核心技艺和核心价值,并与民众生活紧密相连,使之在生活中持久传承。② 三是田阡、钱永平等学者对手工艺类非遗创新与社会文化建构关系的研究。如田阡认为,只有建构良好的文化生态环境,重构为生产者、消费者和文化精英所共享的、整体性的新意义,才能在非遗生产性保护过程中产生"合力",让"见人见物见生活"的非遗保护理念成为现实。③ 钱永平最近通过对山西灵尚刺绣的田野研究则发现,当地以手工刺绣技艺为核心建立起来的由设计、生产、营销和销售环节构成的刺绣产业组织,将刺绣从文化资源成功转化为文化产业,不仅再造了地方手工刺绣新的文化生态,也为社会可持续发展尤其是包容性经济发展做出了积极贡献。④ 综而观之,手工艺类非遗创新与非遗生产性保护之间有着密不可分的结构关联,并且深刻影响着非遗生产性保护的地方实践进程。

进一步而言,对于手工艺类非遗是否可以创新及其具体创新方式、路径等问题,学界则形成了两种截然不同的观点。一方面,有学者提出,非遗在历史上就处于不断变化之中,并不存在原生态、本真性的非遗,因而,非遗当然可以创新,创新的成果也当然属于非遗。⑤ 另一方面,也有学者认为,手工艺类非遗创新与保护在一定程度上是"互斥"的,非遗虽然可以创新,但创新后的成果只能说是将来的非遗,因而,非遗创新不属于非遗保护范畴,而是群众文化活动、专业艺术生产和文化市场开拓的工作目标。⑥ 后来以苑利为代表的部分学者甚至抛出了"非遗的最大价值就是其历

---

① 刘德龙:《坚守与变通:关于非物质文化遗产生产性保护中的几个关系》,《民俗研究》2013年第1期。
② 朱以青:《传统技艺的生产保护与生活传承》,《民俗研究》2015年第1期。
③ 田阡、陈雪:《从"意义混乱"到"意义重构"——从1949年来木版年画的发展看"非遗"生产性保护中的意义转换》,《吉首大学学报》2019年第2期。
④ 钱永平:《论非遗生产性保护与包容性经济发展的结合之路》,《文化遗产》2019年第1期。
⑤ 康保成:《关于非物质文化遗产的改革、创新及其他》,《湖南社会科学》2013年第5期。
⑥ 黄大同:《非物质文化遗产能否创新?》,《艺术百家》2011年第2期。

史认识价值,非遗不能创新、改变"① 等重要论断,这被学界广为讨论,并形成了非遗可否创新的一系列延伸思索。② 当然,在笔者看来,部分学者主张保存文化基因固然非常有道理,但不断创新既是非遗自力保护的内在要求,也是其融入现代生活,进而发挥其应有文化影响力的必然选择。因此,问题的关键不在于手工艺类非遗是否可以创新,而是其"创新"的动力何在?如何"创新"才能保证其不失非遗本色?

一 创新:传统手工艺类非遗的自力保护

先谈传统手工艺类非遗为何可以不断创新。前人在讨论这个问题时,大多忘了追问一句,传统手工艺类非遗为何不可以创新。人们之所以先在预设非遗不可以创新这个问题,其实是因"遗产"这个概念,认为非遗既然是遗产,那无疑是应该保持其原有状态的,由此就顺理成章地提出了"原生态""本真性"等问题。殊不知非遗不同于一般遗产,它虽然关涉"工具、实物、手工艺品和文化场所"等物质性存在,但更主要的是"社会实践、观念表述、表现形式、知识、技能"③ 等非物质的、无确定形式的存在。对于无确定形式的存在,显然是无所谓"原生态""本真性"的。如果把现存状态视为历史遗留的原生状态,认为其具有一定历史价值,对这种状态进行影像留存即可,大可不必因此故步自封。历史地看,手工艺类非遗一直处于不断变化之中。"手工艺在发展中并不是一成不变地完全采用徒手和手工工具进行制作的,从最简单的人力机械到电动机械和仿形、复制技术,现代科技一点点地渗入工艺品制作技艺中。"④ 就是同一个手艺人,也不可能一成不变地重复自己的手工制作,往往会因时、因地、因人而随机应变。我们在采访"秦淮灯彩"国家级非遗传承人时,就发现一个有意

---

① 苑利:《救命的"脐带血"千万要保住——从非遗传承人培训说开去》,《光明日报》2016年1月22日,第5版。
② 齐易:《非物质文化遗产:"尊重、保护"与"提升、改造"孰是孰非?》,《文化遗产》2016年第5期,张毅:《非遗保护与传承的历史使命是推动其可持续发展》,《文化遗产》2016年第5期。
③ 参见联合国教科文组织《保护非物质文化遗产公约》,2003。
④ 高小康:《"红线":非遗保护观念的确定性》,《文化遗产》2013年第3期。

思的现象，传承人一方面不时地批评其他灯彩艺人搞新花样，不是原汁原味的"秦淮灯彩"，另一方面又强调，自己懂设计，会创新，比父辈做得好，自己设计之后，"拿出来让游客评，南来北往的游客，还有学者，问他们哪个好看、应该怎么做，取大家之长来补我之短"①。很显然，非遗传承人在实践中是自觉创新的，反对创新已然成为其借助国家力量批评他人的"权力话语"。其实，在联合国教科文组织的《保护非物质文化遗产公约》（2003）中从未提及"原生态""本真性"等概念，相反，倒是强调了创新问题，认为非遗在"在各社区和群体适应周围环境以及与自然和历史的互动中"，可以"被不断地再创造"。联合国教科文组织保护非物质文化遗产政府间委员会在 2015 年 11 月审议并通过的《保护非物质文化遗产伦理原则》中明确提出，"非物质文化遗产的动态性和活态性应始终受到尊重。本真性和排外性不应构成保护非物质文化遗产的问题和障碍"。②

再谈传统手工艺类非遗为何必须创新。联合国教科文组织的《保护非物质文化遗产公约》（2003）明确提出，"'保护'指确保非物质文化遗产生命力的各种措施，包括这种遗产各个方面的确认、立档、研究、保存、保护、宣传、弘扬、传承（特别是通过正规和非正规教育）和振兴"。③ 就此而言，非遗保护的要旨在于保护其"生命力"，而不仅仅是"活态传承"。问题是，究竟如何保护非遗的生命力呢？基于"人在艺在"的理论预设，以国家力量通过项目资助保护非遗传承人，似乎可以保证其活态传承，却无助于确保其生命力。有时甚至适得其反，尤其在传统手工艺类非遗领域，国家力量的介入可能破坏市场的平等竞争规则，基于市场需求的内生创造力反而被遏制了。有识之士早就看到了这个问题，提出了"生产性保护"观念，确认了市场本身对于传统手工艺类非遗保护的重要意义——市场需求是传统手工艺类非遗的血液，一旦失血，国家力量的输血至多能维持其

---

① 访谈对象：曹真荣、戴玉兰；访谈人：南京农业大学民俗学专业 2016 级研究生赵天羽；访谈时间：2017 年 11 月 17 日下午 14：00～16：30；访谈地点：南京市秦淮区大油坊巷 75 号（南京东艺彩灯厂）。
② 联合国教科文组织：《保护非物质文化遗产伦理原则》，巴莫曲布嫫、张玲译，《民族文学研究》2016 年第 3 期。
③ 参见联合国教科文组织《保护非物质文化遗产公约》，2003。

"活态",却不可能让其焕发生命力。高小康认为,"生产性保护"观念不过是再度认可了非遗的商业化,并没什么新内容。① 其实不然,"生产性保护"观念不仅认可了非遗的产品化、商业化,还暗含了对非遗能够自力更生的期望,即基于市场需求实现"自力保护"②,这其实已经触及了非遗保护的核心问题。那么,究竟如何基于市场需求实现"自力保护"呢?笔者认为,关键就在于能够与时俱变,不断创新。事实上,诸如扬州玉雕、宜兴紫砂壶制作、苏绣等无须"他力保护"的非遗,无不一直在求新、求变。就拿苏绣来说,一方面,它不仅使用了机器绣,而且机器绣作花样越来越丰富;另一方面,手工绣技艺也在不断创新,在平针绣、乱针绣基础上,发展出了融针绣,新近邹英姿等苏绣大师又创造出了善于表现油画效果的"滴滴绣"。诸多曾是日常生活用品的手工艺类非遗,也并非必然随着社会生活变迁而消失,如竹编、柳编、木雕、纸扎等,通过与时俱进地不断创新,仍然能够继续保持青春活力。如四川渠县的"刘氏竹编",传承人刘江大胆地将传统竹编工艺与现代时尚设计元素相结合,推出的竹编新品系列设计新颖别致,既满足了当代人的审美诉求,又不失传统竹编的文化韵味,市场认可度非常高,"刘氏竹编"现在不仅有技术人员近百人,产品远销30余国家和地区,年产值达500万元左右,此外还吸引了当地500多家农户加盟。③

创新后的手工艺还是非遗吗?不管是政府、社会,还是学界,都有这个疑问。一来手工艺类非遗一直处于变化之中,只是有些变化较小,手工艺人也很少标榜"创新",所以人们就误以为传统手工艺都是"向来如此"。我们能够接受历史过程中手工艺的不断变化,当然理应认可当代的传统手工艺也仍然处于历史的流变过程中,所谓"创新"不过是历史流变的自我意识而已。二是作为非遗的传统手工艺,其创新应该有一定的原则与限度,这是下文所要着力探讨的问题。

---

① 高小康:《如何为非遗的"生产性保护"划出红线》,《人文杂志》2013 年第 9 期。
② 季中扬:《非物质文化遗产生产性保护与手工文化建设》,《中原文化研究》2018 年第 3 期。
③ 王星伟、黄德荃:《继承与开新——四川渠县"刘氏竹编"的创新与转型》,《装饰》2016 年第 5 期。

二　行业竞争：手工艺人的创新动力

如果问一问手工艺人，他为什么要一直做成这个样式，而不换个花样，他一般会说，老辈就这么做的。人们由此会得出一个结论，手工艺人是"传承"者，而不是创新者。古今中外，但凡论及手工艺人时，都会强调手工艺人不具有创新性。如《考工记》说："智者创物，巧者述之守之，世谓之工。"殊不知创物者大多是百工中的能者，只不过他们从不以此自矜，文化精英就宣称创物者是纯粹从事脑力劳动的"智者"。柳宗悦在惊叹"杂器之美"时说，制作杂器的手工艺人"只是继承了祖传的手法，不停地毫无困惑地制作"，"杂器之美是无心之美"①。其实，这只是一种浪漫主义的想象，如果柳宗悦真的走到这些手工艺人中去，与手工艺人成为推心置腹的朋友，他一定会发现，这些手工艺人绝不是"无心"的，尤其是那些能工巧匠，之所以"手巧"，恰恰是因为其"心灵"，他们大多爱琢磨，善于创新。其实，日本手工艺人一直很重视创新，他们有一个观念叫"守破离"，意思是说，"一开始忠实于'守护'师傅传授的形式，然后'打破'这个形式、自己加以应用，最后'离开'形式开创自己的新境界"。②

手工艺人并非不创新，也并非不能创新，只是他们为而不说，从不标榜创新。与作为文化精英的艺术家们相比，手工艺人之创新不是为了标新立异，不是为了彰显个性，其内在动力不是艺术发展的自律，而是因为行业竞争，是他律的压力。笔者曾就这个问题访谈过多个灯彩制作艺人、紫砂壶制作艺人、苏绣艺人、纸扇制作艺人，他们都说，现在竞争激烈呀，不做点新东西，是拿不到订单的。在历史上，手工艺人之所以要精益求精，要不断创新，也大多是迫于行业竞争的压力。倘若没有行业竞争的压力，又没有现代"艺术体制"中要求创新的内在律令，传统手工艺何来不断创新与发展的动力？考察瓷器、木工、泥塑、石雕等手工行业的历史，可以发现各行各业在各个历史时期形制、风格、技术都有所不同，大凡异彩纷

---

① 〔日〕柳宗悦：《杂器之美》，载徐艺乙主编《民艺论》，孙建君等译，江西美术出版社，2002，第170页。
② 〔日〕秋山利辉：《一流匠人的成长之路》，陈晓丽译，《设计》2016年第6期。

呈的时期，都是行业竞争比较激烈的时期。

如果说行业竞争是手工艺人不断创新的动力机制，那么，对于传统手工艺类非遗来说，保护、发展、振兴一个行业就非常必要，甚至远比资助个别传承人更为重要。因为，资助个别传承人，只能保持其"活态传承"而已，很难恢复非遗自身的生命力，而没有生命力的"活态传承"，就像古希腊神话中的提托诺斯，即使可以永生，却不能永葆青春，只会不断地衰老、干瘪、萎缩。

评选、资助传承人在行政层面是比较容易操作的，对一个行业进行整体性保护、振兴显然非常艰难，可能涉及宣传、教育、财政多部门协作。对于已经拥有庞大消费群体的行业来说，企业进行品牌建设是非常重要的，而对于传统手工艺行业来说，面向社会公众进行传统手工艺的形象塑造与现代审美价值传播，进而培育认同性消费群体，也许更为必要。就当代诸多传统手工艺行业来说，其实并不缺乏有创造力的传承人，真正的问题在于，我们的消费文化其实已经落入了西方社会输送给我们的文化陷阱之中，中高端消费群体迷恋西方品牌，对传统手工艺制品的现代审美价值缺乏认知，导致手工艺制品即使创意独到、做工精良，也很难产生文化附加值。就拿"刘氏竹编"来说，在同行中已经算是能够自力发展了，近百人一年也就只能创造500多万元产值。日本的"秋山木工"只有34人，据说年收入达到11亿日元。二者之间的差距从创意、做工方面很难做出合理解释，笔者认为，更为重要的因素是市场的认同性消费问题。田兆元认为，"民俗经济从本质上讲是一种认同性经济"。① 传统手工艺消费属于民俗经济范畴，民众习惯性地、非理性地强烈认同，对于传统手工艺行业发展的拉动是不可低估的。众所周知，从事传统手工艺行业的要么是中小企业，要么是个体户，很难有实力对产品进行品牌建设以及形象与审美价值传播，这就需要公益广告的支持。但令人遗憾的是，考察一下各大媒体以及诸多大中城市的户外广告，罕见面向社会公众进行传统手工艺形象塑造与现代审美价值传播的公益广告。在非遗保护实践中，各级政府都比较重视非遗进校园

---

① 田兆元：《经济民俗学：探索认同性经济的轨迹——兼论非遗生产性保护的本质属性》，《华东师范大学学报》（哲学社会科学版）2014年第2期。

工作，鼓励传承人在大中小学生中授课、带徒。但是，往往只重视"技"的传承，而忽视了在"道"的层面进行传统手工艺的现代审美价值教育。其实，相比较而言，"道"的教育远比"技"的传承更为重要，因为只有对传统手工艺的现代审美价值持续不懈地进行普及性教育，才能培养出一代代认同性消费群体，有了广大认同性消费群体，就会有内部激烈竞争的、富有生命力的行业，自然就会有"技"的传承、革新与发展。对于传统手工艺行业来说，财政支持也是非常必要的。笔者访谈"秦淮灯彩"国家级传承人陈柏华时，他就一再抱怨税负太重，企业很难扩大经营。由于传统手工艺是劳动密集型行业，"社保费"更是企业扩大生产时所难以承受的重负。减免税收、补贴"社保费"是刺激行业发展、促进振兴的强心针，应该在国家层面予以鼓励，否则，迷恋 GDP 的地方政府是不会把这支强心针打在 GDP 贡献度较低的传统手工艺行业上的。

总而言之，保护传统手工艺类非遗，首要应该重视传统手工艺行业的整体性保护，推动其行业发展、振兴，只有整个行业有激烈竞争、有活力，才能实现"自力保护"，才能真正做到生产性保护。

三　在传承中创新：传统手工艺类非遗的创新原则

不管是现代，还是在历史上，传统手工艺都并非墨守成规，而是不断地推陈出新。明代宋应星在论述陶器的历史流变时就不无感慨地说，"岂终固哉！"① 但是，在人们印象中，为何觉得传统手工艺缺乏创新精神呢？对于这个问题，我们与其追问传统手工艺是否真正具有创新精神，倒不如反思一下所谓"创新精神"这个话语究竟意味着什么。

在现代社会，"创新"已然成为不可置疑的价值取向。其实，"创新"精神不过是在现代社会才被广为尊崇。不管是东方还是西方，在古代社会中，人们都更为尊崇传统，而不是创新。追根溯源，标举"创新"其实是西方近代浪漫主义文化精神的产物。尤其是所谓"积极浪漫主义"，以"天才""创新"等观念向传统开战，为个性解放开辟道路。由于"创新"这个

---

① 宋应星：《天工开物·陶埏第十一》，潘吉星译注，上海古籍出版社，2008，第 186 页。

话语其实是与肯定人的个性这种现代价值取向联系在一起的,能够别开生面地创新,意味着这个人与众不同,具有一种不言自明的价值,因而,在浪漫主义"艺术世界"①中,不是艺术作品,而是具有创新精神的艺术家更为受人关注。2 世纪之后,随着现代主义兴起,人们对"个性""创新"的关注逐渐由艺术家转向了艺术品。不管是在浪漫主义文化精神中,还是在现代主义文化精神中,其"创新"都建立在追求个性、反叛传统的基础之上。这种"创新"精神,笔者称之为"背叛性创新"。中国传统手工艺显然不具备这种创新精神,历史地看,也不具备滋生这种创新精神的文化传统。

笔者曾指出,在现代社会,传统手工艺在审美取向方面开始认同"美的艺术",希望能够作为"纯艺术"进入现代"艺术世界"②。那么,传统手工艺能否认同"纯艺术"的"背叛性创新"理念,追求个性化创作呢?首先,即便传统手工艺追求个性化创作,也未必能够为现代"艺术世界"所接纳。其次,即便其能为现代"艺术世界"所接纳,也是以迷失其本性作为代价的。就拿文人艺术中国水墨画来说,也努力地想成为现代艺术。由于诸多新水墨画不加审辨地抛弃了传统,趋附"背叛性创新",传统水墨画内在精神事实上已经荡然无存,这些新水墨画除用了水墨这个材料之外,与传统水墨画之间已经没什么传承关系了。殷鉴不远,传统手工艺一方面应该倡导在创新中发展,另一方面又要提防为了创新而忘了传承。

康保成在论及作为非遗的传统手工艺创新问题时说:"过度强调'原汁原味'做不到,而无限度地发展、变化,则有可能使非遗消失,更不可取。……这里的关键是对'度'的准确掌握。"③诚然如此,但是,准确地把握这个"度"显然是不可能的。因为没办法确定这个"度",也就没办法评估是否过"度"。与其纠结于"度"的问题,不如确定一个基本原则,即强调传统手工艺类非遗应该"在传承中创新"。

所谓"在传承中创新",其实是传统手工艺在历史发展过程中一直践行

---

① 所谓"艺术世界"是指"艺术品赖以存在的庞大的社会制度"。参见 J. 迪基《何为艺术?》,载李普曼《当代美学》,光明日报出版社,1986,第 107~108 页。
② 季中扬:《"遗产化"过程中民间艺术的审美转向及其困境》,《民族艺术》2018 年第 2 期。
③ 康保成:《关于非物质文化遗产的改革、创新及其他》,《湖南社会科学》2013 年第 5 期。

着的一条基本原则。它包含三个方面,其一,不离不弃本源,不为创新而远离日常生活需要。手工艺与"纯艺术"不同,它的本源是日常生活需要,而非"艺术世界"中的"自律"原则。手工艺原本就是日用之物,因而,无论如何创新,都不应丢弃其生活器物之本性,成为"纯艺术",否则,就会终将丧失其独特性以及存在的合法性。以苏绣为例,宋代就出现了艺术水准很高的"画绣",但是,服务于美化服饰之日用需要一直是苏绣之主流,恰恰是日用需要,推动了明清时期苏绣技艺的发展,而到了当代,技艺超群的苏绣艺人几乎都在从事"画绣"制作,由于远离了日常生活需要,苏绣传承出现了危机。其二,在技艺上不断革新,不断超越,但旨在精益求精,而非为了表现个性刻意求新、求异。就拿紫砂壶制作来说,顾景舟之所以能将紫砂壶的影响力提升到前所未有的高度,主要得益于其超越前人的精湛技艺。据说,他仿制清代陈鸣远款的龙凤把嘴壶和竹笋小盂,曾被故宫博物院与南京博物院误作陈鸣远传世真品收藏①,可见其"传承"之功力,而几十年后,他之所以能帮博物院鉴定出这些仿作是出于己手,主要根据就是仿古壶的技术含量超越了陈鸣远。综观顾景舟从艺生涯,虽然作品无数,但绝少新异之作,这并非其创新精神不足,而是因为他秉承着一种古老的文化理念,即技艺上精益求精,臻于至善至美,也是一种创新。与技艺革新相应的是,在审美观念上要不断推陈出新。所谓"陈",是指不合乎时代精神的审美观念及其艺术形式,而"推"并非仅仅是推开、抛弃的意思,而是"推动",即推动其依靠内在逻辑发生转化,不断调适以适应外部变化。顾景舟年轻时以制作仿古壶成名,向来重视对传统器型的传承,但从不拘泥于古代形制,而是以现代审美意识去改进器型,如"子冶石瓢"壶早已成为经典器型,他却能潜心研究,推出"景舟石瓢",通过身筒、壶嘴、壶把衔接等处的改进,使得"壶中君子"石瓢壶"稳重中见端庄、圆润中见骨架",更为"精、气、神十足"②。再如南京云锦,本是宫廷用品,追求富丽堂皇、繁复之美,这种审美品位显然已经难以为现代人所接受,云锦制作技艺国家级传承人金文并不完全抛弃传统,而是不断改变一些传

---

① 吴群祥:《紫砂壶艺泰斗——顾景舟》,《艺术市场》2012年第15期。
② 吴亚平:《我的师傅顾景舟》,《东方收藏》2011年第10期。

统图案，制作出一批简洁、素雅的云锦制品，市场认可度颇高。其三，不因创新而远离本民族固有之审美心理。通过艺术的吉祥寓意来祝福生活，这是中华民族固有之审美心理。考诸传统手工艺品的形制、图案、色彩，无不暗含着一种吉祥的寓意，此间包含着一种文化理念，即手工艺品的审美并不是无目的的、非功利的，而首先是为了满足人们祝愿日常生活美满的精神需要，手工艺创新不宜违背这种民族固有之审美心理。秦淮灯彩制作技艺传承人曹真荣说："做灯是讲究寓意的，要讨喜，比如狗灯，卡通狗造型就喜庆，笑眯眯的，像是趴着给人拜年，寓意是恭喜发财……我创作过飞机灯，但不会制作枪炮子弹灯，这些寓意不吉祥。"① 笔者曾见过金文创作的一幅云锦作品，画面是3朵牡丹，两只蝴蝶，空间切分恰到好处，整体色调和谐，合乎现代审美趣味。对于这幅作品，金文的阐释就与笔者大不相同，他说，牡丹寓意富贵，蝴蝶寓意"耄耋"、高寿，合起来就是富贵到老，3朵牡丹之所以不设计成对称的品字形，而是斜着排成一线，寓意是"一路发"。耐人寻味的是，在手工艺人看来，结构、色彩等艺术形式的创新居然也要立足于民族固有之审美心理。

"在传承中创新"这个原则意味着"传承"与"创新"的辩证统一，这对手工艺人提出了很高的要求，他不仅要勤学苦练，熟悉传统，能够传承，而且要有一定的理论素养，有自觉创新的意识与能力。还是以顾景舟为例，他不仅有扎实的传统文化功底，搜集、整理、研究了紫砂古籍资料，还认真学习现代美学、艺术学，深入研究与紫砂行业相关的陶瓷工艺，还发掘、研究了宜兴地区的古窑址，甚至学习化学，用以分析紫砂土原料。正如研究者所言，顾景舟之所以能成为"紫砂泰斗"，绝非仅仅因为他做壶的水平出神入化，更为重要的是，他有着远远超出一般手艺人的文化修养和审美品位。②

---

① 访谈对象：曹真荣，秦淮灯彩制作技艺传承人；访谈人：赵天羽，南京农业大学民俗学专业2016级研究生；访谈时间：2017年11月17日下午；访谈地点：南京东艺灯彩厂。
② 张明：《紫砂转型之变的推动者顾景舟》，《装饰》2017年第8期。

四 结语

19世纪后期到20世纪初,西方民俗学界认为,民俗就是前现代社会的"遗俗",对此马林诺夫斯基尖锐地指出,"遗俗"的观念包含了"文化的安排可以在失去了功能之后继续存在"的意思,其实不然,一切文化要素,"一定都是在活动着,发生作用,而且是有效的"[①]。就此而言,属于"遗俗"范畴的传统手工艺类非遗,并非仅仅是"文化遗留物",它们既然能存在于现代社会,就必然是活动着的,发挥着现代功能的。这也就是说,传统手工艺类非遗不可能不变化、不发展,不基于现实需要而主动创新,而且,唯有不断创新,才能与时俱进,才能依靠自力实现活态传承。传统手工艺不同于已经从日常生活中分化出来的一般民间美术,它仍然具有产业的特质,因而,在保护实践中就需要着力于激活整个行业的活力,而不能仅仅保护几个传承人。传统手工艺作为非遗,它还必须制约于非遗的内在规定,在生产实践中,它不能仅仅是创作者的艺术个性与艺术观念的表达,而是要遵循"在传承中创新"这个基本原则。其"创新"应该是不离不弃本源、技艺上精益求精、尊重民族固有审美心理,推陈出新,而非背叛传统、刻意求新。

[原载《云南师范大学学报》(哲学社会科学版)
2019年第4期,第59~65页。]

---

① 〔英〕马林诺夫斯基:《文化论》,费孝通译,华夏出版社,2002,第13~15页。

另一种生活技术论：非物质文化遗产的日常生活逻辑[*]

韩顺法　刘　倩　南京师范大学社会发展学院

日常生活是非物质文化遗产赖以存续的社会环境，也是对非物质文化遗产保护研究的现实语境。以活态性，即生活性为根本特征的非物质文化遗产本身就是日常生活的重要组成部分。然而，当前非物质文化遗产的研究多是围绕具体事项展开的，作为社会背景的日常生活并没有得到相应的关注和重视。"在把握局部的同时却将整体作为一个平凡琐碎、无足轻重的领域而加以忽视，这削弱了对那些日常现象的理解和把握，个别的日常现象只有在日常生活的整体中才能够被真正地加以理解。"[①] 不论是非物质文化遗产的保护，还是非物质文化遗产的开发利用，日常生活都应是基础性话语。就我国而言，民俗学界是推动非物质文化遗产保护实践的关键力量，这与我国民俗学将"民俗"视为"过去的"某种存在物的研究范式不无关系。但在现代性日益主导人们日常生活时，作为关注传统生活方式为主的民俗学，需要从以具体民俗事象为主的研究范式中走出来，转向整体性更强、更具实践意义的日常生活范式，从而使民俗学在现实生活中拥有更强的话语权。也就是说，日常生活转向将是民俗学及非物质文化遗产融入现代生活并发挥自身价值所必备的学术视野。

---

[*] 本文系国家社科基金重大项目"中国特色文化艺术智库研究"（项目编号：17ZD09）的阶段性成果。
[①] 郑震：《论日常生活》，《社会学研究》2013年第1期。

一 日常生活中的民俗和民俗生活

日常生活既是一个抽象的哲学概念,也是一个现实的生活实践。日常生活最早受到实践哲学的关注。究其原因,应归根于实践哲学的学科性质,即哲学的思辨性和元理论特征,它需要在现实中寻找一个完整的、可观照的对象。日常生活的实践性和整体性恰恰满足了这一需求。从这个意义上讲,日常生活总体上是与实践哲学相对应的范畴。该认识表明,作为整体概念的日常生活绝不仅仅属于某个固定学科和固定领域的,相反,它是包含所有事象和任何现象的统一体。每个生活事象和人为现象都是属于日常生活的,它们都在日常生活中发挥着特定功能,充当着特定角色,蕴含着特定意义。那么,这就为任何以生活事象为研究对象的学科全面介入日常生活提供了可能性。当前,"日常生活的概念已经成为哲学、美学、社会理论和文化研究中的重要关键词"[1]。相比其他社会学科,民俗学与日常生活的关联显得更加密切。这是因为,作为民俗学研究对象的民俗事象不仅是日常生活的构成要素,而且还赋予日常生活以历史感和延续性。民俗学者高丙中认为,"民俗从关注过去的传统向日常生活的转变不仅是基于对当下现实的日常生活的关怀,更是源于对合意的日常生活未来的追求"[2]。当前,民俗学研究的日常生活转向已经成为新的学术研究趋向。但是,民俗究竟与日常生活存在怎样的关系,以及民俗生活能否等同于日常生活等依然是值得探讨的论题。

日常生活是社会群体熟悉的或重复性的社会实践活动。人们对日常生活的认识往往是通过透视日常生活现象来完成的。从文化研究的视角看,在超越利维斯主义文化精英论之后,文化常被视为日常生活的外在表现或现象。威廉姆斯认为"文化是整体的生活方式""文化是日常的""文化建立在日常生活的基础之上""文化是一种特定的生活方式"等。[3] 在考察日

---

[1] 周宪:《日常生活批评的两种路径》,《社会科学战线》2015年第1期。
[2] 高丙中:《日常生活的未来民俗学论纲》,《民俗研究》2017年第1期。
[3] 〔英〕约翰·斯道雷:《文化理论与大众文化导论》,常江译,北京大学出版社,2010,第56页。

常生活与民俗的互动关系时，容易发现日常生活中最具有表征意义的现象就是民俗，它代表着被传承着的、惯常的生活样式和生活图景。"作为一个国家或民族中广大民众所创造、享用和传承的生活文化"①，民俗是连接过去与现在的桥梁，在特定的民族、时代和地域中不断形成、扩大和演变，满足着民众的日常生活需要。在民俗学的意义上，民俗是作为特殊类型的那部分日常生活，它们被选中是因为他们符合特定的体裁或文化形式，而且集中反映为具体的民俗事象。正如钟敬文先生所说，"民俗学在性质上是现代之学，研究民俗是为了研究民俗背后的日常"②。但并不是所有的生活文化都是民俗的，生活文化能否成为民俗，根本的一点在于它们是否已经类型化和模式化。显然，民俗作为具有普遍模式的生活文化，与反映日常生活方式的生活文化有着本质的区别。

　　民俗表现为一种既定的生活方式，是生活主体行为习得的外在表象。也可以说，它是一种社会符号系统，具有一定的象征性，蕴含着日常生活的意义。其中，民俗与民俗主体是一体的、无法分离的，不过民俗关注的重点显然不在民俗主体身上，而是民俗主体所体现出来的行为模式。由此可知，民俗主体应属于民俗符号的载体。相比较而言，民俗生活则更具有完整性，更加强调民俗主体的能动性和参与性，且让民俗主体真正回归到生活的本位。民俗生活是民俗主体遵循既定习俗和惯例条件下的生活实践，该过程的核心是民俗主体主导的生活行为。民俗则是建立在民俗生活之上的，体现民俗生活方式的外在表现形式。为了更好地认识民俗生活或者日常生活，必然要借助于模式化的生活文化——民俗。能够反映民俗生活的规律应是民俗对民俗生活和日常生活的意义所在。"民俗生活是民俗主体把自己的生命投入民俗模式而构成的活动过程，是民俗现实的展示，是人对民生的具体参与或操作，是整体研究的对象。"③ 在民俗学从以民俗事象为主的研究范式转向整体性和现实性更强的民俗生活和日常生活后，民俗和民俗生活不能再像以往那样不做区分、相互混用。相反，需要从根源上厘

---

① 钟敬文：《新的驿程》，中国民间文艺出版社，1987，第399页。
② 高丙中：《日常生活的未来民俗学论纲》，《民俗研究》2017年第1期。
③ 高丙中：《中国人的生活世界：民俗学的路径》，北京大学出版社，2010，第109页。

清两者之间的关系,明确民俗、民俗生活在日常生活中的角色和作用。

在现实中,日常生活的范畴显然比民俗生活更加广泛。民俗生活是日常生活的重要组成部分,也是日常生活最稳定的因素和条件。相比日常生活,民俗生活有着较强的惯习性和较强的文化认同性,可视为历史延续和时代变迁的结果。民俗生活不是个体的实践,而是群体共同的行为模式和过程,表现为群体行为的共同特征。日常生活相对而言更为繁杂,它既有个体的异质性也有群体的共同性。尤其是在历史、文化、政治、经济以及科学技术等多种因素的介入下,日常生活并不像民俗生活那样相对稳定,而是逐渐成为一个趋于复杂多变和多元化因素交互作用的社会场域。面向当下的日常生活,它包括变动的因素和不变的因素,涉及个体的实践活动和群体的行为过程,而民俗生活只是日常生活场域中不变的、群体的基础层次。但不论怎样,从民俗入手依然是认识日常生活和民俗生活最为有效的路径之一。

二 非物质文化遗产与民俗的关联与分野

"自中国进入非遗时代以来,如何处理非遗保护与民俗学的关系就成为不得不面对的问题。"[①] 民俗学研究有很好的学术传统,主要从事各类民俗事象的收集、记录、整理和描述工作,对民俗文化的保护和开发做出了巨大的贡献。正是民俗学拥有的前期学术积累和相对一致的研究对象,使民俗学者能最早接触并深度介入非遗保护的运动之中。"但非物质文化遗产并不等同于民俗,民俗也不可能取代非物质文化遗产。"[②] 实际上,究竟如何理解非遗与民俗学的关系,不仅是关涉现实应用的问题,更是一个理论研究问题。

非物质文化遗产与民俗有一致的"类型域"。根据《保护非物质文化遗产公约》对非物质文化遗产的定义,非物质文化遗产是"被各群体、团体、有时为个人视为其文化遗产的各种实践、表演、表现形式、知识和技能及其有关的工具、实物、工艺品和文化场所"。具体包括口头传统、传统表演

---

① 户晓辉:《非遗时代民俗学的实践回归》,《民俗研究》2015年第1期。
② 乌丙安:《机遇还是挑战:非物质文化遗产保护与中国民俗学发展——21世纪的民俗学开端:与非物质文化遗产的结缘》,《河南社会科学》2009年第3期。

艺术、民俗活动及礼仪节庆、有关自然界与宇宙的民间传统知识和实践、传统技艺与经验等类型。而民俗的类型被划分为"物质生产民俗、物质生活民俗、社会组织民俗、岁时节日民俗、人生礼仪、民俗信仰、民间科学技术、民间口头文学、民间语言、民间艺术、民间游戏娱乐等"①。对非遗和民俗各自涵盖的范围进行比较,能够发现虽然两者都有着非常宽泛的边界,但它们所包括范畴基本一致;在类型属性上,两者几乎都涉及传统生活文化的方方面面。如果仅从民俗事象的视角看,尽管多数非遗(除文化空间外)属于特定的民俗事象,但不是所有的民俗事象都是非物质文化遗产。被界定为非物质文化遗产的须是那些经过规定程序认定,具有特殊文化价值的民俗事象。相比较而言,民俗的所属事象远比非遗丰富,而且构成了非遗的文化积淀和人文基础。

  非物质文化遗产与民俗分别属于两种不同的文化形式。非遗是人们长期生活、生产实践中总结和创造出来的文化对象,它凝聚着人类的精神属性和智慧形态。相比其他文化客体形态,非遗的特殊性在于它不是能从人的身体上外化出来的客体对象,无法形成可触摸、可阅读的具有载体的文本或文物。它是以口传心授、身体模仿等方式进行知识转移和代际传承的形态,该过程统一于日常生活实践之中。也就是说,非遗是以人自身为载体的客体化的、具有实践性的文化形态。在文化表现形式上,民俗与非遗有着本质的不同。民俗被视为生活文化,代表着人类的相对模式化的行为方式,是人类各种行为模式的意义体现。或者说,人类主体本身的惯常行为及其意义就是民俗文化,它是主体的能动性行为的外在表达,属于表象的文化类型,是被阐释、被表征的对象。以剪纸艺术为例,作为非物质文化遗产最核心的内涵不是被剪出来的各类精美图案,而是剪纸手艺人创作剪纸作品的手工技艺,它们是既不能用典籍记载,又不能外化的文化类型。对民俗而言,它关注的是为什么民间艺人从事剪纸以及剪纸在日常生活中有怎样的作用和意义,人们什么时候会对哪种样式的剪纸有需求等。

  非遗与民俗在民俗生活中互为表里,相互支撑。有民俗主体参与的民

---

  ① 此处民俗类型的划分根据钟敬文所著《民俗学概论》的目录整理。

俗生活是具体的、实践的过程,民俗和非遗一方面是影响民俗生活的基本构成,另一方面又无法离开民俗生活的土壤而独立存在。在三者的关系中,如果把民俗生活看作为现实生活的总体存在,那么,民俗就是现实生活的外在行为表现,非遗就是民俗生活内在的文化技能支撑。非遗和民俗都表现为活态性和身体性的特征,与民俗主体的日常生活无法分离。但两者又有着不同的功能属性。民俗有着明显的即成性特征和外部性特征,反映的是习俗、惯例作用下的生活方式,而且能够被观察到和体验到,是表象的和具体的现象。非遗则不同,它具有内在性和实践性特征,反映的是某一具体事项的方法和规则体系,它需要长期行为浸染和反复的操练才能掌握和获取某一项技能和知识。以昆曲为例,昆曲演出舞台中演员的唱词、表情、意蕴、音律等属于表达层面和意义层面的内容,这是民俗所关注的外在表象。至于昆曲艺术形式是如何在舞台上表现出来的,演员对演出流程和技艺的掌握等内在的素养,才是非遗所关注的对象。所谓"台上一分钟,台下十年功",它需要长时间的学习和锻炼才能获取、传承和表现这项艺术。由此可知,民俗关注的是某种习俗和事象为何存在,非遗则更强调如何完成某一习俗和事象。也就是说,非遗和民俗共同建构了民俗生活的整体性存在。

正因如此,非遗研究需要民俗学以外的其他学科的专业介入。比如昆曲艺术需要戏曲学、古琴艺术需要音乐学、中医传统诊疗需要中医学、各类手工技艺需要相应的工程技术学、民间传说需要文学等学科为支撑,它们都不在民俗学学科专业的范围以内。我国老一代民俗学者乌丙安先生认为:"在这里民俗学人应该有清醒的认识,不能认为多种多样的非物质文化遗产无不打上民俗的烙印,就想着要用泛民俗主义的眼光去包打非物质文化遗产的天下,甚至要用对非物质文化遗产的研究取代民俗学的研究。这显然是不符合客观实际的。非物质文化遗产保护工作选择了许多种民俗文化表现形式作为对象,那是国际组织、国家或政府的一种文化工程目标的需要,对民俗学的应用研究或专业实践当然有一定的积极意义;但是它不可能完全取代民俗学自身学科建设和发展的本体需求。"[①] 他的这一番论述

[①] 乌丙安:《机遇还是挑战:非物质文化遗产保护与中国民俗学发展——21世纪的民俗学开端:与非物质文化遗产的结缘》,《河南社会科学》2009年第3期。

非常恰当地说明了非遗保护工作远远超出民俗学的研究范畴。

除此以外,非物质文化遗产运动增强了民俗参与现代生活的话语权,为民俗介入现代生活提供了可行路径。非物质文化遗产是文化遗产的重要类型,是人类过去生活实践遗留下来的具有较高价值的存在物,具有鲜明的实践性和实用性特征。从历时性来看,它既是文化传承的过程,也是文化传承的结果。在这一点上,与民俗有较强的相似性,民俗也不是一朝一夕形成的,它需要一定的积淀,在社会交往、互动中获得多数人的认同,满足人们日常生活的需要,人们自觉将其继承下来。不过,民俗并不像非遗那样受到社会的广泛关注,但在非遗保护运动被国际、国家及地方政府作为维护文化多样性、提升国家文化影响力、增强文化认同的有效手段后,传统民俗文化重新受到重视,文化发展观随之发生重要转变。在这个方面,中国表现得尤为突出。随着中国现代化的推进,过去的民间文化及民俗活动一度被视为批判的对象,或者说封建迷信的代表。自非物质文化遗产理念受到认可后,民俗文化便拥有了相应的合法性。显然,非遗保护运动产生了积极的社会影响,使人们更加客观地认识到民俗文化的日常生活功能,推动民俗文化成为人类文化遗产事业的一部分。可以说,"非遗保护让我们更清楚地看到了民俗以及民俗学长期被忽视的政治属性和实践属性"[①]。

三 另一种生活技术:日常生活中的非物质文化遗产

日常生活是人类最基本的生存状态和生活实践,它是人类任何活动和一切存在物所依存的现实场域。非遗和民俗只有回到日常生活中,才能更好地回应人类日常生活的需要。为了更好地认清非遗在日常生活中的位置,这里采用列斐伏尔对日常生活作为层次划分的方式,他认为"日常生活可以被界定为总体中的社会实践的一个层次"[②]。这个层次是基础的层次和中介的层次,包含了基础和上层建筑以及它们之间的互动。也就是说,现代日常生活与包括哲学、艺术、宗教、科学、政治等上层的文化活动逐渐分

---

① 户晓辉:《非遗时代民俗学的实践回归》,《民俗研究》2015年第1期。
② Lefebvre, H., *Critique of Everyday Life: Foundations for a Sociology of the Everyday*, Trans. by John Moore, London & New York: Verso, 2002, p.31.

化开来,"各自形成了社会总体中的不同层次,不同层次之间相互联系、相互作用和彼此交叉,一个层次可以成为另一个层次的中介,在特定的情况下,一个层次还能够影响和支配其他的层次"①。在该认识上,胡塞尔几乎有着相同的观点。胡塞尔的生活世界理论认为,包括理论在内的一切实践都必须建立在一个基础性的、非主题的、相对直观的生活世界之上。但相比胡塞尔,列斐伏尔更加注重分析日常生活所表现出的饱受由工具理性和现代技术所主导的工业文明和官僚统治制度所带来的异化之苦,并对这种异化以及互动进行了激烈的批评。具有借鉴意义的是,列斐伏尔从多个角度论证了技术、政治以及科学与日常生活的互动关系,凸显出了日常生活的基础性层次地位,有助于我们认识不同层次之间的结构组成。受其思想的启发,我们可以把日常生活与其他层次的关系进行总体性分析。

列斐伏尔指出,"日常生活是一个现代性概念,它的历史必须与现代社会的经验和发展联系在一起。在传统社会时期,人的日常生活和自然界之间保持着比较和谐一致的关系,后来被认为是上层建筑、意识形态的哲学、艺术、科学等领域并未与日常生活脱节"②。在宗教——形而上学的宏观统领下,日常生活的程式化逐渐形成,且日渐稳固,展现出一个浑然不分的存在状态。而现代社会则是建立在不断分化基础上的,由于分工和交换的发展,以及现代国家的出现,所有独特的、高级的、专门化的、结构的活动被挑选出来之后,便形成了现代的日常生活。正如前面所提到的,现代日常生活与一切活动深刻地联系着,它是这些活动汇聚的场所,是其关联和共同基础。与列斐伏尔批判视角不同的是,这里更加需要客观地去分析各级层级的关系,尤其是从传统社会到现代社会转变过程中,各层级形成的过程、结构及其与日常生活的作用关系。

就现代社会而言,其结构层次可以划分为四个层级。第一层级是科学、艺术和哲学等活动的领域,是非日常的、自觉的人类精神和人类知识领域,它反映了人类对自然和社会的总体认识,是人类文明的智慧结晶。第二层级是以政治运作为核心的"制度化领域",它是非日常的、控制性的社会因

---

① 郑震:《列斐伏尔日常生活批判理论的社会学意义》,《社会学研究》2011 年第 3 期。
② 周宪:《文化现代性与美学问题》,中国人民大学出版社,2005,第 61 页。

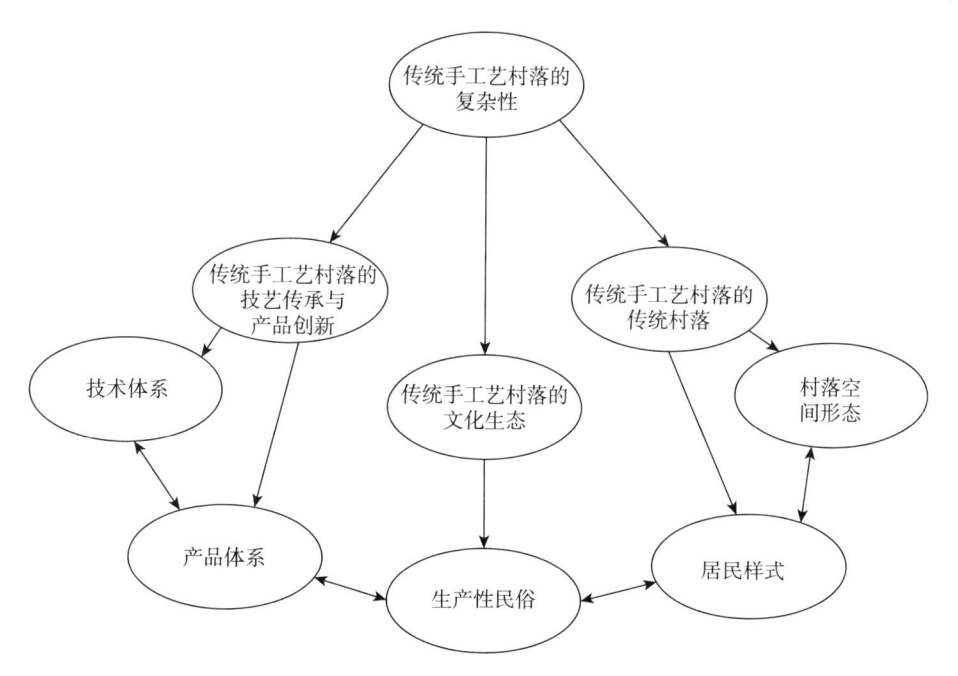

图 1　日常生活的层级划分及内在关系

注：该图为作者结合前人研究成果后经进一步总结提炼而成。

子，在现代社会中，它主要靠法律和各种制度加以调节维持。第三层级是最基础的层级，即日常生活，它是以个体和社会的存在和再生产为宗旨的日常活动领域，主要涉及个体的衣食住行、生老病死等维系生命延续的活动，个体与社会的交往活动，各类生活资料的获取与消费活动以及伴随上述日常活动的重复性的日常观念活动。日常生活是一个相对完整的领域，它受其他层级因素的影响，同时，又是其他层级发挥作用、形成实践的限制因素和最高表现形式。它既包括从传统社会延续下来的历史地凝结成的稳定的生存方式（民俗生活），又包括社会流行的以及相对差异化的、变动中的生活过程。第四层级是生活技术领域，它是日常生活的支撑和保障。同时，日常生活也是技术领域产生的土壤和动力。通常人们习惯把科学与技术等同看待，但两者在日常生活世界发挥着不同的作用。科学与技术最大的不同在于，科学是发现和求证，属于理论哲学范式；而技术是改变物质世界和生活世界的活动，它的存在是为了解决人类的生存问题，属于实践哲学的范式。从四个层级之间的关系来看，它们之间相互影响，相互制约，存在不可分割的联动性,统一于日常生活的实践。

技术与日常生活的关系比想象的要密切得多,以至于很多时候很难划清两者的界限。日常生活被技术所改变,技术为日常生活而存在,任何技术都是生活技术。"技术不仅仅是一种手段,还决定着特定的生活方式,现代技术构造了现代的生活方式,这种生活方式显示出对自然和人的统治。"① 正是技术的存在,使人们的日常生活充满着创造性、主动性,人类不再过多受制于自然、时空等物质条件的约束。这些生活技术是经年累月的改进及恒久不断的实践,是人类一生都要充实提高的生活技能,是具有实践特征的操作过程和程序。可以说,生活技术是一种历史性存在,它是对过去生活经验的积累、改造和升华。在传统社会,虽然不存在现代技术,但它一样有着与当时生活状态相一致的生活技术,满足着古代人民日常生活的各种需求,创造着灿烂的人类文明。但到了今天,传统生活技术逐渐让位于现代技术,许多传统生活技术趋于消失。凡是能够现存于现代日常生活中的传统生活技术都是人类文化的精华,具有极其重要的实践价值,现实需要给予其足够重视和充分保护。当前兴起的非物质文化遗产保护运动正迎合了这一需求。从技术与生活方式的关系看,非物质文化遗产就是传统社会留下来的生存智慧和生活技能,是人类创造的瑰宝。为了更明确地说明非物质文化遗产的本质,同时又不与现代科技想混淆,这里把非物质文化遗产界定为现代日常生活中存在的"另一种生活技术"。

日本学者小林忠雄把 E.F. 舒马赫提倡的"另一种技术"运用到城市民俗学中,他认为在当代城市生活体系中依然存在一种固定的生活方式和生活技术,与现代科技主导的生活不同的是,它是依照传统继承下来的生活技术的民俗,更可以说是所谓的"另一种生活技术"的存储。这里的"另一种",并不是指存在个别的民俗事象,即"区别于一般性民俗事象的其他种类的别的事象,而是表现了逆行于现代社会趋势和世间潮流,致力于创新而独特的生活方式的无意识的情绪,具有引人思考的路径的含

---

① 吴宁:《现代性条件下的科学技术》,《哲学研究》2008 年第 12 期。

义"①。他举例说,"人们对歌谣、舞蹈、长调、茶道、花道、香道、短歌、俳句等传承下来的文艺活动有着非常高的热情,许多市民会参与其中,而这些活动也成为一些城镇的地方特色因素"。不得不说,"另一种生活技术"的提出,是日本学者把民俗学作为"经世致用"之学的回应,体现了民俗参与现代生活的实践意识。不过,他们提出的"另一种生活技术"更加关注该技术所形成的有别于现代的且具有身体性传承特点的生活方式,基本属于民俗事象的范畴,故称为"另一种生活技术"的民俗学。显然,对传统生活方式背后的技术支撑即"另一种生活技术"而言,它就是当前最受关注的非物质文化遗产,这反而是被小林忠雄所忽略的关键内容。作为"另一种生活技术"而存在的非物质文化遗产事实上为现代日常生活方式提供了多样性选择。在这个意义上,非遗保护不仅仅在于保护非遗技艺本身,更在于保护一种生存的经验和一种适宜的生活方式。

四 技术变革与非遗融入日常生活的可能性

在人类历史上,尤其是中国,经历了漫长的封建社会,积累了大量的与当时农业生产相适应的生活技术。之所以称之为生活技术,是因为那个年代还没有系统的、可论证的现代科学给予其指导,技术的获得依赖于生活实践的积累和生活经验的总结。在前现代社会,人们拥有着强烈的主体意识,积极参与到日常生活中且处于绝对主导地位。既有的哲学思想抑或宗教都是与日常生活融为一体的,并转化为人们的生活观念,即便作为上层建筑的统治阶级也在致力于维护既定的生活秩序和既得利益。在传统过于强大的社会,传统生活技术呈现出日渐稳定的状态。在近乎一成不变的情景下,人们对传统生活技术的依赖不是变弱了,而是更强了。随着时代的演进,越到最后,那些能够留存在当今社会上的生活技术,越是被人们认可的和日常生活必需的,它们在一代又一代人的传承和改造下,技艺变得日益精湛,从业者变得越来越具有工匠精神。所以说,传统社会的生活技术,代表着一种生活方式,崇尚着一种生活信仰,体现着一种整体性的生活

---

① 〔日〕小林忠雄:《作为"另一种生活技术论"的民俗学》,刘浅之译,《民俗研究》2017年第4期。

存在。

在工业文明条件下，传统生活技术逐渐让位于现代技术，生活经验逐渐让位于技术理性。现代技术逐渐成为日常生活的主宰性力量。与传统技术的稳定性和缓慢的变化相比，无穷无尽的创新与变革成了现代技术的特点。技术革命必然带动日常生活革命，日常生活跟随着技术创新的步伐不断变迁。"激烈的变动容易让人产生不适应感，这样一味地求新求异，不仅让人忘记自然（自然规律和自然资源）的限制，而且让人忘记生活本来的意义，疏离真正有意义的生活方式。"① 对此，列斐伏尔进行了激烈的批评，他认为现代社会的日常生活是一个具有无意识特征的基础性的层次，它饱受由工具理性和现代技术所主导的工业文明和政治制度管制所带来的异化之苦。由现代技术和工具理性所主导的工业社会无时不在破坏传统的日常生活形态，这一结果的非人性化的特征以如下的方式表现了出来："日常生活并没有在现代社会中消失，但是日常生活的确经历了变革，它已经丧失了它那弥漫于整体之中的丰富性，它的非人性化和单调乏味意味着它不再是那个主体意识浓厚的过程，相反对社会组织来说，它是一个需要掌控的'客体'。"② 吉登斯认为，"对现代社会的掌控需要依赖抽象的社会知识，以方便指导社会行为与生活。社会成员能否对现行的社会系统有一定的信心和参与感，需要通过一系列的情感与行为的程序与框架，游刃有余地运用已知的社会知识，以减轻社会不确定性所引发的惶恐与不安"③。

面对上述困境，反思性回归传统显得十分必要。相比较而言，传统生活技术是在确证和增强人类主体意识、推动和改善人类生活的进程中展开的，都是"生活"之中的"技术"，它们的存在以认识、解释和支撑生活为目的。列斐伏尔在日常生活批判的路径上，关注到民众的节庆、狂欢等形式，强调情感和压抑的解放，强调让古代节日与现代都市生活相整合，"形成一种全新的、'能够消除日常生活与喜庆气氛之间的冲突'的社会现实，

---

① 吴宁：《现代性条件下的科学技术》，《哲学研究》2008年第12期。
② Lefebvre, H., *Everyday Life in the Modern World*, Trans. by Sacha Rabinovitch, New Brunswick: Transaction Publishers, 1984, pp. 59–60.
③ Giddens. A, *Modernity and Self-Identity: Self and Society in the Late Modern Age*, Stanford, CA: Stanford University Press, 1991, pp. 111–115.

在单调的城市日常生活中，让市民重新找回久违的快感和欢乐，对抗现代日常生活的技术化、组织化控制"①。这种"现代性的逃离"逐渐成为常态，它同时为传统生活技术在现代社会日常生活的复活提供了新的可能性。这一理论探索有其内在的合理性，而且在现实世界中寻求到实践的支撑。在激烈的生活变革中，人们为保持住生活的丰富性和文化的多样性，非物质文化遗产保护在各国获得了一致的合法性和话语权。传统生活技术以另外一种身份重新返回到日常生活的行列之中，让变动的、不可预知的日常生活固守住了相对稳定的以及具有乡愁意味的民俗生活，让人们在快节奏的生活中拥有了心灵的故乡和情感上的依托。

在德国民俗学家鲍辛格眼中，"日常生活一方面是'灰色的'，是一成不变循环往复的，受讲求实际、以实用为导向的思维和行为方式的支配。另一方面，在飞速发展和更新的技术世界里面，每个人的日常生活都在相应地与时俱进"。"对民俗学者来说，就是去发现那些永远处于'变化中的恒久'的内容，在对'灰色的'、常规型的不引人注意之事物的关注中，去发现人们如何在传承下来的秩序中构建个人的生活；在对习俗的历史变迁的梳理中去发现仪式如何规定着人的行为的文化图式，去揭示文化性的因素以何种方式找到新的体现方式，让当事人看到在自己习以为常的惯常行为和思想背后，有怎样的文化历史渊源的驱动，以此去启蒙日常生活。"② 这种启蒙对经验性的强调超过思辨性，对习俗的历史追溯不再以发现"沉淀的文化遗产"为目标，而是对社会现代化进程的回应：其目标是让普通民众反思性地看待那些习以为常的内容，进而形成对日常生活的自觉。日常生活自觉是民众的自醒，是民众在多变的日常生活中，从失去自我的状态，试图找回自我，主动回到自身曾经熟悉的、有归宿感的生活场景。最为重要的是，日常生活自觉让过去的文化遗产尤其是活态的非遗在现代社会中更具参与性和现实性。在一定程度上，日常生活的自觉或觉醒，以及由此引发的更具普遍意义的文化自觉，大大增强了当代社会民众对传统文化形

---

① 郑震：《列斐伏尔日常生活批判理论的社会学意义》，《社会学研究》2011年第3期。
② 〔德〕赫尔曼·鲍辛格：《技术世界中的民间文化》，户晓辉译，广西师范大学出版社，2014，第2页。

式的认同感。

非遗融入日常生活与以上论述有相对一致的逻辑关系，即非遗的传承坚持当代性的视野非常重要。所谓当代性视野就是对待过去的历史和文化遗留，以当代社会为参照点，用当代的眼光去审视和发现它当代的价值，以增强它融入当代的日常生活的可能性。正如菅丰所指出，"与其说非物质文化遗产本身具有价值，还不如说是因为非物质文化遗产与当下人类生活发生关系才存在的价值。非物质文化遗产如能为人们带来幸福的话，对于这样的非物质文化遗产大家是乐于承认其价值的"[①]。非遗被保护，本身就是一种当代价值的确认，或者说潜在价值的保存，即便当下没有发挥机会，但未来依然存在被再次激活的可能。总之，非物质文化遗产的保护、保存、利用的意义，不在于对非物质文化遗产进行守护，而应该在"用"非物质文化遗产来守护和创造人类美好生活的过程中被发现，而这才是非遗作为"另一种生活技术"的既有面貌。在成为"遗产"之前的非物质文化遗产本身代表着一种生活方式，包括居住形式、饮食文化、民间工艺、节庆习俗等，特别是手工技艺类的非物质文化遗产，是与历史上先民们的生活息息相关的，是先民们在生活中创造的实践文化。不可否认的是，在当代社会，传统的日常生活空间已经改变且不可能复原。受现代科技的冲击，非遗在日常生活中的边缘化已经成为事实。在这种条件下，非遗新的发展空间的探寻及创造是更具积极意义的。"对那些依然有现实经济价值的非遗，积极在生产中发展和创新，使其满足民众不断变化的需求，才能让更多的非物质文化遗产进入到当代人的生活中去，在生产和生活实践中得到更好的保护。"[②] 主动为非遗寻找价值空间，就是将其安放在日常生活中，用人们的日常生活自觉，重新确认非遗的活态传承。亦因如此，"见人、见物、见生活"的保护理念是恰当的应有之举。总之，在日常生活的逻辑下，非物质文化遗产的命运取决于其能否重新回到日常生活并取得面向未来的开放性。

---

① 〔日〕菅丰：《何谓非物质文化遗产的价值》，陈志勤译，《文化遗产》2009年第2期。
② 朱以青：《基于民众日常生活需求的非物质文化遗产生产性保护》，《民俗研究》2013年第1期。

五　结语

　　非物质文化遗产及其保护已经发展为一项政府主导的自上而下的全民性社会运动。从理论研究到保护实践，相关行动者迅速聚焦到散落于民间的、数量极其繁多的非物质文化遗产的具体类型和个体上，做了大量的包括调查、申报、整理、传承以及开发等基础性工作。这种以非遗个体为研究对象的倾向固然重要，但不同的行动者往往囿于自身的立场和视角，导致无法全面审视非物质文化遗产的本质以及准确把握非物质文化遗产保护的重点，出现诸多扭曲和异化非遗保护的行为，最终达不到有效保护的目的。在这种背景下，非物质文化遗产保护及其研究的日常生活转向已是必然结果。在日常生活的逻辑中，一方面应从日常生活的整体视角下理解和认知非物质文化遗产，明确非物质文化遗产与民俗、民俗生活的区别与关联，发现非物质文化遗产在日常生活中充当怎样的角色以及处于怎样的地位；另一方面应从非物质文化遗产的本体视角放大到日常生活实践的社会整体，在复杂多变的日常生活场域内寻求到非物质文化遗产发挥原有价值的空间，在日常生活自觉和民俗生活的向往中，确认和支持更加符合人类未来生存、成长及人性解放的生活方式的延续，有效平衡日常生活变迁与非物质文化遗产传承、保护、开发、创新的互动关系。上述两种不同的视角全面体现了非物质文化遗产日常生活逻辑的起点和终点，而"另一种生活技术"则是非物质文化遗产日常生活逻辑的最本质诠释。

［原载《民俗研究》2019 年第 2 期，第 70~78、159 页。］

当代玉雕"手工"与"机工"相关问题研究

吕志会　北京城市学院

自 1949 年以来，传统的玉雕工具和设备先后经历了多次变革，逐渐走向现代化、自动化，人们对一件玉器属于"手工"还是"机工"的判断出现了分歧。据了解，行业内多数玉雕艺人认为，用电动玉雕横机、蛇皮钻、电子雕刻机等设备加工的作品仍属于"手工"玉器；只有电脑雕刻机、激光雕刻机和超声波玉雕机等设备加工的玉器才属于"机工"。也有不少人则认为，只要加工过程中用到现代电动机器设备，就不能算是手工作品，甚至觉得把电动工具雕刻的玉器当作"手工"作品，是对消费者的欺骗。同时由于批量复制的"机工"作品大量出现，严重冲击了原来的"手工"玉器市场，反思"手工"玉器的独特价值所在也成为急需应对的问题。

一　当代玉雕中"手工"与"机工"的界限

从字面意思来看，"手工"和"机工"之间泾渭分明，前者的劳动主体是人，后者的劳动主体是机器，依此似乎不难判断出一件物品"手工"或"机工"的属性，并不需要进行专门的讨论。但实际的情况是复杂的，因为机器作为一种工具，在生产中往往离不开人的参与。一件由人和机器共同来完成的作品，该如何来确定其属性呢？

需要指出的是，现代人口中的"机器"，往往指工业革命后以蒸汽、电力等作为驱动的生产设备，所谓"机工"产品也主要是这些设备生产出来的。而人们则把传统主要靠人力驱动的"机器"加工出来的物品，看作手工产品。以传统的织布工艺为例，目前，不少农村地区仍在用传统的织布机进行生产，织出的"土布"不仅在市场上打着"手工布"的名义出售，而且相关的学术研究①也明确将其定性为"手工艺土布"。显然，这些"手工布"，明显不在于是否使用了机器，而在于使用的机器是否是现代机器。究其缘由，可能与传统的机械设备在生产过程中采用"人力驱动、人手参与"的生产模式有关。

参照织布的案例，古代玉器由主要传统的玉雕机——"水凳"与人手相互配合琢磨而成，和传统织布"人力驱动、人手参与"的生产方式是一致的，其手工的性质毫无疑问。但 1949 年以后，电动玉雕设备替代了足蹬脚踏的"水凳"，那么仅凭"人手参与"这一个条件，还能不能将玉雕艺人们用现代玉雕机琢制的玉器视作"手工"作品呢？

图 1　河南镇平石佛寺玉器市场上随处可见的机雕玉器摊位（图片由笔者拍摄）

我们继续以织布工艺为例。第一次工业革命早期，从"飞梭"的发明到"珍妮纺织机"再到"水力织布机"，织布设备不断改进，但真正实现机器生产取代手工织布——则是"蒸汽机"的发明和广泛使用，布匹生产由

---

① 赵农的《关中蒲城土布纺织研究》一文中，这样叙述："对许家庄作为一个民俗文化现象的个案，产生了新的认识，以至超越了对传统手工艺的土布生产本身，当然土布的手工生产意义也包含其中。"《锦绣》2017 年第 10 期，第 35 页。

图 2　国家图书馆藏《天工开物》版本中的用"水凳"琢玉的插图

此从"手工"转变为"机工"。显然，机器动力的改变，影响了所生产的物品属性。从这一角度来说，那些支持运用现代玉雕机琢玉就不算"手工"之人的观点是有其根据的。

那么，是否由此就能够否定大部分玉雕艺人们的说法？根据近两年的实践体验以及与其他玉雕艺人交流探讨后，笔者更倾向于支持多数玉雕艺人的说法。

玉雕之初学习，玉雕师傅常常强调，琢玉讲究"三分手艺七分的家伙（工具）"，工具对玉雕创作的重要性不言而喻。而 20 世纪五六十年代开始采用的电动玉雕机、70 年代钻石粉砣具的应用，乃至后来从牙医软管小钻改进的手持式软装雕刻机，都极大地推动当代玉器加工技艺的进步，提高了琢玉的效率和工艺的质量。

然而，以上所提到的玉雕设备的革新，并没有改变玉器手工制作的性质——玉器的加工制作依然是以人手为主导的。虽然从第一次工业革命至今，机器织布依旧没有离开"人手参与"，但布匹生产中的人手转向为服务机器，却不直接作用于产品本身。正如前人的文章所言："它（注：此处指工业机器）使得人对工具的关系由'控制'转向'遵从'，以至于'生产'不再从人的身体性和生命存在意义出发来进行，而是由生产线的客观运转来决定。"① 而目前多数当代玉器加工制作的过程中，玉雕艺人的技术技巧和感性经验直接作用于作品本身，是控制一件玉器的工艺质量和艺术效果的关键。简单的电动玉雕工具，仍旧无法替代玉雕艺人双手和大脑的劳动。只有超声波玉雕机、激光雕刻机、电脑雕刻机等数控设备出现后，机器才成为雕刻一件玉器的主力，所加工出来的作品才属于"机工"。

基于以上分析，可以明确地说，无论生产过程中是否运用机器，所使用的机器自动化与否，都不能作为判断一件物品是"手工"或"机工"属性的绝对标准。在人与机器相互配合的生产中，产品的属性应当由起主导作用的一方来决定。如果一件玉器的生产过程中，玉雕艺人依旧是雕刻加工的主导者，那么它依旧是饱含人类劳动价值的"手工"玉雕作品。

二 "机工"雕刻背景下的"手工"玉器价值

当下玉雕市场上"机工"玉器的大量出现，并以更低的价格冲击着"手工"玉器市场。虽然目前还没达到危及"手工"玉器存亡的地步，但以电脑雕刻为代表的"机工"玉器发展迅猛，促使我们不得不去反思"手工"琢玉的意义，并深入探究支撑"手工"玉器立足市场的独特价值所在。

（一）"手工"玉器的优势

自"机工"玉器大量进入市场以来，人们就本能地防范这个新生事物，通过不断地比较来寻找"手工"玉器的优势。

工艺细节——"手工"玉器和"机工"玉器之间的比较，九页首先是从工艺细节这种直观的表象差异而展开的。"机工"的线条不如"手工"的灵动富于变化，画面的层次不如"手工"的丰富，等等，都是人们讨论这一问题时反复引用的证据。这种表面化的比较，作为最初人们应对"机工"

---

① 邓吕洁：《信息时代手工劳动存在的价值》，《文艺生活》（文艺理论）2014年第6期，第260页。

玉器的手段，从侧面说明了"手工"玉器的相对优势，也暂时有效抵御了"机工"带来的冲击。但随着技术的进步，"机工"玉器在工艺上获得了明显的改进，与"手工"玉器的差异越来越小。例如3D扫描设备的应用，几乎可以将一件手工玉雕复刻得一模一样。显然，人们口中"手工"玉器工艺细节上的优越性，随着技术的不断改进正在逐步消失。

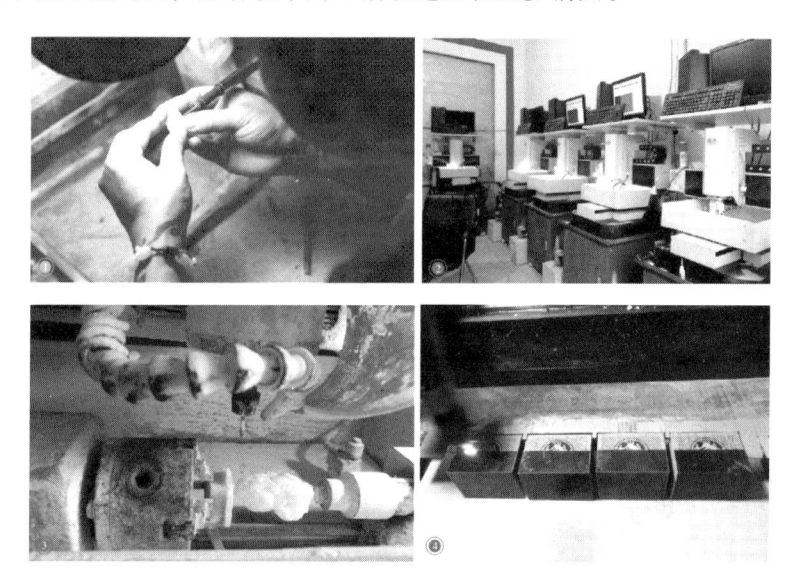

图3 ①玉雕艺人用电动玉雕横机和钻石粉砣具琢玉（图片出自博观广告）
②私人玉雕工作室中的电脑雕刻机（图片由笔者拍摄）
③四轴电脑雕刻机加工圆雕玉器作品（图片由笔者拍摄）
④用激光雕刻批量加工的青玉玺印（图片由笔者拍摄）

加工灵活度——为了寻找更好的应对"机工"玉器冲击的方法，众人将目光转向雕刻加工的过程。通过对比，大家发现电脑雕刻机在加工的灵活度上不如人手。具体来说，电脑雕刻机不能用来加工一些不规则的和田"籽料"①，不能根据材料的状况自行调整作品的设计方案，也不能完成像"活环""镂空薄胎"及其他更为复杂的工艺等。不过在笔者看来，"手工"的灵活性虽不可否认，但技术进步的速度也有目共睹，更加灵活智能的雕

---

① 由于和田籽料材质稀缺、价格昂贵，人们为了巧用其皮色和不规则的天然形状，减少玉料的损耗，多采用依形就势、因材施艺的方法设计，雕刻加工时需要灵活处理，目前难以通过电脑雕刻机的方式完成。

刻设备的出现只是时间的问题。电脑雕刻机从加工阴刻、浮雕类平面作品的三轴设备，发展到可以灵活雕刻各类立体圆雕玉器的四轴、五轴机器，不过短短数年时间。虽说手工琢玉可以随机应变，灵活处理雕刻过程玉料上出现绺裂、杂质等问题，但并不能因此将"手工"琢玉的价值，局限于这些偶然情况中。所谓"机器无法到达的地方，才是手工意义的开始"[①]，这样的观点并不可取。

个性与复制——另一个普遍的说法是："每一件'手工'玉器都是独一无二、不可复制的。"这种观点也是立不住脚的。在批量化生产的"机雕"玉器出现之前，"手工"复制的玉器作品也是大量存在的。同时，随着社会分工的细化，玉器的设计创作和雕琢加工已经被分离开来。电脑雕刻作为一种加工方式，和个性化并不冲突，私人定制的电脑雕刻玉器，也是独一无二的。至于不可复制的"手工"玉雕作品，也是存在的。类似和田籽料、青花料、糖玉等材质本身特殊的作品，设计创作时多因材施艺，很难进行复制。不过大多数的"手工"玉器，在当前的技术手段下基本都可以被复制。

图 4　天然和田玉籽料（图片出自博观拍卖）

---

① 李宝双：《浅谈智能化设备对玉雕行业的影响》，《神州》2017 年第 8 期，第 295 页。

情感和灵性——除了以上"机工"玉器和"手工"玉器客观的差异之外,"'手工'琢制的玉器是有感情的,更具灵性",也是行业内外不少人的共识。这种掺杂了个人感受的说法,是一种明显带有感性色彩的主观判断。从琢玉的主体来看,与电脑雕刻机相比,玉雕艺人在琢玉的过程中必然会对作品产生感情,也的确可以解释"手工"玉器是有感情的。但"灵性"之说似乎并不能令人信服,它缺乏能够被明确感知的通识性依据。在一件手工玉器和它的机器复制品之间,那种"灵性"的差异从何而来?如果是因为"人"的因素,那么是否意味着所有玉雕艺人手工雕刻的作品都是具有"灵性"的?显然实际的情况并不是这样。

由于"独特"本就是一个明显带有比较意味的词汇,因此也就决定了很多人习惯于以对比的方式,去认识"手工"玉器所独有的价值。但上述人们对"手工"玉器和"机工"玉器之间差异的认识,或多或少都是存在问题的,一些"手工"雕刻的优势也多是暂时性的,很难简单将它们视作"手工"玉器的独特价值之所在。

(二)"手工"玉器的独特价值

在笔者看来,"手工"玉器的独特价值应当是,即便未来机器可以完成雕刻中所有人手的劳动,"手工"玉器依旧被人们需要的那部分价值。而这部分价值不仅仅是一件玉器作为物品,能够被以不同于机器生产的方式创造出来的价值,还包括其中所承载的"人"的价值,即玉雕艺人展示个人能力和在材料中注入的人的情感所体现出的人文性。

一件"手工"玉器往往承载着玉雕艺人的技术技巧和感性经验,也体现着玉雕艺人对于人类社会所贡献的个人价值。玉雕艺人个体的劳动创造,反映的则是人类在玉石雕刻方面所具备的能力。而人类能够用机器代替人手加工玉雕,所体现出的则是人类在制造玉雕机器方面的能力,两者并不完全对立。这就好比人类已经拥有了汽车、飞机等高速交通工具,却并不影响人类通过田径运动探索人体的各项能力极限。对于人类自身所具备的各种能力,无论是否已被机器设备所取代,人们依旧会去掌握并展示这些能力,这是人之为人的天性所在,也是人类呈现自身存在价值的重要方式。

当然,玉雕艺人在玉器中所展现的个人能力之所以有价值,是建立在人类对于自身能力的认可与欣赏上。在价格更为低廉的"机工"玉器面前，仍旧有很多人喜欢并选择价格高昂的"手工"玉器。同样的玉雕作品，"手工"效果胜过机器时，会被人们欣赏、赞美、强调，反之则觉得理所当然。显然，在这样的对比中，人类为了认可自身所具备的能力，采用了完全不同的评价标准，在潜意识中提升了对机器雕刻的要求。

图 5　瞿利军　和田玉缠枝花纹瓶（图片出自博观拍卖）

　　另一个很显著的现象——人们在面对某一项濒临失传的手工技艺时，都会不自觉地流露出惋惜之情。但事实上很多手工艺之所以难以为继，正是人们对自身生活方式不断优化选择的结果。人们为濒临失传的手艺奔走呐喊，以期让这种能力更好地生存并不断延续下去，从本质上来说，仍旧是对自身能力的一种自我认可。而也正是因为各种技巧能力的存在，让"人"有了更丰富的价值，也让人们认可与欣赏自身价值时拥有更多的选择。

　　人们认为"手工玉器是有感情的"，这一观点也是基于人们对"手工"

玉器创作过程的深刻理解和把握上。对一个玉雕艺人来说，他所具备的能力不仅是纯粹的加工技术技巧和感性经验，也包含了对工具设备、对玉石材料、对作品题材内容和思想情感、对消费者心理等方面的认识和理解。这些既是实现玉雕艺人与作品建立情感联系的基础，也是玉雕艺人对作品的情感之重要来源。

"劳动过程是劳动者心灵与材料的对话"，在反复雕琢玉料的过程中，玉雕艺人以双手和工具为媒介，将自己对玉石材料、作品题材内容、思想情感、表现形式等方面的理解把握，以及由此产生的内心感受，通过自己的技法技巧和经验判断投射到作品中，成为作品的一部分。而且玉雕艺人的情感因为作品的差异而变化，也铸就了每件"手工"玉器承载的情感各不相同。当机器取代人手，雕刻加工中人的心灵与玉石的对话消失了，最终玉器工艺质量和艺术效果的好坏也与人无关。显然"手工"提供了人的"感情"与玉器作品相结合的条件，这也是它不同于机器雕刻的一种独特价值。

当然反思"手工"玉器价值的目的，并不是为了对抗以电脑雕刻为代表的机器加工，阻碍技术的进步，而是为了探寻其自身的存在价值，挖掘"手工"玉雕立足未来市场的核心竞争力。而这一点不仅有助于提升人们对手工玉雕作品的进一步认知，留住固有的消费群体，同时在观念上对"手工"玉雕艺人完成自我价值认同、坚守传承玉雕"工匠精神"也将起到支撑作用。

三　结语

一件玉器属于"手工"还是"机工"，需要结合玉雕行业的情况来看。1949年以来加工玉器的工具设备有了巨大的进步，但电动玉雕机的出现并没有改变玉雕艺人靠双手的技术技巧和大脑的感性判断完成一件玉器的事实，因此也就没有改变所雕刻作品的"手工"性质。只有电脑雕刻机、激光雕刻机等更为先进的加工设备，完全取代了玉雕艺人在雕刻方面的工作，所雕刻出来的玉器才是"机工"作品。

面对"机工"玉器带来的冲击，反思"手工"玉器的价值成为一种必然。但"手工"玉器的独特价值并不在于它与"机工"玉器的种种差异，而在于它所集中体现出的人文性。"手工"玉器中承载了玉雕艺人的技术技巧和感性经验，其雕刻加工的过程不仅是人类心灵与自然材料对话的过程，也是作品被赋予情感的过程，更是人类对自身在这一领域所具备的能力进行展示的过程。

[原载《民艺》2019年第2期，第147~150页。]

民间艺术的当代变迁*

——以手工艺为中心

徐赣丽　华东师范大学社会发展学院民俗学研究所

民间艺术，通常是指不同于学院派艺术或专业艺术的，在日常生活中耳濡目染或师徒传承、非专门化的艺术形式。狭义的民间艺术仅指民间造型艺术，即侧重欣赏性的民间美术和侧重实用性的民间工艺美术。广义的范围则涵盖民间音乐、舞蹈和戏曲等表演性民间艺术形式。本文主要以民间工艺和美术为例进行论述，但所指不限于此。

我们在谈论民间艺术的时候，通常都会联想到某些固化的记忆，视之为某些稳定不变的形态，正如冯骥才所说，"民间艺术与精英艺术最大的区别是，后者因时而变，因人而变，而且是主动地变。最有代表性的一句话是石涛所谓'笔墨当随时代'。然而，民间艺术却是历久难变的……比如闽地的南音、纳西古乐和河南的泥泥狗，无怪乎人们称它们为古文化的活化石了"[①]。确实，民间艺术大多有着数代稳定传承的特性，在一些偏远的地区，甚至保留有传承几百上千年的民间艺术形态。中国漫长的封建社会具有强稳定的内部机制，酿生并传承于此环境中的传统民间艺术，受农耕文明生产方式和生活方式影响，其价值和功能及基本审美风格都有很强的因袭保守性，通常不会轻易改变，而保持着世代相承的稳定性。但这只是民间艺术的一个面向。其实，民间艺术相比于专业艺术，具有更为明显的自

---

* 本文为国家社科基金艺术学项目"基于消费需求导向的传统工艺当代传承路径研究"（项目号：18BH161）的阶段性成果。

[①] 冯骥才：《冯骥才·书画卷》，青岛出版社，2016，第422页。

我调节性，也就是自我转化能力。因为其匿名性、集体性以及民间艺术地位的低下，极容易受到精英艺术的影响，以及市场和权利的裹挟。① 也许可以说，民间艺术有着天生的变异性，② 有适应时代和社会需要变迁的内生机制，它在发展过程中为适应各个时代的社会环境，从内容到形式和风格发生着这样或那样的变化，尤其是其功能的变迁会带动形式和内容变迁。对此，有人提出民间艺术的传统只具有相对稳定性，"它必将随历史的变迁和民族审美意识的演变而演变。民间艺术在不同时代有着不同的多种形态。一个发展着的民间艺术不存在永恒不变的'民间风格'"③。民间艺术具有变异性，不仅从以往的发展来看是如此，在今天社会转型时期尤其如此。

以剪纸为例，剪纸这种最为简便又具有广泛影响力的民间艺术最容易为人们所用而发生各种变异。早期，这种剪形代物的艺术主要用于巫术祈求等民间信仰活动，如人们在娱神、赐福、辟邪等仪式中，使用像狮、虎、鸡、牛、葫芦等具有神秘力量的动植物图案来达到自己的目的。随着时间的演进，剪纸的巫术功能逐渐减退，取而代之的是它的装饰、叙事、审美等实用功能，演变为日常生活中在婚丧嫁娶、贺生寿诞、节庆礼仪等多种礼俗活动中使用，虽然还带有一定的巫术意味，但更多的是作为一种仪式性物品使用。与此同时，也从单纯的纸的形式演变为刺绣图案，改变了贴的形式，而借助布为载体穿在人身上来继续发挥作用，比如端午时节穿戴的五毒肚兜等。随着时代发展，剪纸图案又变为纺织品和瓷器上的图案，甚至在人们发明剪影之后，剪刀这种工具原本是剪纸的必备要素，现在也成为可有可无的了，这时候图案的原本意义也不那么重要了，而是作为一种民族文化的经典符号代表而被使用。后来，剪纸还被用来做书报插图、连环画、电影、壁画、邮票等，几乎脱离了传统图案的意味，仅仅是作为一种具有独特外形的艺术形式和意义载体而存在。剪纸作为人们审美的需要逐渐融入人们的生产生活当中。需要注意的是，在这个过程中，剪纸等

---

① 徐赣丽：《当代民间艺术的奇美拉化——围绕农民画的讨论》，《民族艺术》2016年第3期，第87~95页。
② 钟敬文主编《民俗学概论》，上海民间文艺出版社，2009，第16页。
③ 盛希希：《浅论民间艺术的现代性》，《文艺评论》2012年第5期，第118页。

民间艺术不仅被民众用于日常生活，还被政府用作宣传教育的工具。张仃在《民间剪纸选》中讲道："新剪纸能够教育鼓舞群众，在边远落后的地区，作用仅次于年画。"[①] 这表明新剪纸已经充当政府思想意识形态的载体。剪纸的发展说明民间艺术的功能是随时代而变化的。

以上剪纸的变化绝不是个案，而是普遍现象。在当代，尤其在商品市场和政府宣传中，民间艺术的价值和观念，以及存在形态与我们头脑中原有的对象发生了偏移，有时竟难以称为"民间"的艺术了。对于这种变异现象及其变迁规律，目前学界尚未引起足够重视。本文欲对此做一具体分析，并回应当前学界对民间艺术问题的相关讨论。

一 从实用到符号和审美：民间艺术的发展轨迹

回顾民间艺术的发展历程，我们可以发现，中国民间艺术的变迁大体经历了从"有用"到"有意义"和"好看""好听"三个发展阶段，虽然从横向维度看，这三个方面可能同时并存，但是仍可以明显发现其变迁的轨迹。无须多言，民间艺术最初是以实用为目的的。在自给自足的农业时代，由于小农经济的生计模式，商品的生产和消费还不充分，许多传统技艺和其他民间艺术都是服务于广大民众的生产和生活所需，实用性是最重要的，甚至是唯一的功能。这是由民间艺术本身的性质决定的。仅以手工艺来说，由于当时生产力低下，物质资料不丰裕，所有日用品和生产工具都主要靠手工制造完成，因此，大多数的手工艺都是生产生活中所使用的工具或器物。传统工艺主要体现为技术带来效率，重技不重艺。

工业资本时代，技术至上，机器大生产和科学技术极大地提高了生产率。西方工业发达国家进入 20 世纪后完成了工业革命，工业社会的大机器生产及其社会劳动分工的细化、生产的高效和标准化，都给传统手工带来强烈冲击，手工被电子和机械生产的奇迹所取代。这就使得艺术脱离工艺技巧与材料的束缚而与手工艺渐行渐远，并将艺术导入由技入道发展的轨道。较传统手工艺作品不同的不仅是其形式和功能发生了改换，而且作品

---

① 张仃：《民间剪纸选》，大东书局，1951，序言。

也开始具备明确的社会属性和问题意识。中国在进入城市工业发展时期之后，也开始改造手工作坊。近年来，受西方艺术发展的影响，民间艺术各个方面也在发生相应的改变，其作品主题常常意识形态浓郁，饱含着各种观念或思想，而不是为了日常生活中实用的目的。

当代社会，伴随着物质生产的高度发展和物质的极其丰裕，对物质的消费已经不再是纯粹出于身体的需要，对文化的需要越来越成为消费行为的主要动机。也就是说，后福特主义时期的消费，越来越不是"实用"考量的消费，而逐渐变成"美感"考量的消费，审美成为一种资本。"审美资本主义"广为流行。阿苏利在《审美资本主义：品味的工业化》中指出："在工业国家，个人品位与消费行为密不可分。享乐的工业化使奢侈品高于必需品，感性高于理性，诱惑高于判断。……（品位具有特别的意义）使美观、愉悦等非必需的产物转变成可以衡量、可以变换并且能够覆盖社会生活大部分领域的价值。"① 品位具有特别的意义，"使美观、愉悦等非必需的产物转变成可以衡量、可以交换并能够覆盖社会生活大部分领域的价值"②。这也就昭示传统工艺美术等民间艺术形式需要超越原来的实用主义目的，而进入审美资本主义时代，也决定了民间艺术的价值转向艺术而不是技术。尤其是伴随 20 世纪观念艺术的出现，艺术脱离最初的工艺技巧与制造材料的限制，与手工艺几乎不再相关。当艺术与其所依附的生活不相适应时，艺术将脱离原来的生存土壤，由仪式转化为娱乐。审美资本主义时代的到来，为传统工艺的艺术化转型提供了外在环境。

二 民间艺术的当代变迁走向

民间艺术一直都是自生自灭、土生土长的，就如不入眼的野草恣意地存活着，一般学校里没有专业老师进行教学，也没有相关部门专门加以提倡，只是随着社会的需要而发展、变化；但是在国家权力和市场力量的左

---

① 〔法〕奥利维耶·阿苏利：《审美资本主义：品味的工业化》，黄琰译，华东师范大学出版社，2013，封底页。
② 〔法〕奥利维耶·阿苏利：《审美资本主义：品味的工业化》，黄琰译，华东师范大学出版社，2013，封底页。

右下，民间艺术在当代发生着脱离其自身发展轨道的变异。

诸葛铠教授注意到，传统技艺现代转型有两个方向：一是传统技艺和现代风格的结合，即以现代审美眼光对传统工艺进行再创造，使之与现代生活相适应，如现代陶艺的造型、釉色、彩绘等方面都进行了符合现代人审美特点的改变。二是将风格从技艺中分离出来，使之与现代材料和工艺结合。只有风格的移植，没有技艺的传承，如西式裁剪的中式服装，纽袢做成假扣，团花以一块织锦缎替代。上述都以风格和技艺的分离为特点，体现了传统手工艺"蜕变—再生"的规律。[1] 这些看法是很有见地的，但后人却未对此进行进一步的讨论和对话。而在超越传统工艺的传统音乐领域却有类似观点，如著名音乐学家张伯瑜指出，由于当代社会发生了重大变革，传统的生计方式和生活方式都有着翻天覆地的变化，许多传统的民俗现在已经不存在了；依附于传统生活方式的民间艺术也失去了生存的土壤，逐渐式微。他认为中国传统音乐在当代的发展，除了一部分延续传统之外，还有三种转型方向：（1）由生活方式到艺术形式转化着的传统音乐；（2）从生活方式到文化符号转化着的传统音乐；（3）完全专业化了的传统音乐。[2] 这就说明，传统音乐的意义和价值在当代很多都已发生转化，如作为信仰、作为艺术、作为文化身份、作为中国民族化专业音乐品种的建立材料等符号，以改头换面的形式继续在当代社会现实中存活。民间音乐领域有此变化，笔者认为民间工艺美术领域也大体如此，以下对此做具体分析。

（一）朝向文化符号

不能否认，民间艺术的种种文本都是有其文化内涵的，这些文化意义都体现了中国民众代代传袭的传统民俗观念，其审美大多不出趋吉辟邪的主题。但在现代，民间艺术在外力的作用下，具有了许多新的文化意义。如果说，现代性的一个非常重要的特征是"民族"成为一种最具表现力的

---

[1] 诸葛铠：《裂变中的传承》，重庆大学出版社，2007，第64～65页。
[2] 张伯瑜：《中国传统音乐发展中的四种转型方法》，《人民音乐》2008年第1期，第77页。

符号和资源,① 那么被视为民族文化根基的民间艺术也是如此。社会上对"民间"的借用,导致其价值和功能发生变异,民间艺术不再具有原来的实用性,而是作为一种文化符号存在。民间艺术由于基于特定地域,传承久远,有稳固的传统和广泛的群众基础,因此,在打造民族文化符号和挖掘地方文化资源时被拿来改造,重新加以阐释,以提升其文化品位,赋予其更为厚重的思想文化内涵。此外,又因为民间艺术的形式较为朴素而容易让普通民众接近和接受,被国家政府作为宣传教育的工具,因此,逐渐受到国家重视,慢慢地融入时代的政治话语之中。其中,对全国范围内的文化遗产保护运动产生了极为重要的影响。文化遗产的概念在新世纪初叶进入中国,使民间的或民族的文化由以往的民族情感化的文化资源和地方性的小传统,一跃成为具有人类文化多样性意义的国家文化资源和社会资本。由于国家力量的介入,非物质文化遗产保护和地方文化建设使得民间艺术成为文化认同和地方振兴的资源,而政治民主化发展和精英神圣性的解构,也使得"民间"有着非同以往的含义,民间文化被视为民族文化的根脉和源头。民间艺术成为国家文化政治建构中的资源,成为具有象征性的符号。在民众日常生活中广泛流传的民间艺术,自然也就被赋予了各种新的文化符号意义,尤其是作为传统文化和地方或民族文化的代表。与此同时,在国家文化建设的号召下,民间艺术也在朝向民族性的文化符号发展。② 总之,现代化进程中民间艺术的命运几经沉浮,从被忽视到被改造,再到被推广,一直到今天被保护、传承与利用,"民间"在新时代具有了完全不同的意涵。应该说,这种朝向文化符号转变的趋势,其实是民间艺术获得新的生存空间的路径。有人研究发现,"如果音乐只是一种审美对象,它的消失与变化将是一个迅猛的过程,在这种情况下,可以使其得以维系的因素之一便是'文化符号'"③。推而广之,在工业化和科技发展的时代语境下,民间艺术面临被迅速边缘化和消失的命运,只留下了作为文化表征和叙事

---

① 彭兆荣:《旅游人类学》,民族出版社,2004,第268页。
② 李莉、王金胜:《民间形式向民族形式转型的标志——从"新秧歌剧"到"新歌剧"》,《中国现代文学研究丛刊》2012年第8期,第166~173页。
③ 张伯瑜:《中国传统音乐发展中的四种转型方法》,《人民音乐》2008年第1期,第78页。

需要的符号意义。换个角度说,许多不能提炼出某种文化意义的民间艺术,只能彻底地退出当代人的生活。

伴随着国民收入的增加,人们对文化产品与文化服务的消费概率大幅增加,在此背景下,一个地方的历史意象、传统民间艺术成为文化产业发展的重要资源。① 民间艺术在走向现代消费市场时,成为地方文化和传统的承载者而被符号化。这在旅游文化产业领域,是尤为多见的。近年来,人们越来越注重旅游休闲消费,相应的,对精神文化产品也有了更多和更高的需求。旅游是审美实践活动,传统工艺、民族歌舞音乐等在旅游场域中就被赋予了特殊的文化意涵,因此,深受现代旅游消费者的欢迎。传统工艺、文化体验、审美体验等成为消费热点。当然,这也与发展传统工艺资源振兴地方的国家政策有关。现在的传统工艺,着力宣传其手工的属性,其实就是神话化手工,符号化手工。如有人指出:"现代西方提倡的'手工制作',直接意味着'优质品',应该有着信任人类之手的含义。"② 是的,在走向工业化和后工艺化的今天,手工已经超贵,而传统被赋予了特殊的意义。在这个意义上说,民间艺术就此具有了某种文化符号的象征价值,"民间"就代表了传统、古老、地方特色和蕴含深厚的文化底蕴。在社会上乡愁弥漫的氛围中,传统手工艺也被视为一种民俗符号来满足人们对儿时记忆的怀念,对故乡和传统的向往之情。

商业或经济的目的导致民间艺术的变异较原来的自然而然的变化更具强制性、主动性。如有人调查发现,东巴艺术由原来祭神和自娱的功能转为旅游场域中追求时尚化体验和经济利益,民间艺术所表达的文化内涵升华为民族文化的符号与象征,借此说明,在后现代语境中,民间艺术具有了商业化和流行性、批量生产与可重复性、参与性与娱乐性、科技化与编码性等特征。③

---

① 张建仪、简博秀:《全球化、文化产业与地方发展——以上海田子坊为例》,《土地问题研究季刊》2009年第4期,第39页。
② 〔日〕柳宗悦:《民艺四十年》,石建中、张鲁译,徐艺乙校,广西师范大学出版社,2011,第228页。
③ 光映炯:《旅游人类学视野中的民间艺术变异研究——以丽江大研镇纳西族东巴艺术为例》,《广西民族研究》2008年第3期,第170~171页。

（二）朝向专业艺术

民间艺术的专业化发展方向是指在当下，民间艺术创造者逐渐脱离下层阶级并面向当代市场进行生产，导致其作品走向精致化、纯粹化、职业化和审美艺术化、高端化发展方向。民间艺术原本以实用性为主，艺术性的追求是次要的。或者说，民间艺术只能以其特殊的风格标榜自己的艺术性，如稚拙、原始、自然、简单、粗犷、鲜明。但这套话语曾经被用来贬低民间工艺，这些在当代看来具有褒义的词汇曾是低等的、不成熟的、次要的、简陋的、粗糙的代名词。今天重新来评估民间艺术，是以后现代的话语和价值观重新赋予其更高的艺术层次，换了一套评价标准。客观地说，以往民间艺术的艺术性由于受限于创作者水平和作品的用途，与专业艺术有着截然的分别。虽然民间艺术的功能包括民俗生活、宗教信仰、艺术审美三个方面，① 但大部分民间艺术主要服务于民俗生活，连宗教信仰也是伴随民俗生活的。纯粹的艺术审美是相对晚近的事，早期的审美往往也是源于宗教情感和生活理想。因为要服务于现实生活，民间艺术的生产自然不同于已经脱离了日常功利性的纯艺术，也就形成了简洁、朴素、实用、类型化、模式化的特点。这些特点是明显区别于专业艺术的。

当然，民间艺术与专业艺术一直是不断交流和互动的关系，尤其是在民间艺术发展到近代已到技艺圆熟的阶段，而文人和画家等精英的介入也使其艺术水准不断提升。徐艺乙在相关论文中谈道，民间工艺发展到清代，与宫廷工艺已经区别不大。在统治者的倡导下，工匠不断追求技艺上的精巧与熟练，制造的各类物品造型越来越精致，装饰也越来越繁复，图案具有绘画性。另外，清代的文人士大夫在政治高压下转移注意力，参与到园林、家具、雕刻、髹漆、陶瓷、服饰等传统工艺的制作中，"其雅致的趣味在器物的结构、造型、装饰等方面表现出来，因而对清代及后世的手工艺产生了巨大的影响，各种精美的作品不断涌现，有许多达到了登峰造极的水平"②，这时的手工艺产品已不再是单纯的生活用品，其中一部分已经开

---

① 陶思炎：《论民俗艺术功能的演进》，《民族艺术》2014年第1期，第76页。
② 徐艺乙：《中国历史文化中的传统手工艺》，《江苏社会科学》2011年第5期，第226页。

始转化为艺术品。尽管如此，大部分的民间艺术仍然与广大民众的乡土生活紧密结合，还没有改变其民间艺术的底色。今天，随着传统民俗社会被现代科层社会所替代，农耕文明被工业文明所替代，人们生活方式已经发生巨大变迁，民间艺术所发挥的主要作用也日渐微弱，这导致民间艺术逐渐从人们的日常生活中隐退。不过，我们发现在非日常生活的领域民间艺术以新的面貌开始出现，那就是以艺术品的形式跻身于表演舞台或陈列展厅或艺术品市场。

通常我们认为，与一般的民间艺术不同，专业艺术看重个性化和创造性，讲究不断推陈出新，是小圈子和小众的艺术生产和消费。民间艺术则是普通民众创造和享用的，如民间歌谣、传统的年画、刺绣、编织或剪纸，都简单易学，伴随了绝大多数人一生的生活，真正实现了大众性和普遍性。但是，我们却发现，现在是讲究品位和个性的时代，当代消费呈现追求独特和小众消费的倾向。也就是说，对于民间艺术的消费不再是以往那种模式化的大众消费，而要求所消费的物能彰显消费者的个性和独特品位。如旅游场域中的手工艺，并不是以其实用为目标，而是与手工艺所体现的艺术性和所承载的"地方性知识"的文化符号意义相关。这种发展，对传承人或创作者的个性和他的审美爱好、艺术修养有更高的要求。我们在调查中发现，在现代都市生存的民艺（形式），其生产者更多已经蜕化为"明星式"的艺术家[①]，或称为"工艺美术大师"而不是手工艺人。诚然，这样的人，应该有其社会地位，应该像艺术家一样被尊重。但这种转型，也意味着他们已经脱离了民间，不是民间的代言人，而是自我的代言人，或者上升为民族国家的代言人。他们的作品更多的是一种艺术作品，而不是民俗物或代表一种生活方式和服务于一种生活方式的物体。而从他们自身的认同看，他们更希望自己被视为一名艺术家而不是民间艺人，也希望自己的作品更多地被视为艺术品而不是民间工艺品。

再以海派剪纸为例，著名画家和剪纸艺术大师林曦明的剪纸作品并不像传统的南方风格的剪纸那样繁复细密，而是线条疏朗且图案简洁，他把

[①] 吴昉：《"海派剪纸艺术"传承与发展研究》，博士学位论文，上海大学，2016，第288页。

剪纸视为表现现实生活的艺术手段，① 不为实用，抛弃传统的剪纸图案的寓意，而注重自我思想的表达和时代性，有明显的现代风格，有艺术性，有生活情趣也更有思想性。他努力把民间剪纸艺术转化为专业化的艺术，是由技入道的典型代表。与此类似的还有同为上海剪纸"非遗"项目的传承人奚小琴和李守白等人，他们的剪纸以时代社会问题为主题，从图案到色彩和主题都超出了传统剪纸。对于他们来说，剪纸已然成为一种可以通行于民间实用与精英艺术家之间的艺术表达手法或形式，而非传统保守、落后、低级、廉价、乡土等负面语词所具有的意义。剪纸作为最为普遍的一种民间艺术形式，人们在日常生活中司空见惯，但只要稍加留意就能发现大多数剪纸艺人的作品，沿袭传统吉祥图案为多，很多人并不懂得创造革新，而是永远停留在复制、模仿的阶段。与此不同，一些受过专业美术训练的剪纸大师，大多会朝着装饰性和美术性的方向发展。像林曦明、奚小琴和李守白这样的人，则追求超越，与其说他们是剪纸大师，不如说他们是运用剪纸这种特殊的民间艺术形式来表达他们作为一个画家或艺术家的思想。

刺绣技艺的艺术化也是一个典型代表，刺绣作为一种古老的民间工艺，延续了剪纸的生命力并得到新的发展，近代以来，刺绣技艺不断成熟，其中源于文化和经济发达地区的苏绣和顾绣，发展出了画绣结合、以国画或油画为绣稿，以画补绣，追求绘画效果而超越实用的艺术化刺绣。如清末苏绣杰出代表沈寿在继承苏绣传统的基础上，吸收油画、照片讲究明暗层次的表现手法，创造出美术绣，以西洋画为题材和表现内容，专门刺绣人物肖像，突破了传统刺绣以传统中国画花鸟虫鱼的题材，进一步发展刺绣技艺和风格，是一种专业艺术的创新。而当代著名苏绣技艺传承人张美芳更是走在了超越传统技艺的艺术创新前沿，她的创新主要表现在两个方面。一是向姊妹艺术学习，大力拓展题材和内容的表现范围，吸取了油画、雕塑、摄影等现代艺术的活泼形式，表现出高科技语境下的颖异图像。就此，苏绣艺术形式变得更加新颖和丰富，走出了单纯模仿工笔绘画或表现花鸟

---

① 《擦亮非遗"上海剪纸"：让剪纸成为公共艺术》，国际在线，http://shcci.eastday.com/c/20180118/u1ai11154142.html，浏览时间：2018年9月10日。

兽虫的传统范式，具有非常强烈的时代感。二是大胆创新，在针法、技法和材料形态方面进行了一些创造性的探索，包括对传统的技艺作风和讲究进行了更加切合现代审美趣味的创新调整和变化尝试，以找到传统技艺与现代艺术、现代科技、现代生活的最佳结合点。① 为适应现代人的审美，张美芳与时俱进更新观念，不断探索，她每年赴京拜访艺术名家，向他们讨教，并把所学运用在刺绣实践中。她还劝导周围的同行学习中国美术史、西方美术史，"主要目的是培养审美能力，让她们能读懂书画家的艺术语言"②。其作品超越了传统苏绣所讲究的"排比其针，密接其线"的满铺方式，代之以虚实相间，能够充分地表现绘画作品上的虚实关系又不失苏绣技艺自身的特点。虽然说这是一种刺绣，但是我们可能更多视之为一种专业化的对传承人要求甚高的艺术，其作品不可能与日常生活常见的刺绣作品同日而语，而是作为高档礼品或艺术收藏品。

民间艺术朝向艺术，主要是指其脱离其实用性和技术性，而以现代艺术价值取代其原有的使用价值，并且追寻专业艺术的发展潮流。美术史上观念艺术的兴起对传统工艺的冲击很大，导致其具有明显的专业化痕迹。1917 年杜尚把买来的陶瓷小便池，冠以《泉》的名字送去参加艺术展，引起了艺术界的质疑和轰动。他这样做是为了超越技术："选择了一件普通生活用具，予它以新的标题，使人们从新的角度去看它，这样，它原有的实用意义就丧失殆尽，却获得了一个新的内容。"③ 此后，杜尚以其一系列作品将艺术发展引向观念艺术的方向，改变了西方现代艺术的进程。进入当代语境之后，手工艺作品的创作中，观念成为取代实用功能唯一性的新目标，作品承载的观念成为人们关注的重点；并且不再仅仅具有装饰性和体现技术的高超，也与其他当代艺术作品一样有态度、有情绪、超越物性，从而使得作品重新生成新的意义。④

相比于西方工艺美术运动以来的设计发展为适度技艺，中国工艺美术

---

① 吕品田：《传统手工艺创新的表率——解读张美芳的苏绣艺术》，《艺术评论》2014 年第 5 期，第 9 页。
② 苏雁、李锦：《传统苏绣，如何绣出新花样》，《光明日报》2017 年 4 月 15 日，第 5 版。
③ 李思德主编《中外艺术辞典》，山东文艺出版社，1991，第 741 页。
④ 王檬檬：《当代手工艺还是当代艺术》，《新美术》2016 年第 12 期，第 103~104 页。

依附于政治和权力系统而发展为过度技艺,① 曾经走过一段"奇技淫巧"的道路,从为实用服务偏离为繁缛与炫技。过度技艺使我们的先人放弃了内容的表达和创新,而过分追求形式上的超凡出众;而西方工艺美术在适度技艺的同时解放了手工,以思想替代器物的使用价值,使器物升华为表达思想的工具或外在形式。2016 年,美国民谣歌手鲍勃·迪伦因其"用美国传统歌曲创造了新的诗意表达"而获得了诺贝尔文学奖,今天,很多艺术大师的作品都借用了民间艺术的形式以表达当代思想。这也许也会成为未来中国的发展方向,无论是借用民间形式进行新的表达,还是民间艺术转向追求思想和创意的当代艺术,都能使传统再次获得新生。

以上种种都说明当代手工艺生产正在发生转型,"正逐渐从一般意义的手工生产向着作为艺术方式和较高层次的艺术生产方向发展"②。而在非遗保护语境下尤其助推了这一方向,"手工技艺类非遗项目,由于所依凭的环境发生了改变,原来在生活中的实用功能已经差不多消失殆尽。而在新的时代,这些技艺精湛的手工艺,恰好遭逢审美资本主义和文化消费主义的世界性潮流,被视为民族或地方人群日常生活中具有礼仪性或神圣性意义的符号,作为物的实用的功能和非艺术的多层价值多数已经转化为单一的审美价值"③。工艺美术理论家侯样祥认为:"就历史发展趋势而论,传统工艺品已经不大可能也没有必要再重塑曾经的为普罗大众制造日用品的历史。而由于受原材料、制造技艺、生产工时等各种主客观条件的限制,应该说高档日用品和艺术陈设品的制造则会成为传统工艺未来的主体制造。"④ 这些都反复论证了当代传统工艺艺术化的倾向。

(三) 转化为其他艺术形式

如前所述,民间艺术的历史,是不断发展变化的历史,相关论述已不少。但以往人们更多谈论某一种民间艺术类型的变迁、消失或新生,较少

---

① 谷泉:《过度技艺及其在未来世界的可能性》,《艺术设计研究》2014 年第 5 期,第 82~86 页。
② 李砚祖:《工艺美术概论》,山东教育出版社,2002,第 273 页。
③ 徐赣丽:《手工技艺的生产性保护:回归生活还是走向艺术》,《民族艺术》2017 年第 3 期,第 59 页。
④ 侯样祥:《传统工艺的现代价值》,《中国美术报》2019 年 7 月 15 日,第 2 版。

关注不同类型之间互相转化的问题，忽视了民间艺术的内在循环和自我恢复能力。如果我们深入调研就能知道，民间艺术往往是一部分民众自我生存的基本方式，熟练掌握某种技艺的民间艺人往往会灵活运用其有限的资源，在一种形式衰弱后转化为其他形式而使之重新再现，从而使得相关技艺得到延续。张道一先生曾指出，民间美术，甚至所有的工艺都是变异的。许多传统工艺都伴随一定的风俗习惯，一旦某种风俗习惯发生变化或衰微了，对这种工艺品的需要也随之消失，但从事相关工艺制造的手艺人还要继续生活下去，他们就会想方设法结合自己现有的手艺找到新的出路，也就是实行工艺的转化，改做其他用处。中国历史上有很多这样的例子。原来是做A手艺的，后来用作A手艺的方法做B手艺，技艺基本没变。以中国的金属首饰为例，古代妇女注重头部装饰，供女人使用的头发卡子、坠子、耳环等做得很精致；但现代以后社会上的风俗变了，金属首饰不流行了，做金银首饰的艺人就用他们原先所使用的旧工具及其技艺做新时代的东西；发展到当代，那些艺人的后代又用这些工具和方法做医疗器械。① 像这样运用旧工具和方法制作新时代的用具，就使其手艺得以在新的领域中延伸使用，使得民间工艺之间可以不断实现新的转化，从而延长了技艺的生命。

  前述剪纸的例子也说明了民间艺术形式的不断转化。剪纸这种民间艺术形式，由于可以满足民众的多种生活需要，加上材料易得、成本低廉、技法易于掌握，不像国画等经典艺术形式是需要长期训练的，于是逐渐成为中国各地民间艺术的重要形式，并成为大众比较容易掌握的情感和心意的表达形式，成为可以满足每个时代人们生活需要的艺术形式。这些民间艺术形式，在传统社会里，由于有着特定的民俗生活用途，在今天成了专业艺术家用来表达其思想的创新形式之一。因此，剪纸开始与绘画发生着深刻的联姻，创作者进行跨界的生产，以此带来既新鲜又传统的艺术样式。民间艺术领域，剪纸可以变成画，画可以变成剪纸，经常互相转换，呈现出不一样的新意。此外，由于剪纸为民众喜闻乐见的传统形式，与民间社

---

① 崔小清：《中国剪纸的功能流变研究》，硕士学位论文，中央美术学院，2016，第35页附录《对张道一的采访》。

会有一种天然的亲近感，现代商家使用剪纸用作现代商品的包装设计，也取得了不俗的效果。

当代因为生活方式而带来的艺术形式之间的转化更为频繁，灶头画和炕沿画，因为没有了传统的灶和炕，就变成了农民画。同样，刺绣、剪纸和蓝印花布染织能手，都能转化自己的艺术才能，变成农民画家。农民画将传统民间艺术作为一种资源进行创造性转化，在绘画中延续和发展了民间艺术中的民间文化和地域特色，因此可以说，农民画是民间艺术在新的语境下的一种新的生存方式。再如，四川绵竹年画在年画产品的创作上另辟蹊径，创作出多种嫁接性年画，如刺绣年画、剪纸年画、陶版年画、竹编年画、木雕年画、手绘年画折扇等，以及年画服装、手绘年画挂历、年画伞等衍生产品。① 这些不同形式的民间艺术之间的互相借用和转化，也是当代社会中的一种普遍现象。

有研究发现，山西炕围画艺术是民间艺术受到社会政治经济、文化风俗的影响，而在传承中产生变异乃至式微的典型范本。炕围画向其他艺术的借鉴兼容并蓄，使其拥有顽强的生命力，然而社会思潮和生活方式的变化使得这一民间艺术形式失去了现实根源，新中国成立以来不同时期的社会思潮对炕围画产生了断裂性的影响，但民间传统并不因形式的消亡而消失，炕围画的精神依然在现代家居中以变异的形式存在。② 我们只要用心观察当代人们的生活，仍然能感受到我们以往熟识的民间艺术形式不断以新的面貌出现在我们眼前，这体现了民间智慧的通约性和民众创造性转化的高超能力。

台湾民俗学家钟宗宪发现，在当代语境下，民间艺术的外延及内涵大大扩展了。它再也难以以诸如剪纸、泥塑、面塑、农民画等类型划分。在传统原有类型的基础上及与现代其他元素交融发展中衍生出更多的类型，各类型之间的概念和界限也多变且模糊化。新民间艺术物质形态也将多样化，将会有更多的新时代材料。就此，他提出："传统并没有真正地消失，

---

① 杨燕：《生产性保护与传统文化展演之间的博弈与互动——以地震前后绵竹年画的发展为例》，《四川戏剧》2016 年第 4 期，第 90~93 页。
② 李瑞：《山西炕围画艺术的流变与传承》，《艺术百家》2014 年第 3 期，第 244 页。

而是经过新的冲突、新的刺激、新的融合来延续与再生；即使新的传统一再出现，也会建立在旧传统的基础上。"① 从这个角度说，传统工艺的当代传承不需要太多的担心，其精魂自会选择新的替身再次复活。

除了一种技艺转化为另一种技艺，也有的是两种技艺再合成新的技艺，如上海的非遗项目秸绣就结合了麦秆画和刺绣两种传统工艺的艺术特长，利用麦秆光泽质感、天然纹理、立体感强的特点，与刺绣颜色丰富、光泽柔和、表现手法丰富的特点相结合，合理构图，制作的作品画面精美，层次丰富，艺术感染力强。② 这不仅传承了两种传统技艺，还发展了其艺术性，是对中国传统工艺美术技艺的大胆尝试和突破。类似的还有，山西永济的麦草画创新作品是将麦草画工艺和陶瓷工艺结合制成麦草画工艺瓶。这些创造性的转化，无疑为当代民间工艺的传承提供了新的思路和可能。

当代民间艺术的艺术化倾向，一方面是传统民间艺术朝向艺术化、专业化方向发展，另一方面是人人都可以成为"艺术家"。两个方向的发展，似乎是相反的，却又是同时存在的。艺术"沦落"为普通大众可以参与和学习，那些文人雅士的专业创作和一般人的业余生活创造之间的界限日渐模糊。与此同时，传统民间艺术越来越脱离日常生活，而朝向专业艺术方向发展，也就是脱离了实用性，而进入神圣的艺术殿堂，与专业艺术家不分你我。这两个方向都使民间艺术发生艺术化转向，从而降低了艺术的"神圣性"。

但民间艺术的转化，是局部的转移还是整体的转移？转移之后，是否还可以称为民间艺术？我们知道，民间艺术是一个整体性存在，尽管它包含有材料、工艺、形式、表现手法等多种元素，但是这些元素离开整体就不具备原本意义，它们总是在整体中彰显出自身的价值和特点。现在人们往往不再原样照搬，而是只取其一地拆解来重新创造新的作品。如仅使用某种传统工艺品的材料或工艺，或形式，或表现手法，或色彩，或图案等，

---

① 钟宗宪：《民俗节日氛围营造与文化空间存续——以台湾民俗节日与商业性文化游乐园区为例》，《河南社会科学》2007年第4期，第9页。
② 赵兰英：《从大学生到民间艺人：记秸绣工艺画创造者姚懿佳》，新华网，2008年9月20日，http://www.godpp.gov.cn/ddjs-/2008-09/20/content_14447833.htm，浏览时间：2018年9月10日。

却没有从整体上完全呈现出一种民间艺术的风格,而是当代艺术的面孔。从这个意义说,传统民间艺术其实是被解构了。它融合了新的时代要素和专业艺术以及其他艺术元素,建构为新的"民众艺术"。对此,人们有的惋惜,有的抗拒,但是,无论我们以什么态度来面对,民间艺术在当代已经或将要发生着种种的变化,这是必须尊重的现实,也是学术研究的问题意识之起点。

三 结语

综上,我们虽然主要以民间工艺为例进行讨论,但其实这种现象已经普及于民间艺术的各种类型中,可以说,民间音乐、传统工艺和美术等民间艺术类别,都走过了一条从文化到专业艺术,或转向其他艺术形式的道路。从现实中诸多案例我们可以发现,民间艺术的现代语境与以往有了许多变化,也推动着民间艺术从内容到形式、从风格到品质、从功能到价值的现代转型。换言之,由于传统的民间艺术多是与民俗紧密结合在一起的,随着民间信仰和民俗活动的消退,负载其上的音乐或美术等,就此失去了现实的功能和需要。但现代性同时带来人们对于过去或传统的依恋。在漫长的农耕文明时期与生活方式伴生的诸多民间艺术,已经扎根于国人的文化血脉之中,形成我们民族的文化基因。由此,这些传统的音乐或工艺等,成为一种象征传统的文化符号,被人们消费或是珍惜。伴随着日常生活审美化,艺术已经成为提升生活质量、构建美好生活的一个指标,于是审美成为资本。进入审美资本主义时代之后,传统工艺和民间音乐、民间美术等,都成为可以估价的艺术商品。追求审美价值的民间艺术,主要被现代都市社会里有一定艺术素养的新中产人群所消费,在消费导引生产的形势下,必将影响民间艺术发生顺应时代的新变。

总之,传统民间艺术在当代要延续其生命,就需要在新的领域找到用武之地。另外,就是通过转化形式,延续其生命。从这个意义说,传统文化和艺术的创造性转化,就需要切合当代人生活的需要和审美风尚,进行传统元素的重构、再创造,跨越民间工艺与专业艺术之间的界限,打通二者的屏障,更多的为现实社会进行创造,以满足新时代的新需求,贡献思路和方法，才能真正发挥中国蕴藏丰厚的民间艺术的宝库的遗产价值。

需要说明的是，当代民间艺术的变迁并不是说其原有意义完全都被更新或转化了，也可能是暂时被隐藏或遮蔽起来了，如民间艺术惯有的求吉纳祥、驱邪避害的精神功能，在当代仍然广为人们所接受。民间艺术的艺术化转向，也不排除其原来的实用性仍然保留。在强调创造性的当代多元时代，一切皆有可能。

［原载《民族艺术》2019 年第 6 期，第 50～58 页。］

乡土传统与体制嵌入：管窑手工制陶业的文化变迁[*]

宋国彬　黄冈师范学院美术学院

手工业历来是中国传统社会的支柱产业，但改革开放以来，随着社会经济体制的不断转型，传统手工业日渐式微。事实上，越来越多的"田野"表明，"传统与现代不再对立"[①]。在当代社会，手工业依然可以为人们提供更多更好的物质需求，而且它所包含的手工艺文化及乡土传统还能为人们提供一份回望家园的历史观照和精神依托。

管窑是位于鄂东大别山南麓、长江中游北岸的一处环湖濒江窑群，历史上由管家窑、李家窑、芦家窑等上百家制陶作坊组成，是湖北近现代三大民窑[②]之一。1949年后，管窑手工制陶业经历了系列起伏兴衰，低迷时2000多名手艺人陆续出走。本文试图通过"体制嵌入"和"乡土传统"两个文化逻辑层面，即从外在自上而下的社会体制推动，以及内部强烈的乡土传统与身份归属的自我认同，来论述管窑手工制陶业的文化变迁，并省思如何拾取手工传统中的文化韧性。

一　体制嵌入与陶业演变

通过梳理与分析，可将管窑手工制陶业的发展变迁分为四个时期。

---

[*] 本文为湖北省教育厅人文社科研究重点项目"湖北民窑手工制陶传承人口述史研究——以蕲春管窑为例"（项目编号：17D078）的阶段性成果；湖北省"基础教育与地域文化优势特色学科"美术学建设成果。
[①]〔美〕歇尔·萨林斯：《甜蜜的悲哀》，王铭铭、胡宗泽译，生活·读书·新知三联书店，2000。
[②] 湖北近现代三大民窑指的是汉川马口窑、麻城蔡家山窑以及蕲春管窑。

1. 兴起与发展期（1949 年以前）

20 世纪以前，长江是"明清两朝政治、经济、文化的支柱"，"近代化的工业和商业，便是在这条母亲河的周围生长和发展起来的"。① "明洪武二年（1369），管窑地区兴建'龙窑'烧制陶器，由管家湖地区的瓢山、朱堰的肖、洪、沈诸姓居民集股兴建，生产罐、盆、壶等日用陶器。"② 随着进一步的外来移民和政府颁布"劝课农桑"③ "开垦耕种，永准为业"④ 等垦荒法令，以古"蕲州"⑤ 为中心的地望中，农业经济不断发展，人口不断繁衍，带动了管窑制陶业的进一步发展，也反哺了乡土社会自给自足经济下的日常之需。同时，除家庭作坊、师徒作坊、异姓合股窑户外，又出现雇佣作坊与同姓合股窑户，呈现早期民族资本主义特点的生产关系。至民国二十七年（1938 年），管窑共有 12 座龙窑，56 处制陶作坊，近 2000 人以陶为业，代代相传。抗战期间，日本侵略军在武汉、九江等地实行经济封锁，管窑陶业一度遭到日本军机炸停。⑥

2. 合作化改造与改良期（1949～1991 年）

1949 年前，"合作制度应战争环境下的社会需要曾一度发展兴旺"，直到 1949 年后，"一场当成是制度革命的方式"的"合作化"运动才彻底开始。⑦ 1950 年，管窑手工制陶业由个体转为集体，成立 4 个合作社；1958 年进入"大跃进"，又合并建立国营陶器厂，生产条件得到改善，年工业总产值 12.58 万元，年产日用陶 216.1 万件。手艺人摆脱旧时的各种依附，获得较高阶级身份和社会地位。1962～1969 年，受自然灾害和"文革"影响先后停产。改革开放后，合作制和工业化进一步延续，从业者生产积极性

---

① 刘玉才：《传承与新变——明中叶至辛亥革命的物质文明》，北京大学出版社，2009，第 11 页。
② 蕲春县地方志编纂委员会：《蕲春县志》，湖北科学技术出版社，1997，第 5 页。
③ 《明实录·宪宗》卷 112。
④ 《顺治朝实录》卷 43。
⑤ 据《蕲州志》记载，蕲州在周为蕲国，后历为县、州、郡、路、府等，长期依托长江水运，政治、经济、文化发达。曾领蕲春、蕲水等 5 县，现为蕲州镇治。
⑥ 《蕲春县轻工业志》（送审稿），第 60 页。
⑦ 廖明君、邱春林：《中国传统手工艺的现代变迁——邱春林博士访谈录》，《民族艺术》2010 年第 2 期，第 19 页。

进一步提高，管窑成为湖北省名副其实的陶器之乡，呈现一派兴盛之势。仅以岚头矶窑厂为例，1988 年时从业者近 800 人，窑炉 4 座，年产陶器达 600 多万件，部分销往欧美、日本、东南亚各国及中国台湾、香港地区，人均年工资 6000 元左右，生活富足。① 其间，各窑厂分分合合，同时在计划经济主导下，"对外开放、对内搞活"，开始大胆革新，购买机器设备，研制稀土彩釉等，还吸收其他窑口的技艺改良自身，但仍保留一些传统手法。只是此时，在破除了"技艺权利"② 的同时，也模糊了传统意义上的师承关系。

3. 分化与失范期（1992~2011 年）

20 世纪 90 年代以来，玻璃、塑料等现代工业制品给管窑制陶业带来巨大冲击，当然还有劳动力的轰然流失和看似"落套"的传统技艺以及粗放的日用器物样式，其分化和失范便在所难免。其间也有个体承包部分窑业，但依然连年负债经营。迫于生计，手艺人陆续出走沿海经济开放区，老手艺人也在不断逝去，坚守下来的最少时不足 200 人。2000 年前后，各窑厂几乎全部停产，大量厂房和窑炉设备荒废，技艺无人问津。

4. 重组与再兴期（2012 年至今）

当前，中国经济进入重大转型期。在政府主导下，管窑制陶业也在慢慢转型。现修复了龙窑 3 座，新建龙窑 1 座，共 7 座龙窑中的 6 座能进行生产；创新生产了窑变、灰釉、管窑红等系列品种，产品获批国家地理标志产品。同时，管窑被命名为湖北省民间文化艺术之乡，新增 5 位省级工艺美术大师，新建一系列省级实习实训基地、创作基地、非遗传承学校，以及县级产业孵化基地、非遗生产性保护示范基地等。40 多位能工巧匠带着资金和技术陆续回乡，一些"80 后"、"90 后"甚至"00 后"的年轻人也开始学艺了，包括股份制在内共 8 家陶业 500 余人从业。

二 乡土传统与文化认同

旧时，以血缘、业缘和赖以生存的乡土为本位，是后辈身份乃至传统

---

① 《蕲春县轻工业志》（送审稿），第 57~70 页。
② 廖明君、邱春林：《中国传统手工艺的现代变迁——邱春林博士访谈录》，《民族艺术》2010 年第 2 期，第 20 页。

社会及文化形态的重要特征。① 这也是历来支撑中国文化传统的一种力量。在管窑自给自足的历史环境中，伴随着移民和陶业变迁，衍生了行业水土、习俗、技艺范式等文化事项，它们带有浓厚的乡土意识，是原生态的乡土纽带与家园记忆。

1. 移民变迁：制陶的缘起

元末明初，由于"江西填湖广"移民浪潮，使得"土旷人稀"的鄂东聚族而居。② 管窑民间流传着王半夜、管鸡啼、肖大亮的说法。传说元末明初，从江西而来的一次大迁徙中，王姓是半夜到的，但因奔波劳累就在山岗路口搭棚露宿。管姓人到时鸡已开啼，但见天快亮了，干脆去插标圈地。肖姓人天亮才到，见地已被圈占，就换到别地去了。后来自明朝洪武二年，管姓人先建一座陶瓷窑起，各处窑落便冠以先民姓氏各自名为"管家窑""肖家窑""李家窑"等。③

类似流传在管窑诸多口传和谱系中都有述载，移民时间上与方志载述管窑陶业兴建的时间也是吻合的。同时，除"丘陵湖泊""土旷人稀""圈地"外，其中也反复出现了"江西瓦屑坝""从江西瓷窑带来技术"等近似符号化的记述。这些符号化的文化记忆也许从某种意义上暗示了管窑传统制陶业除血缘、时间之外的地缘与业缘关系。

2. 水与土：陶业的基础

传统制陶业属于自然资源消耗业，过去交通相对落后，故本区位应有优越的水土等资源条件。环湖濒江的管窑，常年除去冬季，其他月份气候温和，日照充足，适合制陶。同时，与一江之隔的南岸盛产金属矿不同，位于北岸的管窑水面6000多亩的湖畔则盛产黄胶泥。加上长江岸边的灰泥，方圆几十平方公里山丘的松树，周边农家的柴火灰，都是能用的制陶原料，易获得，成本也不高。

管窑自古位于内河、湖泊与长江交汇口，优越的水资源也促进了自身

---

① 刘梦溪：《百年中国：文化传统的流失与重建》，载李梦溪等《中国高端讲座 第1辑》，海南出版社，2006，第13页。
② 徐斌：《明清鄂东宗族与地方社会》，武汉大学出版社，2010，第17~19页。
③ 《管式宗谱》，第7页。

制陶业的发展。1949 年前，管窑向外的陆路交通相对闭塞，基本是丘林山间和湖边小径。即使到了 80 年代中期，各窑厂仍然主要是通过各自专门的船只运输货物。那时，通过水路转运陶器及原料，不仅较为安全，而且能极大地降低运输和生产成本。

3. 习俗：技艺的传承

为了恪守师承和自身利益的最大化，管窑传统制陶业十分重视行业习俗。一是拜师学艺，子承父业或徒承师业。学徒须先庙堂拜师，再学艺三四年；出师后每年端午、中秋和春节还送节礼孝敬师傅，也期望得到更多传授。二是制陶时令。俗话"七死八活九翻身"，是说农历七月前是陶业淡季，到八九月后，雨水少，空气干燥，日照时间长，便进入烧窑和销售旺季。此时，农村收成，陶器需求迅速增加，自然也是手艺人一年中最企盼的季节。三是誉祖与祭祀。1949 年前管窑有大小两个庙，年年制陶开张和歇业时举行奉香祈福、朝拜祖师和土地神等活动，同时也摆酒设席，搭台唱戏，众亲乡里共奏尊师祈福和和睦欢娱的精神交响曲。

对于技艺流程、劳动强度及审美意象等，几位擅长拉坯的省级工艺美术大师深有体悟。他们都是十几岁学艺，每天早晨四五点就起来练泥，白天用泥轮车拉坯，除技巧外也要手臂腿脚腰部同时用心配合才能一次成形。做长了，一天下来遍身酸疼，由此不难看出传统做窑工的辛苦。但这又恰恰体现了手艺人对技艺的不舍。

4. 龙窑：传统的印证

龙窑历来在管窑制陶人的心中占据着重要地位。管窑传统陶业内部工序严密，有泥匠、做窑工、刻花匠、烧窑工等，但"泥做火烧，关键在窑"，所以旧时尽管龙窑只有十几座，经营的窑户也只有几十户，远不如做坯的规模和人数，却举足轻重。

正因如此，龙窑在管窑似乎有着不一般的生命韧劲。位于李家窑的明清古龙窑，窑架一根木横梁上"明朝洪武二年仲春月造"的书写古迹依稀可辨。几百年来它先后复修了 5 次，至今仍在延续使用。其长达 98 米，内径约 1.8 米，可同时烧制大缸 2000 余件或陶瓦 30000 余件。与它相伴左右的还有千年重阳古木、"窑神尊位"牌、普护庵。① 据说，曾有人出重资只求千年古木的一支干，但淳朴窑民宁守清贫，也不想动一枝一叶。或许对他们来说，守住一方水土，也就守住了节操，窑业才有根基和新的生机。事实上，龙窑、古树和祖神"三位一体"，已不单是一方陶业传统的印证和精神象征，龙窑历次的修复也要求陶业不断地革新技艺，而这种要求恰好实现了精神象征与制陶功能的完美结合。

三 结语

前文提到，湖北近现代有三大民窑。令人惋惜的是，笔者实地探访发现，另外两个民窑——汉川马口窑、麻城蔡家山窑如今已不复存在。也许，在一个宏观社会变化的现实背景下，地方陶业分化、失范乃至消逝的演变路径不会相同。但社会体制嵌入带来陶业变迁的同时，手艺人对乡土传统和身份归属的自我认同是维系一方陶业发展传承的文化纽带。目前，管窑仍保留着传统的窑址、作坊，并还在努力沿袭和传承着练泥、拉坯、盘条、水花、龙窑烧制等原生态手工制陶技艺。不过，在我国改革开放进一步深化，社会经济进一步转型升级的进程中，管窑的手工制陶业还能走多远呢？传统手工业在适应体制、保持本土文化传统的同时，如果不注意基于本土之上的创新，其发展之路势必更加崎岖。

[原载《装饰》2019年第3期，第136~137页。]

---

① 庵内供奉"李家寨主"，传说原为跟老子学烧火制陶的二徒弟，后甘守田园为民，率众建窑制陶；也因生前窑熏火燎、烈日曝晒而至皮肤黝黑，被后人敬为黑神老爷。

三维技术下荆州"榫卯木雕"的保护与应用研究

赵 婧 武汉大学 余静贵 长江大学

"荆州榫卯木雕"始于战国时期,在荆楚大地绵延传承至今,构思精巧,工艺独特,雕刻精湛,造型富于浪漫气息,具有浓厚的荆楚地方特色,是湖北省珍贵的非物质文化遗产。

一 作为"非遗"的荆州榫卯木雕

"榫卯"是中国传统木工技艺之一,将此技艺应用于木雕即"榫卯木雕"。荆州榫卯木雕的独特之处在于"榫卯拼合"工艺,即将器物合理地分解为多个单件,分别雕刻成形,最后根据雕刻物件的形状设计榫卯部位,采用不同的榫接方式拼接组合。分件雕刻而后榫卯拼接的工艺使得木雕作品形制更为灵活,既能实现整体构架的拓展,也有利于局部细节的精细雕琢,宏大构思逐一落实到精致工艺当中,突破了单件木雕形制受限的问题。同时,拆分组合的形式,也为使用者因时因地的自由装配留有余地。因此,一部分榫卯木雕作品便成为接受者在物用中参与再造的产物,其精神意义较之一般木雕也更为丰富。战国时期,从荆州出土的诸多

战国时期从楚国髹漆彩绘木雕可以看出,楚人已将榫卯工艺精湛地运用于木雕工艺之中,如"彩漆透雕动物纹座屏",它将凤、鸟、鹿、蛇、蟒、蛙共55只禽兽分解成36个单件分别雕刻,然后再将这些部件由榫卯进行拼接,最后髹底漆和彩绘;"虎座鸟架鼓"被分解为鸟身、头颈、翅膀、

---

* 本文为湖北省教育厅哲学社会科学研究重大项目(项目号:17zd027)的研究成果。

腿脚、虎座等共34个单件，然后进行榫卯拼接。出土文物显示，春秋战国时的鼓架、锣架、座屏、立凤、豆盘等，是荆州榫卯木雕的代表种类。随着历史变迁，一些礼器逐渐被新的形式代替，但鼓架、锣架、座屏等因应用面广泛，依然流传于荆楚民间。"挑担锣鼓架"是荆州榫卯木雕的典型代表。它有前架和后架之分，前架为锣架，后架为鼓架，各含架座、架身和担环。鼓架的架身是直径约80厘米的正方形、六方形或八角形台面，台面周边有雕花护栏，护栏内侧立有罗汉、八仙等圆雕人物，圆雕人物留出的对称空间，安装半伸出台面、可以拆卸的鼓床，鼓床的床围也有八仙头像等雕刻装饰。台面中央是镂空亭阁或高浮雕立柱，亭阁或立柱顶端是用雄狮或绣球圆雕装饰的铜架挑。锣架的架身则是外圆直径约70厘米、内圆直径约20厘米、厚约5厘米的立式圆形锣圈。大面积的锣圈圈面，采用镂空高浮雕技法，两面雕刻不同的故事人物或花鸟。锣圈上沿还有双凤衔环、二龙戏珠、双狮抢球之类的镂空圆雕，巧妙地装饰着铜环。通常而言，挑担锣鼓架都是由数十件不同的单件木雕作品经榫卯紧密配合组装而成的。

　　历史地看，荆州榫卯木雕的生产，经历了从战国时期的宫廷作坊及其后逐渐向民间生产拓展的过程。题材上，战国时期的榫卯木雕带有荆楚文化巫术神话色彩浓烈、鬼神灵兽异鸟众多、浪漫主义风格为主的特点；秦汉以后这一特点不再强烈，除龙、凤等已有题材，又衍生出与民间信仰相关的罗汉、八仙等主题。从工艺角度而言，榫卯木雕将雕刻、榫卯、髹漆、彩绘等艺术手法集于一身，较之题材的变化，其传承更为连续，至今受到木雕艺术家和收藏家的厚爱。

二　榫卯木雕技艺的现状

（一）艺人群体及其传承的困境

　　目前，荆沙地区民间木雕工艺名师有李永安（1952～）、龚家才（1950～）和陈厚生（1944～）。其中以陈厚生为代表的陈氏家族较为典型。

　　陈厚生是湖北省政府于2011年5月指定的荆州榫卯木雕的传承人。据陈厚生讲述，陈家世代以木雕为生，可追溯至明末清初。陈厚生16岁随其伯父陈大春学习木雕，从艺五十多年，创作了近百件木雕作品。20世纪80

年代初，他曾应荆州博物馆的邀请参与了楚国古墓出土漆木器的复制，同时期还参与了岳阳楼的重建。现今，陈厚生全家仍从事着榫卯木雕的生产、传承及相关事宜。目前，陈家木雕有第四代再传弟子彭千金和第五代再传弟子黎杰，传承方式是传统口传身授式的师徒传承。由于口传身授的方法是一种非开放性的封建社会农业经济下的教授方式，因此，使得这一技艺传播的范围非常狭小，掌握此门技艺的人也极度稀少。此外，由于榫卯木雕用料讲究木质纹理，技艺要求精巧准确，榫卯拼接费工费时，还需要扎实的绘画、木工、雕刻等功底，因而学艺时间相对较长。但是有耐心、热爱并抱着非功利的态度刻苦学艺的年轻人在当今却是凤毛麟角。可惜的是，老一代传承人虽然身怀绝技，但年事已高，从事创作与教授亦是力不从心。因此，榫卯木雕工艺的传承面临着"老艺人年迈，后继者乏人"这种岌岌可危的境遇。

2006年，荆州市政府和荆州市群艺馆共同扶持陈厚生建立了荆州木雕培训班，鼓励他广招学徒普遍传艺。由此，以陈氏所代表的荆州榫卯木雕的传承方式，由封闭式的师徒传承开始向开放式的群体传承转变。然而，由于物质支持的匮乏和媒体宣传的缺位等各方面的不利因素，学艺者依旧寥寥可数。目前，榫卯木雕的传承渠道极为狭窄，传承前景堪忧。

（二）大众认知的起点：媒体宣传的实效性

在非物质遗产保护工作中，新闻媒体发挥的作用不可低估。没有它的介入，非遗就不可能被人们所熟知，非遗的保护理念就不可能深入人心，非遗保护工作也不可能转变为整个民族的自觉行动。新闻媒体的职责首先是通过媒体告诉全体公民什么是非遗，作为地域标志性文化的非遗在当地怎样分布，在本地区经济、社会及文化发展中，究竟扮演着什么角色，让全体国民对本地区文化遗产的独特性、存量、分布、品质做到心中有数。其次，要告知公民为什么要保护非物质文化遗产。这就需要媒体进行广泛的社会宣传，从而使非物质文化遗产保护变成全民族的自觉行动。[①] 最后，告知公民怎样去保护非物质文化遗产。普及保护知识、传播保护经验，同

---

① 苑莉、顾军：《非物质文化遗产学》，高等教育出版社，2009，第85页。

样是新闻媒体的重要工作之一。

随着荆州社会各界对非遗保护的关注,荆州各路媒体也对"榫卯木雕"的传承人进行了采访及报道。但是,各大媒体对它的宣传大多是静态的图片、文字报道,而录音、录像、宣传片等动态的宣传等形式则非常少见。而且,荆州各大媒体所报道和采访的图片、文字等内容基本雷同,文字记录大多对"榫卯木雕"缺乏系统、深入的介绍(并未涉及在当地的分布、存量、品质、传承系谱、源流、民俗价值、审美价值、文化价值、传承现状、产业发展、非遗法、传承人的保护等问题)。值得一提的是,"非遗日"荆州国家级非物质文化遗产展演进高校活动已基本形成机制,这有利于让学生及普通市民了解这些文化精髓,但非遗的保护宣传理应是常态化行为,一年一次的推广活动显然不能起到深入民心的作用。

(三)智力资源基础:研究的专业化程度

目前,对"荆州榫卯木雕"进行保护性研究的人员大多处于荆州地区,主要是该地区的文化馆、艺术馆等机构的工作人员及地方高校的教师。这些文化工作者对"榫卯木雕"这一省级"非遗"的保护有着较高的关注并做出了诸多的努力,具体表现在:以"荆州榫卯木雕"为研究对象而申报的湖北省非物质文化遗产名录的传统美术保护项目;出版关于介绍荆州非物质文化遗产的书籍(其中专门有介绍榫卯木雕的章节);不定期地举办荆州"非遗"相关问题的学术交流研讨会;对传承人陈厚生进行访谈;不定期地考察木雕作坊等。此外,建立资料库、数据库,然后通过多媒体的方式进行传播,是实现非遗保护的重要途径。荆州群艺馆虽建立了相关的"非遗"数据库、资料库和陈列室。这些数据应是来自现场的第一手资料,不但要详细记载传承人工艺制作的整个过程,还要详细记载他们对所传遗产的理解。但是数据库中与"榫卯木雕"相关的数据,除了不多的作品和传承人的图片之外,与之相关的录音、录像、多媒体资料非常匮乏,口述史的资料几乎很难见到。荆州群艺馆还建立了非遗的陈列室,将收藏的作品进行展览。这种方式具有直观性、客观性、真实性和不可替代性,是非物质文化遗产实现自身价值非常有效的途径。但是,却因作品数量少、展览品的陈旧而缺乏说服力。

从以上对榫卯木雕的研究形式大多为资料的搜集、汇编；品类的规整罗列；制作工艺流程的介绍；相关艺术作品的收集等。从这些研究形式来看，对榫卯木雕的研究至今仍未摆脱美术品类确认、遗存现象比较传统的静态的艺术形态的研究范畴；虽然也有动态的研究，如传承人访谈、参观其作坊等，但此类研究却并未涉及对"榫卯木雕"的文化渊源、原生境、工艺特点、民俗价值、文化价值、民众心理、市场信息、产业发展、非遗法、传承人的保护等问题的深入研究；更未涉及"榫卯木雕"技艺保护与传承的迫切课题——三维数字化技术的应用问题的研究。

三 三维技术与方法

三维技术条件下，"榫卯木雕"技艺的永久性保护与传播有了可能。在现代三维技术条件下，可以将中国两千多年前的楚式木雕造型与构建进行三维模型的重构，再装饰以传统的木雕纹饰与图案，形成美轮美奂的逼真效果，然后再以虚拟仿真的形式进行木雕构建的拼装与组合。为此，传统的"榫卯木雕"可以实现永久性地虚拟保存。在非物质文化遗产的传播中，虚拟现实技术的引入，同样可以让大众身临其境地参与到"榫卯木雕"的工艺制作中，从而提升民众的参与体验与非物质文化遗产传播的效率。

（一）三维测量

木雕实物的数字化即是对实物的三维扫描过程，它是数据处理、模型重建的基础。一般的扫描、测量方法有接触式测量法与非接触式测量法。[①] 由于是对木雕文物进行三维测量，所以避免测量过程中对文物的损坏，宜采用非接触式三维测量。依据作者现有实验设备非接触式三维数字测量仪KON1为例，具体的测量过程及步骤如下。

1. 撑起三脚架，将卡槽放平，将三维扫描仪插进卡槽，拧紧螺丝，确定三脚架各个旋钮已锁紧后，连接三维扫描仪的电源线和数据线。2. 取下镜头盖，根据扫描的木雕大小选择合适的镜头类型。确认镜头盖上三红点在同一直线上，再旋入镜头。插好密码锁，开启扫描仪电源，待初始化完

---

① 刘伟军等：《逆向工程——原理方法及应用》，机械工业出版社，2009，第5页。

毕后，开启电脑并启动 PET2.0 软件，设置相关参数。3. 开始扫描，选择 AF（自动调焦），进行预先扫描，将符合要求的数据进行存储。4. 完成一次扫描后，将扫描的木雕对象转动一定角度，重复步骤 3，直至将木雕样品进行全方位扫描。

对木雕文物或样品的三维扫描是实现三维技术的第一步，多角度的全方位测量可以有效地控制误差，操作过程中切忌对文物的损坏，注意实验操作前的各项准备工作，最终实现木雕样品的三维数据存档工作。

（二）数据处理

对木雕样品的非接触式测量会得到大量的点云数据，这就会不可避免地引起数据的误差，尤其是在尖锐曲面转折或曲面边缘的地方会形成测量数据的误差，从而影响曲线与曲面的重新生成。所以，模型的重构之前应进行数据的处理工作，如提出异常数据、补充遗失点、数据平滑、滤波去噪、光顺、数据精简、数据压缩、特征提取、数据定位对齐等。

数据处理后，接下来就是木雕模型的重构工作。一般采用三角网格或细分曲面的模型重构方法。采用 NURBS 曲面重构的模型可以直接导入相应的三维软件中进行模型的修改、附图和渲染等工作，所以良好的数据处理与曲面重构是实现荆州"榫卯木雕"保护与传播的重要工作基础。

（三）贴图制作

前期三维数据的收集与重构获取的是木雕实物的模型信息，没有表面纹饰、色彩的展示，难以形成良好的视觉效果，贴图制作就是传递髹漆艺术视觉信息的重要工作内容。贴图制作过程可以在常见的渲染软件如 3DMAX 或 MAYA 中进行，这一过程被称为附材质或贴图。[①] 模型表面附上的贴图必须是木雕表面的纹饰和色彩，这就需要在前期还要对木雕实物进行数字摄影，以获取大量的纹理贴图。将摄影获取的位图在 Photoshop 软件进行亮度、对比度和色彩的调整后，再导入三维软件中进行材质的编辑工作，这样就为木雕的实物模型附上了逼真的纹饰与色彩效果。

---

① 吴祝元：《三维建模设计 3ds Max》，湖南大学出版社，2010，第 22~23 页。

模型的贴图制作是一项复杂的工作，它要求协作人员在多个软件中穿插制作，没有足够的耐心和专业技术难以完成这项工作。且在三维软件附材质或贴图的过程中，还需要对贴图参数不断地调整和修复，工作量比较大，但是渲染后的效果可以达到如同摄影般逼真的效果，这就为荆州"榫卯木雕"的良好传播提供了技术保障。

四　三维技术的应用

（一）数字化保护

非物质文化遗产"榫卯木雕"技艺是建立在对古代木雕的传承基础之上的，对其保护是实现荆州"榫卯木雕"传承与创新的关键。

传统的文物保护方式对于荆州榫卯木雕而言具有一定的局限性。首先，传统文物的保护会随着时间的推移而逐渐减低效率，文物会在空气或特定的环境中发生相应的物理、化学变化，从而失去它原本的造型、纹饰和色彩特征。其次，博物馆中展出的木雕文物数量少，大量文物保存于库房中难以全部展出，可利用效率低。最后，传统文物艺术的保护需要耗费大量的场地、空间、人力和财力等。而三维数字保护技术具有明显的优越性。首先，它不受时间、空间、环境的限制而具有永久性；木雕的造型、纹饰、图案、色彩等细节都可进行放大、全方位的展示，比传统的文物保护方式更加直观、逼真、易懂。[①] 其次，三维数字技术利用多种技术手段依托屏幕投影观看、网络展览、交互研究等展示方式，大大提高了文物的利用率。最后，它不受场地的限制，电子屏幕或电脑即可实现文物艺术的传播，从而节省了大量的保护成本。

（二）数字化创新

目前，国内市场上很多地方的文化产品都是对古代艺术精品的照搬模仿，而没有针对现代人的审美品位实现设计的创新，从而导致地方产品具有特定的文化内涵，却无法实现商品化而获得市场的认可。以湖北荆州市

[①] 何晓丽、牛加明：《三维技术在非物质文化遗产保护中的应用研究——以肇庆端砚为例》，《艺术百家》2016年第3期。

为例，民间散布着很多木雕加工的手工作坊，大多是高仿先秦时期的木雕文物样式，如仿制的虎座飞鸟、虎坐鸟架鼓、辟邪凭几等，这些高仿产品虽具有一定的文化内涵，却只能作为艺术品摆放在家中以供欣赏，没有特定或实用的功能，从而难以在市场中普及开来。在现代社会，只有实现传统艺术的现代创新才能让传统文化普及千家万户，从而让民族文化走向世界。

对荆州"榫卯木雕"实现现代创新，三维技术是一条重要的途径。通过对木雕文物的三维扫描和测量，得到原始的数据技术，再结合现代设计理念与方法，通过改变原始数据，构建符合于现代人审美的形态，从而实现荆州"榫卯木雕"的创新。在此过程中，对原始数据的存储与修改是创新的关键。一方面，对局部数据进行修改而保留整体形态的神韵，从而实现楚木雕文物艺术的传承；另一方面，局部形态的重修构建，以期满足现代人们的审美趣味或具备一定的实用功能而满足人们的需求，只有实现这两者的平衡才能实现荆州"榫卯木雕"的三维创新。

（三）数字化传播

无论是古代木雕文物艺术，还是现代木雕，它们都是中国传统文化的特色内容，实现荆州"榫卯木雕"的广泛传播，也是让中国的民族文化走向世界。其中，数字化传播是让荆州"榫卯木雕"与文化走向世界的重要途径。

无论是当今博物馆中的木雕文物展览，还是民间"榫卯木雕"基地的建设，都是传播中国传统文化的途径。然而，三维数字化的技术不仅可以节省传播的成本，还成为广大民众乐意接受的新颖的传播途径，从而大大提高传播的效率。首先，建立三维的木雕模型，再辅助以人性化的交互手段，可以让大众零距离接触荆州"榫卯木雕"，从立体造型、语音视频、文字介绍等多方位角度了解荆州"榫卯木雕"的发展历史与风格特征。其次，木雕作为地方的非物质文化遗产，传统的"师傅—学徒"制技艺传承难以满足现代人们的现实需求。可以利用情景模拟的虚拟交互技术，让传承人或大众在虚拟的情境中展开楚式木雕的雕琢、刻镂等工艺环节，从而大大提升大众的用户体验，提升楚式髹漆文化传播的效率。最后，荆州"榫卯木雕"的三维技术也为各类研究人员或爱好者提供了全新的研究平台。无论是造型数据的提取，还是图案纹理的复制，研究人员都可以快速地获取一手资料和信息，避免了到博物馆或田野往复考察的麻烦，从而大大提升研究的效率，这也是实现荆州"榫卯木雕"三维数字传播的常见手段。

五 总结

荆州"榫卯木雕"艺术是中国特有的文化遗产，基于三维技术的保护与传承是其面临的重要文化课题。充分利用信息化、三维、网络化技术应用于文化遗产的传播是时代发展的必然趋势，也是实施传统文化创新的重要途径。如基于荆州"榫卯木雕"的三维技术存储，可以利用逆向工程技术快速打印实物，或者通过更改点云数据而制成旅游产品，这就为地方旅游产品的创新打下了扎实的技术基础。荆州"榫卯木雕"的三维数字保护不仅有效地实现了非物质文化遗产的传承，还能为中国其他传统艺术或工艺的保护工作提供借鉴，具有重要的辐射和影响作用。

［原载《民艺》2019年第2期，第114～117页。］

传统手工艺村落的跨学科研究[*]

——以第一期"代代相生,以纸为媒——传统手工造纸村落振兴计划"国际学术工作坊为例

孙艺菱 谢亚平 四川美术学院

传统村落是手工技艺赖以存在的主要场所。一直以来,人类学、民族学、建筑学等不同学科从各自角度研究其现状,并给予积极关照。传统手工艺的传承是一个复杂的问题,受到文化生态、原材料系统、传承人等因素的影响,从核心技艺到文化产品,从造纸工艺到工具研究,从技艺到居住空间及村落营建、从宗族关系到文化生态交织互促,传统手工艺村落的复杂性要求其研究不能囿于单一学科视角。

四川美术学院手工艺术学院、设计艺术学院在中国传统工艺振兴计划和乡村振兴战略的号召下,邀请日本千叶大学设计文化计划研究室、日本国立民俗博物馆共同组建跨学科团队,于2018年11月前往四川夹江开展了第一期"代代相生,以纸为媒——传统手工造纸村落振兴计划"国际工作坊,汇集跨学科的国际学术力量讨论关于传统手工艺振兴的议题。

一 工作坊设计与流程

此次工作坊主要以田野调查为核心,参与人员共计20余人。工作坊开展前,成员先对调研地点进行桌面研究,根据调研对象的特性进行分组,

---

[*] 本文为2018年重庆市研究生教育教学改革研究重大项目"传统工艺振兴战略下设计学研究生培养模式的优化研究"(项目编号:yjg181013),2019年重庆市高校创新研究群体"西部乡村建设创新研究"。

将来自不同学科的成员组合成跨学科团队，并以问题为导向制订调研计划，最后前往四川省夹江县对传统手工造纸村落进行田野调查。

（一）基础调研与分析

工作坊开展前，先对调研地点进行了桌面研究。具体内容包括调研对象的发展现状、调研地点的自然地理条件、空间环境、人文历史背景等方面，同时参与成员对文献资料进行分析。

夹江被称为"蜀纸之乡"，其气候环境适合竹类生长，手工竹纸行业历史悠久。多年来依托当地的自然资源坚持传统造纸技法，伴随手工技法逐渐形成完善的工具系统和技术系统，民居样式也适应造纸生产体系而建。村落之中的物质文化与非物质文化是否有着连带关系，夹江的竹纸文化与民间活动是否有着密切关联，手工材料原产地分布与村落空间布局有什么样的关系等问题，希望通过实地调研能够为未来村落的可持续发展收集一些依据。

项目组通过前期桌面研究，在进入夹江田野之前，拟定了一些选题。

1. 血缘关系、业缘关系与手艺分工关系的耦合。
2. 村落文化再造：参与式创新的可能。
3. 手工材料原产地分布、建筑变异与村落空间布局。
4. 民俗体系再生产的可能性。
5. 村民身份认同与业缘关系的协同共生。
6. 文化体验产品与核心技艺的延展性研究。
7. 台湾相关造纸村落案例研究。
8. 日本相关造纸村落案例研究。
9. 乡村重塑与手工纸村落的栖居。
10. 重回日常：纸质生活。
11. 有形遗产与无形遗产的互证与创生机制。
12. 乡村文化生态的修复与经济生活的可持续。
13. 生产仪轨与村落民俗场域的交织与互促。
14. 技术传承与手工悟性知识的隐蔽性关联。
15. 地方性知识与弹性文化共同体的构建。

希望引发不同专业角度对传统手工艺村落振兴问题的思考，并组成小团队，进行详细的田野研究和切入不同的话题。

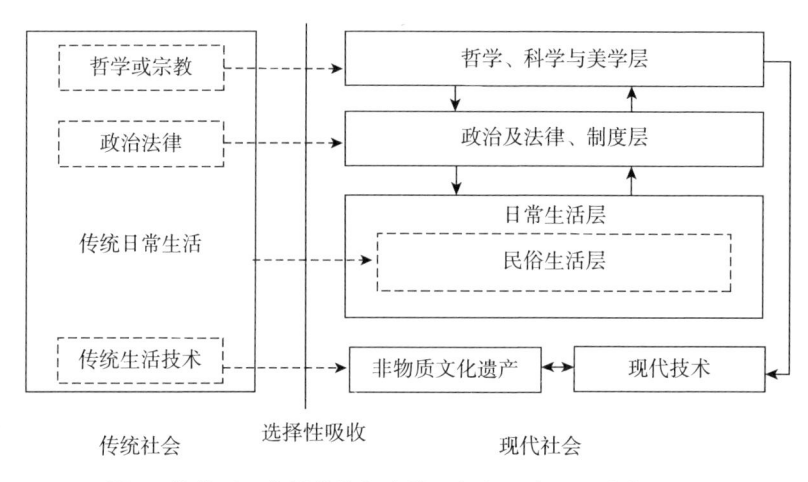

图1 传统手工艺村落的复杂性（框架图来源：笔者自绘）

（二）研究对象：传统手工艺村落

作为手工艺文化的载体之一，传统村落具有其独特的复杂性，能够真实地反映乡村生活方式和生产体系，也是传统手工艺文化的原始土壤。传统手工造纸村落自古以其独特的血缘与业缘关系代代相生，从产品体系、技术系统、村落生态景观、民居样式到生产性民俗形成一套独特的文化生态有机链状体系。随着行业的萎缩和内在分工体系的瓦解，原有建立在单一姓氏和宗族关系的传统手工造纸生产系统在现代生活中被瓦解，传统村落逐渐凋敝。

工作坊根据传统手工造纸村落的复杂性，将田野调查成员分为三组：技艺传承与产品创新组、民居建筑与传统村落组、文化生态组。技艺传承与产品创新组主要由视觉设计、手工艺产品设计及设计科学（日本）专业构成，针对夹江手工造纸的技术体系及文化产品体系展开田野调查；民居建筑与传统村落组主要由环境设计与设计科学（日本）专业构成，针对夹江传统手工造纸村落的民居建筑样式与村落空间形态展开调研；文化生态组主要由设计史论与民俗学专业构成，针对夹江手工纸依附的自然环境、行业信仰、联动产业等生产性民俗展开调研。

(三) 研究视角：跨学科思维与田野观

此次工作坊召集设计学、民俗学、环境设计、视觉设计、手工艺设计等专业的师生，对传统村落进行文化空间的整体性研究，将设计、美术、民俗学等跨学科的理念、理论与方法引入手工艺村落振兴的计划中，利用跨专业、跨学科的学科语言、思维视角和研究方法去寻找动态的命题，以推动传统工艺的创造性转化。

民俗学较为注重对具有典型性的村落进行个案研究，关注传统村落的历史发展、村落组织、村际之间的关系、宗教信仰等，积累了丰富而深入的案例、方法论与理论基础。[①] 而设计学对传统手工艺有着深刻理解，关注技艺与工具的流变、民居营建及村落整体布局的研究。传统手工艺村落的文化再造，是需要关于理论研究与技艺记录的"田野"，还是需要从自然、民族与生活生计等多重维度进行的"田野"，在跨学科的田野观碰撞之后也许会有新的解答。

二 田野调查与研究内容

完成前期研究并根据传统手工造纸村落的复杂性分组之后，工作坊成员前往四川省夹江县对传统手工造纸村落进行田野调查。三组成员分别从各自的研究方向进行文化资源调查，对手工艺资源、建筑资源、民俗资源等内容进行研究，并构建出小组的主要议题与研究内容。

（一）传统生活智慧与生活文化创生设计

夹江手工纸坚持"古法造纸"，工艺流程中处处体现出传统的生活智慧。以状元纸坊的制浆流程为例，从砍竹开始，经过水沤杀青、捶打洗涤、舂竹捣麻、淘洗去污、篁锅蒸煮、加碱沤浆、漂洗紧实、洗涤制浆，近十种步骤中没有呈现出纸的外在结构与造型，却反映了纸的内在情感与伦理。

首先，蒸煮时要趁着锅内的高温把竹麻纤维进一步捣碎，这一步在当地叫作"打竹麻"，这时所唱的农事号子叫作"竹麻号子"，成员由1位领

---

① 孙九霞：《传统村落：理论内涵与发展路径》，《旅游学刊》2017年第1期，第2页。

唱、5位跟唱构成。"打竹麻"是众人必须协调工作的一个环节，在生产的过程中，舂竹麻的男人们同时作为生产的主体和唱歌的主体，以领唱的节奏控制动作的协调和劳动的强度。

图 2　男性劳动者在舂竹麻（孙艺菱拍摄）

图 3　女性劳动者在捶打竹麻（孙艺菱拍摄）

其次，男人作为锅上舂竹和歌唱的主体，而女人承担地面捶打洗涤的工作，"惟造纸之家，不分老幼男女，均各有工作，俗呼为'合家闹'"①。

---

① 夹江县编史修志委员会：《夹江县志》（1934年民国版），1985年重印版，第31页。

靠近蒸锅修建沤浆与洗涤的水池，女人们在水池旁通过团队合作将捶打、洗涤、回收的工作流程一气呵成，每组女性只针对一个步骤反复工作，体现出一种高效的方法论和思维模式。打竹麻时高效的工作流程体现出劳动者们的"巧"劲，劳动与歌唱的互助、和谐高效的团队协作流程都是当地村民在生产过程中形成的生活智慧。

以设计的视角进入造纸流程，将夹江手工纸的生活文化引入设计。例如，在夹江纸品牌视觉形象的塑造上，工作坊成员提出将生产流程中的某一形态作为视觉元素提取，将复杂的视觉设计要求解构成有针对性的设计步骤，从而生成纸品牌的视觉图形，以设计的手段延续手工纸再创造。

（二）民居的空间特征：竹纸文化空间的形成

夹江手工纸的生产单位主要为独立家庭式作坊，竹纸的生产空间与家庭生活空间连接在一起，构成夹江造纸村落独特的民居样式：随处可见的用于晾晒纸张的通风、光滑的墙面。建筑的墙体由竹子、稻草、黄泥巴、白石灰组成，表面用白蜡磨平，成为纸张晾晒的冷焙墙。墙面成为纸张形成过程中最后一个步骤的依托，家庭生活空间中关于纸的生产轨迹到此就终止了。生产空间与生活空间的叠合造就了夹江民居建筑的独特风格。

从非物质空间载体的角度探索工艺文化与空间形态之间的关系，即探索夹江造纸工艺与建筑之间的关系。竹纸工艺依靠空间与人群进行传递，民居建筑变成了竹纸文化聚集和传播的中心，从而承担了竹纸文化空间的角色。民居中的竹纸生产空间与晾晒空间是传统手工造纸文化影响下形成的特质文化空间，由一定数量为生产单位的手工纸家庭聚集形成了村落，村落由其内在的文化生态的丰富性变成技艺蕴含的地方性知识，成为纸与民居及村落的纽带。

民居建筑与传统村落组的研究重心进行了价值转变和知识整合，从单个建筑转向了整体村落，从民居空间形态转向了文化空间特征。

（三）生产性民俗研究：从"纸文化"到"竹文化"

以造纸工艺流程作为此次夹江传统手工艺造纸村落研究调研的起点，经过数天的田野时间，随着走访地点与采访人数的增加，来自不同学科的工作坊成员逐渐表现出田野聚焦的差异。

从工序、工具、生产空间到生活、生计及信仰等方面，调研维度在跨学科的田野观下不断延伸。总的来说，田野调查的重点已经从"纸文化"转变为"竹文化"。在夹江，竹可以是纸的原材料，也可以是工具材料，甚至可以是兼职墙面的材料之一。同时当地居民的生活中已经生成各种竹的使用方式，根据竹的不同功能特性生成乡村生活用具。竹完全嵌入当地人的生活生计中，夹江传统村落的生产特征从原本认为的"以纸为生"延展到了"以竹为生"。

同时，跨学科团队的合作令生产性民俗的内容不断在田野中呈现。民俗学的田野观中，田野所指的内容（对象、范围），也多是民俗或民间文化（包括民间文学、民间信仰）的传承。[①] 伴随竹纸技艺而产生的民间活动，例如打竹麻成为村民的聚会活动、煮竹麻时对妇女排斥的行业禁忌、造纸工坊在大年夜祭拜先祖和先师蔡伦并供奉祭祀礼食的习俗，这些活动围绕整个夹江造纸行业的生长而进行。

图 4　①民居建筑外墙为晒纸墙（孙艺菱拍摄）
②贴在墙壁上等待晾干的手工纸（孙艺菱拍摄）

[①] 吕微：《我们的学术观念是如何转变的？——刘锡诚：从一位民间文学—民俗学学者看学科的范式转换》，载施爱东、巴莫曲布嫫主编《走向新范式的中国民俗学》，中国社会科学出版社，2015，第10页。

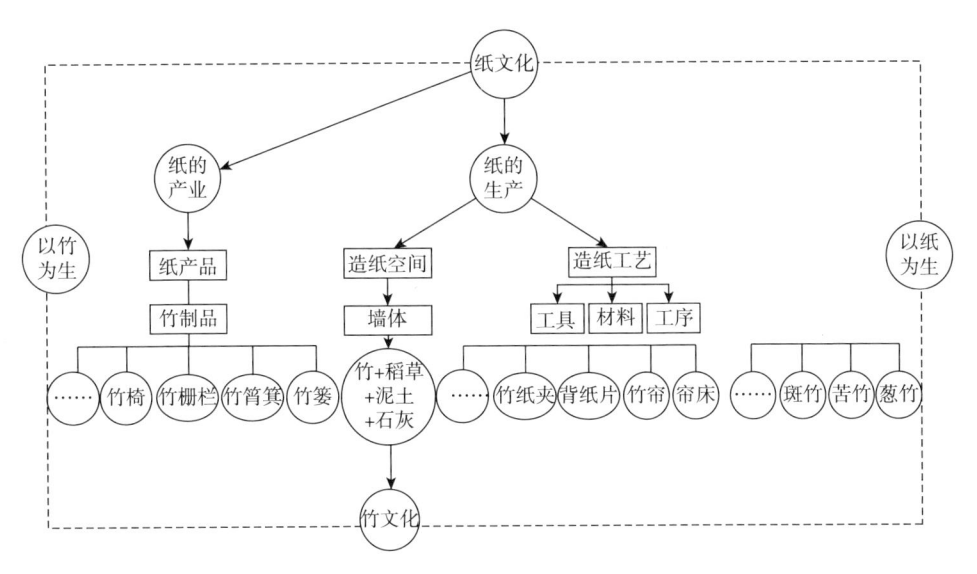

图5　纸文化与竹文化的交织（框架图来源：笔者自绘）

三　结语

传统手工艺村落的文化内涵体现在传统建筑样式、村落人情风貌和以手工艺为代表的非物质文化遗产上，村落主要行业的萎缩使由物质文化与非物质文化共同构建的村落文化生态逐渐被瓦解。此次田野工作坊不仅仅是一次对于造纸工艺及村落个案的研究，跨学科团队对于村落的整体性、系统性进行了探讨，不同视角下蔓延开的不同观点对地方性知识进行了整合。日本千叶大学关于地域振兴从村民内发的发展观、日本国立民俗博物馆关于非物质文化遗产的调查方法都在引导着工作坊成员从细致而微观的个案研究到传统手工艺村落的整体性研究中去。

"代代相生，以纸为媒——传统手工造纸村落振兴计划"国际学术工作坊的田野调查，在跨学科的交流与碰撞中对传统手工艺村落振兴研究提供了启示与思考。最后，关于此议题的继续研究，要强调"重返民间"的重要性，通过不断试错与深度挖掘为传统手工艺村落振兴计划制定可行的实施方案。

[原载《民艺》2019年第5期，第18~21页。]

传统手工艺作坊发轫与传承选择*

——以福州沈绍安家族为例

翁宜汐　南京师范大学美术学院

　　福州脱胎漆器的出现是对中国古代漆艺不断完善与改良的结果，同时也是中国漆文化史上的一次重大突破，标志着传统漆工艺的装饰手法由平面转向立体。① 沈绍安家族，被认为是福州漆业无可争议的奠基者，而三代及以前还依然葆有手工作坊基本特征，以自然经济形式作为农业社会家庭收入的补充。

　　沈绍安的声名鹊起约于清乾嘉时期。匠籍制废除，民营手工业开始逐渐壮大与发展，出现了一些以家传技艺为中心的传统手工艺作坊，② 这些作坊将前人留传下的技艺视为振兴家族产业的关键所在，为了保证这些重要的技艺既能够世代延续又能够对外保密，就有必要采取某种特殊的手段进行传承，因此大多数传统技艺在传承形式上都讲究口传心授，重视经验与实践的重要作用，"并无家规和宗谱之类文字材料可据，但事实还是存在"。③ 通过

---

* 本文为2019年教育部人文社会科学研究青年基金项目"以沈绍安家族为中心的近代福州漆器研究"（项目编号：19YJC760117）的研究成果之一；2019年福州市社会科学规划重大项目"福州市推动文化创意产业高质量发展研究"（项目编号：2019FZA03）的研究成果之一。

① 汪天亮：《巧夺天工艺等闲，脱胎非易漆更难——谈沈绍安与福州脱胎漆器》，《美术研究》2006年第3期，第118页。

② 陈亚凡：《血缘与技艺：传统手工艺家族产业代际传承的常态类型及特征分析》，《装饰》2017年第11期，第96页。

③ 福州市工商联文史资料工作组：《关于整理沈绍安企业史的报告》（1963-06-26）[2019-02-25]，福州市档案馆，档案号：113-1-164-4。

对沈氏家族脱胎漆器传承方式的史料考证及相关分析,笔者以为,沈氏家族的传承模式代表了基于血缘关系下的嫡长子继承制,此种选择也体现了在传统社会下,宗法制度及儒家文化对传统手工艺的具体影响。

一　开山始祖：沈绍安

沈绍安(1767～1835年),字仲康,乃福建省侯官县(今福州)人。从生卒年可见,他活跃于清中后期的乾隆至道光三朝,是近代沈氏漆艺作坊的初创人和奠基者,被世人誉称"福建漆艺的开山鼻祖",甚至被称为中国漆艺发展史上里程碑式的人物。

据诸多论著记述,沈绍安出生在福州当时的文化中心三坊七巷双抛桥附近,其父辈为家道趋于中落的官宦人家,经济并不丰裕,孩提曾受教于私塾,后不得已拜师学习"油漆作"。沈绍安与妻室李氏成家后,于沈家祖屋(福州杨桥巷河沿沿街10号,后改称双跑路12号)开设油漆加工店铺,主要以制销漆碗、漆杯、漆筷以及民间祭祀所用的神龛油漆木牌等髹漆上色小商品,闲暇时于坊间购置仙佛人像原坯木雕,后自行髹漆上色转售邻里。此外,他还习得绘画技法,尚能有着墨上色之技,早期沈氏漆器店铺还兼售有彩绘麻布、彩绘纸质面具等杂器。[①]

关于沈绍安脱胎漆器发微之说主要有两种。一种是沈绍安迫于生计与行业竞争,且逢生意清淡时,便走街串巷叫贩揽活,有时至官宦豪绅府院或庙堂"登门造作"。偶然之机,沈绍安修复古旧牌匾时,虽其表面斑驳不堪,漆皮散落,但牌匾内坯由夏布裱褙的胎底依然坚固如新。沈绍安见此,颇受启发,在友人协助下,不断琢磨、实验、钻研并恢复古时"夹纻"技法;后又推陈出新在"夹纻"技法的基础上创制脱胎技法,即以黏土塑造器物原坯模型,再上以漆油裱褙夏布或丝绸,待其干后反复髹漆裱布,逮至合适强度后,底部钻一小孔,置入水中,脱去泥坯。沈绍安创制此法,用重布胎代替木胎、陶瓷、泥塑等胎骨,质轻且耐腐蚀,使之从近代福州众多漆匠之中脱颖而出。不过这种说法缺乏依据,尤其是"沈家后代最不

---

① 陈靖:《沈绍安脱胎漆器》(第1版),福建美术出版社,2013,第13页。

同意这样说法"。①

图 1　清乾隆　脱胎菊瓣朱漆盖碗

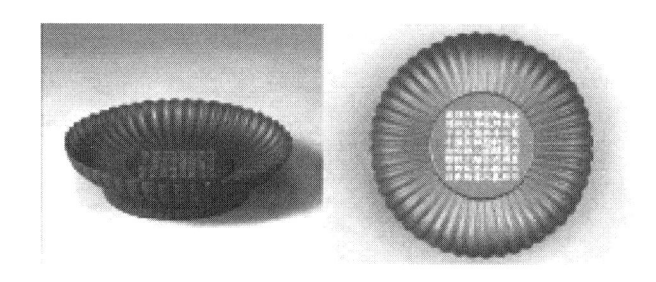

图 2　清乾隆 脱胎朱漆菊瓣式盘

资料来源：故宫博物院官网；详细网址：httpwww. dpm. org. cncollectionlacquer-ware232150. html；查阅时间：2018 年 10 月 21 日。

另一种是沈绍安曾于乾隆年间向清廷进贡一件"脱胎菊瓣朱漆盖碗"（见图 1），盖碗通高约为 10 厘米，最大平均口径约 10.8 厘米，但碗壁却薄如纸片，厚度不及 0.1 厘米。乾隆见此盖碗甚是欢喜，遂亲自提御诗《题朱漆菊花茶杯》曰："制是菊花式，把比菊花轻。啜茗合陶句，裛露掇其英。"诗末署曰"乾隆丙申春御题"及"太璞"印章盖款。"丙申"乃乾隆四十一年（1776 年）。盖碗、盖钮及盖杯外底处皆以刀刻填金篆书"乾隆年制"款。② 与此盖碗制作工艺相似的还有一例"脱胎朱漆菊瓣式盘"（见图 2），乾隆亦御提诗《咏仿永乐朱漆菊花盘》一首，诗曰："吴下髹工巧莫

---

① 福州市工商联文史资料工作组：《关于整理沈绍安企业史的报告（1963 - 06 - 26）》[2019 - 02 - 25]，福州市档案馆，档案号：113 - 1 - 164 - 4。
② 北京故宫博物院官网，2018 年 10 月 18 日，http://www.dpm.org.cn/collection/lacquerware/232151.html#。

比，仿为或比旧还过。脱胎那用木和锡，成器奚劳琢与磨！博士品同谢青喻，仙人颜似晕朱酡。事宜师古宁斯谓，拟欲摛吟愧即多。"① 由此诗，沈绍安方以"脱胎"为名，开始制售漆器，称为"脱胎漆器"。乾隆四十年（1775 年）及后数年，乾隆又御令苏州织造局依样照做采用"朱漆菊瓣盘"的制法，制作"朱漆菊瓣盖钟"一对，同年十一月制成送抵京后，交懋勤殿刻有"乾隆年制"方款，后陆续仿制数款全数交由苏州织造局置办。此后，福州民间将乾隆帝御诗稍做修改，赞称曰："巧夺天工岂等闲，脱胎非易漆更难，闽中三宝名居首，驰誉环球沈绍安。"

此两种说法，虽均为众人口口相传延续至今，已无实证或文献记载，但亦可从另一侧面证明沈绍安创制"脱胎漆器"在当时造成不俗的影响。

之后，沈绍安并不安于创新"脱胎"之法，他在将脱胎制骨之法仔细打磨的同时；转而精进漆艺的髹饰技法。漆器品类上，沈绍安基于福州民间礼俗祭祀用具的需求，推出脱胎髹漆观音、弥勒、寿星、八仙等仙佛漆塑。仙佛塑像上，传统漆艺仅有的红、黑二色显得捉襟见肘，沈绍安发挥其早期学习油漆的基础，用油料和色漆添入生漆之中，黄、绿、蓝等漆色开始呈现。应"妆佛"需要，部分漆器在色漆中杂糅金银箔，使其制作器物色漆更为美艳光彩。沈绍安店铺祖屋毗邻三坊七巷，近代福州缙绅贵人多出于此，其产制漆器被福州城内富庶人家争相购买，"沈绍安脱胎漆器"声名鹊起。清末，福州驻闽官员和洋人也多活跃于此，成为福州城中心场域内中心的两股重要的决定力量，沈绍安深谙此道，不时将漆器赠送给官员和"买办"阶级，沈绍安漆器开始行销海外。朱启钤（1872～1964）的《漆书》中有载："外国人嗜沈绍安手制品，视同古玩，值虽千金，亦无吝啬。"② 可见行至清末，沈绍安所制漆器虽售价颇高，但仍无法阻挡门庭若市、洋商竞相购买之势。

沈绍安及其创制的脱胎漆器被后人收录于地方志书之中：

---

① 北京故宫博物院官网，2018 年 10 月 18 日，http://www.dpm.org.cn/collection/lacquerware/232150.html#10006 - weixin - 1 - 52626 - 6b3bffd01fdde4900130bc5a2751b6d1。
② 陈靖编著《沈绍安脱胎漆艺》（第 1 版），福建美术出版社，2013，第 13 页。

> 沈绍安漆器，创自乾隆间。绍安字仲康，始得秘传，研究漆术，巧配颜色，制造各种脱胎器具，工作精致。（陈衍等：闽侯县志，卷二八，页二）①

二 三代独传：家业稳步发展的必然选择

由于时代的局限性，虽然沈绍安在脱胎漆器的技法上极具创新精神，但其在思想上又受到来自传统思维的制约，据沈绍安第七代子孙沈元②（1916～2004年）撰文回忆，沈氏老家祖屋摆有世祖沈绍安画像，沈绍安将自己扮作渔翁模样，并巧借京剧《八百载》，自比"姜太公钓鱼，愿者上钩"之说。[8]由此可见，沈氏家族对于祖训"坚守质量优先而甘居陋巷"的坚守，以及祖辈守技、传技于子孙直至八百年不衰的良苦用心与美好愿景。该文字里行间渗透着沈元对祖屋怀旧的乡愁，他如是描述：

> 老屋中间厅房下面是一个高约三公尺、面积约四公尺见方的地下阴室。楼上有一间工作间是最后一二道工序的地方，里面还存放着珍贵的原料，如好漆、金箔、朱砂等以及各种工具，如喷金工具、调漆上漆工具和装配小五金的工具等。窗户紧闭，防风防尘、既能保证关键工艺的质量，又便于保守技术秘密。③

与中国大部分传统手工艺家族对于技艺传承的观点相似，沈氏家族一直对家传的髹漆工艺和技法可谓是"技艺之士资在于手"般珍视，颇受传延千年著述《考工记》："知者创物，巧者述之，守之世，谓之工，百工之事，皆圣人之作也"的工匠思想左右。

道光十五年（1835年），沈绍安死后，沈初朱（1789～1849年，又说：沈熺官、沈邦珠）子承父业，接过衣钵。朱启钤《漆书》亦有所载："绍安

---

① 彭泽益：《中国近代手工业史料（1840-1949）》（第一版），中华书局，1962，第68页。
② 沈元，沈绍安第七代子孙，沈德铭之子，大学学习工程后改行；空气动力学家和航空工程学家，中国航空航天高等教育事业开拓者和教育家，中国科学院资深院士。
③ 沈元、张应先：《回忆与展望——纪念沈绍安脱胎漆器二百年》，《福建工艺美术》1986年第3期，第5页。

卒，子熺官继之，家资可二三百万金。"据笔者查阅相关资料，民国期间国内漆器产业年总产值峰值为 1915 年的 15667176 元①，虽朱氏之说有夸大之嫌，但从另一个侧面不难窥见沈绍安家族在近代漆艺业界的地位和影响。"五口通商"后，洋商对福州民间资本主义商业需求的规模成倍扩大，特别是外销瓷吸引力持续走低的情况下，沈初朱并不拘泥于福州传统生活器物和仙佛人物漆塑品类的窠臼，为了进一步扩大贸易规模，沈初朱开始迎合西方人的生活方式，转而模仿生产西方日用器具，如西式茶具、洋酒具、咖啡杯、烟具、餐具和花瓶等。沈初朱在脱胎工艺上亦有贡献，为了应对西式器物更为复杂的造型，他将原本一次垸灰增加为二次垸灰，漆器更加坚固耐用。对此与沈氏后代贸易情况，英国学者爱德华·斯特兰奇（Edward F. Strange，1862～1929 年）在书中说道："让欧洲商人感到满意的是，能在任何时间内订购福建漆器制品，而且他们可以准确履行合同，绝不耽误船期。沈绍安之子沈初朱技艺精湛，其作品曾在欧洲展出。"②

沈作霖（1818～1878 年），字雨田，乃沈初朱长子，③ 理所应当的继承祖业。相对于其父，沈作霖在髹饰技法上颇有建树，其运用纯色金箔萃炼古铜和黑，朱底筛金等方法，再次丰富了脱胎漆器的装饰色彩阈值。随着沈氏作坊外销需求量的增大，脱胎漆器生产周期又颇受自然条件和时间所限，沈作霖聘用木匠，采用木料雕刻成型为漆胎，再修饰金漆或彩料，同时吸收借鉴民间佛像泥塑贴金的工艺和妆奁上漆装饰技法，使沈氏家族漆器在不降低质量的前提下，生产效率大幅提高。④ 图 3 是从海外回流的清代薄料香橼盘，以万寿菊形制作香橼盘面，薄料髹漆工艺，在绿、红、黄等色漆中渗入金银箔，显得金光熠熠，却不艳俗。该漆器原盒标签上有英文书写，大致内容是："值钱的福州制中国漆盘，出自一个制作水准有保证的家庭。在我们 1884 年 11 月的东方之旅行程时，由一位中国基督徒送给约

---

① 彭泽益：《中国近代手工业史料（1840-1949）》（第一版），中华书局，1962。
② Strange, Edward F. *Chinese Lacquer*, Charles Scribner's Sons（London, 1926）, p. 61。
③ 沈朱初生育三子，长子作霖，次子作楫（十余岁离世），末子作羹（初殇）；独剩沈作霖继承家业。参见福州市工商联文史资料工作组《关于整理沈绍安企业史的报告》（1963-06-26；18）[2019-02-25]，福州市档案馆，档案号：113-1-164-4。
④ 福州闽都文化研究会编《闽都漆艺》（第 1 版），海峡文艺出版社，2018，第 17 页。

翰·安德森博士。"① 根据其时间和成器工艺判断，可能为沈作霖或其子的扛鼎之作，与此香橼盘漆器相似的器物各一件，现分别藏于上海博物馆和福州市博物馆内。沈作霖执掌家业时，继承上两代人的积淀，物质无虞，呈现出与沈绍安、沈初朱不同的识见与观念，同时他面临的家族结构趋于复杂。

图 3　清代薄料彩漆万寿菊盘

资料来源：httpwww.sohu.coma156995168_652330，查阅时间：2018 年 10 月 21 日。

三　传统代际：嫡长子继承方式的自然选择

当沈氏家族发展到第三代家主沈作霖时，与祖父二辈的辛勤打拼不同，沈作霖志得意满，娶妻纳妾，共育有嫡庶六子，子嗣众多的他面临着当初沈绍安和沈初朱所没有面对的问题——家族技艺的传承。为防止沈氏漆器技艺流出，沈作霖为子孙后代定下了"四不传"的家规，对于家族物质方面的动产和不动产分给不再继续从事漆器业的后代，让其有转业的资本；而学艺的后代，若承继家族手艺的子孙非但无法继承祖上物质财产，还需承担上一辈遗留的债务（主要指的是：购买生产漆器原料未结清货款、外借周转资金、未交客商订货等）。② 对此沈元回忆写道：

> 对于祖传漆器工艺如何传授，曾有"传内不传外、传长不传次、传男不传女（一说是传媳不传女）、传嫡不传庶的说法"。过去我们家

---

① 《清薄料彩漆万寿菊式香橼盘赏析》[2018 - 10 - 21]，http://www.sohu.com/a/156995168_652330。

② 中国民主建国会福州市委员会、福州市工商业联合会编《福州工商史料（第一辑）》[内部发行]，第 14 页。

曾有介绍本店历史的印刷品，内容强调是我们是"祖传沈绍安历代长房嫡元孙沈正镐漆器店"。这就是强调我们是祖传正宗，因为僖记是次房生的年纪比正镐还大的元孙，愉记、恂记都是正镐的弟弟，恺记、兰记都是庶出。至于传男不传女之说，自我记事以后就不那么强调，因为我们家男女老幼七八口都参加工作，只是沈德铭和沈忠英主要做调漆和上色工作。①

相对于祖父和父辈的自然继承，沈氏家族发展到沈作霖时，开始转向直系复合型家庭。一方面，子嗣众多的沈绍安第四代子孙拥有前三辈所不及的生产劳动力，沈氏脱胎漆器家族产业分工和协作进一步细化：长房嫡长子沈允中、允浓、允铿三子专事漆器质地技艺，其余三子允济、允钦、允华各兼顾漆画、髹漆、铜工和上色。作为嫡长子沈允中还专门负责搜集适合的木料，以进一步探索漆器胎骨工艺，同时聘请专事木雕的师傅，生产木雕、木刻产品以扩大漆坊器物生产类别。沈作霖父子七人在髹漆技艺上，创造了薄料彩漆工艺，改进了以往刷子厚料上漆的工艺方式，使沈氏漆器彩漆的色谱种类逐渐增多。有部分学者认为，沈作霖主掌家业时，"允"字子辈六人，"正"字辈十四人，沈氏三代同堂共计二十二人，共同在沈绍安祖屋里产销漆器，被认为是沈绍安家族漆艺真正意义上的中兴。另一方面，由于此时的沈氏家族家庭结构趋于复杂，沈作霖由此确立了如上的"内、长、男、嫡"四个层次的家庭伦理标准和产业传承代际的范围。光绪四年（1878年），沈作霖身故，作为嫡长子的沈允中依照家规成为沈氏漆艺产业第四代掌舵者，而同样身怀家学的允济、允钦等则不另设分号，遵循"长幼有序"之道，以协作者的角色参与到沈氏家族脱胎漆器制销中。嫡长子继承制体现了中国传统家庭内部中长幼有序的主辅关系，这也与沈作霖定下的家族伦理秩序相耦合，进而奠定了近代"福州沈绍安漆器"这一名号坚实的基础。但不可避免的是，四子皆承家艺，为后世子孙打破沈作霖"四传四不传"的家规和家族产业代际传承模式埋下了伏笔。沈氏脱

---

① 沈元、张应先：《回忆与展望——纪念沈绍安脱胎漆器二百年》，《福建工艺美术》1986年第3期，第5页。

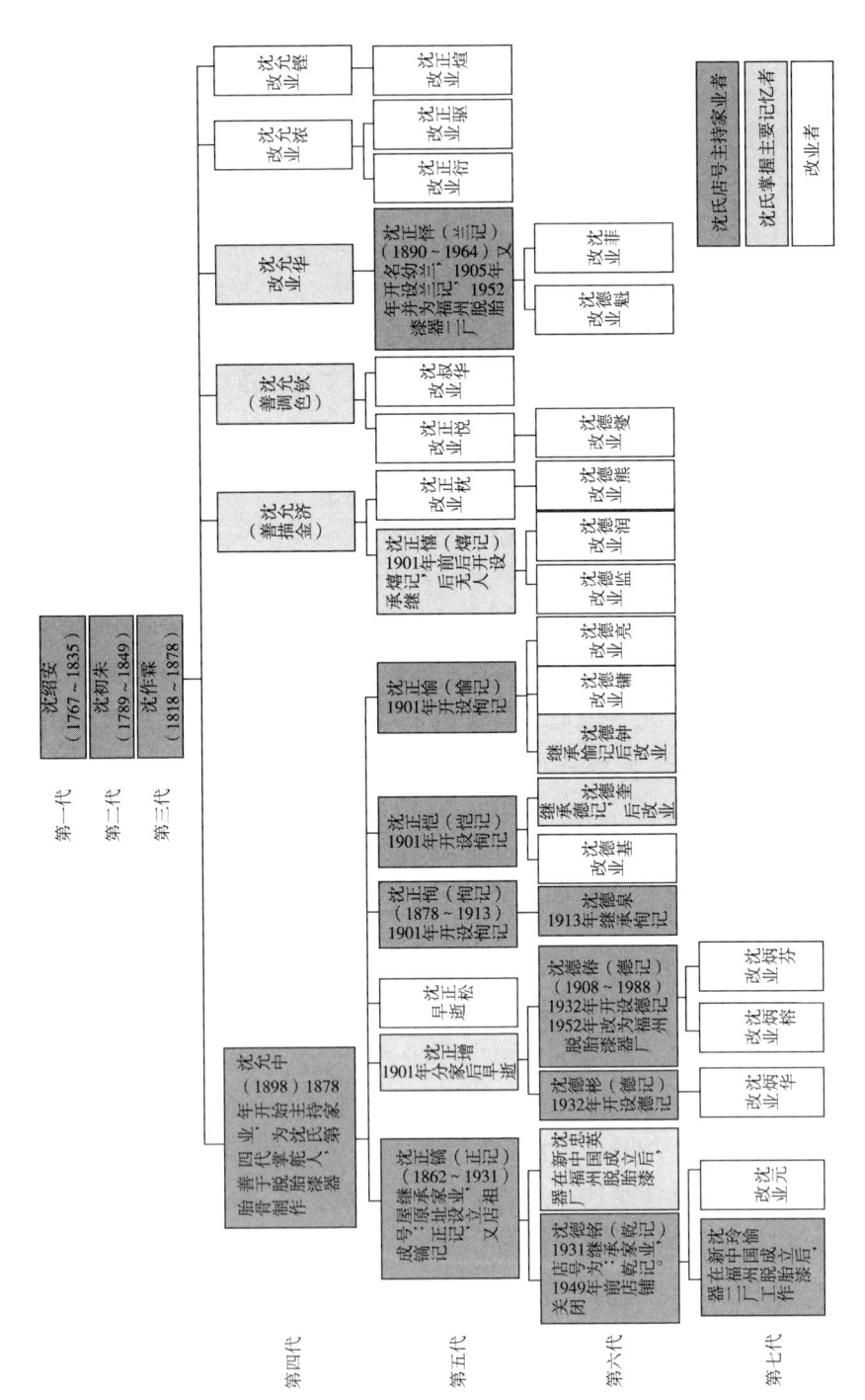

图4 沈绍安家族代际模式技、艺传承关系和各店号谱系

资料来源：笔者绘制。

胎漆器世袭家族技艺代际情况如图4所示（本图仅是沈绍安家族漆艺技法传承图，并非完整的沈氏家族族谱）。

从图4中不难看出，沈作霖对于家族技艺代际和家业继承有着十分缜密的布局：年纪最幼二嫡子陆续转业改行；其余四子，虽习得沈氏脱胎漆器不同方面的手艺，但沈允中作为嫡长子一直被安排购买与制作胎骨工艺。众所周知，沈氏漆器的发家正是由于"脱胎"胎骨技艺的与众不同。不难看出，沈作霖将核心技艺作为传家过程中的关键授予嫡长子，如此布局，也是为了在身故之后可以确定家族产业的利益划分和家业的最终归属。依沈作霖建立起来的以"允"字辈为中心的沈氏家族新的组织形式，"主辅"关系较为稳定，正因如此其产业才可在和平时期内稳定、有序、高效地向前发展。沈作霖所制定的家族代际关系和技艺传承方式带有明显的指向性和排他性，它与中国传统手工艺家族的传承方式和家庭伦理观念十分契合，带有浓厚的中国传统伦理文化的时空性、地域性和范式性。中国古代传统手工艺家庭作坊的代际关系和技艺传承选择是中华五千年大部分的民间传统工艺文化得以保存及持续发展的重要手段之一，在中国传统社会中具有独特的优势，其主要表现如下。

第一，经济视角下的利益驱动与价值转换。

"重农抑工商"一直是中国封建社会中最基本的经济指导思想。明清两朝虽然手工艺人在一定程度上受到官府的重视（如官办手工业），但在"重道轻器"的传统观念束缚下，手工艺人被排除在官僚体系之外，他们的社会地位依然低下。随着匠籍制度的废除，手工艺人的社会地位又有所提高，但到了近代，由于社会层面的转型，机器对于传统手工业领域的持续侵蚀，使得手工艺人面临着巨大的生活压力。因此掌握独门技艺是手工艺人谋生之本，亦是作为家族下一代安家立命、薪火相传的重要前提。

从社会学角度上来说，其本质是两代人之间利益与价值转换的过程，老一辈年老力衰之时，亲子接过衣钵，继续为家族生计忙碌，完成经济价值的赋予。恪守家族手工技艺成为家族内部的共同利益，其原因有二：其一，垄断技术是传统手工艺行业扩大市场，保证核心竞争力的前提，产品需求量及工艺水平的普遍认可，是手工艺人被社会认可的主要依据，手工技艺是一种取之不竭的非物质资源。同时,也是古代手工艺家庭亲子之间从"抚养"到"赡养"关系转化的内生动力之一。其二,家庭式手工艺作坊经营模式能最大限度压缩人力成本,大多数手工艺家庭皆有两人以上的匠人,或夫妻或父子,其"产—销—用"的经济转换过程皆以家庭成员为核心。极少雇用外人,既可节省开支又能避免技艺外泄。诸如沈氏父子,用经营所得的资本不仅可以维持家庭成员的生计,还可另行购置房产或生产工具以扩大经营规模,这是传统社会手工艺家族保持经济繁荣优渥的关键所在。因而,在活动半径较小的古代社会,经济利益是手工艺家族固守世代沿革的家庭自然代际和技艺传承秩序的重要因素之一。

第二,传统思想观念下的责任与义务以及手工技艺继承的排他性。

封建社会,帝王"君权神授"的"天子"情节和"皇位世袭制"的观念,到士大夫阶层"畴人之学"的政治制度,从上至下潜移默化地禁锢社会各个阶层的伦理观和人生价值观。这种思想观念反映在庶民身上则是对"子承父业"和"父定子业"的亲子关系的绝对顺从。"子不教,父之过"的教育思想被镌刻在《三字经》之中,成为古代幼子咿呀学语、蹒跚学步之时竞相传颂之语,微风细雨般伦理范式的灌输,久之形成牢不可破的教育观念和思想桎梏。子孙有责任接受父辈对其职业生涯的规划,父也有义务"帮助"子孙做出就业决定,这也是古代家庭亲情的重要展现方式。唐末,"工商食官"匠户制度逐渐瓦解之后,手工艺家庭个体经营模式成为江南和沿海富庶地区阡陌市井惯像。正如文字描述的那样,古代世人对于"品"和"商"的坚守:"一手所制,足养三口;三手并作,八口无虞。"基本拓印了沈氏家族史的书写程式,沈氏绍安、初朱、作霖三代单传技艺,对技艺讳莫如深,以保衣食无虞,而沈氏漆器的蓬勃发展之始,正是沈作霖掌舵之时,是六子十五孙通力合作,细致分工的结果。传至四代之时,因子孙荫蔽而定的"四不传"中的"传男不传女"和"传媳不传女"的"不公平"传承秩序,笔者认为,这正应对了中国传统封建社会思想文化和现实情况的一种"自我本能保护"。古代社会庶民阶层偶然的生育情况和有限的家庭资源使得身体机能更强的长子理所应当地继承家业,同时也是父辈身体机能衰退时的更强有力的保障。故"重男轻女"的思想也成为中国古代社会家庭伦理和家族利益存续的必然之选。封建社会礼俗中，出嫁女子称作"归"，本意是女子原本乃别家人，嫁出方是"归家"；男子依祖姓，是保持家族血脉、文化和手艺的独特性和传承性的合适选择。① 古代，女子若嫁入异姓人家便随夫姓，而所作产品字号亦随夫姓，这种必然导致"本家族"技艺流失。传统社会里，在社会结构相对固定、人类迁徙范围较小的情况下，技艺的外流对于手工艺家族的利益和生存的打击是极度致命的。

第三，技艺传承视角下的传统手工艺世袭代际的天然性与必然性。

"橘生淮南则为橘，橘生淮北即为枳。"此典故阐述的是环境之于"物"的重要性，若于人谓之更甚。其一，古时，幼孩成长和玩耍的场所长时间处于父辈祖屋之内，父辈匠作的过程使其子出生便处于一种"被接受"和"被感受"的状态，这种人类初始的教育方式到一定年纪便演变成为一种主动观摩和学习的状态，不仅是对家族手工艺技艺的被动接受，而且是从传承态度上从被动到主动的思维方式的过渡，这种转变是自发性的。其二，就福州脱胎漆器而言，从制胎到抛光总计需要八个阶段，七十二道工序，耗时长则半年，短则数月，还需合适的天气、温度、湿度等自然因素相适。漆工艺，作为术科，专业性极强，若要系统地完成经验的积累与技艺传承与转移，在较短的时间内绝无可能。古代，不仅无足够、合适的相关论著，手工艺人又大多文化水平有限，故"言传身教"成为手工艺技艺传承的最主要方式，模仿和重复成为工艺学习的主要手段，"父子相授"的教育模式必然因血缘关系和长年累月的相处得以升华。其三，中国传统手工艺大部分与地域资源有着密切的联系，漆器制作亦需要考虑四季时令的更替与匠人生活起居相结合，完整的学习手工技艺过程常需与师傅的作息时间保持一致，这促使古代师徒情如父子的伦理关系。若二者为亲子关系，这种磨合和调整则会在最大限度上趋于一致；另外，为了维持必要的生活及劳作条件，手工艺家族也有赖于进货和销售，家族私密性信息自然不能轻易与外人相授，在此其中又常常蕴含家族技艺奥秘的显性特征（现代说法：数

---

① 李光斗：《师徒传承让老字号越做越小?》，《中国经济周刊》2014年第7期，第85页。

据化)。所以,父子之间的代际关系成为中国古代传统手工艺家族传承的合乎情理、符合自然规律的历史选择。

四 余论

清末,沈绍安家族代际关系和技艺传承的模式是中国古代封建社会关系建构中自发选择。一方面,"世袭制"的家族产业代际模式可以维持和保护沈氏家族在传统封建社会末端的生活保障和经济利益;清朝在乾隆皇帝统治年代,农民反清起义斗争转入低潮,① 封建经济和文化出现了短暂的繁荣与复苏,粉饰着清中晚期太平的社会图景。宫廷、贵族峨官博带,文图俱在,罗置坊间,艺人匠作奉于堂前,为身怀绝技的匠人的"出仕"指引方向。彼时,正处于上升期的沈氏家族的产业利益和家族利益齐头并进,产业的兴盛给家庭成员带来了富裕的生活,继而直系血缘的代际关系是平衡家庭成员利益的有效机制,也是封建社会经济形式与农业生产相结合的重要内容,是自然经济发展的典型形式。

另一方面,毕竟"世袭制"是中国古代传统思想观念与封建社会现实发展共育后的产物。福州作为东南沿海城市,较早受全球化制度、文化、生产力和经济方式的波及与影响,社会场域内部结构的耗散和重构逐渐渗透,社会转型以一种不经察觉的方式,在细微之处悄然发生。以血缘关系和嫡庶长幼为依据的家庭作坊代际方式,能否适应及后缓步迈入近代社会的机遇和危机,显然在当时是一个悬而未决,且未经思考的问题。

[原载《南京艺术学院学报(美术与设计)》2019 年第 6 期,第 109~113 页。]

---

① 福州市工商联文史资料工作组:《蜚声中外福州脱胎漆器沈绍安企业史(整理初稿)》(1963-06-26)[2019-02-25],福州市档案馆,档案号:113-1-164-4。

民间漆工的聚落与传承*
——改革开放40年来福州漆村演进

张培枫　涂明谦　福建师范大学传播学院

漆器制作技艺是非遗中传统技艺的重要组成部分[①]，它的独特性在于自古以来都需要多工种、多工序的漆工配合，才能完成漆器的整体制作。明末清初匠籍制度松弛之后，民间漆器作坊开始兴起，如福州沈绍安、林鸿增家族作坊，以此为依托形成当时的民间漆工聚落。民间作坊兴起的直接结果是漆器制作由此进入高峰，效果呈现为"千文万华，纷然不可胜识矣"[②]。民间漆工是漆器制作最根本的人力因素，工业化和城镇化进程促进了社会发展，也改变了他们的生存状态。漆工们的劳动和生活在聚落中以特定的方式结合在一起，影响了漆器制作这个重要非遗项目的存续方式。

一　漆村——民间漆工的聚落

民间漆工聚落的形成往往依托漆器生产贸易集散地，在周边形成集中居住地，呈连片分布状态。因漆器制作需要大量空间，漆工聚落一般出现在城市边缘或近城乡村中，这也就形成了漆村这种独特的漆工聚落形式。"手工艺品通常被看作是文化的对象或产品，是文化变化的重要因素"[③]，漆

---

* 本文为国家社科基金青年项目（项目编号：13CXW056）、福建省社科委托项目（项目编号：FJ2018YHTWS202）的阶段性成果。
① 漆器的制作工艺在目前公布的四批国家级非遗名录中，涉及14个省的17个市县。
② 黄成、杨明、王世襄：《髹饰录》（日本蒹葭堂藏本朱氏丁卯刊本影印本），中国人民大学出版社，2003，第5页。
③〔英〕克朗：《文化地理学》，杨淑华等译，南京大学出版社，2003，第31页。

村作为漆从业者的聚落，自然形成了独特的文化现象。

福州的漆器制作自清代沈绍安始再现繁荣，故其素有漆都之称。福州有大量漆工并形成聚落，聚落随着时代发展产生的变迁具有代表性。1949年后形成的福州最大漆工聚落是位于闽侯县的古山洲村和厚屿村，距市中心不到10公里。古山洲村是闽江冲积的沙洲，目前人口1875人；厚屿村是一个江边半岛，目前人口2130人。① 两村一桥之隔，既是历史通婚区域，也共用市集，因此两个漆村可以看作同一个聚落。

这个聚落的漆工人数从20世纪70年代的两三百人开始，最盛时全员卷入，目前本聚落出身的漆工只余下50人左右。2010年后，厚屿村因地铁和三环路修建等原因逐步拆迁，到2018年为止大部分漆工已搬离聚落并退休。本文经过两年调查，对63名聚落内外的漆工进行访谈，涉及深度访谈7人，其中70年代培养的漆工4人，2000年后培养的3人，另选取成长于70年代其他行业3人作为薪资水平对照。②

1. 民间漆工聚落的形成

漆工聚落的形成离不开历史因素。19世纪时，福州漆工聚落与漆器的产销地重合，大多在福州市区的省府路、三坊七巷、功名街、泛船浦、塔亭路、麦园顶、窑花井。鼎盛时期有店铺总计300多家，1933年从业人员419名。后因连年战乱破坏，1949年漆工人数只有149人③，原有聚落崩解。

1957~1965年，福州私人漆工坊经过公私合营建立福州第一脱胎漆器厂和福州第二脱胎漆器厂（以下简称一脱二脱），形成福州最大的官方漆工聚落，生产力极大恢复，但后期管理混乱导致生产力倒退。④ 当时手工业主管部门将漆器定位于为国家创收的轻工业产品而不是作为传统文化载体的

---

① 数据来源于福州市统计局。
② 1951年出生的鼓楼人ZRG，1952年出生的闽侯陈厝人PMZ，1953年出生的鼓楼人ZMQ，1957年出生的闽侯古山洲人LBC，1958年出生的闽侯厚屿人WCS，1961年出生的闽侯厚屿人LTH，1965年出生的闽侯厚屿人LCQ，1988年出生的外省人YSB，1985年出生的外省人LKZ，1986年出生的外省人YQS。出于隐私保护惯例，姓名采用缩写。
③ 陈靖编著《沈绍安脱胎漆艺》，福建美术出版社，2013，第104页。
④ 张健：《现代福州漆工身份嬗变问题调查——兼论福州现代漆器工艺发展与保护》，《艺术百家》2008第24卷第5期，第52~57页。

艺术品，进行了适合流水线生产的工序改造。生产力倒退在 1970 年到达顶峰，当年 6 月，福州市工艺美术局被撤销，二脱厂解散，大量人员流散。1972 年《中美联合公报》发表后，欧洲、日本、东南亚各国也开始恢复和中国的贸易关系，突然加大的贸易额和市场需求促进了二脱厂复厂。但一脱二脱并不具备应对快速升级产量的能力，福建省工艺品进出口公司的王奕霖曾说：法国客人查不列斯于 1975 年和福州的脱胎漆器厂签订合约，直到 1979 年底还没有完成交货。① 1972～1978 年，马王堆考古大发现需要一脱二脱派出许多技术工人投入精力对出土的漆器进行修复和仿制，从业人员因而更加匮乏。产能不足和订单数量激增之间的供需矛盾，迫使工厂开始寻找外援。于是，国有工厂在古山洲村和厚屿村培训有一定技术基础的村民作为漆工以补充生产力。从 70 年代后期至 90 年代，两村各有几百人从事漆器制作行业，形成福州附近最大的民间漆工聚落。

2. 民间漆工聚落的特征

（1）地缘有利

民间漆工的聚落，基本出现在城郊地少人多的乡村。接近城市这个地缘特征使漆工聚落更接近国有工厂和外贸单位所在地，以便于生产、管理和运输。对福州来说，接近城市就是接近需要外援的一脱二脱厂。两村均距离一脱二脱厂 10 公里左右，工厂的漆艺师进村指导生产，可以每天来回，村办工厂用三轮车将漆坯送进城验收，也不需要半天时间，这是漆工聚落得以依靠国有工厂建立的重要地缘条件。

同时，漆村通常都属于地少人多的村落，更容易吸引在温饱线上挣扎的村民转型从事漆工劳动。福州地处福建中东部，人口密度大，古山洲、厚屿两村与周边相比，人均土地极少。20 世纪 70 年代，福建西部人均耕地约 0.7 亩，而在漆工的个体记忆中，古山洲的人均耕地只有大约 0.15 亩，厚屿也只有 0.3 亩。② 官方统计数据事实上比漆工记忆得更少，因为官方只计算可耕种土地。厚屿的土地比古山洲少，古山洲靠近闽江，沙洲上可以打鱼、养奶牛和种橘子树。70 年代的集体劳动以工分方式来分配收入，土

---

① 王奕霖：《贸易盛会一枝花》，《福建工艺美术》1980 年第 3 期，第 25 页。
② 数据来源于村民的访谈。

地少就意味着整体收入少，村庄在生存压力下会产生主动向外寻找生存资源的意愿。

（2）满足空间需求

漆工聚落要求有较大的个体空间来满足生产需要。由于漆器制作工艺的特点是有固定待干周期、半成品不可堆叠，故需要大量干净、安全、相对封闭的空间。较大的生产空间保证了个体劳动展开的可能性，实际上转换成了生产的要素，在个体劳动中参与了分配，也提高了漆工的收入。漆工聚落最初是以村办工厂的方式招纳有条件的村民加入，通过计工分来组织集体劳动。村办工厂使用村庄的公共空间，比如古山洲村在村里沙洲空地上建厂，厚屿村用原本村中的宫庙。这些公共资源是村庄的集体财产，所以不必参加分配，也相应地对进入村办工厂的漆工有利。

20世纪70年代末至80年代初，村办漆工厂与国有工厂的合作关系结束，村办工厂解体。此时的漆工聚落不再围绕村办工厂，而是演变成以家庭为单位的漆作坊。漆作坊开始承接大量订单，巨大的生产需要虽然和生产条件的恶化形成暂时的矛盾，但利益的驱动调动了生产的积极性。一方面，家庭作坊的方式几乎卷入了当时聚落中所有可用劳动力资源。因为漆器制作劳动强度比耕种要小得多，很多老人和孩子只需简单培训，就可以转化为基本的劳动力投入漆器的生产。另一方面，村集体的公共空间不再被家庭作坊所享用，漆工的家庭空间等资源也成了生产要素，不仅被最大限度地利用，而且因为按件计酬的方式，空间作为竞争条件参与了分配。

因为个体家庭空间参与了生产和分配，漆工的薪酬远远高于同时期其他手工业者的收入，甚至超过城里国有工厂工人的收入[①]，所以促进了更多的村民投入到漆器制作中，客观上促成了国有工厂衰弱之后，漆工聚落的延续和漆器制作工艺的传承。

[①] 访谈中发现，20世纪80年代初期，古山洲村LCB和厚屿村LTH等漆工收入约每月135元，闽侯陈厝村PMZ收入约每月35元，福州市区国营工厂一般工人ZMQ收入约每月32元，工厂干部ZRG收入约每月80元。

二 民间聚落的传承改变

时代变革往往导致漆村结构变迁，促使聚落中生存方式的改变，对漆器生产的发展和存续都有重大深远的影响。因此，讨论聚落传承在过去的变化，对于将来传承的可能性亦有直接意义。

1. 平等而疏远的非代际传承

传统漆器制作采取师徒制的传承方式。师傅带徒弟，带着不平等的父权关系色彩。所谓拜师学艺，一般是以"求"的方式进行。学徒通常在 14 岁后参加师门考试，考的是扫地和洗水烟筒等家务活计，徒弟七年半内不具备人身自由。① 期满之后还需要师傅认定才能出师，出师后师徒之间维系一定的伦理关系，即"一日为师，终身为父"。1949 年后，这种类似宗法关系的传承随着公私合营和技艺公开，转变为国有工厂的集体传承。

在民间漆工聚落出现后，传承关系又发生了改变。平等而疏远的非代际传承，在漆村中主要表现为两种。第一种，1972 年前后，漆工聚落中的厂村师徒模式在村办工厂出现。由于观念的改变，传统师徒关系中不平等的父权成分大大淡化，师徒之间代之以一种平等而疏远的关系。调查中，漆村的漆工都说他们后来再也没有和国有工厂派驻的师傅有来往，而国营漆厂内部漆工师徒往往关系更为紧密，甚至一两代之后还有来往，两者大相径庭。国营漆厂和村庄漆工厂是公对公的关系，也是劳务外包的雇佣和被雇佣关系。国营漆厂的师傅觉得自己服务于国营漆厂，只对国营漆厂负责，培养的学徒是乡村漆厂的漆工，对漆村而言他总是个外人。而学徒则觉得自己属于乡村漆厂，师傅是外面派来的，传统的父权伦理在这样的语境中无法建立。师傅带徒弟是完成组织任务，形成共同工作的工友关系，二者之间相对平等，没有传统师徒中严格的辈分等级和父权压力。和传统师徒生产、生活都在一起不同，漆村的师徒关系一般只持续数月或半年，很难产生原有的亲密师徒关系，分开后自然也就几乎不往来。

---

① 王维韫、江信庸：《我的师傅——沈德铭》，《福建工艺美术》1986 年第 3 期，第 39 页。

第二种同村师徒模式紧接着出现，也呈现出同样平等和疏远的关系。国有工厂的师傅带出的第一批徒弟已经成了民间聚落中的第一批师傅，他们在 70 年代中期承担起民间聚落中培养学徒的工作。聚落中的师傅和学徒都是本村人，师傅和徒弟的年龄差距不大①，没有在年龄上形成的权威和压力。这种非代际的传承因为年龄的接近加强了平等的观念。村民之间在师徒关系结束后成为漆工厂中的同事，彼此都认为传授手艺只是组织上的安排，大家都同样拿集体发给的工资。师傅既不决定徒弟的收入，更不影响徒弟的前程，个人关系只维持在劳动之中，日常生活中并不比一般村民更亲近。

传统手工艺以家族产业方式的代际传承，转变为村办漆工厂与国有工厂漆工艺师之间依附于组织，没有传统家族的血缘连接，也没有辈分约束的工友关系。聚落内师徒间因年纪接近并不具备权威控制，他们之间是平等的、非代际的工友。这样的转变使得大量原本不外传的核心技艺被贡献出来，客观上促进了漆器制作工艺的延续。但没有了血缘和辈分约束，这种"传承"就只是技艺的传递，并没有文化的承接。

2. 市场竞争带来的非主动传承

改革开放后，聚落中的师徒关系变成纯粹的市场行为，传统的技艺传承制度走向衰弱，观念也更加淡薄。

20 世纪 70 年代后期，村办漆工厂逐步解散，技术较好的漆工转变成个体作坊主。八九十年代，家庭作坊和个体作坊相混合，其中个体作坊主要以师傅带徒弟的方式接外贸或内销订单。② 学徒有时是外贸厂老板介绍来的，有时是自家亲戚的孩子，来源并不广泛，数量也不多。作坊主希望多收徒弟，是因为徒弟能帮助完成订单且工钱很低，师傅带徒弟可以做到产量的数倍增长。以访谈中厚屿村制作戗金漆盘的林师傅为例，1992 年刻一个盘子可得 2.5 元，一个人一天只能做 50 个盘子，带 4~5 个徒弟一天则能

---

① 访谈中 LYP 和 LXQ 的师傅比徒弟大两岁，其他人的师徒年龄差不会超过 5 岁。
② 访谈中得知漆器甲方主要是 20 世纪 90 年代日本工厂的代理和 80 年代的福州上渡火葬场，外贸主要是针对日本的日用漆器制作，在 1993 年前后达到顶峰，内销主要是火葬场的骨灰盒制作。

做 100 多个盘子。徒弟的月工资只有 400～500 元，师傅的月收入能达到七八千元。师傅的收入和带徒弟的数量直接相关，这种直接的金钱结算方式、雇佣关系的师徒模式以及巨大的收入差距，让聚落中的师徒关系变得很脆弱，外贸厂老板越过师傅直接"挖走"技术好的徒弟的情况也时有发生。此时，师徒关系基本上变成市场中的竞争关系，不再有传统中在市场上互相避让的情谊。师徒之间的传承关系被利益所驱动，伦理观念也基本失去了规范相互关系的作用。这种市场竞争带来的非主动传承关系，让师傅与徒弟都默认了其中的规则，并逐渐达成一种共识。

3. 非核心技艺的传承

漆工聚落的民间传承，是政策推动的非遗传承人和院校传承的重要补充，是漆器制作技艺传承的社会基础与工艺基础。漆器制作被归于漆艺且纳入工艺美术类别之后，就有了形而上者与形而下者的区分。形而上者一般是指负责创意、构思和设计的艺术家，而形而下者指负责重体力劳动、初步工序的漆工。鉴于漆艺创作的复杂工序和体力付出，作为形而上者的艺术家，需要形而下者的漆工分担大部分加工工序，才能加快创作的速度，提高工作的效率。在这种情况下，漆艺家和漆工共同组成新的合作方式，形成了新的聚落结构。

图 1　福州第二脱胎漆器厂

图片来源：陈靖编著《沈绍安脱胎漆艺》，福建美术出版社，2013，第 105 页。

图 2　国有工厂的第一代徒弟在制作漆器　图 3　国有工厂的第二代徒弟在制作漆器
　　　（图片由笔者拍摄）　　　　　　　　　　（图片由笔者拍摄）

民间漆工聚落由村民组成，文化程度较低，绝大部分漆村的漆工不具备书法或美术功底。曾经的一脱二脱在分工中考虑到客观教育水平差别，交付给漆工的是非创作性流程，即漆坯制作和最后的推光工序。这种情况在改革开放后有所改变。20 世纪 90 年代外贸加工兴盛时期，新一代漆工经过外贸商的培训，可以进行表面的纹样制作如戗金等，但依然按照厂方固定的图纸进行制作，在流程化的工序划分中只需要学习其中一个环节的技艺就可胜任。但也因为聚落原有的结构中各项工序都由相应的人完成，所以大部分人没有学习完整技艺的需求。由于分工的细化，民间聚落的漆工手艺基本都是不完整的。带着国有工厂遗留特征的流水线生产具有局限性，这一样成了民间漆工技艺的局限性。在不统一布局也不协调生产的情况下，民间漆工无法制作完整的高水平漆器。漆器制作工序存在连贯且周期长的特点，人为分割工序必然对最后成形漆器的完整表达有所损伤，同时也不利于通晓完整工序的匠师产生，更不利于由匠入道的艺术提升，危害不言而喻。但这种分工细致、掌握非核心技艺的传承造成个体对聚落的依赖性增强，漆工流动性低，反过来又有利于手艺的传承。二者看似相悖，实则互为因果。

2010年之后，聚落出身的漆工基本都到了退休年龄，大部分回家养老，剩下的只是基于惯性去做漆，补贴家用不再是主因，部分人选择只上半天班，做漆变成兴趣和消磨时间的方式。漆作坊主雇用他们的原因，除了能出高质量的产品外，更多的还是想让他们给新进的年轻人传授那些做了大半生的单一工序，如漆胚制作中刮灰、裱布、脱胎和推光等。这种基础的单技艺的传承，成为院校传承和官方认定非物质文化遗产传承人制度的重要基础和必要补充。

4. 聚落的社会抚育与传承

"社会知识的传递对于个人的生活是至关重要的，因为人……得在人群里谋生活。一个没有学得这一套行为方式的人，和生理上有欠缺一般，不能得到健全的生活……把这套行为方式传授给孩子们的工作可以称为社会性的抚育。"[①] 社会抚育是除了家庭抚育之外最主要的抚育方式，学做漆是漆村社会抚育的主要形式，漆工聚落必然会以社会抚育方式进行传承。

漆工聚落以家庭作坊在家做漆的方式，在日常生活中将漆工劳动的从业经验不只传授给自己的孩子，还有同村的孩子，甚至外来的漆器学徒，这是典型的社会抚育。调查中发现，2000年之后，漆工的后代还从事漆器制作行业的比较少，他们自小就对行业的苦、脏、累有直观感受，对漆工的社会地位和分工也不认同。漆工家庭因为收入不菲，孩子大多有上大学的机会，甚至读私立大学的也不在少数，毕业后从事计算机或餐饮等其他相对"轻松"的行业，绝大部分在城里上班，不再从事与漆相关的工作。究其原因，漆器作为最接近艺术品和奢侈品的日用品，在改革开放初期导致了漆工收入较高，他们因此有了向上流动的机会，即有了从一般工人阶层变成中产阶级的可能。

在漆工中做到大师傅级别的那些领头者，即在聚落中属于市场竞争胜利者的漆工，往往会培养后代从事相关行业，上升的欲望促使他们希望儿女成为收入和社会地位都更高的艺术家。因为他们看到了自己和新入行的

---

① 费孝通：《乡土中国·生育制度·乡土重建》，商务印书馆，2011，第150页。

高校毕业的"青年艺术家"之间的薪资差距日渐悬殊。老漆工都在退休年龄,工资在每月 5000~6000 元;新加入的年轻漆工年龄在 20~30 岁,工资按入行长短和手艺高低划定,大多起薪 4000 元,熟练后收入超过 10000 元。部分老漆工会鼓励子女就读工艺美术等相关专业,但这样的选择在漆工中还是少数。访谈中,只有 6 个漆工即不到 1/10 的人,会让孩子就读相关专业,但孩子毕业后的头几年往往会嫌做漆累而转投他业。调查中发现,变化会在儿女工作十年左右发生,此时漆工的儿女对出生于漆工聚落有更客观的认识而重新做出选择。如闽新漆艺厂老板的儿子大学毕业后在银行工作,十年后发现家族企业可依靠聚落资源发展,前景良好,便辞职回村担起家族漆器厂的生产与管理任务。

图 4 古山洲村中路边堆放的金盘(图片由笔者拍摄)

因此,当代漆工聚落的社会抚育,还是以有血缘关联的代际传承为主,但没有了传统家族的传男不传女的规则,叔侄之间或者翁婿之间的传承比较常见。这种传承在聚落中较为稳定,被养育者借助长辈的人脉和资源会获得良好的社会上升途径,既是社会抚育的实现,也有利于漆艺的民间传承和社会传承。

图5　古山洲漆作坊的漆工师傅
在制作漆胚
（图片由笔者拍摄）

图6　高校漆艺专业学生成为漆工
聚落新成员
（图片由笔者拍摄）

三　结语

社会的发展促使漆工聚落崩解并重建。原本的聚落主体是依靠外贸订单的家庭作坊，它们随着20世纪90年代后期日本经济的崩溃而逐渐减少，余下的转向内销，在2000～2010年比较沉寂，直到近年来受到国家政策的刺激，才有了复苏的迹象。这种复苏表现为大量外来年轻人的进入。他们在福建的大学读了相关专业，以青年漆艺术家的身份和自我定位进驻到旧有的漆工聚落中，强调个体的属性。他们呈现出明显外省化和专业出身的特征，很少是福州人，都是因为发现这里有行业最好的土壤，就留下来娶妻生子，融入聚落中，成为新成员。

漆工的聚落结构在改变，传承也因之变成社会抚育方式为主的传承。外来的新成员自我定位为独立艺术家，他们会雇用原有聚落的老漆工做底坯等必备但非最终呈现效果的工序，自己主要做草图设计以及完成表面纹理的制作，分工明确。原有聚落漆工有了新的目标和方向，向上流动欲望增强，子女培养方式受到直接影响。

漆工聚落以新的方式养育着新的入群者，新的聚落以艺术家为面，传统作坊为里,地点也随着城市化进程有所迁移。许多年轻人租用附近的别墅如绿洲家园或者闽江对面的上街别墅区进行创作,也有老漆工的后代迁入大学城附近的红木商业区从事伴生行业,福州当地的联建生漆厂也因为拆迁由仓山区迁往闽侯县城。现在的漆工民间聚落,正在往漆艺术家的聚落迈进,传承方式以社会抚育方式为主,家族传承方式为辅,承前启后,带来新的复兴。

[原载《装饰》2019年第3期,第112~115页。]

伦理规训的五种手工艺传习体系*

朱怡芳　江苏师范大学美术学院

一　"能者"代理的传习体系

在社会学范畴，"代理"（agency）一词来源于"能者"（agent），能者所指可以是个人、群体。当对象是个人的时候，因身份的复杂性使得其对应的代理形式不确定，但是有些属性相似的代理机构和关系又可以归为某一种体系。也就是说，一个能者可以身处不同的代理中，而代理既有松散的形式也有固定的形式，具有独立性、多样性、现代性、综合性等特点。例如，父亲在家里传承技艺，所指是在家庭体系中，他把显性和隐性知识与技艺传教给儿子，然后他的孙子又继承他儿子的技能。这似乎限定在了与血缘相关的家庭传承体系中。但是，父亲也可能受聘于传统社会的官办作坊，或是现代社会20世纪50年代的手工业生产合作社，又或是七八十年代以来的国有企业，在职业伦理的要求下，他得把技艺传授给其他非血缘关系的徒弟甚至同事。官办作坊、合作社、国企都属于社群体系。不止于此，这位父亲还可能参加了某个手工艺行会，行会则属于另一种没有具体形式却靠理念和利益共识形成的社群体系。以上还未论及这位父亲可能出生于一个宗教信仰的家庭或是受聘于某高校的客座教授。

本文从代理属性而不是代理形式的差异着手，对传习体系进行逻辑分类，诸代理彼此之间会有交叉融合的地方，有些代理的形式发生了变化，但实质功能并未改变，比如作坊（工作室、企业）；有些形式（名称）没有改变，但实质功能已发生根本性的变化，比如学校。以下将探究家庭体系/

---

* 本文为国家社科基金重点项目"中华工匠制度体系及其影响研究"（项目号：18AZD024）的阶段性成果之一。

血缘代理、社群体系/行业代理、学校体系/现代代理、宗教体系/综合代理、自我规训体系/自我元代理,这五种代表性手工艺传习体系中伦理规训的方式、特点等内容。

需要强调的是,本文探讨的手工艺主要限定在工艺美术领域。这里的"传习"从能者能动性来说,可释义为"Passing on and Learning Knowledge and Skill",其关键词包含了承续、传递和学习知识与技能的意思,显然,"传习"起着承上启下延续传统的作用。在当代研究与政策的呼吁和推动下,我们容易强调传承知识和技艺的一面乃至经济价值,而忽视了源自家庭手工艺道德统一性的那一面——伦理。道德、德性看似与经济无关,然而,伦理规训是保障提高整个社会发展效率、减少消耗的一种重要资本①。譬如传习过程中知识和文化传承的典型教育制度"师徒制",它具有组织社会化的功能,在中国手工艺历史的发生发展中发挥着重要的作用。从传统的家庭作坊或手工业工场体制向现代化企业转变发展的过程中,师徒制也经历不断的改革。不只是一些工艺美术企业,甚至一些学校、研究机构都开始重新重视师徒制的当代价值。因为师徒制互建的社会资本体现着信任、规范、价值观,其社会功能远大于单纯的知识传承。

家庭、社群、学校、宗教以及自我的传习体系内,伦理规训的发生、方式、内容、要求等有所差异。家庭对主体品性和伦理观的养成是首要的和基础性的。在中国传统社会,以手工艺家庭传习为主的体系中,主体同时完成了道德品性的训育和知识技能的训练两项内容。然而这种统一一体的规训方式,在现今社会已发生广泛的分离。尽管当代还保留有家庭传承的形式,但主体的基础伦理观已受到现代性、多元化的影响,在某种程度上,职业伦理在家庭体系的渗透程度超过了人伦和教育伦理。家庭和社群(作坊、工作室、企业、行会等)作为传统重要的传习体系,形式随着现代性引起的根本性社会结构的改变而发生彻底变革。相比之下,学校(研究

---

① 历史上曾有众多的经济学家都会讨论伦理、道德的问题,像亚当·斯密的《道德情操论》、穆瑞·罗斯巴德的《自由的伦理》、艾伦·布坎南的《伦理学、效率与市场》等。因为维护贤良公义等良好的道德规范正是出于社会健康发展和效率的考量。另可参见《薛兆丰经济学讲义》,中信出版集团,2018。

机构）作为现代化以来传习知识和技艺的新代理形式，本质发生了巨大变化，它成为获得知识的一种重要现代手工艺传习体系。

与其说工匠传习技艺、产出作品的过程能够修炼德行，不如说道德的修炼其实也是将自己作为一件作品来创造，而这件"作品"——工匠，正是在不同的体系中完成雕琢的。

二　家庭体系/血缘代理（Kinship Agency）

整个世界历史发展中，由人组成的"家庭"是一个基本社会单位，也是手工艺传承知识和技术、伦理实践最具传统的一个传习体系。这是一种源于血缘关系的古老体系，随后扩展至家族性的手工业工场，甚至中国20世纪50年代，以地缘和业缘联系为主组建的手工业生产合作社中仍不乏血缘联系的从业者。由于现代性让生产性劳动走出了家庭，致使手工艺传承和教育方式、组织结构在现代社会的家庭传习体系内发生重大转变，也使手工艺伦理实践的统一体遭遇分离。

在中国传统社会家庭传习体系中，有的技艺是严格的男性代际相传，有的是女性代际相传，有的家庭可能掌握着与其他家庭不同的技艺、有自己的拿手活或独门绝技。例如，金属工艺、漆器工艺、烧造工艺、玉石工艺、木雕工艺等都是男性的工作，而纺织、编结、针线绣活儿往往是女性气质的行当。现代性对不同种类的手工艺行业家庭性别分工的影响程度不一，例如宗教绘画唐卡业内，受现代家庭的子女数量、从艺可造性、受教育形式、职业选择等因素影响，家传技艺中的性别规则就会被打破，自20世纪90年代末以来，在青海藏区允许女婿或女儿来替代应由儿子继承绘画唐卡衣钵的情况已属多见。父子、父女、母女、母子间，既保持家庭伦理建构的血缘"亲属"关联，又形成手工艺技艺和知识传承上的"师徒"关系。但当儿媳妇、女婿、外甥等非血缘或外亲的社会关系参与时，手工艺传承脉络原有的闭合体系变得开放，故而不定性的影响因素就变得复杂。家庭体系中的手艺就是家庭文化构建中的一项内容，子女或说徒弟，能够长时间在一种相对稳态、封闭的环境中耳濡目染"师父"（父母）技术和知识之外的德行，即家庭体系中的伦理教育是全方位的，在家庭环境中容易遵从世袭的、唯一的规则和标准，在没有什么流动性和多变性的体系中，手工艺基本上能够形成严格服从的传统。反映中国伦理传统的《三字经》中有"孟母断机""铁杵成针""琢玉成器"的故事，这些故事通过与手工艺的联系宣教了先天和后天美德伦理、社会价值观形成的哲学。再如，"二十四孝"中《刻木事亲》的故事具体强调了中国传统美德之孝道；《朱子家训》中的"器具质而洁，瓦缶胜金玉；勿营华屋，勿谋良田"，则说明了三纲五常道德准则下的规训方法。

手工艺家庭传习体系，的确因现代性发生了根本意义上的变化。恰如麦金泰尔对劳动现代性的批判：现代性的发生，关键性的标志就是劳动生产走出了家庭。只要生产性劳动在家庭结构内部发生，就不难把这种工作正确地理解为维系家庭共同体以及由家庭所维系的更大形式的共同体的要素。且仅当劳动生产走出家庭并服务于非人格的资本时，劳动的领域才趋于跟一切分离，而只服务于动物性的生存、劳动力的再生产以及制度化了的贪欲。① 换句话说，作为手艺的能者，手工艺者将人力资本、知识资源带出了家庭，并在更复杂的组织形态、代理机构中重整资源、分工以及新的利益分配。

中国的传统手工艺制度在家庭结构基础上逐渐演化发展起来。传统手工艺以家庭作坊中的劳动为主，当手工艺产生、依存、实践的基础单元结构发生根本性改变，手工艺能者就不得不面临现代社会诸多复杂的道德问题：非本亲的子弟可否收，没学成师父的本领就跳槽怎么办，盗学绝技和知识担不担后果，打着节约成本的旗号而粗制滥造怎么处理，等等，没有了家庭、家族的约束，就像没有任何行规限制和道德约束，如何能保证社会范围内传承的质量和效益？

总的来说，当家庭体系中知识和技艺的传承受到能者缺乏的时候，生存和发展规律会促使这个体系向外部寻求能者，或能者直接走向外部，而寻求过程中奉守的重要原则还是找到容易形成道德约束和规训管理的血缘关系的能者。纵观手工艺发展历史可以发现有从地缘或一定血缘关系的家

---

① MacIntyre, A. C., *After Virtue: A Study in Moral Theory*, Indiana: University of Notre Dame Press, 2007, 227-228.

族中招募新学徒的情况，但是为了约束能者的能力且证明他们的合法正宗性，也出现了行会门派，并发展出契约关系，形成行规甚至律法。值得反思的是，这种情况下的手工艺传承走出家庭了吗？其实没有，从家庭到家族乃至传统行会，它的运作机制依然是"父系"模式，或者说，传统行会在实践伦理时奉行的依然是三纲五常的父系制社会价值体系。

三　社群体系/行业代理（Social Community Agency）

基于家庭伦理原则的中国传统手工艺的社会传习体系内，为了统一并维持有家庭体系特点的稳定性，减少流动性和变化性，手工艺行业便形成了众多行业规矩和制度，作为社会传习有序发展的保障，手工艺能者活跃于行业，行业代理的形式也比较丰富，比如，私人和官方的作坊、行会，中央至地方、中央委托的手工业工场等都属于社群体系。师徒契约立"投师字据"，行规除了约束师父和徒弟的权利义务之外，还针对一些行为制定惩罚条目，以保证师徒双方修习良好的道德。例如：徒弟倘有不听师言，任师责罚，倘性傲不遵，中途自废，寒暑疾忧，不与师傅相干。师父新收徒，三年后再招，铺内作坊只准一名，不能多招；学艺期间不得私自外出帮工，其他同行业不能雇请，否则，公同革出，永不准入行；不准一年半载出师；徒弟未满师期，或私自逃走者，倘有匿藏混带，查出该徒公革，该师公罚钱二千四百文；不遵规、不勤习者，轻则体罚，重则斥退。晚清时期的手工艺行会，重在明确规范涉及职业伦理的道理和制度管理，但实际上，行会还承担着社会教育的大部分功能，特别是规定了师父应根据徒弟资质的不同而贯彻不同的教育理念，比如行规明确了"子弟从学，有聪明鲁顿之别。若聪明者，只要婉言训诲；鲁钝者，只得慢慢约束"，[1] 反映出因材施艺的教育伦理实践。

在中国传统社会，拜师学艺、师徒传承、绝技"传男不传女"（女工传女不传男）、"传嫡不传庶"，社群体系中招收徒弟讲究特定的地缘、业缘乃至血缘条件，强调非本地、非本帮、非本亲子弟不收，师徒关系颇具宗法

---

[1]　彭泽益：《中国工商行会史料集》上册，中华书局，1995，第380页。

性色彩，行会制度具有普遍的道德约限作用。学徒招收、技艺传承、满师就业方面都有明确的规矩。

然而，近代以来发生的阵痛变革，冲击了各种社会组织结构，行业代理的能者依存的稳定体系又一次进行改革。特别是持续的现代化过程中，中国手工艺人更为普遍地遭遇到伦理道德困境。民间工艺在农村社会信仰和道德体系中所起的稳定作用素来重要，可是随着现代性的渗透，也逐渐被削弱。如今民间美术和一些传统民间技艺作为国家或地方的非物质文化遗产被保护起来，主要原因是传统手工艺依托的家庭传习不再是核心的体系，而且行业代理难以维持稳定性保障、社群体系抗击冲击的能力十分受限。保护措施在一定程度上能够弥补因伦理实践缺失而造成的社会成本的消耗、平衡社会发展的效益。

可以说，现代性引起制度层面的彻底革命，不但影响着家庭传习体系的变迁，还导致社群传习和学校传习的功能发生变化。

四　学校体系/现代代理（Modern Agency）

文化变迁下的学校体系其功能变得多样化。在中国古代，学校（学堂）重在传授经史子集（哲学和法律、历史、文艺）等知识，学习者可以通过知识型教育而获得功名利禄，其中渗透的仍然是与社会伦理统一的为人之道的人伦和教育伦理。可见，传统的学校教育主要是知识型教育，但是，学校在社会资源流动性增强的现代社会中逐渐承担起家庭教育和社会教育的双重重任，并不得不服从于现代社会伦理建构的原则和标准。

与传统社会相比，现今开设了工艺美术专业的学校以及艺术设计类的学校，不仅为学生提供了学习和实践知识与技能的机会，而且为学生提供了应用实践技能的机会。现代社会的学校不只是知识教育的组织，更接近于具有实用主义教育理念和新型结构的"现代代理"。作为现代代理的学校，其教育硬件和软件（师资、优秀历史传统、口碑、就业机会）甚至都成为培养教育良好综合素质和形成美德、职业伦理意识的条件。

宏观来看，民国至今的一百余年来，手工艺能者依托的学校体系经历了四个阶段的重要变革。

第一阶段是20世纪初至40年代，学校建立在传统工艺作坊和私立学校结合的基础上，如1919年，增开了工艺图案科的上海美术专科学校，以及南通纺织传习中心。中心是最著名的教育捐助学校，招收许多年轻的学生，尤其是女孩。她们接受知识教育，传习缝纫、编织、刺绣技能。与传习中心特点相似，20世纪90年代发展起来的中等职业教育学校也是以专业/职业技能教育为特点的学校。职业技术学校和艺术学校为手工艺从业者提供了知识和技能的精、专教育。一些传习所或学校严格地遵循传统真、善、美的标准来进行手工艺实践。20世纪30年代末，中国传统手工艺受到日本西化文化的影响，并以传入的"应用美术"命名，一些学校基于传统的东方文化开辟了新的西化教育的领域，例如，1932年更名的苏州美术专科学校。

第二阶段是从20世纪50年代初到90年代，手工艺的学校教育采取了彻底改革和系统化的措施。许多学校就某些实用工艺品设立了专门的工艺美术专业，以及中国和发达国家的人文历史及理论课程，目标是将学生培养成为该工艺专业领域的行家。例如，1956年中央工艺美术学院的成立和专业改革，1958年成立的苏州工艺美术专科学校，1959年更名的南京艺术学院（原为华东艺术专科学校）。在这个阶段，还发生了"工艺美术"和"设计"的时代争辩。一些新的现代化学校体系以鼓励创新的名义允许手艺传统在现代设计教育模式中做出与传统有别的创新，而且在评价好和优秀的标准上汲取了现代思想和理念，接纳并采用西方设计方法去做材料、技术和形式方面的创新。

第三阶段是20世纪90年代末到2010年前后，以发展综合性大学为宗旨，政府先是削减了一批职业技术学校，并将其中一些合并为高校的系或院。例如，1999年，苏州工艺美术学校与苏州轻工职工大学联合组建成了新的苏州工艺美术职业技术学院，中央工艺美术学院并入清华大学成为清华大学美术学院。这些学校旨在提高综合实力，赶超国际水平，对许多工艺专业也进行了重大改革，使专业名称和流行的现代化名词与时俱进，而并未保持与工艺传统的历史联系性。同时，现代化教育中的工艺教育将手工艺统一的美德伦理观念分化成为教育伦理、职业伦理和生态伦理等。这就使得教师和学生不再像传统社会及近代初期可能秉持统一的伦理原则了。

第四阶段，也就是最近的阶段，自 2010 年以来至今，学校体系又趋向多元化发展，开始重新重视职业技术，增开实践应用型专业。同时，有的学校承担文化保护和创新的重任，强调基地作用，许多带有艺术与设计专业的学校倾向于增加学生对传统手工艺学习和实践的机会，并开设工艺美术、传统手工艺或文化创意设计等专业。此外，为了保护、继承和发展政策驱动下的传统手工艺，许多研究机构、新型的传习所、实践基地和中心、导师讲习班和大师工作室大量涌现。从城市到农村，从学校到家庭，从虚拟环境锻炼到社会实操项目，这些都是传统手工艺诞生和成长的地方，越来越多的学生和教师在热衷于实践和学习工艺美术知识的同时进行手工艺的田野调查这种接地气的、来自生活回归生活的教与学的方式。

五 宗教体系/综合代理（Synthesis Agency）

相比在变迁中发生制度转变和融合的以上三种主要传习体系，还有一类特殊的、属性相对稳定的、集合了家庭、学校、社会三种功能的宗教传习体系，因此它属于综合性的代理形式。在宗教体系内，手工艺能者作为传承主体，除了从经书中修得伦理，还能在手工艺的教化中实现修行的圆满。

被称作热贡艺术之乡的吾屯村是青海省黄南自治州同仁县以信奉藏传佛教为主的传统村落，历来就有三座主要的寺庙，而且除了农业再无其他产业。手工艺家庭作坊带动旅游经济产生效益，不过是近些年才兴起的现象。依照传统，该村的男性在适学年龄时就被送去佛寺学习。在那里能够学到衣食住行用的手工技能以及专门敬奉和修行的宗教哲学知识，佛教题材的绘画唐卡、堆绣、雕塑、建筑彩绘，成为他们必修的内容，学成后的学徒可选择出家或返家，出家的手工艺僧人称为艺僧。宗教体系内的道德训练具有一定的特殊性和限定性，只有某些地区、特定的群体甚至特定的性别才能成为这一体系中的手工艺能者。这些能者的伦理实践和手工艺实践围绕宗教信仰的教化和修行展开。由于宗教体系相对封闭，因而手工艺能者在家庭、佛寺、乡村中较好地保持着伦理实践的统一性。

六 自我规训体系/自我元代理（Meta-Agency）

手工艺的自我规训体系具有"自我元代理"属性，它只在于个体本身，即将一个手工艺者自身看作一个形成"认识、反思、践行、再认识、再反思、再践行"逻辑的独立系统、小世界，无论能者自身处于何种大体系之中，自我的传习需求总是产生于内在的自觉。

好还是坏？这些价值评价可能来自手工艺者本体，也可能来自社会公众、技艺权威、主流话语权的掌控者。价值因"需要"才产生和存在，也因"需要"的不断变化而变化。人们需要创新时，就会认为勇于背叛师父传统套路的做法就是"好的"，而人们希望保留原样和正宗时，就会评价它"不好"。由此，当一个人获得了一门技艺后，并未真正获得"价值"，而怎样"用"这门技艺才是"价值"所在。

如今，我们看到的一些人自己做手工艺，像是"不做木雕的医生不是好的哲学家"，他们不但没有师门派系，也没有归为社会的哪个组织，也不是从学校、寺院等处获得知识和技能，他们甚至"不务正业"，在看似业余的爱好领域、业余的时间，利用网络信息、电视节目、书籍、视频、一些社会组织的短期课程和商业活动的消费体验等各种开放资源，在自己可掌握的时间里进行自学和自我完善的训练。这些自我规训的能者通过手工艺实践，应用自我技术①的调适，完成自我价值的追寻和美德的塑造。当然，他同时可能会受到来自不同传习体系价值观念的影响，从而在个人与物质世界、与社会的联系中确立理念与标准，以获得美德、通往信仰。图1展现的是身为医学教师柯愈劬先生在生前创作的木雕蛙，其灵感或说理念正是来自为医学研究牺牲生命之蛙的重生。他将手术刀的技艺用在木雕上，并在自我规训的体系里确立了真善美的自我标准和表达方式，由此形成为他人所能感受的伦理价值。

怎样才能做一个好徒弟而不是坏徒弟？从"传统"意义上讲，遵从传统的一定能成为好徒弟。然而历史存留物、后世评价等事实证明，违叛传习传统的不一定就是坏徒弟。这个命题背后暗含着两种价值取向和实践。

第一，严格地遵从传统规则才能成为有美德的好徒弟，才有可能产出

---

① 关于在手工艺伦理中自我技术的理论分析可参见本人的专文。朱怡芳：《从手工艺伦理实践到设计伦理的自觉》，《南京艺术学院学报》（美术与设计版）2018年第3期。

图1 中国工艺美术大师柯愈勄及其创作的系列木雕蛙（图片由作者拍摄）

有传统典型性的好作品。传习的正宗，意味着从人到工艺，再到产出物品①，都是"血统"正宗。

第二，违背传统标准的就可能成不了好徒弟也产生不了当世价值观认可的好作品，但不排除可以成为后世评价的好徒弟和好作品。因为作品反映选择性的自我技术和内在价值②，有创造力、有自由精神在其中。

第一种情况下，可以形成称为"正宗"血统的手工艺传习模式。第二种情况下，可以形成称作"改良"血统的手工艺传习模式。是不是一个好徒弟，其评价焦点集中在第二种取向发生矛盾时。当下很多手艺人曾经或正在经历这个问题，并已经或试图通过自我技术调适做出不同的选择。

手工艺能者在接受训育并产出劳动结果的整个过程，不断地调整主体与自身、主体与自然、主体与他人的关系，通过自愿性和选择性的自我技术治理自身，从而形成一种比较完整的、自洽的自身道德理念和道德标准体系。

无论是亚里士多德、麦金泰尔还是福柯，在美德是什么、如何获得美德的问题上，给出的方案的本质是相同的，即叙事的统一性。参照手工艺行业的美德标准，大师就应是表里如一，工匠选择怎样的标准传承或创新，也势必与他个人经历、社会生活的叙事背景相一致。对他们有无德行的评

---

① 朱怡芳：《论传统工艺美术生产要素》，《文艺研究》2015 年第 2 期，第 122~130 页。
② 亚里士多德也曾提出伦理德行中的自愿性和抉择性两个德行特点。

价也必然在实践"传统"的时代语境中展开。

当然，无论是哪种体系，在手工艺实践时都必然面临价值取舍，而这种价值取向或多或少受到其他传习体系的影响，特别是来自"中间人"的影响。在现今的职业技术学校或院校传习所以及一些社会传承组织机构中，规则必须适应形式的多变性和人员的流动性，伦理实践不免会出现多种标准，因此规则较复杂，主体较难选择和服从，尤其是当体系内外盛行着受"中间人"影响的"包买商制度"① 文化时。法国历史学家费尔南·布罗代尔在论及手工业者的流动性以及行会制度时以 16 世纪欧洲国家的呢绒、索林根刀剪、伦敦的制帽商为例，强调了因实行来料加工及包买商制度，行会的师傅和徒弟一样都成为雇佣劳动者，而"中间人"像一个织网者在乡村和城市建立着高效的家庭劳动网络并因此得利。从中我们看到了手工艺在面临"中间人"审美趣味，甚至纯粹商业引导时纠结的价值判断和选择，不按照"中间人"的意图做，乡村编织花边的妇女则可能没钱买粮油菜肉。在面临生存现实问题时，他们的审美价值选择会屈从基本需求的功能性选择。

七　结语

从中国传统的传习体系发展到今天的多元体系，手工艺能者的技艺传习只是我们看到的表象，而传习的实质是伦理价值实践。手工艺伦理学研究是未来的趋势，认识和重视手工艺伦理的意义是传统文化当代价值一项根本且重要的研究工作，它的研究将帮助人们探索自身、进行改造自身的实践，并且能够用于证明和建立自我与外部世界联系的体系、运转机制乃至各种意义。

［原载《南京艺术学院学报》（美术与设计）2019 年第 6 期，第 104～108、210 页。］

---

① 〔法〕布罗代尔：《15 至 18 世纪的物质文明：经济和资本主义》（第二卷），顾良译，生活·读书·新知三联书店，1993，第 335 页。

传统工艺核心技艺的本质与师徒传承

谢崇桥　北京联合大学艺术学院　李亚妮　北京师范大学

传统工艺保护的重要目标之一，是要努力让传统工艺实现顺利传承，所以非遗保护相关部门出台了各种政策措施，帮助掌握非遗技艺的传承人带徒传艺。常见的措施有给师傅发放津贴、为传承人提供带徒传艺的场地，举办作品展示、展销会和其他宣传推广活动，等等[①]。其中工作做得细致、扎实的，甚至还帮助传承人进行社会招徒，组织相关项目的传艺活动[②]。这些政策措施对工艺技艺传承起到了积极作用。但是，因为大多数政策措施的理论基础在于重视作为施艺者的师傅在传承活动中的作用，因而总是把鼓励、支持和资助师傅带徒传艺的活动放在首位，而忽略对徒弟在工艺传承过程中地位的准确认识。因此，在这些政策措施的实施过程中，核心技艺的传承仍面临两难境地：一方面，设立非遗保护政策措施的重要目的之一是希望工艺技艺能够顺利传承甚至发扬光大，理应包括核心技艺的顺利传承；另一方面，因核心技艺的传承通常涉及师傅的实际利益，这些政策措施和各级执行部门却又不能明确要求师傅毫无保留地传授核心技艺。而且，在很多研究者从事传统技艺研究的过程中，对核心技艺也是避而不谈或者一笔带过，未触及核心技艺的本质，或者对只注重讨论施艺者的传承意识而非过程、方法，对技艺传承的受艺者——徒弟一方重视不够。

---

① 文化部非物质文化遗产司：《非物质文化遗产保护法律法规资料汇编》，文化艺术出版社，2013。
② 其中北京市西城区非物质文化遗产保护中心和北京联合大学已经为北京的部分濒危非遗项目连续多次招徒和举办培训活动，产生了较大社会影响。另外，2016年起，教育部已开始设立"中华优秀传统文化艺术传承基地"，组织一些高校进行非遗等传统文化相关的传承活动。

一 "核心技艺"的本质

(一)"民间传说"中的"核心技艺"

有关工艺的民间传说中有不少血泪史,比如为了做成瓷器、铁钟、铁剑,夫妻或子女献身炉火(后来转换成用指甲盖或头发等物代替血肉),其中最典型的如"龙凤瓷床"一类的传说①。类似这样的女童祭窑类母题表达的文化内涵在于,因为某项工艺中的核心技艺很难解决,长期钻研、反复试制也不能实现,于是破解关键环节难题时就需要某种特殊的、非常规的,甚至是神秘力量的方法。在这类传说中,完成核心技艺的工作似乎比较困难。在有关工艺技艺的另外一些行业传说中,师傅总是有一套绝活轻易不外传,或者因为有"教会徒弟饿死师傅"的担心,会对徒弟"留一手",工艺做到最关键的时候,就找个理由把徒弟支走,一转眼就完成了自己的作品,让徒弟总是学不到核心技艺。② 这些传说似乎存在悖论:一方面核心技艺非常不容易解决,另一面核心技艺环节又能在一瞬间完成,似乎非常简单。我们是不是可以这么理解:对于没有掌握核心技艺的人来说,核心技艺难以突破;对于知道其中"秘密、诀窍"的人来说,核心技艺其实非常容易掌握。复杂工艺的核心环节,关键点其实并不多。事实果真如此吗?难以突破的核心技艺难道就是皇冠上的那颗珍珠,需要时刻精心守护,一不小心就会被人摘走吗?或者是否可以这么认为:传统工艺的核心技艺,对有些人来说容易掌握,对另外一些人可能无法领会?假若师傅总是留一手,那么核心技艺又如何实现传承?

(二)"核心技艺"是否存在

《三国演义》中有关于诸葛亮做木牛流马的故事,曹操派人抢去几件木牛流马也无法仿制出来。《墨子·鲁问》中有鲁班削竹木以为鹊三天三夜不落的记载。传统手工艺的魅力,往往就在于它们拥有类似诸葛亮的木牛流

---

① 高等学校民间文学教材编写组:《民间文学作品选》,上海文艺出版社,1980,第109~112页。
② 凝若:《教会徒弟,吃饱师傅》,《职业》2012年第8期。

马、鲁班的竹鹊这类"机巧""匠心"。这类"机巧"应该可以看作是该工艺的核心技艺，丧失该技艺的核心成分，该工艺要么会丧失存在的价值，要么失去传承的必要性。

木牛流马、三日不落的竹鹊已不存在，后世有一些科技工作者也曾试图用现代手段复原这些器具，不过仍然有些人会怀疑这种物件是否曾经出现过。但这类有确切记载或者还有实物存在却已经不知当初制作方法的物件①分明是在告诉我们：的确有一些核心技艺失传了。这些技艺为什么失传？今天仍在流传的很多手工艺，真正掌握其核心技艺的人也只是从业者中的少数，传承下来的技艺为什么也只有少数人掌握？当我们真正面对传统手工技艺的传承人，尤其是那些濒危传统工艺技艺的传承人和他们的项目时，就会有较为清晰的看法。比如传统造纸，"抄纸"环节是核心技艺之一，任何人都能毫无遮掩地看师傅操作甚至动手参与这个环节，但师傅能轻而易举地抄出厚薄均匀，韧性一致的纸张，而旁观的人却做不到。不是师傅不传，而是学习的人并不容易领会到。

图1 本文作者谢崇桥（右）在安徽泾县中华宣纸文化园体验抄纸技艺（孙亚红摄）

陶瓷制作工艺中，很多人认为其核心技艺是各种配方，比如泥的配方、

---

① 比如北京故宫博物院保存有实物的盘金毯以及明清断纹家具等的关键制作技艺就曾失传，虽然经过当代工艺师傅的研究后能够仿制出相似的物件，但今天的制作方法是否与这些物品当初的制作方法完全一致，仍然难以断定。

釉料的配方，其实都是相对比较容易传授和掌握的技艺，甚至可以说只是技术，与抄纸这类能看能学却不一定能掌握的核心技艺有一定差别。传统陶瓷制作工艺中真正算得上核心技艺的，要算手工拉坯、烧窑的火候控制等环节，旁观者同样可以看师傅怎样操作，却不能轻易掌握该技艺。手工拉坯是一项谁都可以看、可以学的工艺，包括景德镇无数从事陶瓷制作的工匠，其中拉坯做得好、水平高的并不多，不少工匠甚至只从事专门器皿的拉坯工作而不"跨界"做其他器皿，比如做茶杯的不去做大缸，做大缸的也不做茶杯。掌握拉坯这样的核心技艺并不是只要师傅认真教，徒弟就能学会的，它需要徒弟的悟性。同样，尽管现在有了能够控制温度和时间的电窑，真正优质高档瓷器的烧制仍然要靠高水平的师傅而不是仅凭机械控制。一般人可能会认为那是经验，但有些从事了多年相关工作的人，却未能做出高水准、品质优的作品，有人从业几年就做出被大家公认的佳品，仅仅用"经验"来解释明显难以服人。

图 2　景德镇艺人在通过拉坯成型制作大型器皿（谢崇桥摄）

如果核心技艺只是技术，它应该容易被传授和掌握。无论保密工作做得多好，在世代相传的过程中，泄密也在所难免，至少很难做到让一个跟随师傅多年的徒弟也掌握不了该核心技艺。但事实是，在很多传统工艺的传承过程中，不少跟随师傅多年的徒弟，最后仍然做不出能与师傅相媲美的作品。

(三)"核心技艺"不同于"关键技术"

那种徒弟看一眼就能学会的技巧,或者某种特殊的配料,我们可以称之为"关键技术"。"关键技术"与"核心技艺"最重要的区别,就是"关键技术"可以量化和传授,"核心技艺"不可量化,只可意会不可言传,需要徒弟自己领悟。

凡是认可核心技艺特殊性的人,就会特别重视它,并且往往强调在传统工艺传承发展过程中,应注意保留核心技艺,比如民艺专家徐艺乙先生就认为传统工艺在现代化、机械化过程中,核心技艺还是应该保留人工操作。徐先生还在文章中提及日本"曾经规定传统工艺生产过程中,不是主要工序的可以采用机械,但是所占比例不要超过20%"[①],以此作为例子来支持自己的观点。徐先生之所以强调保留核心技艺的手工操作,是要强调"人"的作用。而人是多样并且存在差异的,并非只要是由人来操作,就能完成核心技艺的工作并达到一定水准。正是因为人的差异,才会有手工艺品质量、艺术水准的高低,如果不用区分人的能力强弱,只要由人来操作就行,事情会变得简单很多。如果不同的人操作的结果不会形成差别,让机器来做应该能比人做得更好。那么,为什么强调核心技艺必须由人来操作?就是因为在制作环节上,不同的人操作会有不同的结果。机器制作完成的产品的艺术性跟工艺大师亲手操作完成的作品的艺术性根本不可同日而语。

(四)"核心技艺"的艺术性本质

现代机械生产已经能代替人完成大量工作,智能生产还在进一步提升机器的工作能力,所以很多人担心机器在未来会不会完全取代人。也有相当一部分人认同,在艺术品的创作方面,机器不可能完全代替人[②]。3D建模打印已经能满足个性化定制的需要,能因人而异地满足客户需求进行制作,做出来的产品也会越来越精美。但艺术品之所以不同于机器制作的产

---

① 徐艺乙:《传统工艺的现代化须保留核心技艺》,搜狐网,2017年8月8日,http://www.sohu.com/a/163242138_289194,下载时间:2018年10月9日。
② 林命彬:《智能机器的哲学思考》,博士学位论文,吉林大学,2017。

品，或者说不同的人制作出来的艺术品之所以有高下之分，还在于艺术品中的艺术成分、艺术水准有高低之别。为了描述绘画作品艺术水准的高低，中国传统艺术理论家用"传神""气韵""意境"等词语来表述、现代艺术理论家用"绘画性"等词语来描述，都有道理，却仍然显得不准确或者太过模糊。作品"艺术性"难以琢磨，让不少对艺术不敏感的人甚至怀疑它的存在，尤其是在本来是为实用而生的传统工艺作品之中，但只要我们认可艺术品的存在价值，就应该能接受艺术水准有高下之分的观点。机器不能代替艺术家的根本原因，就是无法做出"传神"的、高艺术水准的作品，本质上就是"艺术性"的问题，核心技艺所反映出来的"艺术性"之高低也恰恰是该工艺品类能否被人接受、欣赏的原因。

正是因为这种差别是"艺术性"而不是"技术性"的，所以才存在无法言说、难以传授的情况。作品优劣的差别可能就是一条线的走向，一种颜色的鲜艳与灰暗，一块面积的大小与形状的细微差别，能意会却无法用明确的语言解释清楚。艺术家、有悟性的手工艺人和普通技术人员完成的作品的主要差别，并不是技术上的差别，而是这种"艺术性"的差异。核心技艺是工艺缔造者的创造，也可能积累了历代传承人的创造，是精华，不是简单的技术，是技术的升华。

反对核心技艺难以传授的最典型例子要算欧阳修《卖油翁》中的那句"无它，唯手熟尔"的名言，把高超的射箭技艺与穿过钱币孔倒油这样的"高难度"动作全部归结为"熟练"而没有其他原因。如果真如"卖油翁"所言"唯手熟尔"，似乎旁观者练一练也就能掌握的话，箭术的高超就不能成为古代战将令人羡慕的本领，从事抄纸、拉坯、烧窑的师傅也就没必要受到他人特别的敬重。但事实正好相反，从事这些传统工艺环节的师傅往往因为其掌握着他人难以掌握的技艺而有着特殊地位。本文这样的表述无意否定在掌握技艺过程中"反复练习"的重要性，大书法家王献之的书法技艺也是要以"十八缸水"的练习为基础的，但如果不管是谁，只要练完十八缸水就能成为一代书法大家，书法技艺也就没什么值得推崇的了。

（五）"核心技艺"与个体的领悟

把现有的知识体系分为"显性知识"和"隐性知识"，是一种有利于我们了解那些隐藏在表面之后的道理、规律的分类方法。"核心技艺"因为通常难以直接言明，所以容易被当成"隐性知识"，从而区别于那些能直接传授的"显性知识"。但"显性知识"和"隐性知识"的分类方法，容易遮蔽"核心技艺"从师傅到徒弟的传递过程中徒弟自己"悟"的重要性。而徒弟"悟"的过程，更类似于波兰尼（Michael Polanyi）所说的"默会"①。尽管波兰尼因为要强调对"默会"这一现象的发现而把所有的知识都看作"默会知识"似乎有点夸大其词，但任何知识的学习都与学习者个体的领悟能力具有强相关性是不能否认的。正是因为这样，每个人掌握的知识才会或多或少地存在这个人自身的特殊性，而不是与他人完全没有差别，这恐怕才是波兰尼断言所有的知识都是个人知识的根本原因。对应于"显性知识"的"隐性知识"并非波兰尼所说的"默会知识"或"个人知识"，还因为即便是隐性的、难以言传的知识，仍然可能被强调成客观的，是师傅甚至是师爷、师祖一代代传承下来的，这样就缺少或者否定了师傅和徒弟在传承中的主观意识和作用。事实上，如果缺少师徒的主观意识，核心技艺的传承几乎不能实现。

二 核心技艺传承的难点

（一）师徒传承中师傅的困境

不能否认核心技艺传授过程中师傅的作用。在很多传承人口述史中，有不少工艺传承人都在担忧后继无人，特别是在非遗代表性传承人进入保护目录之后，作为代表性传承人的师傅们在现有政策和资金的支持之下更愿意找寻真正的后继者；或者家族传承式的传统工艺，长辈也希望后辈能将技艺真正传承下去。但核心技艺本来难以传授，不要说师傅不愿意传授会导致徒弟难以学会，即使师傅愿意传授，如果没有恰当的教学方法，也会令相当多的徒弟望洋兴叹。传统工艺的师徒传承不同于一般技术的学习，师傅为了有效传授核心技艺，必须根据徒弟的特点设计教学方法，因材

---

① 秦文、王永红：《波兰尼的个人知识理论与教育思想探析》，《清华大学教育研究》2010年第4期。

施教。

　　学者孙发成把传统工艺的传承与控制论中的黑箱理论联系起来，认为"师傅所掌握的核心技艺、个人经验和诀窍，对于初学的徒弟来说毫无疑问是一个'技艺黑箱'（甚至这个'黑箱'内的某些知识连师傅也没有意识到），徒弟掌握师傅本领的过程就是一个'技艺黑箱'逐渐变'白'的过程"①。"技艺黑箱"的比拟一方面说明了核心技艺的不可言说之特性，另一方面也说明核心技艺传承存在不易为师傅控制的因素。核心技艺的"黑箱"能够变白，技艺就能顺利传承，但核心技艺的黑箱"变白"并不容易。多数情况下，徒弟不能掌握核心技艺的缘由都被归咎于师傅不愿意教，似乎只要师傅愿意教，"黑箱变白"就不是问题。师傅却说："不存在不愿意教的问题，遇到问题了，一点拨'就像窗户纸，一点就破'。没遇到问题，怎么说？说了也没用。"② 这里师傅所说的"问题"，应该是徒弟在学习和制作过程中遇到并提出来的问题，不是师傅人为设定的"提问"。学习同样的传统工艺，未必每一个徒弟都能遇到和提出同样的问题。师傅的点拨，往往是在针对徒弟提出的具体问题时才格外有效。传统工艺传承过程中经常见到的是，师傅费尽心力想把"要领"传授给徒弟，徒弟却怎么也不能领会。

　　核心技艺之所以成为核心技艺，"难教、难学"是重要特性之一。或者说，对有些领悟力强的人来说，师傅一点就通，但另外一些学徒则可能掌握不了其中的诀窍，达不到技艺应有的高度。比如夹江造纸，其核心技艺是抄纸，有研究者对之进行了如下描述。

　　捞纸前，用竹竿将槽下的纸浆搅拌悬浮，使之达到适当的浓度，开始用纸帘捞纸……抄捞纸张时，将纸帘放在帘床上，四处绷紧，双手持帘床，斜着从后方浸入槽内，平提出，由左向右平移，同时用右手抬起帘床，使浆水由右向左成二十度角流过纸帘，再由后向前斜向浸入槽内，令右上角方向进入浆液，再由右向左下角流出。如此左右倾斜浸浆，目的在于使纸

---

① 孙发成：《传统工艺传承中的"技艺黑箱"》，《中国社会科学报》2017年6月26日，第6版。
② 2017年8月2日本文作者访谈北京彩绘京剧脸谱传承人时，传承师傅所讲。

在帘子里分布均匀。①

这个核心技艺并不对观众保密,但不是看看文字或者只要能实际操作就可以掌握的。

抄捞成纸是造纸过程中最艺术最神奇的一环,也是最为关键的一道工序,"过去,纸工拜师学艺,主要学的就是抄纸的技术,一般学习三年才能出师"。②

之所以能向公众公开,其实就因为它不容易掌握,对于很多人来说,不是师傅几句话就能教会的。但对于领悟力强的人来说,则有可能通过观摩和实践就掌握这项技艺,当然,师傅不失时机地准确"点拨"更有利于他们快速掌握技艺要领。

笔者曾认真观察了几位工艺师傅如何向学生们传授技艺,明显能感觉到师傅"点拨"和徒弟"悟性"之间的微妙关系。很多时候不是师傅不愿意传授核心技艺,而是师傅是否恰当的指导方法以及徒弟能否领悟其中的奥妙成为徒弟能否学成的关键。彩绘京剧脸谱传承人佟师傅对学员的指导过程让人明显感觉到,决定脸谱绘制水平高下的核心技艺就藏在造型的细节之中。曲线如何才能显出"劲道",颜面如何才能显得耐看,眼瓦如何表现才能传神,等等,具体到一根线的粗细,一块颜色的面积大小,一根边缘线的走向都会影响到最终效果,能否将这些细节做到"传神",就是彩绘京剧脸谱的核心技艺。师傅边讲述边示范,不能说不尽心,更谈不上有所保留。但从学员的作品中仍能看出来不同学员掌握的程度有显著差异。京派内画鼻烟壶传承人杨师傅在教授学生内画的过程中,除了传授基本的绘画技法,会用大量时间跟学员交流如何鉴赏内画的心得体会,甚至讨论如何鉴赏艺术品和如何做才算得上"艺术地生活"等问题。北京砖雕传承人张师傅会因为几个学员采用复印的方式而没有按他的要求徒手绘制样稿,气得饭都吃不下。北京宫灯传承人翟师傅对学员非常宽容,但学员制作的

---

① 谢亚平:《四川夹江造纸技艺可持续发展研究》,博士学位论文,中国艺术研究院,2012,第60页。
② 谢亚平:《四川夹江造纸技艺可持续发展研究》,博士学位论文,中国艺术研究院,2012,第60页。

很多宫灯部件他都不声不响地一件件亲自"修形"给学员们看。

很多工艺师傅都曾跟我表露出比较一致的观念：并不是每个跟他们学习过的人都能成为他们的徒弟。为什么？因为不是每个人都能真正掌握这项技艺。在手工艺传承过程中每个徒弟的掌握，离不开手上的练习，但更重要的依然是徒弟的领悟力。

"技艺黑箱"之喻的另外一层含义，就是即使师傅愿意传承核心技艺，徒弟也不一定就准确掌握了解密"技艺黑箱"的方法。一个好的师傅要传授核心技艺，不是简单地告诉徒弟应该如何按部就班地完成每一道制作工艺技艺，而是根据徒弟自身特点，注重对徒弟悟性的培养，或者更直接一些，注重培养徒弟对核心工艺环节的感受。这些师傅可能会把工序中涉及核心技艺的部分变成一些基本训练，然后通过这些基础性的训练让徒弟的感受力得以提升。京派内画鼻烟壶的杨师傅跟学员探讨"如何才算艺术地生活"、如何鉴别古董书画的赝品和真品；彩绘京剧脸谱佟师傅反复在多种材料上示范和讲解眼瓦上一条曲线的画法、造成的感受差异，砖雕张师傅不让学员复印而坚持让他们手绘砖雕样稿，宫灯翟师傅亲自"修形"给学员看，都不是简单向学生传授技艺，而是围绕核心技艺锻炼学生的感受力；有些传统木匠师傅会让刚入门的徒弟反复磨制工具和凿孔，看似没做什么有用的物件，实际上也是希望徒弟能感悟到木工制作中"分毫不差"的核心技艺艺术美特性。这种带徒过程中经常用来锻炼徒弟感受力的方法常被工艺师傅称作"磨性子"，磨好了就是悟到了核心技艺中的艺术性，磨不成功，就很难掌握该核心技艺。也就是说，师傅即使掌握了如何传授核心技艺的方法，仍然不能决定徒弟是否能真正理解和接受核心技艺。

（二）师徒传承中徒弟的"悟性"

因为核心技艺的艺术性特点，使得徒弟能掌握核心技艺，不仅仅是师傅教的结果，更是徒弟自己悟的结果。据彩绘京剧脸谱传承人佟老师回忆，她当年在工厂跟师傅学彩绘京剧脸谱技艺的时候，自己和师傅在厂里的本职工作都不是这个项目。师徒二人都是因为感兴趣才做这件事，完全是业余时间学习和制作，佟老师根本没想到将来会专门从事这项技艺，更没想到自己会成为师傅的唯一传人。但师傅临终前不仅把自己祖传的脸谱图册传给了她，还特意留下了一个证明文书，证实佟老师是自己的真传弟子①。老师傅为啥这么做？很可能就是发现佟老师在学习过程中已经掌握了绘制脸谱的核心技艺，能够将该工艺传承下去。相反，为什么有些徒弟跟着师傅多年，却仍然得不到师傅的真传？可能不是师傅刻意不教，而是徒弟领悟不到核心技艺，师傅也没法认可这个得不到真传的徒弟。

现实中能看到很多传承人的学艺过程并不是师傅主动教的结果，而是自己主动学（甚至是偷学）的结果。相当多的手工艺人学习、从事多年的工艺制作，最终也没有制作出什么精品，无法成为该技艺的真正传人，而有些手工艺人，只是跟几位师傅"非正式学习"了一段时间，却能做出令业内认可的优秀作品，原因何在？纯粹的技术问题不难解决，作品艺术性产生的力量超越技术产生的力量才能感动受众，而作品的艺术性高低与作者的悟性高低紧密关联。

手工艺如此，艺术如此，其他事项又何尝不是呢？在《个人知识》这本著作中，波兰尼分析了医生通过解剖图、器官结构图来了解骨骼肌肉，以及类似于用地图表现地球表面构成这样的帮助人们理解聚合体的方式告诉我们，图表和演示"只能给人们提供理解它的线索，但理解本身却必须通过艰难的个人领悟行为才能获得，而个人领悟行为的结果则必定是不可言述的"。②强调个人领悟的重要性，并认为个人领悟的结果是"不可言述的"，就意味着工艺中最核心、最值得注意的技艺（在波兰尼那里都算作知识的范畴），往往是一般人"学不来的"，如果人人都能够学到，都能领悟，都会仿造，"核心"就不再神奇，也就无法成为"核心技艺"了。

反过来，我们不妨推断，每位掌握核心技艺的师傅，以及每项工艺的缔造者，也应该是非常有悟性的。该工艺的核心技艺可能是缔造者的创造，也可能积累了历代传承师傅的创造，是精华，不仅仅包含可以直接传授的技术，更包含技术的升华——艺术。而该工艺的缔造者和传承者，就是那个能将技术升华为艺术的人。

---

① 2017年8月2日本文作者访谈北京彩绘京剧脸谱传承人时，传承师傅所讲。
② 〔英〕迈克尔·波兰尼：《个人知识》，徐陶译，上海人民出版社，2017，第103页。

三 徒弟与核心技艺的传承

(一) 作为传承者的关键素养

首先，要能够抓住师傅语言、示范行为的核心。技艺的传承过程，很多环节无法做到标准化传授，核心技艺因为其难以言说的特性更不可能用标准化的语言和示范传授给徒弟，所以师傅的传艺过程其实是围绕核心技艺"旁敲侧击"进行的，师傅的"旁敲侧击"是否能敲击到关键点自然重要，徒弟能否抓住师傅语言、示范行为的核心，也就是核心技艺的本质，对于徒弟能否掌握核心技艺同样关键。为了充分领会师傅语言、示范行为的核心，波兰尼强调应该"毫无批判"地向师傅学习。

通过范例来学习就是服从权威。你服从师傅是因为你信任师傅的行为方式，尽管你无法详细分析和解释该行为的有效性。在师傅的示范下通过观察和模仿，徒弟会在不知不觉中学会那种技艺的规则，包括那些连师傅本人也不是很明白的规则。一个人要想吸收这些隐藏的规则，就只能完全信服地去模仿另一个人[1]。

波兰尼"毫无批判"地向师傅学习的观点看似与近现代以来被尊崇的一般教育原则不符，所以招致不少批评。但本文认为，波兰尼的此段表述意在强调徒弟在未能充分了解技艺的各种细节之前，必须对师傅充分信任。在信任的基础上徒弟才有可能全身心地观察和学习，才能"听得进去"师傅的话，才能"看得清楚"师傅的示范，才有可能在不知不觉的状态下学会那些难以言说的技艺。如果一开始没有对师傅的信任，或者缺乏对技艺的"虔诚"态度，是难以学会核心技艺的。

其次，要能够体会到比技巧更深一层的"艺术"。有关工艺传承的地方性传说中有不少徒弟没有领会核心技艺的"艺术性"而导致不良效果的反例。在义乌、东阳、金华、汤溪、兰溪等地的工艺传说类型中，"徒弟施师傅的法术，而得到的却是相反的效果"[2]，这里所说的法术，其实可能是

---

[1] 〔英〕迈克尔·波兰尼：《个人知识》，徐陶译，上海人民出版社，2017，第54页。
[2] 〔德〕艾伯华：《中国民间故事类型》，王燕生、周祖生译，商务印书馆，2017，第156页。

"神化"了的工艺手段。徒弟既然敢于用"师傅的法术",说明徒弟也不是任意胡来,至少他认为自己所用的法术来自师傅。但又显而易见,"师傅的法术"不那么简单,其中有更深一层的诀窍、秘密。徒弟掌握了"师傅的法术",却没有掌握其中的"秘密"和"诀窍",也就是核心技艺的本质,问题出在何处?极有可能就在于这里的"秘密"和"诀窍"其实是比技巧本身更复杂,更需要"悟"的"艺术",徒弟掌握了一般技巧,却没有领会其中的"艺术",所以不得要领。徒弟如果要成为技艺的传承者,必须体会到"师傅的法术"中的"艺术"成分,才有可能正确运用该项技艺,如果做不到这一点,徒弟自然无法传承师傅的技艺。

最后,必须对师傅的技能技巧"有所发展"。"学我者生,似我者死"①,"你将来靠什么超过我?"②这类话语可以说是师傅给徒弟最为中肯的忠告了。因为徒弟的学习如果只能达到对师傅的模仿而不能有所突破,极有可能只是"形似"而非"神似"。或者即使达到了某种程度的神似而不能有所发展,也完全可能因为时代的发展而显得"不合时宜",最后被徒弟自己所处的时代淘汰,所以在技艺传承过程中,将师傅的技艺加以发展以适应新时代是非常必要的。尽管有些师傅在教授技艺的过程中严格要求徒弟按部就班,但到了后期还是希望徒弟有所发展。没有发展师傅技艺的徒弟,很难真正传承技艺,也不符合师傅带徒的初衷。"徒弟到了能自由想样子的时候,就差不多学会(技艺)了。"③——北京宫灯传承人翟玉良师傅如是说。

(二) 徒弟与师傅的关系格局

在师徒关系格局中,师傅占据优势地位,有悟性的徒弟往往能对师傅的个人利益有所助益④,但这样的徒弟又未必愿意长期处于帮助师傅而不自立门户的位置,从而与师傅的愿望相违背。利益问题而导致师徒不合的情

---

① 《学我者生,似我者死》,《北京社会科学》1986 年第 4 期。
② 2018 年 9 月 13 日,北京雕漆工艺美术大师已经出师的弟子马宁在给学生讲述雕漆文化和自己的从艺经历时提及师傅曾经的教导话语。
③ 2017 年 8 月 5 日本文作者对北京宫灯传承人翟玉良师傅的访谈。
④ 韩翼、周洁、孙习习、杨百寅:《师徒关系结构、作用机制及其效应》,《管理评论》2013 年第 7 期。

形可能是师傅辈的人发出"教会徒弟饿死师傅"感叹的起因。但是，如果发生徒弟的作品更受消费者欢迎这样的情形不能简单归罪于徒弟，更不能归因于是核心技艺传授给了徒弟。如果徒弟仅仅是学会了师傅的技艺而没有超越师傅，绝不至于会令师傅"没有饭吃"。其实质通常是徒弟的能力已经超越了师傅，或者徒弟发展了技艺，更符合时代的需要。否则，客户怎么会不愿意购买师傅的作品或服务？一位北京雕漆国家级工艺美术大师在他的徒弟出师时给徒弟提出问题："我的作品总是在展厅的中央，你如何能让自己的作品也摆到中央来？如果摆不到中央位置，你怎么能超过我？"[①]能给自己的得意门生提出此类问题的师傅完全可以称得上是不存私心的好师傅，他可以想方设法向徒弟传授自己所掌握的核心技艺，但他无法直接教给徒弟如何超越自己的方法，因为很可能师傅也不知道徒弟如何做才能超越自己，这需要徒弟本人去创造、去悟。徒弟靠什么超越师傅？除了年轻，精力和体力条件优越一些之外，更重要的，就是徒弟个人的悟性。有悟性的徒弟，很容易领会师傅的口传心授，也有更多的可能性拓展核心技艺。我们不鼓励徒弟抢师傅的饭碗，但如果徒弟总是不能超越师傅，工艺如何能传承和发扬？

（三）资助和找寻悟性好的徒弟

既然徒弟的悟性对核心工艺传承如此重要，创造条件吸引悟性好、有潜质的年轻人加入徒弟行列就不失为良好策略，但某个领域学徒的多寡和优劣通常与预期的回报有关，如果某项工艺到了只有真正喜爱的人才愿意学的地步，该技艺也离濒危不远了。现在的通常做法是，资助那些濒危技艺项目大师们的传承活动，鼓励他们带徒传艺，但仅仅师傅愿意教，如果没有徒弟死心塌地愿意学，传承状况仍然难以改善。或者即使有几个徒弟愿意学，却缺少悟性，师傅费尽心力也不能让他们领会核心技艺，到头来师傅恐怕也不太愿意承认这是自己的真传徒弟。

怎么办？资助徒弟（含学员、爱好者等）应该成为一种策略。即使暂时

[①] 2018年9月13日，北京雕漆工艺美术大师已经出师的弟子马宁在给学生讲述雕漆文化和自己的从艺经历时所说。

看不到该工艺技艺的美好未来，至少让他们感觉到学这项技艺是被重视、有价值的。资助学员和一般爱好者，首先可以鼓励更多的人加入学习工艺技艺的行列，有了较多的学员之后，才更有可能发现悟性好的徒弟——真正能悟到核心技艺，成为技艺的下一代传承人。现行各级政策措施中资助师傅的情况已经非常普遍，资助徒弟的情形仍然非常少，而在正规的学校教育体系中，比如在各类高校中设立奖、助学金制度已经非常成熟。非遗传承人或者工艺师傅的培养过程中，资助徒弟，让他们能静心学习非常重要，尤其是让那些有潜力、有悟性者被发现和得到资助，不失为有利于传统工艺顺利传承的有效策略。

师傅不教怎么办？本文当然不是要建议取消对师傅的资助而转向资助徒弟，而是认为在传承过程中，师傅的教和徒弟的学同样重要，理应都得到相应资助而不应偏颇。而且，师傅愿不愿意传艺，跟资助师傅或资助徒弟并非直接对应的关系。或者说，现实中对某些师傅的不当资助可能反而让师傅珍视自己的技艺而不愿传授。资助徒弟并以徒弟对技艺的掌握程度作为资助效益的评价指标，促使师傅和徒弟都愿意积极投身于该技艺的传承过程，会使鼓励师傅传承技艺有了目标对象并且容易落到实处。从师傅的角度而言，并没有多少师傅甘愿祖师爷或者自己创立的独特技艺消失在自己手中，德艺双馨的传统工艺大师都愿意自己的技艺发扬光大。对于很多工艺师傅来说，没有传人就如同没有儿女，没人愿意学才是师傅真正的无奈。没人学，或者找不到理想的徒弟，师傅只能"不传"，连可供选择的其他途径都没有；有人愿意学，尤其是有悟性的徒弟愿意学，师傅往往被触动，也更愿意教，技艺传承就水到渠成。

四　结语

传统工艺核心技艺的本质在于其难以言传的艺术性，在传统工艺技艺的传承保护过程中，师傅传授至关重要，是核心技艺的源头，但也要特别关注到徒弟的悟性对核心技艺传承的重要影响，传统上我们对师傅的作用关注较多而往往将徒弟置于被动位置。将着眼点从师傅转向徒弟，将资助对象从仅仅关注师傅转向师傅和徒弟并重，明确徒弟在传承过程中的重要性，能让我们意识到未来人才培养的根本问题不仅仅在于作为师傅辈的长者的传授过程，而在于作为徒弟辈的未来一代是否有很强的领悟力。那么，在面向未来的教育体系中，注重孩子们领悟力的培养理应得到重视。

传统工艺传承的关键问题之一是未来人才的培养问题。培养下一代的领悟力，成为传统工艺传承的关键。师傅不应只关注技术本身的传授，还要用各种方式提升徒弟的艺术感受力。没有感受力好、领悟力强的未来人才，核心技艺难以传承。有了领悟力强的徒弟，师傅的核心技艺不仅容易被传承，也可能被创造和得到新的发展。并且，本文虽然主要围绕传统工艺和非遗技艺展开讨论，但现代科技的核心技术，也不是标准化的、很容易被传授的技术，而是同样存在不可言述的艺术因素，要掌握这类核心技术，也需要领悟力强的未来一代传承人。

［原载《文化遗产》2019 年第 2 期，第 8～16 页。］

从传承模式谈传统手工艺保护机制的建立

臧小戈　中国政法大学人文学院

传统手工艺所代表的造物行为曾与人类生活息息相关,在漫长的历史岁月中依靠手、技艺与物的因素,进行着文化的传递,因其活态性质,在数千年的发展中与文化共同凝结成了一种坚不可摧的秩序。在人类文明史上,能够称得上文明秩序的大致包括三种形态,即宗教文明秩序、道德文明秩序与法律文明秩序[①]。实际,传统手工艺作为宗教与道德文明秩序的重要活态产物之一,在今日所要面对的是工业社会语境下的法律文明秩序所带来的一系列问题。

目前,传统手工艺中的大部分门类被视作非物质文化遗产的研究对象。从其与当下社会发生的关系看,分为实用和审美两大功能,包含了刺绣、陶瓷、印染、剪纸、泥塑、彩塑、木雕、石雕、雕漆、玉雕、风筝、皮影,等等。传统手工艺作为传统工艺门类中的重要分支,被划分到传统美术与传承技艺两大项目中。从实用性角度看,世界知识产权组织将实用艺术品(works of applied art)定义为:"具有实际用途的艺术作品,无论这种作品是手工艺品还是工业生产的产品。"作为工业社会里的手工技艺型传统文化载体,传统手工艺显然具备了以上多重特征。在高校教育与学科研究中,传统手工艺被归为工艺美术专业。然而,工艺美术一词却在中国的近现代美术发展史中,与艺术设计等常常交错、重叠。无论从何种角度,传统手工艺的再提及,如同杭间在"'工艺美术'在中国的五次误读"一文中所述:"实际上,'工艺美术'的每一次名词使用所产生的问题,从来都不是'正

---

① 王建芹:《法治的语境:西方法文明的内生机制与文化传承》,中国政法大学出版社,2017,第115页。

名'的问题,而是在百年中国社会发展中有关传统生活文化面对西方社会制度和科技发展背景下,试图找到自身的不足和重建价值的过程①。"今日,从传承模式出发所探讨的保护机制,也是旨在以一个完善的机制体系,重构传统手工艺在当代社会无论是知识体系还是发展体系的社会价值。

中国传统手工艺属习得性技艺,与日常生活紧密联系并且在悠久的历史发展中,最能够代表中国经典思想的核心。中国人传统理念中的"男耕女织""男主外、女主内""劳心者治人,劳力者治于人"的观念也植根于此。先秦时期的工艺名著《考工记》中将中国古代工艺造物思想总结为"天有时,地有气,工有巧,材有美,合此四者然后可以为良",这不仅是对工艺、天、地、工、材的总结,也包含了中国文化思维在造物技术上的显现。柳宗悦曾为手工艺的延续给出了理论上的理由:"工具时代的过去,不等于手工失去了价值。如同科学时代的到来 使宗教时代成为过去。无论科学多么进步,都不会改变信仰的意义。越是在科学时代,就越会要求信仰。手工的价值不会改变。今后对手工的要求将会因觉悟程度不同而出现反复。"②柳宗悦所谈到的觉悟,向上追溯依赖家族、师徒间安身立命的信仰,是一种内在约束;向外扩散依赖当代社会运行角度的保护机制,是一种外部约束。而今内部约束的日渐式微,导致外部约束的尺度也随之放松。事实上,外部约束更能有效解决传统手工艺在当代传承中因觉悟的反复而产生的矛盾与问题。既然机制能够为传统手工艺的发展起到有效的保护,那么现在我们则需要回到传承模式本身,从文化的自然生态中找到目前所面临的问题症结。

一 传统手工艺在当代主要传承模式

我国 2011 年 6 月 1 日起施行的《中华人民共和国非物质文化遗产保护法》,总则第一章第二条:"本法所称非物质文化遗产,是指各族人民世代相传并视为其文化遗产组成部分的各种传统文化表现形式,以及与传统文化

---

① 杭间:《"工艺美术"在中国的五次误读》,《文艺研究》2014 年第 6 期,第 114 页。
② 徐艺乙:《中国民俗文物概论:民间物质文化的研究》,上海文化艺术出版社,2007,第 77 页。

表现形式相关的实物和场所。"在这一总则中,明确指出了"世代相传"这一核心。而今,尽管传统手工艺在地域分布、组织构架、技能技巧、表现形式上各有差异,但在传承模式上却有着相同的规律。从总体特征来看,延续下来的传承模式主要有以下两种。

1. 家族传承

家族传承模式是农业社会发展的结果,一度为农业社会提供了有力的促进与补充力量。以家族为核心的传承模式,也是稳固手工艺文化传承、推进技术进步的重要基本社会单位。而今,尽管生活与生产方式因社会的发展而发生了彻底性的改变,但在诸多冷僻技能与偏远地区中,家族传承依然是传承的重要模式。家庭概念脱胎于原始社会的氏族机构,基于两个判断依据,血缘及姻亲。大多数家族传承人关系依存于父子关系、母女关系、婆媳关系、翁婿关系、子孙关系等。而传承规则控制在:传男(女)不传女(男)、传媳(女)不传女(媳)、传内不传外、传本姓不传外姓中。在家族传承模式中的"传女不传男",一方面因传承的手工艺种类更适合女性,另一方面也要付出更大的代价即男方入赘,更为夸张甚至要做到终身不嫁。而今,家庭的概念伴随着空间的扩大而得到了极大的延伸,但基本依据还是延续以上两个方面。其中,血缘是家族的凝聚力的核心,姻亲次之。由此也形成了我们今天所见到的家族式技艺传承的有所区别,皆因直系与旁系在传承中所学习的略微差别,这种差别会随着时间推移,在几代人之后逐渐扩大。对于手艺家族而言,传统手工艺的"独门秘籍"是他们生产的根本,这也是为何今日我们所面对的传统手工艺,仍以"生命立本"为第一要务的文化根源。以血缘和姻亲建立起来的家族传承,建立了一个稳固的伦理道德规范和思想意识,而今也依然依靠这样的底层铺垫。他们通过家族内部进行协调分工,把手工技艺细化为不同环节,既起到了对内保证家族兴旺发展,也有对外协调家族和社会关系的功能。

2. 师徒传承

师徒相承是传统手工艺除家族传承之外另一种更为常见的方式,这种方式广泛地存在于当代中国社会。大师工作室制度、传统手工艺国营厂、私营企业、区域性技艺传承等,基本是以师徒传承为核心。它是血缘、姻亲传承体系外的主要社会传承模式，常与血缘、姻亲关系相交织。与家族传承相同，师徒相承也是农业社会遗留下的重要传承模式。尽管延续自古代社会，但师徒一词在当代手工艺传承体系中，依然带有强烈的家长制色彩，师傅即是老师，也充当父母辈角色，所谓"一日为师，终身为父"，体现出师傅的权威与地位。与有赖于古代社会的父权制不同，当代社会在没有明确师徒间权利、义务范围时，依然要靠伦理道德来维系师徒间的关系，带有强烈的敬畏色彩。如果师徒间情感深厚则更有利于传统手工艺的继承、发扬，他们在长期接触过程中也更加相互信任，师傅会也从徒弟自身特点因材施教。在传播手段有限的年代，传统手工艺文化也正是以这样一种活态方式进行。传统手工艺要求技艺学习具有一定周期性，徒弟自年幼就要送进师傅家，通过日常与师傅的生活过程中学习技能，也学习包括品行、文化、为人等在内的多方面行为，师傅会在教授技艺的同时不断地考量弟子。

新中国成立初期，我国为快速恢复经济发展，完成手工艺品出口创汇任务，曾成立了一大批具有各地方特色的传统手工艺生产国有企业。这些国有企业将散落在民间的手艺人请进工厂，请他们收徒授艺。这种方式稳定了师徒传承模式，并且今日延续下来的传统手工艺也大多得益于国营厂当时的师徒传承。当代社会演变为通过实践来淘汰的方式，适合学习的成为"大师傅"，而不适合的则逐渐淘汰为从事基础性工作的"小工"，这一过程往往耗时数年甚至数十年。"大师傅"技术熟练后，就是学徒期满之际，徒弟们会脱离师傅自立门户。学徒时间也因个体对技术的期望值不同而长短不一，最终技术会逐渐向社会扩散，并不单纯地控制在某一氏族或师傅门下。一直以活态方式进行传承的传统手工艺，师徒间最为重要的是"口传心授""言传身教""心领神会"，很多情况下徒弟不能过多打扰师傅，当师傅沉浸于制作的某一环节时，徒弟要在旁默默地观望，并要具备"眼力见儿"，充当得力助手。师徒间这种微妙关系，也把师徒传承中人的因素放置于首位，由此也产生了如利益分配等现实性问题。对于以技术为主体的手工艺而言，师徒传承模式在选择传承人方面尺度较为宽泛，不限于家族成员，所以在当代大城市或发达地区较为常见。其重要的优势之一在于加大了学习者的基数,能够通过自然淘汰筛选出适宜的艺徒。手工艺的技术特征决定了学习者需要具备"意会性"学习天资,师傅可以按照技艺特征设置一些收徒规则,徒弟往往是那些经过全方面"口传""心授"考验的佼佼者。

二 当代传承模式中的突出问题

1. "创作"与"生产"的诉求冲突

无论是家族还是师徒传承,具有一个共同特征,即手工艺作品的产出,往往不是由单一的个体完成,而是在传承环节把技能细分为各个部分,单一个体在未"出徒"前,只是掌握部分环节或流程。目前,我国的当代手工艺的造物行为更多被形容为"生产",那些生产中的佼佼者和地区也被定义为产区。这也就带来了传统手工艺与当代文化需求间的第一个突出问题:传统手工艺被定义为创作还是生产,最终完成品应称其为个人或某几个人的作品还是集体产出的产品。"创作"与"生产"的诉求冲突,实际也显示出社会成员在文化观念、审美理念与以人为本的进步。对于一个人,原可能作一"物"看到,同时亦可能作一"人"看到,当我照顾到他的感情意志之时,便是以人看待;不顾他的感情意志如何,只作一物来利用,或者视为一障碍而排斥之,便是以物来看待①。当代社会对传统手工艺以"物"为标识概念,转变为以"人"为标识的转变,这种转变使传统手工艺,不再局限于手工艺"生产"范畴,开始出现部分脱离原有传承模式中泛群体的概念。这种变化一方面源自现有传承模式中对个体审美体验的重视,另一方面则是基于原有传承模式,在传承人及技艺习得方面的不同层级需求。从创作者来看,也得到了更多的尊重。

传统手工艺技艺持有者,对于技艺传承的方式依赖于由人开始的链条式关系中。当代家族与师徒两大传承模式中,从业者也依然要承担所产出作品的社会责任。与古代相同,在作品上进行符号标注,代表了所标注部分的质量保证。传统手工艺的符号标注与书画作品的署名不同,其主要作

---

① 梁漱溟:《中国文化要义》,上海人民出版社,2011,第 247 页。

用在于追究责任人,是责任的显现。家族与师徒传统模式中,这些特殊符号体现出传承人逐层逐级分工的方式,其优势显而易见的是可以进行流水式生产,但缺少了署名的手工艺品却只能称为"产品",不同于具有个人署名标识的书画的"作品"。此外,从个性化审美诉求看,国家级工艺美术大师的作品才能称为"创作",他们的作品技术纯熟,不仅代表了同时代、同地区的手工艺风貌,更是在此基础上建立起独立的审美品格。回到传承模式当中,手工艺的传承实际上源于日常生活的共识,通过家族、师徒传承延续着源自工艺思想的中国造物传统审美观念的"创作",与书画的创作源自不同的社会发展历史背景。向上追溯《周礼·大司徒》中记载:"以世事教能,则民不失职",所谓的世事就是职业世袭化,今日我们理解为传承模式。《荀子儒效》中有记载:"工匠之子,莫不继事。"《周礼·冬宫·考工记·第六》中也有:"知者创物,巧者述之,守之世,谓之工"之记载。基于以上缘起,当代传统手工艺中大师级的创作作品,其署名的意义与书画作品的署名本质上含义也不尽相同,二者的重要区别在于,书画作品书名是对艺术家和个人艺术创作的记录、标识;传统手工艺更多体现"职业化""世袭化"的特征,技术能力掌握在少数人手中,尽管非一人所完成,但署名者掌握着技术的核心,加之出于对小团体利益的追求,大师级作品中依然有个人独创与区域创作的重要区别,"创作"与"生产"二者在原创价值、可复制性、批量性上有着不同。

虽然目前主流模式依然为前文所述的家族传承与师徒传承,但是我们需要面对一个重要变化,即身处于当代社会这一前提,人们赖以生存的生活基础发生了彻底的改变,并不是全部持有手工技艺的家庭成员都要从事传统手工艺行业,"手艺"不再是赖以生存的基础,按照"仓廪实而知礼仪"的观念,家庭与社会成员中能够延续学习传统手工艺的以个体感兴趣者占主体。"创作"与"生产"的区别,也说明传统手工艺传承模式中,出现了个体的代表性传承与区域的群体性传承的重要分化。这一分化有利于传承中主观上具有学习兴趣、承袭意愿强烈的学习者变为主体,客观上由于社会的保护力度与经济效益的提升,家族、师徒传承人的生存质量得到了极大的提高。经济能力、社会地位与文化品格的提升,逐渐促进了传统手工艺"创作"的发生发展。

2. 活态传承模式下权利保障的缺失

近代，随着工业化的兴起，传统手工艺加之于造物的活态价值也日益显现出来，但是作为物质与精神的双重载体，传统手工艺人们的活态化技艺也正面临着权利保障的严重缺失。农业社会传统手工艺一度受限于地缘、交通、信息等因素，形成了自身独特的密闭性传承机制。但是当代这一切发生了重大的转变，甚至足不出户就可以迅速地通过手机、电脑、电视媒体等快速传播手段获取所需信息，技艺存在的分量正在逐渐衰弱，活态传承也不再是技能习得的重要壁垒，甚至可以通过视频重复观看成百数千次。"文化的延续光通过物质化的形式是不行的，也是不够的。如果没有理解和懂得使用这些物质载体的人，那么这些物质就成为死物，既无认识的价值，也无使用的价值。历史遗留下来的文化就失去了光泽，也失去了生命①。"这种由传播方式改变带来的权利保障缺失，应该如何解决？作为实用功能为主体的实用性门类，传统手工艺如何对以家族、师徒传承的"口传""心授""言传""意会"为主的活态传承进行知识产权保护？

沿袭自农业社会的家族与师徒传承，传承人与传承规则使传统手工艺的技艺形成了相对封闭的保护方式，以"养家糊口"为前提，传承人之间的关系更为紧密。然而，当代社会传统手工艺脱离"安身立命"这一重要前提后，手工艺技能持有者对待署名权、原创权、专利权等权限未能及时予以关注，直到产生经济纠纷、传承冲突等现实性问题时，社会及手工艺持有者才意识到这方面出现了不容忽视的问题等。2010年6月，《中华人民共和国非物质文化遗产法》的出台，与以往强调以物为标识的保护不同，非遗保护加入了人员、场所、实物等新的保护内容与《中华人民共和国物权法》共同构成新的交叉保护层面。活态保护是未来非物质文化遗产研究的重要内容，从传承模式看，既要保证传承性活态传承，又要按照文化生态发生规律，尊重手工艺文化的开放与多元化，这是当今立法保护的重点与难点。可以肯定并明确的是今天所谈论的保护机制，是在尊重传统手工

---

① 叶澜：《教育概论》，人民教育出版社，1991，第173页。

艺文化前提下，对人的主体因素最为尊重的保护机制之一。

活态传承模式具有鲜明的中国特色，并在长期的历史发展中展现出由部分到群体、由社区到区域，最后上升到民族认同的共有性质。从法律角度看，现行知识产权制度是在以西方法学观念为核心的价值体系中运行。手工艺生产尽管需要通过协作的方式才能得以完成，但其属性上却最终归为共有。而中国传统手工艺的活态传承体系，既有家族与师徒内部私密性技能技巧资源，也包括了区域文化资源的共生文化，综合了时间跨度、参与群体、技能演变等多种因素，甚至单一作品的完成，也包括了活态技艺传承性习得与承袭者自我技巧展现的不同区别。今天，科技使很多工艺技巧变得更为开放，市场经济行为也使以往封闭式的保护方式逐渐示弱，加之年轻人根据经济利益有选择性学习。在保护过程中一方面要面对诸多独门秘籍的概念逐步消失；另一方面，过度保护使很多传统手工技艺濒临灭绝，这些给手工艺的传承发展带来巨大的潜在风险。在当前市场经济环境下，家族与师傅教授给徒弟的知识应受到知识产权保护法的保护，具有生产性质的传统手工艺产品中符合专利法的个人专利申请也应得到尊重。

3. 技艺权威性与资源分配的过度集中

从前文陈述中可见，我们应慎重对待现有传承模式中，尤其是传承人在技艺持有中的权利保障问题。慎重体现在两个方面，充分的权利保障能够使传统手工艺传承得到有序发展；垄断式的师徒制、家长制则会给传统手工艺造成毁灭性打击。这一问题不仅涉及民族文化传承与保护，更是对世界范围内优秀手工艺文明的保护。这些年工艺美术行业一直在试图解决这样的难题，无论是新技术的引入，还是新材料的大胆尝试；无论是师傅带徒模式的回归，还是建立大师工作室。事实上都在做着各种努力，期望的是鱼和熊掌可以兼得，但现实情况依然是促进创新与权威性过度保护的矛盾。

通过分析，可以窥见传承人是多元化的，家族、师徒传承模式常与以家庭或某共同生活区域为单位，有形式统一的作坊，有家族内部成员。现今社会的重要区别在于外部脱离了农业社会环境，信息咨询的日益发达，使家族、师徒传承人在内心认同上很难唤起强烈的手工艺学习动力与保密角度的道德约束。现有传统模式是基于以家长或师傅的意志作为重要依据的分配模式,未能给予一个个体在技术资源与物质利益方面足够的平等。只有当个人被看作平等时,他们的自由平等的特点才反映了私法独特的道德立场①。未被平等看待的个体也很难坚持数年甚至数十年的学习动力。从传授过程看,没有一个稳定的人才培养机制,也容易造成传授者有所保留的传习,学习者缺乏系统化的学习。此外,家族、师徒传承模式对于整个家族在时间与空间分配上要求较高。尽管参与者大多为稳固群体,但是手工方式的产业化结构较弱,空间上也要求参与者近距离参与。传统手工艺的创作多在家里、作坊的内部空间进行,形成了主导者和学习者之间权威性与利益分配的冲突。从现有家族作坊、大师工作室等半开放性空间看,当代社会的传统手工艺在传承人主体确认上多有重复,包括国家扶持资金、项目的投入,过多地集中于某一部分人或群体。

三 保护与应对机制

传统手工艺是中国造物文化的重要载体,象征东方文化的智慧。联结手工艺发展的内在结构是它延续至今的传承模式。在以家族、师徒为主的传统模式中,我们体悟到了从原始社会发展至今,手工艺在人员、物质及技术上的发展与流变。结合当代社会文化需求等问题思考之后,我们希望通过保护与应对机制的建立,翔实传统手工艺的发展历史,明晰学科边界,清楚作为一种造物文化载体的手工艺在当今中国文化领域占据什么样的位置。传承机制等一系列问题的研究,不仅意味着在过去漫长岁月中传统手工艺的经历,也意味着未来社会发展中它自身的传承生态。建立相应的保护机制,才能使传统手工艺在当代中国得以发展,在世界范围内占据一席之地。在一个国家内,通过国家层面的立法可以保护建成环境和活态文化②。通过中国古典知识体系与世界文化思想体系的比较可以看出,几乎所有国家的"古典思想"都以建立内心秩序为主,中国被称作"道德",而欧洲是基督信仰,印度是佛教信仰;而当代思想的价值和贡献则主要体现在

---

① 资琳:《契约制度的正当性论证》,中国政法大学出版社,2009,第59页。
② 〔美〕蒂莫西:《文化遗产与旅游》,孙业红译,中国旅游出版社,2014,第127页。

外在的制度建设上,是一种"契约精神",是一种外在的约束。美国在精神层面始终由新教精神作为支撑;日本同样如此,在高速发展的当代科技的同时,内心深处保留了完整的民族精神。中国当下所缺失的,正是这样的约束为前提的思维,保护机制可以从外在手段予以约束与保护,同时,良性有效的保护机制也能够帮助传统手工艺行业建立起内心道德秩序。

1. 梳理代表性传承与群体性传承

个体或小团体创造性手工艺作品与群体性传统手工艺生产习俗间有着极大的不同。相对于普通的、一般区域性传承而言,我们急需以机制化的方式对代表性传承予以规范化确认。尽管离不开群体性传承的支持,但他们在手工艺的延续中承担着至关重要的作用,是传承中的精神领袖与杰出代表,持有核心技术,在非物质文化遗产申请中占有重要的分量。联合国教科文组织将传承人定义为"在社区中复制、传承、改造、创造和创制某种文化的社区成员,这些成员的上述传承活动得到整个社区的认可。传承人扮演多重角色,他们可以是非物质文化遗产的创造者、实践者,也可以是非物质文化遗产的管理者"。今天中国社会不缺乏传承人与从业者,"景德镇有 12 万陶瓷手艺人,宜兴有 10 万紫砂工匠,苏州镇湖有 8 万绣娘,福建仙游镇有 13 万木匠……"① 当代传承模式中的突出问题里,所述第一个问题为"创作"与"生产"的诉求冲突,尽管此诉求首先来自受众,但是却明确指向了传承人与传承方式的划分。厘清代表性传承与群体性传承,不仅有利于传统手工艺的发展,更将能够细分出适宜文化发展的传统手工艺创作与适合区域性传承惯性的普遍性传承。这之间又涉及地方经济效益的创作、特色性文化品牌的打造、传统手工艺文化传承等一系列问题。

梳理代表性传承与群体性传承,在现有各项手工艺评审中建立各行业代表性传承审美典范与技术参照体系,经过相关评审后的作品,获得具有官方认可的社会声誉,逐渐完善各行业内代表性传承的参照水准。以专项资金扶持方式,鼓励代表性传承的优势发展,各区县等地方政府要着力从旅游、产业构建、文化宣传等角度明确代表性传承"技以载道"的造物核心,

---

① 方李莉:《在中国传统文化基础上走出生态文明之路》,《中国文化报·数字报》2017 年 9 月 22 日。

将"形而下"的造物行为提升到"形而上"的创作高度。从操作层面：

第一，利用现有国家级、省部级工艺美术大师与非物质文化传承人评审平台，从中筛选出更具代表性传承人及其作品；

第二，建立代表性传承资料库，内容包括申请人的代表作品艺术特殊、核心技艺审美特征、传承脉络、技艺持有者个人信息、教育程度、从业时间、经济效益等；

第三，代表性传承需获得受众认可，加入用网络、微信、销售等渠道投票选择权重；

第四，明确代表性传承所传承手工艺的法律权限，包括商标权、后续利益开发权、展示权、传播权等，最大限度地尊重代表性传承人的"创作"；

第五，代表性传承需有完整的师徒传承或家族传承体系与传帮带能力。

1971年修订的《伯尔尼公约》中明确阐明：各成员国有权自主决定对实用艺术作品的保护方式。从传统手工艺活态传承特征看，由人传承传授的知识技能，应受知识产权保护，物化后的手工艺作品则应分类处理。目前，我国从法律层面主要是从知识产权法、著作权法、专利法出发。传统手工艺产品类，应受到专利法保护，（外观，材质等）应用于工业化生产的产品，要以申请专利为主。当然以上两者出现交叉情况，或涉及多次、重复、批量生产等，由专利法相关条款进行调整。与代表性传承不同，群体性传承似乎更具文化现象中后当代的意味。从前，我们说某个文化现象充满光晕，是说它遗世独立，跟整个社会彻底隔绝，有自己的原创性、唯一性和特殊性；形式的有机统一体和艺术创造力是这套论述的基础。不过，后当代文化却是"反光晕"的，不再称颂唯一性，反而以机械、电子、数字等手段，不断复制、散布作品。后当代主义认为，美学不该脱离社会，更否定艺术可以脱离日常生活，自成一套秩序[①]。在确定群体性传承的机制中，要加入更多的贴近生活的标准。群体性传承似乎更适于这个时代大部分人对于手工艺产品化的需求，对于群体性传承，要求则更为宏观，因为

---

① 〔英〕厄里、拉森：《游客的凝视》（第3版），黄宛瑜译，上海人民出版社，2016，第112页。

横亘在现实面前的是大众需要重复性、可复制性的手工艺产品需求，这部分可以纳入生产性保护的产品，要以娱乐、消费的姿态出现，可以推动地方经济、旅游、文化等产业化发展。只要不再单纯依靠技艺创作上的美学标准来打动受众，符合传统区域性手工艺传习特征的，都可以划分为群体性传承。群体是代表的基石，发挥着近似于孵化的作用。

2. 建立当代化手工艺活态传承体系

建立传统手工艺活态传承档案，一方面可以延续以肢体展示、口传心授为技艺传承主体的传统手工艺延续，摒弃了以往传统手工艺以"物"来标识价值的观念。明晰传统手工艺保护中传承人的主体地位，符合当代对保护主体进行群体作者认定的特征；另一方面可以在法律、经济层面明确保护与利益分配的群体、对象，有效解决学科研究、法律保护、机制建立的边界。加强传承人对所传承的手工艺技艺的体系化建设，使他们从专业化角度明确权利保护的内容，清晰传承人对传承活动享有的权益。那些较为成熟的，传承有序的手工艺家族、师徒，及其衍生的企业，知识权益相对清晰。但是对于民间流传的传统手工艺，只有帮助他们建立当代管理意识的手工艺活态传承体系，才能形成完整的传承与保护链条。

建立当代化的手工艺活态传承体系，应涵盖数据库与智库两个重要方面。

第一，建立数据库。传统手工艺在数千年的延续、传承中，形成了海量的肢体语言信息，他们丰富、自然、紧密联系生活。要在现有全国普查与调查基础上，将过程与结果用更科学的方式保存下来。建立以家族、师徒为单位的数据库，应体现出以人物库、传承基地、文献库、图片库、视频库为五大主体。从传授人角度包括：传承口述史、传承脉络溯源、传承展示、传承计划、阶段性成果专利申请、后续传承人培养等；从承袭人角度包括：传承人基本情况档案、传承手工艺名称、技艺要领、技艺展示文献及视频、文化内涵论证。数据库的建立能够有效保证家族技艺保护核心人物间活态知识的合理、合法、有效传递。需注意以文字陈述方式记录，力求介绍完整，是有历史考据与实证考证为佐证的全面记录，以口述史及口述史注释的方式同时完成；对可以进行影响留存的，要进行一线访谈，内容与形式要尊重文化发展生态规律；设计初期即考虑未来完整、全面、系统、面向社会的开放性检索功能。

第二，建立智库。蔡元培先生在《中国伦理学史》中明确指出："先秦惟子墨子颇治科学。"今天，延续自古代的传统手工艺也应借鉴传承模式中对经验和传承的重视。作为专门性公共政策和公共决策服务平台，传统手工艺智库建设，要从搭建平台、提供政策发展建议、生产公共知识、培养专门人才、引导社会舆论出发，规范传统手工艺在信息整理、调查研究、沟通交流、专题培训方面的专业性，指向未来传统手工艺的发展研究。智库建设不局限于传统手工艺传承群体，应包括提供平台的政府、企业，提供人才培育的大学等部门。传统手工艺具有强烈的民艺性质，以往的传承模式中言传意会即是一种高度的知识凝练，而今世界的多元化、复杂化发展对智库建设提出要求。手工艺传承模式实际狭义上与今天的信息革命、知识经济发展存在内在一致性。世界文化也转向了文明、理念、实力的博弈。事实上，传统手工艺作为一门古老的知识体系，我们今天研究它的价值不仅是为了重建传统，更多的是将古人智慧予以提取，指向当下及未来社会发展。中国古代造物史上的先贤墨子，早在数千年前就开始注重科学性知识体系的公共服务功能。他善于思考的是造物原理与造物方法，这是我们今天科学研究范畴的"为什么"和"怎么样"两大范畴问题。

3. 形成稳定的人才培养机制

家族、师徒传承模式近似，脱胎于农业社会的师徒模式沿袭着传承中以"生计"为首的重要观念。文化学者在进行传统手工艺研究时，往往将研究命题提高到形而上的文化高度，此"文化"非"生计"为第一要务。因与手工艺从业者的生活密切关联，我们不能将培养艺徒产生的费用以及艺徒们创造的经济效益等因素避而不谈，因为不论是家庭还是社会成员之间，单一个体的生存独立性是前所未有的，不再是过去农业社会"男主外，女主内"的形式。从我们现有传承模式看，师徒间、家庭成员之间完善培养机制能够将传统手工艺推向产业化模式，促进技艺传承的常态发展，培育以技艺为主体的产业结构。在尊重现有传承模式基础上，进行权威性与利益分配的剥离。当今社会已没有古代各种条件的限制，也不会有族群与师徒帮会实施苛刻的礼仪制度。过去族长、师傅一词的权威性，已大为下降，徒弟在选择的权利上也不断扩大，明确传承的权利义务，也是理性对待培养优秀学徒的重要前提。

形成稳定的培养机制包括三方面：师徒与家族间，政府部门与传统手工艺行业、高校与传统手工艺行业。从整体社会环境看，从事传统手工艺行当的群体文化素质往往不高，不能自觉地建立道德约束，稳定的培养机制从实质上已把道德自觉的因素降低至最低，摒弃了凭"人品"回馈的陋习。适宜当代社会机制的建立，也是由传统手工艺文化特殊性所决定的，如中国自古即有俗语："教会徒弟，饿死师傅。"作为一种活态知识形态，族群与师傅们所教授的手工艺带有强烈的培养意图，是绝对的个体行为向群体化转化的行为。当然，无论是师徒与家族间，政府部门与传统手工艺行业、高校与传统手工艺行业，有效稳定的人才培养机制中，要明确培养双方在权利和经济利益中的分配与保障，包括以下内容。

第一，签订技艺保密协议、有偿（或无偿）教学条款、艺徒道德承诺、创作作品署名权、专利权以及其他师徒间能够促进手艺传承发展且师徒间权利义务对等约定。

第二，尊重与保障艺徒学习过程中，完成独创性作品著作权、专利权，合理分配其创造的经济利益。

第三，保持尊师重道的优良传统，从情理角度，徒弟受师傅各方面的关照与影响都较大，时间跨度甚至从幼年至成年，传授者充当了父母的角色，应予以充分尊重。

高校与政府对传统手工艺文化介入，能够打破技艺权威性与资源分配的过度集中。大师进校园、教师工作室制度的兴起，也说明当代学徒制正在学校与社会之间逐渐找到了新的恰当模式。以师徒传承为依据，由学校和社会共同构成了传授者传授中的师者身份，由学校和社会平台来完成各项分配，一方面借用社会与高校管理平台，另一方面也完善了高校所开设的传统手工艺课程的师资结构，培养复合型人才。培养青年教师团队，辅助新的技术手段，如3D打印、计算机辅助设计等。强化学历培养的专业性、技艺传承的开放性、互补资源的共享性，积极吸引行业专业、技艺传承人的教学相长，以更艺术化的作品打动当代意识形态下的审美需求，创造效益，增加就业。

4. 技艺传承私有化与文化发展多样性并行

保障与发展几乎是所有文明传承中最为重要的两个方面，就传统手工艺而言，只有权益得到保障，才能带来更大的发展空间。家族与师徒为主的传承模式，是人为主体的人、财、物三者关系的共生。除去创作与生产间矛盾，家族、师徒内部成员在权威性与利益分配、活态传承所出现的问题，也凸显保障与发展过程中边界与尺度的不完善。未来传统手工艺应从现有传承模式中，吸取经验，技艺传承私有化包括：把家族、师徒进一步小众化、高端化、专业化，在保障传承人权益基础上，尊重文化发展的自然生态，不能以保护的名义扼杀规律性发展。同时要在考虑中国国情基础上，参照国内外保护机制建立的优秀案例加以参考，明确保护对象。从现有交叉扶持资金中，以活态传承档案为扶持依据，有的放矢地建立保护机制。在大文化理念下建立传统手工艺保护机制，分散原有传承模式中"家长""师傅"在技术、物质分配中的绝对权威，将有利于形成信息化社会的新的传承模式的发生与发展。

在文化发展多样性方面，发挥区域优势，稳固地理位置优势。在综合交通运输、产业集群、区域文化发展等因素后，进一步加深具有技艺传承脉络可追溯的地方手工艺产业。如平遥推光漆器、新绛云雕漆器、燕京风筝、天津泥人张、宜兴紫砂壶、石湾泥塑、莆田玉雕、蜀绣、苏绣、湘绣、粤绣，等等，这些都是传统手工技艺与区域文化优质资源结合的代表性手工艺品种。无论是时间上还是空间上，都与地区文化紧密联系在一起。文化多样性保护实际是大文化保护概念，表现出造物思想对"天、地、人"三者关系的影射，如"天人合一"等观念。尽管局限于家族成员或师徒间的传承模式，对传承者文化素质没有作过多的要求，但是"天、地、人"三者关系，在传统手工艺中的重视程度却丝毫未见削减，甚至是蒙昧时代的重要生产动力。传统手工艺传承模式中的家庭和师徒概念，是强调"安身立命"为第一要务的概念，作为衣食之本、财富之源，对传统手工艺从传承模式角度建立保护机制的同时要尊重多种手工艺形式并存，重振它们的社会道德力，以手工艺文化并行的方式共同促成适宜当代社会传承与发展的传统手工艺审美取向。

四　结语

农业社会的社会结构是家族、师徒传承手工艺的天然保护屏障，长期定居生活于某一区域的家族、师徒从根性上全面接受着族群生活方式、道德观念、利益准则，等等。以家族与师徒为主的传承模式具有极强的社会稳定性，面对生产方式和社会形态的变革，要满足权威性与利益分配上新的社会需求。随着社会的发展，近代社会信息咨询的发达，生存方式的多样化，工业文明的出现等，已改变了传统手工艺传承方式及生存法则，极大地挑战以往家族、师徒传承的稳定性。今天，我们要在尊重传统手工艺发生、发展的文化生态规律上予以引导。如果只是强硬地对某一环节进行改变，只能造成文化生态的毁灭。保护机制的建立要尊重传统活动中以"人"为主体的意志活动。如果脱离保护，我们就会失去曾经顽强、珍贵、温暖的手工艺。传承中对知识技能掌握者的尊重，也代表着拒绝非法资源对家族整体利益的损害。如果不能寻找到问题的根源，并建立有效的保护机制，则传统手工艺的传承、发展将逐渐从当代社会剥离出来并形成良性发展。梳理代表性传承与群体性传承、建立当代化手工艺活态传承体系、形成稳定的人才培养机制以及技艺传承私有化与文化发展多样性并行，代表着从根本上以法律保护手段帮助优秀的传统手工艺家族、师徒们建立技术资源、合理分配经济利益。

［原载《南京艺术学院学报》（美术与设计）2019 年 第 2 期，第 168～174 页。］

运河输送视野下"海上丝绸之路"手工艺传播路径*

徐 宾 苏州大学艺术学院 许大海 山东艺术学院

"丝绸之路"是一个广义概念，包括陆、海两条通道。"海上丝绸之路"中手工艺传播，尤其是以京杭运河为连接的海上线路中，材料、产品和工艺的输入输出包括丝绸、瓷器和其他工艺产品、材料及制作工艺。可以毫不夸张地说，海上丝路中丝绸、瓷器成为华夏手工文明的两张名片，它的影响范围之广、时间跨度之长是世界上其他手工产品不多见的，究其原因，得益于"丝绸之路"手工产品的持续对外输送和贸易。

一 海上工艺输送的序曲——京杭运河输送中的工艺之"流"

作为商品的手工艺产品发展、繁荣离不开材料、工艺、产品输送三个要素，尤其是产品输送决定了某一手工艺的兴衰。传统社会手工产品的材料大多就地取材，因地施作。因此，大多数手工产品具有原发性特征，加之制作工艺保密，工艺很难得到交流和传播。同时，由于输送条件限制，产品流通和销售也受到诸多局限。上述条件又进一步阻碍了工艺流传，很多手工技艺正是由于这些条件的限制逐渐消失或失传。历史上著名的宣州诸葛家族制笔工艺，经唐至五代一直延续到宋政和年间，兴盛七百余年。北宋文学家欧阳修曾专门写《圣俞惠宣州笔戏书》诗赞美诸葛笔："圣俞宣城人，能使紫毫笔。宣人诸葛高，世业守不失。紧心缚长毫，三副颇精密。

---

* 江苏省教育厅项目"基于传统文化资源的图案纹样创意产业发展研究"（2015JB523）研究成果。

硬软适人手,百管不差一。"① 令人惋惜的是,宋政和年间之后,诸葛笔便逐渐消失了。《铁围山丛谈》载:"宣州诸葛氏,素工管城子,自幼军以来事其业,……郑和后,诸葛之名顿息焉。"② 宣州诸葛笔消亡的原因很多,除去传承、材料、制作技术、书写方法改变等方面因素,诸葛笔作为当时著名的工艺品牌,由于运输条件限制,难以形成快速流通和大规模市场需求,这就限制了它进一步发展,类似这样的例子不胜枚举。宣州毛笔作为历史上繁盛几百年的著名工艺品牌尚且如此,那些湮灭在历史长河中众多小手工品种更是如此。因此,产品输送在传统工艺传播交流中起着重要作用,没有流畅的运输通道,就没有手工艺产品的市场、传播交流和发展,以致最终都会走向消亡。

图1　临清竹竿巷手工艺人（图片由作者拍摄）

运河商贸输送不仅带来手工产品、商贸货物流动,同时也极大地促进了手工材料、工艺传播和发展。它始于内贸,然后扩展为海外贸易,逐渐把手工产品推向世界。运河畅通一方面推动了运河城市发展,不仅出现了诸如扬州、常州、淮安、苏州、杭州等运河手工艺名城,同时使一些名不见经传的地区（运河城市临清）迅速发展成为手工艺繁华都市,《金瓶梅》

---

① 《欧阳修全集》,中国书店,1985,第373页。
② （宋）蔡絛:《铁围山丛谈》卷五,中华书局,1983,第94~95页。

记载了明代苏州青年陈经济跟随舅舅来到运河城市临清被当地繁华盛世所吸引，入赘西门庆家："这临清是个热闹繁华大码头去处，商贾往来之所，车辆辐辏之地，有三十二条花柳巷，七十二座管弦楼。"① 另一方面，运河畅通带动沿运河地区手工艺产品、材料、工艺交流传播，贯穿于整个运河历史发展中。隋唐运河不仅承担漕运功能，同时把全国各地手工产品运到长安。韦坚开通洛阳至长安的漕渠后，江南手工产品源源不断地经运河到达洛阳，再经过漕渠运输送到长安，"坚预于东京、汴、宋取小斛底船三二百只置于潭侧，其船皆署牌表之。若广陵郡船，即于枚背上堆积广陵所出锦、镜、铜器、海味；丹阳郡船，即京口绫衫段；晋陵郡船，即折造官端绫绣，会稽郡船，即铜器、罗、吴绫、绛纱；南海郡船，即玳瑁、真珠、象牙、沉香；豫章郡船，即名瓷、酒器、茶釜、茶铛、茶碗；宣城郡船，即空青石、纸笔、黄连；始安郡船，即蕉葛、蚺蛇胆、翡翠。船中皆有米，吴郡即三破糯米、方丈绫。凡数十郡"。② 来自扬州、常州、桂林、南昌、绍兴、宣城、广东等全国各地手工品、原料源源不断地通过运河运往长安。瓷器也是这一时期运河输送的重要手工产品，淮北柳孜隋唐运河遗址出土了大量瓷器，包括："邢窑、寿州窑、萧窑、东门渡窑、磁灶窑、巩县窑、长沙窑、鹤壁窑、烈山窑、景德镇窑、吉州窑、定窑、磁州窑、临汝窑、耀州窑、建窑、龙泉窑、越窑等。"③ 明清时期，通过运河输送手工产品、材料，工艺更加丰富。除了瓷器之外，丝绸产品、材料是运河输送的另外一个重要手工产品，明清丝织品织造中心苏州，产出蚕丝原料远远不能满足当时丝织品生产需要，因此所需大量蚕丝原材料都是经京杭运河从其他地区输送到苏州。北方的丝绸原料大量销售到苏州，《盛世滋生图》显示有山东茧绸店和临沂茧绸（见图2）。茧绸为山东特产，利用山蚕（食柞叶之蚕）茧丝织成，故称茧绸或山茧绸，质地粗硬，结实耐用。当时山东全省出产茧绸较盛，但沂州府沂水县或沂水一带出产的茧绸名声不大，各地出

---

① （明）兰陵笑笑生：《全本金瓶梅词话》，香港太平书局，1982。
② （后晋）刘昫：《旧唐书》卷一零五，吉林人民出版社，1995。
③ 杨建华：《淮北柳孜隋唐运河遗址出土的古陶瓷研究概述》，《文物鉴定与鉴赏》2014年第9期。

产的各类丝绸，无论大宗产品还是稀见产品，在苏州均有出售，说明苏州当时通过运河输送汇集各个地方的丝绸材料。明代之后，原料产地与手工业生产日趋分离，南方棉纺织业发达，当时的原材料大多取自北方，纺织业发达的江南地区利用运河输送便利，从北方输入棉花，然后纺织成布。如松江的纺织原料，多取自北方和浙江。《松江府志》载："松之布衣被海内，吴绫上贡天府，亦云重矣。顾布取之吉贝，而北种为盛；帛取之蚕桑，而浙产为多。"① 闻名海内外的松江布所需要大量棉花，部分是由北方输入的。万历时湖州商人"从旁郡贩绵花，列肆吾土。小民以纺织所成，或纱或布，侵晨入市，易棉花以归，仍治而纺织之，明旦复持以易"。② 湖州傍依运河，有运河输送的条件，因此，从旁郡贩来棉花，极有可能是沿运河从北方购买之后，再运送回湖州。在棉花与布、纱的交换中，不但使商人能够控制生产，还可以攫取更大商业利润，易以致富。明代常熟棉布的生产状况更能说明运河为沿岸区域手工材料选择多样化打开了通道。嘉靖《常熟县志》载："至于货布，用之邑者有限，而稛载舟输，行贾于齐、鲁之境，常什六。彼氓之衣缕，往往为邑工也。"③ 明代常熟的棉织材料中 6/10 是通过运河从山东运输而来。因此，时人王象晋在《二如亭群芳谱》中这样评论："北土广树艺而昧于织，南土精织而寡于艺，故棉则方舟而鬻于南，布则方舟而鬻于北。"④ 这些表明运河输送实现了手工艺生产材料的转移，是苏州成为明清时期著名的丝织、棉织生产中心的重要保障。

类似这样的例子很多，如在南方很多城市生产竹制产品的竹竿巷街区，而在北方地区只有运河沿岸能够利用水运竹、木材料并在当地形成加工竹制品的竹竿巷街区（济宁、东昌、临清、天津）⑤（见图1），在传统社会中

---

① （明）方岳贡修，（明）陈继儒、俞廷谔等纂《（崇祯）松江府志》卷六《物产》，书目文献出版社，1991。
② （清）李卫、傅王露：《浙江通志》卷一百二《物产二》，载《中国地方志集成·省志辑·浙江 雍正浙江通志》，凤凰出版社，2010。
③ （明）邓韨：《嘉靖常熟县志》卷四《食货志》，广陵书社，2017。
④ （明）王象晋：《二如亭群芳谱·利部第二册·棉谱小序》，故宫珍本丛刊，海南出版社，2001。
⑤ 据临清当地人回忆，20世纪50年代江西竹木通过内陆河道从扬州进入运河北上到达临清，放排工吃住在竹排上，到达目的地后坐车回去。

图 2 《盛世滋生图》中山东茧绸店和临沂茧绸等店铺分布在苏州运河两岸

类似木、竹、砖、石等体量巨大材料的转移必须有便利的运输。明清时期，苏州、临清为修建北京城而专门大量生产的贡砖都是通过京杭运河输送的。临清著名的手工艺品种哈达工艺织造技术则是经运河从苏杭传播过来并迅速发展起来，成为闻名全国的手工艺品种（见图3）。可见在传统社会利用运河输送的便利实现了手工产品、材料、工艺的传播和交流，推动了手工艺在运河流域的迅速发展。

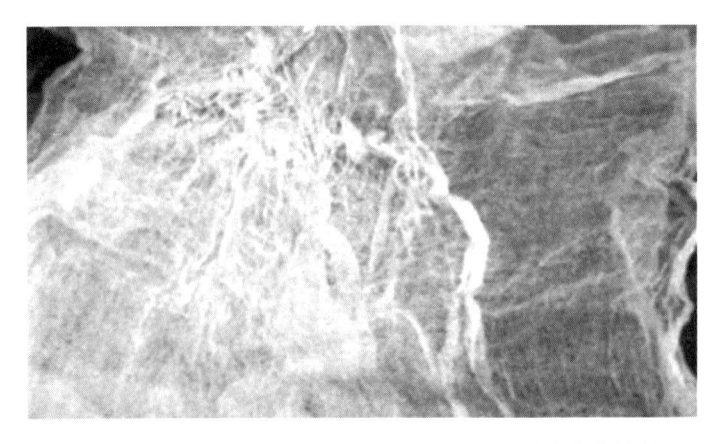

图 3 临清哈达织造艺人家中的阿西哈达（图片为作者拍摄）

运河输送不仅推动了沿运河地区手工产品的传播交流，同时还广泛推动了内陆与运河区域手工产品的交流。长江中上游的内陆腹地四川、江西、安徽等地区手工产品通过内陆航道经长江在扬州过运河转运到东部地区或北方地区，常见的手工产品包括：江西竹、木材、瓷器、酒器、茶器、绢匹；安徽纸笔、空青石；四川蜀锦；广西翡翠等。同样，东部地区、北方地区的丝制品、铜镜等通过运河、长江输送到内陆腹地。① 在运河输送鼎盛时期形成了"燕赵、秦晋、齐梁、江淮之货，日夜商贩而南；蛮海、闽广、豫章、楚、瓯越、新安之货，日夜商贩而北"。② 手工产品的辐射、输送，全国各地呈现一派繁荣景象。

　　京杭运河中材料、产品和工艺输送不仅对内陆手工艺传播、发展起着重要作用，同时对由它连接的海洋贸易兴盛也起着至关重要的作用。运河兴盛时期的扬州、淮安、宁波、杭州、苏州、乍浦等江南地区，不仅是著名的对外手工艺产品贸易港口，同时也是手工艺产品生产集散地。大量手工制品、材料、技艺通过运河连接的海上港口传播到日本、西亚、南亚、东南亚、东非、北非等地区。日本福冈博多地区发现的很多唐代三彩器、绞胎枕、海马葡萄镜、月兔双雀八花镜及仿制品等都与扬州出土的器具相似。在日本、韩国、东南亚诸国、埃及等国的文化遗址及新安、黑石号沉船遗址都发现有大量运河沿岸地区或者经由运河输送到世界各地的青瓷、白瓷、三彩器等（见表1）。此外，制造各种手工产品的材料也是经运河输送到海外的大宗商品，销往国外的手工原料主要是各类生丝、棉花，丝线因质量高，与丝绸一样畅销各国，白丝、黄丝等都是出口的畅销货。明清时期的日本、东南亚客商愿意高价购买湖丝"惟籍中国之丝到彼，能织精好缎匹，服之以为华好。是以中国湖丝百斤，值银百两者，至彼得价二倍"。③ 东南亚诸国客商认为，"湖丝"品质卓越，织出的绸缎华丽精美，贩运回国后价钱可以翻倍，备受青睐。进口原材料主要是各名贵木材，如乌木、鸡翅木、花梨木、楠木及金属材料。《明史》中多次提到，官吏奔赴东

---

① （后晋）刘昫：《旧唐书卷》一零五，吉林人民出版社，1995。
② 李鼎：《李长卿集》卷一九《借箸篇》，《文渊阁四库全书》，上海古籍出版社，2003。
③ 顾炎武：《天下郡国利病书》卷十六，上海古籍出版社，2012。

南亚采购紫檀木、花梨、乌木等原材料。手工艺交流的丰富性、高质量不仅体现在手工品种多样化、品质高，涵盖陶瓷、丝织品、青铜器、漆器等多种类型，同时还体现在手工产品输入、输出管理的秩序化。宋元时期进出口手工艺产品被详细分为"细色""粗色"。据南宋《宝庆四明志》记载，从高丽进口的货物有："细色：银子、人参……蜡。粗色：大布、小布、毛丝巾……螺钿、漆、铜器等。"① 元代《至正四明续志》记载的经宁波港输入的货物也有"细色"：珊瑚、玉玛瑙、水晶、犀角、琥珀、马价珠、生珠、熟珠……②可见，在进出口贸易中已经实行精细分类化自我管理，这有利于手工艺产品对外输出的持续发展。

表1　10世纪世界各地发现外输陶瓷及地区（根据部分考古材料绘制）

地区						
菲律宾	邢窑、定窑白瓷钵	巩县窑白瓷钵	广东青釉、白釉	越窑、婺窑青瓷钵壶、水注	铜官窑釉下彩、贴花钵水注	吕宋八打雁，棉兰老岛武靖、钵、壶、水注、碗
印度尼西亚	邢窑、定窑	巩县窑二彩瓷钵	鲁山窑黑釉白斑壶			中爪哇日惹、苏门答腊巨港等
泰国	基本同上					马来（Malay）半岛的素叻他尼（Suratth-ani）州猜也蓬（Chiaya）区的遗址
斯里兰卡	河南白底绿彩瓷	越窑为主浙江青瓷	广东窑		铜官窑	马纳尔（Mannar）州的曼塔（Mantai）港遗址
埃及	邢窑白瓷	越窑青瓷	三彩	长沙窑	青花	福斯塔特、爱扎布唐代至明
马来西亚		越窑青瓷				沙捞越河口遗址
朝鲜半岛		越窑有瓷				益山弥勒寺、庆州黄龙寺庆州拜里、雁鸭池、锦江扶余、全罗南道青海镇
日本列岛		香炉、睡壶、碗类（越窑）	青瓷壁底碗、青瓷灯盏、青瓷水注			平安京遗址
						鸿胪馆SK-224遗迹

---

① （宋）罗濬等：《宝庆四明志》，《续修四库全书·史部·地理类》第705册，上海古籍出版社，1995。

② （元）王元恭：《至正四明续志》，《续修四库全书·史部·地理类》第705册，上海古籍出版社，1995。

续表

伊拉克	褐色越窑瓷片			阿比鲁塔遗址、萨马拉
印度	越窑青瓷			阿里曼陀古遗址、迈索尔
孟加拉国	越窑青瓷			马纳尔州满泰地区的古港遗址
巴基斯坦	越窑青瓷			拉明郑巴德

二 以京杭运河为连接的对外工艺输送路径

京杭运河手工产品输送分为两个体系：一是由运河输送引起的内陆地区工艺产品交流，这实际上贯穿于运河贯通南北之后伴随"漕运"而产生的手工艺产品的内部交流。这种工艺交流发端于由"漕运"私自携带的一些手工艺产品，进而发展为规模化的专门手工材料、产品、工艺输送。漕船夹带手工艺产品在运河整个漕运历史中是非常普遍的现象。如明代崇祯年间，户部尚书毕自严在其《度支奏议》中提及漕运船带私货的严重情况："夫运军之土宜，单例准带六十石，此朝廷浩荡之恩也。今则违例多带，杉槁木板，满载淋漓，磁器纸张，附搭比比。"① 漕运船私自夹带的货物种类非常丰富，几乎涵盖了衣、食、住、行的所有品类，同时沟通南北手工艺产品交流。如当时运河名城临清土特产品沿运河输送到江浙一带"杏仁、槐米、黄花菜，年年外运下苏杭。五香疙瘩黑红枣，顺着运河发南方"。② 南方手工产品如瓷器、丝绸、竹木材等沿运河源源不断地到达北方各地，当时南方货物被称为"南货"，《运河小志》云："元、明、清三代之运粮，由江浙来者颇有经过之，故实父老传闻，称粮船人员曰'粮船蛮子'，船人就便带南方土产物如瓷器、竹器等，销售于北人，因曰'南货蛮子'。"③ 南

---

① 毕自严：《度支奏议·云南司》卷五续修，四库全书史部第489册，上海古籍出版社，1995。
② 武水醉丐：《逛东昌》，手抄本，光绪末年。
③ 天津市地方志编修委员会编《天津通志·旧志点校卷》下，天津社会科学院出版社，2001，第679页。

方绸缎、布匹、茶叶、蔗糟、烟草、纸张、瓷器、墨砚、蓝靛,及各种干鲜果品,山东、辽东等地区的豆、麦、枣、铁器等土特产,可谓应有尽有。另一个则是由运河连接的对外贸易海港。从唐代的扬州、宁波、太仓、杭州等到元代之后逐渐兴起的天津及山东沿海港口,经过这些港口把中国工艺文明传播到世界各地。这些对外贸易港口城市兴起,除了自身所具备临海自然条件外,它们的兴盛与运河连接海上手工贸易有着紧密联系。因此,京杭运河不仅沟通了内陆各区域之间的工艺联系,更是把大陆与世界各地的工艺文明联系在一起。

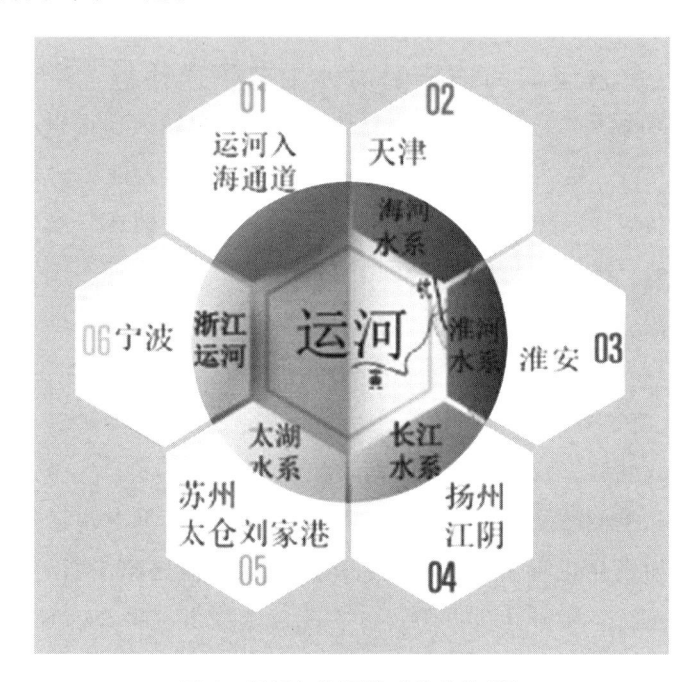

图 4 运河入海通道(作者绘制)

从通航路径看,京杭运河跨越海河水系、黄河水系、淮河水系、长江水系、太湖水系五大水系(见图4),由北向南横贯中国东部沿海地区,这一区域也成为传统社会对外输出手工产品、技术的最重要地区。京杭运河跨越海河水系的对外港口是天津港,它是明清时期运河流经北方地区主要对外贸易港口,它主要由连接北京至天津的北运河,即由白河、潮河连接北到密云,西经通惠河到达京城,南抵天津。连接天津至河北、山东的南运河,即由河北、山东交界处的漳河、卫河至天津与白河汇合,南运河是沟通南北及江浙地区的重要运输水道，尤其是山东、河北等北方地区手工产品经京杭运河到达天津港出海的重要水道。天津航运码头主要分为内运和外运混合港口，内运码头主要集中在天津市内海河两岸；外运（海运）码头主要有大沽和塘沽。明清时期，尤其是康熙开海之后，天津成为北方地区对外手工贸易的主要港口。天津一方面通过运河输送手工产品，另一方面通过海上输送把江浙、闽粤等地的绸缎、布匹、瓷器、纸张、竹木、墨砚、蓝靛染料等产品及材料运送到天津，然后再通过运河输送到北京及直隶各府县。除了国内手工产品及原料外还有很多"洋货"，不少舶来的"洋货"也出现于天津的商店中，甚至还出现了"洋货街"。当时官宦诗人崔旭在《津门百咏》中感叹："百宝都从海舶来，玻璃大镜比门排，和兰哨伏西番锦（指荷兰物品），怪怪奇奇洋货街。"[1] 这些"洋货"有的是天津商人从南方贩来的，有的则是南方商人通过海运、河运运来的。

　　隋唐运河时期淮安是当时出海的重要通道，运河流经淮安由淮河向东通向海洋，通海航道进入淮安经运河到达内陆（洛阳），唐代淮安是除了扬州、宁波外出海的重要通道。淮安乃"胡商越贾"聚集之地。大唐的商品从楚州源源不断地运往海外，海外的工艺品及珍宝等也不断中转到楚州及泗州。《山阳县志》载："凡湖广、江西、浙江、江南之粮艘，衔尾而至山阳，经漕督盘查，以次出运河，虽山东、河南粮艘不经此地，亦皆遥禀戒约，故漕政通乎七省，而山阳板间实咽喉要地也。"[2] 此外，淮安还是朝鲜、日本船入唐的重要港口。从朝鲜南下（日本船直接跨海西行）经山东、苏北海岸南下，至楚州涟水县入淮河，沿淮河到达淮安（楚州），再转入运河。朝鲜很多船只经滁州登陆，楚州有专门供朝鲜人居住的"新罗坊"。此外，日本遣唐使也多次选择楚州登陆，公元702年，日本遣唐使就由楚州登陆，办理手续后奔赴长安。长期交往导致日本人迷恋唐代稀奇珍贵的手工产品，即所谓"唐物数奇"情结的产生。

---

[1]　天津市地方志编修委员会编《天津通志·旧志点校卷》下，天津社会科学院出版社，2001，第679页。
[2]　（清）文彬、孙云：《同治重修山阳县志》，《中国地方志集成 江苏府县志辑55》，凤凰出版社，2008。

运河穿越长江水系进入东海的重要对外手工艺通道是扬州、镇江、江阴等。尤其在隋唐时期,扬州成为海上对外贸易枢纽。当时扬州距长江入海口不像现在这么远,《旧唐书·五行志》云:"天宝十载,广陵郡大风架海潮,沧江口大小船数千艘。"那时海潮逆江而上可以直达扬州,造成船舶损坏等严重自然灾害。扬州经济地位作用甚至超越长安,扬州北承运河,南接长江,东临东海,成为南北物资汇聚、交换及中外航海线上的中继港。在扬州发现的诸多唐代文化遗址中,就有很多来自长沙窑、邢窑、越窑、巩县窑等全国各地的瓷器,这些瓷器最终经过扬州出海输往世界各地。尤其是扬州发现的唐青花与黑石号上的三件青花及巩县窑烧制唐青花具有内在关联(见图5、图6),"扬州地处运河与长江的交汇口,向东出海可通达四洲,是唐代国内外贸易的集散中心,许多新奇物产均到扬州开拓市场,所以同时见到不同窑口的类似产品也就不足为奇了"。① 经扬州对外手工艺贸易的目的地主要有两个方向:一个是东亚日本、朝鲜,当时日本"遣唐使"跨越东海,经长江抵达扬州,沿运河北上到达长安,其中"遣唐使"除了携带大量日本手工产品外,还有制玉、金属加工及其他精细手工艺及艺人。当时与扬州交往的为日本九州太宰府的唐津,发现唐代青瓷、三彩器、绞胎枕等大量瓷器。此外,朝鲜新安商船也大量往来于朝鲜、扬州之间。另一个是东南亚、南亚、西亚,这一路线先经过海上航路在广州或福建登陆,然后经梅岭到达南昌(洪州)、九江(江州),沿长江下扬州。当时扬州所属的广陵郡,不仅是四方商贾聚集的大都会"广陵当南北大冲,百货所集",② 是著名手工业生产基地,铜镜、织锦、漆器、制帽闻名于世,同时还是手工产品交流的国际性大都市,从东南亚、西亚而来的商人、旅客随处可见,当时扬州由波斯人开的手工品商店叫"波斯邸",同时还有专门接待波斯商人的宾馆。

---

① 徐仁雨:《扬州出土的陶瓷标本与"黑石号"之比较》,转引自上海中国航海博物馆、中国博物馆协会航海博物馆专业委员会编《人海相依:中国人的海洋世界》,上海古籍出版社,2014年,第264页。
② (宋)王溥:《唐会要》卷八十六《市》,中华书局,1955年。

图 5　扬州唐青花残片

图 6　黑石号唐青花

运河穿越太湖水系（江南入海通道）的入海通道在连接对外港口中是最重要最复杂的，主要包括三条出海通道：一是通过吴淞江经上海地区出海，据《吴郡图经续记》卷上载："吴郡东至于海，傍青龙、福山，皆海道也。"从苏州往东进入吴淞江，经由水运枢纽青龙，福山经上海出海。由于自然条件限制，元代之前上海港规模很小，因此，与扬州、宁波相比，对外手工艺交流发展较晚，元代在上海设置市舶司，对外主要方向是东亚和东南亚地区，"江南数郡顽民率皆私造大船出海，交通琉球、日本、满刺、交趾诸蕃，往来贸易，悉由上海出入"。① 经由这一通道对外输出的手工产品主要是五色缎、绸、印花布、青布等丝织品。输入主要是象牙、犀角、珠宝等手工材料。二是通过娄江经过苏州到达太仓刘家港出海，刘家港因此繁盛，成为著名的"外通琉球、日本等六国，故太仓南关谓之六国码头"。② 而且这里相当繁华。"大通番舶，琉球、日本、高丽诸国海船咸集太仓，成天下第一都会"，③ 是江南运河通往海洋的重要国际港口。三是黄浦江通过苏州河与穿越太湖的运河水道联系。此外，借助太湖水系与海洋直接联系的还有杭州，自古以来苏嘉杭地区因与太湖紧密相连，运河在杭州出钱塘江便是东海，交通发达，自古手工商业发达，欧阳修的《有美堂记》："四方之聚，百货之所交，物盛人众，为一都会。"④

宁波通道（浙东运河）：大运河越钱塘江南接浙江运河，在上虞与姚江、甬江相汇，通向东海。随着运河畅通及浙东经济的发展，浙东运河日益繁忙。明朝徽商黄汴编纂的《天下水陆路程》和清朝儋漪子编纂的《天下路程图引》记载，明清杭州至宁波的水路如下："自杭州武林出发，往南25里至浙江水驿，渡浙江18里至西兴驿，……再60里至东厩驿，又60里达宁波府四明驿。以上总221.5公里。"唐之后宁波港的地位日益突出，浙东运河已成交通海外的重要通道，是手工产品通往朝鲜、日本、东南亚地区最重要的海上通道，甚至成为越窑青瓷的始发港。2003年，印尼爪哇井里汶发现沉船上就有来自唐末至五代时期10万多件高品质越窑青瓷，这艘船无疑通过浙东运河经宁波港出海去往西亚地区的。此外，唐代晚期之后，明州成为对日手工产品输出的主要港口。

从利用效率及影响力看长江通道、太湖通道、宁波通道是运河对外输出手工产品的主要通道，尤其是唐代之后，随着江南地区经济发展兴起了大量精细手工艺种类，如竹器、瓷器、丝绸、漆器、铜器及日用器皿，成为世界各地人们追求的圭臬。长江通道、太湖通道、宁波通道日益成为运

---

① （明）方岳贡：《崇祯松江府志》卷一，日本藏中国罕见地方志丛刊，书目文献出版社，1991。
② （元）杨譓：《至正昆山郡志》卷一《风俗》，中国方志丛书，成文出版社，1964。
③ （明）李端修，桑悦纂《太仓州志：卷一 沿革》，北京图书馆出版社，2003。
④ 《欧阳修全集》，中国书店，1986，第280页。

河沟通中国与海外手工产品交流的最重要输送通道。

从时间看，不同历史时期运河通往海上通道侧重不同，唐代出海通道主要集中在淮安、宁波、扬州。越窑青瓷由运河经明州、扬州输送到朝鲜、日本、东南亚、西亚诸国，尤其是越窑青瓷在唐末至五代时期达到鼎盛时期。这时，对日本手工输出的通道日臻成熟。"日本由肥前松浦郡的值嘉岛（今平户岛与五岛列岛）直接横渡东海到达明州、再通过内河航运进入钱塘江口的杭州。转入隋代时开通的京杭大运河直达当时的贸易中心扬州，甚至京城长安，即著名的南道航线。"① 此外，这一时期北方诸多窑生产瓷器经过汴河到扬州港远销海外。两宋时期，尤其是南宋宁波、杭州成为对外海上输出的主要通道，输送的目的地与唐代大致相同，只不过由于地缘接近的关系，更侧重于东亚朝鲜、日本。北宋元丰三年曾出台《元丰广州市舶条》规定，能放行外贸商船只有广州、明州、杭州；明州市舶司放行往日本、高丽船只，即使是福温州、泉州的商船去日本、朝鲜，也要在宁波办理出口许可证。元代经运河输送到海上的港口主要是宁波港及江南运河出海港刘家港。明清时期江南通道则成为运河对外输送的主要通道，输出目的地包括日本、朝鲜及欧洲诸国。

从输出规模看经运河直接输送最多的手工产品是丝绸、瓷器，这两种产品涵盖整个运河对外输送手工产品的历史全过程。此外，像青铜器、漆器、版画、扇子、纸墨笔砚等也都是运河参与输送的产品。从输送国地看，元代之前运河输送目的地是多元化的，包括东亚、东南亚、南亚、西亚等地区。明代之后主要目的地是日本，如明朝就明确规定明州对外贸易主要目的地是日本，明洪武三年（1370），在宁波、广州、泉州设置三地市舶司，明确规定，宁波港通日本。此外，日本手工产品也经过运河输送到内地，道光《乍浦备志》卷六道："日本货物经海上运送到乍浦，再由乍浦经运河输送到苏州或者海运发往全国各地。"

三 海上丝路工艺输送的华彩——手工产品的构成

由运河连接的内陆与海上贸易在中外手工产品交流发展中异常丰富，

---

① 浙江省博物馆：《东方博物》第 4 辑，浙江大学出版社，1999，第 120 页。

不仅表现为历史悠久产品种类丰富，尤其重要的是，它带来了跨文化手工技艺交流。通过运河输送手工艺产品在不同历史阶段、出海通道、输出地域、输送内容等方面表现出不同特征：隋唐时期主要集中在长江出海口及运河流经的江南地区，输出的主要是手工艺产品，输出的目的地主要是朝鲜、日本、东南亚、西亚、北非地区；两宋时期运河通道则主要集中在江南地区的太湖水系及浙东运河，输出以手工产品为主，目的地主要是东亚日本、朝鲜、东南亚及西亚等地。随着元代京杭运河的开通，手工产品、技术交流主要集中在浙江、江苏等江南地区，输出目的地以日本居多。明清时期由于地缘关系的缘故，输出手工产品主要是南方省份江苏、浙江沿运河区域手工产品居多，北方地区则多以原材料为主，输出目的地依然是日本，西川如见在他的贸易指导目录里详细记录了明清时期运河省份手工产品，供日本商人在中国贸易时做重点参考。

浙江输出日本的手工产品：

白丝（嘉兴、湖州），绉纱（杭州），绫子同，绫机同，纱绫同（温州下品），云绡同，锦同，金丝布，葛布同，毛毯同，绵（绍兴、湖州），絁同，裹绡同，南京绡，茶（嘉兴、绍兴）纸（严州、金华），竹纸（衢州、绍兴）扇子，各处，笔（湖州），墨（杭州），砚石（衢州），瓷器（处州），茶碗，药同，漆（严州、杭州）……此外，手工杂品甚多，与南京土产同（见图7）。①

江苏输入日本的手工产品更多主要包括：

书籍（应天府），白丝（广德），绫子（苏州），纱绫（同），绉纱（同），绫机（同），罗（同），纱（同），絁（同），闪缎（同）云绡（同），锦（同），裹绡（同），金缎（同），五丝（同），柳条（同），袜褐，应天府，䌷（广德，苏州）嵌金、棉各处，绢䌷、木锦、绫木锦（苏州），真绵（广德），缫绵（苏州），布各色上品，丝线各色应天……锡道具各种，象眼镈各种，涂道具（堆朱、沉金）（螺钿、青贝，莳绘、涂朱、屈轮）以上应天府……②（见图8）。

---

① 西川如见：《增补华夷通商考》卷一，第4~5页。
② 西川如见：《增补华夷通商考》卷一，第4~5页。

图7 浙江输出日本手工产品（作者绘制）

图8 江苏输出日本手工产品（作者绘制）

山东输出到日本的大多是手工原料，如黄丝、䌷、砚石、真丝、五色石及少量产自东昌的手工陶瓷器。不难看出，明清时期经由运河连接长江水道和宁波输送到日本大量手工产品中，南方地区输出囊括了产品、材料、工艺等所有类型，北方地区相对单一，除了部分产品外，更多集中在原料上。

丝绸是通过运河及海上贸易的重要种类，它不仅是单纯产品、原料出口，更重要的还有技术传播。经运河输出丝绸种类丰富，如明代《博物要览》中仅记载锦的种类就接近百种，"紫宝阶地锦、紫大花锦、五色簟文锦、紫小滴珠方胜鸾鹊锦、青绿簟文锦、紫鸾鹊锦、紫百花龙锦、紫龟纹锦、紫珠焰锦、紫曲水锦、紫汤荷锦、红云霞鸾锦、青楼阁锦、青藻花锦、紫滴龙珠团锦、青樱桃锦……"① 从丝织品种看，经运河及海上贸易的主要有：缎、绸、绒、锦、绮、罗、纱、绫、绢、绡、纻丝。原料包括各类丝线：白丝（湖丝、苏丝、杭丝）、黄丝、茧丝、虫丝等。统计《诸蕃志》宋代丝绸对外贸易的品种有：假锦、锦绫、缬绢、皂绫、色绢、丝帛、红吉贝等。明代郑和随船携带有大量的丝绸，"永乐十九年（1421年）敕令：今命太监郑和等往西洋忽鲁谟斯等国公干，大小舡六十一只，……及原阿丹等六国进贡方物给赐价钞买到纻丝等件"，② 包括锦、绮、罗、纱、绫、绢、纻丝等面料丝织品。据《瀛涯胜览》载："中国青瓷盘碗等品，纻丝、绫绢、烧珠之物甚爱之"，用这些东西换购犀角、香料等物品。

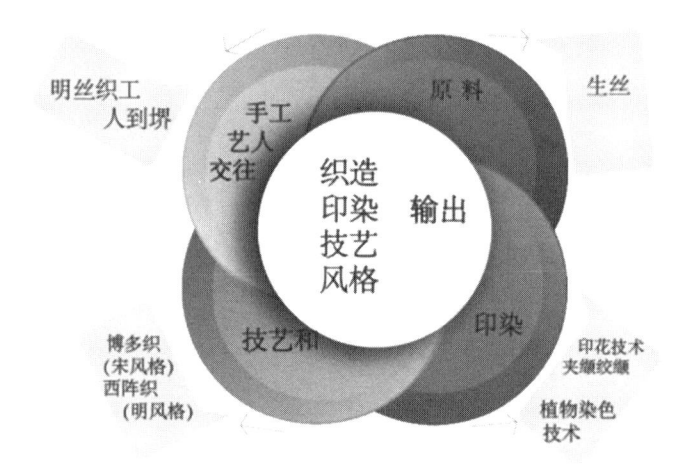

图9 丝织品、工艺、材料的对外输出（作者绘制）

不仅是产品，中国的丝织印染技术深刻影响世界各地，早在隋朝中国镂空印版技术及植物印染方法传入日本。[28]据《正仓院刊》记载："唐代运去了彩色、印花的锦、绫、夹缬等高贵织物（见图10、图11），促使日本的丝织、漂印等技术获得启发。"不仅是印染，织造技术同样也影响了日本，日本著名丝织技术"博多织"就是在镰仓时代广泛吸收宋代丝织技术兴起的。此外，日本"西阵织"则大量吸收明朝丝织技法。我国不仅向日

---

① （明）谷应泰：《博物要览》，商务印书馆，1933。
② （明）巩珍：《西洋番国志中》卷首，中华书局，1961。

图 10　连珠狩猎纹锦（日本正仓院）

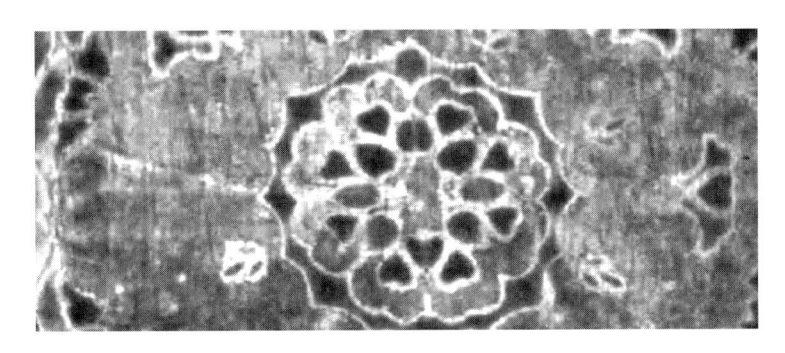

图 11　唐夹缬花纹褥局部（日本法隆寺）

本输出大量生丝和丝织品，同时有丝织技术工人到日本去传技，尤其是对堺、山口的丝织业发展影响很大。如在日本天正年间（1573~1592），明朝丝织工人到堺（大阪府中部城市）居住（很可能有从明州出发的），传授"纹纱、缩缅、朱子、缎子"等制织技艺（见图9）。实际上，据日本《古文记》记载："日本的雄略帝朝，在南北朝时，又先后派遣专使到我国浙江一带，寻求丝织、缝纫女工到日本传授技术。"①

瓷器是通过运河传播到海外的另外一个重要手工艺种类。水路运送瓷器效率、安全性都远远高于陆路。因此，隋唐之后，水路运送瓷器成为首选，经运河输往世界各地的瓷器种类丰富，品质优良，唐宋时期越窑、龙

---

① 〔日〕明石染人：《染织史考》，矶部甲阳堂藏版，1927。

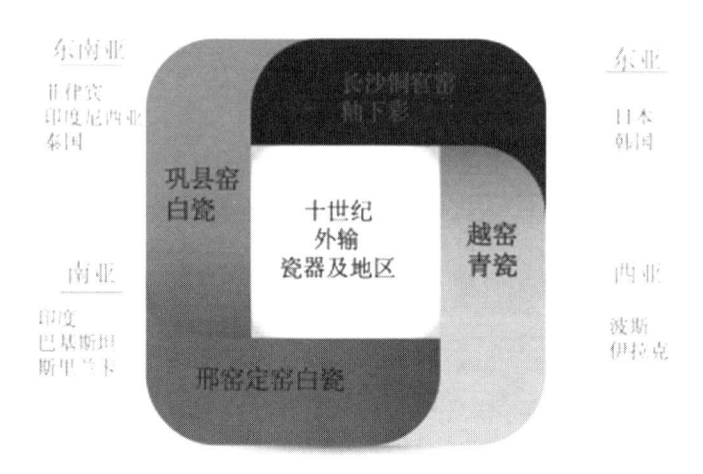

图 12　10 世纪外输陶瓷及地区（作者绘制）

泉窑青瓷、北方白瓷、长沙窑釉下彩、青花等瓷器种类通过运河经海上丝路大量流入日本、朝鲜、东南亚诸国、北非、西亚等地区（见图 12）。世界各地古代文化遗址中都有中国瓷器发现，如日本太宰府鸿胪馆、朝鲜庆州皇龙寺、吕宋八打雁眼、马来西亚沙捞越河口、印度阿里曼陀、泰国猜里蓬、印尼巨港、埃及福斯塔特、伊拉克阿比鲁塔等地都发现有越窑青瓷、邢窑白瓷、铜官窑釉下彩、三彩瓷、青花等瓷器（见表1）。此外，由于瓷器知名度高，因此常常被拿来作为货物交换的主要手工产品。据宋代《诸蕃志》记载：在占城、真腊、三佛齐国、渤泥国等国，瓷器是主要的货物交换：占城"番商兴贩，用脑麝、檀香、草席、凉伞、绢扇、漆器、瓷器、铅、锡、酒、糖等博易"①。郑和下西洋随船携带有大量青白瓷、青花瓷器，他的同船随从费信在《星槎胜览》中多处提到青白瓷、青花瓷"暹罗国地产罗斛香，焚极清远，亚于沉香。次有苏木、犀角、象牙……货用青白磁器、花布、色绢、段匹、金银、铜钱、烧珠、水银、雨伞之"。锡兰国："地产宝石、珍珠、龙涎、乳香，货用金、银、铜钱、青花白磁、色段、色绢之属"② 可见，青白瓷、青花瓷是用来进行货物交换的主要商品之一。1983年，南京太平花园郑和府出土一批影青瓷、枢府瓷、青花瓷、彩绘瓷、

---

① （宋）赵汝适：《诸蕃志：占城条》，商务印书馆，1937。
② （明）费信：《星槎胜览》"暹罗国、锡兰国条"，中华书局，1991。

龙泉窑青瓷、宜兴均瓷、紫砂等，从另一个侧面说明，经运河输出瓷器的品种丰富。

经运河通过海洋通道输出的瓷器主要有：青瓷、釉下彩器、青花瓷、五彩瓷、黑瓷、三彩器等品种。大部分为日用生活器具，瓷器形式丰富，主要有：罐、瓶、盘、碗、壶、碟、钵、缸、压手杯、坛、军持、水注、唾壶、盏、盒、花盆、香炉及瓷塑。从装饰纹样看可以分为两大类，一类是汉民族传统纹样：双鱼纹、双蝉纹、双雁纹、莲瓣纹、划纹、卐字纹、龙纹、文字、花鸟、人物等；另一类是为了贸易的需要，满足客户要求定制的纹样，从已发现的纹样看大多是阿拉伯经文、桫椤树、椰树纹、摩羯纹、狮子纹、叶片菱形纹、棕榈纹、梅花点、孔雀纹、椰枣纹及抽象几何图形（串珠、直条）等。装饰延续传统技法有：印花、划花、釉下彩绘、镂空。除了陶瓷成品的对外输出之外，伴随着瓷器成品的还有陶瓷技术的输出。这些技法对朝鲜、日本、东南亚诸国、北非、西亚诸国的陶瓷技术产生了很大影响。朝鲜在唐至五代时期基本上掌握了青瓷的烧制技术。从朝鲜发现的青瓷烧制遗址不难发现，其烧制方法、器型、纹饰都与越窑青瓷基本一致，因此，有学者指出："朝鲜青瓷烧造技术及器物特征与明州越窑有很多共通之处，朝鲜青瓷的工艺脉流源自明州越窑。"[①] 中国陶瓷对日本影响是巨大的，奈良时代由于对唐三彩喜爱，促使宫廷在釉色、造型等方面模仿烧制而成的奈良三彩。名古屋猿投窑在9至13~14世纪烧制的淡青釉硬陶器及京都附近一些窑口烧制的绿釉硬质陶器在烧制技术、造型、花纹、装饰技法与五代及北宋的越窑青瓷相同。此外，日本13世纪模仿龙泉窑生产的濑户天目，14世纪烧制成的青瓷及模仿景德镇青白瓷烧制的梅瓶，都反映出中国瓷器对日本的影响，这些都或多或少地与运河对陶瓷输送密切相关。正如日本陶瓷学者三上次男指出："长期以来，日本的陶磁器一直是单方面地接受中国陶磁器的影响和刺激而向前发展，直到18世纪才从装饰方面开始了两国之间的互相交流。"[②] 此外，东南亚、西亚、北非陶瓷制作也深受影响，埃及福斯塔特不仅大量输入中国各类瓷器，同时也进

---

① 林士民：《浙东制瓷技术东传朝鲜半岛之研究》，《浙东文化》1997年第2期。
② 〔日〕三上次男：《从陶磁贸易看中日文化的友好交流》，《社会科学战线》1980年第3期。

行仿制，如法蒂玛时期仿制宋代刻花、划花、剔花瓷器从器型和技法都与中国同一时期瓷器相似，这一时期的"拉斯特"风格瓷器，在装饰题材上也仿制中国瓷器。① 不难看出，通过运河连接的海上输送到世界各地的中国陶瓷，无论从输出产品还是技术，对世界各地的陶瓷都产生了持续的影响。

通过运河参与海上贸易的手工艺品中还有漆器、扇子、螺钿、青铜器、纸笔、年画（版画）以及铁锅、针、小食箩等生活用具。漆器工艺对外交往历史悠久，扬州在唐代已经成为漆器生产中心，唐代漆器输往日本，正仓院中保留唐代螺钿、金银平脱。明代漆器输往日本有明确记载，据《善邻国宝记》中记载，明宣德八年（1433），皇帝曾赐予日本国王"朱红漆彩妆戗金轿一乘、朱红漆戗金交椅一对、朱红漆戗金交床一把、朱红漆戗金碗二十个、朱红漆褥金宝相花折叠面盆架二座"。②《筹海图编》卷二中列举明朝输入日本并深受日本人喜爱的物品清单中就有漆器。韩国新安郡海域发现元代由宁波港出发货船上除了瓷器之外还有不少中国漆器及铜器，从该沉船出土元代"至大通宝"以及铸有元代庆元路（今宁波）金属秤砣可以推断该船经宁波输往朝鲜、日本。同时船上的青瓷、漆器、铜器，有青铜制的花瓶（尊形瓶、贯耳瓶、玉壶春形瓶、柑子口形瓶、净瓶、三足香炉、博山炉等）。木宫泰彦《日中文化交流史》也有记载，宁波回赠日本贡品土特产中有较多朱金漆木雕家具，包括轿、椅、床、榻等。除漆器外青铜器也是对外交易的手工艺品，扬州是唐代著名铜镜制作中心，这些铜镜很多输送到日本、朝鲜，日本冲之岛出土很多扬州铸造海马葡萄镜、月兔双鹊八花镜、双鸾瑞花八花镜等，铜镜在日本、朝鲜的诸多古文化遗址中都有发现。此外，杜阳杂编《唐蛮货物帐》运往长崎的货物里有"板木绘"，这些"板木绘"就是明清时期桃花坞姑苏版年画，这些苏州年画输入日本后被浮世绘吸收，丰富了构图处理方法及题材。

四 结语

中国手工艺文明演进除了自身应具备内因——充分发育的农业文明、

---

① 秦大树：《埃及福斯塔特遗址中发现的中国陶瓷》，《海交史研究》1995年第6期。
② 〔日〕瑞溪周凤：《善邻国宝记》，文求堂书店，1938。

勤劳、智慧、创造性的品质外，同时还具有开放性特征。就本文所讨论的范围看：这一开放性特征体现在通过运河连接的海上丝绸之路源源不断地把丝绸、陶瓷、漆器、铜器等工艺传播到世界各地，同时吸收世界不同地区的手工文明，形成相互促进、多元化的工艺交流路径，从而推动中华手工文明不断发展和自我更新。此外，以运河为连接输送线路中双向工艺传播和交流，应该引起我们特别的关注。丝绸之路不仅仅点到点的单向线性交流，如从宁波到东南亚、南亚、西亚、欧洲，更是通过运河把陆上丝绸之路和海上丝绸之路连接成环形工艺循环交流，传统社会中国手工艺产品的国际知名度和地位越来越高，已具备国际化的特质。

[原载《南京艺术学院学报》（美术与设计）2019 年第 6 期，第 114~121 页。]

从文化产业的角度看陶瓷唐卡

李 贝 西北民族大学

进入21世纪以来,文化产业在中国逐渐引起越来越多的关注,同时也得到较大发展,从理论层面而言,文化产业是一个含义丰富的术语,目前存在多种理解,另外,在产业实践中也包括多种文化业态。文化产业属外来术语,德国法兰克福学派重要人物瓦尔特·本雅明在《机械复制时代的艺术作品》[①] 一书中最早使用此概念;20多年后,法兰克福学派的另两个重要学者马克斯·霍克海默和西奥多·阿道尔诺在其合著的《启蒙辩证法》[②] 一书中提出著名的"文化工业"理论,在英文中,"工业"和"产业"都使用同一个词"industrial",人们普遍认为是霍克海默和阿道尔诺最先提出了"文化产业"概念。文化产业是一种特殊的文化形态和特殊的商业形态,从内容角度要强调其文化属性,从产业角度要遵从商业逻辑。

根据国家统计局颁布的《文化及相关产业分类(2018)》所做的界定,文化及相关产业是指为社会公众提供文化产品和文化相关产品的生产活动的集合。文化创意产业是以文化为核心内容,为直接满足人们的精神需要而进行的创作、制造、传播、展示等文化产品的生产活动。具体包括新闻信息服务、内容创作生产、创意设计服务、文化传播渠道、文化投资运营和文化娱乐休闲服务等活动。[③]

少数民族文化是中华文明不可或缺的重要组成部分,随着我国改革开

[①] 〔德〕瓦尔特·本雅明:《机械复制时代的艺术作品》,王才勇译,江苏人民出版社,2006。
[②] 〔德〕马克斯·霍克海默、西奥多·阿道尔诺:《启蒙辩证法》,渠敬东、曹卫东译,上海人民出版社,2006。
[③] 《中国文化及相关产业统计年鉴(2018)》,中国统计出版社,2018。

放的不断深入，少数民族特色文化的意义和价值逐渐引起关注，各民族特色文化开始逐渐融入现代经济和日常生活，并且相互影响和交融。随着信息时代的到来，人们的生产方式、生活方式也在悄然发生变化。即便是在偏远的少数民族地区，数字化、大数据、网络这样的新媒介也已不再陌生，微信、微商、微博、抖音这样的"潮生活"也不再新鲜。生活方式的变化提示我们要重新审视现代生活中的传统文化和手工艺，并思考在信息时代，手工艺术是否需要重新对其形式进行调整，借此找到能结合非物质文化遗产及文化创意产业发展的当代现实情境，寻找传统手工艺术的发展道路，从而生成多民族文化共生且在发展中传承的感受力和人文意义。

图 1　现代藏式家居陈设（图片由笔者拍摄）

一　游牧还是定居

在我国诸民族中，藏族颇具自身的文化属性，在文学作品里，藏族地区常被描写为"离天最近""离太阳最近"的地方，在看似浪漫的诗意表述背后，却是严酷的生存现实，海拔高、气压低、缺氧、温差大等，特殊的生存环境决定了高原特有的生活方式及生存状态。

不论是传统唐卡艺术还是新型的陶瓷唐卡艺术，想要了解藏族文化，须得要把我们所看到的这些文化表象还原到他们的真实生活场域中。藏族是青藏高原的主体民族，自古以来过着逐水草而居的游牧生活，其版图范围和青藏高原的范围大体上是重合的。藏族的历史大体可分为两个发展阶段，吐蕃时期属王权社会，此阶段传了十代赞普，自 10 世纪以后直到民主改革以前，西藏社会的宗教性明显。笔者在四川藏区发现一个很有意思的现象，在藏族交错共生的低海拔地区还有其他一些西南民族与其毗邻而居，但是一旦到了海拔 3000 米以上的区域，基本上就是藏民生活的区域了。藏族是一个典型的高原地域民族，所以，要从高原生活环境出发来认识藏族的宗教信仰和价值观，以及高原地域游牧的生活和浓郁的宗教文化，这两个特点构成了藏文化的两个基本特性，也造就了唐卡重要的社会功能和独特的艺术语言，是藏族特有的生存状态所决定的特有的传统文化。

图 2　藏式家居中的佛堂（图片由笔者拍摄）

唐卡在《西藏绘画》一书中被释为"彩缎装裱而成的卷轴画"。① 意大利藏学家图齐解释唐卡是"能卷起者"，并解释说"唐卡是通常画在棉布上能够卷起的宗教绘画"。唐卡经历代发展，不仅有绘画的形式，还有刺绣、镶缎、串珠等形式。正因为它的形式很多，所以不能用"绘画"一词作为它的汉译名称，只好采用译音名称，人们又称其为"藏族布轴画"。这种布轴画收纳方便，十分适合自古以来藏族人游牧的生活方式，唐卡的本质是利用图像化的形式，将抽象、深奥、复杂的藏传佛教思想形象化、具体化，以便于更好地融入百姓的生活之中。目前，唐卡这项传统技艺的传承手段和途径的多样性也为陶瓷唐卡的诞生与发展提供了具体支撑。

出于工作原因，我常去甘南夏河县调研，近二十年来，藏区的生活变化较大，现在许多藏族人也都住进了楼房，居住方式的变化也体现在藏式家居的陈设之上，现代藏式家居美观、舒适、整洁、便利，显然更适合定居的生活。

如今城市发展迅速，半农半牧的地区增多，这些都极大地改变着藏民们的生活，即便是牧民也大多过上了定居的生活，放牧转场也是在冬季和夏季牧场间更替，但就广大农牧区来说，基本的价值观仍然得以保留。唐卡艺术扎根于藏区独特的天地观系统，虽历经数次大的社会变革，至今仍然延续在藏族人民的礼仪、民俗、节日及日常生活中。

藏族民居近年来的变化很大，如果条件允许，他们在前期装修房屋时还会请专业设计公司来设计一下室内的装修与装饰，整体的色调与图案都遵循藏式风格来设计。除主居室外，室内陈设十分讲究的要算经堂了。藏族民众除常到寺庙进行宗教活动外，家庭佛事活动也必不可少，诸如诵经、礼佛等，有时还会请藏传佛教僧侣到家念消灾祈福经。

在历史的更迭中，我们不难窥察出藏民生活方式的细节变迁，居住场所的改变为带有藏族民族特色的现代工艺品带来巨大的需求。现代的家居生活中越来越讲究家居的美观、舒适和整洁，即使住在牦牛毛编织的黑色帐篷里，内部也是整洁、色彩斑斓的，毛毯和地毯的使用给人一种华丽的

---

① 和靖：《西藏绘画》，西藏人民出版社，2013。

感觉。现代居室中很多地方能体现出他们特有的高超的色彩运用能力。这些都为传统手工艺带来了新的机遇与挑战，这样的背景下陶瓷唐卡应运而生，该工艺是唐卡绘制工艺和传统的陶瓷工艺的结合。一方面，继承了传统唐卡艺术的特征，另一方面开启了现代工艺装饰设计的思路，在发展与创新中承载了民族文化的功能。陶瓷唐卡的品种丰富多样，主要有瓷板画形式，可以平面悬挂的方式进行展示；还有把唐卡绘制在瓷瓶、瓷盘等物件上，以器物的形式呈现，这些多样的表现形式更能适应现代家居的陈设方式。

二 圣器还是产品

从藏族特有的生存环境来审视其宗教信仰和价值观，也就更能理解他们特有的民族文化。生活在海拔数千米的高原绝非易事，为了生存，需要遵循地方的传统方式生活，信仰自然成为藏民重要的精神支撑。

传统的唐卡多为寺院工匠所绘，大多工匠本来就是僧人，他们把绘制唐卡的过程也视为修行的过程。完成的唐卡背后写上简略的梵文或佛教真言，画师是不能在唐卡上留名的，画完后用哈达包好后送到寺庙请高僧举行开光仪式。经历了诵经祈祷、煨桑祝福、祈求等，这个过程不仅仅是绘画的过程还是一种仪式；仪式结束后，唐卡才是具有灵性的宗教圣物。有时画师还将佛像的眼睛留待"开光"之时才点睛，整个过程十分神圣庄严。经过这样一个繁复的制作过程，传统的藏族唐卡的工艺流程才算完整。

陶瓷艺术与佛教结缘已久，明代景德镇就曾烧制大量藏区定制带有藏文及藏式图案的瓷器，20世纪七八十年代，开始出现大量佛教题材的瓷板画，但是，色彩鲜明、造型传统、唐卡绘画特点突出的陶瓷唐卡出现并没有太长的历史，平凡的陶泥经过火的淬炼得以升华成瓷的过程也包含着中国传统手工艺的精髓，其中相通的精神内含共同承载了传统技艺的传承与融合。此外，从这个角度看，陶瓷本身很适合表现唐卡的精神，陶瓷唐卡一方面承载着传统唐卡艺术的宗教文化功能，另一方面适应着新的居住方式、生活方式，迎合了现代社会对民族手工艺的大众需求，也是现代工艺设计和传统手工艺文化的一次完美碰撞。

陶瓷唐卡是泥、火、釉的完美幻化。从陶瓷特有的本体语言来看，青花、粉彩、新彩、珐琅彩、颜色釉等各种陶瓷工艺，都可以使陶瓷唐卡的表现力带来更多语言的可能性，焕发出无穷的生命力。

图3　新彩唐卡瓷瓶　高46厘米（作者：哈达）（图片为哈达拍摄）

图4　新彩唐卡瓷瓶　高48厘米（作者：哈达）（图片为哈达拍摄）

图5　新彩唐卡瓷盘　直径40厘米（作者：哈达）（图片为哈达拍摄）

陶瓷唐卡制作工艺复杂，体现着高超的技巧，其难度不仅仅体现在填色的准确均匀，还在于必须充分了解和掌握陶瓷绘画特有的颜料特性。现在市面上看到的大多数陶瓷唐卡绘制以新彩为主。在瓷板上或瓷坯上绘制部分完成后，陶瓷唐卡要进行最后一次烧制。在前期烧制的过程中，每次烧制的时间、温度、火候都会影响作品最后的呈现。这也是陶瓷唐卡比其他绘画艺术或其他载体上唐卡更具独特魅力的特殊之处。

随着工业化、数字化时代的到来，传统的生活方式发生变化，传承唐卡技艺、绘制唐卡的方式、绘制唐卡的工匠群体都有了很大的不同，这也为唐卡附加了现代的意义，唐卡已跨越了教派、地域、族群、国家等多重边界。受到商品经济和技术冲击的唐卡已经不再是纯粹的藏传佛教宗教用品，唐卡面向的人群也不再仅仅局限于藏传佛教僧人和信众。它成为一种艺术品被大众欣赏、收藏和买卖。唐卡也不再被仅仅珍藏在寺院里或经堂中，还被挂在了博物馆、唐卡展厅、唐卡专卖店和艺术爱好者家的客厅里。在这样一个转变过程中，专职从事唐卡买卖的商人无疑起了很大的推动作用。

在原本作为宗教法器的唐卡上，其中添加了艺术、族群、民族文化的象征符号，彰显中华民族传统文化代表等多重价值与意义，其文化表征经历了从族群、民族到国家认同的转换。

三　数字化大生产还是人工小作坊

唐卡具有1300多年的历史，华丽精美的唐卡不仅是藏传佛教神圣与尊严的象征，更是藏族文化传承的体现。中国陶瓷彩绘工艺在陶瓷工艺千年发展史中日臻完美，陶瓷彩绘的一个重要组成部分是传统的仙佛题材，艺术家们往往查阅史料传说，并融入自身的理解与想象，在瓷板或陶瓷器物上绘出风格各异的作品形象。当代的陶瓷唐卡可以看作是这类题材的延伸，多选取藏传佛教人物作为创作题材。既传承了唐卡艺术艳丽斑斓、调和统一的色彩性格，又同样表达庄严虔诚、向往彼岸的艺术情感，更将原来布面上的绘画艺术升华到泥、火、釉立体转换综合表现的艺术层面，色彩经过高温的烧制更稳定、更趋"永恒"，而且为当代唐卡艺术开创新的艺术形式，使其融入现代家居陈设。

工业化时代，社会生活和生产结构发生了翻天覆地的变化，传统的农耕手工生产方式被机械化大生产所取代，农耕文化逐渐瓦解，民间工艺所依托的诸多载体相继衰落，造成了其实用空间的萎缩和审美功能的变迁，民间工艺中很多门类由此转向"民间工艺美术",这种倾向使得民间艺术与产业有了结合的可能,事实上,现在的藏区电脑彩喷机打印的唐卡大有要取代传统手绘唐卡之势,那么,问题又出现了,要不要让机器生产取代人工,大规模还是小作坊?

图6 新彩瓷板唐卡 76厘米×45厘米
(作者:哈达)(图片为哈达拍摄)

图7 新彩瓷板唐卡 76厘米×45厘米
(作者:哈达)(图片为哈达拍摄)

我想,手工艺品中人工的灵性是机器生产无法取代的。传统手工艺是手工加工方式为主的工艺美术种类的总称,具有作为一种手段、过程和结果的形态属性。在具体的学科发展和理论建设过程中,对于传统手工艺的认定及所指没有明确的界定,目前与传统手工艺相关的概念有传统工艺、传统手工技艺、民间工艺、民艺、民间工艺美术、传统工艺美术等,从这些词语的内涵和外延上看,相互之间都有着重叠的内容,但总的来说是倾向于对人工技艺的描述与保护。[①]

从"非遗"保护和民俗文化角度看,民族特色的文化产业具有适应现

---

① 丹增:《文化产业发展论》,人民出版社,2005。

代社会及自我更新的能力,提倡对文化产业的有序开发,有益于我国现有文化产业结构的优化调整,并促进城乡互动。近年来,传统手工艺传承问题进入社会学、人类学研究视野之中,北京大学人类学教授高丙中在《居住在文化的空间里》①一书中对改革开放以来中国在现代化冲击下生活方式的巨大变化予以关注,从消费、民间文化复兴、文化重构、文化共享、文化活力、中国社会再生产的文化问题等方面展开了论述,指出当代文化无孔不入、无处不在的现实,社会在人口再生产、物资再生产的同时,还进行着文化再生产,这也为少数民族传统手工艺的可持续发展拓宽了思路。借助产业化手段拓展非物质文化遗产的传承环境和传播空间,通过市场化的途径实现非物质文化遗产存续与发展的良性循环。

信息技术的应用,带来了民族艺术产业化中的计算机辅助制作、海量存储、网络展示、网络传播等诸多方式。唐卡"数字化"体现了文化资源的数字化需求,可以衍生出更为丰富的艺术表现形式,如:数码图像、数字视频、动画等,这些信息具有多媒体性、交互性、虚拟仿真及远程共享等特性,远远超出了平面二维载体。信息技术的发展对许多种类的民族传统手工艺带来了冲击的同时也带来了更为广阔的传播平台,借助数字化的路径,唐卡走出了寺院、走出了藏区,为陶瓷唐卡提供了充足的图像文本和多样的学习技艺的路径。

四 结语

文化产业语境下,民族特色文化保护是其文化产业可持续发展的前提和保障。陶瓷唐卡因为高温烧制,颜色和质地更加稳定,与布质、绸质等传统唐卡相比,艺术表现形式更多样,更不易变质氧化,更易制作与保存。同时,不断涌现出更新更适合陶瓷唐卡制作工艺的化工颜料和制作技术。现代的居住方式,生活空间促进各种艺术形式的交流共生。随着人们的生活情景不断变化,唐卡艺术也不断被注入新的活力,历经数次大的社会变迁,饱满的精神含量使形式多样的唐卡艺术至今仍然具有旺盛的生命力,

---

① 高丙中:《居住在文化的空间里》,中山大学出版社,1999。

依旧在藏族人民的生活中，活跃在藏区人民的礼仪、民俗、节日、日常生活中。

从陶瓷唐卡的发展中我们不难看出传统文化资源的现代性转换，在传承和发展中找到民族特色文化保护的新路径，适宜的产业化利用是民族特色文化可持续发展的新诉求，民族文化产业发展为民族特色文化保护提供了可能，开拓了空间，同时也增强了保护的自觉和信心。

［原载《民艺》2019 年第 3 期，第 136~140 页。］

传统手工艺的现代转化

吴 南 中国艺术研究院

现阶段中国传统手工艺的再度兴起是与"非遗"保护和文化创意产业的兴起密切相关的。特别是在"非遗"越来越为中国社会所熟悉后,普遍被纳入"非遗"范畴的中国传统手工艺重新回到公众的视野中,并快速达到繁荣。尽管在 21 世纪第二个十年开始的市场调整造成多数传统手工艺门类发展趋缓,但来自"非遗"方面的保护力度却是有增无减。然而,在这样一种有利环境中传统手工艺的活态传承却陷于失效,说明从业者、消费者以及管理者对传统手工艺及其所依托的非物质文化遗产保护的认识存在偏差。

为什么会形成如此状况?究其因,在于现阶段的人们对于中国传统手工艺的认识存在偏差。

一 手工艺为时代造物的传统的再认识

对"传统手工艺"的字面的望文生义式的机械理解,造成了对传统手工艺的误解和曲解。

(一) 传统手工艺同步于时代和文化的演进,是与时俱进的

中国传统手工艺的发展过程中,其中的工艺技术同产品的品种与形式并不是一成不变的,表现出与时俱进的演变、淘汰、新生等不同的状态,材料、工艺、工具、形制、功能、形式等随着时代和社会的发展而表现出阶段性的变化差异。同时,这些阶段性的不同又联络成整体性的脉络。如果仅仅是物质文化遗产,其发展脉络依托的是相似性,甚至需要同质、同制。而传统手工艺则表现出了鲜明的差异性,其能构成脉络,必然不是依

托于物质方面的教习和传递，而是因其更为深刻的非物质性内容的作用达成的。物质性内容的改易能够展现为一脉相承，中国传统手工艺所传递的是它所关联的价值观，虽然无法直观地认知，但是借由不同阶段的物质方面的表现可以察知其内容和作用。

第一，传统手工艺不是"过去式"的，不是静态的，而是与社会、与时代发展同步的，是传统价值观＋时代核心价值观的体现，是先进生产力（工具、技术、知识）的体现，是文化延续和积累的即时体现。

应该如何认识传统手工艺呢？首先，它是一种文化活动，是在人类活动过程中形成的规范和产品，是传统文化所代表的价值观的体现；其次，它是一种因价值观决定的生活态度和生活方式的表达，展现的是一种提高生存质量的主观愿望、精神诉求。艺术创作、文化传达、材料运用，等等，这些都只是传统手工艺的可视形态的一部分。中国传统手工艺以对传统文化所内涵的价值观的体认为核心。如果机械地将传统手工艺植入现代社会生活之中，就会发现，不论从艺术、文化还是从技术，在各个方面都显现出难以调和的不相适应，传统手工艺的发展并非如现阶段的人们所认识的那样传统、缓慢。它的运动是和社会发展保持同步的，只是人们主观地或故意地迟缓了它的"脚步"。实际上传统手工艺所承载和传递的思想与政治、经济、文化、科技等的进步是协调一致的，只是当人们看到传统形制的手工艺产品时，只专注于其传统的艺术形式、内容、工艺技术、材料的天然性等这些表象，却忽略了从整个传承历史的长度去连续地追问：前人为什么要这样做？从中去探寻传统手工艺真正的精神内涵。而其实，传统手工艺的精神内涵从来没有远离具有同样文化归属的人们，始终伴随着人们，只是被主观的自以为是遮蔽了而已。

技艺本身是活态的、与时俱进的，技艺产生的目的是加工物质、表现思想，而不是附属于特定物质的，因而不能因物质而使认识被束缚。技艺的传承与保护并不意味着其加工对象、制作内容的一成不变和倒退回封建王朝的时代，它必须与社会生活的进步协调、相合。如果不能使后来者认识并理解、认同、接受这些思想和精神，非物质文化遗产就无法得到有效传承；后来者使用相同的材料、工具和工艺，就不能创作出具有文化连续性的属于同一文化脉络的产品。

第二，不能囿于"手工"的以偏概全，"手工"更大程度上是操作者的身心感受，其对于消费者及公众而言并无实质意义。

对于传统手工艺而言，机械化制作是一个无法回避的现实冲击，而且与制作相分离的设计更易于与机械化制作相结合。机械化生产极大地挤压了手工生产的生存空间。于是，这种发展趋势使人们对于传统手工艺的传承提出了质疑：手工劳动的形式是不是传统手工艺传承发展必然的核心？例如，自蛇皮钻被引入工艺雕刻制作后，玉雕、牙雕，甚至木雕等品类的生产，已经并非严格意义上的手工制作了，电动磨玉机的普及使玉雕更应被视为机械化制作范畴。如果刻意地去追究其形式，恐怕玉雕的制作要倒退回水凳之前的时代了。但一味追求手工，并非传统手工艺的回归，而是逆时代发展潮流的倒退。玉、牙等的雕刻工艺并没有因电动工具的引入、普及而脱离传统手工艺的范畴，那么，手工劳动的形式就不是传统手工艺传承发展所必须持守的定式。作为传统工艺究竟传承的核心是什么？工具、工艺、材料、产品……这些都是物质性的东西，而为什么使用特定的材料、如何形成特定的工具和加工工艺、为什么形成特定的形制、为什么选用特定的题材、内容、形象、装饰、纹样……这一系列对于造物规律、传统文化理念和文化艺术创作规律等内涵的发现、归纳、总结、抽象的认识和理解是非物质性的，这才是传承、延续的关键所在。

（二）偏重纯观赏性的装饰、轻用度的创作削减了对于现实生活的意义

虽然，目前中国传统手工艺在总体上表现出艺术品化的趋势，但面向陈设观赏、投资收藏的艺术品化发展具有极大的局限性，其市场空间便不是无限可开发的。同时，受众面的有限亦影响到艺术品化的传统手工艺被认知，限制了其生存环境的改善，其传承的规模也受制于市场和生产的规模，弹性小，难以应对发展过程中的波动产生的冲击。通过对比，台绣传承人林霞所提供的传统手工艺向文化创意转化的思路和形式是中国传统手工艺在当代和未来发展的一种可资借鉴的有效范式：不仅作为纯粹的装饰和陈设，而且是更大程度地充分融入社会生活多方面的实际应用，是传统手工艺在由工业化社会向后工业化社会转型中取得发展的更有效的模式。

在这个模式中所展现出的创意对技术的巨大拉动作用使活态传承持续有效。

传统手工艺要创作、生产优质产品，传递积极的价值观，展示中国文化的精髓；产品要具有更高的适用性，才能让传统手工艺真正融入现代社会生活，影响到更广大社会群体的文化体验与文化感知。

二 现代转化是传统工艺传承和发展的客观要求

传统手工艺生存和发展的客观规律决定了，无论是作为非物质文化遗产保护，还是作为产品生产，都必须完成现代转化。

1. "非遗"的保护和传承同样需要"非遗"实现现代转化

非物质文化遗产保护和文化创意产业的目的并不是使某种形式的文化仅仅成为以稀为贵的收藏而远离社会大众，而是要使某种文化成果最大限度地使社会大众了解、认知、理解和消费，使之成为社会生活的常规内容。

"非遗"保护是要将古人改善生存、生活质量的"美好生活方式"所体现的传统价值观传递给现代社会大众，引起共鸣，获得认同，并启发现代的人们探求改善生存、生活质量的"美好生活方式"，将特定的文化体验进行传递。

作为物质形态的表现，产品是非物质文化遗产的载体，产品是人们的思想与愿望达成的物质体现。于是，首要的问题就是：人们为什么要创作如此的产品？例如古代的人们创制的灯具：俑形灯（跪坐俑式长信宫灯、舞俑式的联灯等）、禽形灯、兽形灯、树形灯、异形灯，等等，一方面追求功能的优化（如：增加照明度、保持环境清洁等），另一方面追求的是形制美观，如此种种。作为一种照明用具，自陶灯的制作开始，人们便已不再只满足于朴素的灯碗的造型，生发出多种基于功能性的艺术造型。在照明之外，一方面减少了油烟造成的污染和不适，另一方面使生活环境产生出意趣的变化。当现代人看到几千年间的古人的创造，不应只叹赏于古人的造物技术，而应当进一步思考古人为什么要创造出这样的产品。减少油烟污染带来的环境与生理的不适是实现功能方面的升级改造，而艺术形式的改变则是满足了更高层次的精神享受。可以看到，这不是某一时期的偶然现象，而是在不同时期的普遍表现。这种精神层面的诉求已经超越了使生活更为便利的物质性创造。古人并不是为了造成这样的形制而造物,而是在便利生活的基础上有着更高层次的追求,要使之扮美生活,使生活环境得到美化,同时彰显身份、个性的与众不同,反映出当时的时代人们对于美好生活的理解、追求和展现。而在民间,剪纸窗花、面食花馍、绣花装饰等,在平凡、质朴的生活中,人们运用各种材质和形式来增添生活中的用度之外的审美享受。生活不只是吃、穿、作、息……这样基本的、物质世界生存保障的动作,还拥有更为丰富的精神世界的体验,这样的艺术化创造并不专属于统治阶层,而是人类所共有的属性,从原始的骨制、石制的饰品,到丰富多彩的彩陶器具、漆器和玉石器等,不仅是物质方面改造客观世界的需要推动人类社会的进步,改善生存和生活质量、使生活更为美好的动力,也是加速人类生产能力进化的重要因素。如今,这些造物活动都被收录进非物质文化遗产保护项目的名录,但其中绝大部分的物质形态已并不适合当今社会生活的需要了,因此,如果只是保持这样一种造物技术的存在并不具有现实意义。但传统的造物依然在传达着人们对于生活应该是什么样的一种认知和理解,这是传统文化及其所代表的价值观决定的,是人类文化的共性;差异化则体现出某种社会文化的个性。因此,当社会发展在物质生产方式上已经产生质变之后,这些传统的造物活动所要传递的并不是技术,也不是艺术形式,而是要启迪后人对生活的认识,对美好生活的向往,将传统文化中演绎的价值观理念延续下去。

图 1　人形青铜灯(战国)(国家博物馆藏)(图片由作者拍摄)

图 2　鸟柄青铜灯（战国晚期）（淄博市博物馆藏）（图片由作者拍摄）

图 3　彩绘雁鱼青铜釭灯（西汉）
（国家博物馆藏）（图片由作者拍摄）

图 4　盒形盖灯（东汉）
（荆州博物馆藏）（图片由作者拍摄）

2. 传统手工艺为时代造物的属性决定其必然的现代转化

造物与生活方式相辅相成，生活方式引导造物的进化，造物对生活方式产生支撑和推升，生活方式因传统文化中的核心价值观、阶级性的主流价值观而做出选择。因此，必须能够体验到生活方式的选择，才能深刻理解造物的精神内核，才能使造物技艺在传递中减少衰变，如民间的诸多造物技艺得以较为稳定、长久地延续，就在于对生活方式的认同和选择的延续。只有后来者理解为何要做成某种物，才能理解为何要将其做成特定之形制，才能真正习得如何制成特定形制的某种物，包括选材、制备原料、辅料和工具、工艺的运用等。

正是这种对美好生活的不断追求的内在动力，促进着人们不断探索着改良、优化产品的形式规制、材料、技术手段（工具和工艺）等趋近于所追求的目标。同时，"美好生活"受到经济基础和意识形态的作用和制约，即它从属于一定的价值观，符合并反映一定的文化背景和时代风尚。对美好生活的追求是一种共性，而"美好生活"则又是一种个性体现，其流布和传续与不同时代、不同地域、不同价值观、不同文化背景相关，受到这些因素的重要影响。例如服装，充分反映出时代、地域、价值观、文化背景等的个性气质，或峨冠博带，或宽袍大袖，或便帽窄袖，礼服、西装、旗袍、T 恤、牛仔裤……但其中的共性是相通、相同的——穿着舒适、形象美观，无不是对美好生活的认识和追求的表现。对"美好生活"的体认和追求不是臆造、不是附会、不是奢侈的堆积、不是拿来主义，而是对于文化的沉浸式的体验，是发自内心的情感诉求和寄寓。

现代的中国传统手工艺从业者之于这份文化遗产，不仅仅是承受者，同时又是其中的解读者和增益者，是要在传统文化成果应用于现代的同时，将当今这个时代的文明成果融入其中。20 世纪 50～80 年代，老艺人们的创造，使这份遗产更加丰实，他们将中国传统手工艺诸多技艺的发展推上了一个历史的高峰。在他们身后，留给现在的从业者的课题不只是保有这份财富，生产力水平的快速提高，客观上要求现在的传承人更应使之继续发展、超越前人的成就，反映现代社会的思想认识水平，表现出当人类社会已进入后工业时代的文化风貌。转型的当代中国传统手工艺行业的使命不再以生产、出口为主要内容，不再是辅助经济建设，而是向文化本质回归，确立文化第一性，经济为文化服务，从业者的劳动由产品生产转变为文化创造，其中最本质的是价值观的更新传递运动。尽管形式是传统的，但其中的文化内涵却是发展的，作为价值观、世界观的体现，是随着人类社会的进步而不断演进与更新的。作为文化遗产它不是自上而下的压力，而是自下而上的推升，正是持续的、丰厚的文化遗产，构筑起现代社会赖以高速发展的坚实基础，而现代人同样是在为后人加高这一基础，以使人类社会保持进步。

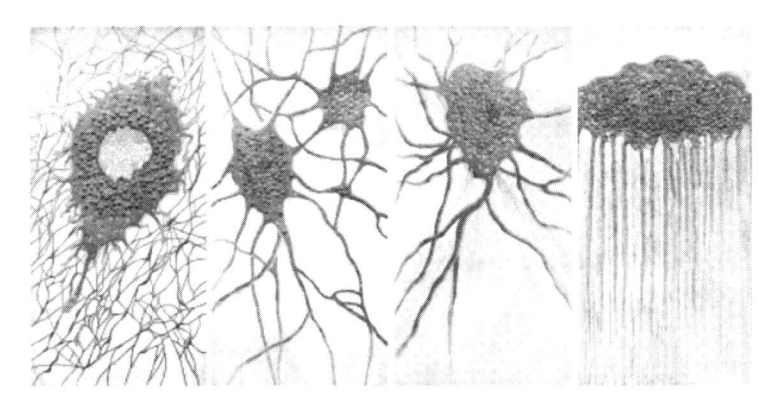

图 5　林霞台绣作品　降生 NO.1 – 4（图片由林霞提供）

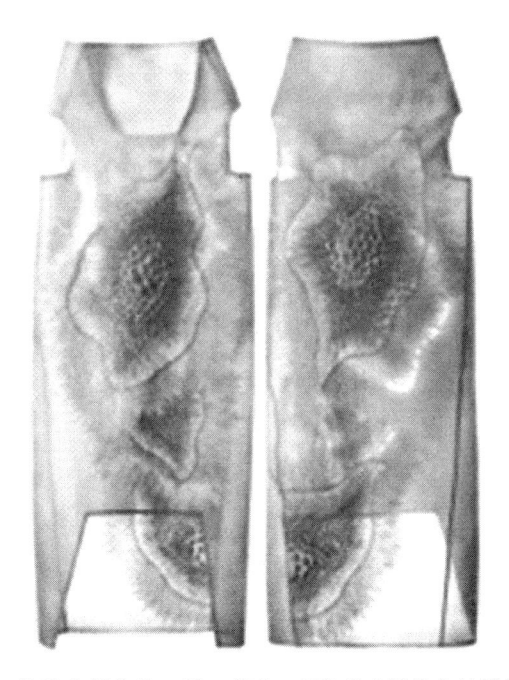

图 6　林霞台绣作品　原·衍生　NO.7（图片由林霞提供）

当诸多门类的传统手工艺行业的从业者苦苦寻找向文化创意转化的形式和路径之时，林霞所传承的台绣已经较好地完成了从传统手工艺向文化创意的转化。通过创作的过程和产品的对比可以发现，林霞所做的创作和其他从业者具有根本的不同。通常，传统手工艺行业的从业者将艺术品化的创作和创意等同于文化创意。因而，一直以来都是以艺术品化的创意替代了文化创意，实则这两种理念和思路之间是有着明显的区别的。首先，二者的创作目标不同，艺术品化的创意是为了创作艺术品，用于观赏、收藏，文化创意是为了创作具有功能性的消费类产品，可广泛用于用、玩、赏、藏；其次，二者选择的创作素材不同，艺术品化的创意多选择典型形象、典型环境进行表现，文化创意则多选择符号化的元素进行设计；再次，二者的产品形态不同，艺术品化的创意形成的产品多为独立的、唯一性的，以画、塑形态为主，文化创意形成的产品兼具独立性和结合性，形态多样；最后，二者的产品社会化程度不同，艺术品化的创意形成的产品以稀有性为特征，主观因素和客观因素共同决定了其产品难以批量化、规模化，而文化创意形成的产品具备批量化、规模化的可能，最终的实施取决于主观因素。因此，艺术品化的创意的产品生产过程更主要的是强调创造者主观的思想或情感的表达，以视觉效果吸引消费者的关注，在观、想的沉浸中对创造者的主观意图进行解读，达成共鸣或回响；而文化创意的产品在生产过程中创作者的主观性的反映是随着产品形态的改变而不同的。例如，林霞创作的台绣产品，有陈设品、装饰品、服装、服饰、首饰、用品、用品装饰等，其中陈设品和装饰品所表现出的主观性较强，强调创作者主观思想、情感的展现和抒发，而其他以实用功能为特性的产品其主观性较弱，因为实用性和使用性居于首要位置。创作者的设计制作是围绕实用性产品展开的，创作者的主观意愿须与产品相协调，相统一，构成要素的局部过度凸显都会破坏整体的艺术性。由此可见，林霞对台绣的传承之所以能够实现向文化创意的较好转化，其核心在于认识和理解传统技艺所应用的形式和方向。她并不是专注于某一件、某一种产品的创意和制作，她是着眼于传统技艺在生活中的应用。因而，她寻找、选择创意符号元素的范围就变得十分广阔，内容也丰富、多元，其设计思路也不会局限于对象形象或对象环境的有限时空中，能够充分拓展和发散，将文化内涵充分释放于各式产品之中，提供给不同阶层、不同背景的消费者，使个性化得到最普遍的认同和接受。不论是在刺绣之内，还是放在整个传统手工艺的范畴内，林霞所做的台绣传统技艺向文化创意的转化都是典型的，具有代表性和借鉴性的。

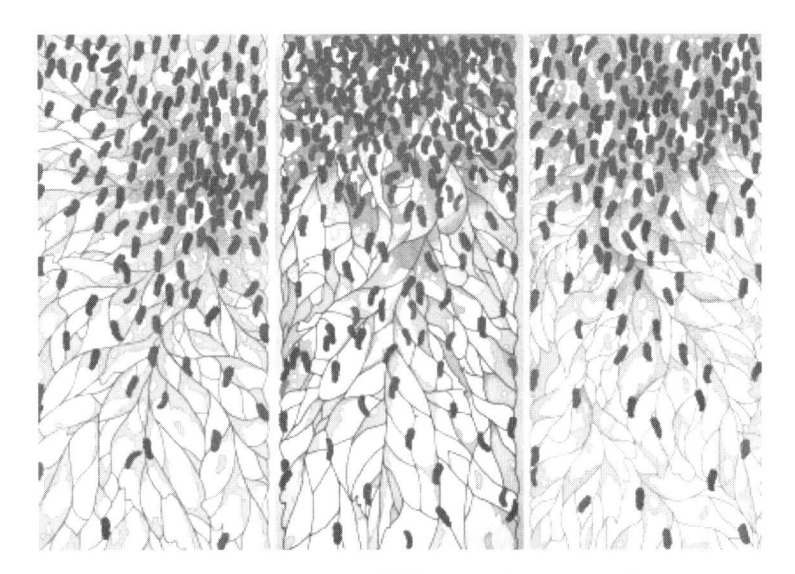

图 7　林霞台绣作品　紫椹图（图片由林霞提供）

图 8　林霞台绣作品　暗潮（图片由作者拍摄）

3. 现代转化不是一味地迎合时尚，也不是以复古加于当代，而是传统的与现代的两种价值观的交互融合：借鉴、互补、协调一致

传统手工艺的发展是受传统价值观和阶段性主流价值观影响而衍生的一系列文化和传统规范。传统手工艺的设计不仅是对某一具体物的设计，更重要的是对人的行为和认识的设计，受到占支配地位的价值观、文化思想的影响，由个体对"美好生活"的认识上升为通过修正和约束个体使社会达到"美好生活"的高度。

因此，对传统手工艺的认识不能只认识它为文化，而是要认识它和与之具有内在关联的传统价值观之间的联系。传统手工艺的生发、创作不是凭空、任意而来的，而必须是遵循传统价值观和阶段性主流价值观的驱动。否则传统手工艺不能称为传统手工艺，失去了体现价值观的文化载体的意义，传统手工艺只能是一种文化表现手法而已。

现代转化是传统价值观与当代核心价值观交互融合的结果，而非单纯地将传统价值观直接带入当代社会生活，也不是简单地将当代的价值观直接强加给"非遗"。传统手工艺的现代转化较之"非遗"更易，但也首先要从价值观层面进行再认识和再理解，脱离误区，是传统和现代两方面在认同理解达成统一的必然结果。传统的产品形式和生产方式不是其必然，机械地以现代样貌对其改造也非必然，而是在于启迪人们对于美好生活方式的认识，共同形成在当代美好生活中对传统手工艺的形式与功用的新需求。

以传统手工艺为代表的这一类非物质文化遗产的活态传承并不是仅仅传授某种技术、某种工具的使用方法，而是引起传承者、从业者对于"为什么会产生这种技术来生产这样的产品""如何更好地应用这类技术"的自主的、主动的思考，在认识的现代转化的指导下，延续构建美好生活方式的传统，实现有效的保护、传承和发展。

[原载《民艺》2019 年第 6 期，第 6~10 页。]

乡村振兴与非物质文化遗产的创造性转化*
——以傩雕工艺为例

黄朝斌　顾　琛　湖北经济学院艺术设计学院

费孝通先生说："从基层上看，中国社会是乡土性的。"① 早在20世纪二三十年代，梁漱溟、晏阳初等一批社会学者即开始关注中国的乡村建设。如今，40多年的改革开放，曾经的"乡土中国"已向"城市中国"迈进，自党的十八大以来，党和政府更是把"美丽中国"作为我国生态文明建设的宏伟目标，现实生活与费先生所说的语境已有了巨大改变，但中国的乡土环境、人文历史、民族风情造就的多元文化，以及社会物质文化生产与文化发展的不平衡性仍然存在，因此，振兴乡村，保护和传承优秀传统文化在当今仍是一项重要课题。2018年9月，中共中央、国务院正式出台了《乡村振兴战略规划》，提出了"以非物质文化遗产传统工艺技能培训为抓手，帮助乡村群众掌握一门手艺或技术。支持具备条件的地区搭建平台，整合资源，提高传统工艺产品设计、制作水平，形成具有一定影响力的地方品牌"② 的具体方针。可见，以非物质文化遗产（以下简称"非遗"）来实现传统文化与现实生活相融合，创新发展中国传统工艺，带动乡村文化经济的发展已成为社会共识。

在全国众多的"非遗"项目中，傩文化因其神秘而原始的宗教气息而

---

* 本文为国家社会科学基金一般项目"中国傩戏面具艺术谱系考略与图式再造研究"（项目编号：17BMZ089）阶段性成果。
① 费孝通：《乡土中国》，北京大学出版社，2012，第9页。
② 中共中央国务院印发《乡村振兴战略规划（2018－2022年）》，中国政府网：https://www.gov.cn/zhengce/2018－09/26/content_5325534.htm。

独具特色,傩雕工艺作为傩文化的有机组成部分,所制作的傩面具与它存在的各个时期的社会形态、生活方式、自然环境、文化空间等有着重要关联。然而实践证明,只有能不断满足人类生活需求、持续提供人类社会发展和进步支撑作用的传统手工技艺,生命力才会持久展现魅力,傩雕工艺自然也不例外。进入现代社会以来,随着文化与科技的进步,傩文化的生存土壤已发生巨大改变,传统的傩雕工艺市场也逐渐萎缩,多地的傩雕非遗传承人群体由此而缺乏社会关注,许多传承人不得不为生计改行。面对这样的现实困境,要使傩雕工艺重新焕发生命力,必须通过创新发展来适应现代生活的需要。当前,在国家乡村振兴的政策助推下,一些傩文化地区开始做傩雕"非遗"商品化的转化尝试,借此提升傩雕工艺的商品价值,但受限于多种因素,许多地方花了大力气却收效甚微。因此,如何抓住机遇,摆脱现实困境,构建傩雕工艺商品化项目,改善傩雕工艺"非遗"项目的存续环境,是本文思考和展开研究的出发点。

一 "非遗"商品的活化案例与傩雕工艺传承人的现实困境

针对"非遗"资源的有效利用,国内外专家都做过许多深入的研究。方李莉研究员指出:"非遗"作为一项文化资源,"不仅能成为一个地方文化的象征、标志和符号,而且还因为其能转化成文化商品,是现代文化产业的最终成果"。[①] 康保成教授也认为:"非遗保护不能停留在'原汁原味'止步不前,而要在去粗取精,提高优化方面多下功夫。"[②] 从国际来看,日本是最早提出将"文化财"[③](即文化遗产)活化,让其成为重振地方文化经济的一种资源的国家,欧美国家多年来也都极其重视对非物质文化遗产进行活化利用。国内来看,在当今乡村振兴的政策大背景下,让许多非物质文化遗产以一种艺术化和商品化的形式复活,正成为乡村文化经济持续振兴的有效手段,并涌现出诸如福建屏南县熙岭乡龙潭村、广东青田村等一些典型案例。如福建屏南县熙岭乡龙潭村,这个小村落曾经同中国大多

---

① 方李莉:《有关"从遗产到资源"观点的提出》,《艺术探索》2016年第8期,第59页。
② 宋俊华、王开桃:《非物质文化遗产保护研究》,中山大学出版社,2013,第5页。
③ 唐家路:《民间艺术的文化生态论》,清华大学出版社,2006,第206~208页。

数农村一样,在经济大潮的冲击下,成了一个交通闭塞、人口流失,老宅破废,贫困落后的山村,但龙潭村有着悠久的手工业传统和深厚的文化资源积淀,其中该村的"四平戏"是福建省人民政府列入的第一批非物质文化遗产。2014 年,艺术家兼策展人林正碌偶然来此,震惊于这里古民居的人文和自然之美,随后,林正碌开始了"艺术乡村建设"的一系列实践。一是教当地留守村民学会通过互联网加强与外界的交流,增强当地村民的文化自信;二是吸引外地人来此创业生活,新兴居民对村民思想观念的触动很大,促进了当地村民的现代意识的形成;三是在地方政府的支持下改造一些年久失修的老房子,建成博物馆、书店、咖啡馆、画室等一些具有现代意义的空间。通过"以乡村导入城市资源,向城市输出乡村价值"① 的一系列措施,龙潭村的乡村振兴计划成效显著,人口逐渐回流,乡村文化又逐渐恢复生机,村民重新看到了当地传统文化的价值,更重要的是村民的生活水平有了显著提高,使乡村振兴不是一纸空谈。

由此可见,以"非遗"振兴乡村首先必须重塑乡民的主体性意识,让当地群众认识到自身传统文化的价值,要从借助外力走向强调乡民自主意识的激活。其次,要提升乡民及民间非遗传承人的整体文化素养,提供条件让他们主动与现代生活和市场接轨。最后,要对民间非遗传承人进行跟踪培养,实施动态管理,活态传承,鼓励民间艺人、匠人对先祖文化进行创新性研究和传播。目前,"非遗"项目的传承面临最大的挑战在于文化创意产品的开发,以及如何提升非遗传承人研发再生设计的能力、更新设计观念、学习新的技术,以此加速"非遗"商品化产业的形成。就傩文化来讲,虽然上文中的例子不一定能原样复制,但作为具有同样深厚文化积淀的傩雕工艺,仍可以从中找到一条"非遗"商品化的成功轨迹。傩雕工艺主要集中在几个重要的傩文化区内,如贵州德江、安顺、道真,江西南丰、萍乡,甘肃永靖,湖南辰州,安徽贵池,湖北恩施等地,近年来,地方政府、各级文化部门和大量专家学者对傩文化及傩雕工艺做了许多普及性宣传,但受各地政府部门的重视程度、文化和经济发展的不平衡性影响,各

---

① 艺术中国:《艺术何以还乡?左靖谈中国艺术乡建的经验与反思》,http://art.china.cn/zixun/2018 – 12/17/content_40616450.htm。

地傩雕工艺的传承和发展情况差异较大，贵州与江西等地傩雕工艺得到地方政府的重视，开发较好。从傩文化的研究来看，目前的研究还多停留在学术层面，与之相关的研究课题、学术论文和会议虽并不鲜见，但真正能够把傩雕工艺落实到文化创意产业来推广，以此助推乡村振兴的并不多。从傩雕工艺传承人层面来看，一些地区的傩雕传承人多是在传统文化节日有需要的时候露露脸，或是给传承人提供一个展位，多流于形式，所取得的效果无论从经济上还是文化推广上都非常有限。更现实一点来说，傩雕工艺在一些民间艺人眼里并不是一个多么挣钱的职业，更多的只是他们的一种社会责任，这显示出部分地区对傩文化保护与发展认识的不足。

于此，如果傩雕工艺本身的市场不足以支撑傩雕艺人的一般生活水平，而且政府方面没有更好的条件支持的话，势必会影响本土傩雕艺人从事这项工作的积极性，在他们看来，寻找适合的工种，提高经济收入才是他们更为现实的选择。再者，部分傩文化推广力度比较大的地区，随着一些外来文化公司的强势介入，他们的产品无论在设计美感，还是工艺材质方面都更符合现代人的审美需要。因此，傩雕工艺的传承在上述发展空间和设计理念的双重挤压下，有可能导致如下问题：一是在傩文化不受重视的地区，傩雕艺人作品受限较多并推广困难，有孤掌难鸣之感，"非遗"传承将面临无以为继的尴尬局面；二是传统傩雕艺人由于整体设计水平难以抗衡外来文化公司的竞争而处于弱势，这势必会使当地乡民丧失"非遗"工艺的话语权，也有悖于乡村振兴的初衷。据安顺地戏面具雕刻的代表性传承人秦发忠介绍："目前傩雕艺人受傩雕工艺市场和自身经济境况的制约，整体来说正在呈逐渐减少的趋势。受市场需求压缩的影响，一些技术水平高的傩雕传承人已逐渐占领了傩雕工艺市场，相比之下，那些技术更新慢、竞争力不强的民间艺人正面临退出历史的舞台，当他们觉得傩雕工艺还不如外出打工更为挣钱的时候，这个手艺活也就自然停止了。"① 安顺是国内目前傩雕工艺发展较好的地区，秦发忠被称为将地戏面具雕刻技艺与文化相结合的第一人，也正是这些有远见的传承人凭着对传统傩雕工艺的热爱

---

① 资料来源：2018年10月5日，笔者对安顺地戏面具代表性传承人秦发忠的访谈。

和使命感，意识到民间工艺生存的危机，努力挖掘傩雕工艺的文化价值，传承并发展古老的傩雕技艺，使傩雕工艺得以让更多人认识。可见，要使傩雕工艺作为"非遗"产业来振兴当地的乡村经济，唯有加强对傩文化区的文化挖掘，提高扶持力度，加快傩雕艺人的现代化进程，尽快使他们摆脱经济困境的制约，过上物质丰裕的生活，增强这些民间傩雕艺人的认同感、归属感和职业安全感，促进传承人对先祖文化进行创新性研究和传播，以此来达到乡村振兴的目的。

二 傩雕工艺商品化的原真性保护与创意再造

"原真性"作为目前国际公认的文化遗产评估、保护和传承的基本原则，对于文化遗产的有效传承起着至关重要的作用。作为一个术语，"原真性所涉及的对象不仅是有关文物建筑等历史遗产，更扩展到自然与人工环境、艺术与创作、宗教与传说等"[1]。对于非物质文化遗产来说，其原真性保护是对民间文化的尊重和对文化底色的坚守，只有对非物质文化遗产多一份尊重、敬畏和坚守，其重建工作才会更早变为现实。但是，我们又不能把原真性简单地理解为追求完整的"原状"，而是要体现历史的延续和变迁的过程。由于非物质文化遗产的"活态性"，它需要在原真性保护的过程中，对其文化自身的传说、表述、表演和传统工艺都能展现出来，并能够动态地传承下去。就傩面具雕刻来说，面具造型的宗教文化内涵、传统的工艺方式都体现出不同的地域性、民族性和文化多样性，这本身是因其在传承、传播过程中的变异、创新的活态性质决定的。因此，傩雕工艺的原真性保护并不是原样雕刻几个面具那么简单，更多的是要体现其在社会发展进程中不断演变的历程，除了对傩雕工艺文献整理、历史资料的挖掘需要持严谨的态度之外，还需重视创新，可以说傩雕工艺的活态传承意味着"创意"，意味着"再造"。

人类自诞生开始，创意就左右着人类的发展，没有创意，人类社会便会停滞不前，而且，人类的发明创造大多是在面临一定压力和生存危机的

---

[1] 阮仪山、林林：《文化遗产保护的原真性原则》，《同济大学学报》（社会科学版）2003年第4期。

情况下产生的。就傩雕工艺而言，目前在许多曾经的傩文化区都面临着怎样生存下去的巨大压力，这种压力势必会刺激或逼迫传承人对其进行解构和再造。以恩施土家族傩戏为例，恩施三岔乡谭学朝曾是恩施傩戏、傩面具制作工艺最系统、最全面的唯一继承人，但随着他的离世，目前其4个徒弟因各种原因仅有汪儒斌一个人在继续从事这个职业，而且状况也不容乐观。汪儒斌目前在恩施"民族大观园"景区附近有一个不大的店面，店名叫"傩面汪"，虽然他的店在闹市区，但并未为众多人识得，汪师傅目前主要以销售其他木雕刻工艺品为业，而傩面具雕刻本身的需求量是少之又少，偶尔才会有一些感兴趣的游客问询一下，汪师傅已经意识到要使傩雕工艺继续在当地传承发展，创意开发是必由之路，为此汪师傅花大力气前往傩文化保护较好的贵州、江西等地考察，学习别人先进的创意开发经验，寻找出路。目前，汪师傅已与上海世迪奇贸易有限公司达成了合作协议，一起开发傩面具雕刻创意衍生品。并且汪师傅准备将傩雕工艺与土家族的大漆工艺相结合，自费到中南民族大学"土家族漆艺培训班"学习，开发傩面具漆艺收藏的精品，笔者看到汪师傅在学习漆艺期间制作的一个"开山"傩雕工艺品，非常精美，令人爱不释手，其他傩面具工艺精品也正在开发之中。这种开发模式无疑会扩大傩雕工艺品的受众面，让更多的人了解傩文化。"傩面汪"的转型之路给我们的启示就是，由于社会文化的发展，傩面具原本的宗教祭祀功能的需求已逐渐减少，原有傩文化的发生场域已逐渐改变，在傩雕工艺急需传承的现实境遇下，唯有通过对原有物的创意再造，以及与多种传统民间工艺有机结合，才会有更多成功的可能性。

值得注意的是，再造并不是天马行空、随意拼接，不是对过去的简单重复，更不是对现代审美的随意迎合，它需要在创意上多下功夫，要基于对传统元素的深厚理解，并在此基础上进行解构，推出创意精品，提高"非遗"商品的品质。目前，"非遗"商品主要的市场仍是文创产品开发，遗憾的是当前国内文创市场给人们的普遍印象是设计同质化严重，缺乏地方特色，许多产品质地不好，不能唤起人们购买和收藏的欲望，甚至让人在买后有种上当受骗的感觉。傩雕工艺作为优秀的非物质文化遗产，显然具备创意产业化的前期条件，需要的只是从其文化特点出发，挖掘符合现代审美的元素进行再造,包括从收藏性工艺精品、实用性物品方面多渠道入手,完成传统工艺的现代性转换。当然,创意性再造切忌不加思考地简单移植,笔者在某地就看到为了体现地方文化特色,竟把"傩公""傩婆"的图案元素用在公厕的指示牌上面,显然这是对傩公傩婆的象征性缺乏理解,或是对传统文化的轻视和不够尊重造成的。于此,对傩雕工艺等一些"非遗"资源进行原真性保护的时候,应真正认识到原真性保护与创意再造是相互促进和互为补充的。"非遗"资源在商品化的道路上,尚需民间艺人、文化学者、现代设计师的共同努力,合力打造符合当代审美的"非遗"文化商品。

三 区域文化特色定位与"非遗"商品化的品牌意识构建

区域文化特色是文创产品设计的灵魂,是一个地方的形象展现。中国广袤的乡村蕴藏着丰厚的文化资源,不同的地区无论是人文风情还是自然环境均有不同,它们形成了千差万别的地域文化。而如何把区域内独有的"非遗"文化转化为手工艺品,提高文创产品的文化附加值,是非遗传承发展并带动乡村振兴的有效路径。就傩雕工艺来讲,首先它是一个大的傩文化体系,包括傩戏、傩舞等,涉及民族学、宗教学和艺术学等诸多的学科内容,在傩雕工艺商品化的过程中,如果简单地对傩面具雕刻做转化,在文化的推广上往往会显得后劲不足,也难以让人理解并产生审美认同,只有对区域内的傩文化特色进行整体包装,打造统一的文化品牌,扩大傩文化的整体影响力,才能使傩雕工艺"非遗"商品的转化过程行之有效。简言之,应把傩文化区传统文化理念、物态文化元素和民俗文化元素融入区域文化,形成特色,创造性地运用好这一文化符号,以此来驱动经济生活,达到乡村振兴的效果。如贵州的"中国傩城",江西的"傩舞之乡",这都是区域文化特色定位的具体体现,客观上增强了民众对自身文化的认同感,营造了良好的傩文化氛围,对傩文化的推广有着举足轻重的作用,当然,是不是持续地对这一文化元素进行包装,从而达到应有的效果那是另外需要探讨的问题了。

那么,应该怎样来看待"非遗"商品化的品牌意识呢?笔者认为,品牌意识的构建、延伸策略和过度消费是最值得注意的问题。就"非遗"来讲，如果说区域文化定位是一个整体推进方案，那么"非遗"商品化的品牌意识则显得更加具体化一些，之所以把区域文化定位与"非遗"商品化的品牌意识放在一起进行讨论，意图在于，以"非遗"保护为基础的文化产业首先必须有一个区域文化定位的整体框架，而"非遗"商品化的品牌意识必须体现在这个文化框架之内，否则"非遗"商品会变成无本之木。在打造"非遗"品牌的过程中，与之相关的区域特色文化可以打造成"地区品牌"，如贵州道真"中国傩城"、江西南丰"中国傩舞之乡"；以举办傩舞、傩戏等相关的戏剧节，可以打造成"事件性品牌"，如甘肃永靖傩舞戏"七月跳会"；以打造著名非遗传承人的可以打造成"个人品牌"，如南丰"傩面具雕塑第一人"张宜祥，等等，或者通过傩雕工艺评比的方式，定期评比一批优秀的傩雕传承人，如安顺"十大民间傩雕工艺师"；以傩雕工艺为特色的可以打造成"产品品牌"，以此来鼓励文化开发公司集中优势资源开发相关的文化创意产品，并申报专利，保护品牌的文化附加值。要充分发挥傩文化的整体优势，同时避免以傩文化来做简单的单品类文创产品的开发，凡此种种，只有通过品牌意识的合理介入，打造"非遗"品牌文化，才能充分体现出"非遗"商品的文化魅力。

同时，做好"非遗"品牌的延伸策略，充分发挥品牌资源的潜能并延续其寿命，是"非遗"商品化战略成功的保证。目前，国内许多有着良好"非遗"文化资源的地区，其商品化之路走得并不算成功，究其原因，主要在于产品的开发非常单一，无论是横向的还是纵向的延伸都不够，或者即使有好的产品，也没有得到较好的推广，更有甚者，开发的产品雷同，导致"非遗"文化不仅没有得到有效的保护，反而让优秀的"非遗"资源成了俗文化的代名词。针对这一现象，方李莉研究员说："在这样的领域中，我们不再以量取胜，不再以廉价而取胜，而是以我们的文化，我们的创意，我们的品牌和我们的设计而取胜。我们不需要仅仅做廉价工业产品的制造者，而需要去设计和制作有知识含量的，有文化特色和高附加值的……产品，用这样的产品去为人类新的生活服务。"[①] 就傩雕工艺来讲，可以有效

---

① 方李莉：《本土性的现代化如何实践——以景德镇传统陶瓷手工技艺传承的研究为例》，《南京艺术学院学报》（美术与设计版）2008 年第 6 期。

利用傩文化里面的元素做创意产品的现代性转换,扩大傩文化元素的设计思路,设计出更多符合现代审美的工艺作品。甚至还可以通过傩雕原始的艺术形象做生活民艺品的延伸,拓展傩雕工艺的市场范围。如前文所提到的"傩面汪"开发出傩面具雕刻与大楚漆艺相结合的工艺品,就使我们看到了傩面具雕刻走进生活更多的可能性。

当然,在实施"非遗"商品化的过程中,除了有效延伸品牌价值之外,还要防止过度消费品牌红利。无休止的品类开发和滥用,最终都会降低"非遗"文化在人们心目中的分量和应有的文化价值。换言之,合理有效的开发才能使"非遗"文化起到既保护又开发的效果,这取决于在"非遗"品牌塑造过程中对原有"非遗"文化品牌感知质量的高低和品牌联想的维度。就傩雕工艺的开发来说,傩面具本身的文化内涵是神圣的、崇高的、不容亵渎的,其元素的使用未必在许多地方都适用,因此,在产品的品类开发上需要动脑筋,要避免简单重复和盲从跟风。另外,作为"非遗"文化品牌,人们消费的还远不是某个长期而单一的产品,还可以拓宽至整个"非遗"文化的情境体验。仍以恩施"傩面汪"为例,汪师傅目前正在准备建一个集大楚漆艺和傩面具雕刻的体验展示中心,给艺术爱好者和傩文化研究者提供一个傩面具雕刻和漆艺的体验场所,在体验中心开设相应的傩雕、大漆工艺课程,传授傩雕和大楚漆艺的传统手工技艺,展示相应的傩文化产品,这带来的好处是既推广了傩雕和漆艺文化及产品,又解决了自身经济收入的问题。相信随着当地政府部门对傩文化越来越重视,汪师傅的傩文化体验基地会及早变为现实。

四 乡村自觉与非物质文化遗产的创造性传承

乡村振兴中"非遗"商品化所涉及的还远不止本文讨论的几点问题,本文所提出的问题也尚需长期关注和持续深入的研究,要把"非遗"资源转化为文化产业,需要更多的社会群体、理论界和设计界的知晓和参与。只有把"非遗"资源优势转化为产业优势,拓宽乡村振兴的渠道,让"非遗"资源实现创造性转化和创新性发展,以现代设计为"非遗"资源的传承和发展铺路,才是"非遗"资源实现再生的理想选择。由于"非遗"在发展过程中不是僵化地保持一成不变、遗世独立，而是不断发展、日新月异的，因此，其工艺的传承必须融合进现代人的审美诉求，与现实环境、生活方式及审美产生直接的关系。时任文化和旅游部副部长项兆伦曾指出，非物质文化遗产的传承，需要通过生动的实践来体现，"非遗传承是知识、技艺持有者和相关群体共同参与、密切互动的实践。不能离开大众实践、离开受众，孤立地就传承说传承。没有人看，没有人用，是不能构成完整的文化传统的……对于需要从事生产的文化传统来说，生产实践本身就是传统，从事生产就是在延续传统，而不是为了保护才去生产。生产、创新和进入市场开展得越好，受众越多，这项遗产的实践就越活跃，遗产本身就越富有活力"[1]。傩雕工艺的传承与发展，也应"以古人之规矩，开自己之生面"[2]，以现代设计促进傩雕工艺的活态传承。在2018年举行的北京国际设计周中，组委会专门设立了"非遗设计板块"和"传统工艺设计奖"，显示出各界对以现代设计介入"非遗"资源，振兴乡村文化经济、传承民间优秀手工艺的共识。

另外，在"非遗"商品化的过程中，对"非遗"资源的原真性保护和创意再造并非二元对立，而是相互发展和互为补充的。"非遗"商品既要体现原真性文化内涵，又要融入现代设计元素，既要彰显曾经蕴含的文化身份，又要避免现代设计带来的同质化、原始意义被弱化的问题。在设计中还应强化"非遗"商品化的品牌意识、产权意识、质量意识、精品意识和市场意识，打造"非遗"整体文化品牌形象，培育具有较强竞争力的知名"非遗"品牌，要做好"非遗"品牌的延伸策略，防范"非遗"品牌的过度消费。针对非遗传承人的现实困境，要加强对非遗传承人的政策扶持力度，如组织传承人参加研修培训，提高传承能力；扩大传承人群体，推广"非遗"文化，帮助和鼓励传承人设立体验基地，提高传承人的经济收入，真正让传承人得到经济实惠；提高传承人的设计创新意识，鼓励传承人与文化设计公司合作开发创意产品，充分借助外来文化设计公司的优势设计

---

[1] 项兆伦在全国非物质文化遗产保护工作座谈会上的讲话，https:// www.ihchina.cn /12/56742.html。
[2] 陈通：《以古人之规矩 开自己之生面》，《人民日报》2017年6月8日，第B6版。

力量,探索手工技艺与现代科技相结合的可能性;提高传承人和当地社会群体的文化资源开发意识,开展保护和培育"非遗"传承发展的文化生态。总之,只有让"非遗"保护和传承成为广泛的社会自觉,让"非遗"文化商品成为现实生活的一部分,才会体现出"非遗"文化应有的价值,才能把"非遗"资源带动乡村振兴落到实处,以更有利于乡村经济的发展。

[原载《中南民族大学学报》(人文社会科学版)
2019年第6期,第50~54页。]

乡村振兴背景下云南传统村落保护与发展研究[*]

林 艺 李 健 云南大学文化发展研究院

中国传统村落保护的命题，源于近 40 年来我国经济快速发展所引发的社会问题，反映了现代化中国对"乡土文化"的视野回归，甚或关系到"文化复兴"的命题，也包括从各国所取得经验中提取出来的，对人类社会发展历程的阶段性思考和对历史文化的尊重。[①] 本文所称的传统村落是基于 2012 年 9 月住建部联合文化部、财政部等部委成立传统村落保护和发展专家委员会，对全国的古村落开展抢救保护工作所给出的定义，是指："村庄主体形成时间较早，乡土文化特征明显，拥有丰富的传统资源或传统布局的形态、肌理，具有一定的历史、文化、科学、艺术、社会、经济价值的自然村落"。[②] 从 2003 年至今，我国先后公布了五批 6799 个传统村落，但是传统村落公布的速度远远赶不上其消亡的速度。国家统计局数据显示，自 2000 年至 2010 年，我国自然村落由 363 万个锐减至 271 万个，10 年间减少了 90 多万个，平均每天消失 80～100 个，其中包含大量传统村落。传统村落除了在数量上不断锐减，部分传统村落毁坏的现象也在持续"上演"。[③] 继党的十九大首次提出乡村振兴战略之后，2018 年中央一号文件又对实施

---

[*] 本文为云南省哲学社会科学艺术规划项目"政策网络视角下云南公共文化治理体系研究"（项目编号：A2018QZ26）的阶段性成果；2018 年云南大学"M60"文化发展项目（项目编号：云大 M602018ZD2）的阶段性成果。

[①] 林艺、和谐：《美丽云南从留住"乡愁"的传统村落开始》，云南人民出版社，2017。

[②] 住房城乡建设部、文化部、财政部：《关于加强传统村落保护发展工作的指导意见》（建村〔2012〕184 号），2012 年 12 月 12 日。

[③] 石文艳：《浅析传统村落的保护利用》，《知识文库》2018 年第 10 期，第 13～14 页。

乡村振兴战略进行了全面部署，这无疑为我国传统村落的保护和发展带来了新机遇。在乡村振兴战略背景下，传统村落该保护什么、如何保护和怎样发展成为摆在我们面前的难题。为此，通过对云南省几个代表性的传统村落进行走访调研，笔者围绕这三个方面的问题，对云南传统村落保护与发展进行学理性思考，并力求探索保护之策。

一 国家保护名录中的云南传统村落现状

传统村落作为活化的文化遗产，承载了大量的历史记忆、人文生态和社会发展脉络。[①] 自2012年住建部等几部委联合印发《关于加强传统村落保护发展工作的指导意见》以来，云南省统计上报的3000多个传统村落中有709个入选国家5批传统村落保护名录，传统村落数量位居全国前列。这些传统村落集中展现了云南少数民族的历史、民族、文化、地区等特色元素，对我国其他省份的人民感知和了解云南独特的民族风情有重要作用。根据云南的地理区位状况，可以将云南划分为5个区际，即滇中（楚雄、玉溪、昆明）、滇东北（昭通、曲靖）、滇南（红河、文山、普洱、西双版纳、临沧）、滇西北（大理、丽江、怒江、迪庆、保山、德宏）。[②] 从传统村落的分布状况来看，云南8个少数民族自治州共有362个传统村落，占到总数的一半以上；从行政区划看，有94个传统村落分布在云南非少数民族自治地州的少数民族自治县。这些传统村落主要居住着彝族、哈尼族、拉祜族、纳西族、苗族、佤族、傣族等少数民族同胞，村落建筑民族特色鲜明，民族传统文化保存较好，自然环境、交通状况和经济条件使环抱在大山之中的传统村落免遭快速城镇化的吞噬。在乡村振兴的大背景下，以怎样的方式让这些镌刻着人类历史烙印的传统村落"复活"，使它们不会因快速城镇化而落后甚至消亡，让生活在那里的村民和城市居民一样享受到应有的服务，这一系列问题亟待解决。

[①] 黄杰、李晓东、谢霞：《少数民族传统村落活化与旅游开发的互动性研究》，《广西民族研究》2018年第5期，第119~128页。

[②] 颜梅艳：《云南传统村落空间分布及发展路径探究》，《城市地理》2017年第20期，第24~25页。

二 作为田野调研点的云南传统村落

为了弄清当前云南传统村落的发展情况，笔者选取了云南15个传统村落作为田野点进行分析研究。

表1 田野调研点传统村落名目

序号	村落名称	村落所属地
1	白雾村	曲靖市会泽县娜姑镇
2	水碓村	保山市腾冲和顺镇
3	苍台村	红河州建水县西庄镇
4	乐居村	昆明市西山区团结乡
5	河西村	玉溪市通海县河西镇
6	银杏村	保山市腾冲市固东镇
7	坝美村	红河州红河县乐育乡
8	一字格村	昆明市晋宁区夕阳乡
9	石坝子村	昭通市威信县高田乡
10	板桥村	楚雄州禄丰县黑井镇
11	诺邓村	大理州云龙县诺邓镇
12	新华村	大理州鹤庆县草海镇
13	驼峰村	保山市腾冲市清水乡
14	宝丰村	大理州云龙县宝丰乡
15	白雕村	昭通市永善县大兴镇

通过调研分析，笔者发现云南的传统村落历史价值和文化价值较高，部分村落根据村落的建筑文化、非物质文化、民族特色等特点实现了不同程度的村落规划与旅游开发。具体来讲，大致可以将其分为以下几类：一是已获得资本青睐，有旅游企业入驻并已对其进行开发的传统村落。这类传统村落借助近年来云南文化产业发展的春风实现了凤凰涅槃后的重生。二是具有一定价值，但还未有资本进入对其开发的传统村落。这类传统村落还未被快速发展的城镇化完全吞噬，依然可以触摸到人们的历史记忆和乡愁乡韵，当地人对社会资本进入实现村落转型发展并让他们过上富裕生活是翘首以盼。三是依靠自身机能制度不断摸索生存之道的传统村落。这

类传统村落由于自然条件、地理位置等限制，社会资本面临着难以进入的尴尬境地。缺少社会资本支持，既要谈保护又要谈发展，只能通过当地政府和村民微弱的"造血"能力实现其发展之路。四是通过异地搬迁，有些传统村落已成为"空巢"。这类传统村落是由于政府尝到了近年来云南文化旅游业带来巨大"红利"的甜头，通过对村民整体搬迁来进行旅游业开发。村民可以通过租赁或者入股的方式与开发商进行合作，以获取一定的收益，对于这一做法大多村民持一种观望态度。五是行将消失的传统村落。由于经济发展水平的落后，村民对村落文化和村落建筑历史价值的概念很模糊，他们将传统建筑用来圈养牲口或堆放脏污，村落建筑遭到不同程度的破坏，村落文化也消失不见。对于这类传统村落，可以说是社会资本不曾遇见，村民保护力不从心。六是"原封不动"的传统村落。这类传统村落没有被动地"等""靠""要"，而是依靠村落强有力的文化张力和村民的文化自信，在政府的支持和引导下自主进行文化保护与创新发展，最终实现保护与发展同行，发展与创新同步。

三 当前云南传统村落保护和发展存在的问题

自国家启动传统村落保护工程实施以来，云南已形成在全国具有一定影响力的传统村落保护和利用模式，例如，以保护原貌为主的"沙溪模式"，以村落群保护为主的"西庄模式"，以引导社会力量进行保护的"和顺模式"等。但是，由于云南传统村落多为少数民族村落，少数民族居民多生活在山区，经济发展相对落后，对传统村落保护和利用的意识不强、力度不够、措施不完善，致使对少数民族传统村落进行保护和发展的工作任重而道远，一些问题亟待解决。

（一）对传统村落的价值认识不清造成保护意识淡薄

虽然云南省申报的传统村落数目已位居全国前列，但是许多传统村落只是挂上了国家的牌子，对其历史价值和文化内涵还未进行深入研究，村落也未实现活态传承。一些地方政府部门和村民对传统村落的价值认识不清，导致对其保护的意识淡薄。首先，一些地方政府忙于上级部门委派下来的脱贫攻坚任务，无暇顾及传统村落的申报和保护工作。即使有些地方政府对传统村落的保护产生兴趣，也只是简单地将传统村落保护混淆为旅游开发，这样既破坏了村落的文化景观，也未能吸引到游客，与保护初衷形成截然相反的效果。其次，村民的保护意识淡薄。云南的传统村落多为少数民族村落，一些村镇处在大山深处，部分村民的思想更新缓慢，不能认识到保护历史文化资源的重要性，导致许多古建筑被破坏或者堆放生活用具甚至成为喂养牲口的圈所，传统遗存濒临消失。最后，一些村民对自己所处的环境习以为常，因向往都市的高楼大厦而对没有归属感、荣誉感和幸福感的村落发生一些与村落风貌不协调的行为。

（二）农村劳动力转移与农业弱化导致传统村落文化衰败

云南的城镇化建设是与国家现代化发展同步进行的，但是在快速发展的过程中由于乡村的物质、资源和财富不断向城市聚集，使城乡形成两极分化格局，这种格局使传统村落日益"空心化"。一方面，农村人口向城市转移，一定程度上有利于城市的快速发展；另一方面，农村人口的转移也增加了城市的管理成本和就业竞争压力。在城镇化快速推进的过程中，农村大量劳动力向城市转移，致使传统农业与传统农村不断衰败，人力资源严重短缺现象使传统文化的传承失去保证，传统村落遗留的村落文化遗产的传承与活态发展面临危机。

（三）将保护传统村落简单等同于保护古建筑、古民居

传统建筑和民居是传统村落文化的重要载体。在我国现行的《历史文化名城名镇名村保护条例》和国家传统村落保护名录的标准中，其重点是保护传统建筑的历史性和文化性，为此，云南一些地州提出在保护传统建筑基础上保护传统村落的方案与设想。显然，这种对传统村落保护的方式只侧重于对传统建筑的历史价值和文化价值进行保护，而忽视了传统村落中传统建筑所有者的财产权益和生活权益，没能从村落古建筑所有者的角度切实考虑传统村落的保护问题。由此可见，在这种制度安排下对传统村落进行保护的措施很难获得村民们的认可，传统村落的保护之路也步履维艰。

(四) 传统村落的旅游开发与保护存在内在矛盾

传统村落作为云南丰富的旅游资源的一部分，对其进行商业化旅游开发可以带动云南经济社会整体发展，有助于提升村落整体经济水平。但与此同时，这种"粗暴"的旅游开发模式也容易破坏村落的祥和与宁静，游客数量的日益增加，对村落中古朴的自然景观和文化景观也会造成一定的冲击和破坏。甚至，在市场需求和经济利益驱动下，一些旅游开发者为了捕获游客的"猎奇"心理，故意对村落中的民俗文化进行夸张改造，使非物质文化遗产的内涵逐渐丧失，传统村落中"原生态"的自然景观价值和文化价值也会随着商业化旅游浪潮的冲击而消失殆尽。

(五) 传统村落基础设施不健全，人居环境质量不高

随着社会经济的不断发展和旅游业的深入推进，当前云南省内大多数传统村落的水、电等基础设施已经完备，人居环境也有了较大改善，但与现代都市新的价值观念、生活方式和群众对多元文化的需求相比，其基础设施、居住环境和生活条件等方面还存在许多问题。例如，村落居民生活垃圾和污水的任意排放给村落自然生态的降解与净化能力造成巨大压力；村落建筑多年失修和人为破坏，使传统村落的意象不断消失；稠密的建筑布局和人口居住密度严重影响村落居民的生活质量。此外，通过仔细观察和思考，笔者发现通过发展旅游业对传统村落进行保护的方式，带来的经济收益大多被旅游开发商和村落的管理者所占有，村落居民所得到的利益只不过是凤毛麟角，在改善其家庭生活、居住条件所需的资金方面还有很大困难。这一系列现象和问题使传统村落的原住民对现代都市的大房子、新生活有着强烈的诉求和渴望。

四 乡村振兴背景下对云南传统村落保护与发展的思考

自2012年国家全面启动传统村落的保护工作后，云南省也于2013年末出台了《中共云南省委省政府关于进一步加强农耕文化保护与传承的意见（送审稿）》及其责任分工方案，随后云南省下辖的市（州）也积极响应并出台本市（州）传统村落保护工作的实施方案，云南传统村落保护工作开

始有条不紊地进行。在乡村振兴背景下要让云南的传统村落变成习总书记所说的"看得见山,望得见水,记得住乡愁"的美丽家园,在整体规划、保护与发展的方法、理念等方面都必须有所创新。

(一)编制"以人为本"的保护和发展规划

传统村落作为村民生产生活的重要场所和社会记忆的载体,保护和发展不能只局限于村落本身。相比较城市复杂的构成要素,血缘和村规民约是影响传统村落保护措施如何采取的主要因素。因此,在制定传统村落保护与发展规划方案时,政府要摒弃传统的"官本位"的体制思维,充分考虑和尊重传统村落中原住民的利益诉求和切实需要,努力做到编制的规划和决策既体现政府意志,又能代表民众心声。科学合理的规划在实施过程中既能够获得村民的认可和积极参与,同时也能够唤起传统村落中原住民对自身所持有文化的认同,树立文化自信。鉴于此,要编制"以人为本"的传统村落保护和发展规划,具体做法是:进一步完善村落道路、供电、供水、通信和生活垃圾处理等基础设施;整治好村落周边的公共环境,减少村落的安全隐患;加大资金投入,着力改善村落人居环境和村民的基本生活问题;增强村民的民族自豪感、自信心,让他们有更多的幸福感、满足感和获得感。

(二)着力激发传统村落的内生动力

在调研过程中,笔者发现传统村落保护和发展主体——原住民缺失是导致部分村落破败不堪、村落文化无人传承的关键。因此,要激发传统村落的内生动力,调动原住民参与保护的积极性和增强他们的保护意识是关键。具体措施有:一是着力改善和提高村落居民的生活水平。充分发掘村落中的现有资源,打造形成一条拉动村落经济发展的产业链,既能提升村落的整体经济水平,也能促进当地就业,还能维持村落传统的生产生活方式,最终实现村民整体生活条件改善。二是建立村民"话语权"表达机制。通过建立相应的政策机制,鼓励村民积极参与到村落保护与开发、管理决策的事务中,在参与中表达自身诉求,唤起村民对村内事务管理的责任感,从而激发村民自愿、主动参与到传统村落保护与发展的各项事务中。

（三）构建形成"农业+文化旅游"的产业格局

构建业态多元、内容丰富的产业体系是满足新时代人民美好生活需要的必然要求。就当前云南传统村落的发展情况来看，许多村落依然保持着传统的农业生产生活方式，村落中农产品和手工艺品的附加值较低，与现代都市社会质量好、信誉度高的产品相比，缺少竞争力。因此，构建形成以发展农业为基础，以发展旅游业和文化产业为辅助的产业形态，让当地群众可以不用完全依靠外来消费就可获得经济收益的方式是解决当地产业问题的重要途径。重点发展农业，可以保持传统村落的本质属性不发生改变；辅助发展旅游和文化产业，一方面是为丰富村落产业形态的内容，另一方面是让外来游客在村落休闲农业体验中获得文化熏陶。此外，还可以依托现代"互联网+"的优势，重点发展传统村落中的手工剪纸、扎染和民族特色美食，通过村内的电子商务平台销到全国各地，既能让村落居民获得一定收入，又能宣传本村落，可以起到事半功倍的功效。

（四）以"三治合一"理念创新传统村落保护与发展主体

党的十九大报告指出："加强农村基层基础工作，健全自治、法治、德治相结合的乡村治理体系。"① 这一理念为我国当前乡村治理指明了方向。实现传统村落保护与发展主体创新，需要正确处理好政府、社会资本和村民集体之间的利益关系，确保传统村落保护与发展工作顺利开展。具体做法是：一是制定相应措施积极鼓励企业和社会组织参与传统村落保护与发展。传统村落保护与发展面临的首要问题是保障资金不足。政府拨款不能从根本上解决传统村落保护中的资金短缺问题，企业和社会组织参与传统村落保护与发展可以缓解传统村落保护中的资金不足问题。在此过程中，政府还应制定相应的监管机制，避免企业和社会组织为盲目追求经济效益而违背参与传统村落保护的初衷。二是培养原住民的自主参与意识。如果说政策引导是政府的责任，那么积极参与保护则是村民的义务，因此，要采取各种激励措施，鼓励村落参与到传统村落保护中，成为保护主体中的

---

① 习近平：《决胜全面建成小康社会 夺取新时代中国特色社会主义伟大胜利》，2019年4月15日，https://www.people.com.cn/。

一分子，以"三治合一"理念为引导，构建形成多元主体共治的理想模式。

五　结语

总之，传统村落是我国传统农耕文化和农业文明的重要载体，它承载和寄托了各族人民的历史记忆。在乡村振兴背景下，保护好这些传统村落，让它们成为都市人返乡的一种精神寄托和休闲场所，让村落原住民享受到现代社会村落完善的基础设施和良好的人居环境显得尤为重要。通过保护与发展，让传统村落文化得到延续和传承，让传统乡村在"沉寂"中重新焕发生机活力，让村落居民在生活了几百年的聚落中也能体验到现代都市社会的各种便利服务。最终，让传统村落真正成为"看得见青山绿水，留得住记忆乡愁，寻得到文化根脉"的美丽田园！

[原载《原生态民族文化学刊》2019年第6期，第71~75页。]

南疆乡村民族手工艺扶贫可持续发展问题调查

——以墨玉县阔依其乡羌古村为例

张　超　中国社会科学院

新疆维吾尔自治区和田地区墨玉县被文化和旅游部、国务院扶贫办确定为第一批"非遗+扶贫"重点支持地区。[①] 新疆维吾尔自治区文化厅也根据当地实际情况将墨玉县列为重点扶贫县。羌古村位于新疆维吾尔自治区和田市墨玉县阔依其乡,是兵团财政局驻地方工作队所在地,距离47团10千米左右。

南疆乡村地区具有良好的手工艺传统,坐落于乡村内的民族手工艺类农民专业合作社和民族手工艺厂是南疆乡村特色经济的重要组成部分,也是国家"乡村振兴战略"、"工艺振兴战略"以及"非遗+扶贫"的重要内容。南疆乡村地区的民族手工艺类农民合作社和民族工艺厂的发展困境问题一直制约着乡村特色经济的发展。

一　南疆乡村民族手工艺厂的多重身份

贫困问题是长期制约新疆尤其是南疆地区社会发展、维持社会稳定的主要因素之一。2018年3月10日,习近平总书记在参加十二届全国人大第五次会议新疆代表团全体会议时着重提出了南疆的脱贫问题,并指出要

[①] 《文化和旅游部办公厅　国务院扶贫办综合司关于支持设立非遗扶贫就业工坊的通知》(办非遗发〔2018〕46号)附件《第一批"非遗+扶贫"重点支持地区名单(共10个)》,2018年7月11日。

"把南疆贫困地区作为脱贫攻坚主战场"。据调查,该地区贫困的主要原因是由于其产业结构严重失调,主要以第一产业为主,二、三产业的严重落后导致农牧民的收入来源过分依赖于农业、农村剩余劳动力就地转移机会少,难以从事其他行业提高收入。①

表1　2015~2017年和田地区城镇登记失业率

年份	城镇登记失业率(%)
2015	2.61
2016	2.65
2017	2.54

资料来源:《新疆统计年鉴》,中国统计出版社,2018。

南疆地区失业、老龄化等问题导致乡镇一级存在大量的闲散劳动力,这些劳动力是未脱贫人口的重要组成部分;与此同时,受农时节令的影响,南疆农村存在大量的闲散劳动时间,这些闲散劳动时间也是重要的生产力。合理高效地利用这些闲散劳动力和闲散劳动时间是解决当地贫困问题的关键。

南疆乡村农民异地就业、异地脱贫的主动性低,探索就地就业或居家创业是解决南疆贫困问题的重要手段。由于新疆的地理和人文环境优势,纺织业在解决就业、增加收入等方面发挥着不可忽视的作用。自2014年起,新疆开始大力发展服装产业带动百万人就业的工程。该工程实施以来,五年来累计实现新增就业约18万人,带动就业效果明显,初步形成了以阿克苏、喀什、和田、阿拉尔、草湖为主的产业发展基地,产业集聚效应进一步显现,纺织服装产业已成为促进南疆富余劳动力转移就业的主力军。②

---

① 玛依拉·米吉提:《新疆农村贫困问题调查》,《合作经济与科技》2016年第12期。
② 梁瑞丽:《新疆纺服的这五年:一切只是刚刚开始》,《中国纺织》2018年第8期。

表 2　2015～2017 年新疆地区三次产业就业人数比例

单位:%

年份	第一产业	第二产业	第三产业
2015	44.08	15.16	40.76
2016	43.48	14.36	42.16
2017	40.88	14.42	44.70

资料来源:《新疆统计年鉴》,中国统计出版社,2018。

此外,新疆维吾尔自治区在多次调研座谈、实地考察的基础上于2014～2015年对和田、喀什、克州南疆三地州投资8.88亿元资金,推出了《支持南疆三地州民生产业扩大就业的政策建议》和《实施方案》,确定了涉及民族手工业、纺织服装服饰产业、商贸物流等10个产业中的多个"短平快"项目。此项目同样立足于南疆实际,致力于当地创业创收、改善民生等问题。正如新疆维吾尔自治区人民政府政策研究室副主任张鹏程所解释的"'短'是指周期短,'平'是指就地就近,'快'是指见效快,即项目符合当地的发展特点且有一定的地域基础,在政府稍加扶持的基础上以解决就业、民生优化为导向的具有极强实践性与针对性的扶持政策"。在"短平快"项目中,纺织服装产业项目以及和田地毯项目就有53个,申请资金高达2.88亿元,这一批项目所需的资金列入自治区纺织服装产业专项资金给予支持。[①] 该项目在实现就业增收的同时,客观上也使得南疆三地州的刺绣、地毯、服装等一批具有浓郁民族特色的地方产业得以进一步发展和壮大。

自2014年中国共产党中央委员会办公厅详细规划了"精准扶贫"工作模式的顶层设计后,文化部(现为文化和旅游部)大力推进文化扶贫工作的开展。2018年6月27日文化和旅游部办公厅印发的《文化和旅游部办公厅关于大力振兴贫困地区传统工艺助力精准扶贫的通知》(办非遗发〔2018〕40号)以及2018年7月11日由文化和旅游部办公厅、国务院扶贫办综合司印发的《文化和旅游部办公厅国务院扶贫办综合司关于支持设立

---

① 袁丽君:《南疆三地州"短平快"项目推进情况及建议》,《新疆农垦经济》2015年第6期。

非遗扶贫就业工坊的通知》（办非遗发〔2018〕46号），在这两份文件中，进一步为"非遗+扶贫"的文化扶贫模式指明了方向，强调各地要加大贫困地区传统手工艺振兴的力度，支持贫困地区非遗扶贫就业工坊的设立，搭建产品设计、销售等平台，形成扶贫就业、产业发展和文化振兴的多赢格局。

二 羌古村手工艺厂的发展困境

羌古村民族手工艺厂是当地"访惠聚"① 和对口支援单位针对该村人口及贫困现状，为解决闲散劳动力，打赢脱贫攻坚战，实现2020年全面小康的战略目标，于2016年由新疆建设兵团投资190万元所建而成。工厂建成后厂房面积达2300平方米，其中主厂房占955.37平方米，分为服装、地毯、艾德莱斯丝绸三间生产厂房，主要生产服装、地毯、艾德莱斯丝绸以及毡绣布绣四类产品。配套设施齐全，包括食堂、布料库房等功能性用房，总占地面积为203.48平方米，厂区地坪及周边绿化面积占1163平方米。成立之初，预计可解决近300人在家门口就近就便就业增收。遗憾的是，该厂自成立至今，一线作业人数最多时仅有120人，不足工厂最大容量的1/2。

笔者在此次实地调查的过程中，发现该工厂自2017年底进入发展困境，不仅订单量和营业额急剧减少，一线作业人数也不足80人。据了解，该厂产品主要面向疆内的农村市场，自2016年承包到现在只有近百单的生意，其中地毯类产品仅2单，生产量不足百件，2017年底至今，艾德莱斯丝绸及毡绣布绣产品在疆内农村市场的需求量也急剧下降，所以目前工厂内这三类产品几乎处于停产状态，仅靠零星的纺织服装生产勉强维持生计。随着此次社会实践活动与社会调查工作的不断进行，笔者认为造成该厂发展困境的主要原因可概括为自身定位、产品研发、生产销售、媒体宣传以及教育培训五个方面。

1. 自身定位

羌古村民族手工艺厂虽是当地政府重点发展的扶贫项目，但在南疆地

---

① "访惠聚"全称为"访民情，惠民生，聚民心"，是指新疆维吾尔自治区党委从2014年开始在全疆各级机关抽调20万名干部开展为期三年的驻村工作。

区相同性质和规模的工厂在周边地区并非仅此一例，且各厂之间生产的产品种类、样式等大同小异，甚至有些工厂的厂房规模、机器设备、产品质量等方面都要远远优于此处。面对周边如此激烈的竞争环境，该厂并未找准甚至找到自己的文化特色及发展立足点。我们不妨将该厂的产品分为"大众"及"小众"两类来看。

"大众"类产品即指目前工厂所生产的日常服饰，如运动服、皮衣等。这类服饰作为小型企业的个体性生产来说，并没有太多文化特色，周边地区相邻的工厂之间多数也以生产此类产品为主。这种"大众"类产品缺乏不可替代性，后期发展对工厂内部员工的从业技能及素养、机器更新维修等方面要求较高。

"小众"类产品即指工厂内处于停产状态下的地毯、艾德莱斯丝绸、毡绣布绣类等特色产品。目前来看，这类产品销售面狭窄、销售前景不乐观，但造成这种现象的原因是多方面的，例如产品样式陈旧、颜色单一、设计能力薄弱等，我们会在后文中逐一分析。值得我们关注的是，"小众"类产品相比"大众"类产品，拥有更加浓厚的文化特色，极易形成一个地区的代表性产业。该厂产品中涉及的地毯、艾德莱斯丝绸、毡绣布绣等制作技术均被纳入我国国家级非物质文化遗产保护的范畴，拥有浓厚的历史积淀。把这类"小众"产品放置于国家整体发展规划中看，无疑拥有更为广阔的发展空间。

2. 产品研发

该厂的"特色"产品是维吾尔族中老年男性传统服饰，但"特色"背后的成因却不尽如人意。据厂长介绍，此类传统服饰在疆内中老年男性中的需求量巨大，但由于样式陈旧、消费者群体单一，其他各厂不愿生产，故其得以一家独大。但这种产品"特色"的后期发展前景并不乐观。

该厂其余三类产品也存在不同程度的发展问题：地毯类产品主要采用手工编织的方式，技艺相对粗糙，颜色、图案等都沿用新疆此类产品的传统样式，制作周期是机器生产的几十倍，生产成本极高，无法满足现代人对经济、时尚的追求。艾德莱斯丝绸类产品分为两种，一种是将整块艾德莱斯丝绸作为产品，另一种是将艾德莱斯丝绸作为原材料而生产制作出的各类服饰，前者整体售卖的艾德莱斯丝绸仍能满足当下疆内消费者的消费需求，但其全部采用半机械化式的生产，操作难度较大、体力要求较高，从工厂现有职工的能力及数量来看，厂内缺乏进行艾德莱斯丝绸生产的从业人员①，无法大批量产出，面临供不应求的局面。而第二类产品无论面向疆内还是疆外市场，均存在种类单一、款式陈旧等问题；毡绣布绣类产品也面临与上述两类产品同样的发展问题，此类产品分为人绣、机绣两种，产品多是传统家居用品，质量上也有优劣之分，价格根据制作时长、质量好坏等因素收取 120～1000 元，无法满足现代消费者对方便快捷、经济时尚等方面的需求。

3. 生产销售

从工厂的内部管理架构来看，该厂目前仅有厂长、管事人②两名管理人员，其余对应的管理部门，如财政、生产运营、营销等机构均未建立，工厂内部的管理、运营架构很不完善，极易造成家族式封闭管理的局面。此外，厂内工作人员上班期间态度散漫，在管理方面并没有出台与之相对应的惩治措施和管理制度。这种管理现状无疑也为工厂的生产和运营带来了无法预计的潜在风险。

团队在调研过程中还注意到该厂管理者及厂内职工几乎都不具有汉语识读与交流的能力，在对外沟通交流时存在很大障碍，对翻译人员的依赖性极强。由于工厂目前的运营状态不佳，难以找到长期的翻译人员，也是其面临销售困境的客观原因之一。

从工厂的职工数量等方面来看，厂内目前从业工人仅有 20 人，因家庭、生活等因素而挂职的人员不足 40 人。相比 2016 年建厂之初的 120 人，至少有 60 人离职，离职率高达 50%。笔者在与厂长、驻村工作组进行多次接触后了解到，其主要原因在于工厂目前的职工待遇较差、收入情况不稳定，无法满足职工自身的物质生活需求。

工厂整体运营情况与职工工资形成一个联动整体，追溯其工资待遇较差、收入不稳定的原因，就不免回到工厂整体运营现状的分析中。该工厂

---

① 地毯制造技艺、艾德莱斯染织技艺的从业者中有很大一部分群体为男性。
② "管事人"相当于副厂长。

自 2016 年经营至今仅有近百单生意，除此之外，厂长几乎没有获取批量性生产订单的渠道。据厂长介绍说，工厂长期闲置时她自己也会组织员工生产一些零售性质的服装在巴扎上卖，但其自身并没有接受过系统性的经营、营销类知识，此类零散性的销售也极具不稳定性。综上所述，工厂管理者无科学的企业运营知识、管理松散、语言不通、销售渠道狭窄等问题成为生产销售这一环节中影响工厂整体运营，造成订单量差、离职率高的主要因素。

4. 媒体宣传

任何企业的发展都脱离不开媒体宣传这一途径，但这也与企业管理者的管理和营销理念有直接关系。据厂长介绍，2016 年工厂成立初期，仅有和田市墨玉县电视台将这里作为乡村脱贫工作的成功案例进行采访报道。但报道重点主要集中在工厂初期所形成的社会效益上，缺乏对产品本身的推广与介绍。而后期厂长自身也并没有借助此次报道将自己的产品资源整合，形成品牌化发展，现有的宣传模式还停留在传统的"街头叫卖、口头吆喝"阶段。缺乏宣传途径会直接导致消费者群体以及市场销售面狭窄受限，缺乏宣传意识与传播途径无疑也是该厂产品面临停产的重要原因之一。

5. 教育培训

羌古村地理位置偏远，平时班车数量极少，村内各种设施现代化程度不高。在与当地村民交流的过程中，我们惊讶地发现他们并没有使用手机的习惯，日常通信基本依靠传统的座机和驻村工作队的广播站，村民对疆外乃至北疆的现代化发展程度认知极少。这样的发展现状直接导致了设计理念落后、创新能力薄弱等一系列问题。由此，通过手工艺职业技能培训拓展从业者的眼界，提高其从业素质和创新能力就成为迫切需要解决的问题之一。

手工艺职业技能培训，包含手工技艺培训和经典案例教育两个方面。近三年，该厂所涉及的手工技艺培训包括日常服装缝纫技艺、地毯织造技艺、艾德莱斯染织技艺以及刺绣技艺等内容。经调查，羌古村的少数民族妇女大多都初步掌握了传统的缝纫、编织、刺绣等技术，所以职业技能培训的重点一方面是工艺流程的改良、先进设施的推广以及从业者手工艺熟练性的提升等技术层面的内容；另一方面则是如何对传统手工技艺进行创新性发展和创造性转换以满足消费者现代化、时尚化、个性化需求的意识层面的内容。

经典案例教育是拓展从业者眼界的重要手段，也是振兴民族手工艺厂职工创新创业信心的重要手段。该厂的管理人员与职工几乎没有走出墨玉县，也未参加过省级以及省级以上的任何相关类培训，对手工艺行业领域尤其是互联网领域的成功案例缺乏最基本的认知，对民族手工艺厂经营管理的现代企业知识的学习也不充分，这就导致该厂的生产、经营、管理一直处于"摸着石头过河"的阶段，再加上该厂各个环节都存在或多或少的问题，最终导致目前这种不尽如人意的经营现状。

三 数量与质量发展并存，非遗研培助力文化精准扶贫

根据这些实际情况，南疆乡村手工艺厂应进一步明确竞争优势，确立数量化、质量化和品牌化发展思路。前文提及，该厂产品主要面向疆内农村市场，主要有日常纺织类服饰、艾德莱斯丝绸、地毯和毡绣布绣四大类。据《新疆统计年鉴——2018年》中显示：纺织、服装类及手工艺品类的商品销售额占全疆61类批发业商品销售额的1.745%，拥有一定的市场空间。我们将市场趋势与产品本身相结合来看，如果跳出疆内市场的局限性，将整体目光转向疆外市场，"大众"类产品则毫无竞争优势可言，而"小众"类虽带有一定的异域文化特征，需求量会较疆内有所增加，但因设计观念落后、缺乏精品意识与品牌意识，再加上不可避免的民族审美差异性等问题，无法满足疆外消费者的消费需求。

表3 2017年新疆地区相关商品销售额

单位：万元

商品类别	销售总额	批发	销售
纺织、服装及家庭用批发	907173	790255	116918
纺织品、针织品及原料批发	203271	203271	0
服装批发	204693	200137	4556
首饰、工艺品及收藏品批发	3920	3920	0

资料来源：《新疆统计年鉴》，中国统计出版社，2018。

综上所述，尽管羌古村民族手工艺厂目前仍存在许多管理、运营上的具体问题，但从其产品性质来看，该工厂实际拥有疆内与疆外两个市场。然而，羌古村民族手工艺厂在机械化生产等数量问题上不具有竞争优势，而在品牌化发展等质量问题上也不具有竞争优势。如何在满足工厂生产经营数量的基础上找准该工厂的特色形成品牌化的质量发展成为羌古村民族手工艺厂乃至南疆乡村面临相同发展困境的地区手工艺工厂亟待解决的关键问题。

1. 暑期"三下乡"社会实践团队的实践探索

2018年7月30日，石河子大学非物质文化遗产研究中心和文艺学院美术系教工党支部在李钦曾副教授的指导下联合组织暑期三下乡社会实践服务团队，赴南疆乡村组织开展助力解决南疆乡村闲散劳动力、实现手工艺精准扶贫的系列活动。

赴羌古村前，团队做了大量文献资料及设计素材的搜集、准备工作。如查阅相关的历史文化书籍，了解其历史文化传统及经济发展现状；提前了解维吾尔族传统手工艺资源；搜集相关手工艺设计素材，并制定初步的产品设计和制作以及手工艺人培训方案。随着社会实践活动的不断深入，社会实践团队根据调研情况及时调整相关手工艺品设计稿和产品制作方案。通过大学生与手工艺厂职工"一对一"的配对模式，手把手地教配色、学结构、共同裁剪和缝制，不仅提高了该厂职工对手工艺设计基本知识的理解，也加深了双方之间的相互了解，在双方的共同努力下，最终共完成了抱枕、背包、挎包、帽子、枕套、围裙等60余件手工艺品的研发与制作，并将其全部留作此次扶贫成果展览，以便厂内职工今后的参考制作。与此同时，考虑到该手工艺厂职工的普通话素质普遍较差，社会实践服务团队还利用空余时间，带领他们学习与手工艺设计和销售相关的汉语词汇。

暑期社会实践团队利用此次社会实践活动帮助羌古村民族手工艺厂提升手工艺品的设计能力，拓宽了民族手工艺厂的产品类型，受到羌古村驻村工作队和厂内职工的肯定。羌古村民族手工艺厂负责人凯麦尔妮萨罕·阿卜杜艾尼说："你们过来，我们特别开心，希望你们以后多来我们手工艺厂，这几天我和我们的员工学到了很多新技术和设计创意，我们会运用到以后的服装中。尤其是我们最喜欢布上印花做包这一技术,这几天,辛苦你们了。"

随后团队与墨玉县阔依其乡羌古村驻村工作组、羌古村民族手工艺厂分别就厂内职工手工艺技能提升、设计能力提升、手工艺品设计研发、闲散劳动力手工艺精准扶贫等方面签订战略合作协议,帮助该村民族手工艺厂解决设计、经营、管理、销售中存在的问题(见图1~图5)。

图1 社会实践团队在手工艺品厂合影(图片由作者拍摄)

图2 与厂内职工在手工艺服装车间合影(图片由作者拍摄)

图3 "一对一"制作过程（图片由作者拍摄）

2. 依托非遗研培项目和高校科研实力，提升手工艺品设计质量和品牌影响力

羌古村地处偏远、交通落后、整体城镇化程度较低，相比疆内工业发展较快的诸多地方，该村得以较为完整地保留了当地传统的手工编织、缝纫等技艺，具有丰富的文化特色资源。但是，将羌古村的文化资源转变为文化特色产业，不仅需要当地政府的政策扶持，更需要工厂从业人员以及企业、高校、设计师等社会各阶层的共同努力。在此过程中，地方高校聚集了一个区域内众多的优秀资源，是区域文化建设的重要驱动力，也是区域文化发展可以借助的重要平台。文化和旅游部与教育部自2015年起稳步推进"中国非物质文化遗产传承人群研修培训计划"（以下简称"研培计划"）的试点工作，确立了"强基础、拓眼界、增学养"的课程目标，旨在发挥高校密切联系群众和社会的优势，委托高校对非遗传承人群进行集中式、整建制、成规模式的大面积研培，从而提高传承人群的学习创新能力，提高传统工艺品的品质、形成品牌化发展，使非遗融入现代生活、激发传承活力、增加就业机会、助力文化精准扶贫。自"研培计划"启动以来，共举办培训390余期，培训学员1.8万人次，不仅密切了院校与地方社区的联系，促进非遗与现代生活相融合，还在增加城乡居民就业、促进精准扶贫、带动地方经济社会等方面发挥了积极作用。以此来看，将羌古村民族手工艺厂的发展问题纳入地方高校所承办的"研培计划"不失为一种有效的解决途径。在"研培计划"的具体实施过程中，地方高校通过整合自身资源优势，帮助羌古村民族手工艺厂找到当地的文化资源和产业优势，将特色文化资源转化为特色文化产业，与厂内职工乃至整个羌古村的脱贫致富紧密结合。

图4　白黎军老师给手工艺厂职工讲授汉语词汇知识（图片由作者拍摄）

图5　实践团队与厂内职工共同开发的创新产品（图片由作者拍摄）

但是，我国目前所进行的"研培计划"多数集中于设计层面，对销售、宣传与教育环节涉及较少。正如上文中所提到的，羌古村民族手工艺厂所面临的不只是产品设计理念落后，还包括经营者经营管理意识落后、无系统性等问题。工厂相关工作人员应在"研培计划"后期通过进行相关企业管理与产品创新，吸收相关企业发展的成功案例结合自身发展经验，抓牢疆内农村市场，保证数量化的发展。针对该厂"小众"类产品来说，则一定要守住手工生产的底线，拓宽疆外市场，通过"研培计划"中的设计类课程解决在作品创作、产品研发和成果转化中遇到的关键工艺和技术难题，培养精品意识，保证质量性的品牌化发展。高校也应进一步拓宽其研培主体，由单纯的传承人培训转变为"管理+传承"的培训模式，以适应非遗传承和保护的跨学科性发展，实现研培效益最大化。在"研培计划"的集中学习后，相关院校采取的进行定期回访、定向合作等方式有助于进一步建立长期帮扶合作关系，切实助力文化精准扶贫。

四 结语

羌古村民族手工艺厂这一案例在南疆乡村民族手工艺产业的发展中具有代表性与典型性，其特征主要体现在以下四个方面：第一，墨玉县不仅被文化和旅游部、国务院扶贫办列入第一批"非遗+扶贫"重点支持地区，同时也是新疆维吾尔自治区文化厅开展相关工作的对口扶贫县，县内各地的扶贫工作在相关领域具有先行性与先进性；第二，当地"访惠聚"、对口支援单位对羌古村民族手工艺厂投资巨大并将其作为解决当地闲散劳动力、打赢脱贫攻坚战的支柱性产业，但工厂目前发展状况并不乐观，正处于由量化发展转变为质化发展的关键期；第三，羌古村仍存在大量未脱贫家庭及人口，同时也具有大量闲散劳动力与闲散劳动时间；第四，羌古村具有较好的手工艺传统与丰富的文化特色资源，在将这些资源转化为文化特色产业方面具有很大的操作空间。羌古村及其民族手工艺厂的发展现状在墨玉县乃至和田地区和南疆，均具有一定的代表性与典型性。

本次社会实践及调查紧扣"服务兵团向南发展"战略要求，基于南疆乡村民族手工艺产业链全要素视角，将羌古村民族手工艺厂的困境问题置于"精准扶贫""乡村振兴"等发展战略的宏观层面,南疆(和田地区)乡村文化资源、手工艺传统发展模式等中观层面,手工艺人素养(手工艺技能水平、普通话水平、研发与制作能力)、手工艺厂经营管理、自身定位、产品研发、生产销售、媒体宣传、手工艺职业技能培训等微观层面,系统探索各个层面及各个要素之间的关系,希望可以为南疆乡村民族手工艺产业的可持续发展提供相关的经验借鉴。

[原载《民艺》2019年第6期,第31~36页。]

图书在版编目(CIP)数据

2019民间文艺研究论丛年选佳作. 民间工艺 / 赵屹主编. -- 北京：社会科学文献出版社，2021.7
ISBN 978-7-5201-8751-0

Ⅰ.①2… Ⅱ.①赵… Ⅲ.①民间文学-文学研究-中国-文集②民间工艺-中国-文集 Ⅳ.①I207.7-53②J528-53

中国版本图书馆CIP数据核字(2021)第153290号

2019民间文艺研究论丛年选佳作·民间工艺

主　　编 / 赵　屹
副 主 编 / 莫秀秀

出 版 人 / 王利民
责任编辑 / 张建中

出　　版 / 社会科学文献出版社·政法传媒分社 (010) 59367156
　　　　　 地址：北京市北三环中路甲29号院华龙大厦 邮编：100029
　　　　　 网址：www.ssap.com.cn
发　　行 / 市场营销中心 (010) 59367081　59367083
印　　装 / 三河市龙林印务有限公司

规　　格 / 开　本：787mm×1092mm　1/16
　　　　　 印　张：27　字　数：414千字
版　　次 / 2021年7月第1版　2021年7月第1次印刷
书　　号 / ISBN 978-7-5201-8751-0
定　　价 / 159.00元

本书如有印装质量问题，请与读者服务中心 (010-59367028) 联系

▲ 版权所有 翻印必究